REBECCA

Daphne du Maurier

蝴 蝶 梦

（英）达夫妮·杜穆里埃 著

汪兰 译

译者序

达芙妮·杜穆里埃（1907—1989）是英国当代著名女作家，生前是英国皇家文学会会员，1969年被授予大英帝国贵妇勋章。她一生创作了十七部长篇小说以及几十种其他体裁的文学作品，《蝴蝶梦》《牙买加旅店》是其代表作，并使她声名鹊起。

达芙妮·杜穆里埃的一生很富有传奇色彩。她出生于文学世家，她的祖父乔治·杜穆里埃是小说家和插图画家，她的父亲杰拉尔德?杜穆里埃爵士是著名的戏剧演员，因此她从小就深受文学和戏剧的熏陶。她的父亲有三个女儿，达夫妮是第二个女儿。而达夫妮希望自己是个儿子，以满足父亲的期望。终其一生，她自视为男性，使自己的女性生活隐含了压抑着的冲突，不过她隐藏了这种感情，只在文字中显示自己的内心冲突。

达芙妮厌恶城市生活，长期住在英国西南部大西洋沿岸的康沃尔郡，康沃尔郡的生活方式保留了很多维多利亚时代的特征，也是写作哥特式小说的最好土壤。她的小说多以当地的社会习俗与风土人情为主题或背景，故有"康沃尔小说"之称。可以说，哥特式小说的艺术风格和维多利亚时代的民风乡俗，是理解、诠释达芙妮"康沃尔小说"的关键。

《蝴蝶梦》原名《丽贝卡》，是达夫妮·杜穆里埃的成名作，1938年由维克多戈兰茨公司（Victor Gollancz Ltd）首次出版，2003年由维拉戈出版社（Virago Press）出版。书中成功地塑造了一个颇富神秘色彩的女性丽贝卡的形象，此人于小说开始时已去世，却音容宛在，并能时时处处通过其忠仆丹弗斯太太、情夫费弗尔等继续控制曼德里庄园，直至最后将这个庄园烧毁。小说中的故事情节耐人寻味，人物描写浓淡相宜，读来悬念重重，引人入胜。小说中的另一位女性，即以故事叙述者身份出现的第一人称"我"，虽是喜怒哀乐俱全的活人，实际上却处处起着烘托丽贝卡的作用。作者通过情景交融的手法，比较成功地渲染了缠绵悱恻的怀乡忆旧气氛和阴森压抑的绝望恐怖气氛，使本书成为一部畅销不衰的浪漫主义小说。

透过《蝴蝶梦》，读者能看到善与恶的共存。小说的主人公"我"——

新的德温特夫人，作为妥协的善良人，与作为"恶"的化身的丽贝卡之间时时刻刻处于无声的对峙中。"我"从刚入曼德里庄园时的平凡怯懦，到后来的迷失被动，以及重拾自我，逐渐适应了作为迈克斯的妻子、曼德里庄园女主人这样的角色。而丽贝卡——一个"天使与魔鬼"交融、斗志旺盛、心机重重、不甘受控、道德败坏的"坏"女人，她身上展现出来的究其是魔鬼特质还是抗争精神，在今天这个时代看来，很值得探讨。

通过《蝴蝶梦》，读者更能体会到作者的矛盾心理。她虽然没有正面描写丽贝卡，却通过其他人的视角以及女主人公"我"的种种猜测与想象，塑造了给人留下深刻印象的女性形象——丽贝卡。丽贝卡不仅是具有反抗精神的女权主义者，同时还是有着男性化性格特征的女性，她对男性怀有矛盾的情感，既羡慕男性的优势地位，竭力模仿男性行为，又因自己身为女性而对男性的优势地位有着强烈的不满情绪。作者通过丽贝卡表现出了自己的矛盾心理，一方面，反抗传统道德束缚对作者有一定的吸引力；另一方面，经过种种思想斗争，作者还是通过"我"透露出自己认同传统给予女性的社会角色，最终回归于家庭，寻求和睦家庭所带来的温暖，这是作者的最终选择。

英国著名的小说家和评论家福斯特在评论达芙妮·杜穆里埃的小说时说过："英国的小说家中没有一个人能够做到像杜穆里埃这样打破通俗小说与纯文学的界限，让自己的作品同时满足这两种文学的共同要求。"的确，从杜穆里埃的作品中，通俗小说家可以看到"和众"也有"曲寡"的深刻性，纯文学小说家能够看到"曲寡"完全可以"和众"的现实性。

此次翻译依据的是2003年由英国维拉戈出版社（Virago Press）出版的英文原版著作。本书已有若干种中文译本，此次翻译参考了林智玲、程德的译本（2006年由上海译文出版社出版），力求再现原书清新流畅、简洁明快的写作风格，尽量达到原作的完整再现。译文力求通过女性的视角来解读作者的意图，传达原作在塑造女性角色时所使用的文学象征手法，尽量体现人物的身份和态度。另外，译文充分阐释原文中的语言符号本身的意义以及词语的声音象征（如格律、音韵等），妥善处理文字在形象性、抒情性、含蓄性等方面的表达，尽量体现文学语言的幽默感、讽刺性、象征性、韵律感等。

当你阅读这部作品或观看相关影片之后，一定不会忘记那座富有神秘色彩的曼德里庄园，以及在故事开头就已死去却又时时处处摄人心魄的女主角丽贝卡。

译　者
2015年3月初春

目录
CONTENTS

001 译者序	060 第七章
001 第一章	076 第八章
004 第二章	084 第九章
011 第三章	101 第十章
020 第四章	114 第十一章
034 第五章	130 第十二章
044 第六章	145 第十三章

160	第十四章	281	第二十一章
169	第十五章	297	第二十二章
186	第十六章	309	第二十三章
211	第十七章	328	第二十四章
228	第十八章	344	第二十五章
245	第十九章	353	第二十六章
264	第二十章	366	第二十七章

第一章

　　昨晚梦里我又回到了曼德里庄园。我似乎站在通向车道的铁门前，好一会儿由于去路受阻，无法进去。铁门上有一把锁和一根铁链。在梦里，我大声呼唤着看门人，但无人应答。我靠近一些，透过门上生锈的门辐往里仔细一瞧，发现守门人小屋空寂无人。

　　烟囱里不见炊烟，一扇扇小格窗开着，显得十分荒凉。此时，我像所有梦中人一样，突然间获得了一种超自然的能量，如同幽灵一般飘过我面前的障碍。车道在我面前蜿蜒曲折，依稀如旧，但是当我前行时，就意识到已经产生了变化。它狭窄杂乱，不再是我们曾经熟悉的样子。起初，我感到困惑不解，只是当我低头避开一根低垂摇曳的树枝时，才意识到变化发生的原因。自然界已经恢复了本来的面目，而且逐渐地将她那长长、坚韧的手指悄无声息、阴险毒辣地伸到车道上来了。即便是在过去，树林始终是一个威胁，如今它终于胜利了。车道两旁的树木又稠又密，黑黝黝的，无拘无束。山毛榉树伸开赤裸的白色肢体，相互紧紧依偎，枝条错杂交叉，怪诞地拥抱着，在我头顶构架出一个形似教堂拱道的穹窿。这里还长有其他树木，有些我不知道名字，还有些低矮的橡树和翘曲的榆树，都同榉树盘根错节地纠缠在一起。橡树、榆树，还有巨怪似的灌木丛和其他一些草木，从这块静谧的土地破土而出，已经与我记忆中的景象全然不同。

　　车道已变成了一根细长的带子，与过去相比，成了一根线！砂砾的地面已经不复存在，密密地长了一些草和苔藓。树枝低垂下来，挡住了前行的道路，而那些多节瘤的树根看上去像骷髅的爪子。在这片丛林之中，偶尔能发现一些灌木，那是我们当年的路标，是人工栽培和雅趣的产物。绣球花曾以蓝色花穗闻名，因无人照看，已经恢复了野性，枝干奇高，却并不开花，黑暗丑陋，一如长在四周没名堂的寄生植物。

　　昔日的车道，现在的羊肠小路向前延伸，时而东、时而西，蜿蜒曲折。有时我以为它消失了，但是它或者又在一棵倒在地上的树下出现，或者在冬雨冲出的泥泞水沟边挣扎着露出头来。我从未觉得车道是这么长，那距离想必是如同那些树木一样成倍增加。这路似乎是一条迷途，一片遮天蔽日的荒林，根本不是通向房子。突然间，我看到了宅子，门前的通路被一大簇恣意生长的灌木覆盖了。我站在那里，心怦怦直跳，泪眼婆娑，带来一阵异样的痛楚。

　　这就是曼德里，我们的曼德里，隐僻静谧一如既往，灰色的石头在梦境般的月光照耀下闪闪发亮。竖棂的窗户反射出绿草地和屋前平台。整座宅子如同一颗掌上明珠，时光的流逝不能使完美对称的墙壁以及这宅院本身的美有丝毫逊色。

　　游廊缓缓而下，通向草坪，而草坪一直向大海延伸。我转过身，能够看到月光下那银白色平静的海面，如同风平浪静的湖水。没有波浪会让这梦幻一般的海水粼粼荡漾，也没有云彩被西风吹来，掩饰这凄清而苍白的夜空。我再一次转向宅子，虽然它屹然挺立，神圣不可侵犯，仿佛我们昨天才刚刚离开，然而，看得出来，花园也和树林一样遵循了丛林法则。石楠花有五十英尺高，和蕨类扭曲缠绕，并和许多无名的灌木杂乱交配。这些可怜的杂交植物紧紧地依傍在石楠花的根部，似乎意识到自己出身的卑贱。一棵丁香和铜榉纠缠在一起，而那永远与优雅为敌的常春藤，则不怀好意地将它的卷须更紧地缠绕着这对伙伴，将它们变成俘虏。常春藤在这个失乐园里总是地位高高，长长的茎蔓爬过草坪，很快就要侵占宅子本身了。还有另外一种植物，原来是生长在林中的杂交植物，它的种子很久以前曾散落在大树下，很快就被遗忘了，如今，和常春藤并驾齐驱，像大黄草似的，把自己丑陋的身子挺向曾经盛开过水仙花的柔软的草地。

　　荨麻随处可见，它们可以算是入侵大军的先头部队。它们覆盖着游廊，横七竖八地爬满了小径，粗俗细长的身子正好斜靠在屋子的窗棂上。它们是些很大意的步哨，在好些地方，它们的队伍被大黄草攻破，就焦头烂额、没精打采地伸着躯干，成为野兔出没的场所。我离开车道，向游廊

第一章

走去。荨麻对我,一个梦中人完全不构成阻碍。我梦幻神迷地前进,什么也拦不住我的脚步。

月光能使人产生奇异的幻觉,甚至对梦中人也是如此。我站在那里,默然伫立,断定这个宅子不是一个空洞的躯壳,而是一个有生命的、在呼吸着的活物,一如过往。

窗户里透出光线,夜风中窗帷在微微拂动。藏书室的大门半开着,那是我们出去时忘了随手带上。我的手绢依然留在桌子上,在一瓶秋玫瑰的旁边。

藏书室里依然能见证我们的存在。一小堆标有"待归还"记号的图书;丢在一旁的《泰晤士报》;烟灰缸里的半截烟蒂;斜倚在椅子上的座垫,上面还有我们当初枕过的痕迹;壁炉里炭火的余烬还在晨光中苟延残喘;而杰斯珀,爱犬杰斯珀,就躺在地板上,眼睛里充满灵性,肥大的下巴耷拉着,一听见主人的脚步声,尾巴就吧嗒吧嗒摇个不停。

我一直没注意到,月亮已被一朵乌云遮住了,有一阵子乌云徘徊不去,像一只黑手遮住了脸庞。突然间,幻觉消失了,窗户里的灯光也随之熄灭。我眼前的屋子最终又成了荒凉的没有灵魂的空壳,毫无人气,大墙依然虎视眈眈,却不再有关于往事的细声碎语。

宅子如同一个墓地,我们的恐惧和苦难都掩埋在它的废墟之中。这一切再也不能死而复生。我在醒着的时候想到曼德里庄园,从不觉得难过。如果我曾经在那儿无忧无虑地生活,说不定我还会就事论事地回忆起那儿美好的一切:夏日的玫瑰园,黎明时鸟儿的喃呢,栗树下的茶点,还有来自草坪下面的阵阵涛声。

我会想起绽放的丁香,还有"幸福谷"。它们都是永恒的,也不会消失。这些回忆都是不会令人感到伤感的。云彩遮住月亮的脸庞时,我在梦里作出了判断,如同大多数梦中人一样,我知道自己在做梦。事实上,我是躺在一个几百英里外的陌生地,短暂的几秒钟后就会醒来,发现自己睡在小小的空荡荡的旅馆卧室里,为小屋里缺乏意境而觉释然。我会叹口气,伸个懒腰,转过身子,睁开眼,茫然地看着那耀眼的太阳和冷漠素洁的天空,这和梦中温柔的月光多么不同!白昼在我们面前横亘着,既漫长又平静,充满某种珍贵的静谧感,这种感觉是我们不曾体会过的。我们不会再谈论曼德里庄园,我也不愿叙述我的梦境,因为曼德里庄园不再为我们所有,曼德里庄园不复存在了!

蝴 蝶 梦

第二章

有一点是肯定的,那就是我们再也回不去了。过去的岁月仍仿佛近在咫尺。我们努力忘却并试图抛诸脑后的种种往事,随时都会重新浮现。还有那种恐惧感,那种诡秘的不安之感——感谢上帝慈悲,现在总算平息了——过去曾一度演变成无法理喻的盲目惶恐,说不定也还会以一种无法预见的形式卷土重来,就像过去那样和我们朝夕共处。

他的忍耐功夫着实惊人。他从不怨天尤人,即使在回忆往事时也绝不愤愤然……尽管他不愿意让我知道,但我相信他常常想起过去。

他如何能瞒过我的眼睛?有时,他突然显得茫然困惑,可爱的面容上,所有的表情消失得一干二净,仿佛被一只无形的手突然全抹掉了似的,取而代之的是一副面具,一件雕塑品,冷冰冰的,一本正经,纵然不失英俊,却毫无生气;有时,他会一支接一支猛抽香烟,甚至连烟蒂也顾不上弄灭,结果,那闪着火星的烟头就像花瓣似的在他周围散了一地;有时,他胡乱找个什么话题,讲得口若悬河,眉飞色舞,但实际上言之无物,无非是想借此排解心头的忧伤。据说有这么一种说法:只要经受苦难磨炼,就会变得更高尚、更坚强,因此在今世或来世做人,理应忍受烈火的考验。这话听上去有点似是而非,但我们倒是充分领略了其中的滋味。我俩经历过恐惧、孤独和极大的不幸。我觉得,每个人在自己的一生中迟早都会面临考验,我们都有各自特定的恶魔灾星,备受压迫和折磨,到头来总得奋起与之搏斗。我俩最终战胜了这个恶魔,或者说我们自认为如此。

现在,那灾星再也不来欺压我们了。虽然我们也免不了受些创伤,但难关总算闯过了。打一开始他对灾难的预感就很灵验,而我就像一出鳖

第二章

　　脚戏里乱喊乱叫的女戏子，声称我们为自由付出了代价。说实在的，这辈子我领教够了戏剧性的曲折离奇，要是能让我俩一直像现在这样安安稳稳地过日子，我情愿拿自己所有的感官做代价。幸福不是一件可以估价的财务，而是一种思想状态、一种心境。当然，有时我们也会消沉沮丧，但在其他时刻，时间不再由钟摆来计量，而是连绵地伸向永恒；只要一看到他的微笑，我就意识到我俩在一起携手并进，再没有思想或意见上的分歧在我俩之间设下屏障。

　　如今我俩之间再也没有秘密，真是同甘共苦、休戚与共了。虽然这座小客栈沉闷乏味，伙食也很差，日复一日，重复着单调的老一套，但我们却不愿生活变成另一种样子。要是住到大旅馆去，肯定会遇到许多他的熟人。我俩都深知简朴的可贵，尽管偶尔觉得无聊，那又有什么关系呢？对恐惧来说，无聊恰是一贴对症的解药！我们按部就班地安排日常生活，而我从中逐渐培养起朗读的才能。据我所知，只有当邮差误了班头时，他才露出焦躁的神情，因为这意味着我们得多等一天才能收到英国来的邮件。我们曾试着听过收音机，但是杂音恼人，所以我们宁愿把激动的情绪积蓄在心头。许多天前进行的一场板球赛的战果，竟对我们的生活有那么重要的意义。

　　啊！各种球类决赛和拳击比赛，甚至连台球比赛的得分记录，都能把我们从百无聊赖中解救出来。小学生运动会的决赛，跑狗赛以及较偏僻诸郡那些奇怪的小型竞赛——所有这些消息，如同空磨坊里的谷物，都能解决我俩的饥渴。有时我弄到几份过期的《田野》杂志[①]，读来不禁神驰，仿佛又从这个无关紧要的小岛回到了春意盎然的英国现实生活之中。我读到描写白色溪流、飞蜉蝣、绿色草地上的酢浆草的文字，还有那些盘旋在林子上空的白嘴鸦，这种鸟类过去在曼德里屡见不鲜。我在这些已被翻阅得残破不全的纸页中，竟闻到了润土的气息，嗅到了沼泽地带泥煤的酸味，甚至还触到了那潮湿的青苔地，上面缀有点点白斑，那是苍鹭的遗矢。

　　有一次我朗读一篇有关野鸽的文章，念着念着，恍若又回到了曼德里

[①] 这是一本反映上层乡绅生活的杂志。

的园林深处，野鸽在我头顶扇动着翅膀，我听到它们柔和、自得的咕鸣，这声音在夏日炎热的午后给人以舒适凉爽之感。只要杰斯珀不来找我，它们的安宁是不会受到打扰的。但是杰斯珀一边奔跳着穿过树丛，一边用湿漉漉的鼻子嗅着地面。被狗一吓，野鸽顿时一阵骚动，从藏身处乱飞出去，就像一群老处女在洗澡时被人撞见了一样，噼噼啪啪鼓动着双翅，迅捷地从树顶上掠过，渐渐远去，声影皆无。这时，周围复归静穆，而我却莫名其妙地感到不安，注意到阳光不再在飒飒作响的树叶上编织出图案，树枝变得黝黑，阴影伸长，而在那边宅子里已摆上了新鲜的木莓，准备用茶点了。于是我从羊齿草丛中站起来，抖一抖陈年残叶留在裙子上的尘埃，打个唿哨唤来杰斯珀，随即动身回屋子去。我一边走，一边鄙夷地自问：步履为何如此匆匆，而且还要迅速地向身后瞥上一眼？

说也奇怪，一篇描写野鸽的文章，竟勾起了我这么一番对往事的追忆，而且使我朗读时变得结结巴巴。看到他那阻沉的脸色，我立刻停止了朗读，并向后翻了好几页，直到找着一段关于板球赛的短讯为止。那段文字就事论事，单调乏味，讲米德尔赛克斯队在奥佛尔球场上打法平庸，却连连得手，比分沉闷地一个劲儿往上加。真得感谢那些呆头呆脑、身穿法兰绒运动衣的家伙，因为不大一会儿，他的面容就恢复了平静，重新有了血色，他带着一种正常的激愤嘲笑起塞雷队的投球技术来。

这样总算避免了一场回忆，而我也得到了教训：在他面前，英国新闻是可以念的，比如英国的体育运动、政治情况、英国人的豪华生活等等，都可以；但凡是容易引起伤感的东西，就只能让我独自去悄悄咀嚼回味。色彩、香味、声音、雨水、波涛的拍击，甚至秋天的浓雾和潮水的咸味，都是曼德里留下的记忆，无法磨灭。有些人嗜好读火车时刻表，他们设想出许多交错纵横的旅程，把一些无法联系的地区沟通起来，借此消遣。我的嗜好也很怪诞，但多几分情趣，这便是积累英国农村的资料。英国每一片沼泽地的地主和雇农，我都能一一叫出名字。我知道一共宰了多少只松鸡，多少只鹧鸪，多少头鹿；我知道哪儿有鳟鱼正在翔浮水面，哪儿有鲑鱼活蹦乱跳。我关心每一次的猎人聚会，注意每一次狩猎情况，甚至熟悉那些训练小猎犬奔跑的猎人的名字。我也熟悉农作物的生长情况，肉牛的价格，猪群染上的怪病，所有这些我都感到津津有味。这也许是一种低

第二章

级消遣，不需要费很多脑筋，但我能够一边读着报刊，一边呼吸着英国的空气，这样我才能以更大的勇气面对异乡耀眼的天空。

颓败的葡萄园和破碎的石块也因此变得无关紧要，因为只要我愿意，我完全可以驾驭自己驰骋的想象力，让它从潮湿的条纹状篱笆上采摘几朵指顶花和灰白的剪秋罗。

这种采花于篱下的一时之兴，虽然微不足道，却也有亲切可取的地方，非但与辛酸、悔恨势不两立，而且还能将我们目前这种自作自受的离乡背井的生活变得甜蜜一点。

多亏这些一时之兴，我能度过一个愉快的下午，神清气爽地带笑而归，享用简便的午茶。午茶的内容是一成不变的，总是每人两片面包，涂着黄油，还有一杯中国茶。在外人眼里，我们这对夫妇一定刻板得很，死抱着在英国养成的习惯不放。小阳台十分干净，经过几个世纪阳光的洗晒，变得洁白却又毫无特色。站在这儿，我又回忆起曼德里午后四时半的情景。先拉出藏书室壁炉前的桌子，房门准时打开，接着就是千篇一律的置放茶具的那套程序：银质的托盘、茶壶、雪白的桌布。杰斯珀耷拉着大耳朵，显得对端进来的糕点无动于衷。虽然每天总有许多食物放在我俩面前，但我们吃得极少。

现在我看见那种滴着奶油的煎饼，小块香脆的尖角吐司，以及热气腾腾的烤饼。那种不知什么东西做成的三明治，散发着一种难以形容的香味，闻着叫人觉得愉快，还有那种十分特别的姜饼；那种入口即化的蛋糕；还有与之相配的缀满果皮和葡萄干的水果蛋糕。这些食物，足够挨饿的一家人受用一个星期。我从不清楚这一桌子东西是怎么处理的，只是有时这样的铺张浪费会让我心生不安。

但我就是不敢开口问问丹弗斯太太是如何处置这一桌食物的。要是我问了，她肯定会带着不屑一顾的神情望着我，嘴角挂着那种带优越感的隐笑，使人浑身发冷。我想她一定还会说："德温特夫人在世时，可从来不抱怨什么的。"如今这位丹弗斯太太在干什么呢？还有那个费弗尔。我记得，正是丹弗斯太太脸上的那种表情，使我第一次感到局促不安。直觉告诉我，"她在拿我与丽贝卡相比"。接着就有一个魔影像利剑似的插到我俩中间来了……

007

啊，现在这一切总算过去，总算与之彻底断绝了！我再不会受到折磨，我俩终于恢复自由了。就连忠心耿耿的杰斯珀也到了快乐的猎场，而且曼德里也已不复存在！它像深埋在杂乱密林之中的一个空壳，就如我在梦中所见那样，一片荒芜，成了野鸟栖息的场所。也许有时会迎来一个流浪汉，将它作为在突降的暴雨中的藏身处。倘若来人是个大胆的汉子，那就不妨泰然地在那儿走一走；但如果是个胆小鬼，或者是一个神经紧张的偷猎者，那么曼德里的林子可不是他停留的地方。他或许会碰上海角处的那座小屋，在那倾斜的屋顶下，听着淅淅的细雨声，他绝不会觉得自在。那里也许还残留着某种阴森逼人的气氛……车道的那个转角，在那儿树木侵入沙砾路面，也不宜驻足流连，特别是在日落之后。树叶发出飒飒声响，很像一个身穿晚礼服的女人在悄然走动；当树叶突然一阵颤抖飘落，在地面散开时，那啪哒啪哒的声响，说不定正是她匆忙的脚步声，而那些沙砾路上留下的凹陷说不定就是她缎面高跟鞋踩过的痕迹。

每当我想起这些往事的时候，我总要走到阳台上看看景色，长舒一口气。这儿的阳光没有一丝阴影遮掩，显得耀眼夺目。石砌的葡萄园在阳光下闪闪发光，紫茉莉花由于落满尘埃而泛白。或许有一天我会深情地看待这一切，而目前虽然它还未使我产生爱慕之情，但至少给了我足够的自信。自信是我十分珍视的品格，不过我的自信心未免有些姗姗来迟。我想，最终使我一扫怯懦的因素，是他对我的依赖。无论如何，我终于摆脱了自卑和怯懦，在生人面前不再含羞，与初次乘车去曼德里时相比，已经判若两人；那时候，我满怀急切的希望，一心只想取悦于人，但却处处显得极度笨拙。我之所以会给丹弗斯太太之流留下那么恶劣的印象，自然是因为我缺乏镇定自若的举止。与丽贝卡相比，我在人们心目中的形象是什么样的呢？记忆如同一座桥梁，沟通岁月，我可以回忆起自己当时的形象：一头平直的短发，稚嫩而不敷脂粉的脸蛋，衣裙均不合身，还穿着我自己裁制的短裙，跟在范·霍珀夫人的后面，活像匹害羞不安的小马驹。她总是领着我去吃午饭，她那五短身材在高跟鞋上摇晃着，很难保持住平衡；那件过于俗艳的折边短外套，把她肥大的胸部和扭摆的臀部衬托得更为明显；还有那顶新帽子，上面插着一支其大无比的羽毛，歪斜地覆在脑袋上，露出一大片前额，光秃秃犹如小学生露出的膝盖。她一手拎个大提

第二章

包,就是人们放护照、约会录和桥牌得分册的那种手提包,另一只手总是玩弄着那副永不离身的长柄眼镜,这是他人私生活的大敌。

她总是走向餐厅角落靠窗处的一张桌子,那桌子通常由她占据。她把长柄眼镜举到自己猪似的小眼睛前,左右巡视一番,然后就让眼镜听其自然地落下,悬在黑缎带上,再发一通表示厌烦的感叹:"一个知名人物也没有!我要对经理说去,他们必须削减我的旅馆费。他们不想一想我到这儿是来干什么的,难道是专门来看那些服务生的吗?"接着她就把侍者召到身旁,说话的声音既尖利又不连贯,像把锯子似的撕裂着空气。

今天我们用餐的小饭馆同蒙特卡洛"蔚蓝海岸"旅馆富丽豪华的大餐厅相比,真是大相径庭;拿我眼下的伴侣与范·霍珀夫人相比,更有天壤之别:他这会儿正用那双稳健、漂亮的手剥着一只柑橘,沉静而有条不紊,偶尔还抬起头来朝我莞尔一笑;而那位范·霍珀夫人则是用戴着珠宝戒指的圆滚滚的手指,不住地在自己堆满五香碎肉卷的盘子里东翻西扒,还不时疑神疑鬼地瞟一眼我的盘子,怕我的饭菜比她的好。其实她根本不必操这份心,因为侍者凭着干这一行的不可思议的洞察力,早就察觉到我是她的下人,地位卑贱,于是给我端来一盘火腿拼猪舌,这盘菜大概是哪位顾客嫌切割得不成样子,半小时前退还到冷食柜去的。侍仆们怨恨和明显不耐烦的态度总是让人感到莫名其妙。我记得有一次同范·霍珀夫人住在乡下,那客店的女佣从不理会我胆怯的铃声,也不给我拿来鞋子,而冰冷的早茶总是胡乱放在我的卧室门外。在"蔚蓝海岸"情况也一样,只是没有这么过分罢了。但有时故意的冷淡竟变成明目张胆的讥笑和挖苦,以致从旅馆接待员那儿买张邮票简直是活受罪,巴不得能躲开才好。那时,我一定显得年幼无知,而当时自己也深深感觉到了这一点。有许多话其实并没有恶意,但一个人如果太敏感而且涉世不深,他听起来就像是含沙射影、指桑骂槐。

那盘火腿拼猪舌,至今仍历历在目。它们被切成楔形块儿,干巴巴的没有卤汁,一点也引不起食欲,可是我没有勇气拒绝这个拼盘。我们一声不吭地吃着,因为范·霍珀夫人喜欢把全副心思放在饭菜上。辣酱油顺着她的下巴流下,从这一点我看得出那盘五香碎肉卷很合她的口味。

我不再看她,虽然她吃得那么欢,但一点也没能使我对自己点的那盘冷菜引起兴趣。这时，我看见挨着我们的那张桌子，三天以来一直空着，现在有人来占坐了。餐厅侍者领班正以他那种专门针对特别主顾施行的躬身礼，把新客人引到座位上来。

范·霍珀夫人放下餐叉，去摸夹鼻眼镜。她直勾勾地盯着邻座，我真替她感到害臊。可新来的客人并没有注意到她对自己的兴趣，径自向菜单扫了一眼。然后，范·霍珀夫人啪的一声折起长柄眼镜，从桌子那头探身向我，小眼睛激动得闪闪发光，说话的嗓门稍许大了些。

"这就是迈克斯·德温特，"她说，"曼德里庄园的主人。你当然听说过这座庄园啰。他面带病容，对吗？听人说，他妻子死了，给他的打击太大，一时还没恢复过来……"

第三章

　　如果范·霍珀夫人不是个势利鬼，我真不知道今天我的生活会是什么样。

　　想想也真有趣，这位太太的势利竟决定了我一生所走的道路。她那种病态的好奇几乎成了怪癖。起初，我十分震惊，并经常为此窘得不知所措。人们在她背后窃笑，见她走进屋子就忙不迭地溜走，甚至匆匆躲进楼上走廊里的侍者专用门，唯恐避之不及。每到这种时候，我就像一个代人受过的小厮，非得承担主人的全部痛苦不可。多年来，她一直是"蔚蓝海岸"旅馆的常客，除了爱玩桥牌，还有一种目前在蒙特卡洛已臭名远扬的消遣，那就是将有地位的旅客强攀为自己的朋友，尽管这些人她只在邮局里远远见过一面。她总能想出某种办法来作一番自我介绍，而在猎物尚未觉察到危险之前，她这儿已经正式提出邀请，要对方到她房间来做客了。她进攻的方法倒也特别：直截了当，而且乘人不备，所以对方很少有机会逃脱。在旅馆休息室里，在接待室和通向餐厅通道的中途，她总是占着一张非她莫属的沙发。午饭和晚饭后，她总坐在那儿喝咖啡，这样，所有进出的客人都得从她面前经过。有时她还把我用作诱饵勾引猎物，不管我愿意与否，派我到休息室的那头捎个口信，要不就打发我去借书报，或是打听某家铺子或其他别的什么地址；这样，突然间就会发现一个双方都认识的朋友。有名望的人似乎都得供她饱餐一顿，就像卧病在床的人要别人一匙一匙地喂果子冻一样。她最爱结交有头衔的名人，不过其他人，只要相片在报纸上出现过，她也爱结交。还有那些名字曾出现在报纸闲话栏里的人物，以及作家、艺术家、演员之类的三教九流，甚至他们之中十分不堪的角色，只要她曾在书报上读到过有关他们的事，她都想搭讪。

  时至今日，我仍可以记起她在那个难忘的下午的样子，虽然已过多年，却仿佛只是昨天的事。她坐在休息室里那张自己特别中意的沙发上，盘算着如何进攻；她神色生硬，甚至还用夹鼻眼镜轻叩牙齿，看得出来她正在盘算着各种可能。她匆匆吃完餐后水果，甚至没来得及享用那道甜食，从这一点我就知道她想在这位客人之前吃完午饭，以便安坐在他必经之路上等候。突然间，她转身向我，小眼睛闪闪发光。

  "快上楼去把我外甥的那封信找来。记住，就是他度蜜月时写的那封，还附有照片的。马上拿来给我！"

  我知道她已拟好计划，准备以外甥来做媒介了。我厌恶自己不得不在她的诡计中扮演这样的角色，这也不是第一次了。我就像一个耍戏法的副手，专在一边递上小道具，此后就一声不吭，聚精会神地等待主人给我暗示。这位新来的客人不喜欢被人打扰，这点我敢肯定。十个月以前，她从几份日报上搜集了关于此人的零星的流言蜚语，一直把它贮存在记忆中，以备将来之用。吃午饭的时候她曾对我吐露了只言片语。尽管我还年轻，不懂世故，但从这些只言片语中我想象得出，他一定讨厌别人突如其来地闯来打扰。他为何选中来到蒙特卡洛的"蔚蓝海岸"，这与我们毫不相关，他有自己的心事。这些心事别人不可能理解，当然，除了范·霍珀夫人外。这位夫人向来不知道怎样处世得体，也不讲究谨慎行事，飞短流长倒是她生活里须臾不可或缺的。因此，她必须对这位陌生人细加剖析。我在她书桌上的鸽笼式文件分类架上找到了那封信，犹豫了一会才下楼回到休息室。说不清为什么，我感到这样似乎就可以多给他几分钟独处的时间。

  我多希望自己有勇气从侍者专用楼梯下去，再绕个圈跑去餐厅，提醒他小心埋伏。但是我被社会礼俗束缚至深，再说我也不知道该怎样对他说。所以我只有坐到范·霍珀夫人旁边那个我惯常占据的座位上去，任由她像一只洋洋自得的大蜘蛛，用她那编织好的令人讨厌的大网，去纠缠那个陌生人。

  看来我走开的时间比我想象的要长些。我回到休息室时，他已离开餐厅了。霍珀夫人担心对象溜走，来不及等我取来信，已经另外设法厚着脸

第三章

皮做了自我介绍，现在他竟已在她身边的沙发上坐着。我穿过大厅向他们走去，把信递给她，一言不发。他立即站起身来。范·霍珀夫人因为自己的计谋得逞而兴奋得满面红光，朝我这个方向胡乱地挥挥手，含糊不清地介绍了我的名字。

"德温特先生与我们一块儿用咖啡。你去对侍者说再端一杯来。"她说话的语气十分傲慢，以便让他知道我的地位。她在暗示说，我是个无关紧要的小妞儿，谈话时大可不必顾及。每当她炫耀自己时，总是用这种语气说话；而她介绍我的方式也是一种自我保护，因为一次有人竟把我误认为是她的女儿，两人同时感到莫大的窘迫。她这种无礼的样子告诉人们：可以毫不在乎地把我撇在一边。于是太太们向我略一点头，既算是打招呼，同时又有遣我走开之意；男客则大大松一口气，知道他们可以重新舒服地坐着而不必拘礼。

因此，发现这位新来的客人一直站着不坐下，并且自己招呼侍者取来咖啡，我觉得很奇怪。

"恐怕我不得不违背一下您的意愿了，"他对她说，"请你们二位和我一起用咖啡。"还没等我回过神来，他已坐在平常总由我占据的硬椅上，而我却已坐在范·霍珀夫人身旁的沙发里。

一时间，她看上去不太高兴，因为这不符合她原先的设想，但过后马上又眉飞色舞了，她把肥大的身子横插在茶几与我的中间，俯身向着他的椅子；手里挥舞着那封信，大声唠叨：

"要知道，您刚进餐厅我就认出您了，我想：'咦，这不是德温特先生，比尔的朋友吗？我一定得把比尔和他新娘度蜜月时拍的照片拿给他看看喽。'就是这些照片。这是朵拉，真是个尤物，对吗？瞧她那杨柳细腰，一双大眼睛楚楚动人。这是他们在棕榈海湾①晒日光浴。您可以想象得到，比尔爱她简直爱得发疯了。当然，比尔在奇拉里奇大饭店请客那当儿，还没认识她呢！我第一次见到您就是在那次宴会上。不过，我敢说，您绝不会记住我这样一个老太婆的。"

她一边说，一边挑逗地飞眼，还露出闪闪发光的牙齿。

---

① 这是美国佛罗里达州的避寒胜地。

"恰恰相反,我清楚地记得您,"他说,接着,还没等她布下圈套,无休止地回忆第一次会面的情形,他已将烟盒递过去擦火点烟,使她一时无法开口。"我并不喜欢棕榈海滩,"他一边说,一边吹灭火柴。我瞥了他一眼,觉得如果他出现在佛罗里达州的背景之前,一定显得非常不协调。他应当属于十五世纪颓垣围着的那些城市,城里有狭窄的、鹅卵石铺成的街道和又细又长的尖塔,居民都穿着尖头鞋和长筒的绒线袜。他的面容非常吸引人,敏感、神奇而不可思议地带着中世纪的味道。看着他我就想起曾在什么地方的画展上见到过的一幅画像,某位无名绅士的画像。只要剥去他那身英国式的花呢服装,给他换上领口和袖口都镶上花边的黑衣服,他就会成为画像上的一个久远年代的人,痴呆呆地俯视着我们这些现代人。在那遥远的古代,绅士们披着大氅在黑夜里行走,站在古老门庭的阴影里;狭窄的梯级,阴暗的地牢,黑暗之中的低语声,剑的光芒,还有那无言的优雅礼仪。

我真希望能够记起作这幅画像的大师。画像挂在画廊的一个角落里,画中人的双眼透过布满尘埃的镜框,一直注视着你……

可是,这会儿他们俩正谈得起劲,而我却不知道他们刚才说了什么,此刻只听到他说:"不,即使在二十年前也不是这样。那类事情我从不觉得有趣。"

接着我就听见范·霍珀夫人肆意而自得的笑声。"假如比尔这小子有一个像曼德里那样的家,他可就不愿意去棕榈海滩乱逛啦,"她说,"人们都说曼德里是个仙乡,难以用其他词汇形容的。"

她停住了,期待他报以微笑,可他仍然自顾自地抽烟。尽管那表情淡漠得让人难以觉察,我却注意到他微微皱了皱眉头。

"当然啦,我见过曼德里的照片,"她仍紧追不放,"太迷人了!我记得比尔曾对我说,曼德里比所有其他的大庄园都美,我真不明白您怎么舍得离开它。"

这会儿,他的沉默已使人十分难堪,若是别人,早已一眼看得出了。可她仍然喋喋不休,像一头笨拙的母羊,撞进别人小心翼翼保护着的地界,左突右奔,任意践踏。我只觉得血往脸上涌,因为她正拖着我一道去受辱。

第三章

"当然啰,你们英国男人对家的态度全是一样的,"她的声音越来越大,"你们贬低自己的家,以显示你们并不傲慢。在曼德里不是有一个中世纪吟游诗人的画廊吗?还有许多价值不菲的藏画,是吗?"她转过脸来对我说话,算是解释给我听:"德温特先生可谦虚了,所以他不愿说老实话。但我敢说从征服时代①起,他那可爱的老家就属于他们家族了。听说那吟游诗人画廊的藏画珍贵得不得了。德温特先生,我想您家祖先常常在曼德里款待王族吧?"

从出生至今,我还从未经历过这样的难堪,即使在她手下也从未有过。没想到对方竟猝不及防地讽刺开了:"是啊,早从埃塞尔德大王②时起就属于我家了,"他说,"就是被称为'尚未准备好'的那个英王。实际上,他是在我家住的时候得到这个绰号的,因为每次开饭他总是迟到。"

她活该!我等着她变脸。可是说来叫人难以相信,他这一席话居然对她毫无作用,我却替她难堪起来,如坐针毡,像被打了个耳刮子的小孩似的。

"真的吗?"她却一错再错,"我一无所知。我的历史知识很靠不住,那么多英王总是把我弄得稀里糊涂。但这一切又是多么有意思啊。我一定得写信告诉我女儿去,她可是位大学者。"

没法谈下去了。我只觉得自己双颊通红。我太年轻了,所以束手无策。如果我年长几岁,我就会捕捉他的目光,向他微笑;范·霍珀夫人那种令人难以置信的表现使我与他之间达成了某种默契。当时,我羞愧难当,又一次忍受着青年时代屡见不鲜的痛苦的煎熬。

他可能看出了我心情低迷,于是就从椅子上向我欠过身来,温柔地问我是否再加一点咖啡。当我摇头谢绝时,我感到他那困惑而沉思的目光仍然盯着我。也许他在考虑我与范·霍珀夫人到底是什么关系,是否应把我们俩都当作一样的蠢材对待。

"您觉得蒙特卡洛怎么样?"他问道。我被扯到他们的谈话中,感到

---

① 这里指1066年威廉王征服英国。
② 这里指英王爱塞烈德二世(968—1016)。

狼狈至极,立刻表现出蓬头散发的昔日女学生稚嫩的样子来。我说了几句显而易见又愚不可及的话,说这个地方人工雕琢的痕迹过多,但还没等我结结巴巴地说完,范·霍珀夫人打断了我。

"她被宠坏了,德温特先生,这就是她的毛病。不知有多少女孩子宁愿用自己的眼睛做代价,换得看一看蒙特卡洛的机会。"

"这样一来不是达不到目的了吗?"他说,脸上挂着隐约的笑容。

她耸耸肩,吐出一大团烟雾。我看她一下子还没领会他话里的含义。"我可是对蒙特卡洛情有独钟,"她告诉他,"英国的冬天可真叫人吃不消,那种气候我受不了,可您为什么也到这儿来?您不是这儿的常客。您想玩'雪米'吗?有没有带高尔夫球棒?"

"还没想好呢,我离家时很匆忙。"他答道。

他自己的这几句话一定震动了某种回忆,他的脸色又阴沉下来,并微微皱起眉头。她却依然无动于衷地喋喋不休:"您自然会留恋曼德里的浓雾,这完全是另外一种不同的景象。春天里的西部农村一定是令人心旷神怡的。"他把手伸向烟灰碟,捻灭了香烟。我注意到他的眼神里有一种微妙的变化,有一种难以描述的东西在那儿游移了片刻;我似乎看到了他的某种隐私,但这又与我有什么相干?

"是的,我离开时恰好是曼德里最美的时候。"他简短地说。

接着大家都沉默了,而后是难堪。我偷偷地看了他一眼,不由得更清晰地联想到我那位无名绅士:披着大氅,行踪诡秘,黑夜中在回廊里徘徊。范·霍珀夫人电铃似的声音撕裂了我的幻想。

"您在这儿认识的人不少吧?不过今年冬天这儿都没几位名人,无聊透了。米德尔塞克斯公爵在这儿,住在自己的游艇上。我还没来得及到游艇上去看望他呢!(据我所知,她从来没有到那个游艇上去过。)您当然认识内尔·米德尔塞克斯啰。确实太迷人了!人家总说第二个孩子不是公爵的,这我可不信。一个女人长得漂亮,就总有一些闲言碎语,对吗?而她恰恰是那么讨人喜欢。卡克斯顿与希斯洛普婚后关系不好,是不是真的?"她不停地唠叨,都是些东拉西扯、乱七八糟的流言蜚语,却始终没有意识到这些名字对他是完全陌生、毫无意义的。她丝毫没有觉察到,自己越是这样无所顾忌地信口胡说,对方就越是冷淡,话也说得更少了。但

第三章

他从不打断她,也不看手表,似乎从他当着我的面让她出了洋相,犯了个最初的错误后,他已经为自己制订了一种行为准则,要不折不扣地按准则行事,而不想再冒犯别人了。最后,一个传呼旅客的侍者跑来说有一名裁缝在房间里等候范·霍珀夫人,终于替他解了围。

他立刻站起来,挪开椅子,说道:"别让我耽搁您了。现在衣服的流行式样变化太快了,也许等您上楼,衣服式样又变啦。"

他的嘲弄并没有刺痛她,她反而把这句话当成是恭维之辞。"能够这样与您相遇真是太高兴了,德温特先生,"她一边说,一边同我朝电梯走去,"既然我已经唐突地开了个头,希望能时常见到您。您一定得到我房间里坐坐,喝上一杯。明天晚上可能会有一两位客人来看我,您也来吧。"我急忙转过脸去,生怕看到他设法推辞的窘态。

"很抱歉,"他说,"我明天可能驾车到索斯派尔去,不知道什么时候能回来。"

她无可奈何,只好作罢,但我们仍在电梯门旁徘徊着。

"我想他们一定给您弄了个好房间。旅馆里一半都空着,所以要是您觉得不称意,一定要跟他们闹一场去。您的行李,仆人应该给料理好了吧?"这种熟稔态度实在令人难以忍受,即使在她身上也少见。我瞥见了他的脸色。

"我没有仆人,"他不动声色地回答说,"也许您愿意为我去打开行李吧!"

这回可是一箭中的了,她的脸涨成了猪肝色,只好窘迫地笑笑。

"啊,我的意思是……"接着,真是令人难以置信,她突然转过身来对我说:"假如需要的话,或许你可以帮帮德温特先生的忙,在许多方面你都是个能干的孩子。"

又是一阵短暂的沉默。我惊慌失措,呆若木鸡,等他回话。他俯视着我们,带着挖苦傲慢的表情,唇边隐约挂着浅笑。

"妙极了,"他说,"不过我信奉我家的老话:单身旅客行路最快。这句话大概您从来没有听说过吧!"

接着,没等到范·霍珀夫人回答,他就转过身,走开了。

"多滑稽啊!"我们乘电梯上楼时范·霍珀夫人说,"你觉得他唐突地离开是不是一种幽默？男人是常常做出这种怪事的。我记得曾经有一位出名的作家，一看见我走来就从侍者专用楼梯飞奔而下，我看他可能对我着了迷，可又没有自信。不过那时我还年轻。"

电梯猛地晃了一下，停住了。到我们自己住的那一层楼时，开电梯的侍者拉开了门。"顺便提一下，亲爱的，"在走廊上她对我说，"别怪我又说你。不过你今天下午有点不懂规矩，竟想独揽话头，这使我很难堪。而且，我敢说他也会这么想，男人是不喜欢这种样子的。"

我没吭声，看来对她说什么都是白搭。"啊，行了，别这么不高兴。"她笑着耸耸肩，"毕竟我得对你在这儿的行为负责。你自然不妨听我的忠告，论年纪我能做你妈妈了。'好了，布莱克，我来了……'"她哼着法国小曲，走进卧室。裁缝正在那儿等着她。

我跪在临窗的椅子上，观看午后的街景。阳光灿烂，一阵大风欢快地吹着。半小时之内，我们又要坐下打桥牌了。窗户关得紧紧的，暖气开到最大限度。我想到了总要我去清理的烟灰碟，杂乱地堆满染着唇膏的捻扁的烟蒂和丢弃了的奶油巧克力糖。我从小只会玩"过关斩将"和"幸福家庭"这样的游戏，对于桥牌很难接受；再说，同我一道打牌，她的朋友们也不耐烦。

我觉得有我这样一个年轻姑娘在场，他们无法随心所欲地谈话，正像在饭后水果端来以前，当着客厅女仆的面不能畅所欲言一样。因为有我在场，他们一下子很难打开话匣子，说些既有诽谤中伤又有影射暗示的闲言碎语。于是，男客们就会装出一种很不自然的热忱，问我一些滑稽可笑的有关历史或绘画的问题。他们认为我刚离开学校，与我攀谈，只好说说这些。

我叹了口气，从窗口转过身来。阳光充满着希望，劲吹的风在海上掀起白浪。我想起一两天前曾路过的摩纳哥，那儿的某个街角有一座歪歪斜斜的房屋，弯身倾向鹅卵石铺成的广场。在高高的倾斜的屋顶处，有一个狭缝似的窗口，这窗子背后也许曾住过中世纪的古人吧。我从书桌上拿起铅笔和纸，心不在焉地画了起来，全靠想象画出一幅苍白的、带鹰钩鼻的侧面头像，沉郁的眼睛，一道高鼻梁，挂着嘲笑的上唇。接着，我又给画中人加了一撮尖尖的胡须，领口处镶上花边，就像那位大师在多年以前一

第三章

个逝去了的年代中所画的一样。

有人敲门。进来的是开电梯的侍者,手中拿着一封便柬。"夫人正在卧室里。"我告诉他,但他却摇摇头说这封信是给我的。我拆开信封,发现里边只有一张笔记簿纸,上面写了几个字,笔迹十分陌生:

"请原谅我今天下午的无礼。"

就是这么几个字,既无签名,也无抬头。可信封上分明写着我的名字,而且居然拼对了,实在难得。

"有回信吗?"侍者问我。

我从那几个草字上抬起头来,答道:"不,不。没有回信。"

侍者走后,我将便柬塞进衣袋,又去看我那张铅笔画。但是不知为什么,我不再喜欢它了。那副面容显得死板而毫无生气,镶花边的领口和胡须就像是演哑剧的道具。

第四章

　　桥牌会后的第二天，范·霍珀夫人醒来时咽喉干涩发痛，体温一百零二度。我给她的大夫挂了电话，大夫即刻赶来，诊断说是普通的流行性感冒。"您得躺着休息，没有我的允许不要起床。"大夫叮嘱说，"听上去您的心跳有点不太正常，必须绝对卧床静养，否则很难好转。我的意见是——"他转过身对我说，"给范·霍珀夫人找一名专职护士。你连扶她坐起来的力气都没有。护理两星期就可以了。"

　　我觉得另请护士未免太荒唐，就表示反对。可是，出乎我的意料，范·霍珀夫人接受了大夫的建议。我想，她是巴不得小题大做，这样，人们就会来探望，或写慰问信，或许还会有人送鲜花。她对蒙特卡洛已开始腻烦，病上几天不失为一种调剂。

　　护士将给她打针，并进行轻微的按摩；她还得按规定食谱进食。护士来后，我就走开了。当时她的体温已开始下降，背靠着叠起的枕头坐在床上，披着她最华贵的睡衣，缀有缎带的闺房小帽覆盖着脑门，显出一副心满意足的神情。我松了一口气，可是又因此感到内疚。怀着这种矛盾的心情，我去给她的朋友打电话，取消原定在当夜举行的小型聚会，接着就比平时提前足有半个小时到楼下餐厅去吃午饭。我原以为餐厅里肯定空无一人，因为客人通常都不在一点钟前吃午饭。果然，餐厅里空荡荡的，只是我们的邻桌早已有人占了。真是出乎意料！对此我完全没有思想准备。他不是去索斯派尔了吗？毫无疑问，他提前吃午饭是怕一点钟时再碰到我们。这时我已穿过半个餐厅，没法再转身往回走了。前一天在电梯口分手之后，我没有再见过他，因为他是很机智的，没有在餐厅吃晚饭。此刻提

第四章

早吃午饭想必也是出于相同的原因。

该如何应付这种状况,我毫无经验。我希望自己年长几岁,行为做事该是另一番模样。我目不斜视地朝我们那张餐桌走去。展开餐巾时,我竟碰翻了一瓶僵直的银莲花,真是报应!谁叫我这么笨手笨脚的!水渗透桌布,滴滴答答落到我的裙子上。侍者远在餐厅另一端,再说他也看不见这儿有人闯了祸。可是邻座客人却突然出现在我身边,手拿一方干的餐巾。

"你可不能坐在湿乎乎的桌布旁吃饭,"他不客气地说,"会让你倒胃口的。不要待在这儿了。"

他动手去擦桌布。这时,侍者看见了,赶紧走过来帮忙。

"没关系,"我说,"我不在乎。反正只有我一个人。"

他没吭声。侍者走来,动作利索地把花瓶和撒了一桌子的花收拾了。

"别管它了,"他突然对侍者说,"给我桌上添一副刀叉。小姐要同我共进午餐。"

我困惑地抬起头来说:"喔!不,这绝对不可以!"

"为什么?"他问。

我绞尽脑汁,想找个借口。我知道他并不愿意同我共进午餐,只不过是虚礼敷衍而已,我会毁了他这顿饭的。我决定有话直说。

"不,"我恳求道,"请不必客气。承蒙您相邀,不过只要侍者把桌布擦一擦,我在这儿吃也挺好。"

"我可不是同你客气,"他毫无让步之意,"我很希望你能同我一起吃午饭。即使你没有冒冒失失地撞翻花瓶,我也会邀请你的。"他大概从我脸上看出了怀疑的神情,所以就微笑着往下说:"你不信我也没关系,过来坐下。如果你不愿意的话,我们可以不用说话。"

我们坐下了。他递过菜单,让我点菜,自己却若无其事地只顾继续吃他那道餐前的开胃小吃。

孤高是此人独特的个性。我知道,我们两人可以就这样埋头吃完一顿饭,一句话也不说。这也没有什么要紧的,不会因此感到丝毫不自在。他才不会来考问我的历史知识呢!

"你那位朋友怎么啦?"他问。我说她患了流行性感冒。他说:"真遗憾。"过了片刻,他又说:"我想你收到了那个便柬。很惭愧,我的举止太不成体统。对此我只有一个借口：单身生活把我变成了粗鲁的乡巴佬。所以，今天你能和我共进午餐，我很感激。"

"谈不上粗鲁，"我说，"至少她并没有感觉到。她那种好奇心——她倒不是故意冒犯；她对谁都这样，我是说，对有地位的人。"

"看来，我倒应该感到十分荣幸才是，"他说，"她为什么会把我当作有地位的人？"

我犹豫了片刻后才回答："我想是因为曼德里吧。"

他没吭声。我又一次觉得浑身不自在，像是闯进了谁的禁区。我不明白，一说到他的家，那个一传十、十传百，人所共知的家，连我这样的小人物也听说过，怎么总是令他讳莫如深，霎时就让他和别人之间平生出一道屏障来。

一时，两人只顾埋头吃饭，都不说话了。我记得童年时代有一次到西部乡村去度假，曾在某个村落的小店铺里买了一张彩图明信片。图上画着一幢大宅。当然，笔法很拙劣，色彩也俗气，画中的大宅仍不失其匀称美：平台前宽阔的石级，绿茵茵的草坪向着海滨延伸。为了买这张明信片，我用去了两个便士——一星期零用钱的一半。后来，我问开铺子的那个满面皱纹的老太婆，图片上画的是什么。我的孤陋寡闻着实令老太婆吃了一惊。

"那是曼德里啊！"她说。我仍记得自己怎样灰溜溜地走出铺子，她的指点并未使我开窍。

那张明信片后来不知往哪本书里一夹，早就找不着了。但也许正是因为还记得那张明信片，我才对他那种守口如瓶、提防别人的态度抱有同情。他厌恶范·霍珀夫人之流问长问短，喋喋不休。或许，曼德里这地方有什么神圣之处，因而才显得与众不同，容不得别人议论吧。我能想象得出范·霍珀夫人如何咚咚地踏着大步，浏览曼德里的房间，以她那种尖利断续的笑声撕裂着周围的宁静；她也许是付六个便士买了票，才可以入内参观的。我们一定是想到一块儿去了，因为他开始谈到范·霍珀夫人：

"你的那位朋友比你年龄大多了。你们是亲戚？认识很久了吗？"看来，对他而言，我和夫人的关系仍是一个谜。

"她其实并不是朋友，"我告诉他，"确切地说，是雇主。她正训练

第四章

我成为人们称之为'伴侣'的角色。她每年付我九十英镑。"

"我从来不知道伴侣还可以花钱买呢，"他说，"听起来真野蛮，很像东方奴隶市场上的买卖。"

"我曾在字典里查找'伴侣'这个词，"我对他实话实说，"释义说：'伴侣就是心腹朋友。'"

"你同她可没有太多的共同语言。"他说。

他笑了。笑时，他像是变成了另外一个人，显得年轻一些，不那么超然。"为什么干这个工作呢？"他问。

"九十英镑对我来说可是一大笔钱。"我说。

"难道你没有亲人吗？"

"没有——都去世了。"

"你的姓氏很可爱，很别致。"

"我爸爸生前就是一个既可爱又不一般的人。"

"跟我说说你爸爸。"他说。

我手捧一杯香橼水，眼光越过杯子上方，打量着他。说我爸爸的事太不容易了，我通常也从不跟人谈起他老人家。爸爸是我珍藏在心底的宝贝，为我所独有，正如曼德里仅为我的邻座客人所独有一样。我可不愿在蒙特卡洛一家饭店的餐桌上，随随便便地把爸爸介绍给陌生人。

那顿午餐始终笼罩着某种奇异的梦幻气氛，至今回想起来，依然充满着不可思议的魅力。那天，我还是那副女学生的模样，就在前一天，我还曾坐在范·霍珀夫人身旁，古板拘谨，沉默寡言，缩头缩脑。可是二十四小时之后，我的家史已不复为我一人所有，我竟对一个陌生的男子把家史和盘托出。不知为什么，我觉得非说不可，因为他，就像那位无名绅士一样，眼睛一直盯着我。

我的羞怯消失得无影无踪，同时，那不愿说话的舌头也得到了解放。于是，往事一股脑儿奔泻而出：儿时琐碎无聊的隐私，各种甜酸苦辣。我感到，从我十分拙劣的叙述中，他似乎多少了解到我父亲昔日朝气蓬勃的性格以及我母亲对他的爱。母亲将爱情化作一种生命的活力，使爱情带上神圣的光芒，以至于在那个令人心碎的冬天，父亲患肺炎死去之后，她只在世上多待了短短五个星期，便也随之而去了。我记得说到这儿，曾上气

023

不接下气地停顿过一会儿，觉得一阵头晕眼花。这时，餐厅里已高朋满座，伴随着管弦乐队的琴鼓喇叭，欢声笑语不绝于耳，还有盘碟清脆的碰撞声。一看门口上方的钟，已指向两点。我们在餐厅里待了一个半小时，期间都是我一个人在说话。

我猛然回到现实中来，手掌心发烫，突然不自然了。我涨红着脸，迟疑地表示歉意。他可不听这一套。

"刚开始吃午饭时，我说过你的姓氏既可爱又别致，"他说，"如果你不介意，我还补充一句：这名字对你父亲固然合适，你也当之无愧。同你一起度过的这一个小时，我十分愉快。好长一段时间以来没领略过这种滋味了。你使我走出自己的小圈子，摆脱了绝望和内心反省的折磨，这两者一年来害得我好苦！"

我看着他，相信他说的是真话。他不再被先前那种桎梏禁锢着，多了几分现代人的气息和人情味。他从四下萦绕的阴影中走了出来。

"你知道，"他说，"我们之间有某种共同的羁绊。我们俩在世上都是孤独的。对了，我还有个姐姐，只是很少见面；还有一位老奶奶，出于当孙子的义务，我每年拜访她三次。可是这两位亲人都不能算是伴侣。我得向范·霍珀夫人祝贺，你一年只要九十英镑，实在太便宜了。"

"您忘了，"我说，"你有个家，我却无家可归。"

话一出口，我就后悔不迭。他的眼神重新又变得深邃莫测，我则又一次感到如坐针毡般的难堪，一个人要是不慎失言，总会有这种很不自在的感觉。他低下头去点香烟，没有马上回答。

"一幢空房子，就孤独感而论，可能并不比一座熙攘喧闹的旅馆好得了多少。"他终于开口了，"相比较而言，家还更容易让人伤感。"他沉吟许久，我以为这回他终于要说到曼德里了，可是有什么东西束缚着他，某种病态的恐惧心理挣扎着浮上他的脑海，占了上风。于是，他吹熄火柴，与此同时，方才一闪而过的那点儿自信也烟消云散了。

"这么说，'心腹朋友'可以放一天假啰？"他又以平淡的语调与我说话，这种语调使我俩中间产生了一种毫无拘束的亲切感。"咱们的这位朋友打算怎么打发假日呢？"

我立刻想到了摩纳哥那座鹅卵石广场，那座带狭窗的房屋。我可以带

第四章

着素描画本和铅笔在三点前赶到那里。我竟然把这些都对他说了,说时也许稍带羞涩,就同那些有着高雅爱好却毫无天赋的人一样。

"我开车送你去。"他由不得我表示异议。

我仍记得前一天晚上范·霍珀夫人曾警告我不得放肆。不知道他是否会认为谈到摩纳哥是我故意之举,巧立名目,以便搭车?想到这儿,我窘极了。这种丢脸的事情,范·霍珀夫人是干得出来的。可我不愿他把我们两人当作一路货。与他共进午餐后,我的身价已经大增。所以,当我们起身离开餐桌时,那个矮个儿餐厅侍者领班竟快步赶过来,帮我拖开椅子。他朝我深深鞠了一躬,面带笑容,跟往常那种不屑一顾的淡漠神态相比,简直判若两人。领班替我捡起掉在地上的手绢,还说他希望"小姐午餐吃得满意"。连伫立在转门旁的青年侍者也朝我投来恭敬的目光。对这一切,我那同伴自然习以为常,他又不知道昨天那盘切得不像样的火腿。看到侍者态度前后变化之大,我心里很不是滋味,也瞧不起自己。我又想起父亲,他老人家对以外表度人的势利丑态是极为蔑视的。

"你在想什么?"我们沿着走廊走向休息室。我一抬头,发觉他正好奇地看着我。

"有什么事惹你不高兴了?"他问。

餐厅侍者领班的殷勤引起我一连串的回忆。喝咖啡时,我跟他谈起那个叫布莱兹的女裁缝。有一回,范·霍珀夫人定做了三件上衣,把女裁缝乐坏啦。后来,在送裁缝上电梯去的路中,我曾想象她将怎样在那狭小塞闷的工场背后的小客厅里,赶制这几件衣服;生肺病的儿子或许就躺在她身旁的沙发上,日益憔悴下去。我甚至还想象得出女裁缝是如何眯缝着干涩的眼睛穿针引线,屋子里衣料的碎片撒了一地。

"是吗?"他微笑着说,"你的想象与现实相符吗?"

"不知道,"我说,"我从没有亲眼看到。"接着,我又向他描述我如何按铃招呼电梯。而正当我按铃时,女裁缝在提包里摸索了一会儿,掏出一张一百法郎的钞票,向我塞了过来。"来,给你,"她用亲昵得令人生厌的语调在我耳边说,"请收下这笔小小的佣金,请带你的主人多多光顾本店。"我涨红了脸,十分窘迫,无论如何也不肯收钱。女裁缝只好没趣地耸耸肩。"随你的便,"她说,"不过,我可以保证,这种事平常得很。也许你愿意要件上衣吧,那就找个时间,避开夫人,独个儿到小店来一趟。我一定把你打扮得漂漂亮亮,不要你花一个子儿。"不知为什么,我突然体会到早年在儿童时代偷看一部禁书时那种让人作呕的不健康的感觉。生肺病的儿子的形象消失了,取而代之的是另一幅景象:如果我是另一种类型的人,我就会心照不宣地报以一笑,把那张满是油污的钞票塞进口袋,要不就趁今天这个闲着没事的下午,溜到布莱兹的成衣铺去,出来时带着一件对方白送的上衣。

我等着他笑话我,这一切都无聊透了。我也弄不懂为什么要对他说这些。他若有所思地看着我,搅动着咖啡。

"在我看来,你犯了个大错。"过了一会儿,他才说。

"没有收下那一百法郎?"我不服气地问。

"不!天哪,你把我看作什么人了?我是说你来到这儿,跟范·霍珀夫人混在一块儿是个大错。你不适合干这行。首先,你太年轻,而且也太软弱。布莱兹和她的佣金算不了什么,只不过是个开头,以后这种事还多着呢。你要不然屈服,把自己也变成像布莱兹式的人物;不然,就照目前的样子继续生活下去,最终走投无路。头一个出主意让你干这行的是谁?"由他提出这个问题似乎极其自然,我毫不介意。我俩像是相识已久的朋友,阔别多年之后在这儿重逢。

"你考虑过今后怎么办吗?"他问我,"还有,如果照现在这样下去,会有什么样的结果?如果有一天,范·霍珀夫人对'心腹朋友'感到腻烦了,以后会怎么样?"

我面带微笑地告诉他,我并不十分把这事儿放在心上。还会有其他范·霍珀夫人之类的阔太太,而我还年轻,有信心,而且身强力壮。但是就在他问我之时,我不禁又想起那些常常刊登在上流社会杂志上的求助广告,说是某慈善团体不能坐视年轻妇女身处逆境而不顾,所以要求善男信女援手扶助。我又想到那些应广告呼吁、供人暂时栖身的寄宿处;接着,我仿佛看到自己正站在脸色严厉的招工代理人面前,语无伦次地回答各种问题,除了手里捧着的一个没有一点用处的素描画本,就再也提不出其他资历了。也许,我本应收下布莱兹那百分之十的佣金的。

"你多大了?"他问。我说出年龄,他笑了,站起身来,"我了解你

第四章

这种年龄的人,人在这种年龄都十分固执。即使是一千个妖魔鬼怪也不能让你对未来有一丝畏惧。可惜我俩不能换一换。上楼去戴上帽子,我把车开过来。"

在他目光中我跨进电梯。这时我又想起前一天的情景,范·霍珀夫人的唠叨和他那冷若冰霜的神情又浮现在我眼前。我没看准他的为人:他既不冷酷,也不傲慢;他已成为我多年的挚友,我的兄长,尽管我从未有兄弟。那天下午,我完全处于幸福之中,时至今日,当时的心境我仍记忆犹新。我仿佛还能看见那天下午挂着缕缕白云的天空和卷起白浪的大海;我仿佛又听到自己的以及他应和的笑声,又感到轻风拂面的惬意。蒙特卡洛终于给我带来了一些愉快,它散发出某种迄今未有的诱惑力,不再是我熟识的赌城。在这以前,我肯定是以呆滞的目光去看这座城市的。在港口,船上的彩色纸条迎风飞舞,多彩多姿;码头上,快活的水手满脸堆笑,如同海风一样活泼调皮。我们驾车驶过那条范·霍珀夫人喜欢的游艇,因为游艇归公爵所有,范·霍珀夫人才另眼相看。我们对游艇上那块闪闪发光的青铜铭牌嘲弄地打了个响指,接着相互对视,又大笑一阵。我还清楚地记得我那件舒适但不合体的衣裙,它如此别扭地披在我身上,让我出丑,今天仿佛依然如此。那条裙子因为穿的时间更长,比上衣要轻薄得多;还有那顶寒酸的女帽,帽檐过于宽阔;脚下那双低跟皮鞋,只有一条皮带当作襻扣;另外,一副齐臂的长手套还被我那双下人的手紧抓着。当时的我,模样从来没有这般幼稚可笑,而内心却又感到前所未有的成熟。范·霍珀夫人和她的流行性感冒对我来说不复存在;什么桥牌,什么鸡尾酒会,也都给抛到九霄云外,我也忘了自己卑贱的下人身份。

我成了有地位的小姐,总算长大成人了。那个小妞儿——在起居室门外,扭绞着手帕,听着里边嗡嗡的人声,畏畏缩缩地不敢进门打扰的张皇失措的小妞——竟也被那天下午的风吹得不知踪影。这小妞儿真可怜,我想起她就不屑一顾。

风很大,素描画不成了。风儿阵阵,欢快地拂过鹅卵石广场的一角。我俩走回汽车,又不知往哪儿疾驰而去。漫长的公路蜿蜒而上,我们沿着它登山,在群岭之上左右盘旋,就像鸟儿在高空翱翔。同范·霍珀夫人在旅游期间租来的那辆四方形的老式戴姆勒牌汽车相比,他的车是多么不同

蝴 蝶 梦

啊！多少个无风的下午，这辆戴姆勒汽车曾载着我们开往曼通尼城。我总是坐在背靠司机的一个座位上，手脚动弹不得，要看车外景色，就非得伸长脖子不可。在我看来，他的车好像长着墨丘利①的双翅，不停地往上飞驶，速度之快令人惊心动魄。惊险带给我快感，因为我从来没领略过这种滋味。况且，我还年轻。

我记得自己纵情大笑，笑声霎时被山风从身边带走。可是等我把眼光移过来，我发现他已收敛了笑容。他又像昨天那样缩进神秘的自我外壳，一声不响，默默地出神。

我还注意到汽车无法再往上开了，我们已抵达山顶。来时走过的公路横在我们脚下，十分险峻，深陷在山谷之中。我们停了车。这时，我看到公路的边沿往外就是一个险陂，陡峭的山坡倾斜着伸向大约二千英尺的深渊。我们走出汽车往下望去，现在才算完全看清楚。原来我们和深渊之间只有半个车身的距离。大海犹如一张起皱的大图纸，铺向地平线，浪花拍打着凹凸分明的海岸线。房屋像是圆形洞穴里的白色贝壳，巨大的太阳在许多地方投下斑驳的橙色。一束阳光投向我们所在的山头，在一片死寂之中显得那样冷酷而惨淡。下午出游的气氛变了，不再像刚才那样轻松活泼。风停了，天气突然阴冷下来。

听得出来，我说话的声音过于随便；那是人们在极度不安时故作镇静的反常声调："你认得这地方？"我问，"以前来过吗？"他只是那样低着头看着我，但已不认得我了。我心头顿觉一阵刺痛，并且意识到他已经把我全忘了，也许这样出神已有好大一会儿。他已完全陷入自己纷杂可怕的思绪迷津之中，我对他来说已不存在了。他的脸活像梦游人的脸。我一紧张，甚至想到也许他的确不是个正常人，神经不太健全吧。有些人时而会出神发狂，对此我有所耳闻；这种人按我们无法理解的反常规律行事，服从下意识的紊乱指令。也许他就是这样一种人，而我们此刻离死神只有六英尺的距离。

"天晚了，我们回家吧？"我说。那种漫不经心的语调和硬装出来的笑容连小孩也骗不过。

---

① 罗马神话中诸神的使者。

第四章

  当然，我到底还是看错了他。他终究没有什么失常的地方。一听到我第二次开口说话，他蓦然从梦幻中回过神来，开始向我道歉。大概我的脸色煞白，他看出来了。
  "我真该死。"他说着挽住我的手臂，推着我走回汽车。上车以后，他砰地关上车门。"别害怕。这里的转弯看着挺惊险，其实毫不费劲儿。"他说。我头昏眼花，直感到恶心，双手紧抓着座椅。他却已掉过车头，重新朝着下山的公路，动作是如此熟练轻盈，使车头又一次朝向陡峭的公路。
  "这么说，你曾经来过这儿？"我问他。这时，紧张感渐趋消失，车正沿着迂回而狭窄的公路缓缓地驶下山来。
  "是的，"他说，顿了顿，接着告诉我，"但那是多年以前的事了。我想看看这地方有没有变样。"
  "变没变呢？"我问。
  "没变，"他说，"没有，没变样。"
  我猜不透是什么力量驱使他重游故地，回想往事，还带着我这样一个莫名其妙的陌生人来目睹他的喜怒哀乐。他上一次游山至今已逝去了多少个漫长的年头？在此期间，他的内心和作为都有什么不同？气质秉性又有什么变化？我不想知道个究竟，只是后悔走了这一遭。
  我们沿着公路迂回下山，一路上沉默无言，也没有遇阻停车。落日被一大堆峥嵘的乌云笼罩着，空气变得无比清冷。他突然提起了曼德里。他不说自己在庄园里的生活；关于他本人，他只字不提。他只向我描绘曼德里春天黄昏的落日。海岬上留着夕阳火红的余辉，大海顿时变成一片墨绿，因为漫长的冬季刚过，海水仍然冰冷刺骨。置身于屋前的平台，你能听到小海湾涨潮的涛声。这正是水仙怒放的季节，纤细的花茎托着金色的穗头，在晚风中微微摇曳。水仙犹如一支大军，比肩密集，不论你采摘多少，一点不会显出稀疏的缺口。草坪尽头的海岸上，种植着一大片藏红花，色彩有橘黄、淡红和紫红之别。不过，这时已不是藏红花的全盛季节，所以一朵朵都低垂着头，色衰花谢，犹如惨白的雪片。报春花比较粗俗低贱一些，就像野草一样，哪儿有缝隙就往哪儿生长，纵然姿色平平，倒也令人赏心悦目。风信子还没到开花时节，花穗还掩面藏在去年的残叶丛中。但是一等到风信子怒放，不那么娇贵的紫罗兰顿时就相形见绌，树林里的羊齿草则被吞没得一干二净。风信子是如此娇艳，完全可以同天空媲美。

　　他说，他从来不允许在室内陈设风信子。风信子一插进花瓶就显得潦倒阴湿。要观赏妩媚绝伦的风信子，你得在正午十二点钟左右太阳当头时到林子里信步漫游。这种花的香气刺鼻，并带点儿烟味，仿佛秆茎里畅流着某种饱满而辛辣的野生液汁。在林子里采摘风信子的那些人简直就是破坏文物的野蛮人，为此，他曾在曼德里下过禁令。有时，他开车穿过田野，看见一些家伙骑自行车经过，车把上捆着大束大束的风信子，因为穗头凋败，花朵黯然失色，被折的秆茎散乱地耷拉着赤裸的身子，成了一团糟。

　　羊齿草对于本身的待遇，可并不十分在乎。这是一种野生植物，可偏偏喜欢与人类文明的雅趣沾点边。它们从农舍窗户后边的果酱罐里探出身来，搔头弄姿，丝毫不感到一点委屈，只要罐子里有水，足足能够活一个星期。在曼德里，野花不能拿进屋。他在由围墙圈起的花园里培育几种仅供室内摆设用的鲜花。他告诉我，难得有几种花采下之后反而更美丽，玫瑰就是其中之一。客厅里放一盆玫瑰，色彩鲜艳，浓香扑鼻，而自然界里的玫瑰就缺乏这两大优点。怒放的玫瑰给人某种蓬头垢面的感觉，就像披头散发的女人，显得轻浮而粗俗。可一旦放进屋子，玫瑰顿时变得神秘深沉。一年之中有八个月，他让人在曼德里室内摆设玫瑰。"你喜欢丁香吗？"他问。草坪的尽头有一颗丁香树，站在他卧室的窗口就可以闻到丁香的芬芳。他的姐姐是个冷漠而讲究实际的人，因此常常抱怨曼德里到处是一片花香，使她沉醉。或许她是对的，那他也不管。唯有花香合他的胃口，使他陶醉。回忆早年，他总想起插在白色花瓶里的大束紫丁香以及在屋子四处弥漫、令人遐思的扑鼻异香。

　　从山谷通向海湾的那条幽径也是花团锦簇，小径的左边种着大丛大丛的各色杜鹃。五月哪一天的黄昏，如果你沿着小径散步，就会发现灌木丛仿佛在风中淌汗。你俯身拾起一片落地的花瓣，用手指将它捻碎，顿时，从你的手掌心散发出千种奇香，沁人心脾。而这一切仅仅是由一片被揉碎的花瓣发出的。你悠然神往地走出山谷，来到海滩，脚下是坚硬的白色圆卵石和风平浪静的海水。多么奇妙的对照！也许过于突兀……

第四章

他说话的当儿,我们的汽车已回到闹市的交通中心。不知不觉之间,暮色已经降临,我们正置身于蒙特卡洛一片华灯和喧闹之中。大街上的喧嚣声刺激着我的神经;黄灿灿的灯光亮得炫目。时间飞快地溜走,愉快的出游就这样乏味地收场,我真不甘心。

我们眼看就要回到旅馆了。我在车厢的抽屉里摸索着我的手套。找到手套的同时,我的手指碰到了一本书,精致纤巧的封面说明这是一部诗集。车子在旅馆门前放慢速度的当儿,我正眯缝着眼睛想看清书名。"要是你喜欢,拿去读吧。"他说。驾车出游已告结束,我们回到了旅馆,曼德里已被抛在几百英里之外,他的语调又变得随随便便、漫不经心。

我暗自庆幸,抓着手套的手同时紧紧地抓住这本书。一天就要这样过完,我正想得到一件属于他所有的东西。

"下车吧,"他说,"我得把车开过去放好。今晚我到外面吃饭,不会在餐厅里再见到你了,不过我要谢谢你今天陪我。"

我独自走上旅馆的台阶,可怜巴巴的样子活像一个玩乐收场而兴犹未尽的孩子。下午的出游对我是一种骄纵,使我不知该如何打发这天余下的几个小时。我想到在就寝之前还有好长一段时间,而独自去吃晚饭又何其无聊。不知为何,我觉得无法正面回答楼上那护士狡黠的盘问,更无法面对范·霍珀夫人可能扯着嘶哑的嗓子对我进行的审讯,所以我索性在休息室的一隅坐下,躲在一根柱子后面,要侍者送茶点来。

侍者一副很不耐烦的表情。看到我独自用茶,他自然没必要使出浑身解数来。况且,现在刚过五点半,是一天中最无聊的时刻。一般人都已用过茶点,点菜饮酒却还早着呢。

我的感觉已不仅仅是若有所失,我只觉得凄凉孤独。我仰身靠着椅背,拿起那部诗集。这本书已久经手指抚弄,显得相当陈旧,所以一下子就自动翻开在某一页上,这一页一定是有人经常翻阅的。

"日日夜夜,我奔逃;
年复一年,我奔逃;
奔逃,奔逃,
穿越内心迷津,透过泪眼朦胧,
我躲开天狗奔逃。

蝴蝶梦

飞也似的奔逃，奔逃；
背后传来连串狂笑，
眼前是斜坡山坳。
我纵身投进张着大嘴的深渊，
任恐惧把我心啃咬。
奔逃，奔逃，
别让身后雄健的脚步把我踩倒。"

我当时的感觉像是站在一扇上了锁的门外，透过钥匙孔往里窥视，于是我偷偷地把书扔在一边。今天下午他是被哪条"天狗"赶上高山去的？我想到他的汽车，就停在离二千英尺深渊仅半个车身之处；我还想到他脸上那种茫然的表情。在他深邃的内心世界中回响着什么样的脚步声？什么样的轻声细语？哪些往事唤起了他的回忆？还有，那么多的诗集，他为什么唯独把这一部带在车上？我但愿他不是那样孤高，也但愿自己最好别是一个衣裙寒碜、戴一顶阔边女学生帽的小妞儿。

侍者阴沉着脸端来茶点。我嚼着那干巴巴的像锯屑般的黄油面包，一边又想到下午他向我描绘过的那条穿过山谷的幽径，还有杜鹃的花香和海湾处洁白的圆卵石，要是他对这一切深爱至此，干吗到蒙特卡洛来寻求这华而不实的一时之欢？他曾对范·霍珀夫人说，他离家时相当匆忙，并没有预先拟定计划。我眼前出现了他在山谷幽径上狂奔的景象，折磨他的"天狗"在后边紧追不舍。

我又拿起诗集。这一回，书翻到了扉页上，我看到上面写着留念题字："给迈克斯——丽贝卡赠，五月十七日"。字是用一手相当不凡的斜体写成的。有一小滴墨水沾在对面的空白页上，似乎写字的人因为性急，想使墨水流得更流畅一些，便用了甩笔，而当墨水冒着小泡从笔尖淌出时，稍稍有些过量，因此丽贝卡那墨量又黑又浓的名字显得格外突出，笔力遒劲；那个往一边倾斜的字母R[①]特别高大，对照之下，其他字母显得矮小。

我啪的一声合上诗集，把书塞到手套下边，伸手从邻近的一张椅子

[①] 全称是"丽贝卡"（英文：Rebecca）。

第四章

里拿起一本过期的《插图》杂志，信手翻着。杂志上登着几幅卢瓦尔城堡的漂亮照片，还附着一篇文章。我专心致志地阅读这篇文章，不时参看照片。但是待我读完这篇文章，却意识到自己一个字也没看进去。在杂志上赫然盯着我的并非布卢瓦地方细长的城堡角楼和锥形尖塔，而是前一天范·霍珀夫人在餐厅里的那副尊容：猪一样的小眼睛扫视着邻桌，五香碎肉卷串满了餐叉，停在半空不往嘴里送。

"骇人的大悲剧，"她说。"当然，报纸上全是关于这出悲剧的报道。大家都说他从不谈论这件事，从不提她的名字。你知道，她是在曼德里附近的一个海湾里淹死的……"

第五章

庆幸的是，初恋的狂热不会发生第二次。初恋固然是狂热的，但无论诗人怎样称赞，它毕竟也是一种负担。人们在二十一岁时缺乏勇气，因为琐碎小事而怕这怕那，无端担心。在那种年纪，一个人的自尊心非常容易受到伤害，时常生气，一句略微带刺的话就让自己感到无法忍受。今天，我行将步入中年。中年使人处在满足自得境界的保护之中。中年人也碰到日常微不足道的烦恼，但很快就会将之置于脑后，几乎不感到什么刺痛。但那时候情形就大不一样：别人无心出口的一句话我会念念不忘，成为灼人的耻辱；一个眼色，回眸的一瞥，都可能会打上永恒的标记；讨个没趣，那就意味着三次鸡鸣[①]；言不由衷则如同犹大的一吻。成年人说谎可以做到面不改色心不跳，而在那种年纪，即使在区区小事上说句假话，舌头也会疼上老半天，使你受着炮烙般的苦刑。

"你今天上午干什么去了？"范·霍珀夫人当时的声音我至今依然记得。她背靠枕头在床上坐着，因为实在没什么病，在床上又躺得太久了，很容易为点芝麻绿豆大的小事发脾气。我伸手从床头柜的抽屉里拿纸牌，因为心中有鬼，觉得脖子都涨红了。

"我在跟职业教练学打网球。"我一边说，一边因为自己的信口胡诌而发慌。要是那位职业教练下午突然亲自跑来告状，说我有好些天没去上课了，那该怎么办？

"我在这儿病恹恹地躺了一整天，你却无所事事，这可真是麻烦。"

[①] 根据《圣经》记载，基督问了彼得三次问题，彼得均未回答，公鸡连叫三遍，这意味着拒绝的态度。

第五章

她说着把香烟捻熄在一个装洗涤香膏的瓶子里，然后，就以牌迷那种叫人讨厌的熟练手法，把牌分成三叠抽上抽下，啪啪出声地弹着纸牌的背面。

"谁知道你成天在干些什么！"她接着说，"你连一张素描也没有交给我瞧瞧。要是真让你上街，你肯定会忘了给我买塔克索尔牌香烟。我只希望你网球球艺有所进步，这对你今后有用。球艺差劲的家伙最叫人受不了。现在你还发下手球吗？"她一抬手把黑桃皇后轻轻掷下，皇后就那样瞪着我，目光中充满了邪恶的神气，简直和耶洗别①一模一样。

"是的。"我答道。她的问题刺痛了我。我想她的用词既公道又准确，活灵活现地勾勒出了我的形象。的确，我做事确实偷偷摸摸：我压根儿没去跟职业教练学打网球，从她卧床时起一次也没打过，到现在已两个多星期了。我不明白自己为什么要一直把真相隐瞒着，干嘛不告诉她每天早上我和德温特一起驾车出游，而且每天在餐厅里共进午餐。

"你必须多去网球场走动，不然就甭想打好球。"她接着说。我接受了她的意见，一面惴惴不安地说假话，一面把尖下巴的红桃J覆在她那张"皇后"上面。

关于蒙特卡洛的好多事情我都不记得了。我俩如何每天早上驾车去兜风，在哪些地方玩过，甚至我俩谈论过什么，我全都忘了。但是我没忘记自己如何以颤抖的手指把帽子胡乱往脑门上一覆，又如何在走廊里急跑，并且因为等不及慢腾腾的电梯而飞奔下楼，不待门役搀扶，就擦着转门往外冲去。

他总是坐在驾驶座上，一边等我，一边看报。他见到我来，莞尔一笑，把报纸撂到后座，替我打开车门，问道："嗨，'心腹朋友'今天早上感觉怎样？想上哪儿玩去？"可是对我而言，即使他开着车老在一个地方来回绕圈子也没关系，因为这时我正处于出游开始时最得意的心情中。登上汽车，坐在他旁边的座位上，抱着双膝，曲身向着前面的挡风玻璃——这简直是一种难以消受的幸福。我就像一个对六年级的班长崇拜得五体投地的小不点儿，而他呢？他固然比这样一个班长要和善一些，但却难以接近得多。

---

① 古代以色列国王亚哈的妻子，生来残忍成性，好色淫荡。

"今天早上风大天冷，你最好披上我的外套。"

我至今还记得这句话，因为那时我确实幼稚，穿着他的衣服竟感到如此甜蜜，仿佛又成了那种给班长抱运动衣的小学生，能将自己偶像的衣服围在脖子上，得意得要命。借他的上衣，把它披在我的肩头，哪怕只有短短几分钟，也让我感到一种胜利的喜悦，我的早晨也因此变得如此美好。

从书上我知道，人们在谈情说爱时怎样装出懒洋洋的娇态，弄得对方难以捉摸，我可不是这种人。什么欲擒故纵、唇枪舌剑、飞眼媚笑，这一套挑逗人的本事我全不会。我就坐在车里，膝上摊着他的地图，任由风吹乱我那一头平直难看的长发。从他的沉默中我得到乐趣，同时，我又渴望听他说话。但是他说话与否对我的情绪来说其实无关紧要；我唯一的敌人是仪表板上的时钟，生怕它的针臂将无情地指向中午一点。我们时而向东，时而向西，我们在无数小村中穿行。这些村子就像附在岩石上的贝壳，缀满地中海沿岸。今天我已记不起它们中的任何一个。

我尚未忘记的只是坐在汽车皮椅上的感觉，膝上地图交错纵横的图案，它的皱边和松散的装订线。我还记得，有一次我曾望着时钟出神："此时此刻，十一点二十分，愿这一时刻永不消失。"接着我就闭上眼睛，以使那瞬间的经历更深地植根于脑中。等我睁开眼，汽车正在公路上拐弯，一个披黑色围巾的农家姑娘朝我们挥手。现在我还记得她的模样：染着尘埃的裙子，脸上带着开朗而友好的微笑。一转眼功夫，我们拐过弯去，再也看不到她了。农家姑娘已成为过去，只留下一个记忆。

当时我多想返回去，重新捕捉那已消逝的一刹那。但我即刻又想到，即便真的回去，一切都已不是原样，甚至天空的太阳经过移位也会不同于前一刻；那个农家姑娘或许正疲乏地沿公路走去，经过我们面前时，这一回不再挥手，或许压根儿就没看见我们。这种想法多少使人寒心，感到悲凉。再看看时钟，又过去了五分钟。很快地，时间就要过尽，我们又得回旅馆去了。

"如果发明一种办法，能将记忆像香水一样装在瓶子里，那该多好！"我脱口而出，"这样，记忆就永不褪色。需要的时候，只需打开瓶子，你就仿佛又回到过去，重新体验那一刻。"我抬头望着他，想知道他会说些什么。他并不转过脸来，照样全神贯注地看着前面的大路。

第五章

"在你短短的生活历程里,有什么特别的时刻,你想再次体验?"他问。从他的话里,我听不出是否含有嘲弄之意。"这我可说不上来。"接着,我又不假思索地补充了一句,犯了个愚不可及的错误,"我正想把此时此刻保存起来,永不忘怀呢。"

"你是说今天这个日子难忘,还算是对我车技的一种称赞?"他笑着说,那神情活像一个嘲弄人的兄长。我噘着嘴一声不吭,突然痛苦地意识到一道沟壑正横在两人中间,他对我的仁慈恰恰扩大了这道鸿沟。

此刻我才认识到自己无论如何也不会向范·霍珀夫人提起这些日子上午的出游,因为她那种笑,同他方才的讪笑一样,会令我万分伤心。她听到这事不会发火,也不会傻了眼,倒是可能轻轻扬起眉毛,表示压根不信我的话。然后,她可能会耸耸肩,显得很宽容地说:"好孩子,他如此好心,带你出去玩。可是你敢说他不觉得无聊得要命吗?"接着,她会拍拍我的肩膀,打发我去买塔克索尔牌香烟。我不禁顾影自怜:一个年轻丫头终究低人一等。想着想着,我开始使劲咬手指甲。

"我真希望,"我没好气地说,对他方才的笑仍然无法释怀,什么审时度势,全被我抛到九霄云外,"我真希望我是个三十六岁左右的贵妇人,穿一身黑缎子衣服,戴一串珍珠项链。"

"假如你是这样的人,此刻你就不会和我同坐在这辆车上!"他答道,"别咬指甲!你那指甲已经够难看了。"

"也许你会觉得我唐突无礼,可我仍要问,你为什么天天开车带我出来玩?很明显,你是可怜我,但为什么偏偏选中我来接受你的恩惠呢?"

我挺直身子,坐在位子上,尽可能表示出年轻姑娘那一丁点儿可怜的尊严。

他一本正经地回答:"我邀请你是因为你不穿黑缎子衣服,没戴珍珠项链,也不是三十六岁。"因为对方不动声色,我不敢确定他是否在心里窃笑。

"这可真妙,"我说,"我的情况,你已经完全知道了。我承认,我很年轻,生活里除了故去的亲人,没有多少经历。而你呢?有关你的事,我今天知道的决不比我们初次见面时更多。"

"那么,你当时都知道些什么呢?"他问。

 蝴 蝶 梦

"还不是说你住在曼德里。还有，嗯，还有就是，你失去了妻子。"啊，我终于吐出喉间骨鲠。"你的妻子"这几个字好些天来一直在我舌尖上打转，现在终于把它说出来了，而且说得如此自然，毫不费劲，仿佛提到她乃是世间最平常的事。"你的妻子"这几个字一经说出口，便回荡在空气中，在我眼前跳跃；而他默默听完我的话，始终一言不发，这几个字竟膨胀成了丑恶可怕的巨怪。这几个字本来绝不该说，自然更不该从我的嘴里说出。但这既成事实，话已出口就再也无法追回。我仿佛又看见了诗集扉页上的题词和那个奇特的斜体 R 字，顿时感到心里发毛发冷。他决不会原谅我，我们的友谊到此结束了。

我仍记得自己怎样出神地凝视着前面的挡风玻璃，对飞掠而过的路景视而不见，那几个字犹在耳边回响。在沉默中，几分钟过去了，几分钟就意味着汽车又驶过了好几英里，我想，这下子全都完了，再也不会一起坐车出游了。也许明天他就离开这里，而范·霍珀夫人则将病愈起床。一切将恢复到从前，她带着我在平台上散步，而那边，旅馆仆役正从楼上把他的箱笼搬下楼来，经过行李专用电梯时，恰好被我瞥见，箱笼上全是新贴上去的行李标签。然后便是忙乱的启程和无法改变的永别，开始时还能听到他的汽车在拐弯时的换挡声，接着，连这一点儿声音也被融化汇入车水马龙的喧闹之中，永远消失了。

我入神地想象这一幕情景，甚至看到仆役收下他的小费，转身走进旅馆转门时对门房说了些什么。我只顾胡思乱想，因此连车子正逐渐减速也不曾觉得。直到车子在公路边停下，我才再次回到现实中来。他端坐不动，没戴帽子，脖子上又围了条白围巾，因此看上去与画框里的中世纪人物十分相似。在这明丽的自然景色中，他显得格格不入。他应该出现在一座阴森恐怖的大教堂的石阶上，大氅拖地；在他的脚边，乞丐正拼命争抢他撒下的金币。

在他身上已看不到仁慈而随和的挚友，嘲笑我咬指甲的那位兄长也不见了。他变得如此陌生。我真不明白自己为什么挨着他坐在汽车里。

他转过脸来对我说："刚刚你谈到一种可以擒获记忆的发明。你还说，你希望在一个特殊时刻回过头去体验往事。我的想法恐怕与你恰好相反。回忆全是辛酸的，我宁愿永远不去理会过去的一切。一年前发生的事

第五章

整个儿改变了我的生活，我要把一生中到那时为止的一切统统忘记干净。那段生活已经结束，从我的记忆里抹去了，我的生活得从头开始。第一天见面时，你的那位范·霍珀夫人问我为什么到蒙特卡洛来，那是因为我想借此把你希望能再次唤起的种种回忆统统隔断。这样做当然并不总是有效的，有时候，香水的气味太浓，瓶子关不住，飘逸出来，熏得我难受。再说，附在人身上的魔鬼就像一个探头探脑偷窥别人隐私的家伙，老是想把瓶塞打开。我们俩第一次坐车出游时，爬上高山，俯瞰深谷，那就是因为魔鬼把瓶塞打开了。几年前，我曾经带我妻子到过那儿。你问我景色是否依然如故，那地方有何变化。一切都和以前没两样，只是——我感恩不尽地发现——那座山丝毫不带任何个性特征，绝不会使人想起上一回，她和我没有留下丝毫痕迹。这也许是因为那天你陪着我。你知道，你替我抹去旧日的影子，你的力量比起灯红酒绿的蒙特卡洛要大得多。要不是你，我早就离开这儿，继续自己的行程，先到意大利，再去希腊，或许还得到更远的地方去。是你省去了我漫无目的的四处奔走的麻烦。哼，让你刚才那种一本正经的清教徒式的说教见鬼去吧！还有，你居然以为我是在做慈善好事！我邀请你是因为我需要你，需要你陪着我。如果你不信，那么此刻你就可以下车，自己寻路回去。好吧，打开车门，下去！"

我呆呆地坐着，双手放在膝上，不知道他是不是真要赶我下车。

"说吧，你准备怎么样？"他问。

要是早一两年遇上这种情况，我肯定会哭泣。小孩一着急，泪水总是一下子涌上眼眶。当时我只感觉到泪水在眼睛里打转，血直往脸上冲。在挡风玻璃上方的小镜子里，我突然看见自己那副模样：两眼困惑慌乱，双颊发红，散乱的长发披在宽边帽下。一副鬼样子！

"我想回家。"我几乎要哭出来了。他默默地发动车子，踩离合器挂档，掉转头往回驶去。

车疾驰如飞。它跑得如此轻松，如此迅速，让我觉得不可思议。周围寂寥的田野无动于衷地注视着我们驶过。我们回到公路上的拐弯处，就是刚才我希望把记忆封存起来的那个拐角。农家女已不知所踪，四周的色彩也是一片惨淡。原来，它同任何一条公路上的任何一个拐角完全一样，每天有数不清的旅客驾车从这儿经过。它那迷人之处已随着我的好心情一起消失得无影无踪。想到这里,我毫无表情的脸因为激动而突然抽搐起来,成年人的自尊再也抵御不住低贱的泪水。泪水则因为最后得胜,欢快地涌上眼眶,又顺着双颊流淌而下。

我无法止住情不自禁的泪水。如果我伸手到衣袋里去掏手绢,定会被他发现,所以我只得任由泪水流淌,让那咸味儿烧痛我的双唇,体验着极度的羞辱。我一直泪眼朦胧地盯着前面的路,因此不知道他是不是转过脸来看我。但是,突然间,他伸手过来,抓住我的手,吻了一下,可仍然不说话。接着,他将自己的手帕扔在我怀里。我怕丢脸,不敢拿。

我想起那些小说里的女主角,她们在啜泣的时候,照样惹人喜爱。而我呢?浮肿的垢面,加上一对哭红的眼圈,与她们相比,定是有天壤之别!整个上午就要这样郁郁地结束,而这一天余下的时间还那么长呢!由于护士外出,所以我又得同范·霍珀夫人一道在房间里吃中饭。饭后,她可能叫我一道玩比齐克牌游戏,而由于流感初愈,肯定兴致特别高,劲头特别足。我知道,关在那个房间里我早晚会闷死。乱作一团的床单,散乱拖地的毯子,横七竖八的枕头,脏兮兮的床边柜上沾着灰尘的香粉,泼翻的香水和融化的口红——想到这些,简直叫人恶心。她的床上肯定又乱七八糟摊着各种报纸,看过随手胡乱一折就丢在那儿了;纸页卷着边、封面残破不全的法国小说和美国杂志做了伴。捻熄了的烟蒂散布在香膏瓶里,在葡萄果盘里和床底下的地板上,客人慷慨送来的许多鲜花、花瓶接踵比肩,杂乱无章。含羞草被暖房培养的奇花异卉挤得水泄不通,只有一只缀着缎带的大花盒,置于这一堆花草之上,排着一层又一层的蜜饯水果。再过不久,她的朋友们又会来串门,我就得给他们调制饮料。我厌恶这个差使。我还得躲在角落里听他们鹦鹉一样地饶舌,臊红着脸,手脚都不知往哪儿搁才好。客人多了,她就兴奋,所以肯定会在床上坐起,高声叫嚷,爆发出连串的笑声,伸手去打开手提式唱机放唱片,随着音乐的节拍晃动她肥大的肩胛。这时,我就又成了一个代人受过的小厮,替她难为情。我宁愿她生气,宁愿看她用扣针扎起头发,斥骂我忘记给她买回塔克索尔牌香烟时的样子。这一切都在旅馆房间里等候着我,而他呢?把我扔在旅馆之后就可以独自出游。也许到海边去,让微风轻拂双颊,追赶着太阳。也许他又会陷入那些我既无所知也无法共享的回忆之中,在已流逝的

第五章

岁月里漫步游荡。

我们之间的鸿沟张着大嘴，从来未曾像此刻这么不可逾越。他仿佛背向我站在遥远的彼岸。我深感自己幼稚渺小、孑然一身，于是再也不顾及面子，拿起他的手帕就擤鼻子。既然已经到了这种地步，我的样子再难看也无所谓了。

"让这一切见鬼去吧！"他突然说，像是在发火，又好像是不耐烦。他把我拉到身边，用一条胳膊搂着我的肩头，眼睛仍直视前方，右手控制着方向盘。我还记得当时他甚至把车开得更快。"你还年轻，几乎可以做我的女儿。我实在不知道怎么对付你才好。"他说。此时，路面变窄，前面出现了一个弯角。为了避开一条狗，他不得不绕个圈，我以为他要放开我了，但他仍然搂着我。拐弯以后，公路又笔直地向前延伸，他还是没放开我。"把我今天早上说的一切统统忘了吧，"他说，"这些全是过去的事，统统都已了却。今后咱们再也不许想这些陈年旧事。家里人都叫我迈克西姆，我希望你也这样叫我。你对我一本正经得够了。"他摸索着我的帽檐，抓住帽子，撂到后座。他弯身吻我的前额。"答应我，你一辈子不穿黑缎子衣服。"他说。我破涕为笑，他也笑了，龃龉顿时冰释，早晨又变得灿烂光明！范·霍珀夫人和下午一切令人不快的事情都算不了什么，下午很快就会过去，接着是夜晚，夜晚之后就是明天！我洋洋自得，欣喜若狂，在那一刻简直有勇气要求别人平等对待我。我仿佛看到自己误了玩贝西克的时间，很晚才没精打采地走进范·霍珀夫人的卧室，心不在焉地打着呵欠回答她的问话："我玩过头了，刚和迈克西姆一起吃了午饭。"

我实在还太幼稚，竟把一个教名看作非常值得炫耀的东西。事实上，从一开始，他就一直用教名称呼我。虽然出现过阴霾，但这天的早晨还是把我和他的友谊推到了一个崭新的高度。原来我并非自己想象的那样糟糕。他还吻了我，安静而又自然的一吻，压根儿没有书本里描写的那种戏剧性，而是使人很舒服，不会发窘。这一吻似乎使得我俩的关系变得自然而毫无拘束，一切都简单多了。两人当中横着的鸿沟终于填平；从今以后我要叫他迈克西姆了。那天下午陪范·霍珀夫人玩贝西克似乎也不像平时那么单调无味。不过，我还没有足够的勇气跟她谈起早上的事情。牌局结束了，她收起纸牌，伸手去取牌盒，这时她无意间问起他："迈克斯·德温特还没走吧?"我像潜水员离岸时那样稍稍迟疑一下,终于失却了勇气和苦练已久的自制力,回答道:"嗯,大概是吧。他——我看见他在餐厅吃饭来着。"

一定有谁看到我俩在一起,去对她说了。也许网球职业教练曾来告过状;也许旅馆经理给她写过条子。我等着她对我发难。可她仍自顾自地收好纸牌,打着哈欠,由我在一旁收拾皱乱的床铺。我一样一样地把香粉罐、胭脂盒和口红递过去。她收好纸牌,从身边桌上拿起一面小镜子,又谈起他:"挺诱人的家伙。我看就是脾气有点儿古怪,难以理解。那天在休息室里,他的嘴竟咬得这么紧,我原以为他会做一点表示,邀请别人到曼德里去呢。"

我没答话,看着她拿着口红,在自己硬撅撅的嘴上勾出血红的弓形线条。她把镜子拿得远些,看着化妆效果如何,一面接着说:"我从来没见过她,但我相信她一定长得非常可爱,穿着讲究,举止出众。在曼德里,过去常常举行盛大的宴会。她的死的确是意外的悲剧。看来他一定深爱着她。我得敷上颜色深一点的脂粉才能与这儿的鲜红相配。亲爱的,给我拿点深色的粉来好吗?把这盒放回抽屉里去。"

接着,我就帮她涂脂抹粉,洒香水,搽口红,忙得不可开交,直到铃响客来。我迟缓而笨拙地端上饮料,说不出几句客套话;我在唱机上换唱片,我又去拾掇烟蒂。

"小姑娘,最近有没有画过什么素描?"一个老银行家故作热情地问我,单片眼镜悬在线上晃荡着。我言不由衷地装出一个明快的笑容回答他:"没有,近来没有。要不要再来支烟?"

说这话的不是我,我的心根本不在那儿。我的思想在随着一个幻影而飘忽不定,她那隐隐约约的轮廓终于逐渐显露。不过,她的面貌依然隐晦,肤色尚不清晰;她那眼睛的长相和头发的色泽都还不甚分明,有待于显现。

她的秀美是永恒的;她那甜蜜的笑使人永生难忘。她的声音还在某处余音缭绕;她说过的话还留在人们的记忆中。她曾涉足的地方景色如故;到处都留有她亲手抚摸过的东西,柜子里也许还收藏着她穿过的衣服,上边依然遗留着香水的气味。在我的卧室里,压在枕头底下的那本书,她就

第五章

曾捧在手中。我仿佛看见她打开空白的第一页，脸上带着微笑，弯曲的笔尖一挥，在纸上写下："给迈克斯——丽贝卡赠"几个字。那天一定是他生日，她把这本诗集连同其他礼物一同放在早餐桌上。当他撕开包装纸，解开绸带的时候，他们俩一起开怀大笑；当他翻阅诗集的时候，也许她曾伏在他的肩头。迈克斯！她叫他迈克斯！多亲昵、多帅的称呼，叫起来自在极了。家里人可以叫他迈克西姆，也就是说祖母、外婆、婶婶、姨妈都这么叫他，再有就是像我这样沉默寡言、平庸无趣、毫不相干的年轻人这么叫他。而迈克斯是她选定的称呼，这个名字只属于她一人。她就是带着这种自负在诗集的扉页上写下这个名字的。那种粗大的斜体字，在白纸上飞扬跋扈，这本身就象征着她；如此旁若无人！如此自信！

多少次她就这样挥笔写信，向他报告自己的喜怒哀乐。其中有信手写在半张纸上的便条，也有在他离家时寄去的整页整页别人不能看的家信，上面写着仅为他们俩所知的事情。她的嗓音在屋子里回响，传到花园，无忧无虑，亲切流畅，如同她留在书上的字迹一般。

可是，我只能叫他迈克西姆！

第六章

　　打点行装！起程真让人厌烦：忙着寻找不知下落的钥匙，领取空白的行李标签，包装薄纸狼藉一地，我讨厌这一切。即使在如今，我已习惯于动身出门，或者如通常所说的那样以旅馆为家，我仍然对打点行装感到心烦。今天，砰的一声关上抽屉，打开旅馆或临时租赁别墅内那些没有丝毫个性的衣橱和衣架，整理行装，已经成为生活里有条不紊的规律，但我仍觉得悲凉，怅然若失。这里终究是我俩住过的地方，在这里我们一起度过快乐的时光。这地方曾经属于我们，这里留下了我们的痕迹，不管逗留的时间何其短暂，即使只有区区两个夜晚。这并非是指留在梳妆台上的一枚发针，阿司匹林药片的空瓶或枕头底下的手绢。不，这种物质的有形痕迹并不算什么；我们留下的是一种最值得珍惜的东西，是人生中的一刻，是心境和思想。

　　这所房子曾经接纳我们，在这儿我们相亲相爱，互诉衷情。但那已成为过去。今天，我们各奔东西，从此再也无法看到这所房子。我俩身上都发生了些细微的变化，与昨天的自己已不完全一样了。有时我们在路边小客店休息吃饭，我走进一间黑乎乎的陌生屋子去解手。我是第一次摸到这个门把，第一次看到这剥落成条的糊壁纸和那面置于洗手盆上方映像滑稽可笑的小破镜。此刻，所有这些都属于我，我和这些物件彼此相识。这一切都属于此时此刻，不是过去，也不是未来。此时此刻我在这儿洗手，我的脸映在挂在墙上的破镜子里。这就是我，此时此刻将贮入我的记忆。

　　然后，我打开门，走进餐厅。在桌旁他正坐着等我。我突然意识到自己一下子又年长了一些，向人生道路上未知的命运又迈出了一步。

第六章

我俩对视而笑,一起点菜用饭,一起天南地北地聊着——可我却在心理嘀咕着,我已不同于五分钟前离开他时的我了;那个女人仍流连于往昔,而我已变成另外一个人,比她更年长、更成熟……

几天前,在报上我得知蒙特卡洛的"蔚蓝海岸"旅馆换了经理,更改了名字,房间都重新布置,里面全然不同了。二层楼上当初范·霍珀夫人租用的那一套房间可能已不复存在;我的那间小卧室也许连一点痕迹都没留下。那天,我两膝着地,笨拙地替她的皮箱上锁的时候,当时就有一去不复返的预感。

啪的一声皮箱上了锁,我这一段遐想也就结束了。我望望窗外,觉得自己仿佛翻开了影集的另外一页。远近的屋顶和大海不再属于我,而是属于昨日,属于往昔。随身衣物整理妥当之后,房间显得空空荡荡,似乎巴不得我们快些离开,准备明天迎接新客。大件行李已捆扎妥当,上了锁,在外面的走廊里放着,小件衣物还得收拾。废纸篓里全是乱七八糟的东西,快要被堆满了。这里有她装着半瓶药的药瓶、丢弃的雪花膏罐、撕碎的账单和信件。抽屉洞开着,镶镜衣柜已是空荡荡的。

前一天早餐时,我正替她斟咖啡,她丢过来一封信,并告诉我:"海伦星期六坐船去纽约。小南希可能生了阑尾炎,所以他们打电报催海伦快回去。这下子我打定了主意,我们也即刻启程。欧洲确实无聊透顶,不妨等到初秋再来。怎么样,带你观光纽约这个主意不错吧?"

这主意比坐牢更可怕。我一定愁容满面,所以她开始时惊讶地望着我,接着就发火了:

"你这孩子太荒唐,简直不识好歹!我真不懂你的心思。你难道不知道,只有在美国,像你这种没钱没势的年轻姑娘才能过得称心如意吗?男朋友成群,那才有劲呢!都是些和你门当户对的小伙子。你可以结交几个朋友,也不需要整天伺候我。我原以为你并不怎么喜欢蒙特卡洛这个地方。"

"我在这儿已经住惯了。"我可怜巴巴地想出这个借口,实在站不住脚,心里嘀咕个不停。

"那你就必须让自己也习惯纽约的生活。行啦,就这么定了。我们得立刻联系车票,赶上海伦的那班船。你马上到楼下接待室跑一趟,让那个小伙子办事麻利些。这一整天可够你忙的。哼,这样也好,省得你有时间为离开蒙特卡洛闷闷不乐。"她狡猾地一笑,把香烟捻熄在黄油里,然后就去打电话将这个消息告知朋友们。

我实在鼓不起勇气现在就去接待室办这件事。于是,便走进浴室,锁上门,双手抱头坐在软木垫毡上。这一刻终于还是来了,我们终将告别,一切都已经结束了。明晚我将坐上火车,像个女佣人一样,抱着她的首饰盒子和她在车上用的护膝毛毯。卧车车厢里,她坐在我对面的位置上,头戴硕大的崭新女帽,上面孤零零地插着一支鸟羽,身子在毛皮上衣中缩成一团。我们将在那间闭塞的小房间里洗漱。因为车行震动,房门发出哐啷哐啷的响声;脸盆里溅出水来;毛巾湿淋淋的;肥皂上沾着一根头发;餐桌上的饮料瓶里盛着半瓶水;壁上贴着千篇一律的通告:"盥洗盆下有便壶"。列车吼叫着向前驶去,每一次哐啷,每一下震动和摇晃都在宣告,我正离他越来越远。而他呢?他或许此刻正坐在餐厅那张我熟悉的桌旁看书,既不在乎,也不想念。

动身之前,我也许会在休息室里跟他说声再会,但因为有夫人在场,仅能偷偷做个仓促的表示。道别之后,也许会有短暂的沉默,接着相视一笑,说几句客套话,比如:"当然啦,一定得来信啊!""喔,你太客气,我真不知道怎么感谢你!""务必寄照片来啊!""能告诉我你的地址吗?""我一定奉告。"等等,等等。而后,他若无其事地掏出烟来,招呼路过身边的侍者递个火,而我却在一边黯然神伤:"再过四分半钟,我就再也见不到他了。"

因为我即将离开,我们的友谊就此告终,突然间我们都不知该说什么好。我们就像素昧平生的路人,在此偶遇,既是最后一次,也是唯一的一次。但是我的心在剧痛中嚎叫:"我是多么爱你,这是多么不幸!这一切对我说来是生平第一次,今后也决不会有了。"可是脸上还要故作自然、一本正经地假笑,嘴上还得喃喃胡说些什么:"瞧,那老头儿多滑稽!他是谁?或许是旅馆的新客。"就这样,就这样,我们将把在一起的最后一刻浪费在嘲笑一个陌生人身上,因为我们也成为了陌路人。

"希望那些照片印出来还不错。"绝望之中,我只好重复着那几句话。他回答说:"是啊。广场上照的那张大概相当不错,那天光线十分充足。"两人就这么漫无边际地胡扯,心照不宣,按着一样的口径说话。实际上,照片印出来是不是模糊,或者是否印得出,我根本不在乎,只是这已是最后离别的时刻,总得有话可说。

我惨淡地苦笑着,再一次向他道谢:"嗯,真得再好好谢谢你,玩得确实很'来劲'……"说话时用上几个平时不用的字眼。"来劲",这个词儿是什么意思,只有天知道。我可不管,用了再说。那原是女学生观看曲棍球时使用的词,用来描述过去几周悲喜交集的感受实在不恰当。然后,电梯门大开,范·霍珀夫人出现在眼前。我穿过休息室向她走去;他则信步走回自己的一隅,随手拿起一张报纸。

我就这样坐在浴室的地上,做着一连串可笑的想象,还想到了旅途和抵达纽约时的情景。我想到海伦尖利刺耳的嗓音,那女人简直可以说是她母亲惟妙惟肖的翻版;还有南希,海伦的女儿,一个哭闹不停的小淘气。我想到范·霍珀夫人将把我介绍给那些大学男生以及和我地位相当的银行小职员,都是些塌鼻子的轻浮少年,轻佻地对我说:"星期三晚上出去逛逛好吗?""喜欢爵士音乐吗?"而我还必须装作礼数周到的样子。那时候,我肯定也只是想把自己独自关在浴室里,发呆出神,就像现在一样。

她过来了,砰砰地撞门:"你在干吗?"

"啊,好了,好了。对不起,我马上就来。"我故意打开水龙头,在里边一阵忙活,把一块毛巾搭到横木上。

我打开门,她疑惑地打量着我说:"你怎么在里头待了这么久?今儿早上可没时间让你胡思乱想,要干的事情多着呢!"

我敢肯定几周内他就要回曼德里了。大厅里,大堆的来信等着他,我在船上匆匆写出的一封信也混在其中。这封信言不由衷,净闲话同船旅伴,只不过是想博他一笑。读完之后,他随手把信往吸墨纸台里一插,直到几个星期以后的某个星期天早上,午饭之前,他在付账时碰巧发现了,这才匆匆回复。以后,音讯全无,一直到圣诞节才寄张贺年片,让收件人又一次痛感你仅仅是个无足轻重的人。印在圣诞贺年片上的也许就是满地白霜的曼德里庄园。贺辞是烫金的印刷文字:"祝圣诞快乐,新年如意——迈克西米利安·德温特。"不过他可能破例用笔把贺年片上印着的名字划掉,在底下亲笔写上:"迈克西姆赠",以表示友好,而假如贺年片上还有空余之处，至多再加上一句："希望你在纽约生活愉快。"接着，用舌尖舔湿信封的胶水，贴上邮票随手扔在信件堆里，和成百的待发信件混在一起。

"明天就走？太可惜了。"旅馆接待室的职员一手握着电话筒对我说，"下星期有芭蕾舞表演，范·霍珀夫人知道吗？"蓦地，我从曼德里的圣诞节回到了现实中的火车卧铺。

那天，范·霍珀夫人在餐厅吃中饭，这是自她患流行性感冒以来第一次进餐厅。跟她走进大厅，我直感到胸口阵阵灼痛。关于他的行踪，我只知道他白天去戛纳了，这是前一天他自己告诉我的。可我还是惴惴不安，生怕侍者唐突地跑来问我："小姐今天是不是同往常一样与先生一道进餐？"所以，一看到侍者走近餐桌，我就心神不定，幸好他什么也没说。

整个白天都在收拾行李。晚上，人们过来道别。晚饭是在起居室里吃的，饭后她立刻上床。直到此刻，我还没见到他。九点半钟的时候，我借口索取行李标签，下楼到休息室去，但他不在那里。接待室里那个讨人厌的职员冲着我笑笑说："如果你是找德温特先生，别白费心了，戛纳那边来电话说午夜以前他不会回来了。"

"我要一纸袋行李标签。"我回答说。但从他的眼色我看出他根本不相信我的话。这么说来，连最后一个夜晚也没有了。整个白天，我一直期待着这个宝贵的时刻，而现在，我只能独自关在房间里苦挨苦度，呆呆地望着我那"启示"牌皮箱和鼓囊囊的帆布袋出神。但或许这样也好，若是我那晚和他在一起，我一定是个很糟糕的伴儿，说不定他还会从我脸上看出我的心思。

记得那一夜我把头深埋在枕头里痛哭了一场，年轻姑娘辛酸的眼泪滚滚而下。那时我才二十一岁，若是今天，我就不可能哭得这么伤心。那天晚上真是哭得昏天黑地，两眼红肿，咽喉干涩。早上起来，我着急万分，用海绵浸着冷水洗脸，搽花露水，偷偷地敷粉，想掩盖夜里大哭的痕迹。我平时不搽粉，这么一来其实反而惹眼。同时，我还担心情不自禁地再哭，嘴角抽搐几下就可能导致灾祸，引得泪如泉涌。我记得自己曾推开窗户，探出身子，想让早晨清新的空气拂散脂粉底下眼圈上的红肿，以免让人看出我哭过。太阳似乎从未像今天这样明亮，白昼也从未像今天这样和煦晴朗。蒙特卡洛突然间变得友善而妩媚，成了世间唯一诚挚待人的地方。我爱蒙特卡洛，我的心头充满着柔情。多么希望能一辈子都住在这里。可是，今天就得走了！我最后一次站在这面镜子前梳理头发，最后一次在这脸盆里漱洗；我再也不会在这张床上过夜，我再也不会去扭这个开关熄灯。我穿着晨衣在这普普通通的旅馆房间里踱步，沉浸在离别的惆怅迷惘之中，无法自拔。

"你没着凉吧？"吃早饭时她问我。

"或许没有吧。"我仿佛抓住了根救命稻草。假如我的眼圈过于红肿，待会儿可以用这个搪塞过去。

"我讨厌收拾好行李后还迟迟不动身，"她咕哝着说，"我们本来应该打定主意坐早一班车离开这儿。要是想想办法，大概能弄到票的。这样，我们就可以在巴黎多待些时候。给海伦打个电报，叫她不要凑我们的时间了，另外想法子碰头吧。不知道——"她看看表，接着说，"我看还来得及让他们调车票，无论如何，可以试一试，你下楼去问问看。"

"好吧。"我是个十足的傀儡，由她随心所欲地差遣。我走进卧室，脱了晨衣，穿上那件从不离身的法兰绒裙子，套上自己缝的短袄。我对她的冷漠变成了仇恨。这样一来，一切都完了，连早上这点时间也从我手里夺去，甚至无法在庭院里花半个小时——哪怕短短的十分钟也好——说一声再见！而唯一的原因就是没有料到那么快就吃完早饭，她厌烦了。好吧，既然如此，我也顾不得什么规矩、什么分寸和脸面。我砰的一声关上居室的门，沿走廊飞奔而去，等不及电梯来，就一步三级地跑上扶梯，直奔四楼。我知道他住在148号房间。我满脸通红，上气不接下气地擂起门来。

"进来！"他叫道。我推开门，此刻已经有点后悔，勇气渐渐消失。因为昨夜睡得晚，他现在也许刚醒来，头发蓬乱地躺在床上，火气特别大。

他正站在打开的窗户旁刮脸，睡衣外面套着一件驼毛茄克。相比之下，穿着法兰绒衣裙和大皮鞋的我显得十分臃肿，起初我还以为自己这样寻上门来颇带有戏剧性，殊不知不过是出洋相而已。

"怎么啦？"他问道，"有事吗？"

"我是来道别的，"我说，"今天早上我们就要走了。"

他直愣愣地看着我，接着把剃刀放在洗脸架上，让我关上门。

我带上门，垂手站在那儿，感到局促不安。"你在胡说八道些什么？"他问我。

"不是胡说，我们今天就走。原先决定坐晚一班车走，可现在她又决定赶乘早班车。我怕再也见不到你，我感到在走以前必须再见你一面，向你说声谢谢。"

这两个字在我的想象中是毫无意义的，但它们还是笨拙地蹦了出来。我浑身僵直麻木，觉得说不出的别扭。突然间，我甚至想用"来劲"这个词儿形容他的为人。

"怎么不早点告诉我？"

"她昨天才匆匆决定。她女儿星期六乘船去纽约，我们要和她一路走，所以要先到巴黎去会合，然后再到瑟堡去。"

"她要带你到纽约去吗？"

"是的。可我不想去。我恨纽约之行。我会感到很苦恼的。"

"那为什么还要跟她去？"

"你知道我只能跟她去。我在挣钱，和她分手，对我来说损失太大。"

他又捡起剃刀，弄掉脸上的肥皂。"坐下，"他对我说，"只要一会儿。我到浴室里去穿衣服，五分钟就好。"

他从椅子里拿起衣服，扔在浴室地上，接着走进浴室，砰的关上门。我坐在床边，开始咬指甲。整个儿事情就像是一场梦，我觉得自己如同一个木偶。不知道他这会儿会怎么想，准备怎么办。我环视四周，看到这是一个普普通通的男子的卧室，凌乱而缺乏个性。鞋子很多，根本穿不过来；还有成串的领带；梳妆台上空空如也，只有一大瓶洗发液和一对象牙梳子。没有照片，没有小影，这类东西一件也没有。我凭着女人的直觉寻找这类东西，以为房间里至少会有一帧照片，一帧镶着皮边镜框的大照片，也许放在床头，也许在壁炉架搁板的当中。但是没有，我只看到一些书，还有一箱香烟。

他果然在五分钟之内穿好了衣服。"走，下楼到平台去，陪我吃早饭。"

我看看表说："来不及了。我这会儿本来早该在服务台换车票了。"

第六章

"别管这些,我一定得跟你谈一谈。"他说。

我们沿走廊走去,他按铃招呼电梯。我心想,他自然不知道再过一个半小时左右,早班车就要开了。一会儿,范·霍珀夫人肯定会打电话到服务台查问,问我是不是在那儿。

我们乘电梯下楼,一路无言,又沉默着走上平台,早餐桌子早已布置好了。

"你吃点什么?"

"我吃过早饭了,"我告诉他,"无论怎样我在这儿只能再待四分钟。"

"咖啡、煮鸡蛋、吐司、果酱。再来一枚蜜橘。"他吩咐侍者拿早饭来,然后就从衣袋里掏出一块钢石片,开始修锉指甲。

"看来范·霍珀夫人对蒙特卡洛厌倦了,她想回家。跟她一样,我也想回家。她回纽约,我回曼德里,你愿意上哪儿?自己选择吧。"

"不要开玩笑,这时候还说笑话真是不应该,"我说,"看来,我该去弄票了,我们现在就告别吧。"

"如果你以为我会在吃早饭时乱开玩笑,那你就错了。"他说,"清早总是我脾气最坏的时候。我再重复一遍:要么跟范·霍珀夫人去美国,要么跟我回曼德里老家,任由你选择。"

"你的意思是,你想雇一个秘书之类的人?"

"不,我要你嫁给我,你这个小傻瓜!"

侍者送来早饭,我双手放在膝上,看他把咖啡壶和牛奶壶一一摆到桌子上。

"你不明白,"侍者走开后,我说,"男人不会找我这样的人结婚的。"

他放下小匙,瞪眼望着我,问道:"你说这话到底是什么意思?"

我看着一只苍蝇停在果酱上,他烦躁地一挥手把它赶走。

"我说不上来,"我一字一顿地说,"说不清,至少有一点:我不是你那个圈子里的人。"

"什么圈子?"

"曼德里啊,你明白我的意思。"

他拿起舀匙,吃了一点果酱。

"你简直和范·霍珀夫人一样无知、愚蠢。关于曼德里你知道些什么呢？只有我才能判断你是否属于那个圈子。你以为我向你求婚是一时冲动吗？因为你告诉我你不愿意去纽约？你认为我要你嫁给我，就像我开车带你出去一样，对了，还有第一次请你吃饭，都只是为了表示我的仁慈？你难道不是这样想的吗？"

"我正是这么想的。"我想。

他一面将果酱厚厚地涂在吐司上，一面说："总有一天，你会发现慈善决非我的优良品质。眼下，我看你什么也不明白。你还没回答我。你愿意嫁给我吗？"

即使是在神魂颠倒、忘乎所以的时刻，我也从未想过这种可能性。有一回同他一起乘车出去，走了好几里路两人都没说话，我就开始胡思乱想，想象他病了，病得厉害，甚至在昏迷中说胡话。他派人叫我去护理。我一直幻想着，刚想象到我在他头上敷上花露水，汽车就回到旅馆了，故事也就此收场。还有一次，我想象自己住在曼德里地界上的一座小屋里，他有时也跑来看我，两人坐在炉火前。可一下子谈到婚姻，让我六神无主，甚至无比震惊，好像求婚的是英王。这事听上去不像是真的。可他在一边自顾自吃着果酱，好像这一切是自然而然的。在书上，男人跪在地上向女人求婚，还得有月光陪衬。根本不像这样，在吃早饭的时候像现在这般，草率地定夺婚姻大事。

"看来我的建议你并不太感兴趣，"他说，"真遗憾！我还以为你爱我呢。这对我的自负倒是个极好的教训。"

"我的确是爱你的，"我说，"非常非常爱。我一整夜都在为你而哭泣，一想到从此后再也见不到你，我就受不了。"

记得我说这话时，他笑了，并从餐桌那头向我伸过手来。"为此，愿上帝保佑你。"他说，"你对我说过，做个三十六岁的神气女人是你的抱负，到了那时候，我还要跟你提起此时此地的情景。当然，你一定不信我的话，但我要说，要是你不会变老那该多好！"

这时，我已开始感到羞怯，并因为他的取笑而着恼。这么说来，女人不该向男人做这样的表白，这种事情，我还得好好学一学。

"好，就这么定了，行不行？"他一边说，一边继续吃涂有果酱的吐司。"你再不是范·霍珀夫人的伴侣，而是开始和我作伴。你的职责几乎

第六章

同以前没什么两样,我也爱读图书馆新到的报刊,也要人在客厅里摆上鲜花;饭后我也爱玩玩贝西克,也需要有人给我斟茶。唯一的区别在于我不喝泰索尔茶,而是喜欢喝伊诺牌的。另外,你得及时替我准备好我用惯的那种牙膏。"

我用手指弹敲着桌面,搞不懂自己和他是怎么回事。他是不是在嘲弄我?也许这一切只是个玩笑?他抬起头来,看到我脸上焦虑的表情。"你是不是觉得我非常粗野?"他说,"这样的求婚方式也许和你想象的完全不同。在你看来,我们应该在音乐剧院里谈这种事;你手执玫瑰,穿一件雪白的衣裳,远远传来小提琴奏出的华尔兹舞曲。而我呢?我应该在一棵芭蕉树后狂热地向你求爱。这样一来,也许你才觉得自己有了身价。可怜的小宝贝,你不感到害臊吗?没关系,我带你到威尼斯去度蜜月,手挽手去乘刚朵拉船游玩。不过我们不能待太长时间,因为我要带你回去看看曼德里。"

他要带我看看曼德里……突然间,我意识到这一切都是即将发生的真事!我将成为他的妻子,我俩将并肩在花园里散步,信步走过幽谷小径,向海滨沙滩走去。我想象着自己怎样在早餐之后站在石级上,远眺天色,将面包残屑向鸟群撒去;接着,我又怎样戴上遮阳帽,手持大剪刀,走出屋子去剪专为室内陈设所用的鲜花。我这才明白童年时候为什么买下那张彩图明信片。原来,那是一种预兆,是在迷茫之中向未来迈出的一步。

他要带我看看曼德里……我的思想开始自由自在地驰骋了,眼前出现了各式各样的人物,一幕又一幕的情景。与此同时,他却始终只管吃着蜜橘,不时地递给我一片,看着我吃。我俩将被客人团团围在中间,他把我介绍给大家:"各位大概还没见过我妻子吧。"德温特夫人。我将成为德温特夫人。我反复掂量着这个名字。在支票上、商人的账单和邀客赴宴的请柬上,我都将签上这个名字。我似乎还听到自己在打电话:"这个周末请到曼德里来好吗?"客人,总有大群大群的客人。"啊,她实在迷人,你一定得结识她——"人群外圈有谁低声这么说。我马上转过身去,装作不曾听见。

我又想象自己挎着盛满葡萄和梨子的果篮,走到门房去看望一位患病的老妇人,她向我伸出双手:"夫人,您真是太好了,愿主保佑您。"我回答说:"你需要什么,就叫人到宅子里来说一声。"德温特夫人,我将成为德温特夫人。我仿佛看到餐厅里亮堂堂的餐桌和长蜡烛。迈克西姆坐在餐桌的一端,一桌共二十四人的宴会。我头发上插着一朵鲜花。大家都看着我,举起酒杯:"让我们为新娘的健康干一杯!"接着,我又听到迈克西姆对我说:"我从来没看见你像今天这样可爱。"一间间满是鲜花的凉爽的大房间。冬天我的卧室生着火。有人敲门,进来的是迈克西姆的姐姐,笑容可掬,亲切可人。我听到她说:"你能使他那么幸福,真不简单!大家都高兴极了。你真了不起!"德温特夫人,我将成为德温特夫人。

"剩下的这点橘子酸透了,不吃了。"他说。我睁大眼睛看着他,这才慢慢听懂他的意思。接着,我低下头去看自己的盘子,那四分之一个橘子果然僵缩得变了颜色,的确酸得有些变味儿。我满嘴的苦涩,现在才感觉到。

"谁去跟范·霍珀夫人说这件事儿,你去还是我去?"他问。

他折起餐巾,推开盘子。我真不明白,他怎么能这样随随便便地说话,好像这事无足轻重,只不过是对计划稍微做了些调整而已。可是对我,这却是颗碎片横飞的重磅炸弹。

"你去跟她说,"我回答,"她非气个半死不可!"

我们从桌边站起身来。一想到未来,我就激动万分,不由得脸颊通红,浑身发颤。我不知道他是否会挽起我的手臂,微笑着告诉侍者:"祝贺我们吧。小姐和我决定结婚了。"然后,全体侍者都会听说这个喜讯,微笑着向我们鞠躬。我俩相偕走进休息室,只听得身后有人兴奋地议论,另一些人则窃窃私语,都想一睹我俩的风采。然而,他什么也没说,一声不吭地离开平台。我跟着他往电梯走去。路经接待室服务台时,人们连看都不看我们一眼。那个职员正忙着处理一扎票据文件,正转过身去对他的助手说话。我暗想,他还不知道我就要成为德温特夫人,我将住在曼德里,曼德里将属于我。我们乘电梯到了二楼,沿着走廊走去。他一边走,一边执着我的手摇晃。"你觉得四十二岁是不是太老了?"他问。

"啊,不,"我忙不迭地回答,也许那神态显得过度急切,"我不喜欢毛头小伙子。"

"可你从没跟毛头小伙子交往过呀。"他说。

第六章

我们在范·霍珀夫人的套房门口停住了。他说:"我看最好还是让我独自来处理。告诉我,你是不是很在乎我俩什么时候结婚?你不会要妆奁吧?你不喜欢这一套吧?这事儿不需要几天,很容易就能办好,找个办事机构,弄到一张证书,然后就乘车动身到威尼斯或者任何哪个你喜欢的地方去。"

"不在教堂里举行婚礼吗?"我问,"不穿白色礼服,不请女傧相,没有钟声,没有唱诗班的童子?也不请你的亲戚朋友吗?"

"别忘了,"他说,"那样的婚礼我以前已经有过。"

我们在房门前伫立良久。我留意到报纸还塞在信箱里,那是因为吃早饭时太匆忙,没空看报。

"怎么样?"他说,"这样办可以吗?"

"当然可以!"我回答,"刚才我还以为咱们得等回到家才结婚。什么教堂、客人,我可不向往这些,我不喜欢那一套。"

我向他微笑,尽量显得很高兴。"这不是挺有意思吗?"我说。

可是他已经转过身去,推开了房门。我们走进套间狭窄的门廊。

范·霍珀夫人在起居室里大声叫起来:"是你吗?老天爷,你到底在捣什么鬼?我给服务台挂了三次电话,他们都说没看见你。"

一时间,我既想笑,又想哭,想同时又笑又哭,只觉得胸口闷得难受。一阵心慌意乱之中,我甚至希望所有这些都从未发生,要是此刻独自在一个什么地方吹着口哨散步该有多好。

"这大概全都怪我不好。"他说着走进起居室,随手带上门。我听见她诧异地大叫一声。

我走进自己的卧室,坐在敞开的窗户边,这滋味就像在医生手术室的前厅坐等。我应该随手找本杂志来翻翻,浏览那些无关紧要的照片和那些根本读不进去的文章,等待护士走出来报信。护士来了,脸色开朗,样子很干练,但是因为长年与消毒剂打交道,人情味已被冲洗得荡然无存。"一切都好,不用担心,手术很顺利,我要回家去睡一会了。"

房间的墙很厚实,隔壁的谈话声一点儿也听不见。他跟她说了些什么呢?怎么措词?也许,他也许会说:"您知道,第一次见到她,我就爱上了她。这些日子,我们天天在一起。"她回答道:"嗬,德温特先生,这实在是我听说过的最最罗曼蒂克的恋爱事件！"罗曼蒂克，这就是我乘电梯上楼时一直苦思而又始终没想起来的词儿。是啊，当然啦，够罗曼蒂克的！人们都会这么说。事情很突然，很罗曼蒂克。两人一下子决定结婚，而且说了就做。简直是奇遇！我抱着双膝，坐在临窗的座位上，甜滋滋地对着自己笑，这一切是那样美好，我将何等幸福！我要同自己心爱的男子结婚，我将成为德温特夫人！在如此幸福的时刻，竟然还感到胸口发闷，实在荒唐。当然，这是神经在作怪。就像坐在手术室外等待结果。看来，如果两人手牵手一道走进起居室跟她说清楚，就更有意思，也更自然一些，两人相视一笑，一面由他站出来向她宣布："我俩深深相爱，我们决定结婚。"

相爱。直到现在，他都没有说过这话，也许是没来得及。刚刚吃早饭那阵子多匆忙，一边还得往嘴里送果酱、咖啡和蜜橘，哪有闲时间？那蜜橘的味道实在太差。是的，他还没有说到相爱之类的话，他只说到结婚，口气就事论事，毋庸置疑，倒也别致。正因为方式别致，他的求婚才显得更真诚，更合我的意。他可不同于一般的芸芸众生，不像那些毛头小伙子，那种人也许满嘴花言巧语，心里却根本不是那样想；那种人连篇的山盟海誓，热烈得让人受不了，但却前言不搭后语。这次求婚也不同于他头一次对丽贝卡……快把这念头赶走，我绝不能想到这上头去。是魔鬼在诱使我闯进这思想的禁区。滚得远远的，撒旦！这些事绝对不能想，永远想不得，永远，永远！他爱我，他要带我看看曼德里。那边两人的谈话有完没完？他们到底是不是还打算叫我过去？

那部诗集就在床边搁着。可见这些诗对他来说是无关紧要的，要不然，他怎么会把借书给我这件事忘得一干二净呢。"去！"魔鬼在耳边轻声怂恿。"翻开扉页。难道你心里不正想这么做吗？去翻开扉页。""瞎说！"我说。我只不过是想把书放进行李堆去。我打着哈欠，漫不经心地往床头柜走去，随手捡起诗集。我给床灯的电线绊了一下，差一点摔倒，诗集从我手中掉到地板上，正好散开在扉页上。"给迈克斯——丽贝卡赠。"她已经死了，人们不该去想起死者。死者已经长眠，他们的坟墓掩埋在青草中。然而，她的字迹多么活泼，多么遒劲！那一手不凡的斜体字，还有那墨水渍，就好像是昨天刚刚写上的。我从化妆盒里拿出指甲

第六章

剪，剪下这页纸来；一边剪，一边心虚地向后张望。

我把这一页纸连同毛边一起剪得干干净净。现在，诗集显得洁白，变成一部没人看过的新书。我把剪下的扉页撕成碎片，丢到废纸篓里。接着，我又在临窗的座位坐下，可是心里总想着纸篓里的碎片。过了一会儿，我只得站起身来，再去看看纸篓，即使在撕碎以后，墨水还是又浓又黑地在眼前出现，字迹并没有被毁掉。我拿了一盒火柴，点着碎纸片。火舌吐出美丽的火焰，仿佛在给纸片涂色，卷得纸边起皱，使上面的斜体字难以辨认。纸片变成褐色的灰烬，抖散开来，最后消失的是字母R，它扭曲着向外扩张，显得比原来更雄伟，接着也在火焰中变成了齑粉。留下的不是灰烬，而是一种轻盈的细尘……我走向脸盆，洗了手，顿时感到好过一些，好过多了，就好像新年之初墙上挂的日历掀在元月一日，我有一种一切从头开始的洁净感，觉得神清气爽，充满欢快的信念。门开了，他走进房间来。

"一切顺利，"他说，"开始时她十分惊讶，说不出话来，不过这会儿已经回过神儿了，我现在到楼下服务台去给她弄车票，保证让她赶上第一班车。她曾犹豫了一下。我看她是想当我们的证婚人，我可坚决不同意。去吧，去跟她谈谈。"

什么高兴、幸福，这类话他都没有说，他也没有挽起我的手臂，陪我去起居室。他只是朝我一笑，挥挥手，就独自沿着走廊走开了。我心神不定又难为情地去见范·霍珀夫人，那模样活像一个通过别人之手递上辞呈的女佣。

她站在窗前抽烟。从此我再也见不到这个肥胖的矮怪物了：肥大的胸部把上衣绷得紧紧的，那顶滑稽的女帽歪斜地覆在脑门上。

"啊，"她的声音干巴巴、冷冰冰，一定和对他说话时的腔调完全不同，"看来我得付你双倍工资，你这人城府实在深。告诉我，你怎么办成这件事的？"

我不知道该怎么回答才好。我厌恶她那种奸笑。

"算你运气好，幸亏我患了流行性感冒，"她说，"现在我总算知道这些天来你是怎么过的，还有，你为什么这么健忘。天哪，居然还说在练网球。你知道，你满可以对我说实话。"

"对不起。"我说。

她好奇地打量着我,上下左右,目光扫过我的身子。"他告诉我,没过几天你们就要结婚。你没有亲人,不会东问西问,这对你来说又是一件幸事。好吧,从现在开始这事与我没有关系了,我一点也不管了。我倒是想,他的朋友们会怎样想。不过,这得由他自己拿主意。你知道他可是比你大多了。"

"他才四十二岁,"我说,"而我看上去并不止我这点年纪。"

她笑了,把烟灰往地板上乱撒着说:"这倒不假。"她仍然用从未有过的异样眼光端详着我。她是在判断我全身的价值,如同家畜市场上的行家那样,她的目光寻根究底,使人觉得难堪。

"你说,"她故作亲昵,像是朋友间说私房话,"你是否做过什么不该做的事情?"

她简直就像提议付我百分之十佣金的女裁缝布莱兹。

"我不明白你在说些什么。"我说。

她又笑了,还耸耸肩。"啊,好吧……没有关系。我常说英国姑娘都是黑马,别看她们表面上只关心曲棍球,其实很有心计的。这么说来,我得独自去巴黎,让你留下,等你那位情郎弄到结婚证书。我注意到他并没有邀请我参加婚礼。"

"他大概谁也不请。再说,到那时你反正已经出发了。"我说。

"嗯哼!"她拿出化妆盒,动手往鼻子上扑粉。"看来,你做这个决定是经过考虑的,"她接着说,"不过,事情还是很仓促,对吗?只有几星期的工夫。我觉得他不太容易相处,你要适应他的习惯,就必须得改变自己的生活。你得明白,到目前为止,你一直过着很闭塞的生活,我也没带你跑过多少地方,见过多少世面。今后你要担负曼德里女主人的职责,说句老实话,亲爱的,我看你根本对付不了。"

这仿佛就是一小时前我对自己说的那一切的回声。

"你毫无经验,"她接着又说,"你不了解那种环境。在我的桥牌茶会上,你都说不上两个连贯的句子。那么,对他的朋友们你能说些什么呢?她活着的时候,曼德里的宴会远近闻名。当然,这一切大概他都对你说过?"

第六章

我沉吟着没有接话。谢天谢地，她不等我回答又接着往下说了：

"我当然希望你幸福；另外，说实话，他的确很吸引人。不过，嗯，请原谅，在我看来，你犯了个大错，日后会追悔莫及。"

她放下粉盒，回头看我的脸色。也许，她终于说出心里话了，可我一点儿也不爱听这样的真心话。我抿着嘴不出声，也许表情有几分阴沉，所以她只好耸耸肩，走到镜子跟前，拉直那顶蘑菇状的小帽。她终于要走了，我从此可以不再见她，我感到万分庆幸。回忆起与她一起度过的、受雇于她的这几个月时光，我不免满心怨气：捧着她的钱袋，跟在她后面东奔西跑，如同一个呆板、无声的影子。确实，我羞怯幼稚，没有阅历，是一个十足的傻瓜。这一切用不着她唠叨，我全明白。我看她刚才说这番话完全是故意说的，她恨这桩婚事，她对于人们各种价值的估计，由此遭到了打击。

我不想理会这些，我要忘掉这个女人和她的嘲讽。从撕下扉页、烧掉残片时起，一种新的自信开始在我心里升起。对我俩来说，往昔已不复存在，他与我两人正在开始新的生活。过去的一切，如同废纸篓里的灰烬，已经烟消云散。我将成为德温特夫人，我将以曼德里为家。

她马上就要离开这儿，一个人坐着哐啷响的火车赶路。他与我将在旅馆餐厅里共进午餐，仍然坐在那张餐桌旁，规划着未来。这是意义重大的新生活的起点。也许，待她走后，他终于会对我说他是爱我的，他觉得幸福。到目前为止，还没有时间；另外，这类话毕竟不很容易说出口，一定要等一个成熟的时机。我抬起头，恰好看到她在镜子里的映象。她盯着我瞧，嘴角挂着隐约的宽容的浅笑。这下子，我以为她终于要做一点友好的姿态了，伸出手来，祝我走运，给我鼓劲，对我说一切将会很顺利。但她还是只管微笑，绞着一绺散开的头发，塞回帽子底下去。

"当然啦，"她说，"你知道他为什么要娶你。你不至于自欺欺人地以为他爱着你吧？事实是一幢空房子弄得他神经受不了，简直要把他逼疯。你进房间之前，他差不多都承认了这一点。要他一个人在那里生活下去，他真受不了……"

蝴蝶梦

第七章

  我们于五月初到达曼德里，按迈克西姆的说法，是和第一批燕子和风信子花一起到达。这是盛夏之前最美妙的时节：山谷里杜鹃花浓香醉人，血红的石楠花也正怒放。我记得那是一个大雨倾盆的早晨，我们离开伦敦，驱车回家，下午五时左右差不多已经到达曼德里，正可以赶上喝午茶。直到现在，我仍记得自己当时那个模样，尽管结婚才七个星期，穿着却一如既往，不像个新娘：灰黄色的紧身衫，石貂鼠皮的小围脖，还披着一件不成样子的胶布雨衣，雨衣很大，一直拖到脚踝。我当时想，穿上这样的雨衣才能显示出伦敦天气不好；而且因为雨衣很长，可以显得自己的身材高大一些。我手里捏着一副齐臂长的手套，另外还有一只大皮包。

  "别看这会儿伦敦在下雨，"迈克西姆动身时说，"你等着瞧，等我们一会儿驶近曼德里，一定是阳光灿烂的好天气。"他没说错，到了埃克塞特，乌云已被抛到后面，越飘越远，头顶是一片蔚蓝的天空，前面是白色的大道。

  能看到太阳我真高兴。因为迷信，雨天在我看来总是凶兆，伦敦的天总是铅灰色的，让我觉得郁闷。

  "觉得舒服点吗？"迈克西姆问我。我对他笑笑，握住他的手，心想回自己的家对他来说该是怎样的轻松自如：信步走进大厅，随手捡起积压的信件，按铃吩咐送上茶点。至于我的局促不安，他能够猜出几分？刚才他问我，感到舒服点吗？这是否在说他理解我此刻的心情？"没关系，马上就到了。我看你需要用些茶点。"他放开我的手，因为前面是一个弯道，得减慢车速。

第七章

我此刻才明白,他以为我不说话是因为觉得累了。根本没想到此刻我害怕到达曼德里的程度绝不亚于我在理论上对它的向往。而当这个时刻临近,我反而又希望它往后挪。最好我们随便在路边找家客店,一起待在咖啡室里,傍着不让人留恋的炉火。我宁愿自己是个过往旅客,一个全心全意爱着丈夫的新娘,而不是初来曼德里的迈克西姆·德温特的妻子。我们的汽车驶过许多景色明快的村落,农舍的窗户都显出厚道好客的样子。一个农妇,怀抱婴孩,站在门口对我微笑;一个男子,手拎吊桶,当啷当啷穿过小路,朝井边走去。

如果我们能成为他们中的一员或者做他们的邻居,那该多好啊!晚上,迈克西姆斜倚着农舍的门,抽着烟斗,为自己亲手种植的葵薯长得高大茁壮而自豪。我呢?我在打扫得干干净净的厨房里忙个不停,铺好桌子,准备吃晚饭。梳妆柜上,一架闹钟滴答滴答安详地走着。还有一排擦得闪光发亮的餐盘。饭后,迈克西姆读着报纸,靴子搁在火炉的挡架上。我则从柜子抽屉里取出一大堆缝补活计。毫无疑问,那样的生活不必按刻板的准则行事,安详而有规律,而且轻松自如。

"只有两英里了,"迈克西姆告诉我,"看见那边一长排大树了吗?从那儿的山顶倾斜着伸向山谷,再过去一点就是大海。那就是曼德里,那些树木就是曼德里的林子。"

我强作笑容,没有说话。我只感到心里一阵惊惶,一种控制不住的眩晕。那种狂喜的激动以及幸福的自豪感都已烟消云散。我像一个被人领着第一天上学去的幼童,也像一个初次离家外出求职的稚嫩的年轻使女。结婚以来短短七个星期中我好不容易才学到的那点微薄的自制力,这会儿简直成了在风中瑟瑟发抖的一块碎布片。我似乎连最起码的行为准则也忘得一干二净,待会儿可能左右手不分,应该站着还是坐下,吃饭时应该使用何种汤匙和餐叉,都会乱了套。

"依我说,脱了这件胶布雨衣吧,"他从头到脚打量着我说,"这儿根本没下雨。还有,把你这条滑稽的皮围脖拉拉正。可怜的小乖乖,我就这样急急忙忙地带着你回家来了。也许,你本应该在伦敦添置些衣服才是。"

"我可不在乎,只要你不介意。"我说。

"大多数女人除了穿着,什么都不想。"他心不在焉地说。拐弯以后，我们来到一个十字路口。这儿是一堵高墙的起点。

"到了！"他的声音带着一种前所未有的激动，我则双手紧抓着汽车的皮椅。

汽车转入弯道，左前方出现了两扇大铁门，旁边是看门人的屋子。铁门大开着，进了门便是长长的车道。车进门时，我看到门房黑乎乎的窗子后面有几张脸在窥探我们。一个小孩从屋后绕出来，睁大眼睛好奇地望着。我慌忙往椅子里一缩，心怦怦直跳。我知道这些人为什么探头探脑，小孩为什么瞪眼张望。

他们是想看看我的模样，也许这会儿已起劲地在小厨房里哄笑着议论开啦。"只看到她那帽顶，"他们会说，"她不肯露出脸来。没关系，赶明儿就可以知道这人的长相，准会有消息从宅子里传出来。"

也许，对于我怯生生的窘态，他终于有几分觉察，于是就抓起我的手，吻了一下，一边笑着说："这儿的人有些好奇，你可别介意。大家都想看看你是什么样子，也许几个星期以来，他们一直在谈论这个问题。你只要态度真诚自然，他们肯定都会喜欢你。至于家务，你一点也不用操心，一切全由丹弗斯太太料理，就让她去操持好了。我看，一开始她会对你的态度比较生硬。这人性格古怪，可你不必在意，她的作风就是如此。看到那些灌木了吗？紫阳花开的时候，这一带的灌木丛就如同一堵深蓝色的围墙。"

我不吱声。我又想到多年以前在那家乡村小铺里购买彩图明信片的情景：我用手指搓着明信片，走出铺子，来到明亮的阳光下，心里暗自得意：把这画片收到影集里倒挺合适，"曼德里"，多美的名字啊！可如今曼德里竟成了我的家！我将写信给朋友们："我们将在曼德里待一整个夏天，请你们一定来玩。"现在对我来说这车道既新奇又陌生，但以后我会对它非常熟悉，知道什么地方有一个转弯，什么地方有一个拐角；园丁在哪儿修剪过灌木，在哪儿截去一枝，我能很快看得出来。沿着车道我走进铁门旁的门房，嘘寒问暖："今天腿好些了吗？"那时，那位老太太对我不会再表示好奇，她会欢迎我到厨房做客。我真羡慕迈克西姆，显得那样无忧无虑，泰然自若，微笑挂在嘴角边，这表明回家让他很高兴。

什么时候我也能像他那样泰然自若、面带微笑？这看来是遥遥无期。

第七章

我多么希望马上就能达到这一步。可当时我觉得自己慌得不知如何是好。只要能摆脱这样的窘态,我甚至宁愿变成一个两鬓苍苍、步履蹒跚、久居曼德里的老妇人。

在我们后面铁门砰的一声关上了,再也看不见尘土弥漫的公路。我发现车道与自己想象中的样子完全两样。我原以为曼德里的车道一定非常宽阔,上面铺着沙砾,两边是齐整的草坪,路面常用耙子和扫帚整理,弄得很平滑。

这条车道蜿蜒曲折,如同一条蛇,有些地方窄得就像一条羊肠小径。道旁两排大树,枝条摇曳,交错纠缠,形成教堂穹隆般的浓荫,我们就好比在拱道上穿行。绿叶层层叠叠,浓密异常,即使是正午的太阳也透不过去,只能在车道上偶尔投下一些时隐时现、斑斑驳驳的温暖金光。四周很寂静,鸦雀无声。在公路上一阵西风曾欢快地拂着我的脸,路边的青草也一齐弯腰低舞,可是在车道上却没有一丝风。甚至汽车的发动机也变了调子,它不再像刚才那样放肆轰鸣,而是低声哼哧。车道倾斜着伸向山谷,大群树木迎面压来,其中有魁梧巨大的樟树,白色的躯干光滑可爱,擎托着一根又一根数不清的枝杈。还有许多我叫不出名字的树木。它们迎面压来,我只要一伸手就可以触到。我们继续前行,驶过一座小桥,桥下是一条狭溪。这条丝毫不像汽车道的小路仍在向前蜿蜒伸展,就像一根中了魔法的缎带,穿过黑压压的沉寂的树丛,无疑正深入林子的中心。左右看不到豁然开朗的空地,看不到房屋。

车道漫漫,似乎没有尽头,我的神经开始受不住了。我想,转过这个弯,或者再往前一点,绕个圈,就一定能看到尽头。但是每当我从座椅上挺起身子,得到的总是失望:看不见田野和房屋,看不见令人宽慰的开阔的花园,周围仍是一片死寂的密林。两扇大铁门已经成为逝去的记忆,门外的公路则更遥远,似乎已属于另一个世界。

突然,我看见在幽暗的车道前面有一小片开朗的天空,顿时,漆黑模糊的林子开始变得稀疏,那种无名的灌木丛也不见了。道旁是远远高出人头的一堵血红色的墙,原来我们已置身于石楠花丛中了。石楠出现得那么突然,不但把人弄得不知身在何处,甚至叫你大吃一惊。刚才汽车行进在林子里,我从来没想到会出现这样的奇观。石楠花那样红,像鲜血一般,着实把我吓了一跳。石楠成团成簇，茂盛得让人惊疑不止，看不见叶子，也看不见枝干，只有一片象征着杀戮的血红色。因为过分的浓艳，显得非常怪异，与我以前见过的石楠花完全不同。

我瞟了迈克西姆一眼，他微笑着问我："喜欢吗？"

我喘着气答道："喜欢。"是不是真心话，自己也不知道。一直以来我只把石楠看作一种普普通通的家花，或呈紫色，或呈浅红，整齐地排列在圆形花圃中。可是这儿的石楠花根本不像植物，而是一群高耸的密集巨怪，美得反常，大得出奇。

我们这时离宅子已经不远。与我料想的一样，车道渐渐变宽，伸向一片开阔地。在两边血红的石楠花的簇拥之下，我们拐了最后一个弯，终于到达曼德里！啊，曼德里，果然是我想象中的模样，多年前那彩图明信片上的雄伟大宅，优雅，精美，完美无瑕，比我梦中见到的形象更加完美！宅子被平坦的草地和绒毯似的草坪环绕；庭院平台倾斜着伸向花园，花园又通往大海。我们驶向宽大的石阶，最后在敞开的正门前停车。这时透过一扇带竖框的窗子，我看见大厅里全是人。我听到迈克西姆低声骂了一句："这鬼女人！她明明知道我不喜欢这一套。"接着便猛地刹住了车。

"怎么回事？"我问道，"那些人都是谁啊？"

"看来，现在你得硬着头皮挺一挺，"他没好气地对我说，"丹弗斯太太集合全家和庄园里的仆役来欢迎我们。不要紧的，用不着你说话，一切由我来对付。"

我摸索着找车门的把手，有些发慌，另外，因为长途坐车，身上阵阵寒战。正当我乱摸汽车门锁时，仆役总管带着一个跟班走下台阶，他帮我打开了车门。

总管是个老头，面相和善。我抬头向他微笑，并伸出手去。他大概没有看见，径直拿起毛毯和我的小化妆盒，扶我下车，同时脸转向迈克西姆。

迈克西姆一边脱手套，一边对总管说："喂，弗里思，我们回来啦。离开伦敦时正下着雨，看来这儿不像下过雨。大家都还好吧？"

"都好，老爷，谢谢您关心。是啊，这儿没下雨，一个月来多数是好天。看到您回来真高兴，但愿您身体健康。但愿太太也健康。"

"我俩身体都好，谢谢您，弗里思。只是坐车赶长路有点累，想喝茶了。我可完全没料到这一套。"迈克西姆说着向大厅那边撇了撇头。

"老爷,这是丹弗斯太太的吩咐。"总管说话时脸上毫无表情。

"我能猜到,"迈克西姆硬邦邦地说,接着便转过脸招呼我进屋,"来,反正花不了多少时间,完了就喝茶。"

我俩一起登上石阶,弗里思和跟班抱着毛毯和我的胶布雨衣跟在后面。我又觉得胸口隐隐作痛,同时因为紧张,喉咙干涩难过。

时至今日,当我闭上眼睛,回忆初到曼德里的那天,还能想象自己当时的样子:穿着紧身衣,汗湿的手里抓着一副齐臂长的手套,瘦小虚弱,窘态毕露,站在门槛上。闭起眼睛,我又看到了石筑大厅,几扇气派非凡的门打开着,通往隔壁的藏书室。大厅墙上挂着彼得·莱利和范戴克的作品,还有那精致豪华的楼梯通向吟游诗人画廊。大厅里,前一排后一排站立着大群的人,一直排到那边的石筑甬道和餐厅。这些人嘴巴大张着,一脸好奇的神情,盯着我看,就像是围着断头台看好戏的观众,而我则像双手反绑、等待处决的犯人。从队伍里走出一个人来,此人又高又瘦,穿着深黑色的衣服,那凸出的颧骨,配上两只深陷的大眼睛,使她看上去跟惨白的骷髅脸没什么两样。

她向我走来。我朝她伸出手去,对于她那高贵而安详的态度,我感到十分羡慕,她握住我的手,我执着的是一只无力而沉重下垂的毫无生气的手,死一样冰冷。

迈克西姆向我介绍:"这就是丹弗斯太太。"她开口说话时,并不抽回自己那只死一样的手,两只深陷的眼睛一直直勾勾地盯着我的眼睛。我受不住她的逼视,终于移开了目光。直到此时,她的手才蠕动起来,重新有了生气,我觉得浑身都不自在,同时又自惭形秽。

此刻我已不记得她的原话,但我记得她曾以自己个人的名义,并代表全体雇员仆役,欢迎我来到曼德里。那是一篇预先练习过的礼节性的欢迎辞,一种干巴巴的官样文章。她的声音和她的手一样,冷冰冰,毫无生气。说完之后,她等着,像是期待我致答辞,我记得自己是怎样涨红了脸,结结巴巴地说了几句,表示感谢,慌乱之中,竟把两只手套掉落在地上。她弯腰替我捡起手套。当她把手套交给我时,我看到她嘴角隐约露出轻蔑的微笑。我马上猜到,她肯定在笑话我缺乏教养。她的表情很是怪异,使我没法定下神来,即使在她退回仆役队伍之后,这个黑色的人物仍然显得很突出,与众不同,游离在外。虽然她一声不吭,我能感觉到她仍在目不转睛地盯着我。迈克西姆挽起我的手臂,说了几句表示领情的话。他说得十分自然,毫无窘态,似乎致答辞是轻而易举的事情。说完这番话,他拥着我走进藏书室去喝茶,随手带上门。我俩总算又单独在一起了。

从炉边跑来两条西班牙种的长耳狗,它们也来迎接我们,用前爪搔着迈克西姆,还嗅着他的手,毛色柔和的长耳朵向后撇着表示亲热。过后,狗离开了迈克西姆,跑到我身旁,嗅我的脚跟,显得疑惑而戒备。那条瞎了一只眼的母狗一会儿就对我感到厌倦了,咕噜一声,走回炉边去。但是小狗杰斯珀却把鼻子搁在我手掌里,下巴偎在我膝上,和我亲热起来,当我摩挲着它那柔软的耳朵时,它噼啪噼啪地甩尾巴,眼睛露出深沉的灵性。

我摘下帽子,解下那寒碜的小围脖,把它和手套、提包一起扔到窗边的座位上。这时我才觉得好过一些。这是一间舒适、深长的大厅,靠墙排着书架,藏书极多,一直堆到天花板。一个独身男子是一辈子不愿离开这样的藏书室的。大壁炉旁边,摆放着厚实的靠背椅,还有一对专为两条狗准备的篓子。但是看来它们从来不进篓子,因为椅子上留有好些凹陷的痕迹,说明它们常在这儿歇息。长窗对着草坪,草坪往外,还能望见大海在远处闪光。

一种陈年气味弥漫在房间里,显出几分安谧。尽管初夏季节这儿一直摆着紫丁香和玫瑰,香气扑鼻,但却没有改变房间里的空气。从花园或大海吹来的空气,一进屋子,就失去原先的清新,成了这一成不变的藏书室的一部分,与那些发霉的、从来没人阅读的藏书混成一体,与浅黑色的护壁镶板,与漩涡花饰的天花板,与厚重的帷幕,混成一体了。

房间里的空气掺杂着一股苔藓的陈年气味。在那种极少举行礼拜的教堂里,窗绕长藤,石生青苔,就常有这种气味。藏书室就是这么一个静谧的处所,一个供人幽思遐想的地方。

一会儿,茶点端来了。弗里思和那年轻的跟班已认真地布置好了一切,我在一旁根本不用插手,一直等他们离去。迈克西姆翻阅着一大堆信件,我手里捏弄着滴着奶油的松脆热煎饼和碎蛋糕,喝下滚烫的热茶。

他时而抬头看我,向我微笑,接着又埋头读信。这些信或许是过去几

第七章

个月中积压下来的。想到这里,我才感到对他在曼德里的生活,日复一日的常规,对于他的男女朋友,对于他的花销和他治家的那一套,我实在是所知甚少。过去的几个星期飞一般逝去,我随他驾车漫游法国和意大利,心里只想着我是多么爱他。我用他的眼光去浏览威尼斯,应和他的每一句话,对往昔和未来不提任何问题,满足于眼下的现实,满足于这点小小的荣耀。

他比我原先想象的要活跃得多,也亲切得多。他用各种不同的方式显示他的青春和热情,完全不像我们初次见面时的那种样子,完全不是他在餐厅里独占一桌、目光呆滞、神秘莫测的陌生人。他是我的迈克西姆,他笑着,唱着,往水里扔石子,牵着我的手,舒展开眉头,卸下肩上的重负。我把他当作情人、朋友。那几个星期,我忘了他以前那种有条不紊的刻板生活,忘了这种生活还会重新开始,一如既往,而这几个星期只不过是转瞬即逝的假日,倏忽就被抛在脑后。

我看他读信。他时而微笑,时而皱眉,有时则木然地把信扔在一边。我想,要不是上帝仁慈,我从纽约写来的信现在也一定在这一大堆来雁往鱼之中,他会同样冷漠地对待,一开始也先为写信人陌生的签名所困惑,然后打着哈欠,随手把信扔进纸篓,伸手去取茶杯。想到这些,我不禁打了个冷战,好险哪,差一点儿,此刻他就会在这里独自喝茶,他的日子照旧,也许不会常想到我,至少不觉得遗憾;而我则在纽约陪着范·霍珀夫人打桥牌,日复一日,翘首期待那希望渺茫的回信。

我仰靠着椅子,四面环顾,想给自己尽可能地灌注点儿自信,使自己意识到现在确实在曼德里,在那彩图明信片上的大宅里,在这闻名遐迩的曼德里庄园。我得千方百计让自己相信,这里的一切确实属于我,既是他的,也是我的。此刻我坐着舒适宽敞的椅子,这么顶着天花板的书籍,墙上的绘画、林子、花园,以及我曾在书报上读到过的曼德里的一切,全都属于我,因为我是迈克西姆的妻子。

时间将很快地流逝,而我们将在这里共同生活,相依相伴,直至白发苍苍。那时候,我俩还将这样坐在藏书室里喝茶,迈克西姆和我两人。狗儿陪伴着我俩,那将是眼下这两条狗的后代。藏书室里仍将弥漫着此刻这种陈年霉味。总有一天,屋子将被弄得乱七八糟,一片狼藉,那是在孩

067

子们——我们的儿子——还未长大的时候。我仿佛看到这些小家伙穿着沾满泥巴的皮靴,伸展着四肢趴在沙发里,把一大堆板球拍子、棍棒、大折刀、弓箭等带进屋子。那边的桌子,此刻擦拭得多么亮堂光滑。到那时,桌上将会出现一只丑陋难看的大盒子,里面装着蝴蝶和飞蛾;还有一只外面包着粗棉花,用来盛鸟蛋。那时,我将对孩子们说:"这些东西乱七八糟的,别放在这儿。宝贝儿,拿到你们自己的书房里去。"于是,孩子们呼啸着奔出屋去,剩下最小的弟弟在后面蹒跚学步,比起哥哥们,要安静得多。

开门的声音打断了我的幻想,弗里思和跟班进屋来收拾茶具。收拾完后,弗里思对我说:"太太,丹弗斯太太问您是否想看看您的房间。"

迈克西姆从一大堆信件里抬起头来问:"东厢那些房间布置得怎么样?"

"老爷,在我看来,布置得真不错哩。当然,工程进行时,那边弄得一塌糊涂。丹弗斯太太曾担心在您回来之前不能如期完工,可是他们在星期一终于把活干完了。依我看,老爷您住在那一侧肯定会很舒适。那边光线更充足些。"

"你们在这儿大兴土木改建房屋吗?"我问。

迈克西姆简短地回答:"没什么,只不过是把东厢那一套房间重新装修粉刷一下,供我俩使用。弗里思说得没错,住在那边要凉爽得多,从房间能看到玫瑰园,景色很美。我母亲在世的时候,那侧的房间专门接待宾客。好啦,我一读完这些信,就上楼去找你。去吧,这是个好机会,想办法跟丹弗斯太太交个朋友。"

我慢慢站起身,刚才那种神经质的惶恐再次袭来。我走进大厅,心里多希望能等一等迈克西姆,待他读完信,挽着他的手臂,一起去看房间。我不愿单独跟着丹弗斯太太到处浏览。这会儿,大厅里的人都走了,显得格外空阔。我的脚步落在石板上,回声直冲屋顶。这种声音弄得我很心虚,就像人们在教堂里走路,非常不自在,非常拘束。啪嗒啪嗒,啪嗒啪嗒。这声音多么讨厌,穿着毡靴的弗里思一定觉得我活像个傻瓜。

"这厅堂真大,是不?"我不自然地装出快活的声调,仍是一副女学生模样。

第七章

没想到他却十分庄重地回话说:"是的,太太,曼德里是座大宅,显然不及有些公馆那么宏伟,可也够气派了。古时候,这儿是宴会厅。现在逢到大场面,譬如说举行宴会或跳舞会,仍然使用这个大厅。另外,太太大概知道,曼德里每个星期开放一次,接纳公众参观。"

"是的,我知道。"我答道,自己啪嗒啪嗒的脚步声实在让我感到难堪。我觉得他领着我向前走去,犹如为一个公众宾客导游,而我自己的举止也确实像个陌生人:彬彬有礼地左顾右盼,浏览挂在墙上的各种兵器和绘画,抚摸精雕细刻的楼梯扶手。

楼梯口,一个黑衣人站在那儿等我,那惨白的骷髅脸上,两只深陷的眼睛一直盯着我。我回过身,想求助于忠实可靠的弗里思,可他已经穿过大厅,走进那边的甬道不见了。

现在只有丹弗斯太太和我两人了。我迎着她走上富丽的大楼梯,她还是一动不动地站在那儿,双手交叉握在胸前,眼光始终不肯从我脸上移开。我强装出笑容,可她并不报以微笑;这实在也不能怪她,因为我此时的一笑毫无缘由,只不过是愚蠢地假装心情愉快的一种掩饰。

"让你久等了吧?"

"太太,您爱怎么打发时间,全由您自己做主,"她回答说,"我只不过是按您的意旨办事。"说完后,她转身穿过画廊的拱门,走进那边的过道。我们沿着一条宽阔的铺着地毯的通道走去,然后向左转弯,走进一扇橡木房门。进门后是两级对称的扶梯,先向下,接着又往上,十分狭窄,最后来到一扇房门跟前。她猛地推开门,侧过身子让我进屋。这是一间小巧玲珑的前室,或是专供女人休息、化妆用的闺房,摆放着一张沙发、几把椅子和一张写字桌。这间屋子与隔壁宽敞的双人卧室相通。卧室窗户宽大,连着一间浴室。一进屋,我就走向窗口,望望窗外的景色。下面是玫瑰园和平台的东半部。花园再过去是一片平坦的草地,通往近处的林子。

"原来,从这儿望出去根本看不见大海。"我转身对丹弗斯太太说。

"是的,看不见。从这边厢房不但看不见大海,甚至连涛声也听不到。在这一侧,你根本不会想到大海就在近处。"

她说话的神情十分特别,像是话里有话。她特别强调"这边厢房"几个字，仿佛暗示我，我们此刻所在的这套房间比较低劣。

"太遗憾了。我爱大海。"我说。

她不回答，仍是盯着我看，双手交叉着握在胸前。

"但是，房间布置得挺美的，"我说，"我敢肯定住在这儿会非常舒服。我听说一切都是赶在我们回来之前弄妥当的。"

"是的。"她说。

"这套房间过去是什么样子呢？"我问。

"这里糊着紫红色的壁纸，还有各式各样的帷幕、帘子等等。德温特先生嫌这房间不够明亮，所以除了偶尔接待宾客以外，这套房间很少使用。这一次，德温特先生在信里特地吩咐说，你们二位将住在这里。"

"这么说，这不是他原来的卧室？"我说。

"不是的，太太。过去他从未用过东厢的房间。"

"噢。可他从来没有跟我说起过。"我信步走向梳妆台，动手梳理头发。我的行李已打开安放就绪，发刷和梳子都已摆在托盘里，迈克西姆送给我一套发刷，此刻正陈列在梳妆台上，让丹弗斯太太一饱眼福。这些都是全新的发刷，价格昂贵，值得我骄傲。

"行李是艾丽斯替您打开的。在您的贴身使女到来之前，由艾丽斯服侍您。"丹弗斯太太说。我又一次朝她微笑，把发刷放回了梳妆台。

我局促地说："我没有贴身使女。艾丽斯是这儿的内房女佣吧？就让她来服侍我好啦。"

她脸上又露出了我们第一次见面后我笨拙地掉了手套时的那种表情。

"我看这并非长远之计，"她说，"您知道，像您这样身份的太太总得有贴身使女。"

我蓦地涨红了脸，又伸出手去拿发刷。我清楚地知道她的话里有刺，我避开她的目光，回答道："如果非得这样，那就请你费心替我办这件事吧，随便给找个想出门找事做的女孩子就行。"

"如果您觉得这样好，请尽管吩咐。"她说。

一时间，两人都沉默无语。我希望她走开。我弄不明白这女人为什么总这样站着，双手交叉摆在黑衣服前，目不转睛地盯着我看。

"你来曼德里有好些年了吧？"我说，"大概比谁待的时间都长，

第七章

是不?"

"不！弗里思要比我来得早,"她的声音了无生气,多么冷酷,同她那双曾在我掌心之中的手一模一样,"老太爷在世的时候,弗里思就来了,那时德温特先生还是个孩子。"

"噢,原来如此,"我说,"你是在那以后才来的?"

"不错。"她说,"在那以后。"

我又一次抬头看她,又一次遇到她惨白脸上一对阴沉的眼睛。不知道为什么,这对眼睛总使我觉得异样的不安,预感到有什么祸事即将来临。我想强装笑脸,可又实在笑不出。那双眼睛把我整个儿给攫住了,那双暗淡无光、没有一丝儿同情表示的眼睛！

"我来时正好头一位德温特夫人嫁过来。"我在上面说过,她的声音一直是单调平板的,可是说这句话的时候,声音突然变得尖厉激烈,既有亢奋,又有寓意,连那惨白嶙峋的颧骨也抹上了一点儿血色。

这变化来得突然,我猛地吃了一惊,甚至觉得有几分恐惧。我不知道自己该做些什么,说些什么。她似乎说出了不得明言的几个字。这几个字长期以来深埋在她心底,这会儿再也憋不住了。她的眼睛仍在盯着我的脸,眼光里透出某种既有怜悯又有鄙夷的奇怪神色。在她这样的逼视之下,我觉得自己比原先想象的更为稚嫩,对生活里各种人情世故实在知道得太少。

我看得出,她瞧不起我,像她这种地位的人都很势利,一眼就看出我并非什么贵妇人,只是一个地位卑微、怯懦的弱女子。可她那眼神里除了轻蔑,总还有点别的什么,是确定无疑的仇视,还是十足的恶意？

我总得找几句话说说,不能老是这么坐着玩弄发刷,让她看出我既怕她又提防着她。

"丹弗斯太太,"我脱口说道,"我希望咱们俩能相互了解,相处愉快。请你对我耐心一些,这样的生活对我而言几乎是全新的,与过去截然不同。我会尽力适应这儿的新生活；当然,最重要的还是要让德温特先生过得幸福。我知道一切家务安排可全交给你打理,这一点,德温特先生已经对我说了。你尽可按老规矩管下去,我不会提出任何异议。"

我打住了,说得上气不接下气。我毫无把握,不知这番话是否得体。

等我再次抬起头来,她已经走开,这会儿正用手捏着门把,站在门旁。

"好的,"她说,"希望一切都能遂您的心意。我管家已经一年多,德温特先生从来没表示过不满意。当然,已故的德温特夫人在世时,情形大不相同。那时候,经常招待客人,举行宴会,虽然我替她管事,这样的大场面她总是要亲自过问。"

我又一次意识到她在斟酌话语,好像在探索一条通往我内心的道路。她盯着我的脸,看刚才一番话在我身上有什么样的效果。

"我可宁愿让你管事,我宁愿这样。"我重复着说。她的脸上又出现了那种我先前曾注意到的表情,就是头一回在大厅里握手时的那种表情:十足的嘲弄,确定无疑的鄙视。她深知我绝不敢跟她较量,也清楚地知道,我怕她。

"还有什么吩咐吗?"她问道,一边装模作样地四下打量着屋子。我说:"没有什么了。这里样样齐全。我住在这儿一定会觉得很舒服。你把屋子装扮得这么漂亮。"后面一句话完全是为了取得她的好感而做的奉承,我做了最后一次尝试。可她依旧板着脸,耸耸肩说:"我只不过是按德温特先生的吩咐办事罢了。"

她手按门把,站在门旁,踌躇半晌,像是还有什么话要对我说,可又拿不定主意如何措辞,所以就等着我再说些什么,好让她见缝插针。

我希望她快点走开。她像个影子,站在那儿一直盯着我看,骷髅脸上深陷的双眼端详着我。

"您要是发现什么地方不称心,务请立即吩咐,好吗?"她问。

"好的,好的,丹弗斯太太。"我虽然这么说,可心里清楚这并不是她想说的话。如此一问一答之后,又是尴尬的沉默。

"假如德温特先生问起他那口大衣橱,"她突然转了话题,"请转告他,那口衣橱太大了,没法搬动。我们试了一下,因为门太窄,衣橱搬不进来。这里的房间比西厢的房间小。倘若他对这套房间的布置不满意,请他告诉我。我可真不知道该怎么布置这些房间才好。"

"别担心,丹弗斯太太,"我说,"我想他一定会非常满意。只是辛苦你们了。我根本不知道他要你们重新装修布置这套房间。其实用不着如此兴师动众,要是让我住西厢,我一样会感到很满意、很舒服的。"

第七章

她一边奇怪地打量着我,一边扭动房门把手。"德温特先生说您想住在这一侧。西厢的房间历史悠久,大套间的卧室比这间屋子大一倍,天花板上雕刻着漩涡花饰,非常华贵。用花毯披挂的椅子全是珍品;壁炉也是雕花的。那个房间是全宅最漂亮的,窗外是草坪,草坪再往外就是大海。"

听了这些话,我觉得很不是滋味,甚至有些羞愧。我不明白她为什么带着忿忿然的口气说话,还暗示安顿我的这个房间比较低劣,够不上曼德里的标准,只不过是为一个二流角色准备的二流房间而已。

"大概德温特先生是想把最漂亮的房间留给公众参观吧?"我说。

她仍在扭动房门的把手,听到我说话,便又抬头看我,盯着我的双眼,在回话前沉吟了半晌。当她回话时,用一种更沉静平板的声音说:"卧室向来不让公众参观,只向外开放大厅、画廊和楼下的房间。"说到这儿,她顿了一顿,暗暗察看我的反应。"德温特夫人在世时,他们夫妇住在西厢,我刚才对您说起的面向大海的那个大房间就是德温特夫人的卧室。"

这时,我看到她脸上掠过一道阴影。她退到墙角,尽量不使自己显眼。原来,外面响起了脚步声,迈克西姆进屋来了。

他问我:"怎么样?行吗?满意吗?"

他环顾房间,高兴得像个小学生,接着说道:"一直以来,我都认为这是最美的房间,可惜这些年来一直当客房使用。不过我总觉得有朝一日会用上这个房间的。丹弗斯太太,你干得着实出色,我给你打满分。"

"谢谢,老爷。"她面无表情地答道,然后转过身,走出房间,轻轻带上门。

迈克西姆走到窗口,探身欣赏窗外的景色。"我爱这玫瑰园,"他说,"我对童年的回忆之一就是跟着母亲在玫瑰园里玩,那时候我的腿骨还不硬,走路摇摇晃晃的,妈妈在一旁摘去凋零的玫瑰花穗。这房间里有一种和平、幸福的气氛,而且宁静。在这儿,你根本想不到只消走五分钟便可到达海边。"

"丹弗斯太太也这么说。"我告诉他。

他离开窗户,在房间里踱来踱去,摸摸家具,看看墙上的画片,一会儿又走去打开衣橱,摸摸已经放好的我的衣服。

他突然问道:"跟丹弗斯太太这老婆子相处得怎么样?"

我转过脸去，又一次对镜梳头发："她的态度似乎有点生硬。"好一会儿，我又接着说，"也许她以为我要干预这儿的家务。"

"我看她才不在乎这个呢。"他说。我抬起头来，恰好看见他盯着镜子里的我瞧。接着，他又转身走向窗边，一边低声吹着口哨，把身体的重量都压在脚跟上，一前一后摇晃。

"别管她，"他说，"从很多方面看，这人是有些古怪。别的女人想要跟她处好关系，看来挺不容易。你不必为她烦心。如果此人实在惹你讨厌，把她赶走得了。不过，你知道，她办事干练，可以代你管家，免得你操心。我看她对其他仆人一定相当霸道，只是还没敢霸道到我头上来。她要是敢对我有一点放肆，我早就让她滚蛋了。"

"我看，等她了解我以后，也许能够处好关系，"我急忙接着说，"刚开始时，她对我有点儿憎恶毕竟还是很自然的。"

"憎恶你？她为什么憎恶你？你说这话到底是什么意思？"

他从窗口转过身来，愠怒地皱着眉头，脸色异常。我不明白他为什么这样在乎这句话，真希望自己没说刚才那句话。

"我是说，对一个管家来说，照顾单身男子毕竟容易一些，"我说，"我看她对这一套已经习惯，可能怕我干预得太过分。"

"太过分？上帝啊……要是你以为……"他的话只开了一个头就打住了，他从房间那头走过来，吻着我的前额。

"忘了丹弗斯太太吧，"他说，"我可对她不感兴趣。来，让我带你看看曼德里去。"

我那天晚上再也没见到丹弗斯太太，我俩也没再谈论这个人。一旦把她从思想上赶走，我觉得轻松多了，那种把自己看作外来侵犯者的感觉也才淡了一些。而当迈克西姆搂着我的肩，带我在楼下的房间里四处浏览的时候，我才开始觉得自己总算有几分接近理想中的角色，开始把曼德里当作自己的家了。

我的脚步落在大厅的石板上不再发出异样难堪的声音。这会儿迈克西姆钉着钉子的皮鞋发出的声音比我的脚步响得多。还有那两条狗啪嗒啪嗒的脚步声，听着使人既安适又悦耳。

这是我俩在曼德里度过的第一个夜晚。这是我高兴的另一个原因。

第七章

刚回家我们就忙着浏览墙上的绘画，花去许多时间，所以迈克西姆看看钟说，晚饭前不必更衣，时间来不及了。这么一来，省得我受窘。否则，那个名叫艾丽斯的使女肯定要问我换哪一套衣服，还要帮我穿上。而我就只得穿上那套范·霍珀夫人赐的衣服，裸着双肩，忍着寒冷，走下一段长长的楼梯，到大厅去吃饭。我方才就一直担心，生怕一本正经地坐在这庄严肃穆的餐厅里用膳。现在用不着更衣了，一切又将同两人在外面餐馆里一样轻松自然。穿着原来的紧身衣，我觉得舒服，我笑着谈论在意大利和法国的见闻，我们还把旅途上拍的照片放在桌上。弗里思和跟班完全不同于丹弗斯太太，他们像餐厅里缺乏个性的侍者，根本不会瞪眼看我。

饭后，我俩坐在藏书室里。一会儿，窗帷放下了，壁炉里添了柴火。虽然已是五月，夜晚仍寒气逼人，幸好炉火熊熊，给我温暖。

这是我们俩第一次在饭后这样坐在一起。在意大利，我们或步行或驾车出去兜风，进小咖啡馆去打发时间，或者并肩斜靠在桥上。迈克西姆本能地朝壁炉左方他的位子走去，伸手拿起报纸。他把一个宽大的枕垫塞在脑袋后边，点燃一支香烟。我暗暗想："多少年来他每天都这样。这已是他的老习惯。"

他不朝我这边看，专心读报，露出心满意足、非常舒服的样子。回家来恢复了原先的生活方式，他又是一家之主了。我坐在一边，双手托着腮帮子沉思。我爱怜地抚摸着长耳狗柔软的耳朵。这时我突然想到，我并不是第一个懒洋洋地倚在这张椅子上的人。在我之前已有人坐过这把椅子，椅垫上肯定留下了她身子的印痕；她的手曾搁在这儿的扶手上；她曾从同一把银质咖啡壶中往外斟咖啡，把杯子送到唇边；同我此刻的姿势一样，她也曾弯腰去爱抚长耳狗……

我下意识地打了个寒噤，似乎有人在我背后打开了门，引进了一股冷风。我是坐在丽贝卡的椅子上，斜靠着丽贝卡的椅垫。长耳狗跑来把头搁在我的膝上，因为这是它的老习惯，它还记得昔日就在这个地方，她曾给它吃糖。

第八章

当然，我从没想到，在曼德里，生活竟是如此有条不紊，这样刻板！时至今日，我还记得第一天早晨的情景：迈克西姆很早起身，早饭之前就穿着停当，开始写信。九点过后好久，我才应着当当一阵钟声，慌忙下楼。这时他已快吃完早餐，在削着水果了。

他抬起头，面带笑容地对我说："你该想办法适应这儿的生活，不过别太着急了。每天这个时候我是很忙的。你知道，管理曼德里这么大一所宅子，非得把全部时间花上去不可。热菜和咖啡都在餐具柜上。早餐的时候我们不用仆人服侍。"我告诉他，我的钟慢了，另外洗澡多花了点时间，他低头读着一封信，眉头紧皱，根本没听到我的话。

我还记得很清楚，早餐的丰盛给我留下了深刻的印象，甚至使我有点惶然不知所措。在一只银质大壶里盛着热茶和咖啡；炒蛋和腊肠在炉子上冒着咝咝热气，另一道热菜是鱼；在另一只特制的炉子上放着几个煮鸡蛋；在一只银碗里盛着麦片粥；在另一个餐具柜上放着火腿和一方冻腊肠；而在餐桌上则摆着吐司、面包，各种各样的果酱和蜂蜜罐。两端水果盘堆得高高的。我觉得很奇怪，迈克西姆在意大利和法国的时候早饭只吃一块牛角面包、一些水果，喝一杯咖啡，回家来却摆开这么丰盛的早餐，够一打人吃的了。他可能已经习惯这一切，时日久了，也就不觉得是一种浪费了。

我留意到他吃了一小块鱼。我吃了个煮鸡蛋。这么多余下的食物怎么处理呢？这些炒蛋、脆嫩的腊肠、麦片粥、剩下的鱼。也许厨房后门口有些我不认识、永远也不会见面的穷人在等着施舍吧，要不，这些东西都一概扔进垃圾桶完事？当然这些我只能是一无所知；我丝毫没有开口过问的勇气。

第八章

"感谢上帝,幸好我的亲戚不多,不会多来麻烦你,"迈克西姆说,"我只有一个难得一见的姐姐,一个几乎瞎了眼的老奶奶。顺便说一声,我姐姐比阿特丽斯不请自来,说要来吃顿中饭。我料到她会来的。她可能想见见你。"

"今天就来吗?"我的情绪一下子降到冰点。

"是的。早晨接到她的信,说是今天就来。可她不会在这儿待很久。我敢肯定你会喜欢她的。这人很直率,有话直说,绝非那种虚伪的角色。她如果对你没有什么好感,就会当着你的面说出来。"

这些话并没有使我得到多少安慰,我反倒觉得一个伪善的人至少不会让我当面出丑,这样是不是更好些。迈克西姆站起身来,点了一支烟。"今天早上我有一大堆事情要处理。你自己去玩好吗?"他说,"本来想带你到花园里走走,可我必须跟总管事克劳利见一次面,我已经好久没过问这儿的事务。哦,对了,克劳利也在这儿吃中饭,你不会反对吧?能对付吗?"

"当然没意见,"我说,"我会挺高兴的。"

他拾起信件,走出房去。我记得当时自己很失望,因为在我原先的想象中,第一天的早晨我们应该牵着手到海边去散步,直到人乏兴尽才回来。因为回来得迟,午饭已冷了,我们就在一起单独进餐。吃过午饭,我俩坐在藏书室窗外那棵栗子树下休息。

这第一顿早饭我吃了好久,故意挨时间,直到弗里思进来,在侍者帷幕后边朝我张望,我才意识到这时已经十点多钟。我顿时跳了起来,觉得很内疚,并为自己在餐桌旁坐得太久表示歉意。弗里思一躬到地,一言不发,他总是这样有礼貌,言行的分寸恰到好处。然而,在他的眼睛里我却捕捉到了一闪而过的惊奇的神色。难道方才这些话我又说错了?也许我根本不该道歉。这样一来反而降低了我在他眼中的地位。我多么希望自己能够把握分寸,知道当时当地应该说什么、做什么。看来弗里思也像丹弗斯太太一样,在怀疑我的身份;他也看出,态度自如、举止优雅而有自信,这些根本不是我的素质。而是我要花好长时间,也许得经过痛苦的磨炼才能学到,而要学会这一套,我得屡受煎熬,付出代价。

事实也确实如此。当我低头走出房间时,我在门边的阶梯上绊了一下,弗里思跑来搀我,拾起我掉在地上的手绢,而那位名叫罗伯特的年轻跟班，站在帷幕背后，急忙扭过脸去，以免让我看到他在窃笑。

当我走过大厅时，我还听到两人在窃窃私语，其中一个，可能又是罗伯特，笑了一声。两人大概正在笑话我。我回到楼上，想独自在卧室里安静一会儿。可是一推开门，我发现使女们正在打扫房间，一个扫地，另一个抹梳妆台。两人惊愕地望着我。我赶快退了出来。原来我又错了，没有人会在早晨这个时候冒冒失失地闯进卧室去，很显然，我又违反了曼德里的生活规律。我只得轻手轻脚再次下楼，幸好穿着拖鞋，走在石板上倒没有什么声响。我走进藏书室，里面窗户敞开，壁炉里柴火已经堆好，但没有点着，因此寒气逼人。

我关上窗子，四下环顾着想找一盒火柴，可怎么也找不着，真不知该怎么办是好。我不愿按铃叫人。可是昨晚炉火熊熊、舒适而温暖的藏书室，现在却像座冰窖。楼上卧室里肯定有火柴，但我不愿再去打扰使女们干活，她们的圆脸蛋一直盯着我瞧，使我受不了。我决定等弗里思和罗伯特两人离开餐厅后，到餐具柜上拿火柴，于是就蹑手蹑脚走进大厅，听那边的动静。他们还在拾掇，我听到他们在说话，还有托盘相碰的声音。没多久，一切都安静下来，两人一定是从侍者专用门走出，去厨房了。我穿过大厅，再次走进餐厅。果然，餐具柜上有一盒火柴，我疾步穿过房间，一把抓起火柴。可正在这时，弗里思又回来了。我偷偷摸摸把火柴盒往袋子里塞，但已来不及了，我看到他惊诧地朝我的手掌瞟了一眼。

"您要什么，太太？"他问。

"啊，弗里思，"我简直无地自容，"我找火柴。"他即刻摸出一盒火柴，递给我，同时递上香烟。这实在使我受窘，因为我不吸烟。

"啊，不，"我说，"是这样的，藏书室里冷极了。也许是因为刚从国外回来，不太习惯这儿的寒冷，所以我想生个火。"

"太太，藏书室通常是下午才生火。德温特夫人总是使用晨室的，所以此刻晨室里已生了火。当然，如果您吩咐在藏书室里也生火，我立即叫人照办。"

"喔，不必，"我说，"我没有这个意思。好吧，谢谢你，弗里思，我现在就去晨室。"

"您如果需要信纸、笔和墨水，那儿都有，太太，"他说，"从前，

第八章

德温特夫人在早餐后总在那儿写信、打电话,那儿有内线电话,有什么吩咐的话可以给丹弗斯太太打。"

"谢谢你,弗里思。"我说。

我转身走进大厅,嘴里哼着一支小调,为了给自己壮胆。我当然不能告诉他,我还没到晨室去过。前一夜迈克西姆没带我去看过那房间。我知道他正站在餐厅的入口处,看我穿过大厅,所以我一定得装出一种熟门熟路的样子。楼梯左侧有一扇门,我鲁莽地走过去,暗自希望走得没错。可是一推开门,我发现这是一间杂物间,里面堆着杂七杂八的零碎东西:一张桌子是专供修剪鲜花用的;好些柳条椅堆在墙边;钉子上挂着两三件胶布雨衣。我装作大模大样地退了回来,朝大厅那头扫了一眼,看见弗里思还站在那里。这么说,我的一举一动都没能逃过他的眼睛。

"太太,您应该走右手这扇门,楼梯这边的门,穿过客厅,到晨室去。您应该笔直穿过小客厅,然后朝左拐。"

"谢谢你,弗里思。"我低声下气地说,不再装模作样了。

按着他的指点,我穿过大客厅。这是间很美的屋子,比例对称,外边是草坪,草坪倾斜着通向海滩。我想大概这儿是接纳公众参观的,要是由弗里思来导游讲解,他一定很了解墙上每一幅绘画的历史,每一件家具的制作年代。显然这房间很美,桌椅也很华贵,但我却不愿在这儿多待一会儿。我难以想象自己会坐在这样的椅子里,或是站在这雕刻精致的炉边,把手里的书放在旁边的桌上。房间里气氛肃穆,就像博物馆的陈列室。在那种陈列室里,壁龛前拉着绳子,门口椅子上还坐着身穿大氅、头戴宽边帽的看守人,那模样像极了法国城堡的卫兵。

我快步穿过客厅,向左转弯,总算来到了这间我还没有见过的晨室。

两条狗蹲在炉火前,看到它们,我总算感到好过了些。小狗杰斯珀马上摇着尾巴朝我跑过来,把鼻子伸到我手里。听到我走过来,那条老母狗只是把鼻子抬了抬,用瞎眼朝着我进门的方向。它用鼻子嗅了一阵,发觉我不是它要等的那个人,于是就一声咕噜,转开头,又盯着炉火发呆去了。接着,杰斯珀也撇下我,跑到老狗旁边安顿下来,舔着自己的身子,像弗里思一样,它们都知道在下午以前藏书室不生火,因此很久以来就养成了跑到晨室来打发早上这段时间的习惯。不知为什么,我能猜到石楠花就在房间外绽放,尽管我还没走到窗口。果然,在打开的窗子底下聚集着成簇的像鲜血一般红得过分的石楠,就是我昨天傍晚见到过的那些花。它们已经蔓延着侵入车道。花丛中间有一小片草地,那是像地毯一样平整的苔藓。草地中央有一座小小的雕像,那是一个吹着风笛的森林之神。塑像随心起舞表演,血红的石楠花是他的背景,草地则是他的舞台。

这个房间不同于藏书室,没有霉味儿。这里没有那些长年累月被坐得陈旧了的椅子,没有摊满书报的桌子。藏书室的桌上总是摊着许多书报,其实并没有人读这些东西,只是老习惯罢了,迈克西姆的父亲,或许甚至是他的老祖父,喜欢这样做做样子。

晨室显出十足的女人味,既优雅又妩媚。显而易见,房间的女主人曾细心挑选每一件家具,因此这儿的椅子、花瓶,甚至于每一件小摆设,彼此都很协调,与女主人自己的性格亦相和谐。我似乎看见她凭着自己高明的直觉,在曼德里收藏的宝物中一件一件挑出自己最中意的珍品,把那些二流的、平凡的东西统统撇在一边;她挑得如此有把握,我似乎听见她在发号施令:"我要这件,还有这件,这件。"房间以浑然一体的格调布置,家具都是同一时代的制品。房间因此而显得完美无瑕,丝毫不会像对公众开放的客厅似的令人感到冷漠而死板。晨室生机勃勃,鲜明而光彩夺目,有几分像窗下成团成簇的石楠花。我还注意到,石楠花并不是单单充斥在窗外的草地上,而且已经侵入房间内部,那娇艳的脸孔正从壁炉架上俯视着我;沙发边的茶几上也有一大瓶;写字桌上,金烛台的旁边,也是它们亭亭玉立的倩影。

房间里到处是石楠花,连墙壁也染上了血红色,在晨光的映衬下,显得那样浓艳耀眼。石楠是房间里唯一的鲜花,我怀疑这是不是一种有意的安排,这屋子陈设布置成这个样子,也许就仅仅是为了摆石楠花的吧?要不然为什么其他房间里都不摆石楠花?餐厅的藏书室里也放鲜花,但都修剪得整整齐齐,搁在恰当的地方作为陪衬,不像这儿的石楠花那么多。

我走过去,坐在写字桌边。这么缤纷精美的房间竟也作为办事之所,真让我觉得奇怪。我本以为,用这样高雅的趣味装饰起来的房间,尽管鲜花多得过分,只不过是一个用来显示装饰美,供人在倦慵时私下休息的去处。

可是这张写字桌,尽管纤巧精致,却绝不是女人的小玩意儿,由你

第八章

坐在旁边,咬着笔杆,信手写就短束便条,然后把吸墨纸台歪歪斜斜地一丢,接着心不在焉地走开。写字桌上设有鸽笼式的文件架,上边贴着"待复信件""须保存信件""家务""田庄""菜单""杂项""通讯地址"等标签。标签是用一手我已熟悉的尖细的草体字写成的。一下子认出这笔迹,简直把我吓了一跳,因为自从把诗集的扉页销毁之后,我还没再见过这笔迹。另外,我也没有想到还会见到它。

我随意拉开一只抽屉,一眼又看见了她的笔迹。这次是出现在一本打开的皮封面记事册上,册子的标题是《曼德里宾客录》,内容按星期和月份编排,上面记载着来往宾客的姓名,他们住过的房间和他们的伙食。我一页一页翻着,发现册子上记载了整整一年中曼德里来往宾客的情况。这样,女主人只需打开册子一看,就知道到今天,甚至到此刻为止,哪天有什么客人曾在家里住宿,来客住在哪个房间,女主人为他准备了什么饭菜。抽屉里还有些雪白的硬信纸,是专供落笔很重的人草书用的,此外还有印着纹章和地址的家用信笺,以及装在小盒子里的雪白的名片。

我从盒子里取出一张,拆掉外面那层薄薄的包装纸。名片上印着"迈·德温特夫人",名片的一角还有"曼德里"三个字。我把名片放回小盒子,并关上抽屉。突然之间,有一种做贼心虚的感觉袭来:仿佛我是在别人家里做客,女主人对我说:"完全可以,去吧,到我书桌上去写信吧。"可我却在鬼鬼祟祟地看她的私人信件,这实在是难以宽恕的行为。现在她随时可能走进房间来,发现我坐在写字桌前,放肆地打开了我完全无权触碰的她的抽屉。

突然间,面前写字桌上的电话铃声大作,吓得我的心扑通扑通直跳,我想这回肯定是被人逮着了。我双手颤抖着拿起话筒,问道:"哪一位?您找谁?"线路那头传来一阵陌生的嗡嗡声,接着就响起一个低沉粗鲁的嗓音:"是德温特夫人吗?"我听不出说话的是男人还是女人。

"恐怕您弄错了吧,"我说,"德温特夫人过世已经一年多了。"我坐在位子上,默默地望着话筒,等候对方回答。直到对方用疑惑的语气,稍稍提高嗓门,再问一遍名字,我才意识到自己说漏了嘴,犯了个不可挽回的错误,于是蓦地涨红了脸。对方的话音又响起来:"太太,我是丹弗斯太太,我是在内线电话上跟您说话。"我方才失常的表现实在无法掩

081

饰，愚蠢得太不像话，要是不对此有所表示那只会使自己进一步出丑，尽管方才的洋相已出得够可以了。

所以我就结巴费力地道歉："对不起，丹弗斯太太。我被电话铃吓了一跳，我自己也不知道胡说了些什么。我没想到你是找我说话，我不知道这是内线电话。"

她回答说："太太，很抱歉我打扰了您。"我相信，她一定猜到我在这儿乱翻写字桌上的东西。她接着又说："我只是想问一声，您是不是要找我，今天的菜单是不是令您满意？"

"啊，"我说，"啊，我想肯定可以的。我是说我对菜单完全满意。你看着办好了。丹弗斯太太，不用征求我的意见。"

"我看您最好还是过目，"对方接着说，"它就搁在您手边的吸墨纸台上。"

我手忙脚乱地在近处翻了一阵，终于找到了这张我先前未注意到的纸片，我匆匆扫了一眼：咖喱龙虾、烤牛肉、龙须菜、巧克力奶油冻，等等。这是午饭还是正餐，我不知道。大概是午饭。

"好极了，丹弗斯太太，"我说，"挺合适的，的确好极了。"

"您要是想换菜，请吩咐，我马上就叫他们照办。请您看一下，在调味两字的边上我留出了空白，您爱哪一种，就请填在上面。我还不清楚您吃烤牛肉时习惯用哪一种调味汁。过去德温特夫人非常讲究调味汁，我总得问过她本人才敢决定。"

"呃，"我说，"呃，这个……让我想一想。丹弗斯太太，我说不上来。我看你们还是按通常的老规矩办吧。德温特夫人喜欢什么，你们就看着办好了。"

"您自己没有什么特别的喜好吗，太太？"

"不，没有。我真的说不上来，丹弗斯太太。"

"要是德温特夫人在世，我看她肯定点葡萄酒调味汁。"

"那么就用这种调味汁好了。"

"太太，请原谅我在您写信的时候打扰了您。"

"不，不，别这么说，你根本没有打扰我。"

"我们这儿都是中午发信，您要寄的信罗伯特会去拿的，贴邮票的事

第八章

也归他管。您只要打个电话跟他说一声就行了。假如您有什么急件要寄出的话,他会叫人立即到邮局去寄发的。"

"谢谢你,丹弗斯太太。"说完之后,我手握听筒等着,可她没再说什么。听到对方嘀铃一声挂断电话,我才放下听筒。我又望着写字桌上那些随时备用的信纸和吸墨纸台。我面前的鸽笼式文件架好像在盯着我看,那些上边写着"待复信件""杂项""田庄"等字样的标签都在责备我为什么无所事事地闲坐着。以前曾坐在我这个位子上的女人可不像我这样浪费时间,她伸手抓起内线电话的听筒,斩钉截铁、干脆利落地发号施令,把菜单上不合意的给勾掉。她可不像我这样只会说:"行啊,丹弗斯太太。""当然啦,丹弗斯太太。"等打完电话,她开始用那手我已熟悉的不同寻常的斜体字写信,五封、六封、七封,没完没了。她一张一张撕下光滑的白信纸。在每封私人信件底下,她签上自己的名字:丽贝卡。那个倾斜的R字母特别高大,相形之下,其他字母都显得十分矮小。

我用手指敲打着写字桌面。文件架都已空荡荡的,没有待复的信件,我也不清楚有什么待付的账单。方才丹弗斯太太说,要是有什么急件要发,可以打电话给罗伯特,由他叫人送到邮局。以前丽贝卡肯定有许多急件要寄发,那些信不知道都写给谁的。可能是给裁缝写的吧:"星期二之前那件白缎子衣服一定得做好。"也许是写给理发师:"下星期五我要来做头发,下午三点叫安东尼先生等着我,我要按摩、洗发、电烫成形、修指甲。"不,不会。这类事情她只需让弗里思给伦敦打个电话就可以了,根本用不着这么麻烦。在电话里弗里思会告诉对方:"德温特夫人要我告诉您……"

我用手指敲击着写字桌面。我实在想不出需要给谁写信,除了范·霍珀夫人。此刻,在我自己的家里,坐在自己的写字桌前,我竟闲得发慌,只能给范·霍珀夫人这样一个我极其厌恶而又永远不可能再见面的女人写封信!想到这些,我觉得不免太荒唐了!真是莫大的讽刺!我取了一张信纸,拿起一支笔杆细巧、笔尖锃亮的钢笔开始写信:"亲爱的范·霍珀夫人"。我写写停停,非常费力,在信上祝愿她旅途愉快,但愿她女儿身体比以前更好,但愿纽约天气晴朗和暖。我写着信,生平第一次注意到自己的字迹如此歪歪扭扭,不成样子,既没有个性,也谈不上风格,甚至不像是出自受过教育的人之手。这笔迹只有一个二流学校的劣等生才写得出来。

第九章

　　车道上有汽车的声音响起，我猛地惊跳起来，一定是比阿特丽斯夫妇到了。我看看时钟，刚过十二点，没想到他们这么早就来。迈克西姆还没回家。我不知道能不能跳出窗子躲起来。这样，如果弗里思把他们领到晨室，看见我不在，就会说："太太可能出去了。"这很自然，客人们也不会觉得奇怪。两条狗直盯着我，看着我向窗子奔去，它们的目光里带着疑问，杰斯珀还向我跑过来，尾巴一摇一摆的。

　　窗子外面是平台，再过去一点是小草地。我正准备擦过石楠花跳出窗子时，听见人声越来越近，便又赶快退回房间。肯定是弗里思告诉他们我这会儿正在晨室，他们便顺着花园中的这条路走过来了。我迅速走进大客厅，直奔左首近处的一扇门而去。门外是一条长长的石筑甬道。我发疯似的奔跑在甬道上，我十分清楚地知道这是极其愚蠢而错误的行为。这种突然发作的神经质使我看不起自己，但是我知道无论如何这会儿没法见客人。甬道应该是通往宅子的后部。我转过一个弯，来到另一段楼梯跟前。在这儿我碰上一个从没见过的女佣，她提着木桶和拖把，可能是打杂的女工。显然，在这儿遇到我是大大地出乎她意料的，她望着我，惊异万分，就好像是白天见了鬼似的。我慌忙说一声"早安"，就奔向楼梯。她回了一句："早安，太太。"一面大张着嘴，眼睛瞪得滚圆，好奇地望着我登上楼梯。

　　我想走上楼梯一定便是卧室，我能在东厢找到自己的那套房间，然后躲在里边，直到午饭时分世俗礼仪逼得我不得不下楼时再说。

　　我大概弄错了方向。因为穿过楼梯口的一扇门，我发现自己来到一条

第九章

长长的走廊上。这条走廊我没见到过，同东厢的走廊多少有些相似，只是更宽大，另外，因为墙上嵌镶着护壁板，比东厢的也更幽暗。

我迟疑了一下，接着往左拐弯，来到另一个宽敞的楼梯口平台。这儿周围看不见一个人，寂静而幽暗。要是早上曾有使女在这儿打扫，那么这会儿已经完工下楼，没有任何痕迹留下，没有那种清扫地毯之后飘散出来的灰尘味儿。我独自站在那儿，不知该往哪儿走。这座大宅仿佛空无一人，静得不同寻常，让人感到压抑万分。

我情急中随手推开一道门，走进一间黑屋子。百叶窗紧关着，一点光线也透不进来，但家具轮廓隐约可见，它们就在房间中央，裹在白罩单里。房间里很闷，飘着霉味儿，就像那种很少使用的房间，没人住时，把各种摆设往床铺当中一堆，罩上一条被单。也许从去年夏天以来，窗帷一直不曾拉开过，现在你要是走去拉开它，把那吱咯作声的百叶窗打开，也许会掉出一只在里边关了好几个月的死飞蛾，与一枚早已被人遗忘的扣针，还有一片枯叶，那是上一次关窗之前被风吹进房间的。我把门轻轻关上，毫无目的地沿着走廊向前走去。两边房间都是关着的。我最后停在一个小壁橱前，它从外边墙头凹陷进来。这儿有一扇大窗，终于给我带来了亮光。从这儿望出去，下面是平整的草地，草地往外延伸，便是大海。海上吹着一阵西风，碧绿的海面上白浪粼粼，飞快地涌向岸边。

大海近在咫尺，比我想象的还要近。大海就在草地下边一个小树丛脚下奔腾，打这儿去只要五分钟便可以走到。如果我把耳朵贴近窗户，我还能听到浪花拍击近处什么地方一个小海湾的声响。现在我才知道自己兜了一个大圈，此刻正站在西厢的走廊里。正如丹弗斯太太所说的，这儿涛声阵阵，传入耳膜。人们甚至可以想象，在冬天，大海会漫上陆地，淹没草坪，危及房屋。即使在此刻，因为风大，窗玻璃上也已经蒙上一层水汽，仿佛有人在上头呵了一口气，这是从海上吹来的带盐味的轻雾。太阳被一片乌云给遮没了，失去了光芒。大海骤然变得幽暗，阵阵白浪也狂暴地奔腾起来，不再像我刚才看见的那种欢快闪光的景象。

不知什么缘故，我因为自己住在东厢而庆幸，我还是宁愿观赏玫瑰园，我可不爱听大海的咆哮。我走回楼梯口的那一方平台，一手扶着栏杆准备下楼。这时我听见背后的房门打开，丹弗斯太太出现了。我们两个人谁也不说话，瞪着眼睛对视了一会。她一见到我，立刻戴上一副假面具，使我难以判断她的眼睛射出的是怒火还是好奇的目光。虽然她什么也没说，我却又心虚起来，羞愧得犹如擅自闯入别人屋子而被逮了个正着。我的脸涨得通红，无疑是告诉她我心中有鬼。

"我走错路了，"我说，"我本想到自己的房里去。"

"您走到屋子的另一头来了，"她说，"这儿是西厢。"

"是的，我知道。"我说。

"您有没有走进哪一个房间看看？"她问。

"不，"我赶快回答，"没有。我只是打开过一扇房门看了一眼，没有进屋，那里太暗了，东西都蒙着罩单。我很抱歉，我并不想弄乱东西。你大概想把这儿的一切都锁在屋子里收藏好。"

"要是您想打开看看，我立刻照办，"她说，"您只要吩咐一声就行了。这些房间都是布置好的，随时可以使用。"

"喔，不，"我说，"我没有这个意思，请别这么想。"

"也许您想让我带您看看西厢所有的房间吧？"

我忙摇头说："不，我可没有这个想法，喔，我得下楼去了。"我沿着楼梯走下，她跟在我身边，像押解犯人的卫兵。

"随便什么时候，只要您有空，跟我说一声，我就带您看看西厢的这些房间。"她再三地要带我看房间，这使我隐约觉得不安。其中的原因，我也弄不懂。她紧盯着不放的口吻使我联想起童年时代有一次到朋友家玩，那家有一个年龄比我大的女儿，她拉着我的手臂，在我耳畔低语："我知道在妈妈卧室的橱柜里有一本书，怎么样？去看看吗？"我记得她在说话时激动得脸色煞白，闪亮的眼睛睁得滚圆，还不住捏我的膀子。

"我会取走罩单，这样您就能见到这些房间的本来面貌。"丹弗斯太太说，"本来今天早晨我就可以带您参观，但是我以为您在晨室里写信。您什么时候有事吩咐，请打个电话到我房间来。只需一时半刻就可以把这些房间收拾妥当。"

这时，我们已走下那一小段楼梯。她推开一扇门，侧身让我走过去。她那阴森森的眼睛观察着我的脸。

"你太好了，丹弗斯太太，"我说，"以后再麻烦你吧。"

第九章

我们一起走到门外的楼梯口,这时我才发现自己是站在大楼梯的顶端,就在吟游诗人画廊的背后。

"您是怎么走错路的?"她问我,"通往西厢的门与这扇门一点儿也不相像。"

"我不是从这个方向走的。"我说。

"那您一定是从后面,从石筑甬道到西侧去的了?"她说。

"是的。"我不敢看她的眼睛,"我是从石筑甬道的方向走的。"

她仍然一个劲儿地盯着我,仿佛要我解释一下为什么突然惊慌失措地离开晨室,跑到宅子的后部去。我突然意识到,她一定在暗中注意我的一举一动,也许从我一闯进西厢时起,她就在门缝里窥视着我。"莱西夫人和莱西少校已到了好一会儿,"她告诉我,"十二点钟刚敲过,我听到他们汽车驶近的声音。"

"哎哟,"我说,"我可不知道!"

"弗里思一定领他们到晨室去了,这会儿差不多十二点半了吧。现在您知道该往哪个方向走了吗?"

"知道了,丹弗斯太太。"我说着下了大楼梯,走进大厅。我知道她一定还站在上面,盯着我看。

这一下非得回到晨室去见迈克西姆的姐姐和姐夫不可了,再也不能跑到卧室去躲起来。走进客厅时,我扭头朝后望去。果然,丹弗斯太太还站在楼梯口,像个黑衣哨兵似的监视着我。

手按在门上,我在晨室外稍稍伫立了一会,谛听屋里说话的声音。房里似乎有很多人。这么说来,我在楼上那阵工夫,迈克西姆已经回来,也许还带着他的总管事。我顿时觉得一阵紧张,心仿佛悬于半空中,就像儿时被人召去向客人行礼时的感觉。我扭动门把,冒冒失失地闯了进去。大家都不说话了,一张张脸孔全朝我这边转过来。

"啊,她总算来了,"迈克西姆说,"你躲到哪儿去了?我们正想派人分头去找你。这是比阿特丽斯,这是贾尔斯,这是弗兰克·克劳利。嗨,当心,你差一点儿踩在狗身上。"

比阿特丽斯个子很高,肩膀宽宽的,长得很好看,眼睛和颌部很像迈克西姆。不过她并没有我原先想象的那么漂亮,比阿特丽斯粗犷得像个男子，完全是那种养狗成癖、擅长骑射的人物。她没有吻我，只是把我的手紧紧一握，一面还笔直地看着我的眼睛。她转过脸去对迈克西姆说："跟我想象的大不相同，也完全不像你描述的那个样子。"

众人都笑了。我只好附和着咧咧嘴，心里则在怀疑，大家是不是在笑话我；还有，她想象中的我是什么样子？迈克西姆又怎样向她描绘我的长相？

迈克西姆碰碰我的胳膊，介绍我和贾尔斯见面。贾尔斯伸出一只肥大的手掌，紧紧与我握手，我的手指都被他捏得麻木了。他那温和的双眼在角质边框眼镜的背后向我微笑。

"这是弗兰克·克劳利。"迈克西姆将总管事介绍给我。这个人脸无血色，瘦骨嶙峋，喉结突出。在他看着我的目光里，有一种如释重负的表情显露了出来。这是为什么？可还没等我细想，弗里思进来了，给我端上雪利酒。比阿特丽斯也来找我说话："迈克西姆说你们昨天晚上刚到。我可不知道，否则我也不会今天就跑来打扰你们。嗯，你觉得曼德里这地方怎么样？"

"我还没来得及好好看看，"我回答道，"当然，这地方非常美丽。"

如我所料，她从头到脚不住打量着我，不过态度直率而坦然，不像丹弗斯太太那样充满着恶意和敌视。她当然有权对我做评定，因为她毕竟是迈克西姆的姐姐。迈克西姆走过来，挽着我的手臂，给我打气。

比阿特丽斯歪着头，端详着迈克西姆，对他说："老弟，你的气色好多了，感谢上帝，过去那种莫名其妙出神的样子总算消失了。"接着，她朝我点点头说："我想，为此我们还得谢谢你呢。"

迈克西姆不耐烦地回答说："我一直很健康，从来不生病。在你看来，谁要是不像贾尔斯那么胖，谁肯定就是病了。"

"胡扯，"比阿特丽斯说，"你自己也很清楚，半年之前你几乎完全垮啦。上一次我来看你，真把我吓得半死，我想你准要病倒，从此一蹶不振。贾尔斯，你来说说，上一次来的时候，迈克西姆的样子是不是够吓人的？还有，我是不是说过这一回他准会病倒？"

贾尔斯说："嗯，老弟，说实话你和过去看上去，简直像换了一个人。幸亏出去跑了一趟。克劳利，他看上去挺健康，是吗？"

迈克西姆的肌肉在我的手臂下扭紧，我知道他是在强忍怒气。不知为

第九章

何，谈论他的健康使他不快，甚至引他发火。而那个比阿特丽斯真不会察言观色，偏偏老是这样喋喋不休，似乎一定要证明自己是正确的。

"迈克西姆晒黑了，"我羞答答地插话说，"所以看着觉得样样都好。你们还没看见他在威尼斯时候的样子呢，在凉台上吃早饭，有意想把自己晒黑，他以为这样一来更漂亮些。"

大家都笑了。克劳利先生接着说："德温特夫人，威尼斯在这个季节一定美极了，对吗？"我答道："是的。天气很好，好像只碰上一个下雨天，是不是啊，迈克西姆？"

就这样，话题巧妙地转开，从他的健康扯到意大利和好天气，而谈论这些题目是万无一失的。这时，气氛又变得自然流畅、轻松愉快：迈克西姆和比阿特丽斯夫妇在谈论我家汽车的行驶保养情况；克劳利先生则问我威尼斯的运河里如今是否只行驶汽船，不再有刚朵拉船了。我心里明白，即使今天威尼斯大运河里停泊着大轮船，也与他一点不相干。他这么问只是为了助我一臂之力，使我把谈话从迈克西姆的健康状况引开。管事先生其貌不扬，却帮了我一把，让我感激不尽。

比阿特丽斯用脚踢着狗说："杰斯珀必须锻炼锻炼才行。它还不到两岁，就长得这么肥。迈克西姆，你喂它什么？"

迈克西姆说："亲爱的比阿特丽斯，它跟你家的狗还不是一样？得了吧，我看对于动物你懂得并不比我多，就不要卖弄了。"

"我的好老弟，你离家好几个月，怎么会知道他们喂杰斯珀什么东西？我根本不相信弗里思每天两次带它跑到大门口。看它的毛色，就知道这条狗好几个星期没有撒过欢了。"

"它长得肥肥壮壮的，我看倒是挺好，不像你那条笨狗，总也吃不饱似的。"迈克西姆说。

"你竟说这种糊涂话，我家的'雄师'二月份在克拉夫跑狗赛中得了两个第一名！"

迈克西姆嘴角的肌肉又紧紧地绷起来，我知道气氛又要变得紧张了。我真弄不明白，姐弟碰在一起难道非得这样拌嘴不可，弄得旁边的人也跟着受罪。我真希望弗里思这时跑来通报开饭。也许，这儿是用铃声召人进餐厅用膳的？曼德里的这些规矩我还不了解。

我在比阿特丽斯身边坐下问她："你们住得远不远？到这儿来是不是一早就得出发？"

"我们离这儿五十英里，亲爱的，我们住在特鲁切斯特过去一点的邻郡。我们那儿打猎的条件比这儿好得多，什么时候迈克西姆肯放你出来，到我们那儿住几天，让贾尔斯教你骑马。"

"我不会打猎，"我只能说实话，"小时候，我学过骑马，但很不行，现在几乎都忘了。"

"那就再学嘛！住在乡下不会骑马怎么行？那样就会成天无所事事。迈克西姆说你会画画儿，那自然不坏，只是对身体没多少好处。那玩意儿只能在下雨天没其他事情做时给你解闷气。"

迈克西姆说："我的好比阿特丽斯，我们可不像你，没有新鲜空气就活不了。"

"没跟你说话，老弟！谁不知道你就喜欢在曼德里的花园里散步想心事，连脚步快一点都不愿意。"

我赶快接上去说："我也喜欢散步，看来在曼德里散步，我一辈子也不会觉得厌烦。等天气暖和些，还可以洗海水浴。"

比阿特丽斯说："亲爱的，你把事情看得太轻巧啰！我记得好像从来没在这一带洗过海水浴。水太凉，而且海滩上全是圆卵石。"

"那有什么关系？"我说，"我爱洗海水浴，只要潮水不太猛就行。这儿的海湾浴场安全吗？"

谁都没回答我的问题。突然，我意识到自己说了不该说的话。我的心怦怦剧跳，脸红得像火烧。惊慌失措之中，我只好弯腰去抚摸杰斯珀的长耳朵。

比阿特丽斯打破了沉默："杰斯珀该去游水，减减肥。不过在海湾里游水，这家伙可能吃不住。对吗？亲爱的杰斯珀，我的好家伙？"我们俩一起爱抚着长耳狗，谁也不看对方一眼。

迈克西姆嚷了起来："午饭怎么还没准备好？我都饿极了。"

克劳利先生说："你瞧炉架上的钟，还不到一点。"

"那座钟老是快。"比阿特丽斯说。

"这座钟好几个月以来都走得挺准。"迈克西姆说。

第九章

就在这时,门户开处,弗里思进来通报午饭已经准备就绪。

贾尔斯瞧瞧自己的手说:"看来我得洗洗手。"

大家站起身来,我穿过客厅走向大厅,心里感到一阵轻松。比阿特丽斯挽着我的手臂,稍稍超前,走在头里。

"亲爱的弗里思老头,"她说,"他看上去总是老样子。一见到他,我又回到了姑娘时代。说实话——不过对我的话可别介意——你比我原先想象的还要年轻。迈克西姆对我说起过你的年龄,可你实实在在还是个小孩子!告诉我,你很爱他吗?"

我没想到她会提这样的问题。她肯定看到了我脸上惊讶的表情,于是就轻声一笑,捏了捏我的膀子说:"用不着回答我的怪问题,我理解你。我这个人老爱管闲事,真够讨厌的,是吗?别生气。你知道,尽管我俩见了面总爱顶嘴,我是深爱迈克西姆的。再说一遍,他的气色变好了,为此真该向你道喜。去年这个时候大家都替他捏把汗。那件事情的经过你当然都知道啰。"

说到这儿,我们已来到餐厅,她就停住了,因为周围有仆人,走在后面的人也都进了屋。可是,当我坐下展开餐巾的时候,我心里泛起嘀咕,要是比阿特丽斯知道,对于去年在这儿海湾里发生的悲剧我一无所知,迈克西姆根本没告诉我,我也从不问他,她会怎么说呢?

午饭吃得挺顺利,比我想象的要好,没再发生什么口角,我想比阿特丽斯总算圆滑些了。姐弟俩谈论着曼德里的家务,谈论着她的马群,谈论着花园和两人都认识的朋友,而坐在我左手的弗兰克·克劳利则很自然而随和地同我聊天,根本无需我费劲,这使我十分感激他。贾尔斯只顾吃喝,话说得很少,只是时而记起有女主人在场,偶尔信口对我说上一句。

"厨子还没换吧,迈克西姆?"贾尔斯问道,一面让罗伯特给自己端上第二份冰蛋白牛奶酥。"我常对比说,曼德里是全英国的仅存硕果,在这儿总算还可以吃到像样的食物。我很久以前吃过这类蛋白牛奶酥,至今也难忘。"

"我家厨子是定期更换的,"迈克西姆说,"不过烹调水平保持不变。丹弗斯太太保存食谱,她指点厨子们工作。"

"那位丹弗斯太太实在不简单,"贾尔斯说着转过脸来问我,"你觉

得呢？"

"啊，是的，"我说，"看来丹弗斯太太的确了不起。"

"但她的容貌可实在不敢恭维，对吧？"贾尔斯说着，呵呵大笑。弗兰克·克劳利不出声。我抬起头来，正好遇到比阿特丽斯的目光。立刻，她又转过脸去和迈克西姆谈了起来。

克劳利问我："德温特夫人，您打高尔夫球吗？"

"不，我不玩这个。"我回答说，同时暗觉轻松，因为话题一转，丹弗斯太太就被暂时忘掉。尽管我对高尔夫球一无所知，我还是准备听他高谈阔论。他爱讲多久，我就听多久，谈论高尔夫球至少不会让人难堪受窘，尽管它十分沉闷无聊。我们吃了干酪，喝了咖啡。我不知道这时是否应该站起身离开餐桌了。我老是朝迈克西姆望，可他没有任何表示。而贾尔斯在一边却又打开了话匣子，在讲述一个从雪堆里扒出一辆汽车的故事。我不明白他的思路怎么突然转到了这上头。尽管听不懂这个故事，我依然显出一副彬彬有礼的样子，不住地点头微笑，一面却感觉到迈克西姆已经坐在自己的位置上有点不耐烦了。贾尔斯终于收住了话头。我看到迈克西姆的眼神，他微微皱着眉，朝着门的方向偏了偏头。

我马上站起身来，拖开椅子。可是由于身体撞了餐桌，打翻了贾尔斯的一杯红葡萄酒。"哎呀，天哪！"我叫了一声，站在一旁，不知道怎么办才好，伸手去拿餐巾又抓了个空。迈克西姆说："算啦，让弗里思收拾吧，你只会越帮越忙。比阿特丽斯，带她到花园里去走走，她还没来得及四处看看。"

他看上去一脸倦容，筋疲力尽。我真希望今天没有客人。他们把这一天给糟蹋了。招待他们得费很大气力，就像我们昨天回家时一样。我也觉得疲乏、烦躁。而方才迈克西姆提议到花园去走走的时候，简直有点火冒三丈的样子。我真是笨手笨脚，竟会撞翻酒杯！我们走出屋子，来到平台，接着又走上平整的绿草坪。

比阿特丽斯说："你们匆匆忙忙地回到曼德里实在不是明智之举。要是在意大利待上三四个月，待到仲夏时节再回来，要好得多。这样，不但从你的角度看，适应起来要容易些，对迈克西姆也有很大益处。我不能不认为一开始你会觉得样样事情都有些难以应付。"

第九章

我说:"不,我倒不这么认为。我觉得我会爱上曼德里的。"

她不说话了。我们在草坪上来回走着。

"给我讲点你的情况吧,"比阿特丽斯说:"当时你在法国南部干什么?迈克西姆说你跟一个讨厌的美国女人待在一起。"

我讲了范·霍珀夫人和后来发生的事。她似乎表现出同情的样子,但态度暧昧,有些心不在焉。

等我讲完她才说:"是啊,正如你所说,一切都发生得很突然。不过,亲爱的,我们大家都为此感到高兴,真希望你俩过得幸福。"

"谢谢你,比阿特丽斯,"我说,"非常感谢。"

我虽然这么说,心里却在纳闷,为什么她说"希望"我俩过得幸福,而不说"肯定"。这个人心肠好,很直率,我喜欢她。但她的话音里微微带一点疑虑,这又使我不安。

她挽起我的手臂接着说:"当迈克西姆写信来告诉我这个消息时,老实对你说,我实在觉得奇怪。他说他在法国南部遇到你,还说你很年轻,长得不错。当然,大家都以为你一定是个交际花之类的时髦人物,脸上涂脂抹粉。在那种地方碰上这样的人是不稀奇的。午饭前你进晨室的时候,简直弄得我目瞪口呆。"

她笑了,我也附和着笑起来。可是她没说,我的长相究竟使她失望还是让她宽心。

"可怜的迈克西姆,"她说,"他曾经度过一段可怕的日子,但愿你已让他忘掉一切。当然,他深深爱着曼德里。"

我有点儿希望她就这样自然而平易地说下去,多告诉我一点过去的事情;可是,在心底,我又暗暗觉得,我不想知道这一切,我不愿再听她说下去。

"迈克西姆和我是完全不一样的人,这你应该看得出来。"她说,"我们的性格截然相反。我这人喜怒哀乐全表现在脸上,对别人的好恶一点儿也藏不住,迈克西姆则完全不同,他很沉静,感情从不外露。你根本猜不透他那古怪的脑袋里装着些什么样的想法。谁稍微惹我一下,我就按捺不住,大发雷霆,但过后马上就忘得精光。迈克西姆一年里难得发一两次脾气,可是一发作起来,那真是不得了。我看对你他大概不会这样,你是个文静的小乖乖。"

她在我的肩膀上捏了捏,脸上带着微笑。我想"文静"这两个字听起来多么安详而舒适。膝盖上摊着针线活,脸色平和,不慌不忙,不急不躁,无忧无虑。我可根本不是这种人,时而贪求,时而恐惧,把指甲咬得不成样子,不知何去何从!

她接着说:"有句话要对你说,请你不要见怪好吗?我觉得你的头发得好好弄一弄。为什么不去烫一下?你不觉得你的长发太平直吗?散在帽子底下一定够难看的。为什么不拢到耳后去?"

我顺从地掠掠头发,等着她表示称赞,她侧着头挑剔地看了一会说:"不行,不行,这样更糟。这种发式过于老成,对你不合适。看来你是得去烫一烫,把头发扎起来就行了。我可从来不喜欢那种圣女贞德式或是别的什么名字的时髦发式。迈克西姆怎么说?也许他喜欢这样?"

"我不知道,"我说,"他从来没提起过。"

"啊,这么说,他可能喜欢你留这样的头发,那就别听我的。你在伦敦和巴黎有没有添置衣服?"

"没有,"我说,"时间来不及。迈克西姆急着要回家。再说,要做新衣等回来以后随便什么时候写信去订制也可以。"

她说:"从你的穿着看,你一点儿也不在意自己的服饰打扮。"我歉疚地看看身上的法兰绒裙子说:"不是的。我很喜欢漂亮衣服。只是到目前为止,还一直没钱买就是了。"

她说:"真弄不懂迈克西姆怎么不在伦敦待上个把星期,给你买些像样的衣服。我说他在这点上表现得很自私,不像他平时的为人。通常他对穿着总是很挑剔。"

"是吗?"我说,"他对我可从不挑剔,我看他甚至根本不注意我的穿戴。我觉得他对这些一点也不在乎。"

"啊,那么说来,他的性格大概变了。"

她把眼光从我脸上移开,把手插在袋子里,朝着杰斯珀吹口哨,接着,她抬头望着楼上。

她问我:"这么说,西厢那些房间你们现在不用啦。"

我回答道:"不用了。我们的房间在东厢,还都是临时装修的。"

第九章

"是吗?"她说,"这我倒不知道。为什么?"

我说:"是迈克西姆的主意。他大概喜欢这样。"

她没说什么,仍然望着窗子,吹着口哨。突然,她问我:"你和丹弗斯太太相处得怎么样?"

我俯下身,拍着杰斯珀的头,抚摸它的耳朵,回答道:"我不大见到这个人。我有点儿怕她,过去从来没见过她这样的人。"

"我看你这话不假。"比阿特丽斯说。

杰斯珀抬起头,一对大眼睛充满谦卑而羞涩的表情。我吻着它毛色柔和的头顶,把手搁在它的黑鼻子上。

比阿特丽斯说:"你没必要怕她。另外,不管怎么样,别让她看出这一点。当然,我从来不跟这人啰唆,今后也不想。不过她对我总是客客气气的。"

我依然抚摸着杰斯珀的头。

比阿特丽斯又问:"她态度还友好吗?"

"不,"我说,"不大友好。"

比阿特丽斯又吹起了口哨。她用脚擦着杰斯珀的脑袋说道:"要是我的话,除非不得已,我不会跟她打交道。"

"不,根本不需要我去干预,她在管家方面挺能干。"

比阿特丽斯说:"啊,那个我看她根本不在乎。"就在前夜,迈克西姆说过一模一样的话。真奇怪,两人的看法怎么会不谋而合?我本以为惹得丹弗斯太太不高兴的除去旁人的干预不可能还有别的因素。

比阿特丽斯告诉我:"我敢说,过一阵子她会变得好些,不过在一开始的时候她会让你不得安生。这个人妒忌心重得要命。这一点我是料到的。"

我抬头看着她问道:"为什么?她妒忌什么呢?迈克西姆好像并不很宠她。"

"我的傻孩子,她的意中人并不是迈克西姆,"比阿特丽斯说,"对于他,丹弗斯太太只有尊敬或类似尊敬的感情,不会再有其他什么了。"

她说到这儿顿了一下,微微皱着眉头,没有把握地看着我。接着,她又说道:"不。你知道,是这么回事,她讨厌你到这儿来,事情的麻烦就在这里。"

"为什么?"我问,"她为什么讨厌我?"

"我还以为你知道呢,"比阿特丽斯说,"我想迈克西姆肯定跟你说起过。她对丽贝卡崇拜得五体投地。"

"噢,我明白了。"

我俩还是不住地抚摸着杰斯珀。小狗难得受到如此宠爱,一个翻身,肚子朝天,大喜过望。

"男人们过来了,"比阿特丽斯说,"搬几张椅子出来,到栗子树下去坐一坐。贾尔斯怎么这么胖?和迈克西姆一比,简直叫人作呕。我看弗兰克这就得回办事处去。这人无聊透了,从来说不出一句有趣的话。嗨,你们在谈些什么?又在谈论人心险恶、世道不良吧?"她边说边笑,男人们朝我们走来,最后大家都站定了。贾尔斯扔出一根细树枝让杰斯珀去叼回来,大家都看着狗的动作。

克劳利先生看看手表说:"我得走了。德温特夫人,十分感谢您招待我用午餐。"

我与他握握手说:"今后得常来啊!"

我不清楚其他人是否也准备走了。他们是仅仅来吃顿中饭,还是来玩一整天的。但愿他们也快点告辞,好让我跟迈克西姆单独待在一起,就像在意大利时一样。

大家到栗子树下坐定,椅子和毛毯是罗伯特送来的。贾尔斯仰天躺着,帽子歪在头上遮住眼睛,没多久就打起呼噜来。

"闭上嘴,贾尔斯!"比阿特丽斯叫了一声。

贾尔斯睁开眼睛,咕哝着说:"我又没睡着。"完了又马上闭起眼睛。

我不明白为什么比阿特丽斯要和他结婚,在我看来,他丝毫也不吸引人。她可能压根儿不爱他。兴许,此刻比阿特丽斯也正对我做同样的感想。我不时看到她那沉思而困惑的目光在我身上停留,似乎正在问自己:"迈克西姆究竟喜欢她哪一点呢?"可同时她的目光又带着同情,没有丝毫恶意。这会儿,姐弟俩正谈论老祖母。

"我们应该去看看她老人家。"这是迈克西姆的声音。比阿特丽斯接着说:"可怜的老奶奶,她老糊涂了,吃东西的时候漏了一下巴。"

我偎着迈克西姆的手臂,把下颔搁在他袖子上,听他们说话。他心不

第九章

在焉地抚摸着我的手,一边照样跟比阿特丽斯聊天。

我暗暗想:"我对杰斯珀不也是如此?这会儿我偎依着他,简直就是他的杰斯珀。当他记起我在一边时,就拍拍我,我也就满足了,往他身边更挨紧些。他喜欢我,与我喜欢杰斯珀真是一模一样。"

风不再吹了,午后的宁静让人昏昏欲睡。草地刚经过修剪,散发出浓郁的新草香味,似乎夏天已经到来。一只蜜蜂在贾尔斯头上嗡嗡打转,他挥着帽子驱赶它。杰斯珀跑下草坡,来到我们脚边,因为太热,伸着舌头。它扑通一声躺在我身边,舔着自己的肚子,那对大眼睛露出惭愧的神情。太阳照耀着带竖框的窗子,把绿色的草坪和庭院都映进我的眼里。近处的烟囱,有淡淡的青烟袅袅飘起,我想他们大概已按惯例把藏书室的炉火点着了。

一只画眉掠过草地,停在餐厅窗外的木兰树上。坐在草坪上,我能闻到淡淡的木兰花清香。一切都是那么静谧,那么安详。远远地从下面的海湾处传来阵阵涛声。大概这会儿是退潮。

蜜蜂又飞来了,在我们头上嗡嗡打转,时而停下品尝栗子花蜜。我想:"这就是我想象中并一直向往的曼德里的生活。"

我希望在记忆中,这一刻永不消逝,我不必说话也无须听人说话,只是静静地坐着。此刻,大家都悠闲自得,像头顶嗡嗡作声的蜜蜂一样倦慵怠惰。可是片刻之后,一切都不再是原样。接着就是明天、后天,如此日复一日,积累成整整一个年头。光阴的流逝会改变一切,会改变我们。我们再不会坐在这儿休息,如同此刻一样。我们中可能有人将远走他乡,有人可能命运坎坷,有人可能与世长辞。未来就在我们面前,却又那样遥不可知,或许截然不同于我们所希望的样子。不过,这一刻的幸福是稳稳当当的,不会受到损害。迈克西姆和我两人此时手执着手坐在这儿,无论过去或未来,与我们毫无关系。这一刻是可靠的。可就是这么微不足道的一小段时间,日后他再也不会回忆起,甚至连想也不去想。他丝毫不会觉得这一刻有什么神圣之处。你看他不是正在大谈要砍掉一些车道上的树丛吗?比阿特丽斯表示同意,还提出自己的观点。她打断他的话头,并把草块扔向贾尔斯。对他们来说,这一刻与其他日子的任何时刻没什么两样,只不过是一个寻常的午后,三点一刻。他们心里没有恐惧,因而并不珍惜

蝴 蝶 梦

这一刻，和我完全不同。

"看来我们得走啦，"比阿特丽斯掸去裙子上的草说，"我们请卡特赖特夫妇来吃饭，不能回去迟了。"

"老维拉好吗？"迈克西姆问。

"还是老样子，总是说身体太差。她丈夫也老多了。两人一定都会问起你们二位。"

"那就代我问个好。"迈克西姆说。

大家站起身来。贾尔斯抖掉帽子上的灰尘。迈克西姆打了个哈欠，伸伸懒腰。太阳钻进了云层。我抬头望望天空，这才发现天色已经变得十分灰暗，空中鱼鳞状的云块，一层一层飞也似的聚拢来。

迈克西姆说："又刮风了。"

贾尔斯接着说："但愿别碰上雨才好。"

比阿特丽斯也说："看来天要变坏。"

我们漫步朝着车道和停在那里的汽车走去。

迈克西姆说："你们还没看看装修过的东厢房间。"

我接着提议："上楼看看吧，反正不花多少时间。"

我们一道走进厅堂，登上大楼梯，男人们跟在我们后面。

想想也真有意思，在这儿比阿特丽斯曾住了那么多年，少女时代她肯定也曾沿着这些楼梯跑上跑下。她在这儿出生，又在这儿长大，她熟悉这儿的一切，不论什么时候，比起我来，她总是更有资格做这儿的主人。在她的心底一定珍藏着许多对往事的回忆。我不知道她是否曾想起逝去的时光，想起自己幼时的形象：一个扎着长辫子的女孩，与今天的她——一位四十五岁、精力充沛、安于现状的太太——截然不同。

我们来到东厢的那些房间，贾尔斯在低矮的进门处不得不弯下腰来。他说："啊，真有意思！这样一装修好多了。是吗，比？"

比阿特丽斯对迈克西姆说："依我说，老弟，你倒真会花钱。新窗帷、新床，全都是新的！记得吗？贾尔斯，上次你腿坏了，起不来，我们就住在这个房间里。那时候这房间简直一塌糊涂。不错，妈根本不懂怎样享福。另外，迈克西姆，这儿过去从不安顿客人的，对吗？除非客人太多，房间不够用，才把一些单身汉安顿到这儿来。啊，房间布置得挺美。

第九章

窗外是玫瑰园，这始终是这个房间的一大优点，让我搽点粉好吗？"

男人们下楼去了。比阿特丽斯望着镜子对我说："这一切都是丹弗斯那老婆子替你们料理的？"

"是的，"我说，"我觉得她干得很出色。"

"受过她那种训练的人，这点事情肯定能办好，"比阿特丽斯说，"就不知道得花多少钱。我看肯定得花上一大笔。你问过吗？"

"没有。我不问的。"我说。

"钱花得再多，丹弗斯太太也绝不心痛，让我用用你的梳子好吗？多漂亮的发刷！是结婚礼物吗？"

"迈克西姆买给我的。"

"嗯，我挺喜欢。对啦，我们总该送你点什么。你喜欢什么？"

"啊，我说不上来。请不必费心。"我说。

"亲爱的，别说傻话。尽管你们没邀请我们参加婚礼，我不是吝啬的人，礼物还是要送的。"

"你可千万别见怪，在国外结婚是迈克西姆的主意。"

"我当然不见怪。你俩这样做很有见识。毕竟这不像……"她说到一半，突然停住，把手提包掉在地上。"真倒霉，搭扣没跌碎吧？啊，还好，没碎。刚才我说什么来着？我想不起来了。噢，对了，在说结婚礼物。得想出个好主意。你不太喜欢珠宝首饰吧？"我没有作声。

她接着说："这和一般的年轻夫妻有多不同！几天前一个朋友的女儿结婚，还不是那老一套，送衬衣、餐厅座椅、咖啡用具之类的东西。我送了一盏十分漂亮的烛台式电灯，是在哈罗德百货公司买的，花了五英镑。你要是到伦敦去添置衣服，一定要去找我的女裁缝卡罗克斯太太。这个人眼光很好，而且价钱也很公道。"

她从梳妆台旁站起身，拉拉裙子问我："你估计客人会很多吗？"

"不知道。迈克西姆还没有对我说起过。"

"他真是古怪，没有人知道他在想什么。过去，曼德里老是挤得水泄不通，甭想找张空床位。我真不能想象你……"她突然打住，拍拍我的手臂，接着又说："啊，以后再看吧。真可惜，你不骑马也不打猎，这样就会失去好多玩乐的机会。你总不至于喜欢驾艇出海吧？"

"不。"我说。

"感谢上帝。"

她朝门口走去,我随着她穿过走廊。

她说:"只要愿意,就来看看我们。我总是希望别人不请自来。人生短暂,没有那么多时间整天向人发请帖。"

"谢谢你的好意。"我说。

我们走到能够俯瞰大厅的楼梯口。迈克西姆他们正在门外的台阶上站着。贾尔斯喊道:"快来,比,我已经淋着雨点了,我们打开了车子的遮雨篷。迈克西姆说,晴雨表标志着有雨。"

比阿特丽斯执着我的手,弯下身,匆匆地在我脸上吻一下。她说:"再见。要是我向你提了一些无礼的问题,说了一些不该说的话,那么请原谅吧。我这个人实在不懂什么叫圆滑,这一点迈克西姆会告诉你的。再说一遍,你完全不是我想象中的模样。"她看着我,嘟起嘴吹了一声口哨,然后从手提包里取出一支香烟,用打火机将烟点上。

"你要知道,"她啪的一声关上打火机,边走下楼梯边说,"你跟丽贝卡多么不一样!"

我们一起走到台阶上,这时太阳已经躲入云层,开始下起蒙蒙细雨。罗伯特正匆匆走过草坪,去把椅子搬回来。

第十章

我们目送着比阿特丽斯他们的汽车远去,直到它在车道弯角处消失。迈克西姆抓起我的手臂说:"感谢上帝,终于结束了。快去穿件衣服再出来。这场该死的雨,我倒正想散步呢!老半天这么坐着实在受不了。"他脸色苍白,显得十分疲乏。我真弄不懂,接待自己的姐姐和姐夫竟要他花费这么多气力。

"你等一会儿,我上楼去穿件衣服。"我回答道。

他不耐烦地说:"花房里有一大堆胶布雨衣,随便穿上一件就行了。女人一进卧室,总要拖上半个钟头才肯出来。罗伯特,到花房去给德温特夫人拿件雨衣来,好吗?那儿至少有六七件雨衣,都是人们前前后后落在那儿的。"说着,他已站在车道上,一边招呼杰斯珀:"过来,你这小懒鬼,走,去遛遛腿,跑掉点脂肪。"杰斯珀绕着他的脚跟打转,因为就要出发去溜达而激动得汪汪直叫。迈克西姆说:"住嘴,傻瓜!这个罗伯特,怎么这么磨磨蹭蹭的?"

罗伯特从屋子里跑出来,手里抱着一件雨衣。我急忙把它套上,随手拉了拉领子。雨衣显然太大太长,可是来不及再去换一件了。就这样,杰斯珀在前面开路,我们穿过草坪向林子走去。

迈克西姆说:"我觉得这样和家里人稍微见见面,很长时间就不用再见了。比阿特丽斯心肠很好,可做事总一团糟。"

我不知道比阿特丽斯做错了什么,再一想,最好还是别问。或许直到此刻午饭前那场关于他健康状况的谈话还使他耿耿于怀。

迈克西姆问我:"你对她印象怎样?"

101

"我喜欢她,"我说,"她对我很好。"

"中饭后,她在外边跟你聊什么来着?"

"喔,很难讲得清。好像大部分时间都是我一个人在说话。我和她谈起范·霍珀夫人,你我见面的经过,以及诸如此类的内容。她说我同她原先想象的完全不同。"

"她想象中的你究竟是什么样子?"

"我想,在她想象中,我应该是一个交际花式的人物,既老练又漂亮。"

迈克西姆好一会儿没说话。他弯身扔出一段树枝,让杰斯珀去衔回。"有时候比阿特丽斯真是笨透了。"他说。

我们登上草坪边上的草坡,钻进林子。树木长得很茂密,林子里十分幽暗。我们踏过断枝残叶,时而还踩上刚刚出土的羊齿草嫩绿的梗茎和即将开花的野风信子的新枝。此刻,杰斯珀已变得很老实,不住地用鼻子嗅着地面。我挽起迈克西姆的手臂。

"你喜欢我的发型吗?"我问。

他惊讶地低头凝视着我说:"你的发型?怎么会想到这上头去的?我当然喜欢。头发怎么啦?"

"没什么,"我说,"我只是随口问问。"

"你这人可真怪!"他说。

我们来到林中的一片空地上。这儿有两条方向恰好相反的小路。杰斯珀毫不犹豫地走上右边那条。

迈克西姆叫道:"别走那儿,回来,你这家伙。"

狗回过头来看看我们,尾巴摇个不停,可是依然站在原地,不肯跑回来。我问迈克西姆:"它干吗要走那条路?"

迈克西姆简短地说:"我想它大概是走惯了吧。从那儿过去是一个小海湾,以前我们一直有条船泊在那里。嘿,回来,杰斯珀!"

我俩不再说话,折入左边的小径。回过头去,我看见杰斯珀也跟着跑来了。

迈克西姆说:"这条路通向我曾跟你说起过的那个山谷,你马上就会闻到杜鹃花香。下点雨没什么关系,反而会使香味更浓一些。"

第十章

看来，他现在又和平常一样了，神情轻松愉快。这才是我所了解并深爱着的迈克西姆。他开始谈到总管事弗兰克·克劳利，说这个人如何好，多么周到，何其可靠，对曼德里确是忠心耿耿。

我想："两人这样在一起多好，这才像在意大利度蜜月的那些日子。"我抬头朝他微笑，把他的手臂挽得更紧些。看到他脸上那种反常的疲倦神态渐渐消失，我松了一口气。我一边应着"是的""真的吗""真想不到，亲爱的"，一边却又不由得想起比阿特丽斯。姐姐来访为什么让他不高兴呢？她做错了什么事？我还想起她关于迈克西姆的脾气的那些话，说什么在一年里头他总要发作一两次，等等。

当然，她是了解他的，毕竟是姐姐嘛。可她说的这些与我理想中的迈克西姆完全不同。我能够想象他郁郁寡欢、跟人闹别扭的样子，也许有时脾气也很急躁；可我难以想象她话里所暗示的迈克西姆：金刚怒目，大发雷霆。也许她有些夸张，人们对于自己亲人的看法往往是不正确的。

突然迈克西姆叫了起来："喂，看那边！"

我们正站在一座草木青葱的小山坡上，脚下小径蜿蜒，通向一个山谷，山谷边是一条潺潺的溪流。这儿没有黑压压的大树，也没有杂乱交错的矮树丛。小路两边是杜鹃和石楠。这儿的石楠花也与车道上血红色的巨怪不同，有橙红色的，有白色的，也有金黄色的，在蒙蒙夏雨之中低垂着娇柔婀娜的花穗，显得那么秀美优雅。

空气里洋溢着花香，那么甜美，令人陶醉。我觉得鲜花的芬芳仿佛和潺潺的溪水融合在一起，同落地的雨滴以及我们脚下湿漉漉的茂盛的苔藓融成了一体。这儿除了小溪流水声和恬静的雨声，再没有别的声响。迈克西姆说话的时候，把声音压得很低、很轻，仿佛不想去打扰四下的宁静。

他告诉我："我们把它叫作'幸福谷'。"

我们默默地站着，观赏离我们最近的那些洁白的花朵。迈克西姆弯身捡起一片落地的花瓣，塞在我手里。花瓣已经被揉得皱巴巴的，皱卷的边沿处开始变色，可是当我揉着手里的花瓣时，仍能闻到浓香，简直同长在树上那活生生的鲜花一模一样。

接着，鸟儿开始啾鸣。起初是一只画眉，它的歌声清越而爽朗，在泪泪流水之上飘过。过了一会儿，藏在我们背后林子里的鸟儿应声唱起来，四下的沉寂顿时化作一片嘈杂的鸟语。鸟儿的歌声尾随我们步入山谷，白色花瓣的清香一路伴着我们。这儿简直像个魔镜，我不禁一怔。我没想到一切竟是如此之美。

天空阴沉沉的，布满了乌云，截然不同于午后的晴朗。雨不住地下着，却丝毫没有破坏山谷的静谧。雨声和溪水声交融在一起，而画眉那婉转的曲调回荡在湿润的空气里，与前面两者十分协调。我一路走去，身子擦过杜鹃往下淅沥滴水的花朵。在小径的两边，杜鹃花成团成簇地生长着。小水滴从湿透了的花瓣处滴在我手上。我的脚边也有许多花瓣，由于浸泡多时，已开始变色，可仍有芬芳，甚至变得更浓郁，同时却又免不了带点陈腐。此外，还有泥土的苦涩味，多年苔藓的清香，羊齿草梗和扭曲入地的树根的气息。我被幸福谷的魔力给慑住了，一声也不敢出，只是紧抓着迈克西姆的手。这儿才是曼德里的精髓，我将熟悉这个地方，并慢慢爱上它。站在这儿，我忘记了给我留下第一个印象的车道，忘记了黑乎乎的密林和那姿态过于矜持、色彩过于俗艳、冲着你瞪眼的石楠花。我也忘了曼德里大宅，忘了那回响着脚步声的静穆的大厅和蒙着罩单的寂静的西侧厢房。我在屋子里是个冒昧闯入的外来者，在那些陌生的房间里来回浏览；我坐在那写字桌旁的椅子上，但桌椅都不属于我。可在这儿却不同，在这幸福谷里，根本不存在冒昧闯入的问题。

小径已走到尽头，鲜花在我们头顶构成拱形，我们不得不弓着腰从下边钻过。当我再次站直身子，抹去头发上的雨珠时，我发现幸福谷已同杜鹃花和树林一起被抛在后头。好几个星期前的一个下午，迈克西姆曾在蒙特卡洛对我描绘过这儿的景色。一点没错，我们这时正站在一个狭小的海湾上，脚下是坚硬的白色圆卵石。再过去一点，潮流冲刷着海岸。

迈克西姆低头看着我脸上如痴如狂的表情，微微一笑。他说："太美了，对吗？没人能想到在这儿会突然见到大海。景色的骤变让人觉得意外，甚至有些惊心动魄呢。"他拾起一块石子，扔到海滩那一头，让杰斯珀去追逐。小狗飞奔而去，它那黑色的长耳朵在风中啪啪扇动着。

令我俩痴醉的气息消散，就好像魔法突然被解除了，我俩又变成了在海滨嬉戏的普通凡人。我俩走到水边，又扔出不少石块，玩打水漂的游戏；我们伸手到水里去捞取随波飘荡的木片。涨潮了！波浪冲进海湾。小礁岩罅时被海水淹没,潮流带着水草,冲上岩石。我们捞起一块漂浮的木板,把它拖上岸,放在满潮水标上方。迈克西姆大笑着向我转过身来,把垂在眼睛处的头发掠上去。我卷起被海水打湿的胶布雨衣袖子。然后,我们回头四望,这才发现杰斯珀不见了。我们吆喝着,打着唿哨,可小狗还是没有出现。我焦急地望着海湾口,却只见潮水冲刷着礁岩。

迈克西姆说:"它不在那儿,应该也没被海水卷走,否则我们肯定会看见的;它不会掉进大海。杰斯珀,你这个笨家伙,你在哪里?杰斯珀!杰斯珀!"

我说:"它会不会跑回幸福谷去了?"

"它刚才还在那块礁岩边,嗅着一只死海鸥。"迈克西姆一路呼唤,"杰斯珀!杰斯珀!"

远远地,从海滩右边的礁石背后传过来一声狗吠,既短促又凶恶。我对迈克西姆说:"听见了吗?它从这儿翻越到那边去了。"说着,我便爬上那些光滑的礁岩,朝狗吠的方向赶去。

迈克西姆厉声喝住我:"回来!别走到那边去!这条笨狗,让它去吧!"

我站在礁岩上,往下张望,迟疑着说:"也许它摔下去了。可怜的小家伙,让我去把它带过来。"这时候,杰斯珀的吠声又一次传来,不过,这回像是离得更远。我接着说:"啊,你听。我得把它叫回来。会不会有危险?它不会被潮水隔绝在那一边吧?"

迈克西姆暴躁地说:"它才不会出事呢!要你操什么心!它认得路,自己会跑回家去。"

我假装没听见,径自爬过礁岩,向杰斯珀那边跑去。嶙峋的巨石遮住了视线。我在潮湿的礁岩上时而滑一下,时而绊一下,可还是尽快赶过去。我想,迈克西姆真忍心,竟扔下杰斯珀不管。这究竟是什么缘故?再说,现在正在涨潮。我爬到那块遮住视线的巨石边,举目四望。我惊讶地发现脚下又是一个小海湾,与刚刚那个海湾很相似,只是稍微宽阔一些,环形的海岸线也比较整齐。海湾里横贯着一道防波石堤,防波堤里边,海湾便形成一个天然的小港口。那里有一只浮筒,但没有船舶。这儿的海滩,同我背后的海滩一样,随处可见白色的圆卵石,但这儿的滩头更加陡

105

峭，突兀地探头伸入大海。树林一直蔓延过来，与满潮水标处的水草交错缠绕，差不多要长到礁岩上去了。树林边有一座狭长低矮的屋子，既像海滨小别墅，又像是一座船库。屋子是用造防波堤的那类石块砌成的。

海滩上有一个人，可能是渔夫，穿着长统靴和油布雨衣。杰斯珀正对着此人吠叫，围着他打转，还不时扑向他的靴子。可这人压根儿不予理会，只管弯腰在砂石中摸索。我朝着长耳狗大声吆喝："杰斯珀！杰斯珀！过来。"

长耳狗抬起头来，尾巴摇摆着，它只是看看我，并不听从命令，仍然一个劲儿地朝着海滩上这孤独的陌生人吠叫。

我回过头去看了一眼，仍不见迈克西姆的影子。我只能翻过礁岩，向下面的海滩走去，圆卵石上响着我嘎吱嘎吱的脚步声。听到这声音，那陌生人抬起头来。这时，我才发现此人的长相，他眼睛眯缝着，发红的嘴巴不住地流口水，如同白痴。他朝我笑笑，张开的嘴里没有一颗牙齿，只有光秃秃的牙床。

"你好，"他说，"真是个邋遢的天气，对吗？"

"下午好，"我回答道，"是的，天气是不太好。"

他兴趣十足地打量着我，一边不停地傻笑。他向我说明："我是在挖贝壳。从上午就在挖了。可是这儿没有贝壳。"

"啊，"我说，"那真遗憾。"

"真的，这儿没有贝壳。"

我呼唤着长耳狗："来，杰斯珀，天不早了。快来，亲爱的。"

可是，也许因为海上起了风浪，惹得它过分激动，杰斯珀这会儿火气正旺。它缩着身子从我身边遁开，莫名其妙地狂吠不止，一边又开始在海滩上四处乱窜乱跑。看来手边没有牵狗绳，它是不会乖乖跟我走的。

我转身对那陌生汉子说道："你有绳子吗？"

"啊？"

我只好重复一遍："你有绳子吗？"

"这儿没有贝壳，"他摇摇头说，"吃中饭前就开始挖了。"接着，他对着我点了一下头，还擦了擦他那水汪汪的淡蓝色眼睛。

"我想找根绳子拴着狗，"我说，"它不肯跟我走。"

第十章

"啊？"他又露出了那种白痴般的傻笑。

"没有的话就算了，不要紧的。"

他看着我，目光一片茫然，接着弯身向前，用手戳戳我的胸口，说："我认识这条狗，它是宅子里养的。"

"不错，"我说，"我现在要它跟我回去。"

"它又不是你的狗。"

我轻声说："它是德温特先生的狗，我要把它带回宅子去。"

"啊？"

我又一次呼唤杰斯珀，可它正追逐着一支随风飘荡的羽毛。我心想这船库里总不至于找不到一根绳子，于是就沿着海滩走向小屋。这儿原来肯定是一座花园，可如今杂草丛生，同蓬乱的荨麻连成了一片。窗子已经用木板钉得死死的，由此看来门也一定上着锁。我把插销锁往上一拨，心里可没抱多少希望。可是出乎意料，开始时虽然有点不灵活，门还是打开了。门楣很低，我弓着腰走进去。我原以为这儿一定是个普通的船库，因为多年不用，肯定到处是灰尘，绳子、木块和船桨随处堆放，脏得不得了。不错，屋子里确实蒙着灰尘，也有不少污渍，但根本没有绳子、木块之类的杂物。整座小屋是一个家具齐全的房间。屋角摆着一张书桌，另外还有一张桌子，几把椅子，靠墙放着一张坐卧两用的长沙发。镜台上放着杯碟；书架上堆满了书，架子顶上还有几具游艇模型。我首先想到这房间一定住人，或许就是刚才那个可怜虫的家。但是再四下一看，这才发现这屋子已很长时间没人来过。炉格锈迹斑斑，证明炉子里已多时没生过火；蒙着厚厚灰尘的地板上没有脚印；镜台上的瓷器由于潮湿的缘故，也带上了不少蓝色的霉斑。屋子里有一股怪异的霉味儿。蜘蛛在游艇模型上结网，给它们披上狰狞可怕的帆樯索具。房间里肯定不住人！这是一所人迹不至的弃屋。刚才推门时，铰链曾吱咯作响；而雨点啪嗒啪嗒地敲打着屋顶和钉着木板的窗户，声音又那么空洞！两用长沙发的套子已被老鼠咬破，露着锯齿状的裂口和皱叠的破边。屋子里潮湿阴冷，让人觉得幽暗压抑。我害怕，不想在这儿待下去了。我讨厌雨点拍打屋顶发出的那种空洞的声音，这声音仿佛在屋子里处处引起回响，我还听到生锈炉格里边漏水的滴答声。

蝴蝶梦

我想找根绳子或什么可以用来拴狗的东西，可是我四处看了看，没有找着。房间的另一头还有一扇门。我走过去把门推开，这时我已经开始有点战战兢兢，感到一种莫名其妙的恐惧，生怕不知不觉中会遇到某种我不愿看见的怪物，某种会加害于我的极其吓人的怪物。

这一切当然都绝顶荒谬。一打开那扇门，我发现我只是进了一座典型的船库，这儿如我所想，有绳子和木块，还有两三张船帆、一些护舷用的材料、一艘小小的平底船、几口漆锅和那些驾船出海时必备的缆索杂物。架子上放着一团细绳，边上还有一把锈迹斑斑的折叠式小刀。有这些东西，足够对付杰斯珀了。于是，我就把刀打开，割下一段细绳，然后又回到刚才那个房间里。雨仍然滴滴答答地敲打着屋顶，漏进炉架。我不敢再看一眼那张破沙发、那些发霉的瓷器和游艇模型上的蜘蛛网，头也不回地穿过吱咯作响的门，快步冲出小屋，来到白色的海滩上。

陌生人这会儿已停止了挖掘，他瞪眼望着我，杰斯珀守在一旁。

"来，杰斯珀，"我向长耳狗吆喝，"过来，宝贝儿。"我弯下腰，这一回它倒听任我抓着颈子上的项圈摆弄了。"我在小屋里找到了一段绳子。"我对陌生人说。

可他仍然一言不发。我把绳子松松地系在项圈上，拉着杰斯珀，一面对陌生人说了声"再见"。

他点点头，同时仍用那白痴似的小眼睛看着我，说道："我看见你进那儿去了。"

"是的，"我说，"没关系，德温特先生不会生气的。"

"她现在不再上那儿去了。"陌生人说。

"是啊，现在不去了。"

"她出海了，对吗？她不会再回来了，是吗？"

"是的，不会再回来了。"

"我可什么也没说，对吗？"

"当然，当然，别担心。"

他又弯下身子去挖贝壳，一边含糊不清地自言自语。我穿过到处是圆卵石的海滩，这才看到迈克西姆双手插在衣袋里，站在礁岩旁等我。

我说："对不起，杰斯珀不肯回来，我只得去找绳子。"

第十章

他突然转过身,朝林子走去。

我问他:"不从礁石堆翻过去吗?"

"干吗要翻礁石?这不到了吗?"他简短地说。

我们经过海滨小屋,走上一条林间小径。"对不起,我走开了这么久。都怪杰斯珀,"我说,"它冲着那陌生人叫个不停,那人是谁?"

"噢,那人叫本,"迈克西姆说,"一个与世无争的可怜虫。他老父亲过去是曼德里的看守人,家就在庄园附近。这根绳子你是从哪儿弄来的?"

"从那个海滨小屋。"我说。

"小屋的门开着吗?"他问。

"是的,我一推,门就开了。绳子是在里屋贮藏室找到的,那儿有一艘小船,还堆着些帆篷。"

"噢,我知道了。"他应了一句,不再说话。过了好一会儿,他才又接着说:"那小屋应该是上锁的,门怎么会开着呢?"

我没有回答,这不关我的事。

"是本告诉你小屋的门开着吗?"

"不。这个人看上去对我的问话一点也不明白。"

"他是装傻,让别人以为他什么也不知道。"迈克西姆说,"实际上,他可以把话说得既清楚又明白。或许他一直在那个小屋里进进出出,只是不想让人知道罢了。"

"不会吧?"我回答说,"那屋子积着厚厚一层灰尘,上面看不到脚印,应该是没人去过的。屋子里非常潮湿,恐怕会毁了那些书,还有那些椅子和沙发。老鼠很多,已经把不少椅面咬破。"

迈克西姆没有说话。尽管从海滩上坡的路很陡,他还是大步向前走。这儿的景色与幸福谷完全不同。道旁看不见杜鹃花,只有茂密的黑乎乎的树木。雨水从粗大的树枝上成串滴下,打在我的衣领上,一点一点顺着我的脖子淌下。我浑身发颤,这种滋味实在难受,就像有一只冰冷的手指按着领口。刚刚在礁岩上攀爬了一阵,过去又不习惯于这样的运动,我的双腿酸痛得厉害。杰斯珀被我们抛在后面,因为刚才疯狂的蹦跳,这会儿也累了,吐着舌头。

迈克西姆喝道:"杰斯珀,看上帝的面上,跑快点!"接着他又对我

 蝴蝶梦

说:"想办法让它跟上,你不能把绳子收紧些吗?或者想个别的主意?比阿特丽斯说得不错,这条狗确实太肥了。"

我回答说:"这是你不好,你走得那么急,我和杰斯珀都没法跟上。"

"要是刚才你听我的,而不是那样疯疯癫癫地翻越礁岩赶去,现在我们早到家了。杰斯珀自己会回去的,对这儿的路,它熟悉得很。我真不懂你为什么非得去找它。"

"我担心它摔着了,而且正好又是涨潮的时候。"我说。

"如果有一点儿淹水的危险,我难道会不管它吗?我叫你别去爬那些岩石,你不听,这会儿却又累得直叫。"

"我没有叫苦。按这样的步子走路,即使长了一双铁腿,也会累坏的。我去找杰斯珀的时候,总以为你会陪着我,谁知你就是不肯过来。"

"跟着这该死的畜生到处乱跑,不把人累死才怪呢!"

"跟着杰斯珀爬岩石,并不见得比在海滩上奔跑着追逐水里漂流的木头更累一些,"我回答说,"你没有别的借口,所以你才这么说。"

"我的好乖乖,我为什么要找借口?"

我厌倦地答道:"这个,我不知道。算了,不谈这些了。"

"为什么不谈?把话说清楚,是你先挑起来的。你说我是想找借口,这话究竟是什么意思?我要找借口干什么?"

"我觉得你想找个借口,说明你不和我一起翻越礁岩是有理的。"

"那么,你认为我不愿到这边的海滩上来是什么原因?"

"喔,这我怎么知道?我又不是那种一眼就能看出别人思想活动的人。我只知道你不愿到这边来,这点我从你脸上看出来了。"

"你在我脸上看到了什么?"

"我不是说了吗?我看得出你不愿过来。喔,算了,到此为止吧。对于这个话题,我实在腻啦。"

"女人在说不过别人而理亏时,都这么说。好吧,就算我不愿跑到这边的海滩上来,这下你满意了吧?无论如何我也不走近这鬼地方,还有那该死的海滩小屋!要是你头脑里同样保存着我对往事的种种记忆,你也会不愿走近它,不愿谈论这鬼地方,甚至想也不愿想。行啦,这些话你自己想去吧。但愿这一下你满意了。"

110

第十章

他脸色发白,眼睛里又露出我头一回见到他时的那种深邃莫测的表情,惶恐而又凄苦。我伸出手去,紧紧握住他的手,说道:"喔,迈克西姆,迈克西姆!"

"什么事?"他粗暴地说。

"我不要你这样,看着叫人心都碎了。求求你,迈克西姆,忘了刚才这一切吧,一场无谓的、愚蠢的争论。亲爱的,我难过,我真难过。算了,讲和吧。"

"我们应该待在意大利,"他说,"我们本不该再回曼德里来。啊,上帝,我多蠢,干吗要回来?"

他性急地穿过树林走去,步子更快了。我噙着泪,不得不气喘吁吁地急奔着赶上他,一边还狠命拉着身后可怜的杰斯珀。

我们终于走到这条上坡小径的顶端,现在我才看到一条相似的小路向左拐去,通向幸福谷。原来,我们这会儿攀上来的这条小径,就是下午散步开始时杰斯珀想走的那条路。现在我懂得长耳狗为什么一下子就往这条路上跑,因为这条路通向它最熟悉的海滩和小屋,这是它走惯了的老路。

我们走出林子,穿过草坪回到屋里,一直一言不发。迈克西姆绷着脸,没有任何表情。他径直穿过大厅,走进藏书室,压根儿不看我一眼。弗里思正在大厅里迎候。

"马上把茶送来。"迈克西姆吩咐完,随即关上藏书室的门。

我使劲忍着眼泪。可不能让弗里思瞧见啊!要不然,他会以为我俩吵架了,那样他就会跑到仆役中间去闹个满城风雨:"太太这会儿正在大厅里哭呢,看来事情不妙啊!"我转过身去,不让弗里思看到我的脸。可是他竟朝我走来,帮我脱下胶布雨衣。

"太太,我来把雨衣放到花房去。"他说。

"谢谢你,弗里思。"我回答说,仍把脸偏在一边。

"太太,这样的天气散步恐怕不太理想吧。"

"是的,是的,不太理想。"

"太太,这是您的手绢?"他从地上拾起了什么东西,我随手把它塞进衣袋,道了声谢。

我一时拿不定主意,究竟是上楼呢,还是跟着迈克西姆进藏书室。弗里思拿着雨衣到花房去了。我站在那儿咬指甲,进退两难。弗里思又回来了,他看到我还在原地,露出很诧异的神色。

"太太,藏书室里现在已生了火。"

"谢谢你,弗里思。"

我慢吞吞地穿过大厅向藏书室走去。我推开门,进了房间,只见迈克西姆坐在老位子上,杰斯珀在他的脚边躺着,那条老狗则趴在自己的篓子里。他不在读报,虽然报纸就搁在他身边椅子的扶手上。我走过去,挨着他跪下,把自己的脸凑近他。

我轻轻地说:"别再生我的气啦!"

他双手捧着我的脸,用疲乏而惶恐的目光望着我,说道:"我没有生你的气。"

"不。是我惹你不高兴的,这就等于惹你生气。你的内心受了伤,看着你这种样子我实在不忍心。我是那么爱你!"

"真的?真的爱我吗?"他紧紧搂着我,用深邃阴郁而游移不定的目光询问似的望着我,那是一个孩子在担惊受怕时的痛苦的眼神。

"怎么啦?亲爱的,"我问他,"你的脸色为什么这样难看?"

没等他回答,我听见门开了,于是就赶快把身子缩回来,装作刚才是在伸手取木柴,准备投进壁炉。弗里思和罗伯特一前一后走进来,开始了上茶点的一套仪式。

还是跟前一天一样,拉开桌子,铺上雪白的台布,端上蛋糕、松饼和放在小火炉上的银质水壶。杰斯珀摇尾贴耳,望着我的脸,期待着能一饱口福。两个仆人差不多过了足足五分钟才离开,这时我再看看迈克西姆,才发现他脸上重新有了血色,那疲乏而迷惘的表情消失了,他正伸手去取一块三明治。

他说:"事情就糟在请了那么些人来吃午饭。可怜的比阿特丽斯,她总爱惹我,小时候,我们就像两条狗似的斗嘴吵架,闹个不停。尽管这样,我还是深深爱她,祈求上帝保佑她。不过,好在这对夫妇住得离我们不算太近。说到这儿,我倒想起来了,我们还得找个时间去看看老奶奶。宝贝儿,给我倒茶,原谅我刚才的粗暴态度,好吗?"

事情总算过去了,这一段插曲就此收场,绝不能再提起。他把茶杯

第十章

举在嘴边，对我微笑，然后就伸手去拿放在椅子扶手上的报纸。这一笑就算是对我的酬报，正像在杰斯珀头上轻轻一拍，似乎在说：可爱的小狗，快躺下，不要再来打扰我。这样，我又变成了杰斯珀似的角色，恢复了原来的地位。我取了一块松饼，分给两条狗吃。我自己则是一点也不饿，什么也不想吃。我只觉得十分厌倦，没精打采，心力交瘁。我看了一眼迈克西姆，他正在读报，而且已经翻到另一页上。我的手指上沾满松饼上的黄油，于是就伸手到衣袋里去摸手绢。从袋里我抽出一方绣花边的小手帕，手帕不是我的，我皱着眉头，盯着它看。这时，我才想起刚才弗里思从大厅的石砌地板上拾起的就是这块手帕，那可能是从胶布雨衣的袋子里掉出来的。我把它拿在手里翻来覆去地端详。手帕非常脏，看起来它已经在雨衣袋里待了很长时间了，上面沾着小团小团的绒毛。手帕角上绣着字：一个高大的斜体字母 R，横穿着与"德温"等字母构成交织图案。与 R 相比，其他的字母显得非常矮小；R 的那一捺拖得很长，从绣花边一直延伸到细麻纱手帕的中央。手帕那么小，被捏作一团，就在雨衣袋里被遗忘了。

自从有人用那方手帕以来，我肯定是第一个穿上这件胶布雨衣的人。看来上次穿这件雨衣的是一个身材颀长、亭亭玉立、肩膀比我宽的女人。我穿着雨衣觉得既大又长。袖子把手腕都遮没了。雨衣上缺几颗纽扣，那女人根本没想把它们缝上，她大概把雨衣当作一件斗篷，随手披在肩上，或是把手插在口袋里，听任雨衣敞开着……

粉红色口红的痕迹还留在手帕上。她曾用手帕擦过嘴唇，接着就把它揉成一团，塞进衣袋。用手帕擦着手指之时，我注意到手帕上还隐约留着一点香味。多么熟悉的香味！我闭上眼睛，使劲回忆着。这是一种难以名状、飘忽不定的清淡的幽香。今天下午，我肯定在什么地方闻见过这种香味。接着我恍然大悟，手帕上留着的气息就是幸福谷中被碾碎的白色杜鹃花瓣的香味。

第十一章

整整一个星期，天气阴冷，淫雨连绵。初夏季节，这种天气在西部农村是常有的。我们再没有到海滩去过，可是从平台和草坪往外眺望，我仍能看见大海。翻腾的巨浪扫过海岬处的灯塔，汹涌地向海湾冲去；大海显得很昏暗，看着让人感到害怕。我想象着浪潮如何撞上海湾里的礁石，发出轰然巨响，接着又急骤浩荡地涌往倾斜的海滩。大海单调的吼声不停地传过来，显得那么低沉，那么忧郁。因为天气的缘故，海鸥也都飞到陆地上来了，它们哀唳着盘旋在屋子上空，拍打着展开的翅膀。直到这时我才开始明白，为什么有些人受不了大海的喧哗，有时候这声音听上去确实悲怆，时而隆隆，进而嘶嘶，不停地传到你的耳鼓，使你的神经受不住。我庆幸我俩住在东厢，把头一探出窗子就可以看到玫瑰园。有时候晚上睡不着，我就从床上起来，轻轻地走过去倚着窗框，享受夜的寂静与安宁。

在这儿听不到躁动不安的大海的吵闹，我的心境因此才得以安静，才能暂时忘了那条穿林而过、通往褐色小海湾的陡峭幽径，还有那座海滩弃屋。尽管我不愿意，但白天我没法不想那座小屋。站在平台上一望见大海，我就老是想起它：瓷器上蓝色的霉斑，船艇模型桅杆上的蜘蛛网，坐卧两用沙发上鼠咬的破洞，雨点敲打屋顶的响声。我还想起那个名叫本的陌生人，想起他那水汪汪的蓝色小眼睛和那白痴般的诡秘怪笑。我被这一切弄得心神不宁。我想设法忘却这一切；但是，我又想弄清楚，是什么原因使得我这样烦恼重重，惴惴不安。尽管我不愿承认，但是在我的心底某处确实已有一种暗自好奇的心理，一种疑惧的种子，在缓慢而不停地滋长。一个小孩在被告知"这些事谈论不得，不能让你知道"之后所产生的

第十一章

疑问,以及想寻根究底的急切心情,我全体验到了。

我忘不了那天走在林中小径上迈克西姆惊惶恐惧和茫然若失的眼神,还有他那句话:"啊,上帝,我多蠢,干吗要回来?"都怪我,偏要朝海湾跑,这就又勾起了他对往事的回忆。虽然迈克西姆后来又恢复了常态,虽然我们同桌进餐,同床安寝,携手散步,比肩伏案写信,一起驾车到村子里去,时时刻刻形影相随,可我总感觉到由于那天的事,我俩之间已产生了隔阂。

他像是独自走在大路的另一侧,我可不得跨越雷池一步,不能向他靠拢。我总是神经紧张,生怕自己一时疏忽说漏了嘴,或是在随便的交谈中不小心话锋一转,又会使他露出那种眼神。我怕提到大海,因为说到大海就会让人联想到船只,联想到海难事故,联想到淹死人……有一天,弗兰克·克劳利来吃中饭。他谈起离此三英里的克里斯港举行划船比赛,这样的谈话甚至也把我吓得心惊肉跳,心里如刀扎似的难受,赶快低下头盯着面前的菜盘。可是迈克西姆照样谈笑风生,好像并不在乎。而我却一直担心这样的谈话会引出什么不愉快,因而心里惴惴不安,浑身冒汗。

我记得当时大家正在吃干酪。弗里思刚离开,我就站起来,到墙边的餐具柜再去取来一些干酪。实际上干酪并没有吃完,只是我实在不想坐在桌旁听他们谈话。我一边走,一边哼着小调,这样就可以听不见他们的谈话。当然,我的担心毫无道理,甚至有点愚蠢。这种反常的过敏是精神病患者行为的特征,同我平时开朗的性格毫无共同之处。可这完全是情不自禁的,不这样又叫我怎么办?

另外,每当有客来访,我就更加受罪,表现得益发手足无措、呆头呆脑。在返回曼德里的头几周,我记得,本郡左近的邻人纷纷来访。接待这些客人,握手寒暄,无话找话打发这礼尚往来的半点钟——这一切竟比我原先想象的更折磨人,因为现在又增添了一层新的顾虑,生怕这些人会说出一些不该说的话来。一听见车道上有车轮的声音,接着是撕裂耳鼓的门铃,我就惊慌失措地往自己房间里躲。这一切真叫人无法忍受!躲进房间以后,我胡乱地往鼻子上抹些脂粉,匆匆梳几下头发,接着总是一阵叩门声,仆人送上放在银托盘里的来客名片。

"好,我马上就下来。"于是,楼梯上和大厅里响起我啪嗒啪嗒的脚步

115

声。拉开藏书室的门，里面是一位或两位素未谋面的女宾，或是一对夫妇。

"您好！真是不好意思，迈克西姆在花园里，弗里思已去找他了。"

"我们觉得应该来拜访二位，向新娘表示敬意。"

应景的一笑，慌乱的几句应酬话，然后宾主就再也无话可说，于是只好在屋子里四下看看，以缓解这种尴尬气氛。

"曼德里还是这般美丽，您爱这地方吗？"

"喔，当然，我挺……"由于怯生腼腆，同时又想讨好这些客人，我不由自主又用上了平常不用的女学生的语言，什么"啊，来劲""喔，妙极了""没说的""真来劲儿"等等，都会随口说出。我记得有一次，竟对着一位手持长柄眼镜的王公未亡人喊出了"呱呱叫"！迈克西姆进屋以后，我松了一口气，但同时又提心吊胆，生怕客人毫无忌讳地说出一些不该说的话。因此，我马上就变成个哑巴，手揣在怀里，唇边挂着尴尬僵化的微笑。一看到我这个样子，客人们便转过身去和迈克西姆聊天，偶尔疑惑地看看我，而他们谈的内容我一无所知。

我想象得出离开曼德里时客人的对话："亲爱的，她几乎没说话，真是平庸而乏味。"接着便是我头一回从比阿特丽斯嘴里听到的那句话："她跟丽贝卡多么不一样！"从此，这句话总在我心头徘徊不去。在每位来客的眼光和言谈中，我仿佛都看到这几个字："她跟丽贝卡多么不一样！"

有时候，我能够在这类谈话中搜集到一些琐碎的材料，以充实内心的秘密仓库。所谓琐碎的材料，仅仅是交谈过程中无意间漏出的一个词、一个问题、一个短语。要是迈克西姆不在场，听到这类片言只字，我会因为在暗地里窃得一些情况而偷偷感到一种带痛楚的乐趣。

有时，也许还得回拜客人。在这类事情上，迈克西姆刻板拘泥，不肯放过我。要是他不跟我同行，我就得硬着头皮，独自去应付这种正式场面。我得搜索枯肠，无话找话，因此宾主之间常出现冷场。每逢这种时候，主人就问："德温特夫人，你们有没有打算在曼德里经常接待宾客？"我则回答："我不知道。迈克西姆到现在都没跟我提过。""那当然，还不是时候。我记得原先曼德里经常是宾客盈门的。"又是一阵冷场之后，此人又接着说："您知道，那时盛大的宴会是常有的，客人都是从伦敦来的。"我只好回答："是的，我听说过。"又是稍稍一阵沉默，接着说话人压低了嗓门以议

第十一章

论死者或者在教堂里常用的那种声音低语:"您知道,她非常的讨人喜欢,是很出众的人物!""是的,一点不错。"过了一会儿,我看看遮没在手套里的表,说道:"四点多了吧?我恐怕得告辞了。"

"不喝了茶再走吗?我家总在四点一刻进午茶。"

"不啦,不啦。十分感谢。我出来时跟迈克西姆说好的……"这句话故意拖长声音不说完,意思则是大家心照不宣。就这样,宾主一起站起身,双方都清楚地知道对方的告别托辞或挽留表示全是客套虚礼。我有时候想,假如我全然不顾这些礼俗,那会怎么样呢?在坐进汽车并向站在门口台阶上的女主人挥过手之后,突然打开车门说:"我实在并不急着回去。走,再到您家客厅里去坐坐,如果您不反对,我就留在这儿吃晚饭,要不,干脆今晚不回去了。"

我常想礼俗以及外乡人讲究的举止风度,能否使主人忍受我上述举动带给他们的震惊,他们冷若冰霜的脸上会不会露出表示欢迎的假笑:"为什么不呢?您主动提出留下,我真不胜荣幸。"我常想,如果自己敢这样做,哪怕只一次,也够有趣的。但是实际上,进了汽车,总是砰的一声关上门,接着,汽车慢慢驶过平滑的沙砾面车道,而那女主人则恢复原来的样子,无精打采地回到房间,同时叹了一口气。

邻县设有教堂,那里的主教夫人曾对我说:"您丈夫是否有意重新举办曼德里的化装舞会?每次舞会都搞得有声有色,我一辈子也忘不了。"

我只得装出深知此类舞会中奥妙的样子,微笑一下,回答说:"我们还没拿定主意,要做的事情、要商量的问题实在太多。"

"是啊,您一定够忙的。不过我希望你们别取消化装舞会的惯例。您跟他说说嘛。去年当然没举行,可我记得两年前的那一次,我同主教一起去参加,那场面的确动人。在曼德里这地方开这样的舞会,真是再合适不过了。大厅装饰得五彩缤纷,舞会就在那儿举行。乐队在柱廊里演奏。一切都安排得恰到好处。举办这样的舞会肯定得花大力气去筹备,可是客人们总是尽兴而归。"

"是的,"我说,"好吧,我一定问问迈克西姆。"

这时,我想起晨室那张写字桌上贴着标签的鸽笼式文件架;我想象着她坐在写字桌旁,面前是大叠大叠的请柬,一长串的客人名单和住址。

她想邀请谁，就在这人的名字旁打一个钩。然后，她伸手取过请柬，把笔伸进墨水瓶一蘸，用那修长的斜体字飞快地、毫不犹豫地在请柬上书写着……

主教夫人又说：“有一年夏天，我们还去参加过一次游园会，跟往常一样，场面壮观，美不胜收。我记得那是一个阳光明媚的日子，花儿盛开，客人就在玫瑰园里围坐在一张一张的小桌旁进茶点。这主意真是绝妙！换了别人才想不出呢。当然，她是那么聪明……”

主教夫人突然打住，微微涨红了脸，担心自己说话不够审慎。为避免双方难堪，我马上接着她的话头表示同意，鼓起勇气，厚着脸皮说："丽贝卡一准是个了不起的人物。"

我简直不相信自己终于如吐骨鲠般说出了她的名字。我等着，不知道会出现什么后果。我终于把这个名字，把"丽贝卡"三个字说出口了，这使我大大松了口气。我仿佛经历了一场洗礼，解除了一种无法忍受的痛苦。"丽贝卡"，我把她的名字说出口了！

不知主教夫人是否注意到我脸上的红晕，她依然那么自然地谈笑风生。我在一旁贪婪地洗耳恭听，就像藏在一扇关闭的窗户底下偷听一样。

主教夫人问我："这么说来，您从未见过她？"我摇摇头。她沉吟片刻，显得有点为难，不知该怎么往下说。"我们同她并不熟悉。您知道，四年前我丈夫才在这儿就职。不过尽管这样，当我们去参加舞会和游园会时，她当然还是以礼相待。有一年冬天，我们还去吃过一顿饭。是啊，她真是个尤物，充满奕奕活力。"

我一边翻弄着手套上的流苏，一边用漫不经心的语调若无其事地说："看来她事事在行，像这样聪明漂亮同时又爱交际的人可不多见。"

"是啊，是不多见，"主教夫人说，"她确实有才华。现在我还能回想起舞会那天晚上她的模样：一头乌黑的长发衬着雪白的肌肤，站在楼梯跟前同每一位来客握手。她的化装舞服十分合身。她确实是个出众的美人。"

"她还亲自管家呢，"我微笑着说，仿佛向对方表示，"我一点没有什么不自在，我常跟人谈起她。"接着我又说："为此，她肯定要花去不少时间和心血，我可是把这些统统交给管家去料理。"

"喔，当然啦，一个人不可能样样都行。您还很年轻，不是吗？我敢

第十一章

肯定,过一段时间,等您住在这儿习惯了,您也能管起来的。另外,您不是有自己的爱好吗?听人说,您爱写生素描。"

"啊,那个吗?"我说,"简直算不了什么。"

"这可是挺不错的一点本事呢。不是每个人都会画画的。您可别把它丢了,曼德里肯定有不少美景供您写生的。"

"是的,您说得不错。"我说。听了主教夫人的话,我顿时变得灰溜溜的,面前突然出现了一幅图景:我带着一张帆布折凳,慢腾腾走过草坪,一边的腋下挟一盒铅笔,另一边挟着主教夫人所说的表示"一点本事"的画本儿。"一点本事",这听上去多么不值一提!简直可以说是种不健康的癖好。

"您爱玩哪种游戏?骑马,还是射击?"主教夫人又问。

"不,我这些都不行。"接着,我竟又可怜巴巴地补上一句:"不过,我很喜欢散步。"这与骑马、射击等相比,是多么微不足道、让人扫兴。

可是主教夫人却极其自然地接下去说:"世上最好的运动莫过于此。主教和我也常散步。"听了她的话,我就想象主教是不是戴着教会高僧的那种铲形怪帽,穿着绑腿式的长靴,挽着这位太太,沿着他的大教堂来回转圈子。接着,她又说起他们夫妇俩很久以前曾在彭奈恩山区徒步旅行,度过假期,还说当时他们俩平均一天要走二十英里。我不住点头,脸上带着彬彬有礼的微笑,一边则在猜想这彭奈恩究竟是什么地方,大概跟南美洲的安第斯山脉相似吧。后来我才想起在学生时代的地图册上见过这个名词,好像是在涂着浅红色的英格兰的中部,画着一条用毛边线标出的地带,表示这是一支山脉,这就是彭奈恩。而这位主教大人一定还是戴着他的铲形帽,穿着那双长靴。

话说到这儿,不可避免地又出现了沉默。客厅的钟当当敲了四下,我便完全多余地看看手表,站起来告辞:"我真高兴您在家。希望二位有空来玩。"

"太好了,不过,主教他老是那么忙。请向您丈夫问好,别忘了一定请他再把曼德里的舞会办起来呵。"

"好,我一定跟他说。"我装出一副对这种舞会全盘了解的样子,再次说了假话。回家途中,我蜷缩在汽车的角落里,一边啃咬大拇指的指甲，一边想象舞会的景象：穿化装舞服的来宾挤满曼德里的大厅，到处是熙攘的客人，一屋子人声笑语；乐队在柱廊里演奏；晚上可能在客厅里摆宴，沿墙排着供宾客自取饭菜的长条餐桌；迈克西姆站在楼梯跟前，面带微笑地同众人握手，不时转身向着并肩的伴侣，此人身材修长苗条，一头黑发——主教夫人说过，一头黑发衬着白净的脸蛋——此人眼观四方，能照顾到所有客人的需求；她回过头去，对仆役发号施令；此人的举止优雅大方，从来不会惊慌失措；而当她翩然起舞时，空气中就飘散着一股白杜鹃似的浓香……

"德温特夫人，你们有没有打算在曼德里经常招待宾客？"我的耳畔又响起那位我曾拜访过的住在克里斯那头的夫人的声音，话音充满挑动性，大有打破砂锅问到底的味道。我还想起这位夫人暧昧的眼神，从头到脚打量着我的服饰，同时又用那种人们看新娘时常用的目光，飞快地朝我腹部一瞥，看我是否怀孕了。

我不愿再见到这个女人，我真不想再见到所有这类人物。他们到曼德里来仅仅是出于好奇，因为他们喜欢窥探别人的隐私；他们想对我的相貌、举止、身材作一番评论，还想看看迈克西姆与我的关系怎样，两人是否相爱。这样，待他们回到家，就有闲话的谈资了："唉，真叫今非昔比。"他们所以来访，是因为想把我与丽贝卡做一番比较……我下定决心以后再也不回访任何人。我要同迈克西姆讲明这一点。我不在乎这些人是否会因此说我粗鲁失礼。当然，这么一来，就有更多的资料让他们进行评头品足、飞短流长了。他们会说我没有教养："哼，我早料到，她毕竟是个无名之辈！"然后冷笑一声，还轻蔑地一耸肩膀接着又说："亲爱的，你不知道吗？他是在蒙特卡洛或是别的什么地方偶然把她弄上手的。当时她身无分文，给一个老太婆当女跟班。"又是冷笑，人们竖眉瞪眼表示惊讶。"胡说八道，真的吗？唉，男人都这么怪，特别像迈克西姆这样的人，平时那么挑剔，继丽贝卡之后，他竟会娶这样一个女人。"

我可一点儿不在乎，他们爱怎么说就由他们怎么说去。

汽车驶进大门时，我在座椅上坐直身子，对住在门房里的那个女人微笑示意。她正弯腰在门前园子里摘花，听到车子的声音，急急地直起身来。然而她没看见我在向她微笑。我朝她挥挥手，她却面无表情地瞪眼望

第十一章

着我,或许她不认识我。我只好又缩回到车厢的角落里。

汽车驶上车道,在一个狭窄的转弯处,我看见有一个男子在我们前面不远处步行,这是总管事弗兰克·克劳利。听到汽车的声音,他马上站定,司机也放慢了车速。弗兰克·克劳利见到是我坐在车里,就摘下帽子,微微一笑,看来见到我他是很高兴的。我同样报以微笑。他真好,见到我居然露出愉快的神情。我喜欢这个人,我和比阿特丽斯不一样,从不觉得他平庸无趣,这也许因为我自己也是一个平庸的角色,我们俩人无独有偶,都不善辞令,这就叫作"物以类聚,人以群分"。

我敲敲车窗,叫司机停车:"让我下去,我跟克劳利先生一起步行回去。"

克劳利帮我打开车门,问道:"做客去了吗,德温特夫人?"

"是的,弗兰克。"我学着迈克西姆的样子,叫他弗兰克,可他总是称呼我德温特夫人。他就是那种类型的人,即使我们两人被扔在一座孤岛上,在那儿朝夕相处度过自己的余生,我总还是德温特夫人。

"我去拜访主教,他出去了,只有夫人在家。这一对夫妇喜欢散步,有时候,夫妇俩在彭奈恩山区的时候,每天步行二十英里。"

弗兰克·克劳利说:"我有个叔叔曾在那儿住过。听人说那儿的农村景色挺好,可我对它并不熟悉。"

真是典型的弗兰克·克劳利式的谈话:四平八稳,滴水不漏!

"主教夫人想知道,我们什么时候再在曼德里举行化装舞会。"我一边说一边从眼角瞟着他,"她说,她参加了上一次的舞会,愉快极了。弗兰克,我从不知道有这回事哩。"

他显得有些为难,迟疑半晌才回答:"嗯,不错。"又过了片刻他才说:"曼德里的舞会通常是一年一度,郡里的名人都来参加,还有好些从伦敦来的客人,是个大场面。"

"那一定得花好大力气筹备吧?"我说。

"是的。"

我故意装出漫不经心的样子问道:"大部分筹备工作大概都是丽贝卡做的吧?"

我笔直地望着前面的车道,可我察觉到他转过脸来看着我,像是想从

121

我的表情中看出一些什么端倪。

他不动声色地回答道:"我们大家都花不少力气的。"

他说话的时候带着一种古怪的保留态度,他那种怯生生的样子使我想到自己的窘态,同时又让我怀疑他是否也曾爱过丽贝卡。要是真有此事,那么换了我,也一定会用他此刻这种语调说话。这个念头引出许多新的猜测。羞怯而又平庸的弗兰克,要是他爱上丽贝卡,那是决不会向任何人,特别是丽贝卡本人吐露衷情的。

"如果开舞会,我这个人恐怕一点忙都帮不上,"我说,"我没有一点安排社交场面的能力。"

"不用您费心。您只消保持平时的本色,就很漂亮了。"

"弗兰克,承蒙你好心这么说。可是恐怕我连这一点也难以办到。"

"我看,您一定能做得很好。"亲爱的弗兰克·克劳利,多么机智,多么体贴!我几乎要相信他的话了,可立即又想到他是在恭维我。

我问他:"你问问迈克西姆好吗?是否有意开一次舞会?"

"为什么您不亲自问他呢?"他答道。

"不,我不愿问。"

一时,两人都不说话,沿着车道默默朝前走去。我已经打破不愿说出丽贝卡名字的顾虑,起初是当着主教夫人的面,现在又当着弗兰克·克劳利的面。这么一来,心底竟有一种冲动,不停地老想说这三个字,念叨着她的名字,这给我一种异样的满足感,这三个字对我犹如一帖兴奋剂。我觉得过不了几分钟,我就得说她的名字。"前几天我到海滩去,"我说,"就是靠近防波堤那儿的海滩。杰斯珀真叫人讨厌,总是对着一个长着白痴般眼睛的可怜虫不停地吠叫。"

"您说的一定是本,"这时弗兰克的声音已变得很自然,"他老是在海边游荡。不过这是个好人,您不必怕他,他连一只苍蝇都不会伤害的。"

"啊,我可一点儿也不害怕。"我顿了一顿,哼哼小调来增添一点自信心。"我怕海边那座小屋要烂坏了。"我装得轻描淡写,"那天我进屋去是想找根绳子或是别的什么东西去拴住杰斯珀。屋里的瓷器全发了霉,那些书也已残破不堪,为什么不去处理一下呢?我看挺可惜的。"

我猜想他不会立即回答,不出所料,他俯身去系鞋带。

第十一章

我也佯装着端详灌木丛上的一片叶子。弗兰克一边拾掇自己的鞋子,一边说:"要是迈克西姆有意处理那间屋子,我想他会对我说的。"

我问道:"那些都是丽贝卡的东西吗?"

"是的。"他说。

我扔掉那片叶子,又信手捡起一片,放在手掌中翻来覆去玩弄。

"她用那个小屋做什么?"我问,"屋子里家具齐全。开始时,从外形看,我还以为是船库呢!"

"那小屋起初的确是座船库,"他说,声音又变得很不自然,看来这个话题让他感到很不自在,连说话都显得那么费劲儿,"后来,呃,后来嘛,她把屋子改装成现在这个样子,摆了家具,还有瓷器。"

我觉得他总是把丽贝卡称做"她"很有点反常,我原以为他会直呼"丽贝卡"其名,要不然就把她称做"德温特夫人"。

"她常用那个小屋吗?"我又问。

"是的,她经常用那小屋。什么月下野餐啦,还有,呃,总是那一类的活动呗。"

此刻,我们又并肩走着,我嘴里仍然哼着小调。"多有趣啊,"我故作愉快地说,"月下野餐,你也去参加吗?"

"我参加过一两回。"他回答道。他的神态变得非常沉静;他显然极不愿意谈论这些事情。对这一切,我却存心视而不见。

"在那小海湾里干吗设着一只浮筒呢?"

"过去拴船用的。"

"什么船?"

"她的船。"

我突然感到一阵莫名其妙的冲动。我必须得这样继续追问下去。我知道,他不想谈这些。尽管我为他感到难受,同时也觉得这样做确实不像话,可我就是不能自制,我实在无法住嘴。

"她的船后来怎么啦?"我说,"是不是就是后来出事的船?"

"是的,"他不动声色地说,"船翻了,接着就沉没,她被海水冲出船舱。"

"这艘船多大?"

"载重量约莫三吨,船上有一个小船舱。"

"那怎么会翻呢?"

"有时海湾里也会起风浪。"

我想象着黛绿色的大海,吐着泡沫,形成一道道的水流,向海岬冲过去。是突然起的风吗?也许风从山顶的灯塔处如同穿过漏斗般地狂吹下来?那小艇是顶着风颤抖着倾侧的吗?白色的船帆或许正对着起风暴的海洋……

"难道没有人能去救她吗?"我说。

"谁也没看见船出事,没人知道她出海去了。"

我小心翼翼,故意不朝他看,而他倒可能看到我脸上惊奇的神色,因为我一直以为事故发生在一次驾艇比赛中,周围有许多船只,都是从克里斯来参加比赛的,还有不少站在山崖上观看比赛的人。我从未想到她当时在海湾里孤零零地待着。

"那么宅子里的人肯定知道啰?"我问。

"不,她常常这样独个儿出海,想什么时候回来就什么时候回来,夜里宿在海滩小屋。"

"她不会感到害怕吗?"

"害怕?"他说,"不,她什么都不怕。"

"那么,呃,迈克西姆也不管吗?让她这样独自出去?"

他迟疑了一下,然后就简短地说了一句"我不知道"。我有一种感觉,他似乎忠心地守着什么人的秘密,是为迈克西姆?还是为丽贝卡?要不,甚至可能是他本人的秘密?这个人很古怪,我实在弄不大懂是怎么一回事情。

"看来,她一定是在船沉之后,想往岸边游近时淹死的?"我说。

"是的。"

我可以想象那小艇怎样颤抖着沉入大海,海水如何涌进驾驶室。海上突然起了可怕的大风,帆把船压得沉了下去。海湾里肯定是一片漆黑,对于一个在水里拼命划水的人来说,海岸一定是遥不可及的。

"那么,过了多久才发现她的尸体呢?"

"大概有两个月。"

第十一章

两个月！我原以为只要一涨潮，尸体就会被冲到海边，用不了几天就会被人发现。

"在哪里发现的？"我问。

"埃奇库姆比附近，离此地约四十英里的海峡里。"他说。

七岁那年我曾在埃奇库姆比度假。那是座大城市，有一个码头，到处是驴子，我还记得自己在沙滩上骑驴的情景。

"都已经过了两个月了，人们怎么能辨认出那就是她呢？"我不明白为什么他每次回答我的问话，总要字斟句酌地沉吟一会儿。难道他对这个女人有特殊的感情，难道这件事情对他创痛至深？

"是迈克西姆到埃奇库姆比去认尸的。"他说。

突然，我什么也不想问了，只觉得自己无聊可鄙。我活像个看热闹的闲人，站在人群外围，听说有人被车撞倒在地，就好奇心大发。我觉得自己又像住在廉价公寓里的穷房客，公寓里死了人就跑去问能不能让我看看尸体。我恨自己。我提的这些问题真是有失身份，寡廉鲜耻。弗兰克·克劳利一定觉得我这人低贱极了。

于是，我赶快说："对你们大家来说，那段日子确实不好过。我知道你不愿重提往事；我只是想问问能不能处理一下那海滩小屋，就是这么回事。看着家具潮湿霉烂，挺可惜。"

他没说什么。我只觉得浑身闷热得难受。他肯定已经察觉到我之所以提这么一大堆问题，绝非因为关心那座弃屋，而他此刻的沉默则说明他对我的举止感到震惊。两人之间本来已建立了某种令人舒心的牢固的友谊，我曾将此人视作好帮手，也许，这一切都已被我亲手摧毁，他对我的印象不会再同以前一样了。

"这车道真长，"我说，"总让我联想起格林童话里王子迷路的密林小径。你总以为就要走到头，可却并非如此。两旁又长着这样密集的黑压压的树木。"

"不错，车道确实不太寻常。"他说。

从他的神态可以看出他仍在留心提防，以防我进一步盘问。任何人都能一眼看透，两人的关系变得非常僵。我必须得想法子改变这种局面，即使为此丢尽面子，我也毫不在乎。

"弗兰克，"我豁出去了。"我知道现在你在想什么。你自然不能理解我刚才为什么提那么多问题。你以为我秉性反常，刨根问底，丝毫不顾及别人的感情。可实际上并非如此。其中的原因，嗯，说到其中的原因，那只不过是因为我有时总不免觉得自己处境不利。曼德里的生活对我既新奇又陌生，我过去所受的教养对此不能适应。一种可怕的念头老缠着我，让我觉得自己压根儿不该嫁给迈克西姆，我和他两人是不会幸福的。你知道，每次见生人，我无时无刻不意识到他们全在心里转着同样的念头——她跟丽贝卡多么不一样！"

我气喘吁吁地收住话头，说得上气不接下气，同时却为自己这一阵子发作而感到羞愧。我觉得，把事情合盘托出之后，现在再也没有退路了。

他转过脸来，神情十分关切，同时又好像满腹心事。

"德温特夫人，请不要这么想，"他说，"就我而论，你同迈克西姆结婚，我心里有说不出的高兴。他的生活因此而整个变了样。我敢肯定，您完全能适应新的生活。在我看来，这——这既新鲜又可喜，遇上像您这样的人，您这样并不完全——嗯，"他红了脸，想找个合适的字眼，"我们不妨说，对于曼德里的这一套并不完全了如指掌的人。倘若这儿附近的人给您印象不佳，似乎都在对您评头品足，那是——嗯——那是他们这些人无礼地冒犯了您，仅此而已。我可没听到过一句微词，如果我听见有谁说坏话，我一定亲自干预，决不让这人再信口胡说。"

"您真好，弗兰克，"我说，"您这一席话真给我鼓了劲。我明白自己是个没用的笨人，待人接物都不懂，因为以前我从不必在这方面下功夫。我老是猜想曼德里在过去大概是什么样子的。那时的女主人无论出身和教养都同这座庄园相配，做什么事情都是游刃有余；我每时每刻总意识到自己的缺陷正是她的长处——自信、仪态、美貌、才识、机智——啊，总之对女人来说最重要的素质全有了！一想到这些，叫人丧气，弗兰克，真叫人灰心丧气。"

他一声不吭，一副愁容，心事重重。他掏出手帕擤鼻子，过后才说："您不能这么讲。"

"为什么不能？都是事实。"我说。

"您所拥有的素质同样重要，甚至比那些重要得多。我这么说或许

第十一章

显得几分冒失无礼,我毕竟不太了解您。我是个单身汉,对于女人知之不多。您也知道,在这儿我过着多少有点闭塞的生活,可我还是要说:心地善良,待人诚挚,还有,请恕我冒昧,谦逊端庄,这些对于男子,对于一个做丈夫的来说,比之世上所有的机智和美貌,价值大得多。"

他又擤了擤鼻子,看起来,他此刻情绪有些亢奋。我发现,我挑起了这场谈话纵然使自己难过,但在很大程度上他比我更加不安。意识到这一点之后,我反倒安静下来,感到了某种优越感。我不明白,我又没多啰唆什么,只不过说了像我这样继丽贝卡之后来到曼德里的人有种不安全感,他为什么如此小题大做。另外,他刚才说到我身上的一些所谓的优点,这些素质她一定也具备;她肯定是个诚挚而善良的人,不然哪来那么多的朋友?哪会有口皆碑?至于谦逊端庄,我说不清他指的是什么。我始终没能弄明白这个词儿的确切含义,我总以为,这个词或多或少就是指走在通往浴室的过道里碰上人要跟他人打招呼……可怜的弗兰克,而比阿特丽斯还曾说他无聊透顶,说他一辈子说不出一句有个性的话。

"呃,"我尴尬地说,"呃,你的话我都不大明白。我并不觉得自己心地善良,待人也不怎么特别真诚;至于说谦逊端庄,我从小到大一直处在这样的地位,不得不如此。不过,在蒙特卡洛先是单身借住旅馆,接着匆匆结婚,算不得太端庄吧。或许对于这些你并不在意。"

"亲爱的德温特夫人,你们俩在南方相遇结婚,我丝毫不觉得有什么端不上桌面的地方,难道你不明白吗?"他低声说。

"哦,当然你不会这么想。"我严肃地说。可爱的弗兰克,看来他真的是被我给吓坏了。"端上桌面",多么典型的弗兰克式语言。一听到这个词,马上让人联想到桌子底下暗中发生的事。

"我敢肯定,"他刚说了一句又开始迟疑不定,显得心神不宁,"我敢肯定,倘若迈克西姆知道您的心情,他一定会犯愁的,还会十分痛苦。他大概没觉察到什么。"

"你不会告诉他吧?"我急忙说。

"不会,当然不会。您把我当什么人了?但是,您得明白,德温特夫人,迈克西姆经历了许多……不同的心境,这我都亲眼目睹,我对他十分了解。如果他觉得您在为——嗯——为往事伤神,那将是他活在世上最大的痛苦。没有十足的把握,我是不会说这些话的。眼下,他看上去十分健康,气色正好。不过莱西夫人那天的话不假,去年,他差一点就要精神失常,当然莱西夫人当着他的面这么说有些不明智。所以,您对他而言,是多么的重要。您年轻,生气勃勃,呃,又明白事理,您与往昔的生活毫无瓜葛。忘了吧,德温特夫人,忘掉过去。感谢上帝,他可已经把过往的一切都忘了,这儿的其他人也是这样。往事对我们中的任何人说来,都是不堪回首的,对迈克西姆尤其如此。而您知道,大家能否从往事的阴影中走出来,全靠您的引领了。别再把大家推到昔日的漩涡中去吧。"

他是对的,当然,他完全对。可爱的弗兰克是个好人,我的朋友,我的帮手。我太自私,神经过敏,一味在自卑感里沉溺而不能自拔。

"要是能早点同你进行这么一次交谈就好了。"我说。

"我也是这么想的,"他说,"那样,我或许会帮您减少些烦恼。"

"现在我才觉得好受些,"我说,"好受多了。我们永远是朋友,不管今后发生什么,都是如此,对吗,弗兰克?"

"当然。"他说。

我们走出黑林子,车道豁然开朗,迎面出现了石楠花。石楠的季节行将过去,所以花朵已多少过了全盛期,开始褪色凋败。待到下个月,花瓣将从浓艳的花盘上纷纷落下,园丁就会跑来打扫。石楠的美是短暂的,绝不能永远鲜艳。

"弗兰克,"我说,"但愿我们永远不再谈这个话题,可在谈话结束之前,你可不可以如实回答我一个问题?"

他用怀疑的目光看着我,好一会儿才说:"这个要求不太公平。也许您提的问题我无从回答,或者完全答不上来。"

"不,"我说,"不是什么怪问题,决不涉及个人的私生活或类似的方面。"

"那好,我尽力而为。"他说。

我们已拐弯走上车道的开阔地段,曼德里伫立在草坪环绕的低地上,静谧而安详。每次见到这座大宅,我总是为其完美的对称和气派,为其朴实无华而惊诧。

阳光在竖框窗上闪耀。围绕着爬满地衣的石墙,有一种色彩柔和的古

第十一章

色古香的光华。一缕青烟从藏书室烟囱中袅袅飘起。我咬着拇指指甲,从眼梢打量着弗兰克。"告诉我,"我用若无其事的声调说着,什么顾虑也没有了,"告诉我,丽贝卡很美吗?"

弗兰克沉吟了好一会儿,我没法看见他的脸,因为此刻他已转过身去面对着宅子。"不错,"他慢条斯理地说,"不错,依我说,她是我有生以来见过的最美的女人。"

然后,我们走上台阶,来到大厅,我按铃让仆人送上茶点。

蝴蝶梦

第十二章

丹弗斯太太总是闭门独处，很少露面，我难得见她一面。虽然她每天打内线电话到晨室来，让我审定菜单，不过这纯属例行公事，而我们日常的接触也仅限于此。她找了庄园内某个下人的女儿给我当贴身使女，名叫克拉丽斯。这姑娘文静，举止得体，很讨人喜欢。幸好她过去从未当过女佣，因此没有那一套让人生畏的量人度物的准则。我看，在整个宅子里，只有她对我还算怀有几分敬畏，也只有在她的心目中，我才是这儿的女主人，是德温特夫人。或许她并没有受到那些仆役中传播的闲言碎语的影响。她曾有好一阵子不在庄园。她是在十五英里外的婶母家长大的，她和我一样是初来曼德里的陌生人，在她面前我感到轻松自如。我可以满不在乎地说："哦，克拉丽斯，给我缝缝袜子吧。"

先前的女佣艾丽斯神气极了。我经常偷偷把衬衣和睡衣从抽屉里拿出来自己缝补，不敢劳烦她。有一回，我曾看到她把我的一件内衣搭在手臂上，仔细打量那不怎么值钱的衣料和缝在衣服上面寒酸的窄花边。这辈子我是难以忘记她脸上的那副神情了。她脸上露出近乎震惊的神色，仿佛她本人的尊严遭到了什么打击似的。我以前很少留心内衣，不在意衣料的质地和花边，只要整洁干净就可以了。在书上曾读到新娘出嫁时得一下子张罗几十套衣服作为嫁妆，而我根本没动过这份心。艾丽斯脸上的那副神情，不啻给我上了一课，我急忙向伦敦的一家店铺要了一份内衣目录。等我选定我要的内衣时，艾丽斯已不再服侍我，克拉丽斯接替了她的位置。因为克拉丽斯而添置新内衣，看起来是毫无必要的，因此我没再给那家店铺写信定货，内衣目录也被我随手塞到抽屉

第十二章

里，不再过问。

我常在怀疑，艾丽斯会不会将此事在仆役中传播开。我的内衣是否已成了下房里议论的内容。当然，这种事儿不成体统，只能趁男仆不在时悄悄地说上几句。艾丽斯非常自矜，所以不会让这事作为笑料闹得尽人皆知，例如，在她与弗里思之间就从没有过"把这件女用内衣拿去"之类难登大雅之堂的对话。

不，关于内衣的轶事绝不仅仅是笑料，这事要严重得多，更像是私下打听到的一桩离婚案……无论如何，艾丽斯把我扔给克拉丽斯，我是很高兴的。克拉丽斯连花边是真还是假都分不清。丹弗斯太太雇她来服侍我，真可谓体贴周到呢。克拉丽斯与我相伴，在她看来是再合适不过了。现在我既然已知道丹弗斯太太厌恶和恼怒的原因所在，反倒觉得不那么难过了。我知道让她感到痛恨不止的是我所代表的一切，而并非我本人。不管谁来占去丽贝卡的位置，她都会一视同仁。至少在比阿特丽斯来吃饭那天，我从她的话里听出了这层意思。

"难道你不知道吗？"她这么说，"她对丽贝卡十分崇拜！"

我听了这句话，不由得心里一震。不知为何，我没料到她会说出这几句话。然而反复思量之后，我原先对丹弗斯太太的那种恐惧感却开始淡薄了，我反而可怜起她来。我体会得出她内心的感受。当她听到别人称呼我"德温特夫人"的时候，她一定感到很难过。她每天早晨通过内线电话跟我说话，而我照例答以"好的，丹弗斯太太"，这时她肯定在怀念着另一个人的嗓音。她穿堂越室，到处看到我留下的踪迹——放在临窗座位上的软帽，搁在椅子上的编织袋——必然会触景生情，联想起以前也曾在屋子里四处留下踪迹的另一个人。即使是我这个与丽贝卡毫不相识的人都难免会有这种想法，更何况是丹弗斯太太呢。她熟悉丽贝卡走路的姿势，听惯了她说话的声调。丹弗斯太太知道她眸子的色泽，她脸上的笑容，还有她头发的质地。对这些我一无所知，也从来不向别人打听，可有时候我觉得丽贝卡对于我，是个音容宛在的亡灵，就像对于丹弗斯太太一样。

弗兰克要我忘掉过去，我自己也想把往事置于脑后。可是弗兰克不必像我那样，每天坐在晨室里，触摸那支曾夹在她手指间的钢笔。他不必把手按在吸墨纸台上,两眼盯着面前的文件架,望着她留在那上面的字迹。他不必每天看着壁炉上的烛台、时钟、插着鲜花的花瓶,还有墙上的绘画,心里想着这一切原都归她所有,是她生前选中的,没有一样是我的。在餐厅里,弗兰克也无须坐在她的位子上,握着她生前握过的刀叉,还得从她用过的杯子里喝着什么。他从未把她的雨衣披在肩上,也没有在口袋里摸到过她的手绢。每天我还注意到那条瞎眼老狗的茫然眼神,它蜷缩在藏书室的篓子里,一听到我的脚步声,一个女人的脚步声,总是抬起头来,用鼻子嗅嗅空气,随即又耷拉下脑袋,因为我不是它期待寻找的人——而这些弗兰克是无须经历的。

这些琐事本身虽然无聊至极,毫无意义,却明摆在那儿,没法熟视无睹,充耳不闻,也不能无动于衷。我的老天,我干吗要去想丽贝卡!我希望自己幸福,也希望使迈克西姆幸福,我希望我俩能朝夕相处,形影不离。我心中只存此愿,别无他求。然而她偏要闯入我的脑海,侵入我的梦境,我有什么法子呢?当我在她生前溜达过的小径上漫步,在她生前躺过的地方休息时,我身不由己地感到在这座曼德里庄园,在我自己的家里,我只是个盘桓小住的外客。我的确像个外人,在静静地等待着女主人的归来,哪怕是一些无关紧要的闲话,一些无关痛痒的微词,都在时刻提醒我别忘了自己的地位。

"弗里思,"一个夏日的早晨,我抱着一大束紫丁香走进藏书室,一面吩咐说,"弗里思,能找个长颈花瓶把这些花插上吗?花房里的花瓶都太小了。"

"太太,客厅里那只石膏白花瓶,一直是用来插丁香花的。"

"喔,不会把花瓶弄坏吗?怕会弄碎吧?"

"太太,德温特夫人一向用的都是那只石膏花瓶。"

"喔,喔,那好吧。"

于是,那只石膏花瓶拿来了,里面已装满水。我把浓香扑鼻的丁香花插进去,一枝一枝摆弄整齐。屋子里洋溢着紫红色花朵散发的芬芳;从敞开的窗户处还不时飘来刚整修过的草坪的阵阵清香。我暗自寻思:"丽贝卡也是这么做的。她也像我这样,拿起紫丁香,一枝一枝插入这只白花瓶。我并不是第一个想到要这么做的人。花瓶是丽贝卡的,丁香

第十二章

花也是丽贝卡的。"她必然像我一样,信步走进花园,头上戴一顶边沿下垂的园艺帽,就是我曾在花房柜子里看到过的压在几个旧靠垫下面的那一顶。她步履轻盈地穿过草地,走向丁香花丛,也许一边哼着小调,一边打唿哨招呼身后的两条狗,要它们跟上来,手里还拿着我此时握着的这把剪刀。

"弗里思,把窗口桌子旁的书架挪开一点行吗?我要把丁香花摆在那儿。"

"可是,太太,德温特夫人向来把石膏花瓶放在沙发后面的桌子上。"

"哦,是这样……"我手捧花瓶迟疑了一会儿。弗里思面无表情。当然,要是我说我喜欢把花瓶放在临窗口的小桌上,他是会服从我的,而且会立刻把书架移开。

可是我却说:"好吧,也许放在这张大一点的桌子上看上去更美一些。"于是,石膏花瓶又像以往那样,放在沙发后面的桌子上了……

比阿特丽斯没忘记送我一件结婚礼物的诺言。一天早晨,邮局送来一只包裹,包裹大得几乎连罗伯特也搬不了。我正坐在晨室里,刚刚看完当天的菜单。每次收到邮包我总像个孩子似的兴奋雀跃。我忙不迭地割断绳子,撕去深褐色的包封。里面包的好像是书。果然不错,是书,是厚厚的四册《绘画史》。第一部里夹着一张纸条,上面写着:"希望这份礼物你能喜欢。"下面的署名是"爱你的比阿特丽斯"。我能想象出她走进威格莫乐大街那家书店购书的情景。她带着几分男子气,唐突地四下一打量。"我想买套书送给一个钟爱艺术的朋友。"她会这么说。而书店的伙计就回答说:"好的,太太,请您往这边来。"或许她会疑惑地抚摸着书。"不错,价钱倒是差不多。这是送人的结婚礼品,我希望能拿得出手。这几部全是关于艺术的?""对的,是论述艺术的规范作品。"伙计这么回答她。于是,比阿特丽斯便写了那张夹在书里的纸条,付了钱,留下地址:"曼德里,德温特夫人"。

比阿特丽斯心肠真好。她知道我爱好绘画,特地上伦敦的书店给我买了这些书,其中情意甚笃,想起来简直催人泪下。看来,她或许在想象这样一种情景:某个阴雨天,我闲坐着,神情严肃地看着那些插图,然后或许信手取来图画纸和颜料盒,临摹其中的一幅。好心的比阿特丽斯。突

然我无端地想放声痛哭。我把这几卷大部头的书收拢，环顾晨室，想找个地方放书。这几部书与这个小巧玲珑的房间很不协调。可是没有关系，这个房间现在已经属于我了。我把那几部书竖成一行，一本斜靠着另一本。书摇摇欲倒，十分危险。我往后退一两步，想看看效果。不知是因为我退得太猛，引起了震动，还是其他什么原因，总之，那最前面的一部往下一歪，其余的也相继滑倒。书桌上原本放着两件摆设：一对烛台和一具小巧的爱神瓷像。这几部书倒下时，把那尊爱神瓷像给掀翻了。爱神一头栽进字纸篓里，随后落到地上，跌得粉身碎骨。我像个闯了祸的顽童，急忙朝门口瞥了一眼，接着就跪在地板上，把瓷像碎片扫进手掌，再找了个信封装进去。我把信封藏在书桌的抽屉深处，随后就把这些书拿到藏书室，在书架上找了个空处插了进去。

当我洋洋得意地把这些书拿给迈克西姆看的时候，他呵呵乐了。

"亲爱的老姐姐比阿特丽斯，"他说，"看来你一定博得她的好感啦。要知道，非万不得已她是不会和书本打交道的。"

"她有没有说起——呃——对我有什么看法？"我问他。

"她来吃饭的那天吗？没有，我想她没有说起过。"

"我本以为她会给你写封信或什么的。"

"比阿特丽斯和我从来不通信，除非家里出了什么重大的事情。写信实在是浪费时间。"迈克西姆说。

看来我是排除在重大事情之外了。我设身处地想想，假如我是比阿特丽斯，有个弟弟，现在这弟弟结婚了，那我理所当然会说点什么，表示一下自己的看法，或者在信里涂上几笔。除非对那位弟媳全然没有好感，或者觉得她配不上我弟弟，那自然另当别论。然而比阿特丽斯特地亲自为我上伦敦去买书。要是她果真不喜欢我，那她才不屑于这么做呢。

我记得就在第二天午饭后，弗里思将咖啡送进藏书室后，没有马上离开，而是在迈克西姆身后转来转去，过了一会才说：

"老爷，我能跟您谈件事吗？"迈克西姆将目光从报纸上移开，抬头看了他一眼。

"行啊，弗里思，什么事？"他说，感到几分意外。弗里思绷着脸，噘着嘴。我即刻想到，会不会是他老婆死了。

第十二章

"老爷,是关于罗伯特的事儿。他和丹弗斯太太之间产生了点矛盾。罗伯特心里很难过。"

"哦,老天爷!"迈克西姆朝我扮了个鬼脸。我弯下身去抚摸杰斯珀,这是我发窘时必有的习惯动作。

"是的,老爷。事情大概是这样的:丹弗斯太太指责罗伯特私藏了晨室里一件值钱的摆设,因为给晨室送花、插花是罗伯特分内的差使。今天早晨丹弗斯太太走进晨室时,鲜花已插在花瓶里,她注意到一件摆设不见了。她说昨天明明还在的。她指着罗伯特的鼻子说,不是他擅自拿了摆设,就是打碎后把碎片藏了起来。罗伯特矢口否认干过这样的事。他来找我,急得简直要哭了。老爷,也许您注意到午餐时他有些不大对劲了吧。"

"难怪他给我端上肉片时没给我盘子,"迈克西姆咕哝着,"想不到罗伯特神经这么脆弱。唔,我看这事可能是别人干的。怕是哪个女仆干的吧。"

"不,老爷。丹弗斯太太走进晨室时,女仆还没进去打扫房间。打昨儿太太离开后就没人进去过,而罗伯特又是今天第一个往屋里送花的。老爷,出了这事儿,罗伯特和我都很难堪!"

"是啊,面子上不好看。这样吧,去把丹弗斯太太叫来,咱们把事情弄个水落石出。噢,究竟是哪件小摆设?"

"那尊爱神瓷像,老爷,就是放在写字桌上的那尊。"

"啊哟,老天。那可是我家的一件宝贝,是不?必须得把它找出来。立刻把丹弗斯太太找来。"

"再好不过了,老爷。"

弗里思走了,房间里又只剩下我们两个。"实在烦人,"迈克西姆说,"那尊爱神瓷像还真值钱呢。再说,我最头痛看到仆人们吵架。真不明白,他们干吗来找我解决。这种事该由你管,我亲爱的。"

我抬起头来,不再看杰斯珀,脸红得像火烧。"亲爱的,"我说,"我早想告诉你,可是——可是我却忘了。事实上,那尊瓷像是我昨天在晨室时打碎的。"

"你打碎的?那你刚才在弗里思面前干吗不这么说呢?"

"我也不知道。我不想这么做,我怕他会拿我当傻瓜看。"

135

"这回他才真会拿你当大傻瓜看呢。现在你可得把事情向他和丹弗斯太太讲清楚。"

"哦,不要,别这样,迈克西姆,还是你对他们说吧。让我上楼去吧。"

"别犯傻。谁都会以为你怕他们哪。"

"我还真有点怕他们。不害怕,那至少也……"

门开了,弗里思领着丹弗斯太太进来了。我神色紧张地望着迈克西姆,他耸耸肩,既感到事情有趣,又露出几分愠色。

"丹弗斯太太,完全是一场误会。看来是德温特夫人自己把瓷瓶打碎了,后来就压根儿把这事给忘啦。"迈克西姆说。

大家的目光都集中在我身上,使我再次感到自己是个做了错事的孩子。我感到脸上依然火辣辣的。"对不起,"我望着丹弗斯太太说,"没想到结果给罗伯特带来了麻烦。"

"太太,那件摆设还能修复吗?"丹弗斯太太说。罪魁祸首的竟是我,对此她似乎并不感到意外,那张惨白的骷髅脸冲着我,那对黑眼珠紧盯在我身上。我觉得她可能早知道祸是我闯的,而她责怪罗伯特的原因,不过是为了看看我是否有胆量站出来承认。

"怕不行了,"我说,"已经摔得粉碎。"

"那你是如何处理那些碎片的呢?"迈克西姆问我。

这情景倒像是逼着罪犯供出作案的罪证来。我的所作所为连自己也觉得太渺小,太有失体面。

"我把碎片装进了一只信封。"我说。

"那你又是怎样处理那只信封的呢?"迈克西姆一面点烟一面说,那口吻既像在开玩笑,又含几分怒气。

"我把它放在写字桌的抽屉里边。"我说。

"瞧德温特夫人那副模样,好像你会把她送进监牢似的,丹弗斯太太,对不?"迈克西姆说,"你是不是去把信封找出来,把碎片送到伦敦去。如果碎得太厉害没法修补,那也就没办法了。好吧,弗里思,告诉罗伯特,叫他把眼泪擦干,别哭啦。"

弗里思走了,丹弗斯太太还赖着没动。"我当然要向罗伯特道歉,"她说,"可是从迹象来看真像是他干的。我没想到那尊瓷像会是德温特夫

第十二章

人自己打碎的。要是今后再有类似的事情发生,德温特夫人是不是可以亲口对我讲明,这样我可以把事情处理得妥当些?也可以减免许多不必要的误会。"

"这是自然,"迈克西姆不耐烦地说,"我不明白她昨天为什么不这么做。你进来的时候,我正想这么对她说呢。"

这件摆设价值昂贵,或许德温特夫人并不了解吧。"丹弗斯太太说着,又把视线转向我。

"不,我知道的,"我可怜巴巴地说,"我担心那是很值钱的玩意儿,所以我才会很小心地把碎片全都收起来。"

"而且还把它们藏在抽屉的里边,藏在没人找得到的地方,嗯?"迈克西姆呵呵一笑,还耸了耸肩,"只有小丫头才干得出这种事,丹弗斯太太,你说呢?"

"老爷,曼德里的小丫头是从来不许碰晨室里那些贵重的陈设的。"丹弗斯太太回答说。

"是啊,你当然不允许她们碰这些东西。"迈克西姆说。

"这件事太不幸了,"丹弗斯太太接着说,"我想以前晨室里从未发生过打碎东西的事儿。我们总是小心翼翼地对待那儿的每一件东西。那里的灰尘向来是由我亲自掸拂——我是说从去年开始。我对谁也不放心。德温特夫人在世时,那儿的贵重摆设总是由我俩一起拾掇的。"

"可不是?唔——事情已经发生,难以挽回了。"迈克西姆说,"就这样吧,丹弗斯太太。"

她走了出去。我坐在靠窗座位上,看着窗外,迈克西姆重新捡起报纸。我们谁也没说话。

"真对不起,亲爱的,"过了一会儿,我说,"我太不小心了。我自己也不知道怎么搞的。我只是把那些书排在书桌上,看看它们竖稳了没有,谁知爱神瓷像就这么倒了下来。"

"宝贝儿,忘了这件事吧,这没有关系的。"

"当然有关系。我应该当心些才是。丹弗斯太太对我一定恼火极了。"

"她生哪门子气,她为什么要恼火?又不是她的瓷器。"

"东西虽然不是她的,可是却让她感到自豪。想到那儿以前还没打碎

137

过什么东西，真叫人难受。竟是我开了这个先例。"

"是你打碎的总比让罗伯特倒霉好。"

"我真希望是罗伯特打碎的。这一来，丹弗斯太太再也不会原谅我了。"

"去他妈的丹弗斯太太，"迈克西姆说，"难道她是万能的主？你简直叫人难以理解。你说你怕她，这是什么意思？"

"我并不是说真的怕她，我很少见到她。究竟怎么回事，连我自己也说不明白。"

迈克西姆说："你的做法有多奇怪，打碎了东西干吗不把她找来，冲着她说：'喂，丹弗斯太太，把这拿去修补一下。'你这么一说，她倒会谅解的。可你呢，反而把碎片一块一块弄进信封，还把它们藏在抽屉里边。我刚才就说过，这简直是家里丫头的举动，一点儿也不像个女主人。"

"我的确像个丫头，"我一字一句地说，"我知道自己在好多方面都像个丫头。这就是为什么我和克拉丽斯有那么多共同点的缘故。我俩地位相当，而这也是她喜欢我的原因。前几天我去看她母亲，你猜她母亲说什么？我问她克拉丽斯跟我们在一起是否觉得快活，她说：'哦，那还用说，德温特夫人。看来克拉丽斯挺快活哪。她对我说：妈，不像跟一位阔太太在一起，倒像是跟咱们自家人在一起呢。'你觉得她这话算是恭维，还是含有别的意思？"

"谁知道，"迈克西姆回答说，"不过想到这话出自克拉丽斯母亲之口，我认为那是一种当面的侮辱。她的小屋经常乱七八糟，还发出一阵阵煮白菜的怪味。从前那阵子，她的九个孩子都还不满十一岁，她自己呢，老是用袜子裹着头，光着脚丫子，在院子那头的一块地里溜达瞎忙。我们差点儿没把她辞退。没想到克拉丽斯竟出落得如此眉清目秀，干干净净。"

"她一直住在姑妈家，"我说，同时心里感到很不是滋味，"我知道我那条法兰绒裙子前片的下摆上有块污渍，可我还从来没有头裹袜子、光着脚板走路呢。也许正是这个缘故，我才宁愿去看望克拉丽斯的母亲，而不想上主教夫人那类上流人家做客吧。"我接着说，"主教夫人可从来没说过我像他们自己人。"

"如果你到她家做客时穿着那条邋遢裙子，她若把你当自己人那才叫怪呢。"迈克西姆说。

第十二章

"我上回去拜访她,当然没穿着那条旧裙子,而是穿了件外套,"我说,"总而言之,我觉得那种只看衣着的人,自己也没什么可取之处。"

"我可不认为主教夫人怎么看重衣着,"迈克西姆说,"不过,要是她看到你只敢坐在椅子外圈的边沿,只知回答'是'和'不是',像个找工作的小妞似的,她倒可能不胜诧异。我们两人在一起只做过唯一一次回拜,当时你就是那副神态。"

"我在生人面前没法不感到忸怩。"

"这我可以理解,亲爱的。可你就是不想努力加以克服。"

"你这么说未免太冤枉人了,"我反驳道,"现在每天,每逢外出或是接待来客,我一直努力克服怯生的羞态,总是尽量显得大方些。你不理解,这对你来说丝毫不成问题,你对这种事儿已习以为常,而我呢,可没有受过这方面的教养。"

"乱弹琴,"迈克西姆说,"这根本不像你所说的是什么教养的问题,而主要在于自己的努力。你总不至于以为我喜欢出门做客吧?这种事真叫人腻烦透了。可是再怎么不愿意也得硬着头皮去应付,在这个圈子里就只能这样。"

"我们谈论的事情和腻烦没有关系,"我说,"感到厌烦的时候,就没有什么好害怕的。如果我只是感到腻烦,事情就不一样了。我讨厌被别人不停地上下打量,就好像我是一头待估价的母牛。"

"谁上下打量你了?"

"这儿的所有人。没一个例外。"

"就算这样,那又有什么关系呢?这会给他们增添点生活的乐趣。"

"我干吗非得充当给别人增添乐趣的角色,任人评头论足呢?"

"因为这一带,唯有曼德里发生的事儿才能引起人们的兴趣。"

"我在他们眼中一定是个笑话。"

迈克西姆不再回答我,回过头去继续读报。

"我在他们眼中一定是个大笑话,"我重复了一遍,又往下说,"这或许是你和我结婚的原因吧。你知道我这个人呆板无趣,不爱讲话,又没见过世面,所以这儿的人就不屑地对我蜚短流长了。"

迈克西姆把报纸往地上一摔,猛地从椅子上站起,"你这话是什么意

139

思？"他责问道。

他的脸色阴沉得异样，语气粗暴，绝非他平时说话的口气。

"我——我自己也不知道，"说着，我身子往后一靠，倚在窗子上，"我这话没别的意思。你干吗要这副模样？"

"你在这儿听到了些什么闲言碎语？"他说。

"什么也没听到。"我说。他望着我的那副神情真叫人害怕。"我这么说是因为——因为要找点话说说。别这么看着我，迈克西姆，我究竟说了些什么啦？究竟怎么回事？"

"这阵子有人跟你嚼舌根了？"他慢腾腾地说。

"没人，谁也没有。"

"那你刚才干吗要那么说？"

"我对你说了，我自己也不知道。我正好想到这些，就脱口说了。我刚才恼火，发脾气了。我实在讨厌到那些人家里作客，这种情绪是无法控制的，你还要责怪我怯生怕羞。我又不是存心那样的，真的，迈克西姆，我不是故意的。请相信我吧。"

"说那些话，可不怎么太悦耳动听，是吗？"他说。

"是的，"我说，"是的，既唐突，又叫人讨厌。"

他郁郁不乐地凝视着我，双手插在口袋里，把身子重量压在脚跟上前后摆动。"我怀疑自己娶你，是不是干了件极其自私的事。"他慢条斯理地说，若有所思。

我感到一股寒气直透心窝，心里很不是滋味。"你这话是什么意思？"我问。

"我对你可不是个好伴侣，是吗？"他说，"我俩年龄悬殊。你应该再等等，设法嫁个同你年龄相仿的小伙子，而不是嫁给一个像我这样已虚度半生的家伙。"

"真是无稽之谈，"我赶紧接着说，"你知道，年龄对于婚姻而言，是无足轻重的。我俩当然是风雨同舟的终生伴侣。"

"是吗？这我可不知道。"他说。

我跪在椅座上，伸手搂住他的肩膀。"你干嘛要对我说这些呢？"我说，"你知道我爱你甚于世上的一切。除了你，我什么亲人也没有。你是我的父亲,我的兄长,我的儿子。你是我的一切。"

可我的话他并没听进去,他自顾自地说:"这都是我不好,是我催得你太紧,没让你有机会好好考虑一下。"

"我用不着考虑,"我说,"没有什么好选择的。迈克西姆,你不理解,要是一个人爱上了谁……"

"你在这儿生活感到快乐吗?"他把目光从我身上移开,凝望窗外,"有时候我不免怀疑。近来你人消瘦了,脸色也不好。"

"我当然很快乐。"我说,"我爱曼德里,我爱这花园,我爱这儿的一切。要我去拜访别人我也不在乎,我刚才所说的那些只不过是气话。只要你吩咐,我可以天天出门去作客。随便做什么我都不在乎。我从未后悔嫁给你,一分钟也没有。这点我不说想必你也知道。"

他带着那种骇人的迷惘神情,轻轻拍了拍我的腮帮子,弯下身,在我头顶上吻了一下。"可怜的小羊羔,你没享受到多大乐趣吧?我这个人恐怕很难相处。"

"一点也不难相处,"我急切地说,"你是那么平易、亲切,和你相处比我想象的要容易得多。我一向以为结了婚,生活就糟糕透啦,丈夫要纵酒,满嘴粗话,见早餐桌上的吐司没烤好,就要连声抱怨,总而言之,很难说得上有任何动人之处,说不定身上还有一股难闻的怪味。而你全然不是这种模样。"

"我的老天,但愿我不是这样。"迈克西姆说着,脸上露出了笑容。

趁他微笑的当儿,我也微微一笑,拿起他的手吻了一下。"说我俩不是情投意合的生活伴侣,有多荒唐,"我说,"不信你瞧,咱俩每天晚上都坐在这儿,你看书读报,而我呢,就在你身边织毛线,多么和谐。我们简直像一对已经白头偕老的恩爱夫妻。我们当然是天造地设的一对。我们当然是快活的。可是听你说起来,好像我们做了什么错误决定似的。迈克西姆,你没有这个意思,是吗?你知道我们的婚姻是美满的,真可以说是天赐良缘,难道不是吗?"

"要是你这么说,那就好啦。"他说。

"不单是我,你也是这么想的,是吧,亲爱的?这不单是我一个人的想法吧?我们很快活,是吧?非常非常快活。"

他没有回答我。他的眼睛还是凝望窗外。我握着他的双手,感到嗓门干涩,简直透不过气来,眼睛也火辣辣的。我心想,天哪,我们俩好像是在台上演戏,过一会儿就要落幕,我俩将朝观众鞠躬,然后走下舞台卸装。这绝不可能是迈克西姆和我真实生活中的一个瞬间!我又在临窗座位上坐下,放开他的双手。我听到自己用一种冷若冰霜的声调说:"如果你真的觉得我们生活得不愉快,那就直说好了。我并不希望你言不由衷。我宁可走开,不再跟你在一起生活。"这并非我的真心话,这是舞台上那个姑娘的台词,而不是我对迈克西姆说的真心话。我在暗自勾勒那个角色该由什么样的姑娘来扮演,她应该有高高的个儿,苗条的身材,性格勇敢,无所畏惧。

"嗳,你干吗不回答我呢?"我说。

他双手捧着我的脸,望着我,我想起我们去海滩的那天,弗里思送茶进来时,他也曾像现在这样。

"叫我怎么回答你呢?"他说,"连我自己也搞不清楚。如果你说我们是快活的,那就别再往下说啦。这事我实在说不上来。我相信你的话。我们真的很快活。这不就好了?我们看法一致了。"他又吻了我一下,走到房间的那头。我还是直挺挺地坐在窗旁,双手揣在怀里。

"你这么说是因为你对我失望了,"我又说,"我这个人不善交际,手足无措,不懂衣着打扮,见了生人又欠落落大方。我在蒙特卡洛就曾提醒过你日后会出现什么情况,如今你倒嫌我同曼德里的气派格格不入了。"

"别胡扯,"他说,"我可从来没说过你衣着打扮不在行,或是不善交际。这都是你自己胡思乱想。至于怯生嘛,我已对你说过了,你会克服的。"

"我们争论来争论去,"我说,"还是兜了个圈子回到原处。说到底,我打碎了那尊爱神瓷像才会引起这场风波的。要不然,就根本没这回事,说不定这时我们已喝完咖啡,到花园里散步去了。"

"噢,让那该死的瓷像见鬼去吧!"迈克西姆不耐烦地说,"那玩意儿是不是摔得粉碎,难道你真以为我在乎吗?"

"那不是价值连城的古玩吗?"

"谁知道呢。应该是吧。我实在记不起来了。"

第十二章

"晨室里的摆设是不是都很贵重？"

"可能是吧。"

"为什么家里的贵重物品全摆在晨室里？"

"我不知道，也许因为那些玩意儿摆在那儿很合适。"

"一直以来那些摆设就放在那儿的吗？你母亲在世时就在那儿了？"

"不，不，我想不是的。它们原先分散在宅子各处。那几把椅子我记得原是放在杂物房里的。"

"晨室是什么时候布置成现在这个样子的？"

"在我结婚的时候。"

"那么爱神瓷像是在那时候放在那屋里的？"

"是这样吧。"

"也是从杂物房里找出来的吗？"

"不，我想不是的。这个嘛，实际上我记得是件结婚礼品。丽贝卡对瓷器很在行。"

我没有朝他看，开始修锉起指甲来。他提到那个名字时竟是那么自然，那么镇静，口气是那么轻松。过了一会儿，我飞快瞥了他一眼，看见他站在壁炉旁，双手插在口袋里，眼睛直盯着前方。我暗自说，他是在想丽贝卡。他在想，多奇怪的机缘，我的结婚礼品竟毁了丽贝卡的结婚礼品。他在想那尊瓷像，回想是谁送给丽贝卡的。他在脑海中重温收到邮包时的情景。丽贝卡如何兴高采烈。她对瓷器很精通。也许她跪在地上，撬开那只装瓷像的小匣子，这时他走了进来。她一定是抬起头，微笑着看了他一眼。"你瞧，迈克斯，"她一定会这么说，"你看这次礼物是什么！"说着就把手伸进刨花填料中，拿出一具以单腿站立的、手持弓箭的爱神塑像。"我们把它放在晨室里吧。"她一定是这么说的，而他呢，也在她身旁跪下来，于是两人一起赏玩那尊爱神。

我还是一个劲儿修锉自己的指甲。指甲难看得不成样子，简直就如同一个小学男生的指甲。指甲根处的表皮长过了头，不再呈半月形。拇指甲几乎被咬得陷进肉里。我朝迈克西姆看了一眼，他仍站在壁炉前。

"你在想什么？"我问。

我的声音沉着而冷静，然而，心儿在胸口怦怦乱跳，脑海中苦恨交加的思潮起伏不已。他点了一支烟,尽管我们刚用过午饭,可他已在抽那天的第二十五支烟了;他把火柴扔到空荡荡的炉膛里,然后捡起报纸。

"什么也没想。怎么啦?"他说。

"哦,我也不知道,"我说,"你神情那么严肃,那么恍惚。"

他漫不经心地吹起口哨,夹在他手指缝里的那支烟卷被夹得变了形。"实际上我不过在想,他们是否会选中塞雷板球队,让他们在奥佛尔球场上和中塞克思队交锋。"他说。

他重新在椅子上坐定,折起报纸。我转脸朝窗外望去。不多一会,杰斯珀向我跑来,爬上我的膝头。

第十三章

六月底迈克西姆要去伦敦赴社交宴会。那是涉及本郡公务的一次宴会，只有男宾出席。他离家两天，让我独自留在庄园里。我很担心这次出门他会遇到什么意外事件。当他的座车渐渐消失在车道拐弯处时，我似乎感到他这次将永远离我而去，我们再也无法相见了。我指的自然是一场车祸，仿佛下午当我散步回来时，就会见到吓得脸色发白的弗里思正在那儿等着告诉我噩耗，说某个乡村医院的医生已经来过电话。"您一定得鼓起极大的勇气来，"他会这么说，"您恐怕得准备好承受巨大的打击。"

不一会儿弗兰克闻讯而来，陪着我一起去医院。迈克西姆已认不出我来。我就这么坐在午餐桌前，胡乱地想着这一幕幕的情景。我想象有许多本地人士来参加葬礼，在教堂墓地的四周围聚着，我自己则倚傍着弗兰克的手臂。在我看来这一切是如此真切，以致餐桌上的饭菜我一点也没碰，而且一直竖起耳朵，惟恐错漏了电话铃声。

下午，我坐在花园的栗子树下，膝上搁着一本书，可我根本读不进去。我一看到罗伯特穿过草坪走来，心想肯定有电话来啦，霎时间感到一阵晕眩。"太太，俱乐部来电话，说是德温特先生十分钟前已到了那儿。"

我合上书。"谢谢你，罗伯特。他这么快就到啦。"

"是啊，太太。一路挺顺利。"

"他有没有要我接电话，或者留下什么特别的口信？"

"没有，太太。只是说他已平安到达。电话是那儿的门房打来的。"

"知道了，罗伯特。多谢你了。"

我心里感到一阵轻松，晕眩欲吐的感觉顿时消失。心头的疑惧豁然开

释，好似横渡过海峡安然抵达彼岸一般。我突然感到饿极了，所以一等到罗伯特回到房间，就立刻爬过长窗，溜进餐厅，从食品柜里偷了些饼干。一共六块，是巴斯—奥利弗牌的。接着我又顺手拿了个苹果。没想到我会饿成这样。我走到林子里才开始大嚼起来，生怕在草坪上吃会被窗口的仆人瞧见，那样一来，他们会到厨师面前搬弄口舌，说什么刚刚看见德温特夫人用饼干和水果填肚子来着，想必是不喜欢厨房里做的饭菜。厨师当然就不高兴啦，说不定还会到丹弗斯太太面前抱怨几句呢。

想到迈克西姆已平安抵达伦敦，再加上把那几块饼干吞进了肚子，我心里感到十分舒畅和快活。一种无拘无束的自由感在心头油然而生，大有无牵无挂一身轻的味道，就好像是孩提时代度周末，既不用上课，也不要预习，想干什么就干什么；可以套条旧裙子，穿双帆布鞋，跟邻屋小朋友在附近公共草地上一起玩"猎犬追野兔"的游戏。

我当时的感觉正是这样。来曼德里后我还从来没有过这样的感觉。这或许是因为迈克西姆到伦敦而不在身边的缘故吧。

自己竟产生了这种大不敬的念头，为此我颇为吃惊。真想不通这是怎么回事。我不希望他离开我，而现在却这么轻松愉快、步履轻盈，情不自禁地要像孩子那样，连蹦带跳地穿过草地，连滚带爬翻身下坡。我抹去嘴上的饼干屑，大声呼唤杰斯珀。哦，我之所以有这种感觉，也许只因为这是个阳光明媚的日子吧。

我们走向海湾。穿过幸福谷时，我看到杜鹃花已然凋零，青苔地上四处散落着它那皱曲的褐色残花。风信子花尚未凋零，在山谷尽头处的林子里铺下一层厚实的绒毯，时而还有一些卷曲嫩绿的羊齿草从花丛间冒出来。苔藓溢出阵阵深沉的浓香；风信子花飘散着带点苦涩的泥土味。我躺在风信子花旁的茂密草丛中，头枕着手掌，杰斯珀守在我身边。它气喘吁吁地望着我，样子傻乎乎的，唾液沿着舌头和肥厚的下颚往下滴。林中某处枝头憩息着几只鸽子。四周一片恬静宁谧。同是一个环境，而当你一人独处其中时，竟会变得如此可爱，真让我大惑不解。这时候要是有个朋友，旧日的同窗，坐在我身旁说个没完："喂，知道吗，前几天我遇到老同学希尔达啦。你还记得她吗？就是那个打得一手好网球的同学。她已经结婚，有了两个孩子。"这该多无聊乏味，多煞风景。你就无心欣赏身旁

第十三章

的风信子花,也没法侧耳谛听头上鸽子的咕鸣。我现在不愿有人在我身边,无论是谁,甚至包括迈克西姆。要是迈克西姆在我身边,我就不会像现在这么躺着,闭目养神,嘴里还嚼着一根青草。我一定是在一旁察言观色,留意他的眼神和表情,心中暗自揣摩,这合他的心意呢还是让他感到烦腻,还得不时猜测他在想些什么。可是我现在完全没有操心的必要,可以就这么躺着,真是舒服自在。迈克西姆这会儿在伦敦。以后要是还能子身独处,那该有多美!喔,不,我说的不是真的。这种邪念是对爱情的背弃!我说的不是那个意思。迈克西姆是我的生命,我的一切。我从风信子花丛中站起身来,朝杰斯珀厉声吆喝。我们一块儿出了林子,沿山谷向海滩走去。这时正好是退潮,大海宁静而遥远。那边的海湾宛若平滑如镜的浩瀚湖面。望着此刻的大海,怎能想象出它汹涌咆哮的情景,正如置身于炎夏之中怎能想象寒冬的萧瑟?周围没有一丝风,灿烂的阳光洒在轻轻拍岸的海水上;海水漫入礁石之中,形成一泓泓漩水洼。杰斯珀一溜烟爬上礁岩,扭头瞥了我一眼,一只耳朵往后耷拉在脑袋上,怪模怪样,十分调皮。

"杰斯珀,别到那边去。"我说。

它当然不听我的话,放开步子便往那边跑。"这个捣蛋鬼。"我说出声来,接着也纵身翻上礁岩,去追赶杰斯珀,似乎并非我自己有意要闯到另一侧海滩去的。"唔,可不是?"我暗自嘀咕,"实在没法子。管它呢,迈克西姆又不在这儿。这总不能怪我啊!"

我踩着礁石间的水洼,哼着小调向前走。退了潮的小海湾,看起来与涨潮时不一样,不再那么令人望而生畏,狭小的港湾里海水大约只有三英尺深。我想,在这平静的浅水中驾起轻舟,随波荡漾,确是够逍遥的。浮筒还在老地方。上面漆着的是绿白两种颜色,这我上回可没有注意到。也许是由于那几天雨下个不停,色彩不甚清晰。海滩上看不到一个人。我脚踩圆卵石,来到海湾的另一侧,爬上防波堤的石砌堤壁。杰斯珀在前面跑着,仿佛是一匹识途的老马。堤壁上安着一只环,一架铁梯自上而下伸入水中。或许那皮筏就曾拴在这儿,而游人也是借这架铁梯上筏子的。浮筒就在对面三十英尺的地方,上面还写着什么。我侧过身,伸长脖子看上面的字:"Je Reviens"。这名字真是有趣。这不像是一般的船名。不过那艘船原先也许是艘法国捕鱼船吧,渔船有时倒是起那种名字的,什么"平

147

安归来"啦,"我还安在"啦,等等。"Je Reviens"——"我归来"。不错,这是个挺吉祥的船名,可惜用在那条船上并不恰当,因为它一去不复返啦。

假若越过海岬处的灯塔,在那边的海湾航行,一定寒气逼人。这儿的海水平静如镜,可是那边海岬处,即使像今天这样风和日丽,潮水也在翻滚奔腾,水面卷起一层白色的碎浪。一旦小船绕过海角,驶出陆地环抱的海湾,就得任由风浪摆布,东倒西歪。也许海水会哗哗地扑上船来,在甲板上漫溢横流。手扶舵柄的驾船者或许会拭去溅在她眼睑和头发上的水花,抬头向那紧绷的风帆扫一眼。不知道那艘小船漆的是什么颜色,说不定也是绿白双色,和那个浮筒一样。记得弗兰克曾告诉过我,船上有个小船舱,船身也并不太大。

杰斯珀嗅着那架铁梯子。"走吧,"我说,"我可不想再跟着你转了。"我沿着港湾的堤壁走回海滩。林子边上的那座小屋显得不像上一次那么遥远,那么森然可怕。是太阳造成了这种变化。今天,没有淅沥的雨点打在屋顶上。我顺着海滩朝小屋漫步走去。说到底,那不过是座普通的小屋,里边又没住人,没什么好害怕的。不论什么地方,只要有一段时间没人住,总会显得潮湿、阴森,连新盖的平房和别墅也不例外。况且,他们还在这儿举行过月夜聚餐之类的娱乐活动。周末来客也许常来这儿游泳遣兴,然后乘船在海面上兜风巡游。我站定身子,打量了一番屋前那座无人照看的爬满荨麻的庭园。得派人,派个园丁来清理清理。不该把它丢在一边,荒芜成这般模样。我推开庭园的小门,走到屋子门前。屋门虚掩着。我清楚地记得,上回我是把门关严的。杰斯珀吠叫起来,把鼻子凑在门沿下一个劲儿嗅着。

"别这样,杰斯珀。"我说。它还是死劲儿嗅个不停,把鼻子探进门框里。我推开门,朝里边张望。屋里还是像上次那样黑洞洞的,一切依然如旧。蜘蛛网依然挂在船模的索具上。不过,屋子尽头那扇通向船库贮藏室的门却开着。杰斯珀又汪汪大叫起来,贮藏室里扑通一声,似乎有什么东西掉在地上。杰斯珀狂吠着从我胯下窜入屋内,随即朝洞开着的贮藏室门猛扑过去。我跟在它后面朝里走了几步,然后犹豫不决地站在屋子中央,心儿怦怦直跳。"杰斯珀,回来,别像个傻瓜。"我喝道。它仍站在

第十三章

门口，狂怒地吠叫不停，声音近乎歇斯底里，贮藏室里一定有什么东西。不像是耗子，否则，狗一定早扑上去了。"杰斯珀，杰斯珀，过来。"我说。可是它不肯过来。我提起脚步慢慢朝贮藏室门口走去。

"里面有人吗？"我问。

没有回答。我弯下身，把手按在杰斯珀的颈圈上，从门边探头向里张望。有个人坐在屋角里，身子靠着墙。瞧他那缩成一团的模样，似乎比我更胆战心惊。原来是本。他想把身子藏到一张船帆的后面去。"怎么回事？你想干什么？"我对他说。他傻乎乎地朝我眨巴着眼睛，嘴巴微微张开。

"我什么也没干。"他说。

"安静下来，杰斯珀。"我一面呵责，一面用手捂住它的口鼻；我解开自己的皮带，穿进颈圈将狗牵住。

"本，你想要什么？"我又问了一声，这回胆子壮了些。

他没作声，只是用他那双白痴般的眼睛盯着我看。

"我看你最好还是出去，"我说，"德温特先生不喜欢有人到这屋子里走动。"

他摇摇晃晃地站起身子，鬼头鬼脑地咧嘴傻笑，还用手背擦了擦鼻子。他的另一只手始终藏在背后。"本，你手里拿着什么？"我说。他像孩子似的乖乖把另一只手伸给我看。他手里拿的是一根鱼线。"我没干什么。"他又咕哝了一遍。

"这根钓丝是这儿的吗？"我说。

"嗯？"他说。

"听着，本，"我说，"你想要这根鱼线，就拿去吧。不过以后可别再拿了。拿人家的东西，不是诚实人干的。"

他没吭声，光是朝我眨巴着眼睛，不安地扭动身子。

"跟我来。"我口气十分坚决。

他跟着我走回大房间。杰斯珀已停止了狂吠，只顾嗅着本的脚后跟。我不想在这屋里再待下去，快步走出屋子，来到阳光下，本拖着脚步，跟在我后面。我随手把门带上。

"你还是回家去吧。"我对本说。

他把钓丝当宝贝似的攥在胸口。"你不会把我送到疯人院去的吧？"

他问。

这时我才看到他害怕得浑身直打哆嗦。他双手颤抖,像哑巴似的死死盯着我,目光中流露出哀求之意。

"当然不会。"我温和地说。

"我没干什么呀,"他又说了一遍,"我没有对谁说过。我不想被送进疯人院。"一滴眼泪顺着肮脏的腮帮子落下。

"好的,本,"我说,"没人会撵你走的。不过,你以后可不要再上那间屋子去了。"

我转身走开。他又追了上来。一下子抓住我的手。

"来,来,"他说,"我有样东西给你。"

他傻笑着。他伸出手指朝我一招,随后转身向海滩走去。我跟着他走过去,看他弯腰把礁石边的一块扁石头搬开。石块下有一小堆贝壳。他挑了一颗递给我。"这是给你的。"他说。

"谢谢,真漂亮。"我说。

他又咧嘴笑了,还不住地抓耳挠腮,刚才的恐惧全没了。"你长着天使一般的眼睛。"他说。

我心里一惊,又低下头望着那颗贝壳,一时不知该说什么是好。

"你可不像另一位。"他说。

"你说的是谁?"我问,"什么另外一位?"

他摇了摇头,目光又显得躲躲闪闪。他伸出手指,搁在鼻子上。"她个儿挺高,皮肤黑黑的,"他说,"她真让人觉得是条蛇呢。我在这儿亲眼看到过她。到了晚上她就来了。我看到过她的。"他停了停,目不转睛地瞅着我。我沉默不语。"有一回,我朝屋里看,瞧见了她,"他继续说,"她冲着我发火了。她说:'你不认识我,对吗?你从没在这儿看到过我,以后再也不会看到我。要是我以后再发现你在窗口偷看,我就让人把你送到疯人院去。'她又说:'你是不想去的,是吗?疯人院那儿待人可凶呢。'我说:'我什么也不说,太太。'我还这样碰了碰我的帽子呢。"他拉了拉头上那顶防雨布做的水手帽,"现在她去了,是不是?"他焦急地问。

"我不知道你在说谁,"我慢腾腾地说,"没人会送你进疯人院的。

150

第十三章

再见吧，本。"

我转过身子，牵着杰斯珀沿海滩走上小路。可怜的家伙，谁都看得出他有些痴呆，语无伦次。谁会拿疯人院来吓唬他这样的人呢？好像不大可能。迈克西姆和弗兰克都说过他是个傻子，不会惹什么事的。也许是他曾听到家里人议论过他的情况，从此这些话一直留在他脑子里了，就像一幅丑陋的图画，会始终萦绕在孩子的记忆里那样。在个人好恶的问题上，他的智力也同孩子差不多，他会毫无理由地喜欢某个人，今天和你好得什么似的，可明天又会拉长脸生你的气。他对我友好，无非是因为我说他可以留着那根鱼线。到了明天再碰见他，说不定他就忘掉我是谁了。拿白痴的话当真，实在荒唐可笑。我扭头又瞥了海湾一眼。那儿潮水已经开始涨起来了，海水慢慢地在港口防波堤四周激起漩涡。本已翻过礁石走了，海滩上又空无人影。我从黑黝黝的树丛缺口处刚好看到小屋顶上的石砌烟囱。不知怎么的，我突然想拔腿就跑。我牵着扣在杰斯珀颈圈上的皮带，气喘吁吁地沿着陡峭的小径，穿过林子，头也不回地往前奔跑。即使是给我世界上所有的珍宝，我也不愿再回那小屋或海滩去。好像有谁守候在那荨麻丛生的小庭园里，那人一直在注视着我，听着我说话。

我和杰斯珀一起飞快奔跑。它汪汪狂叫不止，以为是在玩一种新鲜的游戏，所以总是试着去咬那根牵扯它的皮带，想一口把它咬断。以前我从没有注意到这儿的树竟长得这么密，一株紧挨着一株，暴突的树根，像卷须似的伸过路面，存心想把人绊倒在地。我跑得喘不过气来，心想，迈克西姆怎么也不让人清理一下这个地方呢？这些灌木丛低矮而蓬乱，没有丝毫美感，根本没有必要存在。该把那些盘根错节的灌木丛全都砍掉，让阳光照射到小径上来。这儿黑乎乎的，实在太昏暗了。那株桉树光秃秃的，已被荆棘缠得喘不过气来，看着像一具漂白过的骷髅肢体，树身底下有一条混浊发黑的小溪流过，溪流几乎快被成年累月雨水冲积的泥浆堵死，这会儿正分成涓涓细流无声无息地往下面的海滩缓缓淌去。在这儿鸟儿也不像在山谷里那样婉转啼鸣。周围十分静寂，静得不同寻常。我这么喘着气在小道上奔跑，耳边传来潮水涌入海湾时的阵阵涛声。我这才知道迈克西姆为什么不喜欢这条小径，不喜欢这个海湾。我也不喜欢。我居然跑到这儿来了，简直是十足的傻瓜。我应该在那边的海滩上待着，在那片白色的

圆卵石上散步，随后从幸福谷回家。

我总算走出树林到了草坪上，望见屹立在开阔地上的那幢坚实牢固的大宅，心头一阵喜悦。树林已撇在身后。我要叫罗伯特把茶点送到栗子树下面来。我看了看表，还不到四点，比我想象的要早呢。我还得稍等一会儿。按曼德里的规矩，不到四点半是不用茶点的。幸亏弗里思今天出去了，让罗伯特把茶点摆到外面花园里来，他倒不至于考究什么仪式。正当我信步穿过草坪，走近平台时，车道拐弯处的石楠绿叶丛中忽然射出一道强光，在我眼前一晃，那是太阳照在金属物体上的反光，我用手遮光，看看究竟是什么。好像是汽车上的散热器。我心想是不是来客了。不过，有客人来，他们也总是把车子直接开到屋子跟前，不会像现在这样，让车子远远地停在屋子的车道转弯角上，而且藏在灌木丛里。我走近几步。没错，是辆汽车。我现在可以看到汽车上的挡泥板，还有车篷。这事多奇怪啊！一般的客人从来不这么干。商人们也总是绕过旧马厩和车库，从后面进来的。这不是弗兰克的莫里斯轿车，他那辆车我已很熟悉，而我眼前的却是一辆又长又低的轻型汽车。我不知道如何是好。假如真的来了客人，罗伯特肯定已经把客人领到客厅或藏书室去了。而如果是领进了客厅，那我穿过草地时就会被他们看到。我现在这身打扮可不想见客。我还得留客人用茶点。我不知该怎么办，犹豫不决，在草地上徘徊不前。不知是什么缘故，可能是由于阳光在玻璃窗上忽地一闪吧，我无意间抬头朝屋子看了一眼。奇怪，就在我抬头张望的那一刹那，我注意到西厢房间有一扇百叶窗打开了。有人站在窗前，那是个男子。他一定也看到了我，因为他慌忙将身子缩了回去，而他背后的人立即伸出一条胳膊，把窗关上。

那是丹弗斯太太的胳膊，我认得那黑衣袖。我暗自寻思，也许今天是接纳公众参观的日子吧，而丹弗斯太太这时正领客人参观房间呢。不过这不可能。因为陪客人参观一向是弗里思分内的差使，而弗里思此刻又不在家。再说，西厢那些房间是不向公众开放的。至今为止连我自己也没进去看过。不，今天不是参观日，星期二从不接待公众。也许是某个房间里有什么东西要修理吧。可是刚才那人朝外张望的那副模样也着实有点蹊跷。他一看见我就急忙抽身回避，而且百叶窗随即关上。还有那辆汽车，停放在石楠花丛后面，这样就不会被屋子里的人看到了。话得说回来，反正这是丹弗斯太太的

第十三章

事,同我毫不相干。如果有朋友来看她,领他们到西厢去看看,我确实也管不着。不过据我所知,以前还从未有过这种情况。奇怪的是,这事偏偏发生在迈克西姆不在家的时候。我穿过草坪朝屋子走去,浑身不自在,觉得他们也许仍躲在百叶窗后面,从隙缝里窥视我的一举一动。

我提步跨上台阶,从正门走进大厅,没看见有什么陌生的帽子或手杖,托盘里也没有名片,显然这人并非正式来访的宾客。算了,这不关我的事。我走进花房,在盆里洗了手,这样就省得上楼去。在楼梯上或别的地方和他们迎面撞上,岂不尴尬。我记得午饭前把编织活儿丢在晨室里了,于是就穿过客厅去取,忠实的杰斯珀紧紧地跟在身后。晨室的门开着。我发现编织袋已被人移动过。我原先是把它搁在长沙发上的,可现在不知被谁拿起,塞到了坐垫后面。沙发上原来放编织活计的位置,留有被人坐过的痕迹。刚才有谁在那上面坐过,而我的编织活儿放着碍事,就随手把它拿开了。书桌旁的那把椅子也已挪动过。看来趁迈克西姆和我都不在的当儿,丹弗斯太太在晨室里招待了她的客人。我感到很不舒服。我宁愿不知道有这么回事。杰斯珀在长沙发周围嗅来嗅去,不住摆动尾巴。不管怎么说,它没对陌生来客起什么疑心。我拿起编织袋,向门外走去。这时,通向后屋甬道的大客厅边门开了,我听到有人说话的声音。我立即退回晨室,躲闪得还算及时,没让人看见。我躲在门背后,朝杰斯珀竖眉瞪眼,因为长耳狗正站在门口望着我,拖着舌头,摇着尾巴。这小坏蛋会坏事的。我屏息伫立,一动也不敢动。

就在这时,我听到丹弗斯太太的说话声。"我想她上藏书室去了。"她说,"今天她不知怎么提早回来了。要是她真的去了藏书室,那你从门厅出去就不会被她瞧见。等在这儿,我先去看看。"

我知道他们说的是我,益发感到犹如芒刺在背。整个儿事情是那么鬼鬼祟祟,见不得人。我并不想抓丹弗斯太太的什么把柄。可是杰斯珀突然掉头朝向客厅,摇着尾巴跑了出去。

"喂,你这小杂种。"我听见那人说。杰斯珀兴奋得汪汪大叫。我十分着急,不知所措,只想躲起来,但却找不到一个藏身之所。而就在这时,耳边响起一阵脚步声,那人走进晨室来了。我躲在门后,一开始他并没看见我,可是杰斯珀一纵身,向我窜来,一边仍快活地汪汪叫个不停。

蝴 蝶 梦

　　那人猛地转过身子，终于瞧见了我。我还从未见过有谁露出那样的满脸惊讶之色，仿佛我是个破门而入的毛贼，而他倒是这宅子的主人。

　　"请您原谅。"他一边说，一边上下打量着我。

　　这人身材高大，体格魁梧，脸膛儿黑里透红，漂亮之中颇带几分俗气。他生着一双布满血丝的蓝眼睛，那种眼睛往往使人联想到酗酒暴饮，耽于淫乐。他的头发也和他的肤色一样，黑里透红。要不了几年工夫，此人就会发胖，脖子后的衣领上会堆起厚厚的赘肉。那张嘴巴暴露了这个酒色之徒的本色，粉红色的嘴唇显得软沓沓的。从我站着的地方，就能闻到他嘴里喷出的那股威士忌酒味。他脸上挂起微笑，那种会丢给任何女子的微笑。

　　"但愿我没吓着您。"他说。

　　我从门背后走了出来。心想，自己现在这个样子肯定像极了一个大傻瓜。"哪儿的话，当然没有，"我说，"刚刚我听见有人说话的声音，不能肯定是谁。我没有料到今天下午会有客人光临。"

　　"太不像话了，"他老练地说，"我这么擅自闯来惊动您，太冒失了，希望您能原谅。其实，我是顺路进来看看老丹尼的，她可是我的一位老朋友哪。"

　　"喔，当然啰，这没什么关系。"我说。

　　"亲爱的老丹尼，"他说，"愿上帝保佑她。她顾虑重重，生怕惊动了谁。她不想打扰您。"

　　"喔，其实这一点也没关系。"我这么说，眼睛望着杰斯珀，它在那人身边快活地蹦呀跳呀，不时还用爪子去搔他。

　　"这个小要饭的，还没有把我忘掉，是不？"他说，"长得像个样子啦。我上次看见它时还是个小崽子呢。不过身上的膘嫌多了些，得多让它活动活动。"

　　"刚才我还带着它着实跑了一阵。"我说。

　　"是吗？你还真喜欢户外活动呢。"他说，他不住地拍着杰斯珀，毫不拘束地朝我笑笑，接着掏出烟盒。"来一支？"他问。

　　"我不抽烟。"我告诉他。

　　"真的不会？"他自己拿了一支点上。

第十三章

　　这类事情我向来不在乎，但是，在别人家里如此随便，我总觉得有点别扭。这当然是举止失当，至少是对我礼数不周。

　　"迈克斯老兄还好吧？"他说。

　　他讲话的腔调不由得使我暗暗吃惊，听上去好像他和迈克西姆很熟悉。听见有人把迈克西姆叫做迈克斯，我好生奇怪。还没有人这么叫过他。

　　"他很好，谢谢你。"我说，"他到伦敦去了。"

　　"什么？把新娘子一个人撇在这儿？啊哟，这太糟糕了，他难道不担心会有人来把你抢走？"

　　他张嘴大笑起来，那种笑声真叫我讨厌，显得几分唐突无礼。他这个人也叫我厌恶。就在这时，丹弗斯太太走了进来。她的目光一落在我身上，我就感到有股寒气逼来。哦，天哪，我心想，她一定巴不得把我一口吞了才解恨。

　　"喂，丹尼，你来啦，"那男人说，"你处处提防，全是多余的。屋子的女主人就躲在门背后哪。"他又大笑起来。丹弗斯太太一言不发，只是直愣愣地盯着我看。"嗳，你怎么不替我介绍一下？"他说，"向新娘子请安问候，总不算出格的举动吧？"

　　"太太，这位是费弗尔先生。"丹弗斯太太毫无表情地说，语气相当勉强。我觉得她并不愿把他介绍给我。

　　"您好。"我说，接着，为了不显得失礼，便说，"请留在这儿用茶点吧。"

　　我的邀请似乎使他觉得很有趣。他转向丹弗斯太太。

　　"你看，这样盛情相邀，实在让人动心。"他说，"请我留下用茶点，我的天。丹尼，我还真想留下来哪。"

　　我注意到她朝他丢了个警告的眼色，我感到浑身别扭。这整个场面太反常了，压根儿就不该出现这种事情。

　　"嗯，或许你是对的，"他说，"留下来一定是十分有趣。不过现在我看还是离开为妙，是吗？来吧，跟我去看看我那辆车。"他说话的腔调仍显出一种亲昵，让人觉得唐突而无礼。我不想去看他的车。我感到进退两难，尴尬之极。"来吧，"他说，"那可是辆小巧玲珑的小车，跟可怜的迈克斯老兄这辈子用的各种车相比，跑得快多啦！"

蝴 蝶 梦

我找不出什么借口，整个事情那么不自然，可以说是荒唐，真不知道是搞什么鬼。丹弗斯太太为什么两眼冒火地在一旁盯着我看？

"车在哪儿？"我有气无力地问。

"在车道拐弯处。我没把车一直开到大门口，惟恐惊动你哪。我想下午你可能要休息一会儿的吧。"

我不作声。这并不是高明的谎言。我们一同穿过客厅，走进门廊。只见他扭头朝丹弗斯太太使了个眼色。她可没有和他挤眉弄眼，我料想她也不至于如此。她正颜厉色，令人生畏。杰斯珀连蹦带跳地出了屋子，跑上车道，似乎这位不速之客的突然光临使它喜出望外。看来客人和它交情还挺深呢。

"我大概把帽子落在车里了吧，"那人说，还装模作样地朝门厅内扫视了一圈，"实际上，我是绕了道悄悄进屋的，直接到了丹尼的房间。你也来看看车子吗？"

他用询问的目光望了丹弗斯太太一眼。她踌躇不决，从眼梢瞟了我一眼。

"不，"她回答说，"不啦，这会儿我不想出去。再见，杰克先生。"

他抓住她的手，亲亲热热地握着。"再见。丹尼，多加保重啊。你总知道上哪儿跟我联系。今天又见着你，真使我高兴。"他走出屋子，踏上车道，杰斯珀在他身后又蹦又跳，我拖着沉重的脚步跟在后面，心里仍觉得很不是滋味。

"亲爱的曼德里老屋啊，"他抬头望望那一排窗子说，"这地方几乎没变，仍是老样子。我看这多亏丹尼悉心照看吧。真是个了不起的女人，你说呢？"

"是的，她办事很得力。"我回答说。

"你觉得这儿的生活怎么样？是不是有一种与世隔绝的感觉？"

"我非常喜欢曼德里。"我语气生硬地说。

"迈克斯遇见你的时候，你正待在法国南部的某个地方？在蒙特，是吗？蒙特那地方，我一向很熟悉。"

"不错，当时是在蒙特卡洛。"我说。

我们已到了汽车跟前。那是辆绿色的轻型车，跟它的主人倒是一路货。

"你觉得这车如何？"他说。

第十三章

"很漂亮。"我很有礼貌地回答。

"坐上去兜兜风,乘到庄园门口怎么样?"

"不,我不想去,"我说,"我有点累了。"

"你觉得曼德里的女主人跟我这号人乘车兜风,让人见了不像话,是吗?"他说着,笑了起来,还朝我摇摇头。

"哦,不,"我说着,脸红得发烫,"真的不是。"

他用那双放肆而讨厌的蓝眼睛,带点顽皮的神情,上下不停地打量着我。我觉得自己简直像个酒吧间的女招待。

"噢,好吧,"他说,"我们可不能把新娘子带入歧途,杰斯珀,你说是吗?那可万万使不得呀。"他伸手去拿他的帽子和一副大得出奇的驾驶手套,随手把烟头扔到车道上。

"再见啦,"他一面说一面伸出手来,"很幸运能见到你。"

"再见。"我说。

"哦,顺便说一下,"他漫不经心地说,"要是你不在迈克斯面前说起我来过的事儿,那就太够朋友啦!恐怕他对我不太欣赏,我也不清楚为什么。再说,还可能给可怜的老丹尼招来麻烦。"

"不,"我尴尬地说,"好吧,我不说。"

"你可真够朋友。怎么,你真的决定不去兜风啦?"

"不啦,要是你不介意,我想还是免了吧。"

"那么,再见啦。日后也许我还会来看你的。下去,杰斯珀,你这个鬼东西,你要把车上的漆抓掉啦。依我说,迈克斯就这么把你孤零零一个人撇在这儿,自己上了伦敦,实在不像话。"

"我可不在乎。我喜欢一个人在家。"我说。

"啊哈,真的?多离奇的事儿。要知道,这完全不合情理。你们结婚多久了?三个月,是吗?"

"差不多。"我说。

"我啊,还真希望有个新婚三个月的新娘在家里等我呢!我是个孤苦伶仃的光棍。"他又纵声大笑,随后把帽子往下一拉,盖到眼睛上边。

"告辞啦。"说着,他把车发动起来,排气管噼噼啪啪吐出团团废气,汽车顺着车道飞驰而去,杰斯珀站在那儿望着汽车远去,双耳耷拉下来,尾

巴夹在两腿中间。

"哦，来吧，杰斯珀，"我说，"别这么痴痴傻傻的。"我转身朝屋子慢慢走去，丹弗斯太太已不在那儿了。我站在厅廊里，拉了拉铃。大约五分钟光景一直没人答应。我又拉铃。一会儿，艾丽斯一脸不悦地走来，仿佛受了极大委屈似的。"什么事，太太？"她说。

"哦，艾丽斯，"我说，"罗伯特不在吗？我今天想在屋子外面的栗子树下用茶点。"

"罗伯特还没回来呢，太太，他下午到邮局去了。"艾丽斯说，"丹弗斯太太告诉他说您不会准时回来用茶的。弗里思当然也不在。现在我看还没到四点半哪。您如果现在就想用茶点，我可以去给您拿来。"

"哦，没关系，艾丽斯，等罗伯特回来再说吧。"我说。看来，迈克西姆一出去，家里就乱了套。弗里思和罗伯特同时出门，这种情况据我所知从没发生过。当然，今天该弗里思休息，而丹弗斯太太又偏偏打发罗伯特上邮局去。他们料定我散步到很远的地方去了，于是那个叫费弗尔的家伙就趁机来探望丹弗斯太太。时间选得实在巧妙。我敢说，其中肯定有问题，而且他不让我告诉迈克西姆。这事儿可真难办。我不想给丹弗斯太太招麻烦，也不想平地惹起一场风波。更重要的原因是，我不希望让迈克西姆为这件事而烦恼。

这个费弗尔究竟是何许人物？他把迈克西姆叫做"迈克斯"。还没有人叫过他"迈克斯"。有一回，在一本书的扉页上，我倒是见过这个名字来着，是手写的纤细的斜体字，上端奇特地高耸着，而那个字母M的尾巴轮廓分明，拖得很长。我想，叫过他迈克斯的就只有此人……

我就这么站在门厅里，拿不定主意什么时候用茶，也不知道该做什么才好。突然，我脑子里闪现出这样一个念头：也许丹弗斯太太为人不老实，一直背着迈克西姆干什么勾当，今天她和那个家伙正合谋算计着什么，不巧被我早回来一步撞上了，于是那家伙就花言巧语，装出一副熟悉这宅子和迈克西姆本人的样子，拔腿溜走了。不知道他们在西厢那边干什么来着，为什么他们一瞧见我来到草地上，就慌忙把百叶窗关上呢？我满腹狐疑，隐隐感到不安。弗里思和罗伯特都不在家。下午，女佣们通常总是在自己的寝室里更衣换装，于是这地方便成了丹弗斯太太一个人的天

158

第十三章

下。莫非那个男人是个小偷,而丹弗斯太太又是他雇用的内线?西厢那边颇有一些值钱的东西。我顿时产生一阵说来颇有点吓人的冲动,想此刻就悄悄摸上楼去,亲自到西厢那几个房间去看个明白。

罗伯特还没有回来。上茶之前正好有时间去走一趟。我犹豫地朝画廊扫了一眼。整个屋子肃穆无声。仆人都在厨房后面的下房里。杰斯珀在楼梯脚下舔吃盘里的狗食,那稀里哗啦的声音在石筑大厅里回响着。我挪动脚步,向楼上走去,一种异样的兴奋遍布全身,心一直在怦怦地跳着。

蝴蝶梦

第十四章

我发觉自己又来到了初到曼德里那天早晨逗留过的那条走廊。打那以后，我就再没上这儿来过，而且也不想来。阳光从墙壁凹凸处的窗户射进来，在过道深色的护壁镶板上交织成金色的图案。

周围悄然无声。同上回一样，我又闻到一种异样的霉味儿。我不知道该往哪边走，这里房间的布局我不熟悉。这时，我忽然记起上回丹弗斯太太是从我身后的一扇门里走出来的，从方位来看，那似乎也正是我想要去的房间，那里的窗户俯瞰通往大海的草坪。我扭动房门的把手，向里边走去。百叶窗全拉着，屋里自然很昏暗。我伸手去摸墙上的电灯开关，拧亮了灯，这是一间不大的前室，我估计是间更衣室，沿墙四周尽是些高大的衣柜。屋子尽头有扇门洞开着，里边的房间较大。我穿过房门走进里间，拧亮了灯，四下一望，不由得一惊，这房间里的家具陈设样样齐全，竟像一直有人住着似的。

我原以为桌子、椅子，还有靠墙的那张大双人床，全都用被罩单蒙着，不料什么也没遮没。梳妆台上放着发刷、梳子、香水和脂粉。床也铺得平整，还可以看到雪白的枕套和夹层床罩下面露出的一角毛毯。梳妆台和床头柜上都放有鲜花。雕花的壁炉架上也摆着鲜花。靠椅上放着一件缎子晨衣，下面摆着一双卧室里穿的拖鞋。有那么一刹那的工夫，我脑子突然一阵迷离，仿佛时光又倒退了回去，而自己是在她犹未去世时打量这房间的……过了一会儿，丽贝卡本人就会回屋来，哼着小调，在梳妆台的镜子面前坐定，伸手去拿梳子，梳理头发。要是也坐在那儿，我就能看到她在镜子里的映象，而她也会从镜子里看到我这么站在门口。这一切当然都

第十四章

没出现。我还是呆呆地站在那儿,期待着发生什么事。倒是墙上挂钟的滴答声,把我重新唤回现实之中。钟上的针臂指着四点二十五分,跟我手表指示的时间相符。时钟的滴答声听了使人恢复正常的神志,感到宽心。它提醒我别忘了现在,别忘了茶点马上就会在草坪那儿摆开,等我去享用。我慢慢走到房间中央。不,这房间现在没人使用,没有人再住在这儿。就是那些鲜花,也驱散不了屋里的霉味。窗帘拉得严实,百叶窗关得紧紧的。丽贝卡再也不会回到这儿来了。即使丹弗斯太太在壁炉架上摆了鲜花,在床上铺好被单,也没法再把她召回来。她死了,离开人世已一年。她躺在教堂的墓地里,和德温特家的其他死者一道长眠于教堂的墓穴里。

涛声清晰可闻。我走到窗前把百叶窗拉起。不错,现在我站着的这个窗口,正是半小时前费弗尔和丹弗斯太太待过的地方。白昼的一道道光线射进房来,使电灯光顿时显得昏黄而悠忽。我把百叶窗再拉开些。一束明亮的日光投射在床上,于是,放在枕头上的睡衣套袋、梳妆台顶上的玻璃镜面、发刷和香水瓶子,全都豁然明亮起来。

在日光中,屋子有一种很强烈的现实感。百叶窗关着的时候,在灯光下,屋子倒更似舞台上的布景,像是两场戏之间布置好的场景。夜戏已落幕,今晚的演出就此结束,舞台上换上第二天日戏第一幕的布景。而日光却使整个房间生气盎然,有了勃勃活力。我忘了屋子的霉味,忘了另外几扇窗户的帷帘仍未拉起。我又成了一个不请自来的客人,闲逛之中无意间闯入女主人的卧室。梳妆台上摆着她的发刷,靠椅那边搁着她的拖鞋和晨衣。

进入这间屋子之后,我这才感到双腿发软,不住颤抖。我只得在梳妆台前的凳子上坐下。我的心不再因感到异样的兴奋而剧烈跳动,倒是沉重得像压上了铅块。我发着呆,出神地在屋子里四处张望。这的确是个漂亮的房间。在我初到曼德里的那天晚上,丹弗斯太太的介绍并非言过其辞,这确实是整幢宅子最漂亮的一个房间。瞧那精致的壁炉架,那天花板,那雕花的床架,那窗帷的流苏,还有那墙上的挂钟和我身旁梳妆台上的烛台,所有这一切如果归我所有,我一定会奉若至宝,爱不释手。但这些东西不属于我,而是属于另一个人。我伸手摸摸那一对发刷。一把比较旧,这道理我是明白的,人们往往劲顾着用一把发刷,忘了另一把,所以把发刷拿去洗的时候,其中一把还是干干净净,简直没怎么用过。瞧瞧镜子里

161

自己的脸,多苍白,多消瘦,一头平直难看的长发就这么拖着。难道我一直就是这副鬼样子?平时,脸色总比现在红润些吧?镜子里的那个人,面如菜色,姿色平平,直愣愣地朝我干瞪着眼。

我站了起来,走到靠椅边,摸了摸椅子上的晨衣,又捡起拖鞋拿在手中,突然,我感到一阵愈来愈强烈的恐惧,进而变为绝望。我摸摸床上的被褥,手指顺着睡衣套袋上字母图案的笔画而移动,图案是由"R de W"这几个字样相互叠合交织而成的。这几个字母绣在金色的缎面上,摸起来有凸凸的强烈手感。套袋里的那件睡衣呈杏黄色,薄如蝉翼。我摸着摸着,就从套袋里把它抽出来,贴着自己面颊。衣服十分冰凉,隐隐透着一股霉味;原先它必定飘散着沁人心脾的杜鹃花香。我把睡衣折叠好,重新放回套袋,我一边这么做,一边感到心头一阵隐痛;我注意到睡衣上有几条折痕,光滑的织纹陡然变皱,可见从上回穿过以后一直没人碰过,也没有送去洗熨。

我猛然一阵冲动,返身回进那间小小的前室,刚才我看到那儿放着好几口衣柜。我打开其中的一口。不出所料,里面挂满了衣服。这里放的是礼服。我看见一件金黄色的织锦缎礼服,包着白布袋,袋口上方闪闪发光。旁边是件颜色淡黄、质地柔软的丝绒外衣,另外还有条白缎子长裙,裙裾一直拖到衣柜的底板,上层的架子上有把鸵毛扇,从一张包装薄纸底下探出头来。

衣柜飘散着一股奇怪的味道,那是由于久不透气而产生的。杜鹃花在户外清香宜人,可是这种香气闷在衣柜里,不但变了味,而且使绫罗锦缎都失去了光泽。这时,一阵阵变了味的杜鹃花陈香就从敞开着的衣柜门里向我袭来。我关上衣柜门,重又走进卧室。窗口射进清澈明亮的日光,仍然照在金色的床罩上,使那字母图案上高大的斜体R字母显得格外耀眼,轮廓分明。

就在这时,从我身后传来一阵脚步声。回头一看,是丹弗斯太太。她脸上的那副表情,我这辈子再也忘不了。得意洋洋、幸灾乐祸的神气之中,夹杂着一种奇怪的病态激动。我吓得魂不附体。

"太太,出了什么事?"她说。

我想朝她笑一笑,可是笑不出来。我张了张嘴,可是说不出话来。

第十四章

"您觉得不舒服吧？"她说，口气极其温和。她朝我走过来。我往后退，想避开她。我相信她要是再朝我逼近一步，我一定会昏厥过去。我感到她的鼻息已经喷到了我的脸上。

"没什么，丹弗斯太太，"我过了一会才说，"我没想到会在这儿看到你。事情是这样的：刚才在草坪上我偶尔抬头看了一眼窗子，注意到有一扇百叶窗没关严。我上来看看能否把它关严实。"

"我来关吧。"说着，她一声不响地穿过房间，把百叶窗闩牢。日光消失了，在昏黄、悠忽的灯光下，屋子顿失了真实感，重又显得虚幻而阴森。

丹弗斯太太又走过来，在我身边站定，脸上堆着微笑。平日里她总是不苟言笑，冷若冰霜，此刻却一反常态，不仅热乎得让人感到惊恐，而且满脸阿谀之色。

"您何必对我说百叶窗是开着的呢？"她说，"我离开屋子前就把窗关上了，是您自己开的窗，对吗，嗯？你想来看看这个房间。您干吗以前一直不叫我领您来看呢？我每天都准备陪您上这儿来。您只需吩咐一声就得了。"

我真想抽身逃走，可是却动弹不得，只好愣愣地注视着她的眼睛。

"既然您现在来了，就让我陪您好好看看吧。"她那巴结逢迎的口气，假惺惺的，甜如蜜糖，听了叫人毛骨悚然。"我知道您想看看这儿的一切，您早就想一饱眼福了，只是怕难为情，不好意思提出来罢了。这是个可爱的房间，是不？您从来也没有见过这么可爱的房间吧？"

她猛地抓住我的手臂，拉着我朝床边走去。我无法抗拒，如同一个听任别人摆布的木偶。她的手触着我的手臂，使我不住打寒战。她这时说起话来，声音很低，口吻亲昵，我最讨厌，也最怕听到这种说话腔调。

"那是她的床。很华丽，是不？我一直让这条金黄色的床罩铺在上面，这是她生前最喜欢的床罩。这个套袋里放的是她的睡衣。你已经摸过这睡衣了吧？这是她生前最后一次穿的睡衣，你想不想再摸一摸？"她从套袋里取出睡衣，塞到我面前。"拿着摸摸看，"她说，"质地多轻多软，是吗？上回她穿过以后我一直没洗。我把睡衣，还有晨衣、拖鞋就这样摆着，全都照那天晚上等她回来时的原样摆着。那天晚上她再没回来，淹死了。"她折起睡衣，放回套袋。"您知道，服侍她的事儿全由我一个

163

 蝴蝶梦

人包了。"她说着,又拉住我的胳膊,把我领到晨衣和拖鞋跟前。"我们试过好多女仆,可是没有一个让她称心。'你服侍得比谁都好,丹尼,'她常常这样说,'除了你,我谁也不要。'你看,这是她的晨衣。她个子要比您高得多,您可以从衣服的长短上看出来。放在身上比试比试吧,一直拖到您的脚踝啦。她身段可美哩。这是她的拖鞋,'把拖鞋丢给我,丹尼。'她总是这么说。对她那颀长的身材而言,那双脚算是小巧玲珑的了。您不妨把手伸进拖鞋里试试。鞋身又小又窄,是不是?"

她硬把拖鞋套到我手上,脸上一直挂着微笑。同时盯着我的眼睛:"您是怎么也想不到她身材这么高的吧。"她说,"这双拖鞋只配一双娇小的脚穿。她的身材可苗条呢。除非她站在你身旁,否则你不会意识到她有那样高挑。她简直有我一般高呢。可是她躺在那儿的床上,看上去却像个娇小的娃娃,那一头浓密的黑发像圈光环似的衬着她的脸蛋。"

她把拖鞋重新放在地板上,又把晨衣摆回靠椅。"您看过她的发刷了,是吗?"说着,又把我拉到梳妆台前,"发刷在这儿,就像她生前用的时候一样,没有拿去洗过,也没有人碰过。每天晚上总是我替她梳头。'来吧,丹尼,现在该给我梳头了。'她这么说,而我就站在这儿的凳子旁边一口气替她梳上二十分钟。要知道,她是在最后几年才留短发的。她刚结婚的时候,头发一直垂到腰下面呢。德温特先生那时经常替她梳头。记不清有多少次,我走进这房间就看到他穿着衬衫,手里拿着这两把发刷。'重一点,迈克斯,重一点嘛。'她抬头朝他笑着说,而他呢,总是对她百依百顺。您知道,他们总是一块儿梳妆打扮,准备主持宴会,而屋子里已宾客满朋。'喂,我要赶不及啦。'他就这么一面说着,一面把发刷递给我,对她一笑。那个时候啊,他总是春风满面,喜气洋洋的。"

丹弗斯太太顿了顿,她的手仍然放在我的手臂上。

"她把头发剪掉的时候,大家都生她的气啦,"她接着说,"但是她才不管呢!'这是我自己的事,跟别人有什么相干。'她说。当然啰,蓄短头发,骑马航海要方便多了。您知道,有人画过一幅画,那是她策马扬鞭的英姿,是位著名画家的作品,后来就挂在伦敦皇家艺术学会里,您可曾见过那幅画?"

我摇摇头说:"不,没见过。"

164

第十四章

"听说那幅画是那一年的最佳作品，"她继续说，"可是德温特先生不喜欢那幅画，不准在曼德里挂出来。我想，大概他认为那画不传神，没有充分显示出她的风韵吧。您想看看她的衣服，是吗？"不等我回答，她就把我领到那间小前室，把衣柜一口一口打开。

"我把她所有的毛皮衣饰都放在这儿，"她说，"这些皮毛还没蛀掉，我想以后也不会蛀掉。我总是很当心的。您摸摸那条黑貂皮围脖。那是德温特先生送给她的圣诞节礼物。她曾告诉我这东西值多少钱，可我现在已忘了。这栗鼠皮披肩是她晚上最常用的。寒风凛冽的夜晚，她常用它裹住肩头。这个柜子里放的都是她的晚礼服。您打开过了，是吗？您没把插销完全闩牢呢。我相信德温特先生最喜欢她穿银白色的礼服，当然，她不论穿什么都那么迷人。她穿着这件丝绒礼服真是仪态万方。把它贴在脸上试试。很柔软，是吗？您不会感觉不到吧！幽香犹在，对吗？您简直会觉得这是刚从她身上脱下来的呢。凡是她到过的房间，我总一下子可以辨出来。屋里会留下她的几缕余香。这个抽屉里放的是她的内衣。这套粉红色的内衣她从来没穿过。她死的时候，当然穿着便裤和衬衫，不过后来被海水冲掉了。几星期以后找到她尸体的时候，身上什么也没留下。"

她的手指更紧地攥住我的胳臂。她弯下身子，那张骷髅似的脸贴近我，黑眼珠死死地盯着我的眼睛。"您知道吗，她已在礁石上撞得支离破碎，"她低声地说，"她那张秀美的脸蛋已经无法辨认，两条胳臂不见了。德温特先生认出是她，亲自上埃奇库姆比去认领尸体，独自一个人去的。当时他病得很厉害，可仍坚持要去。没有人能够劝阻他，连克劳利先生也劝不住。"

她顿了一下，眼睛仍死命地盯着我的脸。"出了这件不幸的事情，我永远不能原谅自己，"她说，"这都怪我那天晚上不在家。下午我到克里斯去了，而且在那儿耽搁了很长时间；德温特夫人去了伦敦，不到深夜是不会回来的，所以我也就不着急回来。我回到庄园时，大约是九点半，听人说她七点不到就已经回来，吃过晚饭，又出去了。当然是到海滩去了，我很担心，那时已起了西南风。要是我当时在家，她就不会出去。她总是听我的话的。'换了我，今儿个晚上才不愿意出去呢，这种天气不宜出门哪！'我会对她这么说；而她呢，也会回答我说，'好吧，丹尼，你这个喜欢大惊小怪的老

太婆。'于是，不用说，我们就会坐在这儿，促膝谈心，她呢，会像往常一样，把她在伦敦的所见所闻，一五一十地说给我听。"

我的手臂被她的手指掐得红一块，紫一块，完全麻木了。我看到她脸上的那层皮绷得那么紧，颧骨明显地凸出来，耳朵底下长有几块小黄斑。

"德温特先生当时在克劳利先生那儿吃晚饭，"她继续说，"我不太清楚他什么时候回来的，但我敢肯定过了十一点。将近午夜时分，屋外起了大风，越刮越猛，仍不见她回来。我下了楼，藏书室门框底下没有灯光透出。我返身上楼，敲敲更衣室的门，德温特先生立即应道：'谁啊？什么事？'我对他说，我很担心德温特夫人怎么现在还没回来。等了一会，他开了房门，身上穿着晨衣。'我想她大概是留在那边的小屋里过夜了吧，'他说，'我如果是你，就只管安心地睡觉。照现在这种天气，她是不会回这儿来睡觉的。'他显得很疲倦，我也不忍再打扰他。毕竟她以前也多次在小屋里过夜，而且不管什么样的天气也都驾船出过海。说不定当晚她并没有驾船去兜风，只是因为从伦敦回来，想到小屋过夜，调剂一下精神。我对德温特先生道了声晚安，就回自己的屋子去了。可是我没有睡着。我一直暗自嘀咕，她究竟干什么去了。"

她又停了一下。我不想再听下去。我想逃离她身边，逃离这个房间。

"我和衣坐在床上，一直坐到清晨五点半。"她说，"我无法再等下去了。我起身套上外衣，穿过林子，直奔海滩。天开始亮了，风停了，可是仍下着蒙蒙细雨。我来到海滩，一眼看到了水面上的浮筒和那只皮筏，可是不见小船的踪影……"我仿佛看见了那笼罩在灰色晨曦之中的小海湾，甚至感觉到丝丝细雨正飘落在我的面颊上；透过那片雾霭，我似乎依稀认出那紧贴水面的浮筒的模糊不清的轮廓。

丹弗斯太太松开我的胳膊，把手收了回去，垂落在身旁。此刻她说话时，丧失了刚才那种绘声绘色的表现力，又恢复了往日里生硬而刻板的腔调。

"当天下午有只救生圈被海水冲到了克里斯，"她说，"第二天，在海岬边的礁石中几个捕蟹人又发现了另一只。索具的零星碎片也随着潮水漂了进来。"她转过身去，关上抽屉，扶正墙上的一幅画，又从地毯上捡起一小团绒毛。我不知所措地站在一旁瞧着她。

第十四章

"您现在明白了吧,"她说,"为什么德温特先生不再使用这几间屋子。您听这大海的涛声。"

甚至隔着关得严严实实的玻璃窗和百叶窗,我仍然能听见大海的吼声,那是海湾里波浪冲击岸边圆卵石所发出的一阵阵低沉而悲怆的呻吟声。此刻,汹涌的潮水也许正奔腾而来,扑上沙滩,几乎一直淹到小石屋附近。

"自从那晚她淹死以来,这几间屋子他再没有用过,"她说,"他叫人把自己的东西搬出更衣室。我们在走廊尽头为他收拾了一间屋子。其实,我看他连那儿也不常去睡。他时常在那把扶手椅里坐到天亮。早晨总看到椅子周围撒满了烟灰。白天,弗里思听到他总在藏书室里踱步,踱来踱去,踱去踱来。"

恍恍惚惚地我也见到了椅子周围地板上的烟灰,听见了他的脚步声,笃、笃、笃、笃,在藏书室里踱来踱去……丹弗斯太太轻轻关上卧室与前室之间的那扇门,这就把我们同卧室隔了开来,然后又把电灯关掉。我现在看不见那张床,看不见放在枕头上的那只睡衣套袋,也看不见梳妆台和靠椅下的那双拖鞋。她走到前室门口,手按着房门把手,在那儿站着等我。

"我每天亲自来这儿打扫,"她说,"您日后如果还想到这儿来看看,只要告诉我一声就行了。挂个内线电话,我就明白啦。我不允许那些使女上这儿来。除了我以外谁也不上这儿来。"

她的热情简直让人难以忍受,她的神态中还带有一种虚假的阿谀逢迎之意。她满脸堆笑,显然是虚情假意的做作。"有时候德温特先生不在家,您觉得冷清了,可能会想到这个房间来看看,上这儿来坐坐。到时只要告诉我一声就行了。这些真是漂亮的房间啊。这些房间收拾得这么舒适,您看了一定不会觉得她离开我们已经很久了吧?您会觉得晚上她又会走进这房间,刚刚她只不过是出去了一会儿。"

我勉强挤出一个笑容,感到喉头干涩,说不出话来,好像被人卡住了似的。

"不只是这个房间,"她说,"在这所屋子的许许多多房间里,在晨室里,在大厅里,甚至在那间小花房里,她似乎无处不在。您大概也有同感吧?"

她用古怪的目光瞅着我，嗓门一下子压得低低的，像是跟我耳语。"有时候我沿这条过道走着走着，简直觉得她就跟在我身后，听得见她那急促而轻快的脚步声。这种声音我绝不会搞错的。昔日黄昏时分，我常见到她在门厅上面的画廊里，斜倚栏杆，望着下面，呼唤着那两条狗。直到现在我有时仍能感觉到她就在那儿呢。我仿佛依稀听到她下楼用餐时衣裙拖在楼梯上的窸窣声。"她收住话头，目不转睛地盯着我，盯着我的眼睛，"您倒说说，她这会儿是不是看到我俩在这儿面对面交谈呢？"她一字一顿地说，"您倒说说，死者的幽灵会不会回来，注视着我们这些生者呢？"

我费力地咽下一口气，紧攥双手，指甲都嵌入了肉里。

"我不知道，"我说，"我不知道。"我的声音听上去尖利刺耳，很不自然，根本不是我自己的声音。

"有时候我真怀疑，"她轻声低语着，"有时候我真怀疑，她是不是悄悄回到了曼德里，注视着您和德温特先生的一举一动哪！"

我们站在门边，相互瞪着眼珠对视。我没法把目光从她的眼睛移开。那对眼珠嵌在她那惨白的骷髅脸上，显得分外阴险、狠毒，充满着仇恨。随后，她打开通往过道的门。"罗伯特此刻已回来了，"她说，"一刻钟之前就回来了。已吩咐他把茶点送到花园的栗子树下去了。"

她闪到一边，让我走过去。我踉踉跄跄地走出房间，来到过道上，顾不上自己是在往哪儿走。我没有再对她说什么，茫然走下楼梯，拐了个弯，推开那扇通往东厢的门，回到我自己的房间。我关紧房门，上了锁，把钥匙放进衣袋。

然后我就躺在床上，闭上眼睛，觉得自己像得了什么重病似的。

第十五章

第二天早晨,迈克西姆来电话,告诉我他傍晚七点左右回庄园。是弗里思传的口信。迈克西姆没要我去听电话。我在用早餐时曾听得电话铃响,心想弗里思说不定会进餐厅来说:"太太,德温特先生让您去听电话。"于是我放下餐巾,站了起来,可就在这时弗里思回到餐厅给我捎来那个口信。

他看见我推开椅子,朝门口走去,便赶忙说:"太太,德温特先生已把电话挂了。没讲别的,只是说七点钟左右回来。"

我重新在椅子上坐定,捡起餐巾。弗里思见着我这副迫不及待要冲出餐厅去的模样,一定觉得我像个傻瓜。

"知道了,弗里思。谢谢你。"我说。

我继续吃我的火腿蛋,杰斯珀守在我脚边,那条瞎眼老狗待在墙角处的篓子里。这一天真不知怎么过。昨夜我没睡好,也许是孤枕难眠。睡得很不安稳,老是醒来看时钟,那指针像是一直没怎么移动位置。就算睡着了,也是乱梦颠倒。在梦里,迈克西姆和我一起走在树林里。他始终走在我前面,只有那么几步路,可我就是没法赶上。他迈着大步在我前面走着,我始终没有看清他的脸。我睡着的时候一定哭过了,因为早晨醒来时发现枕头全湿了。我一照镜子,瞧见自己目光呆滞,眼皮浮肿,那模样真让人讨厌,毫无风韵可言。我想让脸色红润一些,于是便往两腮上搽了点胭脂,可没想到这样更糟,反倒像个滑稽可笑的马戏丑角。也许我没摸着涂脂抹粉的窍门。我穿过大厅进屋吃早饭时,注意到罗伯特瞪大了眼睛冲着我发愣。

169

十点钟光景,我正将几片面包捏成碎屑,准备去喂平台上的鸟儿,这时电话铃又响了。这一回是打给我的。弗里思走来通报说,莱西夫人要我听电话。

"早上好,比阿特丽斯。"我说。

"哦,亲爱的,身体还好吧?"即使在电话里,她说起话来也还是自成一派:干脆利落,颇有男子气概,容不得半点啰唆废话。这时她不等我回答就自顾自往下说:"下午我想开车去看看奶奶。现在我要上朋友家去吃午饭。离你那儿大约二十英里。到时候我来接你一块儿去好吗?依我说,你也该去见见那位老太太了。"

"我巴不得能去呢,比阿特丽斯。"我说。

"太好啦。就这样说定了,三点半左右我来接你,贾尔斯在宴会上见着迈克西姆了。他说菜肴没味,酒倒挺出色。好,就这样吧,亲爱的,一会儿见。"

滴答一声,她挂了电话。我又信步走进了花园。我很高兴她打电话约我去看老祖母。这一来总算可指望有点事,给百无聊赖的这一天添点儿生趣。要不然我还不知道怎么挨到晚上七点呢。今天我丝毫没有感到假日的轻松,无意和杰斯珀一起去幸福谷,去小海湾散步,往水里扔石子取乐。那种无拘无束的轻松心情,那种想要穿上帆布鞋在草坪上疾步飞奔的天真愿望,都荡然无存。我走进玫瑰园,身边带着书和《泰晤士报》,还有编织活儿,在那儿坐定,俨然是个守着家庭过安分日子的主妇。我坐在暖洋洋的阳光里,呵欠连连,蜂群在周围的花丛中嗡嗡飞舞。

我没法专心阅读报上那些干巴巴的专栏文章,接着又捧起小说,想让曲折离奇的故事情节把自己吸引住。我不愿去想昨天下午的事,不愿想到丹弗斯太太。我尽量设法排遣这样的念头:她此刻正在屋子里,说不定就躲在楼上某扇窗子背后,注视着我的一举一动。我不时抬起头来,朝花园那边看一眼,总觉得这儿并非只有我一人。

曼德里的窗户鳞次栉比,空房间也比比皆是,迈克西姆和我从来不住这些房间,里面都蒙着防灰尘的罩单,悄寂无声;昔日他父亲的祖父在世时,宅子里宾客盈门,仆役成群,那些房间都有人住着。现在,丹弗斯可以轻而易举地悄悄把那一扇扇门推开,随手再把门——带上,然后蹑手蹑脚走进

第十五章

久不住人的房间,来到窗口前,在放下的窗帷后面窥视我的一举一动。

我没法去探知真情,即使在椅子里侧转身子,抬头望着那排窗子,我也没法跟她打照面。我记起儿时玩过一种游戏,邻屋的小朋友称之为"奶奶走路",而我则管它叫"老巫婆"。玩时,你得站在花园的尽头,背对着其他人。他们一个接一个朝你悄悄走近,偷偷摸摸地走一阵停一会儿。每隔几分钟,你回过头来望望,要是有谁正好被你看到在走动,这个人就被罚回原处从头走起。可是总有个把胆子比较大一点的小伙伴,已经挨近你身边,你却毫无察觉;于是,就在你背对大家站着,嘴里从一数到十的时候,你一面提心吊胆,一面也明白自己必输无疑,要不了一会儿,甚至连十也没数完,那个大胆的家伙就会神不知鬼不觉地从背后扑上来,同时还发出一声胜利的欢呼。此刻我正体会与那时一样的心情,提心吊胆地等待着有人扑上身来。我正同丹弗斯太太玩"老巫婆"游戏呢。

午餐时间终于到了,冗长的上午总算告一段落。看着弗里思有条不紊、手脚麻利地张罗,望着罗伯特傻乎乎的神态,比看书读报更能排遣时间。到了三点半,分秒不差,车道拐角处传来比阿特丽斯汽车的马达声,一转眼车子已停在屋前台阶边。我已穿着停当,拿好手套,这时就快步出门相迎。"喂,亲爱的,我来啦,少有的好天气,是吗?"她砰的一声关上车门,跨上台阶迎着我走来。她飞快地吻了我,嘴唇在我耳朵边的脸颊上使劲擦了一下。

"你看上去气色不大好,"她朝我上下一打量,脱口便说。"脸上精瘦精瘦的,没有一点血色,怎么搞的?"

"没什么,"我明知自己的脸色很不对头,只得低声下气地支吾一句,"我这人一向没什么血色。"

"喔,胡说,"她反驳道,"上回我看见你的时候完全不是这样。"

"我想,在意大利给太阳晒出来的那一脸棕色可能已褪啦。"说着,我赶忙往汽车里钻。

"哼,"她不留情面地冲着我说,"明明是自己身体不行,还不肯承认,简直和迈克西姆一样。嗳,使点儿劲,不然车门关不上的。"我们沿车道驶去,车子开得很猛,到拐角上突然一个转弯。"我说,你会不会是怀孕了?"她说着侧过脸来,那双锐利的褐色眼睛盯在我身上。

171

"没有的事,"我窘极了,"我想不会的。"

"早晨起来有没有想吐的感觉或是类似的症状?"

"没有。"

"哦,唔——当然啦,并不是每个人都那样。就拿我生罗杰那阵子说吧,什么反应也没有。整整九个月,身子结实得像头牛。我生他的前一天还在打高尔夫球。你知道,生儿育女,天经地义,没必要感到难为情。如果你有什么怀疑,就只管告诉我好了。"

"不,真的,比阿特丽斯,"我说,"如果有的话,我不会瞒你的。"

"说实在话,我还真希望你不久能生个儿子,给迈克西姆传宗接代。对他来说这可是件大好事。在这事情上我希望你别层层设防哪。"

"当然不会。"我说。这种谈话实在是独特。

"哦,可别见怪,"她说,"我说的话你可千万别在意。现在的新娘子毕竟样样都得会一点。要是你想去打猎,偏偏在第一个狩猎期内就怀了孕,岂不让人扫兴!要是夫妇两个都是打猎迷,这一来更是不得了,说不定会断送这场婚姻。像你这样就没关系了,娃娃不会妨碍绘图作画的。哦,对了,近来写生画可有进步?"

"这段时间很少画画了。"我说。

"哦,真的?天气这么好,正适宜户外写生画画,只要一张折凳、一盒画笔就行了,是吗?告诉我,上回寄的那些书你可感兴趣?"

"那还用问,"我说,"真是件叫人喜爱的礼物,比阿特丽斯。"

她脸露喜色地说:"你喜欢就好啦。"

汽车飞快地向前驶去。她的脚始终踩在油门上,拐弯时总是绕一个急陡的小角度。我们从别的车辆旁边飞驰而过,有两个司机从车窗探出身来望着我们,满脸愤慨之色。小巷里有个行人还朝她挥舞手杖。我为她羞红了脸,可是对于眼前的这一切,她似乎视而不见。我只好在车座里缩紧了身子。

"罗杰下学期要去牛津念书,"她说,"天知道他要在那儿鬼混些什么。我看这只不过是浪费时间,贾尔斯的看法和我一样。不过我们也想不出别的办法,只好随他去。当然啰,小家伙终究还是像爹妈,心思全放在马匹上了。前面那辆车在干什么?喂,我说你老兄干吗不伸出手来打个招

172

第十五章

呼?说实在的,真该把这些开车的家伙给枪毙了。"

车子猛一拐弯,转上大路,差点儿没撞着前面的那辆车。"有谁上你们那儿作客来着?"她问我。

"没有,近来很清静。"我说。

"还是这样好,"她说,"我总觉得,那些盛大的宴会实在叫人感到厌烦。如果你在我们这儿住上一段时间,肯定会感到轻松自在的。左右邻居都是些好人,大家混得很熟,不是在这家吃饭,就是去那家聚餐,还经常在一块儿打桥牌,不多跟外人啰唆。你会打桥牌吧?"

"打得不怎么精,比阿特丽斯。"

"哦,精不精无所谓,只要会打就行。我不能容忍那些啥也不想学的家伙。冬日黄昏茶余饭后,真不知道该怎么对付他们!一个人总不能老是坐着谈天说地。"

我不明白为什么不能这样,但还是不吭声为妙。

"现在罗杰大了,生活可有趣哩,"她接着说,"他把朋友带到家里来,我们一起玩呀笑呀,好不热闹!去年圣诞节你要是和我们一块儿过就好了。我们玩哑谜猜字游戏。啊哟,真是好玩极了。贾尔斯如鱼得水,大显身手。你知道,他最喜欢化装表演。一两杯香槟下肚,他那副滑稽相真够你乐的。他不去当演员真是埋没了他的才华。"我想着贾尔斯,脑子里出现了他的那张大圆脸,还有那副角质框眼镜。我要是真的看到他酒后的丑态,一定会觉得怪不好意思的。"我们有个叫迪基·马什的好朋友,他和贾尔斯男扮女装,来了个二重唱。谁也搞不清楚这同哑谜猜字中的谜底有什么关系,但这没什么关系,我们全被他俩逗得大笑不止。"

我很有礼貌地对她笑了一下。"可以想象,一定非常有趣。"我说。

我似乎真的看到他们在比阿特丽斯家的客厅里笑得前仰后合。这些朋友熟稔融洽,亲密无间。我想罗杰应该和贾尔斯长得很像。比阿特丽斯还在乐呵呵地回忆当时的情景。"可怜的贾尔斯,"她说,"有一回,迪基提起苏打水瓶就往他脖子上喷,当时他脸上的神情我无论如何也不会忘记。我们每个人都几乎乐疯了。"

我还真有点担心比阿特丽斯会提出邀请,让我们今年和她一块儿过圣诞节。也许到时候我可以借故推托,就说我得了流感。

"当然啰，我们唱歌表演，从不想弄出点什么名堂，来个艺惊四座，"她说，"大家只是突然兴起，随便闹着玩罢了。曼德里在这种季节才是上演精彩好戏的场所。我记得几年前那儿演过一场古装露天戏，是请伦敦的艺人来演的。当然，准备这种演出会把你忙坏的。"

"哦。"我说。

她专心地开着车，好一会儿，都不说话。

"迈克西姆好吗？"过了一会儿，她问。

"很好，谢谢你。"我说。

"心情很愉快？"

"哦，是的，挺愉快。"

车子开到了乡村小街上，她只得全神贯注地开车。我不知道是否该把丹弗斯太太的事告诉她，还有费弗尔那家伙。不过，我怕她无意中声张出去，说不定还会告诉迈克西姆。

"比阿特丽斯，"我还是决定说了，"你有没有听说过一个名叫费弗尔的人？杰克·费弗尔？"

"杰克·费弗尔，"她重复了一遍，"不错，这名字很熟。让我想一想。杰克·费弗尔。对了，是他，一个浪荡公子。几年以前我见过他一面。"

"他昨天到曼德里来看丹弗斯太太。"我说。

"真的？哦，是嘛，或许他常常……"

"为什么呢？"我问。

"我想他是丽贝卡的表哥吧。"她告诉我。

这大大地出乎我的意料。那家伙居然是她的亲戚？在我想来，丽贝卡的表兄绝不是那种模样。杰克·费弗尔，她的表兄！"哦，"我说，"哦，这我可没有想到。"

"他过去很可能是曼德里的常客，"比阿特丽斯说，"我也搞不清楚。实在说不上来。我难得去那儿。"她的神态变得相当冷淡，我觉得她似乎不愿意继续谈论这个话题。

"我不怎么喜欢这个人。"我说。

"是啊，"比阿特丽斯说，"也难怪你不喜欢。"

我洗耳恭听，可是却没了下文。我想，最好还是别提费弗尔要我替

第十五章

他保密的事儿。一提起就可能把事情闹大，况且这时我们已快到达目的地了，眼前出现两扇涂白漆的大门，一条平坦的沙砾车道。

"别忘了，老太太眼睛差不多瞎了。"比阿特丽斯说，"近来人也有些糊涂。我给护士打过电话说我们要来，所以不会有什么问题。"

这是幢高大的人字形红砖楼房，大概是维多利亚王朝后期的建筑物，外表不怎么吸引人，一眼看上去就知道这幢房子里仆役成群，家务事由精明强干的人操持着。而所有这一切，都是为了个双目几乎失明的老太太。

开门的是一个长得端端正正的客厅侍女。

"你好，诺拉，身体好吗？"比阿特丽斯说。

"很好，谢谢您，太太。希望您全家安康。"

"哦，是的，我们全家都很好。老太太近来怎么样，诺拉？"

"好坏很难说，太太。一阵子清楚，一阵子糊涂。她的身子嘛，您也知道不算太糟。我敢肯定她见到您一定很高兴，"她好奇地瞟了我一眼。

"这位是迈克西姆夫人。"比阿特丽斯说。

"哦，太太，您好。"诺拉说。

我们穿过狭窄的门廊，走过摆满家具的客厅，来到阳台上。阳台前面是块修剪过的四方草坪。阳台台阶上的几只石头花盆里，栽着许多色彩艳丽的天竺葵。阳台角落里有一张装轮子的安乐椅，比阿特丽斯的祖母正坐在椅子里，身子用披巾裹着，背后垫着几只枕头。走近一看，我发现她的相貌跟迈克西姆像得出奇。如果迈克西姆年逾古稀，而且也双目失明，肯定就是这个模样。坐在她旁边椅子里的护士一面站起身来，一面在她刚才高声朗读的那本书里插上一个书签。她朝比阿特丽斯莞尔一笑。

"您好，莱西夫人！"她说。

比阿特丽斯跟她握手并把我介绍给她。"看来老太太挺硬朗的，"她说，"都八十六岁了，身子还这么硬朗，真是难得。奶奶，我们来啦，"她提高嗓门，"安全到达啦。"

祖母朝我们这边望着。"亲爱的比，"她说，"你真是个好姑娘，特地来看望我这个老婆子。我们这儿沉闷得很，没有什么好让你消遣的。"

比阿特丽斯凑过身子去吻她。"我把迈克西姆的妻子带来见你啦，"她说，"她早就想来看你，可是她和迈克西姆一直挺忙的。"

175

比阿特丽斯戳了戳我的背。"去亲亲她。"她轻声说。于是我也俯身在老太太的面颊上亲了一下。

老祖母用手指摸着我的脸说："好姑娘，谢谢你到这儿来看我。见到你我很高兴，亲爱的。你应该把迈克西姆也带来嘛。"

"迈克西姆上伦敦去了，"我说，"要到晚上才回来。"

"下次一定得带他一起来。"她说，"坐吧，亲爱的，就坐在这把椅子里，让我好好看看你。比，你也过来，坐在这一边。宝贝儿罗杰好吗？那个小淘气也不想来看看我这老太婆。"

"八月里他会来的，"比阿特丽斯大声说，"你知道，他要离开伊顿公学去上牛津大学了。"

"哦，天哪，他快要长成个大人了，我要认不得他了。"

"他个儿已经比贾尔斯高了。"比阿特丽斯说。

她滔滔不绝地谈着贾尔斯、罗杰，以及他们家养的马啊，狗啊。那护士拿出绒线来编织，手中的编织针咔嗒咔嗒碰撞作声。她转过身子，满面春风，兴致勃勃地跟我搭话。

"您喜欢曼德里吗，德温特夫人？"

"很喜欢。谢谢你。"我说。

"那儿风景很美，是吗？"她说着，编织针上下不停地交替穿插。

"现在我们当然不能去了，她没法去了啦。多遗憾！真留恋我们过去在曼德里度过的日子。"

"你一定得抽空来玩玩。"我说。

"谢谢您，我是很想去的。德温特先生身体好吧？"

"是的，很好。"

"你们是在意大利度蜜月的吧？收到德温特先生寄来的风景明信片，我们十分高兴。"

我不明白她用"我们"两字，是自居为一家之主呢，还是表示她和迈克西姆的祖母已合而为一了。

"他寄来过明信片吗？我怎么不记得？"

"哦，寄过的。当时大家都高兴极了。我们很喜欢这类玩意儿。实话对您说，我们备有一本剪贴簿，凡是跟这个家族有点关系的东西全都贴在

第十五章

里边。当然这些全是让人看了心情愉快的东西。"

"多有意思。"我说。

我不时能听到比阿特丽斯的一言半语。"我们只得把马克斯曼老爹给丢开了,"她说,"你还记得马克斯曼老爹吗?他是我手下最好的猎手。"

"哦,天哪,该不会是马克斯曼老爹吧?"祖母说。

"是他,可怜的老头。双目失明了。"

"可怜的马克斯曼。"老太太应了一句。

我暗自嘀咕,在老太太面前提什么眼瞎的事总不太合适吧,我不由自主地看了护士一眼。她只顾咔嗒咔嗒忙着编织。

"您会打猎吧,德温特夫人?"她问。

"不瞒你说,我不打猎。"我说。

"说不定有一天您会爱上。我们这一带的人没有不热衷于打猎的。"

"哦。"

"德温特夫人酷爱艺术,"比阿特丽斯对护士说,"我对她说,曼德里庄园风光宜人,堪入画面的美景秀色多的是。"

"哦,不错,"护士表示赞同,她急如穿梭的手指暂时停了一下,"真是情趣高尚的爱好。我有个朋友,是个妙笔生花的女画家。有一年复活节我们一块儿到普罗旺斯去,她画的素描实在美极了。"

"真有意思。"我说。

"我们在谈素描呢,"比阿特丽斯大声对她祖母说,"您知道吗?咱们家里有了个艺术家!"

"谁是艺术家?"老太太问,"我可不知道有什么艺术家。"

"你这位新过门的孙媳妇,"比阿特丽斯说,"你问问她,我送了件什么样的结婚礼物给她。"

我微笑着,等老太太发问。她转过头来看着我。"比姑娘在说些什么呀?"她说,"我可不知道你是个艺术家。我们家里从来没有人搞艺术。"

"比阿特丽斯在开玩笑呢,"我说,"我只不过闲着没事喜欢涂几笔消遣消遣罢了,怎么能算艺术家?我没有受过什么专门训练。比阿特丽斯送了我几本书,精美极了。"

"哦,"她给搞糊涂了,"比阿特丽斯送你几本书?这倒有点像往纽

177

卡斯尔送煤呢，你说是吗？曼德里藏书室里的书还少吗？"她放声大笑。我们也被她的笑话逗乐了。我希望就此结束这个话题。可比阿特丽斯还是一个劲儿唠叨下去。"你不明白，奶奶，"她说，"那些书可不同一般，是有关艺术的，四大本呢。"

护士也凑过来献殷勤。"莱西夫人是说德温特夫人有个爱好，就是非常喜欢画画，所以她就送了四大部全是关于绘画的好书，作为结婚礼物。"

"这事做得多荒唐，"祖母说，"书怎么能用来作为结婚礼物呢？我结婚的时候就没人送书。就算有谁送了，我也绝不会有心思去读它。"

她又哈哈一笑。比阿特丽斯露出几分不悦的神色。我同情地对她笑了笑，她大概并没有注意到。护士又打起毛线来。

"我想用茶点了，"老太太没好气地说，"难道还没到四点半？诺拉怎么还不把茶点端来？"

"怎么？中午吃了那么多，现在又饿了？"护士说着站起身来，朝那位由她照料的病人乐呵呵地一笑。

我感到难以理解，老人为什么有时竟这么难应付。他们比不懂事的小孩或自以为是的青年人更难对付，因为你必须顾全礼貌。我真奇怪自己居然会有这么冷漠无情的想法。我双手揣在怀里端坐着，随时准备应和别人的言谈。护士拍打几下枕头，又把披肩给她裹了个严实。

迈克西姆的祖母倒也有些不耐烦了。她闭上眼睛，似乎也感到累了。她现在看起来与迈克西姆更像了。我能够想象出她年轻时在曼德里的模样：身材颀长，眉清目秀，兜里装着糖，手里提着裙摆，生怕裙子沾上泥巴，绕过屋子朝马厩走去。我脑子里勾画出她束着腰、穿着高领上衣的形象；耳朵里仿佛听到她吩咐下午两点钟给她备好马车的声音。现在，对她而言所有这一切都成为过去，不会再回来了。她丈夫离开人世已有四十个春秋，儿子逝世至今也已十五年。老人现在只得住在这所人字形红砖楼房里，在护士的照顾下，尽其天年。在我看来，我们根本不了解老人的喜怒哀乐的感情变化。对孩童我们则很了解，了解他们的希望和恐惧，了解他们弄虚作假的把戏。不久前我自己就是个孩子，对这一切记忆犹新。而如今迈克西姆的祖母坐在那儿，身子裹在披巾里，那双可怜的眼睛什么也看不见，她内心究竟有何感受？脑子里到底在想什么？她是否知道比阿特丽

第十五章

斯此刻哈欠连连,不住地在看手表?她有没有想到我们所以来看望她,理由不过是我们觉得应该尽一点孝心。——这样,待会儿比阿特丽斯回到家里就可以说一声"好了,我可以有三个月不会感到愧疚"。

她还回忆起曼德里吗?还记得坐在餐桌旁用餐的情景吗?现在,她当年的座位已归了我。她是否也曾在栗子树下用过茶点?或许她已经把这些事儿忘得干干净净。莫非在她那张安详、苍白的面庞后面,除了轻微的疼痛和莫名其妙的不适之感外,没有任何感情的涟漪留下,只是在煦日送暖时才稍微生出一股感恩的欣慰之情,或在寒意侵入时才打一阵寒战?

但愿我有妙手回春的神力,能抹去岁月留在脸上的烙印。但愿我能看到她恢复青春年少时的风姿,脸色红润,披一头栗色卷发,跟她身边的比阿特丽斯一样机敏、矫健,也像比阿特丽斯那样兴致勃勃地谈着打猎,谈着猎犬和马匹,而不是像现在这样呆呆地坐着,只顾闭目养神,听任护士拍打垫在她脑后的枕头。

"你们知道,今天我们准备了许多好吃的,"护士说,"水芹三明治茶点。我们最爱吃水芹,是不?"

"今天轮到吃水芹?"迈克西姆的祖母一边说,一边从枕头上仰起头往门那边张望,"这你可没告诉我。诺拉为什么还不把茶点送来?"

"大姐,不管给我多少钱,我也不愿干你这份差使。"比阿特丽斯压低嗓门对护士嘟哝了一句。

"哦,我习以为常了,莱西夫人,"护士笑着说,"您知道,这儿很舒服。当然,干我们这一行的,日子的确不大好过,但是有些病人要难待候多了。她和他们相比,还是很随和的。而最重要的一点是,用人们都很配合。瞧,诺拉来了。"

客厅侍女拿来一张折叠式桌子和一块雪白的台布。

"诺拉,你怎么这么磨磨蹭蹭的?"老太太埋怨道。

"刚刚才四点半,太太。"诺拉用一种很奇怪的声调对她说,神态跟那护士一样,也是乐滋滋地满脸堆笑。我不清楚迈克西姆的祖母是否觉察到大家都用这种调门跟她说话。我不知道什么时候开始这样的,最初她是否曾注意到。也许那时候她曾对自己说:"多可笑,他们以为我老了呢。"到了后来,她也就逐渐习惯了,而时至今日,她会觉得这些人似乎

蝴蝶梦

向来就这么说话，成为她生活中自然的陪衬。可是那位用糖喂马的栗发窈窕少女，现在到哪儿去了？

我们把椅子拖到折叠式桌子旁边，开始吃起水芹三明治来。护士专为老太太准备了几片。

"瞧，可不是一饱口福吗？"她说。

我瞧见一丝笑影逐渐绽开在那张平静安详的脸上。"逢到吃水芹点心的日子，我是很高兴的。"她说。

茶烫得没法喝。护士端着茶，让她一点一点细抿慢呷。

"今天的茶水又是烧得滚开，"说着，护士对比阿特丽斯一点头，"这事儿真烦人。他们总是把茶炖在火上。我不知给他们讲过多少遍了，可他们就是不听。"

"哦，还不都是一个样！"比阿特丽斯说，"我现在已经不把这当作一回事了。"老太太用小匙搅拌她的那杯茶，目光茫然而恍惚。我真想知道她这会儿在想什么。

"你们在意大利的时候天气好吗？"护士问。

"好的，很暖和。"我说。

比阿特丽斯侧过脸来对着祖母说："她说，他们在意大利度蜜月的时候天气可好哪，迈克西姆晒得黑黝黝的。"

"迈克西姆今天为什么不来？"老太太问。

"好奶奶，我们告诉过你了，迈克西姆有事上伦敦去了。"比阿特丽斯不耐烦地说，"你知道，是去赴个什么宴会。贾尔斯也去了。"

"哦，是这样。那刚才你们怎么说迈克西姆在意大利呢！"

"他在意大利待过一阵子，奶奶。那是在四月份。现在他们回到曼德里来了。"她朝护士瞥了一眼，耸耸肩膀。

"德温特先生和德温特夫人现在都在曼德里住下了。"护士又说了一遍。

"这个月份，庄园里真美。"我一边说一边将身子挨近迈克西姆的祖母。"现在玫瑰花全开了，我真该给你带点儿来呢。"

"是啊，我喜欢玫瑰花。"她含含糊糊地说，然后凑过来，用那双黯淡无神的蓝眼睛盯着我瞧。"你也待在曼德里？"

我噎了一下。大家一时语塞，后来是比阿特丽斯打破沉默，扯着嗓门

第十五章

不耐烦地说:"我的好奶奶,你明明知道,她现在在那儿住嘛!她和迈克西姆结婚啦。"

我注意到护士放下手里的那杯茶,朝老太太飞快地扫了一眼。老太太无力地倚靠着枕垫,手指抓着披巾,嘴唇微微抖动起来。"你们说话云里雾里的,我可听不懂你们讲什么。"然后她又朝我这边看着,眉头一蹙,不住摇头。"你是哪家的姑娘,亲爱的?我从来没见过你吧?我不知道你长的啥模样。我不记得曼德里有你这么个人。比,告诉我,这孩子是谁?迈克西姆为什么不把丽贝卡带来?我是那么喜欢丽贝卡。我的宝贝丽贝卡哪儿去了?"

好长一段时间大家默不作声,真是个叫人受罪的时刻。我感到脸上火辣辣的。护士赶紧站起身子朝轮椅走去。

"给我把丽贝卡找来,"老太太又重复了一句,"你们把丽贝卡怎么啦?"比阿特丽斯笨手笨脚地从桌旁站起,差点儿撞翻桌上的杯碟。她也窘得满脸通红,嘴巴抽搐着。

"我看你们最好还是走吧,莱西夫人,"护士红着脸,神色慌张地说,"看来她有点累了,她发作起来,有时会连续几小时神志不清。她不时会像现在这样兴奋一阵,没想到今天也会出现这种情况,真遗憾。德温特夫人,我相信您会谅解的吧?"她向我道歉。

"当然,"我赶紧说,"我们最好还是告辞吧。"

比阿特丽斯和我到处乱摸,寻找提包和手套。护士又转身去应付她的病人。"我说,这是怎么啦?你不想吃美味可口的水芹三明治?那是我专给你切的呢。"

"丽贝卡在哪儿?为什么迈克西姆不来,不把丽贝卡一起带来?"答话的声音很微弱,带有几分厌倦和怨怼。

我们穿过客厅,来到门廊,然后又从正门走了出去。比阿特丽斯一言不发,只顾发动汽车引擎。汽车顺着平坦的沙砾车道驶出了白漆大门。

我目不斜视地望着前方的路面。我自己并不怎么在乎。如果在场的只有我一个,那我根本不会把这事放在心上。现在我倒担心比阿特丽斯会觉得不痛快。

比阿特丽斯被这件事情弄得十分尴尬。

181

蝴 蝶 梦

车子驶出村子时,她才对我说:"亲爱的,实在很抱歉,真不知道该说什么才好。"

"瞧你胡说些什么,比阿特丽斯,"我赶忙说,"没什么要紧,一点也没关系。"

"没料到她会突然这样,"比阿特丽斯说,"否则我无论如何也不会领你去见她的。我真感到抱歉。"

"请别再说了,没什么好抱歉的。"

"真弄不懂怎么回事。她明明全知道你的情况。我写信告诉过她,迈克西姆也给她写过信。当时她对在国外结婚的事儿还颇感兴趣呢。"

"别忘了她年纪太大了,"我说,"这些事她怎么会记住呢?她没法把我跟迈克西姆联系起来,脑子里只有他跟丽贝卡联结在一起的印象。"我们一声不吭地驱车向前。又坐在汽车里,我感到心头一阵轻松。汽车一路颠簸,急转弯时车身还猛地一歪,对这些,我现在毫不在乎。

"我忘了她是很疼爱丽贝卡的,"比阿特丽斯慢腾腾地说,"我好傻,竟没料到会出现这种场面。我想,去年那场灾祸,她并不完全明白是怎么回事。哦,老天爷,今天下午真是活见鬼。天晓得你会怎么想我。"

"行行好,别说了,比阿特丽斯,跟你说我不介意的。"

"丽贝卡对老太太总是百般殷勤。她常常把老太太接到曼德里去住。我那可怜的好奶奶那时手脚还很灵便,丽贝卡随口一句话都能逗得她笑得直不起腰。不用说,丽贝卡向来很风趣,老太太就喜欢那样。她那个人,我是指丽贝卡,自有一套讨人喜欢的本事,男人、女人、小孩,甚至狗,都会被她迷住。我看老太太一直没忘掉她。亲爱的,过了这么一个下午,你总不会感激我吧?"

"我不在乎,不在乎。"我只是机械地念叨着,巴不得比阿特丽斯能撇开这个话题。我不感兴趣。这事究竟有什么大不了?竟让她如此念念不忘?

"贾尔斯一定会感到非常难过,"比阿特丽斯说,"他会怪我带你上那儿去。'你干了件多蠢的事,比。'我能想象得到他训人的样子。接着,我就跟他大吵一场。"

"别提这件事,"我说,"最好把它忘了,否则会添油加醋地越传越广。"

第十五章

"只要一瞧见我的脸色,贾尔斯就知道出了什么糟糕的事。我任何事情都瞒不了他。"

我默然无语。这件事情肯定会在他们那些好朋友中传扬开来,这个不说,我也知道。可以想象那是某个星期天的中午,一群人围坐在餐桌旁,眼睛瞪得溜圆,耳朵竖起,先是屏住呼吸,随后是一阵感叹——

"我的老天爷,多尴尬,当时你是怎么处理的?"然后又问,"她是怎么挺过来的?真窘死人啦!"

对我来说,唯一要紧的是千万别让迈克西姆知道这件事。日后我也许会告诉弗兰克·克劳利,不过现在还不是时候,得过一阵子。

不久,我们已驶上山巅的公路。极目远眺,已能见到克里斯城的第一排灰白屋顶;从那边往右,则是隐藏在山坳低地中的曼德里的葱郁密林,树林再过去就是大海。

"你很着急回家吗?"比阿特丽斯说。

"不,"我说,"不急。怎么?"

"你不会介意我让你在庄园门口下车吧?会不会责怪我太不懂情理?我这会儿抓紧点,正好可以赶上伦敦来的那班火车,省得贾尔斯雇车站的出租汽车。"

"当然不会,"我说,"我可以沿着车道步行回去。"

"那就太感谢了。"她口气里带几分感激。

我看她今天下午也够不好受的了。她不愿再在曼德里应付一顿晚了钟点的茶点,而想独自清静一下。

我在庄园门口走下汽车。我们相互吻别。

"下回咱们见面时你得长胖点哦,"她说,"这么瘦骨伶仃,可不大好看。向迈克西姆问好。今天的事儿还得请你原谅。"她的车子一溜烟儿消失在飞扬的尘土之中,我转身沿着车道往庄园走回去。

当年迈克西姆的祖母正是在这条车道上策马驱车的。从那以来,不知车道是不是已经大改其样。那时她还是个少妇,骑着马经过这儿时,也像我现在这样曾朝看门人的妻子微笑着打招呼。那时候,看门人的妻子还得向她行屈膝礼,那条像伞一般撑开的裙子直拖到地面。而现在这个女人,只是微微朝我一点头,然后忙着转身去叫唤屋后正跟几只小猫咪一起扒弄

183

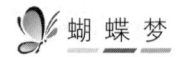

泥土的小男孩。迈克西姆的祖母曾低下头避开几根下垂摇曳的树枝，让坐骑放开四蹄，在我此刻走着的车道上快步奔跑。那时的车道保养得很好，路面比现在宽阔，也比现在平坦。两旁的树木侵入车道。

我脑海里浮现的并不是那个背倚枕垫、身裹披巾的老妪形象，而是当年她以曼德里为家时的少妇倩影。我仿佛看到几个小男孩跟着她一块漫步在花园里，那孩子是迈克西姆的父亲，他骑着玩具竹马咔哒咔哒跟在她身后，身上穿件浆得笔挺的诺福克上衣，头颈里围着白色的领饰。那时候很少有机会到海湾去聚餐一顿，那简直如同一次远征。不知在什么地方，或许是在哪本保存了多年的影集里吧，可能还收藏着一张照片——阖家围着一块摊在沙滩上的台布正襟危坐，后面是一排仆役，站在大食品篮的旁边，我似乎又看到前几年时候的迈克西姆的祖母，已显出老态龙钟，拄根拐杖，在曼德里的平台上一步一步走着。有个人走在她身边，小心地搀扶着她，一边还发出朗朗笑声。此人苗条颀长，面目姣好，用比阿特丽斯的话来说，具有一套与生俱来的讨人喜欢的本领。不管谁见了，都会不由自主地喜欢上她的。

我终于来到车道的尽头，瞧见迈克西姆的汽车停在屋子前，不禁心头一喜，三步并作两步地走进大厅，只见桌上放着他的帽子和手套。我朝藏书室走去，快到门口时，听到里面有人讲话，其中一个的嗓门压过另一个，那是迈克西姆的声音。门关着，我在门口迟疑了一下，没立即走进去。

"你可以写信告诉他，就说是我讲的，叫他以后别再到曼德里来，听见没有？别管是谁告诉我的，这无关紧要。事有凑巧，我听人说昨天下午在这里看到过他的汽车。假如你想见他，尽可以到曼德里外面去和他碰头。我不许他跨进这儿的门槛，明白吗？记住，这是我最后一次向你提出警告。"

我悄悄地从藏书室门口走开，走到楼梯口。我听见藏书室的门开了，便飞奔上楼，躲进画廊。丹弗斯太太走出藏书室，随手把门关上。我急忙贴着画廊的墙壁，身子缩作一团，生怕被她看见。我从墙根瞥见了她的脸。她气得面色煞白，五官歪扭着，显得狰狞可怕。

她悄没声儿地疾步走上楼梯，拐进那扇通往西厢的过道门，不见了。

过了一会儿，我才从楼梯上慢慢走下来，来到藏书室。我打开门，走

第十五章

进屋子。迈克西姆站在窗边,手里拿着几封信。有那么一刹那,我真想偷偷溜出去,上楼回自己的房间,宁可一个人坐在那儿。他背对着我。想必是听到了动静,只见他转过身来,一脸的不耐烦。

"这回又是谁来了?"他说。

我微笑着向他伸出双手。"你好哇!"我说。

"哦,是你……"

我一眼就看出有什么事惹得他火冒三丈。他噘着嘴,屏紧的鼻孔气得煞白。"这两天你一个人怎么过的?"说着,他在我额头上吻了一下,伸出胳臂搂住我的肩膀。他不过是昨天才离开我的,可我仿佛觉得已阔别良久。

"我去探望过你的祖母,"我说,"是今天下午比阿特丽斯开车子接我去的。"

"老太太身体怎么样?"

"还不错。"

"比阿特丽斯人呢?"

"她得赶回去接贾尔斯。"

我俩并肩临窗坐下。我攥着他的手。"我真不愿你离开我,好想你啊!"我说。

"是吗?"他说。

过后,有一会我俩谁也不说话。我只是握着他的手。

"伦敦天热吗?"我说。

"是呀,热得难受。我一向讨厌那地方。"

我不知道他是否会把刚才在这儿对丹弗斯太太发火的事儿告诉我。想想真奇怪,是谁对他说费弗尔曾来过这儿的呢?

"你有什么心事吗?"我说。

"旅途很辛苦,累了,"他说,"二十四小时之内往返驾车两次,谁都受不了。"

他站起身走开去,点了支烟。这时我已明白,他是不会把丹弗斯太太的事说给我听的。

"我也累了,"我慢悠悠地说,"今天过得还真是有趣呢。"

蝴蝶梦

第十六章

　　关于举行化装舞会的主意，我记得最初是在某个星期天的下午提出来的。那天下午，一大群客人纷至沓来。这天，弗兰克·克劳利在我们这儿吃了午饭，我们三人原本想在栗子树下度过一个悠闲的下午。不料，车道拐角处却响起了汽车马达声。这一下已来不及给弗里思打招呼。汽车一转眼就开到我们跟前。当时，我们腋下夹着坐垫和报纸，猝不及防地站在平台上。

　　我们只得硬着头皮上前迎接那几位不速之客。事情往往是这样，客人要么不来，一来就是三五成群，络绎不绝。大约过了半个小时，又驶来一辆车，接着又有三位乡邻从克里斯徒步来访。今天不可能清闲了。一个下午，我们为这一群泛泛之交忙得晕头转向，照例又得陪他们在屋前屋后兜上一圈，到玫瑰园走走，在草坪上散步，还要礼数周到地领他们参观幸福谷。

　　不用说，客人都留下用了茶点。这样一来，再不能懒洋洋地在栗子树下啃黄瓜三明治，而是只能在客厅里摆出全套茶具，正襟危坐地用茶，而我向来是十分厌恶这种场面的。弗里思当然是得其所哉，在一旁竖眉瞪眼地指使罗伯特干这干那，而我呢，却是心慌意乱，狼狈不堪，简直不知道该拿那一对偌大的银质茶炊和水壶怎么办。该在什么时候用滚水冲茶，怎么才算恰到火候，我简直无所适从；而要再强打精神，敷衍身旁的客人，我就更是毫无办法。

　　弗兰克·克劳利在这种场合确实是个难得的好帮手。他从我手中接过一盏盏茶盅，递给客人。由于尽顾着手里的银茶壶，我的对答言词似乎比平时更加含糊不清，不知所云。每逢这时，他就会在一旁十分得体地悄

第十六章

悄插进一言半语，接过话头，巧妙地给我解围。迈克西姆一直在客厅的另一头待着，和一个令人讨厌的家伙说话，给他看本书或是看幅画什么的。他施展出那套娴熟的应酬功夫，充当着完美无缺的男主人的角色。至于像沏茶这种玩意儿，在他眼里仅仅是细枝末节，无关紧要。他自己的那杯茶已被忘在鲜花后面的一张茶几上放凉了，而我和弗兰克就得在这一边照料一大帮客人，使他们的口腹之欲得到满足。我提着水壶冲茶，头上直冒热气；弗兰克殷勤而周到地给每个人分送蛋糕和薄煎饼。举行化装舞会的主意是克罗温夫人提出来的。她是个令人讨厌的长舌妇，住在克里斯。当时，客厅里出现了冷场——这在任何茶会上也都难免——我看见弗兰克刚想张嘴，吐出那句照例必讲的什么"吉人自有天相"之类的傻话。就在这时，克罗温夫人一面将手里的蛋糕小心地搁在碟子边上，一面抬起头来望着恰巧站在她身边的迈克西姆。

"哦，德温特先生，"她说，"有件事我早就想问问您啦。请告诉我，您是不是有意恢复曼德里的化装舞会？"说着，她把头一歪，咧开嘴，露出那排暴突的牙齿，这在她或许算是嫣然一笑了。我赶紧低下头，借茶壶的保暖罩做掩护，一个劲儿地喝着自己面前的那杯茶。

迈克西姆沉吟了半响才开口，说话时全然不动声色，语气干巴巴的。"我没有想过，"他说，"我看别人也没有想到过吧。"

"喔，可是我保证，我们大家都经常在念叨呢，"克罗温夫人接着说，"以往，这种舞会对我们这一带的人来说可是盛夏佳节。您不知道当年它给了我们多少生活乐趣。我难道还不能说服您重新考虑一下吗？"

"噢，这可不好办，"迈克西姆干巴巴地说，"筹备起来太费事。你最好还是问问弗兰克·克劳利，这事主要由他张罗。"

"哦，克劳利先生，你必须得支持我。"她真有一股锲而不舍的劲儿。另外也有一两个人在旁边帮腔。"这可是最得人心的一招，您知道，我们都很怀念曼德里的狂欢场面。"

我听见身旁的弗兰克用平静的语调说："要是迈克西姆不反对，我是不在乎筹办工作的。这事得由他和德温特夫人决定，跟我可没关系。"

我当然立即成了进攻的目标。克罗温夫人把座椅一挪，这样，那只保暖罩就再也不能给我打掩护。"听我说，德温特夫人，您得说服您丈夫。

只有您的话他才肯听。他应该开个舞会,对您这位新娘聊表庆贺。"

"可不是嘛,"有位男客附和说,"要知道,我们已经错过了婚礼,没能热闹一场,你们怎么好意思把我们的乐趣全给剥夺了呢?赞成在曼德里开化装舞会的人举手。你瞧见了,德温特?一致赞成!"在场的人又是笑又是鼓掌。

迈克西姆点上一支烟,我俩的目光越过茶壶相遇。

"你看怎么样?"他说。

"我不知道,"我踌躇不定地说,"我无所谓。"

"能开个庆祝舞会,她当然求之不得了。"克罗温夫人又饶舌了,"哪个姑娘不巴望这么热闹一场?我说,德温特夫人,要是您扮个德累斯顿牧羊女,把头发塞在大三角帽底下,那模样儿一定迷人。"

我想,我的手脚如此笨拙,肩胛如此瘦削,能扮得了典雅的德累斯顿牧羊女才怪呢!这女人真是个白痴。难怪没人附和她。幸亏弗兰克让大家转移了话题,我真得感激他。

"其实,迈克西姆,"他说,"前几天就有人同我谈起过这事。'克劳利先生,我想我们总该举行个什么仪式,为新娘祝贺一下吧?'此人这么说。'我希望德温特先生会再举办一次舞会。我们以前玩得可尽兴了。'说这话的是塔克,咱们自己农庄上的。"他面朝克罗温夫人补充了这么一句。"当然啰,不管什么样的娱乐他们都很喜欢。'这个我不太清楚,'我告诉他,'德温特先生从没对我提过。'"

"诸位听到了吧,"克罗温夫人得意洋洋地朝客厅里所有的人说,"我刚才怎么说来着?你们自己的人也希望开舞会。即使您不给我们面子,那也得为他们着想呀!"

迈克西姆疑惑不决的目光还是越过茶壶朝我扫来。我忽然想到,或许他是担心我承担不了吧;再说,他对我了如指掌,知道我这人怯生怕羞,到时候可能难以应付。我不愿让他把我看得这么没用,也不想让他觉得我不给他争气。

"我想一定很有趣吧。"我说。

迈克西姆转过脸去,耸了耸肩。"既然如此,那就这么定下来了。"他说,"好吧,弗兰克,麻烦你着手去安排。最好还是让丹弗斯太太帮你

第十六章

一下。她一定还记得舞会的格局。"

"这么说来,那位了不起的丹弗斯太太还在你们这儿?"克罗温夫人说。

"是的,"迈克西姆简慢地说,"您要不要再吃点糕点?吃完了吗?那么我们大家到花园里走走吧。"

我们信步走出屋子,来到平台,大家你一言我一语地议论开了:舞会应该开成什么样子,哪一天开最好。最后,总算让我大大松了口气,乘汽车来的那帮人觉得该告辞了,而步行来的人,因为可以搭便车,也一起走了。我回到客厅,又倒了一杯茶,这会儿卸去了应酬的重负,我才好好品尝起茶味来;弗兰克也走了进来,我们把剩下的薄煎饼弄碎了统统吞下肚子,觉得像是在合伙做什么偷偷摸摸的事。

迈克西姆在草坪上扔木棒,逗耍杰斯珀取乐。我不清楚是不是所有家庭都一样,客人一走就会顿时觉得神清气爽,来了劲头。有一阵子,我俩谁也不提舞会的事。后来,我喝完了茶,用手帕擦了擦黏乎乎的手指,对弗兰克说:"老实说,你觉得举办化装舞会这件事情怎么样?"

弗兰克迟疑了一下,抬眼朝窗外草坪上的迈克西姆瞟了一眼。"我说不清楚,"他说,"迈克西姆看来并不反对,是吗?我想,他很同意这个建议呢。"

"他很难不同意,"我说,"克罗温夫人实在令人讨厌。你当真相信她说的,曼德里的化装舞会是这一带的人时刻憧憬谈论的唯一的事儿吗?"

"我想他们都非常喜欢有点娱乐活动,"弗兰克说,"要知道,我们这儿的人在这些事情上很有点墨守成规。老实说,克罗温夫人说该为您贺喜,我觉得她说得并不过分。德温特夫人,毕竟您是位新娘。"

这几句话听起来让人觉得浮夸且无聊。但愿弗兰克别老是这样刻板地讲究分寸。

"我可不是什么新娘,"我说,"我甚至没有一个像样的婚礼,没穿白纱礼服,没戴香橙花,也没有姑娘跟随在身后当傧相。我可不要你们为我举行毫无意义的舞会。"

"曼德里在张灯结彩时是十分动人的,"弗兰克说,"我说,您一定会喜欢的。您不必费什么手脚,到时候只要出来迎接客人就行了,不会费什么劲儿。或许我能荣幸地请你跳个舞呢？"

亲爱的弗兰克，他那种略带几分严肃的骑士风度，还真让我喜欢。

"你爱跳多少场，我就陪你跳多少场，"我说，"除了迈克西姆，我只跟你跳。"

"哦，看起来太不好了。"弗兰克认真地说，"那样您会得罪客人的。不管谁请您，您都该和他跳。"

我忍俊不禁，赶紧掉过脸去。瞧这个老实人，上了人家当还蒙在鼓里，怪有趣的。

"克罗温夫人认为我可以扮德累斯顿牧羊女，你觉得这个主意怎么样？"我调皮地问。

他严肃地把我打量了一番，脸上不带一丝笑影。"是的，我觉得可取，"他说，"我想，您换上那身装束，的确挺好的。"

我乐得哈哈大笑。"哦，亲爱的，弗兰克，我真喜欢你。"我说，他微微红了脸。我想，他对我脱口而出的唐突言词一定感到有点吃惊，甚至多少有点伤心吧，因为我在取笑他呢！

"我不觉得这有什么可笑的。"他板着脸说。

迈克西姆从落地长窗那儿走了进来，杰斯珀蹦跳着跟在他身后。"什么事让你高兴成这样？"他说。

"弗兰克真有点骑士风度，"我说，"他并不认为克罗温夫人的建议可笑，相反还觉得挺好呢。"

"克罗温夫人实在是让人讨厌。"迈克西姆说，"如果让她写这许多请帖，亲自去张罗这件事，她就不会这么起劲了。不过，情况向来如此。在本地人眼里，曼德里好像是防波堤尽头一顶供旅客歇脚的凉亭；这些人还希望我们上演个节目，给他们的生活增添乐趣呢。我们恐怕得把全郡的人都请来哪！"

"我办公室里有记录，"弗兰克说，"实际上费不了多少劲。就是贴邮票花点时间。"

"这件事就偏劳你了。"迈克西姆说着，对我笑笑。

"哦，这事由办事处负责，"弗兰克说，"完全无须德温特操心。"

要是突然宣布我想承办舞会的全部事务，真不知他们会怎么说。也许

第十六章

先是大笑一阵,继而把话题转移到其他事上。能卸去肩上的责任,我当然高兴,可是,想到自己甚至连贴邮票的本事也没有,又不免增加了我的自卑感。我不由自主地想起晨室里那张写字桌,还有那个鸽笼式的文件架,每格的标签都是用那种尖头的斜体钢笔字写的。

"到时候你穿什么?"我问迈克西姆。

"我从来不化装,"迈克西姆说,"这是男主人可以享受的唯一特权。你说是吗,弗兰克?"

"我究竟该扮什么呢?化装这玩意儿我不怎么在行。"我说。

"头上扎根缎带,扮个漫游仙境的爱丽丝不就得了?"迈克西姆调侃地说,"瞧你现在手指放在嘴里的模样,不是挺像吗?"

"你说话别这么粗鲁,"我说,"我知道我的头发难看,可也不至于难看到那种程度。告诉你吧,我会让你和弗兰克大吃一惊的,到时候你们一定认不出我来。"

"只要你不把脸涂得墨黑,装成个猴子,你扮成什么我都不反对。"迈克西姆说。

"好吧,就这么说定了。"我说,"我穿什么化装舞服,不到最后一分钟谁也不让知道,你们也别想打听。跟我来,杰斯珀,让他们胡说去,咱们不在乎。"我走到外面花园里的时候,听见迈克西姆在屋里笑,他还对弗兰克说了些什么,我没听清。

但愿他别老把我当小孩子看待,别把我看作一个娇生惯养、百事不管的孩子,平时多半把我丢在脑后,或者在我肩上一拍,说声"自个儿去玩吧"。待他兴致来了,就疼我一番。但愿能有什么办法让我看起来聪明成熟一些。难道就老是这样下去吗?由他一个人走在我前面,我则猜不透他的情绪,不明白他心里隐藏着的苦恼。难道我们永远不能待在一起,他作为一个男人,我作为一个女人,肩并肩、手拉手地站在一块儿,中间没有任何鸿沟吗?我不想当孩子。我要做他的妻子,他的母亲。我希望自己老成一些。

我站在平台上,咬着指甲,向大海那边眺望,而就在我孑身伫立的时候,心里又开始嘀咕:西厢那些房间里的家具,是不是因为迈克西姆有吩咐,才那么原封不动地摆着?不知有多少次,这个问题翻腾在我的脑海里。我不知道他会不会也像丹弗斯太太那样，不时走进西厢，抚摸着梳妆台上的发刷，打开衣柜门，还把手伸进衣堆。

"嗨，杰斯珀，"我大声呼唤，"快跑，跟我一起跑，听见没有？跑呀！"我撒开腿，在草坪上狂奔，心中怒火燃烧着，眼眶里噙着心酸的热泪。杰斯珀蹦跳着跟在我身后，歇斯底里地汪汪乱叫。

有关化装舞会的消息很快就传开了。我的贴身使女克拉丽斯兴奋得眼睛闪光，非此莫谈。从她的态度可以看出，全屋子的仆人都十分兴奋。"弗里思先生说，现在又跟过去那时候一样啦，"克拉丽斯热切地说，"我今天早上听到他在过道里对艾丽斯这么说的。您穿什么呢，太太？"

"我也不知道，我想不出来，克拉丽斯。"我说。

"母亲要我打听清楚后告诉她，"克拉丽斯说，"她对上次曼德里举行的舞会记忆犹新。从伦敦租一套服装来，您看怎么样？"

"我还没决定，克拉丽斯，"我说，"不过实话对你说，我决定了就告诉你，而且只告诉你一个人。你可不能走漏半点风声，这个秘密只有你我两人知道。"

"哦，太太，真够刺激，"克拉丽斯压低嗓门说，"真希望那一天马上就到。"

我很想知道丹弗斯太太对这个消息反应如何。打那天下午以来，我甚至怕听到她在内线电话上的声音，幸好有罗伯特在我们之间跑腿传话，我才免去了这一层难堪的折磨。我无法忘记她在跟迈克西姆谈话后离开藏书室时的那副神情。感谢上帝，幸亏她没看见我在画廊里躲着。我还怀疑，她是否以为迈克西姆是从我口中得知费弗尔来访的事的。如果真是这样，她一定更加恨我了。现在，只要我一想到她曾使劲掐住我的胳臂，还用那让人害怕的亲昵口吻耳语般地对我说话，就不由得浑身颤抖。我想把那天下午的事全抛在脑后，所以我避免跟她交谈，甚至怕在内线电话里跟她交谈。

舞会在筹办之中。所有的准备工作似乎都是在庄园办事处里进行的，迈克西姆和弗兰克每天早上都去那儿议事。正如弗兰克所说的，我丝毫不必为此操心，甚至连一张邮票也没贴过。我开始为自己的化装舞服伤脑筋。在这个问题上我竟一筹莫展，似乎也太无能了。我脑子里一直在盘算会有哪些人来参加舞会：有克里斯的来宾，也有这儿附近的；有从上次舞

第十六章

会享受到莫大乐趣的主教夫人,有比阿特丽斯和贾尔斯,有那位令人讨厌的克罗温夫人,还有很多素未谋面的人。所有这些人都会对我评头品足,带着几分好奇心,想看看我会怎么应付这种场面。最后,绝望之余,我想到了比阿特丽斯作为结婚礼物送我的那几本书。于是一天早晨,我在藏书室里坐定,抱着最后一线希望,翻动书页,发狂似的将插图一幅又一幅浏览一遍,可似乎又没有合适的。鲁宾斯、伦勃朗以及其他名画家复制作品里的那些豪华的天鹅绒服和丝绸服,全都是精美浮华,工丽非凡。我抓起纸笔,随手临摹了其中一两幅,但都不中我的意。一气之下,我干脆把那几幅素描往废纸篓里一扔,再也不去想它们了。

傍晚时分,我正在卧室更衣准备去用晚餐,忽然听到一阵敲门声。我说了声"进来",心想一定是克拉丽斯。门开了,来人不是克拉丽斯,而是手里拿着张纸的丹弗斯太太。"希望您能原谅我这时来打扰您,"她说,"我拿不准您是不是真的不要这些画了。一天下来,屋子里所有的废纸篓总要拿来让我检查过目,免得无意间扔掉什么有价值的东西。罗伯特对我说,这张纸是您扔在藏书室废纸篓里的。"

一看见她我就全身发冷,一上来,连话也说不出来。她把纸塞到我跟前。我一看,原来是我早晨信手临摹的草图。

"不要了,丹弗斯太太,"过了一会儿,我才说,"扔了没关系。不过是张草图。我不要了。"

"那好,"她说,"我想最好还是问过您本人,免得发生误会。"

"是的,"我说,"当然是这样好。"我以为她会转身走开,不料她还是在门口踟蹰着不肯离去。

"看来,您还没决定穿什么服饰?"她说,语气里多少带点嘲弄和幸灾乐祸的意味。我想,她大概从克拉丽斯那儿打听到我正为化装舞服伤脑筋。

"是的,"我说,"还没最后决定。"

她继续盯着我瞧,手搁在门把上。

"我不明白,您干吗不从画廊的画像里选一幅,照样子临摹下来。"她说。

我装做磨指甲的样子,其实指甲已经很短,很脆,不宜再磨,可这样手里好歹算有事干了,而且不必抬头看她。

"是的，或许这是个不坏的主意。"我嘴上这么说，心里却在暗自嘀咕：嗨，我怎么不曾想到这上头去？看来，我的这个难题可以迎刃而解，不过我不想让她知道，我还是不动声色地继续磨我的指甲。

"画廊里的画像，张张都提供了上乘的服装式样，"丹弗斯太太说，"尤其是那幅手拿帽子的白衣少女画像。我真不明白，德温特先生为什么不让这次舞会开成个古装舞会，大家都穿上差不多属于同一个时代的服饰，看上去也顺眼。一个小丑跟一位敷了脂粉、贴着美容斑的太太翩翩起舞，看着总觉得别扭。"

"有人喜欢花样多一些，"我说，"他们觉得这样才更有趣。"

"我可不喜欢。"丹弗斯太太说。叫我吃惊的是，她现在说话的口气不但同常人一样，而且显得相当友好。我不知道她为什么不嫌其烦，把我扔掉的草图亲自给我送来。她终于想跟我握手言和了？或者是她已经打听清楚，我压根儿没有在迈克西姆面前告费弗尔的状，所以就用这种方式对我的缄默表示感谢？

"德温特先生没有建议您穿什么样的化装服吗？"她说。

"没有，"我迟疑了一会儿说，"不，我要让他和克劳利先生大吃一惊。在这件事情上，我什么也不想让他们知道。"

"我知道，我不配给您提什么建议，"她说，"不过要是您最后决定了，我劝您还是让伦敦的铺子给您赶制服装。这类事情这儿没人能做得像样的。据我所知，邦德大街的沃斯成衣铺，缝工很出色。"

"我一定记在心里。"我说。

"那好，"她一边开门，一边接着说，"太太，要是换了我，一定仔仔细细琢磨画廊里的那些画，尤其是我刚才提到的那幅。您不必担心我会把您的秘密泄漏出去。我一定守口如瓶。"

"谢谢你，丹弗斯太太。"我说。她走出屋去，轻手轻脚把门带上。我继续更衣。她今天的态度跟我们上次见面时比，判若两人，真叫人捉摸不透，说不定这还得归功于那个惹人讨厌的费弗尔呢。

丽贝卡的表兄。既然是丽贝卡的表兄，为什么迈克西姆不喜欢呢？为什么不许他上曼德里来？比阿特丽斯称他为浪荡公子，别的就没多说什么。我越想越觉得比阿特丽斯说得有道理。那双火辣辣的蓝眼睛，那张肌

第十六章

肉松弛的嘴,还有那种肆无忌惮的笑声。或许有的人会对他着迷,例如,糖果店柜台后面那些咯咯嬉笑的小妞儿,还有电影院里发售节目单的姑娘。我能想象此人会怎么笑眯眯地乜斜着眼瞅着她们,嘴里嘘嘘轻声吹着小调。那种口哨,那种目光,会让人感到浑身不自在。我不知道他对曼德里有多熟悉,看来似乎像在家一样随便,杰斯珀也肯定认得他。可这并非事实,同迈克西姆对丹弗斯太太说的话却对不起口径。而且,我也没法把此人跟我想象中的丽贝卡联系在一起。丽贝卡姿色出众,教养不凡,怎么会有个像费弗尔那样的表兄?这实在是怪事一桩。我料定他是家庭里见不得人的害群之马。丽贝卡为人豁达,对他不时示以同情,同时也知道迈克西姆不喜欢他,所以就趁迈克西姆外出的当儿,邀他来曼德里作客。这一来也许就发生了某些龃龉,而丽贝卡又总是袒护表兄,所以此后只要一提起费弗尔这个人,总会出现多少有点尴尬的局面。

晚餐时,我在餐厅的老位置上坐定。迈克西姆端居首席。这时,我不禁浮想联翩,想象着丽贝卡正坐在我现在的位置上,拿起刀叉准备吃鱼。电话铃响了,弗里思进来通报:"太太,费弗尔先生等您听电话。"丽贝卡从椅子上站起,朝迈克西姆飞快地扫了一眼,而迈克西姆呢,只顾埋头吃鱼,一声不吭。她听完电话后回来,重新入座,用一种满不在乎的轻快口吻谈起一些无关紧要的事儿,借此掩饰笼罩在他们之间的那层朦胧的阴影。一开始,迈克西姆不情不愿地应答她,脸色阴沉沉的。后来她告诉他今天遇上了什么事,在克里斯见到了谁,终于他心头的阴霾渐渐驱散了,他又重新感到愉快。就这样,等到他们吃完下一道菜的时候,他又开怀大笑了。他微笑着看她,还从桌子这头向她伸过手去。

"瞧你这副发呆的模样,究竟在想些什么?"迈克西姆说。

我吓了一跳,脸蓦地红了。这一瞬间,可能有六十秒的工夫吧,我竟然和丽贝卡融成一体,而我自己这具呆板无味的形体已不复存在,根本就没上曼德里这儿来过。我的思想,我的肉体,整个儿都退到昔日的缥缈幻境之中。

"你可知道,你没在吃鱼,而是在挤眉撅嘴,做着一连串莫名其妙的滑稽动作?"迈克西姆说,"起先,你竖起耳朵,似乎听到了电话铃声,接着你嘴里念念有词,偷偷看了我一眼。后来,你又摇头,又抿嘴微笑,又耸肩膀,大概只用一秒钟就做了这一系列的动作。你在练习怎么在化装舞会上露脸亮相吧?"他从桌子那头望着我,呵呵大笑。我暗自思忖,要是他真的看透了我的思想、我的心情、我的悬念,知道刚才那一瞬间我把他当作往年的迈克西姆,而我自己俨然成了丽贝卡,他会怎么说呢? "你看上去活像个调皮的小捣蛋,"他说,"告诉我是怎么回事?"

"没什么,"我赶忙说,"我什么也没干。"

"告诉我你刚才在想什么?"

"干吗要告诉你?你从来就不告诉我你自己在想些什么。"

"你好像从来没问起过,对吗?"

"不,有一次我问过你。"

"我不记得了。"

"那是在藏书室里。"

"很可能的。当时我说什么?"

"你对我说,你在想塞雷队选中了谁来与中塞克斯队对垒。"

迈克西姆又是哈哈一笑。"这令你大失所望了。你希望我在想什么呢?"

"另外一些很不同的事。"

"什么样的事?"

"哦,那我就说不上来啦。"

"就是嘛,我想你没法说的。要是我告诉你,我在想塞雷队和中塞克斯队,那我就是在想塞雷队和中塞克斯队。我们男人要比你想象的来得直率,我亲爱的小宝贝。可是谁也没法捉摸女人弯来绕去的脑子里在转些什么念头。你知不知道,你刚才的模样一点也不像你本人?你脸上的神态跟往常大不一样。"

"是吗?什么样的神态?"

"我觉得自己也说不清楚。你突然一下子变得老成多了,一副狡诈的样子,看着让人觉得别扭。"

"我不是存心要那样的。"

"是呀,我想那也不是你的本意。"

我端起杯子喝水,一边从杯口上方瞅着他。

第十六章

"你不希望我显得年长几岁吗？"我说。

"不。"

"为什么？"

"因为那不合适你。"

"可我不可避免地总会变老的。我头上会长出白发，脸上会布满皱纹，显出老态。"

"我不在乎这些。"

"那你在乎什么呢？"

"我不希望看到你刚才的那副样子。你歪着嘴，眼睛里闪着领悟到某种事理的灵光，不过那可是种不正当的事理。"

这话真让我费解，我不由得一阵冲动："迈克西姆，你为什么这么说？哪会有什么不正当的事理呢？"

他并没有马上回答我的问题。弗里思走进餐厅，撤换桌上的菜盘。迈克西姆等弗里思转到屏风后面，从那道专供上菜进出的边门出去之后，才接着说。

"我初次遇见你的时候，你脸上带有某种表情，"他慢条斯理地说，"现在你依然带着这种神情。我不打算具体加以描述，老实说我也描述不好。不管怎么说，这可是我娶你的一个原因。可是刚才，就在你挤眉嘬嘴，做出一些怪动作的时候，那种表情却消失不见了。取而代之的是另外一种表情。"

"什么样的表情？你讲呀，迈克西姆。"我急切地说。

他打量我一眼，眉毛一扬，轻轻吹了一声口哨。"听着，我的宝贝。在你还是个小姑娘的时候，大人是不是不允许你看某些禁书？你父亲是不是还把这些书锁得严严实实的？"

"是这样。"我说。

"那就是了。丈夫毕竟和父亲差不了多少。对于某种事理，我宁可不让你明白，最好也把它严严实实地锁起来。就是这么回事。好了，现在吃你的桃子吧，别再冲着我问这问那了，否则我可要罚你站墙根。"

"我希望你不要把我当个六岁的小孩子。"我说。

"那要我怎么对待你呢？"

197

"要像别的男人对待他们的妻子那样。"

"你的意思是要我揍你？"

"严肃些，行吗？干吗对什么事都要开一下玩笑呢？"

"我可没在说笑话。我是很严肃的。"

"你才不呢。我能从你的眼神里看出来。你一直在逗弄我，好像我是个傻丫头。"

"漫游仙境的爱丽丝。这可是我给你出的一个好主意。腰带和束发缎带买了没有？"

"我警告你，看到我穿上化装舞服的时候，可别傻了眼。"

"那还用说，一定会惊得目瞪口呆。快把桃子咽下去吧，别把东西含在嘴里说话。饭后我还要写不少信。"他不等我吃完就站起身，在屋里踱来踱去，随后吩咐弗里思把咖啡送到藏书室去。我一声不吭地坐着，满肚子怨气；我故意慢腾腾地吃，尽量拖延时间，想惹他生气。可是弗里思一点也不顾及我和我的那盘桃子，立即把咖啡送了去，于是迈克西姆也就独自上藏书室去了。

我吃完后就上楼去吟游诗人画廊去看那些画像。不用说，对这些画我已经相当熟悉，可我从来没有像现在这样细细揣摩那些画像，一心想以某幅为范本，复制出我的礼服。丹弗斯太太说得很对。我真是个傻瓜，怎么就没想到来这儿呢？我一直很喜欢那个手拿宽边帽的白衣少女。那画出自画家雷伯恩之手，画中人是卡罗琳·德温特。她是迈克西姆高祖的妹妹，嫁了一个显要的辉格党人，好多年间一直是风靡伦敦的美人。这幅肖像是在那以前画的，当时她还没有出阁。那件白色衣服不难仿制：灯笼袖管，荷叶滚边，还有紧身小胸衣。难做的可能是那顶帽子，而且我还得戴上假发。我那平直的头发怎么也没法卷曲成那副样子。也许丹弗斯太太介绍的那家伦敦沃斯老店会给我赶制全套行头的。我要把这幅画临摹下来，给他们寄去，关照他们不折不扣地照样去做，另外还要把我的尺寸一并寄去。

主意既定，我真松了口气，心头像是搬掉了块大石头。我差不多也开始巴望舞会早日来临。到头来，说不定我也会像小丫头克拉丽斯一样，尽情享受舞会的乐趣呢。

第二天早上，我写信给那家成衣铺，附上那幅画像的临摹图。我得到

第十六章

了令人满意的答复；对方说我的订货是他们小店的莫大荣幸，服装马上动手缝制，还说那副假发他们也能设法赶出来。

克拉丽斯十分激动，简直难以自已；而随着这个盛大喜庆日子的临近，我也开始染上了舞会热。那天贾尔斯和比阿特丽斯要在这儿过夜，幸好再没其他人了；不过据估计，在这儿用晚饭的人不少。我原以为在这种场合，我们得广开华筵，挽留大批宾客在庄园小住，但迈克西姆决定不这么办。"单举办舞会就够我们头疼的了。"他这么说。我不知道他这么决定是仅仅为我着想呢，还是像他说的那样真的讨厌高朋满座。我常听说，昔日曼德里办起宴会来，总是宾客盈门，人满为患，所以有些来客只得住浴室，睡沙发。现在，这所空荡荡的巨宅内就我们几个，只有比阿特丽斯和贾尔斯夫妇能留在这儿过夜。

整幢屋子焕然一新，热闹非凡，仿佛逢到了喜庆节日。打杂工人在大厅里装修地板，作为舞池；客厅里有些家具被搬开了，这样可以沿墙放置几张便餐长桌；庭院和玫瑰园里张灯结彩；不论走到哪里，都能看到筹备舞会的忙碌景象；到处是从田庄召来打杂的帮工；弗兰克差不多天天上这儿来吃中饭；仆人们也是非舞会不谈；弗里思更是挺胸凸肚，煞有介事地四下巡视；仿佛整个晚会全靠他这根擎天柱撑着；罗伯特像掉了魂似的，老是丢三落四，午餐时忘了送上餐巾，有时还忘了端盘上菜。他那副愁眉锁眼的苦相，活像是急着要去赶火车。苦恼的是屋里的那几条狗。杰斯珀夹着尾巴在大厅里转悠，见了打杂的人张口就咬。它老是站在平台上，莫名其妙地狂吠一阵，随后发疯似的一头钻进草坪的某个角落狠命大嚼青草。丹弗斯太太不多出面干预，老是竭力抽身回避，但我一直意识到她的存在。帮工们在客厅里布置便餐桌的时候，我听到她的声音；大厅里铺设地板时，也是她在那儿发号施令。可是每次等我到场，她总是先我一步悄然走开；我可以瞥见她的裙角在门边一擦而过，或者听见她走在楼梯上的脚步声。我这个女主人是摆摆样子的木偶，人兽全不把我当一回事。我走到东、站到西，什么也干不了，反而碍手碍脚帮倒忙。"请让一让，太太。"我总是听到背后有人对我这么说，那人肩上扛着两把椅子，大汗淋淋，打我身边走过去，抱歉地朝我笑笑。

"实在对不起。"我急忙往边上一闪，接着，为了不显得自己无所事事，就说，"我能帮你点忙吗？把这些椅子放到藏书室去怎么样？"那人反倒搞糊涂了，"太太，丹弗斯说这些椅子在这儿碍事，让我们搬到后屋去放着。"

"哦，"我说，"当然，当然。我好糊涂。按她说的做，把椅子搬到后屋去吧。"接着我就急忙转身走开，嘴里还支吾其词地嘟哝着找张纸找支笔什么的，一心想让那人以为我也在忙个不停。其实这是枉费心机。看到他带着几分惊讶的神色穿过大厅，我知道他一眼就看穿了我的花招。

盛大的喜庆日终于来临了。拂晓时，天色灰蒙蒙的，大雾沉沉，不过气压计上的水银柱升得很高，所以我们一点也不担心。迷雾往往是晴天的预兆。果然如迈克西姆所料，十一点钟光景雾散了：蔚蓝晴空，万里无云，好一个阳光灿烂的宁静夏日。整个上午，园丁们忙着把鲜花搬进屋子来，其中有今年最后一批白紫丁香；有亭亭玉立的羽扇豆和飞燕草，长得足有五英尺之高；有数以百计的玫瑰花；还有各色品种的百合花。

丹弗斯太太终于露面了。她从容不迫地吩咐园丁们该把花放在哪儿，接着便亲自动手，用她那敏捷、灵巧的手指选花装瓶。我在一旁望着她插枝弄花，完全看呆了：她娴熟地装满一瓶又一瓶，亲自把花从花房搬进客厅，摆在屋内各个角落。她布置的花瓶，不但有气派，数量也疏密得当，在需要色彩渲染的地方，就配上姹紫嫣红，而那些原该显示其朴质本色的墙壁，就任其空着。

为了不妨碍别人干活，迈克西姆和我在庄园办事处隔壁弗兰克的单身寓所里吃中饭。我们三人兴致勃勃，谈笑风生，犹如乘着葬礼还没开始说笑几句的宾客。我们开着莫名其妙的无谓玩笑，心里却老是惦记着接下来几小时内要发生的事。我心里的感受就跟结婚那天早上一样，还是那种"木已成舟，追悔莫及"的无可奈何之感。

不管怎么说，这次晚会好歹得挺过去。谢天谢地，沃斯裁缝店的师傅总算及早把我的服装送来了。衣服包在薄棉纸里，看上去精美工致。假发也没的说，足以乱真。早饭后我试着穿戴了一回，我照着镜子一看可傻了眼，自己的面貌顿然改观，显得神采奕奕，仿佛完全变成了另一个人，另一个更有韵致、更有生气、更活泼可爱的角色。迈克西姆和弗兰克老是追问我穿什么化装舞服。

第十六章

"到时你们肯定认不出我来。"我对他们说,"你们俩不大吃一惊才怪呢!"

"你总不至于扮成小丑吧,嗯?"迈克西姆闷闷不乐地说,"不会挖空心思拼命想逗人发笑吧?"

"不会的,放心吧。"我神气十足地说。

"我还是希望你扮成漫游仙境的爱丽丝。"他说。

"从您的发型来看,倒可以扮个圣女贞德。"弗兰克腼腆地说。

"我可从来没那么想过。"我不以为然地说。弗兰克涨红了脸。"任您怎么装束打扮,我相信我们都会喜欢的。"他用那种典型的弗兰克式的夸张口气说。

"别再助长她的气焰,弗兰克,"迈克西姆说,"她已被自己那套宝贝化装服迷了心窍,再也别想管得住她啦。现在只能指望比阿特丽斯了,她会使你安分些的。要是她不喜欢你的舞服,她会马上给你指出来。说到我那位亲爱的大姐,上帝保佑她,逢到这种场合,她就总是要出洋相,我记得有一回她扮成蓬派杜夫人,进来吃晚饭时绊了一跤,那头假发松了。'这鬼东西我真受不了。'她说起话来一向就是这么没遮拦。说着,她随手把假发往椅子上一扔,后来整个晚上,她就一直这么露着自己的一头短发。可以想象,配着那身浅蓝缎子撑裙,或是任何其他化装舞服,她会是怎么个怪模样。那一年,可怜的贾尔斯老兄也大为不妙。他扮个厨师,整个晚上坐在长条酒桌旁,样子比谁都可怜。我想他大概觉得比阿特丽斯丢了他的脸。"

"不,不是这么回事,"弗兰克说,"难道你忘了,他在试骑一匹新到手的牝马时摔掉了门牙,他觉得挺不好意思,怎么也不肯张开嘴。"

"哦,是那缘故吗?可怜的贾尔斯。他总是那么喜欢化装打扮。"

"比阿特丽斯说他爱玩哑谜猜字游戏,"我说,"她曾告诉我,每年圣诞节他们总要玩那种猜谜游戏。"

"我知道,"迈克西姆说,"因此我从来不在她那儿过圣诞节。"

"再吃点芦笋吧,德温特夫人,要不要再来个马铃薯?"

"不,真的不要了,弗兰克,我不饿,谢谢你。"

"紧张了,"迈克西姆摇摇头说,"没关系,明天这时候就演完了。"

"希望是这样，"弗兰克神情严肃地说，"我刚才也正打算吩咐所有的汽车在明晨五时准备送客。"

我有气无力地笑了，泪水涌上眼眶。"哦，天哪，"我说，"我们给客人发份电报，叫他们别来吧。"

"别这样，勇敢点，勉为其难吧，"迈克西姆说，"今后几年里我们不必再举行什么舞会啦。弗兰克，我有点放心不下，觉得我们该回宅子去了，你说呢？"

弗兰克表示同意。我极不情愿地跟在他们后面，心里真舍不得离开这间既拥挤又不舒适的小餐室。这间餐室是弗兰克单身汉家庭的一个缩影，可今天在我看来，它却是平静和安宁的象征。我们到家时，发现乐队已经光临，他们在大厅里四下站着，涨红了脸，神态很不自然。弗里思则摆出一副煞有介事的架势，请他们用点心。乐师们将留在这儿过夜，所以在我们对他们表示过欢迎并说了几句应景得体的笑话之后，他们就被领到自己的房间去休息，然后再由人陪着游览庄园。

下午过得真慢，就像出远门之前的那一个小时一样，行装早已收拾停当，就眼巴巴地等着上路。我漫无目的地从一个房间转到另一个房间，失魂落魄之状好似悻悻然跟在我身后的小狗杰斯珀。

我什么事也插不上手，最好还是走开，带着杰斯珀去散步，走远点。等我决定要这么做的时候，却又来不及了，迈克西姆和弗兰克已在吩咐上茶，而茶点刚用完，比阿特丽斯和贾尔斯一齐到来。黄昏就这么在不知不觉中突然降临了。

"曼德里又恢复了昔日光彩，"比阿特丽斯说着吻了一下迈克西姆，四下打量一番。"所有细节全没忘记，可庆可贺。这些鲜花雅致极了，"她转过脸对我说了一句，"是你布置的吧？"

"不，"我怪不好意思地说，"一切都是丹弗斯太太布置的。"

"噢。我是说，毕竟……"比阿特丽斯没把话说完，弗兰克就过来给她点烟，而烟一点着，她似乎把刚才要说的话给忘了。

"是不是还跟以前一样，由米切尔酒家承办筵席？"贾尔斯问。

"是的，"迈克西姆说，"我想一切全都照旧，是吗，弗兰克？办事处里保存着所有的记录。我们什么也没忘掉。我想，要请的客人一个也没

第十六章

有漏掉吧。"

"就我们几个自己人待在一块，多轻松自在，"比阿特丽斯说，"我记得有一回我们也是这个时候到的，可这儿已经来了二十五位客人，全是要留在这儿过夜的。"

"你们打算穿什么化装服呀？迈克西姆还是老规矩，不肯屈尊化装吧？"

"还是老样子。"迈克西姆说。

"我觉得这样很不合适。如果你也化装一下，整个舞会的气氛就会活跃多了。"

"你倒说说看，曼德里的舞会有哪一回开得不活跃？"

"当然没有，我的老弟，筹备得太出色啦。不过我总觉得男主人应该带个头。"

"我看有女主人出场助兴就够啦！"迈克西姆说，"我可犯不着逼自己淌一身臭汗，搞得浑身不自在，而且还得像个傻瓜似的晃来晃去！"

"哦，这话多荒唐。根本用不着叫你当傻瓜。凭你这样一表人才，亲爱的迈克西姆，穿什么服装都挺好。不必像可怜的贾尔斯那样，为自己的腰身体形担心。"

"贾尔斯今晚上穿什么？"我问，"哦，是不是天机不可泄漏啊？"

"不，没有的事，"贾尔斯满面春风，"说实在的，我还真花了不少心血呢，专门请了我们当地的裁缝赶制了化装服。我要扮个阿拉伯酋长。"

"我的老天。"迈克西姆说。

"那身装束可不赖。"比阿特丽斯兴冲冲地说，"他脸上当然还得涂油彩，眼镜也得拿掉。那副头饰可是地道的真货，是我们从一个过去在东方侨居的朋友那儿借来的，其余的行头则都由裁缝照报纸仿制。贾尔斯那身打扮，看起来还挺帅呢。"

"你打算扮什么，莱西夫人？"弗兰克问。

"哦，我嘛，恐怕就没有那么神气啦，"比阿特丽斯说，"为了跟贾尔斯配个对，我也弄了一套东方服装。不瞒你们说，我的行头全是冒牌货。头颈里挂几串珠子，脸上蒙一层面纱。"

"听上去挺不错。"我彬彬有礼地说。

"哦，不太糟就是了。穿在身上挺舒服，这可是个优点。嫌热了，就干脆把面纱卸下。你准备穿什么？"

"别问她，"迈克西姆说，"她对谁也不说，还从没见过有瞒得这么紧的秘密。我知道她甚至还写信到伦敦去订制衣服呢。"

"亲爱的，"比阿特丽斯对此印象颇深，"你该不会为了准备这一套服装弄得倾家荡产，存心要让咱们全下不了台？你知道，我的行头可是自己胡乱凑合的。"

"用不着担心，"我笑着说，"其实我的衣服也挺简朴。迈克西姆老是取笑我，所以我决定要让他大吃一惊。"

"理应如此，"贾尔斯说，"迈克西姆过分自命清高。其实他是心怀嫉妒，巴不得也像我们一样乔装打扮，就是嘴上不愿这么说罢了。"

"绝没有这种事。"迈克西姆说。

"克劳利，你呢？"贾尔斯问。

弗兰克显得很愧疚。"我很忙，一直到最后一刻才考虑这事。昨晚上我翻箱倒柜找出条旧裤子，还有件蓝条子运动服，我想把一只眼睛蒙上，装扮个海盗。"

"见鬼，你干吗不写信向我们借套服装呢？"比阿特丽斯说，"我们有套荷兰佬的服装，那是罗杰去年冬天在瑞士做的。你穿上一定很合身。"

"我可不愿意我的总管事打扮成荷兰佬到处逛荡。"迈克西姆说，"那么一出丑之后，他别再想从谁那儿收到租啦。还是让他扮他的海盗吧。这样，说不定还能唬住几个人。"

"什么不好扮，偏偏扮个海盗！"比阿特丽斯在我耳边嘀咕了一句。

我假装没听见。可怜的弗兰克，比阿特丽斯总是跟他过不去。

"我脸上化个妆要多长时间？"贾尔斯问。

"少说也要两小时，"比阿特丽斯说，"要是我呀，现在就得考虑动手了。会有多少客人吃饭？"

"十六个，"迈克西姆说，"连我们自己在内。没有生客，都是你认识的人。"

"我心急火燎，巴不得现在就开始更衣化装呢，"比阿特丽斯说，"这玩意儿真带劲啊。我很高兴，迈克西姆，你总算决定重开舞会。"

第十六章

"这你还得感谢她呢。"迈克西姆说着朝我一点头。

"哦，没有的事，"我说，"全怪那个克罗温夫人。"

"胡说，"迈克西姆朝我微笑着说，"瞧你那股高兴劲儿，就像一个初次参加宴会的小孩。"

"才不是呢。"

"我真想瞧瞧你的化装舞服。"比阿特丽斯说。

"平常得很。说真的，毫无特别之处。"我一个劲儿地推诿。

"德温特夫人说我们会认不出她来。"弗兰克说。

大家都望着我笑。我很得意，脸也红了，心里却甜滋滋的。大家待我真好啊，全都那么和蔼可亲。想到舞会，想到我还是舞会上的女主人，我突然感到乐不可支。

我是新娘，这次舞会是为我举行的，为了对我表示庆贺。我在其余人的包围中，晃着腿坐在藏书室里的书桌上。我真想撒腿跑上楼去，穿上我那套舞服，对着镜子试试那头假发，然后再走到墙上的大穿衣镜前，侧过去照照，转过来看看。想到贾尔斯、比阿特丽斯、弗兰克和迈克西姆全这么目不转睛地望着我，谈论着我的化装舞服，真是新鲜事，一种自豪感在心头油然而生。他们全都不知道我会穿什么，全都蒙在鼓里。我不由想到裹在绵纸里的那一件柔软轻薄的雪白舞裙，想着它会如何帮我掩盖住线条平直、毫无韵致的身段和瘦削难看的肩胛。我还想到，我那一头平直的长发将被那滑溜闪亮的假发遮盖住。

"什么时候啦？"我漫不经心地问，还打了个呵欠，装作满不在乎的样子，"我看我们是不是得考虑上楼了？……"

在一路穿过大厅，往我们各自的房间走去的时候，我才第一次认识到这座巨宅真不愧是举行盛典的理想场所，那些房间看上去多么气派。甚至连那座客厅，往常就我们这几个人时，我总觉得它刻板而又肃穆，现在却是五彩缤纷，绚丽夺目，四周角落里摆满了鲜花。鲜红的玫瑰花插在银盆里，端放在铺着洁白台布的餐桌上。落地长窗大开着，通向平台，等到夜幕降临，那儿的彩灯就会竞放异彩。在大厅上方的吟游诗人画廊里，乐队已经支起乐谱架子，乐器也已一一摆开。大厅里呈现出一片静等嘉宾光临的不平常的气氛，让我感觉到一种前所未有的暖意。这种暖意来自夜晚

205

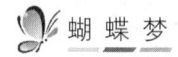

本身的宁静和清朗，来自画像下面的那些鲜花，以及我们漫步登上宽阔的石筑楼梯时发出的阵阵爽朗的笑声。

原先严峻、沉寂的气氛已荡然无存。曼德里以一种不可思议的神秘方式苏醒过来，不再是我熟悉的那座静谧得如一潭死水的古宅。此刻它显示出某种前所未有的深刻含义，一种无拘无束、洋洋自得、赏心悦目的气氛，整幢屋子令人回忆起消逝已久的往昔年华，那时候这座大厅就是宴会厅，墙上挂满兵器和缀锦花毯，人们坐在大厅中央的狭长餐桌旁，发出比我们今日更为豪爽的笑声，他们大声呼唤上酒，要人献歌助兴，随手抓起堆在菖蒲上的大块大块兽肉，朝呼呼熟睡的猎犬扔去。后来，不知过了多少年，大厅里固有的欢乐气氛中又多了几分典雅和庄重，而卡罗琳·德温特——就是我今晚要装扮的那位少女——穿着那身洁白的衣裙，顺着宽阔的石梯款步走下，翩然跳起小步舞。但愿我们能拨开岁月的层层云翳，一睹她的真容。但愿我们别用现代风行的快步舞曲亵渎了古宅的尊严，这种曲调既不合时，又无浪漫气息，同曼德里格格不入。不知不觉中我突然和丹弗斯太太的见解一致了：我们确实应该开一个体现某一时代风貌的古装舞会，而不该搞成现在这种不伦不类的人种大杂烩似的格局，而那位贾尔斯老兄，用心良苦，情真意诚的贾尔斯，竟扮起阿拉伯酋长来了。我发现克拉丽斯在卧室里等着我，她那张小圆脸激动得透出红光。我们像一对女学生，相互轻轻地对笑。我吩咐她锁上门。接着，屋里顿时响起一阵带神秘意味的薄棉纸的瑟瑟声。我们像密谋起事的阴谋家，说起话来压着嗓子，走起路来踮着脚尖。我觉得自己又像个圣诞节前夜的小姑娘了，光着脚板在自己房里走来走去，偷偷摸摸地连声傻笑，压低嗓门啧嘴惊叹。这一切都勾起我对童年的回忆，想到当年临睡前挂起袜子的情景。不用担心迈克西姆，他在自己的更衣室里，通往那儿的门已被关上。房里只有克拉丽斯，她是我的心腹，我的帮手。那套衣服穿着很合身。我站着一动不动，克拉丽斯笨拙地替我扣上搭扣，我简直有点不耐烦了。

"真好看，太太，"她一边嘴里念叨，一边仰着身子打量我，"依我说，这身衣服就是给英国女王穿也配啊！"

"左肩下面怎么样？"我着急地问，"那条扣带会不会露出来？"

"没有，太太，没露出来。"

第十六章

"怎么样？看上去怎么样？"不等她回答，我就在镜子前扭来转去，照个不停，一会儿皱额蹙眉，一会儿咧嘴嬉笑。我已有一种飘然升华之感，不再受自己形体的约束。我那呆板乏味的个性终于隐去了形迹。"把假发拿来，"我兴奋地说，"当心，别压坏了，千万不能把发卷压平了。戴上以后要让它显得蓬松一些。"克拉丽斯站在我肩膀后面，我朝镜子里看去，正好看见她那张圆脸，嘴巴微微张开，眼睛炯炯发亮。我把自己的头发梳平，拢到耳后。我用颤抖的手指轻轻捏住柔软、光亮的发卷，一面低声笑着，一面抬头望望克拉丽斯。

"哦，克拉丽斯，"我说，"德温特先生会怎么说呢？"

我用鬈曲的假发盖住自己耗子毛似的短发，尽量收敛起脸上的微笑，不让那股得意劲儿流露出来。就在这时，有人来了，砰砰地敲门。

"谁呀？"我不胜惊慌地说，"你可不能进来。"

"是我，亲爱的，别吓着了，"比阿特丽斯说，"打扮好了吗？我想来看看。"

"不，不，"我说，"你不能进来，我还没准备好呢。"

张皇失措的克拉丽斯站在我身边，手里满是发夹，而我正从克拉丽斯手里接过一只只发夹，将一绺绺发卷夹紧，发卷放在盒子里已经有些松散。

"打扮好了我会下楼来的，"我大声说，"去吧，你们全下楼去。别等我。告诉迈克西姆，他不能进来。"

"迈克西姆已下楼了，"她说，"跟我们在一起。他说他拼命敲过你那扇浴室的门，你没答理。别一个劲儿磨蹭下去，亲爱的，我们都迫不及待地想看你呢。你真的不要人帮忙吗？"

"不要，"我一阵慌乱，不耐烦地大声嚷着，"走开，下楼去吧。"

干吗她偏偏在这个节骨眼上来打扰我呢？搞得我手忙脚乱，不知道自己在干些什么。我拿着一只发夹，刺来戳去，好不容易才将一绺发卷定住。我没再听见比阿特丽斯的声音，想必她已沿过道走开了。她穿着的东方长袍不知是否合意，贾尔斯的脸不知化装得像不像。这一切多么荒唐可笑。这么折腾自己又何苦呢？我们这些人干吗这么孩子气？

镜子里那张瞪眼冲着我望的脸蛋，我简直认不出来：一双亮晶晶的大眼睛，一张红润的樱桃小口，光洁、白皙的皮肤，这是谁呢？头上一绺绺发卷，像朵朵云彩向外飘散。镜子里的倩影同我判若两人。我望着望着，不禁笑了，这是一种陌生的、嫣然绽开的微笑。

"哦，克拉丽斯！"我说，"哦，克拉丽斯！"我双手提着裙子，朝她行了个屈膝礼，裙子的荷叶边拖在地板上。她格格格地傻笑不止，兴奋极了，虽然红着脸，有点忸怩，心里却乐开了花。我在镜子前轻移莲步，孤芳自赏。

"把门打开，"我说，"我要下楼去了。你先到前面去，看看他们是不是在那儿。"她衔命而去，一边仍傻笑不止。我提起拖在地上的裙摆，跟在她后面沿着走廊走去。

她回过身来，向我招招手。"他们已下楼了，"她小声说，"德温特先生、少校和莱西夫人。克劳利先生刚到。他们全站在大厅里。"我从主楼梯口的拱门偷偷朝下面的大厅张望。

不错，他们是在那儿。贾尔斯穿着白色的阿拉伯长袍，一边大声笑着，一边让大家看挂在身边的腰刀；比阿特丽斯身子裹在一件式样古怪的绿色长袍里，袖口处挂一串珠子；可怜的弗兰克穿着蓝条子运动衫和海员鞋，拘束不安的神态之中带着几分傻气；迈克西姆穿着晚礼服，是这一群中唯一保持日常装束的人。

"我不知道这会儿她还在磨蹭什么，"他说，"她在楼上卧室里已经待了好久了。几点钟了，弗兰克？待会儿一大群出席晚宴的客人就要来到，搞得我们晕头转向。"

乐师们已经换好装，衣冠楚楚地候在画廊里。有个乐师正在调试手里的提琴，提弓练指，轻轻拉了个七度音阶，然后又拨一下琴弦。灯光照在那张卡罗琳·德温特的画像上。

是的，我身上这套舞服完全是照我临摹的样子制作的：灯笼袖管、腰带和缎子蝴蝶结，还有这顶捏在我手里的松软的宽边帽。我戴的正是她头上的那种发卷，同画像上一样，蓬松地覆在脸上。我从来也没像现在这么兴奋，这么快活，这么骄傲。我朝手持提琴的乐师一招手，然后把手指按在嘴唇上，示意他别作声。他微笑着鞠了个躬，随后穿过画廊，朝我站着的拱门这边走来。

第十六章

"叫鼓手替我击鼓通报,"我低声嘱咐说,"叫他把鼓敲响,你知道该有怎么个仪式,然后大声通报:卡罗琳·德温特小姐到。我要叫下面那些人大吃一惊。"他一点头,领会了我的意思。我的心莫名其妙地扑通扑通猛跳起来,双颊像火烧一般热辣辣的。多有趣!真是个疯狂、荒唐、幼稚的玩笑!我朝在走廊上缩成一团的克拉丽斯笑了笑,双手提起裙子。接着鼓声大作,在大厅里回响。一时间,甚至把我也吓愣了,虽说我明知鼓声就要响起,而且眼巴巴地盼着呢。我看见下面大厅里的那几位,带着迷惘的神情不胜惊愕地仰起头来。

"卡罗琳·德温特小姐到。"鼓手大声宣布。

我步履款款地走到楼梯口,停了下来,脸上笑意吟吟,手持宽边帽,俨然是画中那位少女。我在期待,心想只要我缓步走下楼梯,掌声和欢呼声将随之而起。可是,大厅里鸦雀无声,没人鼓掌,也没人动弹。

他们全呆若木鸡,朝我瞪眼望着。比阿特丽斯失声呼叫,接着又忙不迭地用手捂住嘴巴。我脸上还是挂着微笑,手搁在楼梯的扶手上。

"您好,德温特先生。"我说。

迈克西姆一动不动地站在那儿,抬起眼睛直勾勾地盯着我,手里拿着酒杯,脸上没有一丝儿血色,死灰一般惨白。我看见弗兰克走到他身边,像是要说什么,可是迈克西姆一把将他推开。我的一只脚已经跨到楼梯上,一见这阵势不禁犹豫起来:情况有点不对头,他们不明白我的用意吧。为什么迈克西姆这般模样?为什么他们全都哑了,神情恍惚,就像精神恍惚的病人一般?

接着,迈克西姆移动身子,朝楼梯走来,目光死死地盯在我脸上。

"你知道自己干了什么好事?"他说,眼睛里冒着怒火,脸色还是死灰一般惨白。

我仿佛生了根似的动弹不得,手仍搁在楼梯扶手上。

"是那幅画像,"我说,他的眼神,还有他的声音,把我吓坏了,"是那幅画像,画廊里的那幅。"

长时间的静默。我们依然睁大眼睛对视着。大厅里,谁也没有移动一下身子。我咽了口气,手慢慢地伸到脖子上,"这是怎么回事?"我说,"我做错了什么?"

但愿他们别这样面无表情地瞪着我！但愿有人开口说些什么！等迈克西姆再一次开口说话，我竟辨不出那是他的声音：不带感情，冷若冰霜，完全不是我所熟悉的声音。

"去，把衣服换掉，"他说，"随便换什么都行。找一件普通的晚礼服，哪一件都行。趁客人还没来，快去！"

我一句话也说不出来，只是懵懂地望着他。在他那张面具似的煞白的脸上，只有那对眸子是活的。

"你还站在这儿干吗？"他的嗓音粗暴而古怪，"难道你没听见我的话吗？"

我转过身去，茫然穿过拱门，朝那边的走廊奔去。我瞥见那个替我通报的鼓手脸上露出惊愕的表情。我脚步踉跄，打他身边一擦而过，也不看一看自己是在往哪儿走。泪水模糊了我的眼睛。我不明白这是怎么回事。克拉丽斯已走开了。走廊里空无一人。我如同中了邪一般，痴呆地东张西望，只见通往西厢的那扇门豁然敞开着，有个人在那儿站着。

是丹弗斯太太。我永远也忘不了她脸上那副洋洋自得的神情，看着那神情，真是令人不胜憎恶，那是一张幸灾乐祸的魔鬼的脸。她站在那里，冲着我狞笑。

我赶紧打她身边逃开，沿着狭长的过道，一路踉跄朝自己的房间奔去，顾不得裙子的荷叶边可能会将我绊倒。

第十七章

　　克拉丽斯在卧房里等着我。她脸色苍白，看来是吓坏了。她一看到我，就哇的一声哭起来。我一言不发，只顾动手去拉衣裙上的褡扣，用力撕扯衣料。我没法对付那些扣子，克拉丽斯走过来帮我解，一面仍号啕不止。

　　"没什么，克拉丽斯，这不是你的过错。"我说。她摇摇头，眼泪扑簌扑簌沿着两颊往下掉。

　　"您的漂亮裙子，太太，"她说，"您的漂亮的白裙子。"

　　"这没关系，"我说，"你怎么找不到搭扣？就在那儿，在背后。还有一个褡扣，就在第一个扣子下面什么地方。"

　　她胡乱地摸索着替我解衣，两手不住哆嗦，比我自己一个人搞还费事。她一直在嘤嘤抽搭。

　　"太太，您换件什么衣服呢？"她说。

　　"我不知道，"我说，"我不知道。"她总算把褡扣全解开了，我从衣裙中挣脱出来。"我想一个人静静待一会儿，克拉丽斯，"我说，"听我的话，离开这儿，好吗？别担心，我会设法对付过去。把刚才的事给忘了吧。我要你在今天的舞会上照样玩个痛快。"

　　"要不要我给您熨条裙子，太太？"她说着抬起浮肿的泪眼望着我，"用不了多久就可以熨好。"

　　"不，"我说，"别费心了，我看你还是走吧，喔，克拉丽斯……"

　　"什么事，太太？"

　　"别——对谁也别说起刚才发生的事。"

211

"好的，太太。"她忍不住又是一阵呜咽。

"你这个样子可不能给人看见了。"我说，"回你自己的卧房去，把脸上的眼泪擦干，有什么好哭的？一点也不值得。"有人在敲门。克拉丽斯惊慌地瞥了我一眼。

"谁？"我问。门开了，比阿特丽斯走进来，径直走到我跟前，穿戴着东方人的服饰，她显出一副滑稽可笑的怪样子，手腕上的镯环不住地叮当作响。

"亲爱的，亲爱的。"说着，她向我伸出双手。

克拉丽斯悄悄溜出房间去。我突然感到周身疲软，再也无法支撑下去了。我走到床边坐下，举手掀掉头上的假发卷。比阿特丽斯站在那儿望着我。

"你感觉还好吗？"她说，"你脸色苍白得很。"

"那是因为灯光的缘故，"我说，"灯光下总显得没有血色。"

"坐下来歇一会儿就会好的，"她说，"对了，我给你倒杯水来。"

她走进浴室。她一动，腕上的镯子就叮当作响。她回身进屋时，手里捧着一杯水。

我一点儿也不想喝，可是为了不拂她的好意，勉强喝了几口，从龙头放出来的水，喝上去热乎乎的，她没先让龙头开着淌一阵。

"当然，我一眼就看出这只是一场可怕的误会，"她说，"你是不可能知道的。你怎么可能知道呢？"

"知道什么？"我说。

"天哪，那套化装舞服呀。可怜的孩子，你临摹的画廊里的那幅少女画像。在上回曼德里的化装舞会上，丽贝卡正是这么干的。一模一样，同样的画像，同样的装束。你站在那楼梯口，有那么一刹那工夫，我还真以为……"

她收住话头，没往下讲，轻轻地拍了拍我的肩。

"你这可怜的孩子，真是太不幸了。你怎么能知道呢？"

"我应该知道的。"我惊得目瞪口呆，连脑子也麻木了，我只是对着她发愣，嘴里昏昏沉沉地嘟哝着，"我是应该知道的。"

"别胡说，这种事情不会随便钻进我们哪个人的脑袋瓜子来。你怎么可能知道呢？只是你得明白，乍一看见，真好似晴天霹雳。我们谁也没料

第十七章

到，而迈克西姆……"

"说啊，迈克西姆怎么啦？"我说。

"他嘛，他认为这么做是存心的，你不是打赌说，要让他大吃一惊吗？一场没头脑的玩笑。当然，他不这么看。对他来说，这不啻当头一棒。我当即告诉他，你不会有意干这种事的，完全是太巧了，偏偏让你选中了那幅画像。"

"我是应该知道的，"我又重复了一遍，"这全怪我，我应该明白，我应该想到的。"

"别那么说。别担心，这一切会过去的，只要你静下心来向他解释一番，他会谅解的。就在我上楼来的时候，第一批客人已经到达。他们此刻正在喝饮料。没问题，我已叫弗兰克和贾尔斯编了一套词，说你因为服装穿着不合适，生气了。"

我坐在床沿上不说话，两手搁在膝上。

"你可以另外找件什么衣服穿穿？"比阿特丽斯走到我的衣柜前，刷地一下把柜子门拉开。"嗨，这件蓝的怎么样？看上去挺漂亮。把这件穿上。没有人会介意的。快，我帮你穿。"

"不，"我说，"不，我不想下楼去。"

比阿特丽斯郁悒地望着我，那件蓝色袍子搭在手臂上。

"可是，亲爱的，你一定得下去，"她愁眉苦脸地说，"你不露面可不行！"

"不，比阿特丽斯，我不想下楼去。我没法去见这些人，出了这种事儿我再也没法应付了。"

"不会有人知道化妆服的事。"她说，"弗兰克和贾尔斯绝不会透漏风声。我们已经商量好了，就说裁缝店送错了衣服，穿在身上不合体，所以你只好穿普通晚礼服。人人都会觉得这很自然，不会影响舞会。"

"你不明白。"我说，"我并不在乎穿什么衣服，这根本不是问题的症结。我所在乎的是刚才发生的事情以及我的所作所为。我现在不能下去，比阿特丽斯，我不能。"

"可是，亲爱的，贾尔斯和弗兰克完全理解你，他们充满了同情心。迈克西姆也一样，只不过猛一上来有些震惊……我设法把他拉到一边，跟

213

他解释解释事情的原委。"

"不，"我说到，"不。"

她把那件蓝袍子往我身边的床沿上一放。"客人马上就到齐，"她忧心忡忡、心烦意乱地说，"要是你不下去，人家会觉得很奇怪。我总不能说你突然头痛吧？"

"为什么不能？"我精疲力竭地说，"有什么关系呢？怎么说都行。没有人会在乎的，他们里面又没人认识我。"

"好了，我的亲爱的，"她拍拍我的手说，"设法打起精神来。把这件漂亮的蓝衣服穿上。想想迈克西姆吧。为了他，你也该下楼去。"

"我一直在想着迈克西姆。"我说。

"对吧，那当然就……？"

"不，"我抚着指甲，在床沿上前后晃动着身子，"我不能，我不能。"

又有人敲门了。"哦，天哪，谁呀？"比阿特丽斯一面说，一面朝房门走去。"什么事？"

她打开门。贾尔斯站在门外。

"客人们都来了。迈克西姆让我来看看到底是怎么回事，唔？"他说。

"她说她不想下楼，"比阿特丽斯说，"真不知道我们该怎么说才好。"

我发现贾尔斯正从敞开的门那儿朝我张望。

"喔，天哪，这下子可就一团糟了。"他低声说。他注意到我已看见他，这才不好意思地转过脸去。

"我该对迈克西姆说什么呢？"他问比阿特丽斯，"已经八点五分了。"

"就说她头晕不舒服，待会儿看能不能下楼。叫他们别等，请客人入席就是了。我马上下来。这儿由我照料。"

"行，就这么办吧。"他说着又偷偷地朝我同情而好奇地看了一眼。不明白我为什么要这么坐在床沿上；他说话时还压着嗓门，似乎家里有人出了什么事，正等医生上门急救呢。

"我能帮什么忙吗？"他说。

"没了，"比阿特丽斯说，"你下楼去吧，我随后就来。"

他乖乖地拖着阿拉伯长袍走了。我暗自寻思，多年以后再回想起此刻

第十七章

的情景，一定会乐得哈哈大笑，到那时我会说，"记不记得当年的情景？贾尔斯一身阿拉伯人的打扮，比阿特丽斯脸上蒙着面纱，镯环在她手腕上叮当作响。"流逝的光阴会润以甘露，使这一刻成为逗人发笑的一幕。但是眼前这一切丝毫没有趣味可言，我一点也笑不出来。眼前终究是眼前，而不是将来。眼前的这一切太生动了，都是活生生的事实。我坐在床沿上，扯拉着鸭绒垫被，把一小片羽毛从被角的隙缝里抽出来。

"想喝点白兰地吗？"比阿特丽斯做最后一次努力，"我知道，喝两口能给你壮壮胆，添几分虚勇，不过有时候还真有奇效。"

"不，"我说，"不，我什么都不要。"

"我得下楼了。贾尔斯说他们正等着开饭呢。此刻我让你一个人留在这儿，你看行吗？"

"走吧。谢谢你，比阿特丽斯。"

"哦，亲爱的，别谢我。我真希望能帮你点什么忙。"她飞快地弯下腰，对着我那面化妆镜一照，随手往脸上敷了些粉。"天哪，瞧我这副鬼样子，"她说，"我知道都是该死的面纱捣的鬼。这也真叫没办法。"她披着窸窣作声的袍子走了出去，顺手把门关上。我觉得由于自己拒绝下楼，已辜负了她对我的同情。我的怯懦已经完全暴露在她面前。可是她不理解我。她属于另外一个生活圈子，和我是不同类型的人。那个圈子里的女人，个个富有胆识，并不像我这么怯懦。要是这种事儿不是出在我身上，而是落在她比阿特丽斯头上，她就会另外换一套衣服，重新走下楼去迎接客人。她会站在贾尔斯身边，跟大家一一握手寒暄，脸上还挂着微笑。可我做不到。我没有这股傲气和胆量，我缺乏良好的教养。

迈克西姆那张惨白的脸，愤怒的目光，总在我眼前浮现。而在他身后，还站着贾尔斯、比阿特丽斯和弗兰克，他们都像哑巴似的愣愣地望着我。

我从床沿站起，凝视着窗外。园艺工人在玫瑰园里来回走动，忙着检查彩色灯泡，看看有没有毛病。天逐渐暗了下来。西边的天幕上，映出几片条纹状的橙红色晚霞。一到薄暮时分，华灯就会大放异彩。玫瑰园里设了桌椅，成双配对的宾客要是愿意到户外小坐，可以上这儿来休憩。玫瑰的芬芳直飘到窗旁。园艺工人正在谈笑。"这儿缺了一只，"我听到其中一个大声嚷嚷，"拿只小灯泡给我，好吗？比尔，蓝色的小灯泡。"他把

215

灯泡装了上去,嘴里悠然自得地吹着口哨,吹的是一首时下流行的曲子。我想,也许今晚乐队也会在俯瞰大厅的吟游诗人画廊里演奏这支曲子吧。

"行啦,"那人说着,把灯开亮又关掉,"这儿的灯刚好够了,没问题了。现在去看看平台那儿的彩灯吧。"他们拐过墙角走远了,嘴里还在吹着那支曲子。要是我能变个工匠该多好。到了晚上,双手抄在兜里,帽子撩在后脑勺上,和朋友们一起站在车道上,看着一辆辆汽车开到宅子前。他会同庄园里的其他人围作一堆,然后在平台一角专为他们设置的长桌上喝苹果酒。"又恢复到从前了,是不是?"工匠会这么说。可是他的朋友却会把脑袋一晃,吸口烟斗。"这位新太太和我们的德温特夫人完全不一样。"接着旁边人群里有个妇女,还有别的一些人,也都点头称是:"说得没错!"

"今晚上她人在哪儿?一次也没在平台露面。"

"这我不知道。我没有见着她。"

"往日里,德温特夫人总是不停走动,她的身影随处可见。"

"嗨,一点不错。"

那女人转过脸去,朝邻座神秘地一点头。

"听说今儿晚上她压根儿不准备露面了。"

"说下去。"

"这是真的。不信你问这儿的玛丽。"

"是真的。宅子里有个仆人亲口告诉我,一晚上德温特夫人没跨出房门一步。"

"她怎么啦,生病了吗?"

"不,我想是耍脾气了。据说是那件化装服让她很不满意。"

那一堆人群里先是爆发出一阵刺耳尖厉的笑声,接着又喊喊喳喳议论开了。

"这种事情真是闻所未闻!这可是给德温特先生出丑哪!"

"我可不信这种说法,像她那样的黄毛丫头会发这么大的脾气?"

"或许根本不是这么回事。"

"千真万确,所有的人都这么说。"就这样,一传十,十传百。这个微微一笑,那个眨眨眼睛,另一个耸耸肩膀。先是这儿的一群,随后又是

第十七章

另外一群，接着又传到那些在草坪、平台散步的客人耳朵里，最后还惊动了那一对接连三小时坐在底下玫瑰园里的男女。

"你看我刚刚听到的是真的吗？"

"你听到了什么？"

"嗨，听说她根本没病。他们俩大吵了一场，所以不肯露面啦！"

"哦，是这样！"说着，眉毛一扬，发出长长的一声口哨。

"我说嘛，事情也实在有点奇怪，你说不是吗？我的意思是说，怎么会无缘无故突然闹起头疼来呢？我看这里面大有文章。"

"我觉得他心情不大畅快。"

"我也这么觉得。"

"当然啰，我早听说他们的婚姻不很美满。"

"噢，真的吗？"

"嗯。好几个人都这么说过。他们说，他也慢慢地意识到自己铸成了大错。本来嘛，此人姿色平平，并无动人之处。"

"是呀，我也听人说她长得并不出众。她是哪家的闺女？"

"哦，她与大家闺秀一点也不沾边。是他偶然在法国南方找着的，是个看护兼家庭教师之类的角色。"

"我的老天！"

"我说是嘛。一想到丽贝卡……"

我仍出神地望着那几张空椅子。晚霞映染的天空逐渐暗淡下来。星星已在我头顶上闪现。玫瑰园后面的林子里，归巢的鸦雀窸窣鼓翅，准备过夜。一只孤独的海鸥横空而过。我离开窗口，又回到床边。我捡起那件丢在地板上的白裙，连同薄棉纸一起塞进衣盒。我把假发放回发盒内，然后打开一具杂品橱，寻找过去在蒙特卡洛替范·霍珀夫人烫衣服时用的那只袖珍熨斗。它丢在里层的搁板上，跟几件好久没穿的羊毛套衫放在一起。这是一只万能熨斗，我把它往墙上的插座里一插，开始熨起那件比阿特丽斯从衣柜里拿出来的蓝袍子。我有条不紊地慢慢熨着，就跟以前在蒙特卡洛给范·霍珀夫人服务一样。

熨完后，我把衣服摊在床上，然后擦去脸上的脂粉，那是为配原先那件化装舞服而涂抹的。我梳了头，洗了手，穿上那件蓝袍，换了双与

217

衣服相配的鞋子。我仿佛又同过去那时候一样了，正准备陪范·霍珀夫人下楼到旅馆的休息室去。我打开房门，沿走廊走去。四周静悄悄的，似乎根本没在举行什么宴会。我踮着脚，来到过道尽头，拐过弯去。通往西厢的那扇门紧闭着。走廊里没有一点声响。我走到画廊和楼梯处的拱门那儿，才听到餐厅里隐隐约约传来的嗡嗡谈话声。筵席还未散呢。大厅里空荡荡的，画廊里也不见人影。乐师们想必也在吃晚饭。我不清楚他们的活动是怎么安排的。是弗兰克一手安排的——不是弗兰克，就是丹弗斯太太。

从我站着的地方，可以看到正对着我的画廊里那张卡罗琳·德温特的画像。我可以看到那一绺绺发卷衬托着她的面庞，可以看到她嘴边挂着微笑。我记起那天拜访主教夫人时她对我说的话："我怎么也忘不了她的模样儿，一身雪白的衣裳，满头乌发。"这些话我怎么忘了呢，我是应该知道的呀。搁在画廊里的那些乐器，那些小乐谱架，还有那张大鼓，看上去样子有多怪。不知哪位乐师把手帕丢在椅子上了。我凭靠栏杆，俯身望着下面的大厅。不多一会儿，大厅里就会挤满了人，如同主教夫人所说的一样。而迈克西姆就站在楼梯下，跟来客一一握手。嘈杂的人声将响彻大厅，随后，乐队在我现在凭栏伫立的画廊里管弦和鸣，那位提琴师将笑眯眯地合着音乐的节拍不住晃动身子。

到时候不会像现在这么安静。突然，画廊里的一块地板嘎吱响了一声。我赶快转身朝后面的画廊扫了一眼，但不见有人。画廊里跟刚才一样空无一人。可是有阵冷风吹到我脸上，一定是谁把某条过道里的窗户打开后忘记关了。餐厅里嗡嗡的谈话声仍不断传来。真奇怪，我身子一动也没动，地板怎么会嘎吱作响呢？也许是因为夜晚太热，或者是地板木头年代太久，在哪一处有了翘棱。可是阵阵冷风仍往我脸上吹来。谱架上有张乐谱纸，抖动一下，翻落在地板上。我抬头朝楼梯上方的拱门望去。风是打那儿吹来的。我又来到拱门底下，当我走出拱门来到长廊时，我看到通往西厢的那扇门被风吹开，门扉贴着墙壁。西厢走廊里黑洞洞的，一盏灯也没开。我可以感觉到风是从那边某扇开着的窗子吹到我脸上来的。我伸手去摸墙上的开关，可是摸来摸去也摸不着。我隐约看见过道拐角处有扇窗开着，窗帷随风来回微微摆动。朦胧的暮色在地板上投下奇形怪状的影

第十七章

子。大海的涛声从敞开的窗户传了进来,那是海潮从圆卵石海滩退出去时发出的轻柔的咝咝声。

我并没有走去关上窗户,而是站在那儿谛听海水离岸时的阵阵哀叹,并因为衣衫单薄而打着寒战。片刻之后,我一下子转身往回走,把西厢的那扇门带上,重新走出拱门,来到楼梯口。

喊喊喳喳的人声笑语比刚才响了。餐厅的门已经打开。客人正陆续退席。我看见罗伯特在门口站着,叽叽嘎嘎的谈笑声里夹杂着一阵拖开椅子的声音。

我一步一步跨下楼梯,准备前去迎客。

今天,当我回顾我在曼德里初次参加的舞会——是第一次也是最后一次,我只能追忆起一些互不关联的琐碎细节,因为假若把那次晚会比作一块色彩单调的巨幅画布,那么唯独这些细节还具有比较清晰的轮廓。至于背景,那是一片模糊,隐隐约约地浮现着无数张面孔,其中没有一张是我认识的;乐队缓慢而沉闷地演奏着华尔兹舞曲,一曲又一曲,没完没了。成双结对的舞伴旋转着经过我们面前,脸上凝固着一成不变的笑容;我和迈克西姆站在楼梯下,迎接迟到的宾客。在我看来,那对对舞伴在那儿不停地转动扭摆,就像一些被无形的手牵住了的木偶。

舞会上有个妇人,我根本不知道她叫什么名字,后来也再未见到过,她穿一条衬有鲸骨圈的粉色撑裙,那大概算是过去某个世纪一度流行的装束吧,至于是十七世纪、十八世纪,还是十九世纪,那我就说不上来了。每当她经过我身旁的时候,正好逢上华尔兹乐曲的拖音节拍,她也就随着乐曲在原地或一曲身或一摇摆,同时还朝我这边嫣然一笑。这景象一次又一次地重复,最后竟成了习惯性的机械动作,如同我们在轮船甲板上悠然散步时一样,这会儿遇到了一些有着同样健身雅兴的乘客,深信待会儿转到船桥那边还会同他们擦肩而过。

我现在仍记得这女人的模样:龅突的牙齿,高耸的颧骨上抹着一圈鲜红的胭脂,嘴边挂着无所用心、快活的微笑,像是深得晚会之乐。后来我在夜餐桌旁又见到了她,她那双犀利的眼睛正在桌面上搜索食物。她装了满满一盆鲑肉龙虾蛋黄酱,端着朝一个角落走去。还有那位身穿紫红色衣服、打扮得妖冶怪异的克罗温夫人,至于扮的是哪一位古代风流人物，我也弄不明白，也许是玛丽·安托瓦内特，或者是奈尔·格温尼吧。谁知道呢，或者是这两位妖艳妇人的古怪合体吧。她用激动的尖声不住地大声嚷嚷："诸位今天有幸享受这番乐趣，要感谢的是我，而根本不是德温特夫妇。"她因为灌了香槟，说起话来声调似乎比往常更尖利。

我记得，罗伯特一个失手，将一盘冰块倒翻在地；弗里思看见闯下这祸的不是临时雇来帮忙的仆役，而竟是罗伯特，不禁露出极度愤懑之色。我真想朝罗伯特走过去，站在他身旁说："我知道你心里的滋味。我理解，今天晚上我的表现比你还要糟糕。"至今我仍能感觉到我那凝结在脸上的不自然的微笑，这笑容跟我眼睛里的痛苦神情多么格格不入。我仿佛又看到比阿特丽斯，亲切有余、机智不足的比阿特丽斯，一边跳舞、一边倚在舞伴的手臂上朝我频频点头，给我打气；她手腕上的镯子在叮当作响，面纱老是从她热得快冒汗的前额上滑下来。我也可以栩栩如生地回忆起自己如何不顾死活，再次随贾尔斯在大厅内旋转起舞。好心肠的贾尔斯真心实意地同情我，所以我怎么也不忍心加以拒绝，不过他得像在赛马会上牵着他的马匹那样，领着我穿过四周不住蹬脚踢腿的人群。"你穿的这件裙子真漂亮，"我至今仍可以听见他这么说，"相比之下，这儿所有的人都显得傻透了。"但愿上帝赐福于亲爱的贾尔斯，他用这种率直而又委婉动人的方式，向我表示真诚的同情，他以为我是因为没有像样的舞服而灰心丧气，担心会在客人面前显出寒酸相，他以为我在乎的就是这些。

弗兰克给我端来了一盆鸡肉和火腿，但我难以下咽；弗兰克站在我身边，手里端着一杯香槟酒，可我一点也不想喝。

"您还是喝一点吧，"他轻声说，"我看您需要喝几口。"为了不辜负他的一片好意，我勉强呷了三口。他眼睛上蒙着那块黑布，脸色显得苍白，模样也变了，看上去又老又怪，脸上似乎添了几道我以前没有看到过的皱纹。

在这个舞会中，他仿佛是另一个主人，忙着在客人中间周旋应酬，向客人敬烟敬酒，请他们用点心；他偶尔也走下舞池，神情严肃地拖着艰难的舞步，拉长了脸，拥着舞伴在大厅里转。他的那身海盗打扮还算有节

第十七章

制；头上裹了块红头巾，头巾下露出蓬松的络腮胡子，显然他在胡子上面还真费了不少心思，但效果不理想。我能想象他曾怎么站在他那间没有什么家具的单身汉的卧室里，对着镜子，把胡子绕在手指上，想让它卷曲起来。可怜的弗兰克，亲爱的弗兰克。我不知道曼德里这最后一次舞会让他感到何等的厌恶，我一直没问过他。

琴鼓声不绝于耳，舞池里双双对对的舞伴，像牵线木偶似的摆动扭曲着身子，转过来转过去，转过来转过去，从大厅的这头转到那头，又从那头转回到这头；那个站在一旁冷眼静观的似乎不是我本人，并不是一个有血有肉、有感情的活人，而是一具借托我这个形体的泥塑木雕，一具钉上了笑脸的木头架子。站在它旁边的也是一个木头人。他的脸俨然是一副面具，脸上的笑容分明也不是他自己的。那对眼睛并不属于我所热爱并熟悉的那个人。冷漠、黯然无神的目光，透过我的形体，越过我的形体，投向某个我无法跨入的人间地狱，投入某个我无法分担且与外界截然分隔的精神绝境。

他没对我说过一句话，也没在我身上碰一下，我们这一对男女主人虽并排站着，感觉却是远隔万里。我看着他落落大方地同客人周旋。他对这个随口吐出一言半语，同另一个说句玩笑话，朝第三个莞尔一笑，回过头去又同第四个打声招呼，除了我以外，谁也不知道他的一言一语和一举一动都不过是由机器操纵的一系列刻板的反应。我们像一台戏中的两个角色，不过是各念各的台词，谈不上默契配合。我俩得各自硬着头皮忍受，为眼前所有这些我素不相识，以后也不想再见到的人，痛苦地、装模作样地演着这台戏。

"听说你妻子的礼服没及时送来，"一位满脸斑纹、头戴水手帽的客人用胳膊肘碰了碰迈克西姆的胸口，笑着说，"真他妈的不像话，是吗？要是我，就去告那家铺子一状，告它诈骗钱财。有一次我的表姨也碰到过这种事。"

"是的，真是不走运。"迈克西姆说。

"听我说，"水手又转过脸来对我说，"你该说自己是朵'勿忘我'花。这种花是蓝颜色的，对吗？'勿忘我'，迷人的小花儿。我说得没错吧，德温特？告诉你太太，她该称自己'勿忘我'才对。"他搂着舞伴，一边哈哈大笑，一边拖着舞步飘开了。"这想法不赖吧，啊？一朵'勿忘我'。"这时，弗兰克再次在我背后转悠，手里换了只杯子，这回倒的是柠檬水。

"不，弗兰克，我不渴。"

"为什么您不跳场舞呢？要不就找个地方坐一会儿，平台上有个角落还清静。"

"不，我还是站着的好，我不想坐下。"

"要不要我给你拿点吃的？来客三明治，来只桃子？"

"不，我什么也不要。"

那位穿粉色舞服的太太又转到我跟前，这一回可忘了朝我微笑。由于刚吃了晚餐，脸上红喷喷的。她仰着头，目不转睛地盯着舞伴的脸。她的舞伴是个瘦高个儿，长着一个提琴似的下巴。

《命运》圆舞曲，《蓝色的多瑙河》，《风流寡妇》。嘭、嚓、嚓，嘭、嚓、嚓，转了又转；嘭、嚓、嚓，嘭、嚓、嚓，转了又转。一个个人物打我眼前晃过：那位穿粉色舞服的太太；一位全身披绿的女士；原来是比阿特丽斯，她的面纱已从额上撩开，甩到头发后面；大汗淋漓的贾尔斯；接着又是那个水手，这次他换了个舞伴。这两人在我身旁停下。我不认识那个女的，她扮的是都铎王朝时代的命妇，一个毫无特色的都铎王朝的命妇，穿了件黑天鹅绒衣服，脖子上围一圈皱边。

"什么时候你们有空光临寒舍啊？"她这么说着，好像我们是多年深交似的。我只好随口应了一句："过两天准去，我们前几天还谈起过呢。"我心里暗暗奇怪，随机应变地撒谎竟变得这么容易，这么不费劲。"这舞会多有趣啊，我应该向您表示祝贺才对。"她说。我回了一句"承蒙夸奖"，接着又说："挺有趣的，是吗？"

"听说铺子送错了裙子，是吗？"

"可不是！岂有此理，你说呢？"

"对那些店铺是不能相信的，他们全都一样。不过你穿着这身漂亮的蓝衣裙，显得非常年轻，比我这件裹得身子出汗的天鹅绒衣服要舒服多了。你们俩记得过几天到我宫里来吃饭啊！"

"会来的。"

第十七章

我不知道她的话是什么意思,上哪儿?宫里?莫非我们招待的是什么王公贵族?她和着《蓝色的多瑙河》的节拍,被那个水手搂着,一起回旋向前,那条天鹅绒裙子在地板上拖来拖去,如同扫毯器。许久以后的一天半夜里,我睡不着觉,突然记起来了,那位都铎王朝的命妇就是喜欢在彭奈恩山区散步的主教夫人。

现在是什么时候了?我不知道。夜晚慢吞吞地过去,同样的面孔,同样的曲子,在藏书室里打桥牌的那些牌客,不时像隐士似的溜出来,看看舞池里的盛况,然后又转身进去。比阿特丽斯拖着那件袍子,在我耳边轻轻嘀咕了一句:"你为什么不坐下?你的脸色很难看。"

"我没什么。"

贾尔斯脸上的油彩随着汗水往下淌。可怜的人,那条阿拉伯毯子快把他闷死了。他走到我跟前说:"走,去平台看焰火。"

我记得自己站在平台上,抬头仰望,那些四下乱蹿的焰火在空中开花,接着又散落下来。小丫头克拉丽斯跟一个庄园外的小伙子一起,待在庭院的一个角落里。她笑得很欢,每当一个爆竹在她脚边劈啪开花时,她就高兴得尖叫起来。她已经忘了刚才的眼泪。

"看啊,这个花炮特别大!"贾尔斯仰着那张大圆脸,张着嘴巴,"炸开啦,好哇!美极了!"

焰火筒拖着咝咝的长音,迅速蹿入夜空,接着,嘭地一声炸开,化作一串翡翠似的礼花。人群中发出啧啧赞叹声,有人欢乐地大叫,也有人鼓掌。

那个穿粉色衣裳的太太挤到最前面,脸上显出急不可待的神情,每落下一朵礼花都要评论一番:"哦,太美了……快看那一颗,哦,真是婀娜多姿……哦,那一颗没爆开……当心,冲我们这边来啦……那些人在那儿干吗?"……连那些玩桥牌的隐士也都从蛰居的斗室钻了出来,和跳舞的人一起站在平台上观看焰火。草坪上人头攒动,炸开的礼花照亮了一张张仰望的脸。

焰火筒接二连三蹿入空中,像离弦的箭;夜空金紫交辉,一片光华。曼德里像所魔屋似的巍然屹立着,每扇窗子都在闪闪发光,四周的灰墙也被五颜六色的礼花抹上一层华彩。这所宅子已中了魔法,在黑黝黝的树林里赫然挺立。当最后一束焰火放完,人们的欢笑声渐次消失时,刚才还那

223

么美妙的夏夜似乎突然间显得毫无生气，天空成了一张惨淡凄清的灰幕。草坪上和车道上的人群渐渐散去。挤在长窗前平台上的客人又回到客厅。高潮已过，渐近尾声。大家都茫然若失地四下站着。有人递给我一杯香槟。我听见车道上有汽车发动的声音。

"他们开始走啦，"我想，"谢天谢地，总算开始走啦。"那位穿粉色衣服的太太又在一边大吃起来。大厅里的客人还得有好长一段时间才能走空。我看见弗兰克朝乐队打了个手势。我站在客厅和大厅之间的通道上，身旁是一个素不相识的男子。

"宴会妙极了。"他说。

"哦。"我说。

"我玩得尽兴。"他说。

"我很高兴。"我说。

"莫利因为不能来还大发了一通脾气。"他说。

"是吗？"我说。

乐队奏起了《友谊地久天长》。那人一把抓住我的手，上下不停地晃动着。"嗳，"他说，"来吧，你们都一块儿来吧。"又有一个人拉住我的另一只手摇晃着。更多的人加入进来。我们围成一个大圆圈，扯着嗓子高声唱。那个在晚会上玩得尽兴并说莫利因为来不了而大发脾气的男子，身穿一身中国清朝遗老的官服；就在我们上下甩动手臂的当儿，他的假指甲被袖管钩住了。他大笑不止。我们也都笑了。"旧日好友怎能忘怀……"大家齐声唱道。

唱到结尾的几小节，兴高采烈的狂欢气氛急转直下，接着，鼓手照例用鼓棒嗒嗒敲了几下作为引子，乐队随即奏起《天佑吾王》。每个人脸上的笑容仿佛被海绵抹去了一般，荡然无存。那位清朝遗老猛地双脚一并，来了个立正姿势，双手僵直地垂在身子两侧。我记得当时自己曾暗自猜测，不知此公是不是现役陆军军人。那张马脸毫无表情，配着一簇满大人式的垂髯，模样古怪极了。我看见那个身穿肉色衣服的太太正朝我望。乐队突然在这时奏起《天佑吾王》，弄得她手足无措，所以只好把一满盆冻鸡直挺挺地捧在胸前，那模样就好比捧着做礼拜时募到的捐款一般，脸上没有一丝生气。一曲《天佑吾王》奏完，她忙不迭地松散一下身子，又接

第十七章

着吃起她那盆鸡肉来。她一面狼吞虎咽,一面转过头去同她的伴侣不停地闲扯。有人走过来紧紧握了握我的手。

"记住,下月十四号请来舍下吃便饭。"

"哦,有这么回事吗?"我望着他,心里一片茫然。

"是啊,你姐姐刚才也答应的。"

"哦,哦,那可热闹啦。"

"八点半。穿正式礼服的正式宴会。说定啦,届时恭候大驾光临。"

"好,到时一定来。"

人们开始站成一行又一行,准备道别。迈克西姆在屋子的另一头。我脸上重新堆起在唱完《友谊地久天长》之后渐渐隐去的笑容。

"好久没度过这么愉快的夜晚了。"

"我真高兴。"

"多谢。这么盛大的宴会。"

"我真高兴。"

"告辞啦,你瞧,我们一直待到晚会终了。"

"是的,我真高兴。"

英语中难道再没有其他话了?我不停地鞠躬微笑,如同一个木偶,我的目光越过人们的头顶,寻找着迈克西姆的身影。他在藏书室门旁被一伙人缠住了;比阿特丽斯也被人围住;贾尔斯把一群零零落落的客人领到客厅的冷餐桌前;弗兰克则站在外面车道上送客上车。我被困在一群素不相识的陌生人中间。

"再见,承蒙款待,不胜感激。"

"我真高兴。"

大厅里,客人差不多走光了。在此黑夜将尽,疲惫的另一天即将破晓之际,大厅里已呈现出一派昏沉、凄凉的气氛。晨曦透射在平台上,那暗褐色的焰火架仍在草坪上,轮廓隐约可辨。

"再见,晚会实在太妙了。"

"我真高兴。"

迈克西姆已经走出屋子,跟弗兰克一起站在车道上送客。比阿特丽斯一边朝我走来,一边卸下叮叮当当的手镯。"我再也受不了这些个劳什子

225

玩意。天哪，真把我累死了。我好像一场舞也没有错过。不管怎么说，这次舞会开得极为成功。"

"是吗？"我说。

"亲爱的，你还不快去睡觉？看你这副疲惫不堪的样子。你差不多一个晚上都站着。男人都上哪儿去了？"

"在外面车道上。"

"我想喝点咖啡，吃点鸡蛋和熏肉，你呢？"

"不要，比阿特丽斯，我不想吃。"

"你穿着这套蓝衣裙很迷人。大家都这么说。关于——关于那件事儿，没有人听到一点风声，所以你大可不必放在心上。"

"我没放在心上。"

"换了我，明儿早上就好好睡个懒觉。躺着别起来。早饭在床上吃。"

"好的，也许就这么办。"

"要不要我跟迈克西姆说你上楼去了？"

"谢谢你，比阿特丽斯。"

"好了，亲爱的，好好睡一觉。"她飞快地吻了我一下，又在我肩上轻轻一拍，随后就上冷餐室找贾尔斯去了。我蹒跚地一步一级地跨上楼梯。乐师们都已下楼去吃鸡蛋和熏肉宵夜，画廊的灯都熄灭了。乐谱散了一地。有把椅子翻倒在地。一只烟灰缸里盛满乐师们抽剩的烟蒂。这是舞会的狼狈景象。我沿过道朝自己房间走去。天渐渐亮了起来。鸟儿已经开始啁啾，脱衣时我已不必开灯。冷飕飕的晨风从窗口轻轻吹来，颇有几分寒意。夜间，一定有好多人到玫瑰园来过，因为所有的椅子都从原来的位置上挪开了。有张桌上放着一盘空玻璃杯。不知谁把只手提包遗忘在一把椅子上。我把窗帷拉上，好让房间里暗一些，可是灰蒙蒙的晨曦还是从旁边的细缝里透了进来。

我钻进被窝，感到两腿发沉，没一点力气，腰背隐隐作痛。我仰面躺下，合上眼，洁白的床单给人一种凉爽舒适的感觉。我多么希望脑子也能像身躯一样得到休息，松弛下来，然后进入梦乡，而不是像现在这样不住地嗡嗡作响；随着音乐的节拍乱蹦乱跳，在脸庞的海洋中旋转。我用双手紧紧压住自己的眼睛，但是这些脸庞仍在我脑海中徘徊不去。

第十七章

我不知道还要等多久,迈克西姆才回房来。我旁边的那张床看上去如此僵冷无情。要不了多久,屋子里的阴影全会一扫而光,在朝阳的照耀下,墙壁、天花板和地板都会闪着灿烂白光。鸟儿不再压低嗓子,而是将唱得更欢、更响。阳光会在窗帷上织成黄澄澄的图案。床头小钟滴答作响,时间一秒一秒地过去。我侧转身子,望着时钟的针臂在钟面上缓缓移动。分针移到正点上,接着又转了过去,开始又一轮新的旅程。迈克西姆却始终没回房来。

第十八章

　　我大概是在七点过后不久睡着的,记得那时天已大亮,所以不必再自欺欺人地以为拉上了窗帘就能挡住阳光。日光从洞开着的窗户射进来,在墙上交织成一幅幅的图案。我听到仆人正在下面玫瑰园里忙着收拾桌椅,并取下那串彩色小灯泡。迈克西姆的床依然空着。我伸开四肢,舒服地躺在床上,用胳臂蒙着眼睛。这种奇特而不成体统的姿势似乎最不可能催人入眠,然而我却昏昏沉沉地接近迷糊之境,最后总算坠入了梦乡。一觉醒来,时间已过十一点。刚才我睡着的时候,克拉丽斯一定已到房里来过,还给我送来了早茶,因为这时我发现身旁放着茶盘和凉透了的茶壶。我的衣服也都折叠得整整齐齐,那件蓝衣裙已被拿走,放进衣柜。

　　这一觉时间不长,但我睡得很香很沉。我喝着凉茶,仍带着几分睡意,睡眼惺忪地瞅着前面的空白墙壁。迈克西姆的空床使我一下子清醒过来,心头莫名其妙地一惊,我又感受到了前夜的那种极度的痛苦。他根本没有上床睡觉。他的睡衣睡裤放在铺开的床单上,折得好好的,没人碰过。我暗自纳闷,刚才克拉丽斯进屋给我送茶时不知会怎么想。她注意到了吗?出去以后有没有告诉其他仆人?他们会不会一边吃着早饭,一边对此事津津乐道?我不知道自己为什么对这一点老是斤斤计较;为什么一想到仆人们会在厨下窃窃私议就感到这么苦恼不安。这肯定是因为我脑筋古板,心胸狭窄,受不了闲言碎语。

　　正是这个原因,我昨晚才没有一直在自己房里躲着,而是穿上那件蓝衣裙下了楼。这里面谈不上什么勇敢或高尚,仅仅是受了习俗虚礼的驱使,一心想委曲求全罢了。我不是为迈克西姆、比阿特丽斯或曼德里才决

第十八章

定下楼的。我下楼来乃是因为我不想让参加舞会的宾客以为我和迈克西姆在翻脸怄气。我不想给他们抓住话柄,好让这些人回家去风言风语:"你知道吧,他们在一块根本就不幸福。"我完全是为了自己,为了顾全自己那份可怜的自尊心才下楼去的。我一口一口呷着凉茶,怀着既痛苦又疲惫的绝望心情想着:只要永远不让外人知道,那么即使我住曼德里这一隅,迈克西姆住庄园那一角,我也心甘情愿。即使他对我不再有一丝一毫的温情,不再亲吻我,非到万不得已时不启口对我说话,我相信我也能够忍受,只要除我俩以外确实没有别人知道其中的内情。只要我们能用钱堵住仆人的嘴巴,那我们可以在亲朋面前,在比阿特丽斯面前强颜欢笑,装成一对十分相爱的夫妻,到只剩下我们两人的时候,尽可以分道扬镳,各回各的空房,各过各的生活。

我坐在床上,痴痴呆呆地望着墙壁,望着窗口射进来的阳光,望着迈克西姆的空床,似乎觉得世上再没有什么比婚姻破裂更使人丢脸,更使人抬不起头来的事了。结婚才三个月,夫妻间就产生了裂痕。此刻,我已不存半点幻想,不再矫情虚饰。昨晚的事情让我彻底明白了。我的婚姻是极大的失败。人们倘若知道真相,定会议论纷纷,那些闲话也不一定全是捕风捉影。我们确实合不来,确实不是理想的伴侣。我俩并不相配。对迈克西姆来说,我太年轻,太没有生活经验,而更重要的是,我不属于他生活的那个圈子。我像个孩子那样,像条狗那样,病态地、屈辱地、不顾一切地爱着他,但这无济于事。他所需要的不是这样一种爱情,他需要的是我无法给予的别种东西,是他以前曾领受过的另一种爱。我想起自己在结下这宗姻缘时,心里曾涌起一股近乎歇斯底里的青春激情和自负感,以为自己能给曾体验过巨大幸福的迈克西姆带来幸福。就连范·霍珀夫人这样头脑平庸、见识浅薄的人也知道我这一步走错了。"恐怕你日后会吃后悔药的,"她说,"我觉得你正铸成大错。"

当时我只觉得她冷酷而无情,她的话我半句也听不进去,而实际上她的话是对的。她在所有事情上都是对的。她临别时朝我劈头刺来的那卑鄙的最后一击,是她一生中所发表的最明智、最真切的言论:"你不会自欺欺人地以为他爱着你吧?他形影相吊,没法忍受那幢人去楼空的大宅。"无论是当时还是后来,迈克西姆都没爱过我。我们在意大利度过的蜜月,他根本不在乎；我们在这儿朝夕相伴的生活，对他也味同嚼蜡。我所认为的那种对我的爱，对我自己作为独立个人的爱，其实并非是什么爱，只不过他是一个男人，而我是他的妻室，也还年轻，再说，他也感到寂寞。他仍对丽贝卡怀有眷恋之情，他属于她而不属于我。由于丽贝卡的缘故，他永远不会爱我。丹弗斯太太说得不错，丽贝卡仍在这幢宅子里，在西厢的那个房间里，在藏书室、展室以及大厅上方的画廊里，甚至还在那间小小的花房里——她的胶布雨衣依然挂在那儿。丽贝卡还在花园里，在林子中，在海滩的小石屋里。走廊里仍回响着她轻盈的脚步声，楼梯上还留着她身上散发的余香。仆人们仍在按她的吩咐行事：我们吃的是她喜欢的食物，她心爱的花卉摆满各个房间。她的衣饰依然在她房间的衣柜里，她的发刷仍搁在梳妆台上，她的鞋子还搁在椅子下面，睡衣还摊在她床上。丽贝卡依然是曼德里的女主人。丽贝卡依然是德温特夫人。我在这儿实属多余。我像个可怜的傻瓜，一不小心闯进了这片不容外人涉足的禁区。"丽贝卡在哪儿？"迈克西姆的祖母曾这样大声说："我要丽贝卡，你们把丽贝卡怎么啦？"她不认识我，对我很冷淡，不是吗？这也难怪。我对她来说原是个陌生人。我不属于迈克西姆，同曼德里不相协调。比阿特丽斯在我们初次见面时，将我细细打量一番，直言不讳地说："你跟丽贝卡多么不一样。"当我在弗兰克面前提起她的时候，他沉吟不语，显得局促不安，对我连珠炮似的那一大串问题唯恐避之不及，实际上我也不愿那么问。而在我们快走近屋子时，他用低沉而平静的声调回答了我的最后一个问题："不错，我一生中从未见过如此美丽的女人。"

丽贝卡，无处无时不在的丽贝卡。在曼德里，无论我走到哪儿，无论我坐在哪儿，甚至在我沉思入梦之时，我都能遇见丽贝卡。现在我已知道她的体态身段，那细长的腿，娇小的双足。她的肩膀比我丰满，还生就一双灵巧的手——那双手可以驾轻舟，驭骏马；那双手制作船模，插枝养花，还曾在一部书的扉页上挥笔写下"给迈克斯——丽贝卡赠"的题词。我也熟悉了她那张玲珑剔透的鹅蛋脸，光洁白皙的肌肤，乌黑的云鬓。我知道她用的是哪一种香水；我能揣摩她在爽朗欢笑和嫣然微笑时的模样。那种笑声在千人之中也清晰可辨。丽贝卡，丽贝卡，无时不有，无处不在。我永远也摆脱不掉丽贝卡。

第十八章

她总是缠着我,阴魂不散,说不定我也同样使她时刻不得安宁;正如丹弗斯太太所说,她正从画廊上俯视着我,而当我伏在她书桌上写信时,她就坐在我身边。我穿过的那件雨衣,我用过的那方手绢,全是她的遗物。或许她不仅知道,而且还看着我将它们拿在手里。杰斯珀原是她的爱犬,现在却围在我脚边打转。我还随意剪摘她亲手种下的玫瑰花。不错,我恨她,她对我是否也是一样恨,一样怕呢?她是不是有意要让迈克西姆再次成为单鹄寡凫,在这屋子里鳏居呢?我可以同活人拼搏,却无法与死人争斗。如果迈克西姆在伦敦有个什么情妇,他给她写信,去看望她,和她同桌吃饭,同床共枕,那我还可以同她较量一番,因为不管怎么说,她是和我一样活生生的人。我不会胆怯气馁。怒火和妒火是可以加以平息的。总有一天,那女人年老色衰,或是厌腻变了心,迈克西姆就不会再爱她。然而丽贝卡青春常在,始终保持着当年的丰韵。我是没法和她争风吃醋。面对如此强大的敌手,我毫无还手之力。

我起床拉开窗帷,阳光顿时泻满屋子。仆役们已将玫瑰园收拾得干干净净。人们每参加一次宴会,第二天总要谈论好久,此时不知道他们是不是同样在谈论着昨晚的舞会。

"你觉得这次舞会是不是完全够得上以往的水平?"

"哦,我想是吧。"

"只不过乐队拖沓了点。"

"晚餐十分丰盛。"

"焰火也不坏。"

"比·莱西开始见老啦!"

"穿着那身打扮,谁都会显老的。"

"我觉得他有点病恹恹的。"

"他嘛,一向是那副模样。"

"你觉得新娘怎么样?"

"不怎么样,呆板得很。"

"我怀疑这门婚事是否美满。"

"可不是,我怀疑……"

到这时我才注意到门缝下有张便条。我走过去将它捡起,认出那方方正正的字迹系出自比阿特丽斯之手。便条是她在早餐后用铅笔匆匆涂就的。"我叩过你的房门，但你没有答应，想来你已听从我的劝告，睡一觉，把昨晚的事儿忘掉。贾尔斯着急要走，因为家里人来电话，说要他接替某个队员出场，赛一场板球，比赛于下午二点开始。昨晚上，天晓得他灌了多少香槟，真不知道他今天怎么去接球。这会儿我双腿有点发软，不过昨夜睡得很沉。弗里思说，迈克西姆一大早就在楼下吃了早饭，可现在却不见他的人影！所以请代我们向他致意，十分感谢你俩昨晚的盛情款待。昨天晚上我们玩得痛快极了。不要再去想那套衣服的事。（铅笔在最后这一句下面画了一道粗线。）你的亲爱的比。"后面又附了一笔："你们两位最近务必抽时间上我们家来玩。"

她在纸条上端写着上午九时三十分，而现在已近十一点半了。他们离开这儿已快两个小时，此时大概已到家了。比阿特丽斯打开手提箱取出旅行用品之后，就走进花园干起日常的园艺活来，而贾尔斯则准备参加板球比赛，给球拍换上新的缚扎绳。

下午，比阿特丽斯将穿上一件凉快的外套，戴一顶遮阳宽边帽，去看贾尔斯赛板球。随后他俩就在凉篷里用茶点，贾尔斯面露兴奋的红光，比阿特丽斯对她的朋友笑呵呵地说："是嘛，曼德里的舞会我们去参加了，玩得真带劲。贾尔斯今天比赛时还那么有精神，真是想不到。"说着，朝贾尔斯微微一笑，还伸手在他的背上轻轻拍一下。他们俩已届中年，不再那么富有浪漫气息。他们结婚到现在已有二十年，儿子也已长大成人，正准备进牛津深造。他们很幸福。他们的婚姻是美满的，不像我这样，结婚才三个月就告失败。

在这卧室里我没办法再多待了。侍女们要来整理房间。说不定克拉丽斯刚才根本没注意到迈克西姆的床。我故意把床弄皱，让人看了以为他曾经在上面睡过。如果克拉丽斯没对其他女仆说，那我也不想让她知道。

我洗了个澡，穿好衣服，走下楼去。大厅里的舞池业已拆去，花卉也全都搬走了。画廊里的乐谱架已撤走，乐队想必是乘早班车走的。园艺工人正在打扫草坪和车道，把地上的焰火残骸余灰扫掉。要不了一会儿，就再也看不到曼德里化装舞会的半点儿痕迹。筹备舞会花了那么长的时间，现在清理起来却是那么轻而易举，毫不费劲。

第十八章

我记起昨晚那位身穿粉色衣裙,站在客厅门口,手里端着那盆冻鸡的太太;此刻,对我来说,那幕景象却似乎是我凭空想象出来的,或者说是时隔已久的一段往事。罗伯特正在餐厅里擦桌子,他又恢复了常态,结实、迟钝,全然不是过去几周以来激动得失魂落魄的那个角色。

"早上好,罗伯特。"我跟他打招呼。

"早上好,太太。"

"你可在哪儿见到过德温特先生?"

"太太,他吃完早饭,没等莱西少校夫妇下楼就出去了,以后一直没有回来。"

"你不知道他去哪儿了吗?"

"不知道,太太,我说不上来。"

我又踱回大厅,穿过客厅,来到晨室。杰斯珀赶忙跑过来舔我的手。瞧它那股疯狂的快活劲头,仿佛我已离开了好久似的。长耳狗在克拉丽斯的床上过了一夜,而从昨天上茶时分到现在,我一直没跟这畜生打照面,也许它跟我一样,觉得这段时间真是长得可以。

我拿起电话,问了庄园办事处的电话号码。说不定迈克西姆此刻在弗兰克那儿。我感到非得跟他说话不可,哪怕只讲上两分钟也好。我一定要对他解释清楚,昨晚上我那么做并非出于有意。即使以后我再也不跟他讲话,我也得把这一点告诉他。接电话的是办事员,他告诉我迈克西姆不在那儿。

"克劳利先生在这儿,德温特夫人,"办事员说,"您要他听电话吗?"我原想一口回绝,但他动作比我快,我还来不及挂上话筒就听到弗兰克说话的声音。

"出什么事了?"

真好笑,哪有一上来就冲着人问这话的。这个念头在我脑子里一闪而过。他没说声"早上好",也没问一下"昨晚睡得可好",他为什么要问"出什么事了"?

"弗兰克,是我,"我说,"迈克西姆哪儿去了?"

"我不知道,我没见着他。他今天早晨没到这儿来过。"

"没上办事处去?"

"没有。"

"哦,哦,嗯,这没关系。"

"早饭时见到过他吗?"

"没有,我还没起来呢。"

"他睡得好吗?"

我沉吟着。弗兰克是我唯一不怕让他知道真情的人。"他昨晚没有回房睡觉。"

电话线的那一头没有作声,弗兰克大概正搜索枯肠,想找句话来应付。

"哦,"他终于开口了,话说得很慢,"哦,我明白啦。"又是片刻的沉默,之后说:"我就担心会出现这种情况。"

"弗兰克,"我气急败坏地说,"昨晚客人走完以后他说了些什么?你们几个人干了些什么?"

"我同贾尔斯和莱西夫人一起吃了客三明治,"弗兰克说,"迈克西姆没来。他找了个推托的理由,独自去了藏书室。后来我也走了。也许莱西夫人知道吧。"

"她走啦,"我说,"吃过早饭他们就动身走了。她给我留了张便条,说她没看见迈克西姆。"

"哦。"弗兰克说,我不喜欢他这一声"哦",不喜欢他说这声"哦"时的腔调,声音尖利刺耳,预兆不祥。

"你觉得他会上哪儿去?"我问。

"我不知道,"弗兰克说,"说不定散步去了。"病人的亲戚上疗养院询问病情,那儿的医生就是用这种口气来敷衍他们的。

"弗兰克,我一定得见他,"我说,"我必须向他解释清楚。"

弗兰克没吱声。我想象得出他脸上的焦急神情,还有额上的条条皱纹。

"迈克西姆以为我是故意那么做的。"尽管我努力克制,我还是哽咽起来。昨晚我眼眶里饱含泪水,拼命忍着才没流出来,现在事隔十六个小时,热泪却夺眶而出,顺着双颊扑簌而下,"迈克西姆以为我是有意开的玩笑,开了个不可原谅的玩笑。"

"不,"弗兰克说,"不会的。"

"听我说,他一定是这么想的。你没注意他的眼神,可我看到了。你

第十八章

没像我那样，一晚上都站在他身旁瞧着他。他一直没理我，弗兰克。他后来一眼也没看过我。我们整个晚上并肩站在那儿，相互没说过一句话。"

"那是因为没有机会嘛，"弗兰克说，"要应付那么些客人。我注意到了，一点没错儿。你以为我对迈克西姆了解得还不够吗？不知道是怎么回事吗？听我说……"

"我不怪他，"我打断了他，"要是他认为我故意要开那个令人发指的恶毒玩笑，那他完全有权爱怎么想我就怎么想我，完全可以不再理睬我，不再看到我。"

"千万别这么说，"弗兰克说，"您不知道自己在说什么。我马上来看您，我想我可以解释清楚的。"

弗兰克来了又有什么用呢？还不是一起坐在晨室里，随机应变的弗兰克以和蔼可亲的语调宽慰我几句，让我平静下来！无论是谁的同情，我现在都不需要，一切都太迟了。

"不，"我说，"不，这件事我不想老是提起。事情已经发生，再也没法挽回了。这样说不定反而好，可以让我意识到某些我早该知道的事情，某些在我嫁给迈克西姆之前就该有所觉察的事情。"

"您这话是什么意思？"弗兰克说。

他的嗓音很尖刻，显得有些不同寻常。迈克西姆不爱我，我不知道这同他有何相干，他为什么就是不想让我了解事情的究竟？

"我指的是他和丽贝卡。"我说。这个名字从我嘴里吐出来，听上去像是某个禁忌的词儿，既新奇，又不顺耳，我再也没能感受到一种一吐为快的轻松感，而是热辣辣的，让人觉得像在坦白悔罪时那样抬不起头来。

弗兰克没有马上回答。我听到他在电话线的那一头倒抽了一口冷气。

"您这话是什么意思？"他又说了一遍，语气比先前更短促，更尖利，"您这话到底是什么意思？"

"他并不爱我，他爱的是丽贝卡，"我说，"他从来没把她忘掉，他仍日夜思念着她。他从来没爱过我，弗兰克。始终是丽贝卡，丽贝卡，丽贝卡。"

我听见弗兰克发出一声惊叫，管他呢，他再怎么感到震惊也不关我的事。"现在你知道我心头的滋味了，"我说，"你也就该明白啦。"

235

"喂，听着，"他说，"我一定得来看您，一定得来，听见没有？事关紧要，我不能在电话里跟您说，德温特夫人？德温特夫人？"

我砰地一声摔下话筒，从书桌旁站起来。我不想见弗兰克。他帮不了我这个忙。现在除了我自己，谁也帮不了忙。我泪痕满面，双颊绯红，在房间里踱来踱去，啃啮手帕的一角，同时还用力撕扯。

我心里有一种强烈的预感：自己不能再见到迈克西姆了。出于某种无可名状的直觉，我敢说事情就这样定局了。他悻悻而去，再不回来了。我心里明白，弗兰克也是这么想的，只是在电话里不便承认罢了。他不想让我受惊。要是我现在再打电话到他办事处去，一定会发现他已经走开。办事员会说："克劳利先生刚刚出去，德温特夫人。"另外，我还能想象到弗兰克连帽子也没顾得戴上，就匆匆钻进他那辆寒伦窄小的莫里斯车，四出寻找迈克西姆去了。

我走到窗前，遥望那一小片森林之神吹奏风笛的林中空地。石楠花已完全凋谢，要到明年才能再开出花来。少了石楠花的浓艳，高大的灌木丛显得暗淡而无生气。海面上一片浓雾，把草坡那边的树林从我的视线中遮挡开来。天气既湿又闷，令人透不过气来。我可以想象昨晚来我家的那些客人这会儿正庆幸不止："幸亏这场大雾推迟到了今天，要不然昨天我们就没有福气观赏焰火了。"我走出晨室，穿过客厅，走到平台。太阳躲在浓雾后面隐没了，似乎是一片不祥的阴影已将整个曼德里笼罩，并夺走了它头上的天空和光亮。一个园丁推着一辆小车从我身边经过，车里装满了昨晚客人丢在草坪上的果皮、纸屑等垃圾。

"早上好。"我说。

"早上好，太太。"

"昨晚的舞会恐怕给你们带来不少麻烦吧。"我说。

"这没什么，太太，"他说，"我看昨晚大伙儿玩得很痛快，这才是主要的，对吗？"

"嗯，说得不错。"我说。

他眺望着草坪那边的林中空地，山谷在那儿倾斜着向大海延伸。两旁的树木显得灰暗朦胧，轮廓不清。

"这雾真大呀。"他说。

第十八章

"是呀。"我说。

"幸好昨儿晚上不像这样。"他说。

"是的。"我说。

他站了一会儿,然后碰了一下帽檐向我致意,推起车子走了。我穿过草坪,来到林子边上。树丛里的雾气凝作水滴,蒙蒙细雨似的飘落在我没戴帽子的头上。杰斯珀耷拉着尾巴,拖着粉红色的舌头,灰溜溜地站在我脚边。在这闷热阴湿的天气里,它显得无精打采的。从我站着的地方,可以听到阴郁、低沉的涛声,此时海水正冲刷着树林下边的小海湾。白色的迷雾散发着盐卤和海藻的涩味儿,打我身边飘过,成团地向屋子那儿滚滚而去。我把手搁在杰斯珀的号衣上,那号衣湿漉漉的,绞得出水来。我回头向屋子一望,不料已看不清屋顶上的烟囱和四周墙壁的轮廓,只是影影绰绰地看到那儿有幢宅子,依稀辨认出西厢的那一排窗户,还有平台上的那几只花盆。我发现西厢那间大卧室的百叶窗已被拉开,有个人站在窗口,望着下面的草坪。那个人影很模糊,我看不清是谁;我心头猛然一惊,一时以为那定是迈克西姆。就在这时候,只见那人一抬胳臂把百叶窗关上。这下子我可认出来了,是丹弗斯太太。这么说来,当我站在树林边上,沐浴在这片白茫茫的浓雾里的时候,她始终在一旁窥探。在这之前,她曾看我拖着缓慢的步子,从平台走向草坪。或许我在电话里和弗兰克说的话,她都在自己房里的电话分机上听得一清二楚。这一来,她肯定知道迈克西姆昨晚没跟我在一起了。她还可能听到我刚才的呜咽声,知道我在掉眼泪。她清楚我昨晚一连好几个小时里扮演的是什么角色:穿着那件蓝色袍子,在楼梯脚下和迈克西姆并排站着;她也知道迈克西姆没朝我看一眼,没跟我说一句话。这一切是她一手安排的,她当然一清二楚。这是她的胜利,这是她和丽贝卡的胜利。

我想起昨晚看到她时的情景。她站在通往西厢的那扇门里朝我望着,骷髅似的惨白的脸上堆着魔鬼的狞笑;同时我又记起,她跟我一样是个活生生的女人,是个情愫具备的肉体凡胎,而不像丽贝卡那样,是个断了气的死人。我可以同她交谈,却无法同丽贝卡说话。

在一股突如其来的冲动之下,我返身穿过草坪,朝屋子走去。我穿过大厅,走上宽阔的主楼梯,打画廊那儿的拱门底下往里走;我跨进通往西厢的门,接着就沿着那条黑洞洞的静寂无声的过道,径直来到丽贝卡的卧室跟前。我转动门上的把手,一脚跨了进去。

丹弗斯太太仍然站在窗口,百叶窗已经关上。

"丹弗斯太太,"我说,"丹弗斯太太。"她转过身来望着我。我发现她哭得双眼红肿,正跟我一样,而且那张白惨惨的脸上愁云密布。

"什么事?"由于一直呜咽着流泪,她也跟我一样,嗓音变得混浊而低沉。

没想到她会这般模样。按我原来的想象,她一定是同昨晚一样,脸上挂着恶毒的狞笑。可现在一看,全然不是这么回事,站在我面前的是个身心交瘁的老太婆。

我踌躇起来,手还是搭在门把上,任门开着,不知道这时该对她说什么,该如何应付才好。

她继续用那双又红又肿的眼睛打量着我,我一时实在无言以对。"像平常一样,我把菜单留在写字桌上了,"她说,"您是不是要换什么菜?"她的话给我增添了勇气,我从门口一直走到房间中央。

"丹弗斯太太,"我说,"我不是来同你商量菜单的,这点不说你也知道,是吗?"

她没有答理,自顾自地把左手摊开又握拢。

"你如愿以偿了,是吗?"我说,"你存心想看到这么一场戏,是吗?这会儿你称心了?高兴了?"

她转过头去,又像刚才我跨进房门时那样望着窗外。"你干吗要到这儿来?"她说,"曼德里没人需要你。你来以前,我们这儿太太平平。你干吗不在法国那地方待着?"

"别忘了我爱德温特先生。"我说。

"如果爱他,就不会嫁给他的。"她说。

我一时语塞。这光景实在荒唐而又缥缈。她头也不回,仍用那种混浊哽咽的语调往下说。

"过去我好像憎恨你,可现在不了,"她说,"我内心的全部情感似乎已消耗殆尽。"

"你为什么要恨我?"我问,"我做了什么对不起你的事吗?"

第十八章

"你想把德温特夫人的位置据为己有。"她说。

她还是不愿正视我,仍背对着我,悻悻然站在窗口。"这里没有任何改变,"我说,"曼德里一切照旧。我不发号施令,大小事情都任由你处理。要不是你有意作对,我们原可以结为朋友,可你打一开始就存心跟我过不去。我跟你见面握手的那一刻,你脸上就流露出敌意。"

她一声不吭,那只手仍贴在裙子上,不停地一张一合。"好多人都结过两次婚,男的、女的都有,"我接着说,"每天有成千上万的人结第二次婚。听你的口气,我嫁给德温特先生像是犯了滔天大罪,还亵渎了死者。我们难道没有过幸福生活的权利吗?"

"德温特先生并不幸福,"她终于别转头来,面对着我说话,"再笨的人也看得出来。他的眼睛里写得清清楚楚。他仍陷在悲苦的绝境之中,她去世后就一直没有改变。"

"这话不对,"我说,"说得不对。我们一块儿待在法国的时候,他很幸福,看上去比现在年轻,年轻多了,笑容满面,无忧无虑。"

"嗯,他终究是个男人嘛,"她说,"每个男人在蜜月里都会放纵一下的。德温特先生还不到四十六岁呢。"

她鄙夷地嘿嘿一笑,还耸了耸肩。

"放肆!你怎么敢这样跟我说话?"我说。

我再也不怕她了。我走上前去,抓住她的手臂用力摇着。"是你设的圈套,让我昨天晚上穿了那套舞服,"我说,"要不是你,我才不会往那上面想。你这么做是存心要伤德温特先生的心,有意让他苦恼。你不在他身上开那个恶毒可怕的玩笑,他不是已经受够了吗?难道你以为如此狠毒地折磨他就能使德温特夫人死而复生?"

她从我手中挣脱开去;她怒容满面,惨白如死灰的脸上泛起红晕。"他苦恼不苦恼关我什么事?"她说,"他也从来不管我难受不难受。看着你占了她的座位,踏着她的脚印,碰着那些属于她的东西,你以为我心里好受?这几个月来,我知道你在晨室里坐在她的书桌旁,握着她生前用过的那支笔写字,用内线电话跟人讲话——她自从来曼德里后每天早晨就通过那架电话跟我闲聊——我心里的滋味你想过吗?听到弗里思、罗伯特和其他仆人谈起你的时候,口口声声把你称作德温特夫人,我又作何

239

感受？什么'德温特夫人出去散步了''德温特夫人吩咐下午三时给她备车''要到五点钟德温特夫人才回来用茶点'。而与此同时，我那位德温特夫人，那位脸带微笑、长着俊俏脸蛋、敢说敢做的大小姐，那位真正的德温特夫人，却浑身冰凉，僵卧在教堂的墓地里，被世人丢在脑后。如果他苦恼，那也是咎由自取。谁叫他隔了不到十个月就又跟你这么个年轻姑娘结了婚呢？哼，他现在不是在自食其果吗？他那张脸，那对眼睛，我看得分明。这种精神绝境是他自己一手造成的，要怪只能怪他自己。他知道她看得见他，一到晚上就走来监视他。她可是来者不善，善者不来。是的，我那位太太来意不善。她绝不会忍气吞声、逆来顺受，'我要看着他们在地狱里受苦，丹尼，'她常这么对我说，'我要看着他们先进地狱去。''说得对，亲爱的。'我也就这么对她说，'谁也别想骗得了你。你到这个世上来，就是为的享尽人间荣华。'她确实享受了一辈子；她什么也不在乎，什么也不怕。她有着男子的胆略和精力。是的，我那位德温特夫人就是这种奇女子。当年，我常对她说，她应该在娘肚子里投个男胎才是。从童年起，她就是我照料的。这一点你总该知道吧？"

"不，"我说，"不。丹弗斯太太，你讲这些有什么用呢？我不想再听下去，我也不想知道。我不是跟你一样是个有感情的血肉之体吗？我站在这儿，听你提到她，听你谈着她的事，我心里是什么滋味，难道你不明白？"

我的话她根本没听进去，而是像个迷了心窍的疯婆子那样，一个劲儿说着昏话。同时，她那细长的手指还在拼命扭扯着身上的黑衣裙。

"那时她就已经很让人着迷了，"她说，"像画上的美人儿那样妩媚。她打男人身边走过，他们全都回头直盯着她看，而她那时还不满十二岁。她心里很明白，这个小机灵鬼老是朝我眨眨眼睛说：'我长大了会很美，是吗，丹尼？'我告诉她：'我们会让你如愿以偿的，好宝贝，你等着就是啦。'成年人懂得的事她全懂；她跟大人交谈起来，像个十八岁的大姑娘那样聪明机灵，一肚子的鬼花样。她父亲任她摆布，对她百依百顺，如果她母亲活在人世的话，也一定会那样。论精力，谁也比不上我那位小姐。十四岁生日那天，她一个人驾着一辆四匹马拉的车，她的表兄杰克先生爬上驾驶座，坐到她身边，想从她手里夺过缰绳。他们俩像一对野猫似的争夺了三分钟，让拉车的四匹马在野地里撒蹄狂奔。最后她赢了，

第十八章

我的小姐赢了。她在他头上刷地抽了一鞭,他从车上摔下,跌了个倒栽葱,嘴里不住笑骂着。不瞒你说,她和杰克先生才是天生的一对呢。他们把他送进海军,他受不了军纪的约束,那也难怪嘛。他也像我那位大小姐一样,精力过人,怎么能听从别人管束呢?"

我魄散神移地望着她;她显得欣喜若狂,嘴角边挂着一丝怪笑,更显苍老,可那张骷髅似的面庞倒有了几分生气,多少像一张活人脸了。"没人制服得了她,是的,谁也别想制服得了,"她说,"她一向我行我素,爱怎么生活就怎么生活。说到她周身的气力,真不下于一头小狮子。记得她十六岁那年,有一次骑了她父亲的一匹马,而且是一匹惯于撒野的高头大马。马夫说,那马性子太烈,她驾驭不了。可她呢,照样稳稳地贴在马背上。此刻我还能看到她跨上马背长发飘拂的勃勃英姿。她扬鞭抽打胯下的坐骑,抽得它冒出血来,还用马刺夹紧那畜生的肚子。等她跨下马背,那匹马已是遍体鳞伤,血迹斑斑,满嘴白沫,不住打着哆嗦。'下回它会老实些了,是吗,丹尼?'她说着就像没事似的走去洗手了。后来,她长大成人,也始终是这样和生活格斗的。我看着她长大,一直守在她身边。她什么也不在乎,谁也不放在眼里。最后她到底还是被打垮了。但不是败在哪个男人手里,也不是败在哪个女人手里,是大海将她制服了。大海太强大,她没斗赢。最后,她终于被大海夺走了。"

她突然打住,嘴唇奇怪地抽搐,嘴角往下撇着。她大声干嚎起来,嘴巴张着,眼睛里却流不出眼泪。

"丹弗斯太太,"我说,"丹弗斯太太。"我在她面前站着,感到手足无措,不知如何是好。我对她不再心存疑虑,也不再感到害怕,可是她站在那儿干嚎的模样,却使我毛骨悚然,令我作呕。"丹弗斯太太,"我说,"你不舒服,该到床上去躺着。你干吗不回到自己房里休息去呢?为什么不上床去躺着?"

她恶狠狠地冲着我说:"让我一个人清静一下,好不好?我倒一倒心头的苦水,关你什么事?我可不觉得有什么丢脸的,我可没有把自己关在房里偷偷哭鼻子。我不像德温特先生那样,关在自己房里,走过来,踱过去,还要把房门锁上,生怕我闯进去。"

"你这话什么意思?"我说,"德温特先生可没有那样。"

241

"她死后的那阵子，"她说，"他就在藏书室里走来踱去，踱去走来。我听到的，而且我还不止一次打钥匙孔里看着他呢。走来踱去，活像一头关在笼子里的野兽。"

"我不愿听，"我说，"也不想知道。"

"而你居然大言不惭，说什么在蜜月期间曾使他幸福，"她说，"就凭你这样一个无知的小姑娘，年轻得足以做他的女儿，能使他幸福吗？你对生活知道些什么？对男人又知道些什么？你闯到这儿来，以为自己可以取代德温特夫人。你！就凭你这样一个人，居然还想取代我家小姐的位子。去你的吧，你来曼德里的时候，仆人也在笑话你，甚至连那个在厨房打杂的小丫头也不例外，就是你初来庄园的那天早上在后屋过道那儿遇到的小丫头。德温特先生过完了他那甜甜的蜜月，把你带回到曼德里来，真不知道他是怎么想的。不知道他看到你第一回坐在餐厅桌旁的模样心里是什么滋味。"

"丹弗斯太太，你最好还是别说了，"我说，"你最好还是回自己的房间去。"

"回自己的房间去，"她学着我的腔调说，"回自己的房间去。这宅子的女主人认为我最好还是回自己房间去。随后又怎样呢？你就赶快跑到德温特先生那儿去告我的状：'丹弗斯太太很不客气，丹弗斯太太对我很粗鲁。'就像上回杰克先生来看望我之后那样，赶紧跑到他面前去告状。"

"我从来没对他讲过。"我说。

"撒谎！"她说，"除了你，还会有谁呢？这儿再没有别的人了。那天弗里思和罗伯特全不在，其他的仆人没有一个知道。当时我就决定要教训你一下，也要给他点颜色看看。我对自己说：让他受点儿苦。我有什么要顾忌的？他受苦与我何干？为什么我不能在曼德里见杰克先生？现在，在我与德温特夫人之间，就只剩下他这样一根纽带了。而他竟对我说：'我不许他跨进这儿的门槛。这是我最后一次警告你了。'时至今日，他仍在嫉妒，不是吗？"

我记得那天藏书室门打开的时候，自己怎样躲在画廊里缩成一团。我也记得迈克西姆如何大发雷霆，扯着嗓子对丹弗斯太太讲了刚才她说的那几句话。嫉妒，迈克西姆在嫉妒……

"她活着的时候他就嫉妒，现在她死了，他还在嫉妒，"丹弗斯太太

第十八章

接着说,"他那时不许杰克进这所屋子,现在还是不许。这说明他还没有把她忘掉,是吗?不用说,他在嫉妒。我也嫉妒呢!所有认识她的人全都在嫉妒。她才不管呢。她对此只是付之一笑。'我爱怎么生活就怎么生活,丹尼,'她对我说,'全世界的人都站出来也拦不住我。'男人只要看她一眼,就会爱她爱得发狂。我见到过那些她在伦敦结识的男人,她带他们到这儿来度周末。她带着他们上船,到海里去游泳,在海湾的小屋举行月夜野餐。他们当然向她求爱啰,谁能例外呢?她乐啦,回来就把他们的一言一行和一举一动讲给我听。她满不在乎,对她来说无非是逢场作戏,闹着玩的。谁能不嫉妒呢?他们全都嫉妒,全都被她迷得神魂颠倒。德温特先生,杰克先生,克劳利先生,每一个认识她的人,每一个上曼德里来的人。"

"我不想知道,"我连声说,"我不想知道。"

丹弗斯太太挨近我,把脸凑过来。"谁也奈何她不得。"她说,"谁也别想制服她。她即使死了,也还是这儿的女主人。真正的德温特夫人是她,而不是你,你才是亡灵和鬼魂。被人忘怀、被人丢弃、被人推到一边的是你。你为什么不把曼德里留给她呢?你为什么不走开?"

我避开她,往窗口退去,原先的惶惑和惊恐再次涌上心头,她一把抓住我的手臂,像把钳子那样将我紧紧夹住。

"你为什么不走开?"她说,"我们这儿没人需要你。他不需要你,他从来也不需要你。他忘不了她。他需要的是再让他一个人待在这所屋子里,和她朝夕相处。躺在教堂墓地里的应该是你,而不是德温特夫人。"

她把我往窗口推去。窗开着,我可以看到身下沉浸在茫茫大雾之中的晦冥昏暗的平台。"往下面看,"她说,"不是很容易吗?你为什么不干脆跳下去?只要不折断脖子,不会有什么痛苦。既快,又没有痛苦。可不像在水里淹死那样。你为什么不试一下呢?你为什么不去死?"

阴湿的迷雾从窗口涌进来,刺痛我的眼睛,钻进我的鼻孔。我用双手紧紧抓住窗台。

"别害怕,"丹弗斯太太说,"我不会推你的。也不会站在你身边逼你。你可以自动往下跳。何必死赖在曼德里呢?你并没有好日子过。德温特先生不爱你。活着也没多大意思,不是吗?为什么不趁现在往下跳,一死百了?这样一来,就再不会有什么烦恼啦。"

243

我可以看到平台上的花盆，蓝色的绣球花开得密无缝隙。铺在平台上的石块显得平滑、灰白，而不是凹凹凸凸、参差不齐。是迷雾使那些石块显得如此邈远。实际上，石块离得并不远。窗口并没有高出地面很多。

"为什么不往下跳？"丹弗斯太太在我耳畔轻声说，"为什么不试一下？跳嘛，别害怕。"

雾更浓了。在浓雾中平台似乎消失了，再也看不到花盆，看不到铺在平台上的光滑的石块。周围什么也看不见，除了一片白茫茫的散发着冷涩的海藻味儿迷雾。我唯一能感觉到的，便是我手底下的窗台，还有丹弗斯太太紧抓着我左臂的那只手。如果我纵身跳下，我将不会看到石块向我迎面跃来，因为它们已淹没在迷雾里。接着，像她说的那样，会突然感到一阵剧痛。摔下去，我的脖子一下子就会被折断。不像溺死那样，要拖很长时间。很快就会结束的。再说，迈克西姆不爱我。迈克西姆还是希望独自一人，跟丽贝卡朝夕相伴。

"跳呀，"丹弗斯太太又在我耳边低语，"跳嘛，别害怕。"

我闭上眼睛，由于长久地凝视底下的庭院，我感到头昏目眩，手指也因为紧抓着窗台的边而痛得发麻。迷雾钻进我的鼻孔，沾着我的嘴唇，又腥又涩，我像是蒙了一条毛毯，又像上了麻醉药，只觉得要窒息。我开始忘掉自己的不幸，忘掉自己如何爱着迈克西姆。我开始忘掉丽贝卡。再过片刻，丽贝卡就会从我的思想中消失了……

我松开双手，叹了口气。就在这时，茫茫的迷雾，还有与之相辅相成的沉寂，突然被轰然一声爆炸所震裂，碎成了两半。这一声爆炸震得我们身旁的窗子猛摇不已，玻璃在窗框里不住抖动。我睁开眼，呆呆地望着丹弗斯太太。接着又传来一声爆炸声，随后是第三声、第四声。这声声爆炸刺破长空，鸟儿从宅子四周的树林里惊起——眼睛虽看不到，耳朵却听得见——发出一阵惊叫，与这爆炸声遥相呼应。

"怎么回事？"我茫然地问，"出什么事了？"

丹弗斯太太松开我的手臂，朝窗外那片迷雾望去。"是报警的火箭炮，"她说，"一定是海湾那边有船只搁浅了。"

我们侧耳谛听，一起盯着眼前的茫茫大雾。接着，我们听到底下的平台上传来一阵急促的脚步声。

第十九章

来人是迈克西姆。尽管我没看见人,但我听到他说话的声音。他一边疾步走来,一边高声传唤弗里思。我听见弗里思在门厅应了一声,接着走出屋子,奔上平台。居高临下望去,只见两人影影绰绰站在浓雾中。

"船搁浅了,"迈克西姆说,"我从海岬亲眼看着那条船漂进海湾,直往礁岩撞去。那些人千方百计想把船头扭过来,但潮水不顺,实在办不到。那船一定是把这儿的海湾错当作克里斯港了;海湾里的浓雾,像一堵堤岸。告诉宅子里的人,准备好吃喝的东西,万一那些船员有难,可以救急。打个电话到克劳利的办事处。把出事的经过跟他说一说。我这就回海湾去,看看能不能助一臂之力。麻烦你给我拿几支香烟来。"

丹弗斯太太从窗口抽身退回,她的脸色复又变得木然,重新戴上我所熟悉的那副冷漠的假面具。

"我们最好下楼去吧,"她说,"弗里思肯定会来找我,要我料理各种事务。德温特先生可能说到做到,把船员带回家来。当心您的双手,我要关窗了。"我退回房间,仍然头昏眼花地出着神,拿不准自己同丹弗斯太太之间是怎么一回事。我看着她关上窗户,下了百叶窗,还把窗帷拉上。

"幸好海上风浪不大,"她说,"不然,这些人就难免遇难了。不过今天这样的天气不至于有什么危险。但要是像德温特先生所说的那样发生触礁事故,那船主就会损失一条船。"

她四下环顾着,看看房间里的一切是否都已有条不紊、各就各位。她把双人床上的罩单拉拉平整,接着就向外走去,拉开门让我通过。"我会吩咐厨房里的下人好歹弄一顿冷餐,在餐厅把午饭开出来,"她说,"这样,您愿意什么时候用餐都行。德温特先生要是在海湾忙着抢救海难,兴许到午后一点钟也不会急着赶回来。"

我面无表情地瞪眼望着她,然后就穿过开着的房门,走出屋去,浑身僵直,犹如一具木偶。

"太太,您如果见到德温特先生,请告诉他:如果他想把船员带回家来,那就看着办好了。不管什么时候,我都会替他们准备好一顿热饭。"

"行,"我说,"一定转告,丹弗斯太太。"

她一个转身,沿着走廊向仆役专用楼梯走去,她身子枯瘦,裹在黑衣服里,显得益发阴沉诡秘;那拖地的裙裾就像三十年前用鲸骨撑开的老式长裙。接着,她拐过弯,在甬道那一头消失了。

我拖着缓慢的步子朝拱形甬道旁的门户走去。思想依然迟钝麻木,好比刚从一夜酣睡中苏醒过来。我推开门,漫无目标地沿楼梯拾级而下。弗里思正穿过大厅朝餐厅走去。他一见到我,就收住脚步,静候我走下楼梯。

"德温特先生几分钟前回来过,太太,"他说,"取了几支香烟又上海滩去了。看样子有艘船漂到岸上搁浅了。"

"哦。"我说。

"您听到号炮了吗,太太?"弗里思说。

"是的,我听到了。"我说。

"当时我正同罗伯特两人在冷餐厨房,起先我俩都以为是哪个园丁点着了昨晚剩下的焰火,"弗里思说,"我还对罗伯特说,'这样的时候干吗放焰火?干吗不留到周六夜里放,让孩子们乐一乐?'后来又传来第二炮,接着响起第三炮,'不是放焰火,'罗伯特说,'是船只出事。''看来你说得没错。'我说着赶忙跑到大厅,正在这时,听到德温特先生在平台上叫我。"

"哦。"我说。

"不过,这样的大雾天,船只出事也没什么奇怪,太太。刚才我正对罗伯特这么说来着。陆上行路都可能迷失方向,更何况在海上了。"

"是啊。"我说。

"也许您想赶上德温特先生,他在两分钟之前刚穿过草坪往海滩走去了。"弗里思说。"谢谢你告诉我这些,弗里思。"我说。我走出屋子,

第十九章

来到平台上,在雾中,草坪那头的树木已隐隐可见。浓雾化作团团微云,向空中升去,开始消散,水汽在我头上如烟圈般打旋。我抬头望望宅子上部的窗户,窗子都已关得严严实实,百叶窗也紧闭,那模样就好像再也不准备开启,一辈子再也不会有人来推开窗户透气。

五分钟前我正站在居中的那扇窗户旁。此刻看来那窗子离我头顶距离极远,高高在上,何其巍然。我踩着坚硬的石块,低头看自己的双脚,接着又举目望望紧闭的百叶窗,这时我突然觉得一阵眩晕,浑身闷热难受,汗水形成细细的湍流,顺着颈背往下淌,眼前金星乱舞。于是,我又走回大厅,找了张椅子坐下。我的双手汗津津的,抱着膝盖,静坐着一动不动。

"弗里思,"我高声唤人,"你在餐厅吗?"

"是的。太太有什么吩咐?"他马上从餐厅出来,穿过大厅,向我走来。

"别以为我古怪,弗里思。不过,我现在很想喝一小杯白兰地。"

"我这就去端来,太太。"

我还是抱着膝盖,静静坐着。他端着一个银托盘走过来,托盘上放着一杯酒。

"太太,您是不是觉得有点难受?"弗里思说,"我去把克拉丽斯叫来好吗?"

"不,过会儿我就没事了。弗里思,"我说,"我只不过觉得有点闷热,没什么关系。"

"今早是很热,太太,热极了,简直闷得让人喘不过气来。"

"不错,弗里思,是够闷热的。"

我喝下白兰地,把酒杯放回银托盘。

"也许那几声号炮让您受惊了,"弗里思说,"炮声响得很突然呢。"

"是的,我被吓了一大跳。"我说。

"昨晚整夜站着招待客人,今儿早晨又这么闷热,您会不会是病了,太太?"弗里思说。

"不,那倒不会。"我说。

"要不要躺一躺,休息半个钟头?藏书室里倒还凉快。"

"不,不必。我过一会儿还要出去。别麻烦了,弗里思。"

"那好,太太。"

247

蝴 蝶 梦

他走了,让我一个人在大厅里坐着。坐在这儿倒挺安静,也还凉快。昨夜舞会留下的痕迹都已扫除干净,简直就像压根儿没发生过这回事。大厅还是往常那副模样:色调灰暗,一片死寂,阴森严峻,墙上照样挂满人像画和兵器。难以置信,昨夜自己曾穿着那件蓝色袍子,站在楼梯脚跟前,同五百位来宾握手;我也无法想象,吟游诗人画廊里曾摆开乐谱架,小乐队在此演奏,有一个提琴手和一个鼓手。我站起身,出了门,又走上平台。

雾已退到了树梢,正逐渐消散而去。草坪尽头的林子尽在我眼底,在我的头顶,惨淡的太阳正挣扎着想穿透雾蒙蒙的天空。天更加热了,闷得叫人透不过气,正像弗里思刚才说的那样。一只蜜蜂嗡嗡飞过我身旁,东闯西撞,吵吵嚷嚷,循着花香而去。待它钻进一朵花去采蜜,嗡嗡声才戛然而止。草坪边的草坡上,园丁开动了刈草机,一只红雀被嗖嗖作声的刈草刀片惊起,一溜烟朝玫瑰园飞去。园丁弓着身子,握着刈草机的手柄,沿草坡缓慢前进,草屑和雏菊的小花到处飞扬。微风吹来,带着温热的草香;太阳透过白色的水汽,火辣辣地照在我头上。我打着唿哨,呼唤杰斯珀,但不见长耳狗的影子。或许这畜生随着迈克西姆往海滩去了。我看看手表,已经过了十二点半,差一点到十二点四十,昨天这时候,迈克西姆和我正同弗兰克一起站在他家门前的小花园里,等候他的管家开午饭。这是二十四小时前的事。当时两人都在笑我,想方设法要打听我会穿什么样的化装舞服。我说:"你们俩不大吃一惊才怪呢!"

一想起这句话,我真是羞愧得无地自容。到这时我才意识到迈克西姆并未出走,自己原先的顾虑没有道理。我刚才听到他在平台上说话,那嗓音平和镇静,就事论事地吩咐别人干这干那,正是我所熟悉的声音,与昨夜我出现在楼梯口时听到的可怕嗓音全然不同。迈克西姆并未出走!他在下面小海湾里的什么地方忙碌着。他和往常一样,神志正常、清醒。正如弗兰克所说,他只不过是出去散一会儿步;他到过海岬,在那儿见到有艘船漂近海岸。我的恐惧疑虑毫无根据。迈克西姆安然无恙,迈克西姆没出什么问题。我只是做了一场噩梦,一场有失身份的颠三倒四的噩梦,其含义即使在此刻我还不十分明白。我不愿回过头去重温这场噩梦,巴不得把它同遗忘已久的童年的恐怖经历一起,永远深埋在记忆的阴暗角落里。不

第十九章

过话说回来,只要迈克西姆安然无恙,一场噩梦又算得了什么呢?

于是,我也沿着陡峭的蜿蜒小径,穿过黑压压的林子,直奔坡下的海滩而去。

这时,雾已即将散尽。来到小海湾,我一眼就看见那艘搁浅的船。船停在离岸两英里的地方,船头朝着礁岩。我沿着防波堤走去,在堤的尽头站定,身子倚在筑成圆弧形的堤墙上。山头悬崖边已围了一大群人,大概都是沿着海岸警卫队的巡逻路线从克里斯走来看热闹的。这儿的悬崖和海岬全是曼德里庄园的一部分,但外人向来都行使穿越悬崖的通行权。有的人为了更清楚地看看那艘船,竟从峭壁上爬下来。那条船搁浅的角度很别扭,船尾往上翘着。这时已有好几条小艇从四面八方向搁浅的船只划去;救生艇已离岸出动,我看见有人正站在救生艇里通过扩音器哇啦哇啦叫嚷。可我一句话也听不清楚。海湾仍然蒙在迷雾中,望不见地平线。又有一艘汽艇突突地驶来,有几个男人站在上边。那汽艇是深褐色的,我看见艇上的乘员穿着制服,大概是克里斯的港务长,随行的是劳埃德保险公司的办事员。另一艘满载度假旅客的汽艇跟随在后,从克里斯驶来,两艘汽艇围着搁浅的轮船来回绕圈子,艇上的人不知在议论着什么,十分起劲。这些人说话的声音在静静的水面上飘过,引起回响。

我离开防波堤和小海湾,沿着小径爬过悬崖,走向那些看热闹的人。我四处寻找,但找不到迈克西姆。弗兰克倒是在场,对着一名海岸警卫队员说话。见到弗兰克,我一时有些发窘,赶忙缩回身子。不到一小时之前,我还在电话里对着他哭鼻子呢,我站在一旁进退两难。可他一眼就看见了我,向我挥手致意。我便向他和那个海岸警卫队员走过去,警卫队员认识我。

"来看热闹吗,德温特夫人?"他微笑着对我说,"事情恐怕很棘手,我看拖轮也不一定能把船头拨转过来。船已搁在那块暗礁上,动弹不得了。"

"他们准备怎么办?"我问。

"立即派潜水员下去检查,看看有没有把龙骨撞坏。"他回答说,"那边一位戴红色圆锥形绒线帽的就是潜水员。要不要用这副镜子看看?"

我把他的望远镜接过来,对准那条船望去,只见一群人瞪大眼睛检查

249

船尾,其中一个正对着什么指手画脚;救生艇里那汉子还在拿着话筒大声叫嚷。

克里斯的港务长已经登上搁浅船只的尾部;戴绒线帽的潜水员坐在港务长的灰色汽艇里待命。

那艘满载游客的观光汽艇还是不停地绕着大船转,一位女客站在艇里,拍了一张照片。一群海鸥落在水面上,愚蠢地聒噪着,希望有人撒点儿食物碎屑让它们饱餐一顿。

我把望远镜还给海岸警卫队员。

"似乎不见有什么进展。"我说。

"潜水员很快就会下水的,"海岸警卫说,"当然,起先总有一番讨价还价,跟外国人打交道全这样。瞧,拖轮来了。"

"拖轮也没多大作用,"弗兰克说,"看那船的角度。那儿的海水比我原先想象的要浅得多呢。"

"那块暗礁离岸远,"海岸警卫说,"坐小船在那片海域航行,一般不会注意到它。可这是艘大船,吃水深,当然就碰上了。"

"号炮响时,我正在山谷旁边的第一个小海湾里,"弗兰克说,"三码以外看不见任何东西,接着就突然响起了号炮声。"

我不由自主地想,在休戚与共的时刻,人与人是多么相像啊。弗兰克描述他听到号炮的那一幕,简直和弗里思方才那番叙述一模一样,好像这事儿至关重要,我们都挺在乎似的。其实,我知道他是想要寻找迈克西姆才来到海滩的;我看出来了,他同我一样,也在担心。而此刻,这一切全被遗忘,暂时都被置于脑后——我俩在电话里的谈话,我俩共同的焦虑不安以及他一再说必须见我一面的表示。遗忘的唯一原因就在于一艘船在大雾中搁浅了。

一个小男孩朝我们跑过来。"船员会不会淹死?"小男孩问。

"才不会呢!船员都好端端的,小家伙,"海岸警卫说,"海面平稳,简直同我的手背一样。这次肯定不会有人员伤亡的。"

"如果这事发生在昨天夜里,我们就听不到号炮声了,"弗兰克说,"我们放了五十多个焰火,还有不少鞭炮。"

"我们可照样能听见,"海岸警卫说,"一见号炮的闪光,事故发生

第十九章

的方向我们一准能辨认出来。德温特夫人，看见那位潜水员了吗？他正在戴上头盔。"

"让我看看潜水员。"小男孩说。

"喏，在那边，"弗兰克弯腰指着远处对他说，"就是正在戴头盔的那人。他就要下水了。"

"他不会被淹死吗？"孩子问。

"潜水员从来不会淹死，"海岸警卫说，"他们不停地用气泵给潜水员输送氧气。留心看着他怎么下水。这不下去啦？"

水面晃荡了一会儿，然后又恢复了平静。"他下水了。"小男孩说。

"迈克西姆在哪里？"我问。

"他带着一名船员到克里斯去了，"弗兰克说，"船搁浅时，那人可能吓昏了头，一纵身就跳水逃命，我们发现他在这儿的悬崖底下抱着一块礁岩，当然已全身湿淋淋的，像落汤鸡，浑身上下筛糠似的发抖。这人自然一句英语也不会说。迈克西姆攀下礁岩，发现此人撞在岩石上，划破了一个口子，正在大出血，迈克西姆对水手说德语，接着便招呼一艘从克里斯驶来的汽艇，当时那汽艇正在附近行驶，活像一条饥肠辘辘的鲨鱼。迈克西姆带着那个水手找医生包扎去了。如果赶得巧的话，他可能会趁着菲力普斯老头坐下吃午饭那阵工夫，抓着他给治一治。"

"他什么时候走的？"我问。

"您来的时候他刚离开，"弗兰克说，"大概是五分钟之前吧。您怎么没看见那艘汽艇？他同那德国水手坐在船尾。"

"可能我还没有攀上悬崖，他已经走远了。"我说。

"处理这类事情，迈克西姆真可谓首屈一指，"弗兰克说，"只要有办法，他总是乐于助人的。您等着瞧，他会把所有船员都请到曼德里去做客，给他们吃的，还会招待他们过夜。"

"一点不假，"海岸警卫说，"我还知道，这位先生会脱下自己的上衣披在别人身上。郡里像他这样好心肠的人要是多几位就好了！"

"说得没错，我们需要这样的人。"弗兰克说。

大家目光一动不动地盯着那艘船。几条拖轮仍然没靠上去，而那条救生艇则已掉过头，向克里斯开回去了。

"今天这艘救生艇是派不上用场了。"海岸警卫说。

"哦,"弗兰克说,"依我看,那些拖轮也无能为力。这次那些拆卸废船的商人可以大赚一把了。"

海鸥在我们头顶上盘旋,鸣声凄厉,如同一群饿得发慌的馋猫。几只海鸥在悬崖处的巉岩上停了下来,其余的胆子更大,在船边的海面上飞掠而过。

海岸警卫脱下制帽,擦拭着额头。

"好像没有一丝风,对不?"他问。

"是啊。"我说。

观光汽艇载着那些拍照片的游客突突地驶向克里斯。"那些人厌烦啦。"海岸警卫说。

"这也难怪,"弗兰克说,"几小时内不会再有什么新鲜事儿。在他们动手拨转船头之前,得等候潜水员的报告。"

"说得没错。"海岸警卫说。

"我看在这儿待着也没多大意思,"弗兰克说,"我们又帮不上忙,我想吃午饭了。"

我没说话,因而他也踌躇不前。我感到他正盯着我看。

"您准备怎么样?"他问。

"我想再在这儿待一会儿,"我说,"什么时候吃午饭都行,反正是冷餐,早吃晚吃都没什么关系。我想看看潜水员怎么操作。"不知什么原因,这时我无论如何没脸跟弗兰克单独说话。我宁愿一个人待着,要不就跟哪个陌生人闲聊,譬如说眼下这个海岸警卫队队员。

"您不会再看到什么有趣的事了,"弗兰克说,"不会再有什么趣闻的。为什么不同我一起回去吃点中饭?"

"不,"我说,"实在不想吃……"

"好吧,那么,"弗兰克说,"如果有什么盼咐,您知道到哪儿去找我。整个下午,我都在办事处。"

"好的。"我说。

他向海岸警卫一点头,攀下悬崖,朝小海湾走去。我不清楚他是否被惹恼了。如果真的冒犯了他,那我也是无可奈何。这些不愉快的事情,总

第十九章

有一天,等到将来的某一天,都会解决的。自从在电话上同他交谈以来,事件层出不穷,我可不愿再为任何事情去伤脑筋。我只希望静静地坐在悬崖上,眺望那艘出事的船只。

"他可是个好人,我说的是克劳利先生。"海岸警卫说。

"是的。"我说。

"他还愿为德温特先生做任何事情呢。"他说。

"是的,我也觉得他乐于助人。"我说。

那个小男孩还在我们跟前的草地上又蹦又跳。

"还要过多久潜水员才能从水底浮上来?"小男孩问。

"早着呢,小家伙。"海岸警卫说。

一个身穿浅红色条纹上衣、头戴发网的妇人穿过草地,朝我们走来。"查理,查理,你在哪里?"妇人边走边叫。

"你妈来啦,你要挨骂啦。"海岸警卫说。

"妈,我看到潜水员了。"男孩大叫。

妇人向我们微笑着点头致意。这人是从克里斯来的度假游客,并不认识我。"精彩好戏差不多要结束了,对吗?"妇人说,"那边悬崖上的人都说这条船肯定会搁浅好几天。"

"大家都在等潜水员的报告。"海岸警卫说。

"真弄不懂,他们怎么有办法让他潜到水下的,"妇人说,"待遇一定很高吧。"

"报酬的确挺高的。"海岸警卫说。

"妈,我要当潜水员。"小男孩说。

"那可得问你爹去,宝贝儿。"妇人说,一边朝我们笑笑。"真是个美丽的地方,是不是?"妇人对我说,"我们带了吃的,准备中午野餐,不料碰上大雾天,又加上船只遇难。号炮响时,我们正准备回克里斯去,但突然炮声大作,就像在我们鼻子底下发射似的,吓了我一大跳。'咦,那是什么声音?'我问我丈夫,'那是海难信号,'他说,'咱们瞧瞧去,不要回去了。'拖他回去那简直不可能了,他呀,跟我这小儿子一样不可救药。我倒不觉得这有什么看头。"

"不错,现在是没什么好戏可看了。"海岸警卫说。

"那边的树林风景真美，应该是私人地产吧。"妇人说。

海岸警卫很不自然地咳嗽一声，看了我一眼，我嘴里嚼着一根草，故意把目光移开。

"不错，那儿全是私人地产。"他说。

"我丈夫说，总有一天，这些大庄园会被铲平，改建起平房。"妇人说，"我觉得在这儿面朝大海造一座漂亮的小平房，倒挺好的，但是，我可能不会喜欢这儿的冬天。"

"您说得对。冬天这一带很冷清。"海岸警卫说。

我还是只管嚼草茎。小男孩绕着圈子来回奔跑。海岸警卫看着手表说："嗯，我得走了。再见！"他向我行过礼，转身沿着小径往克里斯方向去了。"走吧，查理，去找你爸爸。"妇人说。

她很友善地向我点点头，朝悬崖的边沿信步走去，小男孩在她后面奔跑。一个穿土黄色短裤和条纹运动茄克的瘦子向妇人招手。三人在一簇荆豆属灌木旁席地而坐，那妇人动手打开盛食物的纸袋。

真希望我能丢开自己的身份，和他们一起大嚼熟透的煮鸡蛋和罐装三明治，开怀放声大笑，同他们拉扯家常，然后到了下午，就随他们漫步走回克里斯，在沙滩上赛跑，等回到他们的住所，大家以海虾作为点心。但这是不可能的，我还是得独自穿过林子回曼德里去，等候迈克西姆。至于两人会谈些什么，他会怎样看我，说话时声音是怒是悲，我全不知道。我在悬崖上坐着，一点不觉得饿，根本没想到要吃午饭。

越来越多的闲人爬上山来看那艘船。这是当天下午耸人听闻的头号精彩新闻。闲人我一个也不认识，都是从克里斯来的度假游客。海面平静如镜。海鸥已不再在头顶盘旋，而是飞落在离搁浅船只不远的水面上。下午，有更多的观光汽艇驶来；对于克里斯驾艇出游的人而言，这一天不啻一个盛大的节日。潜水员曾浮上水面，可后来又潜下去了。一艘拖轮吐着烟驶走了，另一艘在不远处停着，等待任务。港务长乘坐灰色汽艇，驶离现场，身边带着几个人，其中包括再次浮上水面的潜水员。在遇难的船只上，水手倚着舷侧，向海鸥撒食物残屑。观光小艇上的游客缓慢地划着桨，绕着大船转来转去。真是无趣！这时恰逢最低潮，那船倾侧得相当厉害，连螺旋桨都能看得一清二楚。白云层层叠叠地出现在西边的天空，太

第十九章

阳显得惨白无力；天还是热得够呛。那个穿红色条纹上衣、带小男孩的妇人站起来，沿着小径，信步朝克里斯的方向走去；那穿短裤的男子拎着野餐食品篮在后边走着。

我看看手表，发现已经三点多了。我站起身，下山朝小海湾走去。海湾同平时一样，静静的不见人影，圆卵石呈现一片深深的暗灰色。小埠头内的海水亮晃晃的，就像一面镜子。我走过圆卵石时脚下发出奇怪的嘎吱声，重叠的云层这时已布满头顶的天空，太阳躲进了云堆。当我走到小湾子靠大海的一边时，我看见本正蹲在两块礁石中间的一泓海水中，把小海螺攒在手心里。我走过他身边，影子正好投射在水面上。本抬起头来，一看是我，立即咧着嘴笑了。

"白天好。"他说。

"午安。"我说。

他急忙站起身来，把一块污秽的手巾展开，里头全是他摸来的小海螺。

"你吃这东西吗？"他问。

我不想伤害他的感情，于是就说："谢谢你。"

他倒了五六只海螺在我手上，我分别把它们塞进衬衣的两个口袋。"跟面包黄油一起可好吃呢，"他说，"你得先把它们煮熟。"

"是的，我知道。"我说。

他在那儿站着，冲着我傻笑个不停。"见到那艘轮船了吗？"他问。

"见了，"我说，"搁浅，是吗？"

"啥？"他说。

"那船搁浅了，"我重复说一遍，"可能船底已撞了个洞。"

他脸上突然变得毫无表情，摆了一副傻相，"没错儿，"他说，"那船在那底下挺好的。船不会回来了。"

"等到涨潮，也许那艘船能被拖轮拉走。"我说。

他不说话，掉转头望着海湾外搁浅的船。从这儿望出去，可以看到船的舷侧，船身的水线以下部分在外面露着，涂着红漆，与黑色的上部恰好形成对照。那根独一无二的烟囱，得意洋洋地歪头对着远处的悬崖。水手们还是靠着舷侧喂海鸥，凝望着海水，小艇正划回克里斯去。

"那是条荷兰船，对吧？"本说。

"我不清楚,"我说,"不知是德国的还是荷兰的。"

"撞上暗礁的部位肯定破了。"他说。

"大概是这样的。"我说。

他用手背擦擦鼻子,再次露齿一笑。

"这条船会一块一块地碎裂,"他说,"它不会一下子沉下去,沉到海底,和上回那艘小船一样。"他自得其乐地一笑,伸出手指去掏鼻子。我不作声。"她已经被鱼儿给吃光了,对吗?"他说。

"谁?"我问。

他跷起大拇指,朝海面方向示意。"她,"他说,"那另一位。"

"鱼儿不会吃船的,本。"我说。

"啥?"他问,一边瞪眼望着我,又是一脸木然的傻相。

"我要回家去,"我说,"再见。"

我把他独个儿撇下,走向那条穿林而过的小径,故意不往海滩小屋看一眼。我知道小屋就在我的右方,阴沉沉,静悄悄。我径直步入小径,上坡穿林而去。我半途稍事休息,透过树丛仍能望见向海岸倾侧着的搁浅船只。观光游艇都已开走,失事船上的水手也钻进下面的舱房不见了。层层叠叠的云块把整个天空遮没了。一阵风不知从何方刮来,轻拂着我的脸颊。一片树叶从头顶落下,掉在我手上。我莫名其妙地颤了一下。接着,风停了,天又恢复了闷热。那艘船倾侧着,动弹不得,甲板上一个人也没有,细长的黑色烟囱指向海岸,好不凄凉!海上风平浪静,所以海水冲洗着小湾子里的圆卵石,发出有节制的轻微声响。我再次挪动脚步,沿着小径,穿过林子走去。我只觉得双腿不听使唤,步履艰难,头部沉甸甸的,心头充满一种异样的不祥预感。

我走出林子,穿过草坪。宅子看上去那么宁静,像是一处由人加以护卫的隐蔽的藏身所,英姿更胜往日。我站在草坡边,望着低处的宅子,困惑和自豪感奇特地交织在一起,这或许是我第一次真正意识到这就是我的家,我的归宿在这里,曼德里属于我。带竖框的窗子映着这儿的一草一木和平台上的盆花。一缕轻烟正从一个烟囱徐徐升上天空。草坪上刚经刈割的青草散发出一股干草似的甜香。栗子树上有一只画眉在婉转啼鸣,一只黄色的蝴蝶在我面前胡乱扇动着翅膀,向平台飞去。

第十九章

我走进屋子，穿过门厅，来到餐厅。我的那副刀叉餐具还在原处摆着，可迈克西姆那一副已撤去了。餐具柜上给我留了冷猪肉和凉拌菜。我犹豫了一会儿，接着伸手拉铃，罗伯特从帷幕后走进屋来。

"德温特先生是不是回来了？"我问。

"是的，太太"，罗伯特说，"他两点过后回来，草草吃完中饭又走了。他问起您，弗里思说可能在海滩看那艘搁浅的船。"

"老爷有没有说什么时候回来？"我问。

"没有，太太。"

"也许，他从另一条路去了海滩，"我说，"我俩没遇上。"

"是的，太太。"罗伯特说。

我看看冷猪肉和凉拌菜，虽觉肚里空空，但没有食欲。我此刻不想吃冷猪肉。"您现在吃午饭？"罗伯特问。

"不，"我说，"不吃。请给我端茶，罗伯特，送到藏书室。不要蛋糕、煎饼之类的东西。只要清茶一杯，再来点黄油面包就行了。"

"听您的。太太。"

我走进藏书室，坐在临窗座位上。杰斯珀不在身边，我觉得很不自在。小狗一定在迈克西姆身边。那条老狗躺在篓子里睡大觉。我捡起《泰晤士报》，顺手翻过几页，可什么也没读进去。我这会儿的自我感觉有点反常，仿佛是在原地踏步挨时间，又像在牙科医师的候诊室里坐等。我知道，这时要安心地做编织活，或读本书，是不可能的。我等着出事儿！某种未能预见的意外。一早上担惊受怕已经够我受了，不料接着又发生了船只搁浅的事，加上没吃午饭——这一切竟使我在思想深处产生了某种难以理解的潜伏的兴奋感。我像是跨进了生活里的一个新阶段，一切都变得与昨天不完全相同。昨晚穿戴整齐参加化装舞会的那个女人已留在过去，舞会至今，似乎已过了好长一段时间。这会儿临窗而坐的我是个新人，是个经历了蜕变的新人……罗伯特给我端来茶点，我狼吞虎咽地吃黄油面包。他还给我端来一些煎饼和几片三明治，外加一块蛋糕。他一定觉得单单端上黄油面包有失体面，自然也不合曼德里的老规矩。见到煎饼和蛋糕，我很高兴，这时我才想起除了早上十一点半时喝过的几口冷茶，我连早饭也不曾吃。我喝过第三杯茶，罗伯特又进屋来了。

"德温特先生还没回来吧，太太？"他说。

"没有。"我说，"什么事？有人找他？"

"是的，太太，"罗伯特说，"克里斯的港务长、海军上校塞尔来电话找老爷。他问是否可以来这儿同德温特先生亲自谈一谈。"

"我不知道该如何答复，"我说，"他可能老半天也不回来。"

"是的，太太。"

"你告诉他五点钟再打来。"我吩咐说。不料罗伯特离开房间一会儿，又走了回来。

"塞尔海军上校说如果方便，他想找您谈谈，太太。"罗伯特说，"上校说事情十分紧急，他打电话找克劳利先生，可没人接听。"

"那行，如果事情紧急，我当然必须见他。"我说，"告诉他如果他愿意，请他立即就来。他有车吗？"

"我想有吧，太太。"

罗伯特走出房间去。我暗自纳闷，我该对塞尔海军上校说些什么呢？此人来访一定跟船只搁浅有关，可我不明白，这与迈克西姆有什么关系。如果船在小海湾里搁了浅，那自然又当别论，因为海湾位于曼德里庄园地界之内，或许，他们想把礁岩炸掉，或是采取其他救护措施，所以来征求迈克西姆的同意。可是那片开阔的公用海湾以及水底下的暗礁都不属于迈克西姆。塞尔海军上校找我谈这些，只能是浪费时间。

此人一定是搁下电话筒就上车动身的，所以不到一刻钟，他已被引领着走进藏书室了。

他身穿制服，还是我中午从望远镜里看到他时的那副打扮。我从临窗的座位上站起，同他握手。"实在抱歉我丈夫还未回来，塞尔海军上校，"我说，"他一定又上了海边的悬崖。在这之前，他进城到过克里斯。整整一天我都没见到他。"

"不错，我听说他到过克里斯，可是我没在城里遇上他，"港务长说，"他肯定是翻过那几座山头步行回来了，而当时我还坐在汽艇上，留在海里。另外，克劳利先生也到处找不到。"

"恐怕那艘船一出事，大家都乱了套啦，"我说，"我也在山头上看热闹，午饭也没吃。我知道，克劳利先生刚刚也在那儿。这艘船现在怎

第十九章

办？您看拖轮能把它拖开吗？"

塞尔海军上校用双手在空中画了个大圈。"船底撞破了个洞，有这么大，"他说，"船开不回汉堡啦，我们用不着操心这个，尽可让船主和劳埃德保险公司的代办去商量着解决。不，德温特夫人，我并非为了那艘船才登门拜访的。当然，船只出事也可以说是我来访的间接原因。简单点说，我有消息向德温特先生奉告，可我拿不准该怎样对他说才合适。"他那双明亮的蓝眼睛笔直地望着我。

"什么消息，塞尔海军上校？"

他从衣袋里掏出一块白色的大手帕，擤了擤鼻子，然后才说："呃，德温特夫人，向您奉告，我同样觉得很为难，我实在不愿给您和您丈夫带来苦恼或悲痛。您知道，德温特先生很受克里斯城的人爱戴。这个家族始终不吝于造福公众。我们无法让往事就此埋没，这对他对您都是很痛苦的，但照目前的情况看，又实在不得不重提往事。"他顿了片刻，把手帕塞回衣袋，接着，虽然屋子里只有他同我两人，他却压着嗓门往下说：

"我们派潜水员下去察看船底，这人在底下发现了重要情况。事情的大概经过是这样：他发现船底的大洞之后，就潜向船的另一侧检查，看看还有没有其他部位受损。这时，他意外地在大船的一侧碰上一艘小帆船的龙骨，那龙骨完好无损，一点没撞破。当然啰，潜水员是本地人，他一眼就认出那原来是已故的德温特夫人的小帆船。"

我的第一个反应是感恩不尽，暗自庆幸迈克西姆不在场。昨晚我的化装惹出一场风波，紧接着又来这么一下新的打击，真是老天捉弄人，太可怕了！

"我很遗憾，"我一字一顿地说，"这种事谁也没料到。一定得告诉德温特先生吗？难道不能让帆船就这么沉在海底算了？又碍不着谁的，是不是？"

"德温特夫人，在正常情况下自然可以让沉船留在海底。这个世界上，我要算最不愿意去打扰这艘沉船的人了；另外，正如我刚才所说，如果能让德温特先生免受刺激，让我做出任何牺牲我都在所不惜。但事情并不到此为止，德温特夫人。我派出的潜水员在小帆船前后左右察看了一番，发现另一个更重要的情况。船舱的门关得严严实实，海浪并没把它打

259

穿；舷窗也都关闭着。潜水员从海底捡了块石头，砸碎一扇舷窗，伸头往舱里张望，船舱里满是水，一定是船底某处有个洞，海水就从那儿涌了进来，此外，看不出船上还有其他受到破坏的部位。可是接下来，潜水员看到了有生以来最骇人的景象，德温特夫人。"

塞尔海军上校收住话头，回过头去看看后面，生怕被仆人偷听了去似的。"舱里躺着一具尸骸，"他轻声说，"当然，尸体已经腐烂，肌肉都销蚀了。不过还能看出那确是一具尸体，潜水员辨认出头颅和四肢。接着，他就浮上水面，直接向我报告了详情。现在您该明白了，德温特夫人，为什么我一定要和您丈夫面谈不可。"

我瞪眼望着他，始而疑惑不解，继而大惊失色，接着胸口一阵难过，简直想吐。

"都以为她是独自出海去的，"我低声说，"这么说来，自始至终一定有人跟她在一起，而别人全不知道？"

"看来是这样的。"港务长说。

"那会是谁呢？"我问，"如果有人失踪，家属亲人肯定会发现的。当时这件事情传得沸沸扬扬的，报上也是连篇累牍地报道。可是这两位航海人，怎么另一个留在舱内，德温特夫人的尸体却过了几个月在好几英里之外被捞了起来？"

塞尔海军上校摇摇头说："我同您一样，猜不透其中的底细。我们掌握的全部情况就是舱里有具尸骸，而这事我们不得不上报。我怕事情会因此闹个满城风雨，德温特夫人。我想不出有什么办法可以封住人们的嘴。对您和德温特先生来说，这是桩很不愉快的事情。你们二位在这儿安安静静地过日子，希望生活美满，可偏偏出了这样的事。"

我终于知道了那不祥之感的原因。原来，凶险的不是那艘搁浅的船，也不是那些厉声怪叫的海鸥，或是那根朝着海岸倾斜的细长的黑烟囱，可怕的乃是那纹丝不动的暗黑色的海水及水底下的秘密；可怕的是潜水员下潜到冰凉、寂寥的海底，无意中撞上了丽贝卡的船和丽贝卡旅伴的尸体。此人的手已摸过那条船，他还曾朝船舱里张望；与此同时，我却坐在海边悬崖上，对这些事一无所知。

"要是可以不告诉他，"我说，"要是能把整个事情瞒着他，那

第十九章

就好了。"

"您知道，德温特夫人，只要有可能，我一定会瞒着他的，"港务长说，"但事关重大，我个人的感情只得撇在一边。我得履行职责。发现了尸体，我非上报不可。"他突然停住，因为正在这时门开了，迈克西姆走进屋来。

"你好，"他说，"出了什么事了？我不知道大驾光临，塞尔上校，有何见教？"

我待不下去了，只好恢复自己怯懦妇人的本来面目，走出藏书室，顺手把门带上。我甚至没敢往迈克西姆的脸上看一眼，只是依稀觉得他没戴帽子，穿着很不整洁，一副疲惫不堪的神态。

我傍着正门，站在大厅里。杰斯珀正从盆子里饮水，舌头舔得好不热闹。见了我，它顿时不停地摇晃尾巴，同时继续喝水。喝够了水，长耳狗慢腾腾地跨着大步跑到我跟前，后肢着地站立着，用前肢搔我的衣服。我在狗的额头上吻了一下。接着就走过去在平台上坐下。危机终于降临了，我必须面对现实。长久以来郁积的恐惧，我的怯懦，我的腼腆羞态，我那种百般驱之不去的自卑感——眼下这一切非克服不可，都得暂时靠边站。这一回要是再失败，那一辈子就注定要输了，再也不会有另外的机会。我在盲目的绝望中祈祷苍天赐我勇气，狠狠用指甲掐自己的手。足足有五分钟之久，我坐着呆呆地凝望草坪和平台上的盆花。然后，我听到车道上有汽车开动的声音。一定是塞尔海军上校，他把事情经过对迈克西姆原原本本交代清楚后就驾车走了。我站起身，拖着缓慢的步子，穿过大厅，往藏书室走去，一边不停地在衣袋里翻弄本给我的小海螺，接着又把它们紧紧捏在手里。

迈克西姆站在窗前，背对着我。我在门旁站定，等他转过身来，可他依然一动也没动。我把双手抽出衣袋，走去站在他身旁。我握着他的手，把它贴在自己的脸颊上。他还是一声不吭，站在那儿出神。

"我真难过，"我低声说，"难过极了。"他没有回答我。他的手冰凉冰凉。我吻他的手背，接着吻他的手指，一个接着一个。"我不愿让你独自经受这一切，"我说，"我与你分担。二十四小时之内，迈克西姆，我已长大成人，永远不再是一个小孩子了。"

他伸出手臂，紧紧地搂住我。什么腼腆，什么矜持，都被我统统忘了。我用脸擦着他的肩胛，问道："你原谅我了吗？"

他总算对我说话了："原谅你？你做了什么事竟要我原谅？"

"昨晚的事，"我说，"你可能以为我是故意的。"

"喔，那事我已忘啦，"他说，"我对你发火了，是不？"

"是的。"我说。

他不再说话，只是仍然把我紧紧搂着。"迈克西姆，"我说，"难道我们就不能重新开始吗？两人不能从今天起同甘共苦吗？我不奢望你爱我，我不做非分之想，让我做你的朋友和伴侣吧，就算一个贴身小厮。我只有这点要求。"

他用双手捧起我的脸，凝视着我。我这才发现他的脸那么瘦削，上面皱纹密布，神容憔悴，眼圈浮肿得厉害。

"你究竟有多爱我？"他问。

我一时答不上来，只能呆呆地看他，望着他失魂落魄的深色双眼和那苍白而憔悴的脸。

"一切都晚啦，宝贝，太晚了，"他说，"我们失去了过幸福生活的唯一机会。"

"不，迈克西姆，不要这么说。"我说。

"我要说，"他说，"现在一切全完了。事情终于发生了。"

"什么事？"我问。

"一直在我预料中的事，日复一日，夜复一夜，我都梦见这事发生。我们注定没好日子过。我是说你我两人。"他在临窗位子上坐下，我跪在他面前，双手搭着他的肩。

"你在说些什么？"我问。

他用自己的双手覆盖着我的手，探究我的脸色。"丽贝卡得胜了。"他说。

我目不转睛地望着他，心跳的节奏都变得异样了，被他握着的双手顿时变得冰冷。

"她的幽灵总是在你我中间徘徊，"他说，"她那该死的阴影始终横插在你我两人中间。我总在怀疑，这件事总有一天会暴露出来。怀着这种

第十九章

恐惧心理，我的宝贝儿，我亲爱的小宝贝，我怎能像现在这样拥抱你呢？我一直记得她临死时看我的眼神，那种慢慢在嘴角荡开的不怀好意的微笑。就在当时她已知道事情会暴露的；她确信自己最终一定会得胜。"

"迈克西姆，"我在他耳畔柔声说，"你在说些什么？你想我说些什么？"

"她的船被人发现了，"他说，"是今天下午被潜水员发现的。"

"不错，"我说，"这我知道。塞尔海军上校来通知的。你是在想那具尸体吧？就是潜水员在船舱里发现的那具尸体。"

"是的。"他说。

"这说明当时她不是一个人，"我说，"这说明丽贝卡当时和另一个人一起出航。你现在得查明这人是谁。就是这么一回事，对吗，迈克西姆？"

"不，"他说，"不，你不明白。"

"我要同你分担这份愁苦，宝贝，"我说，"让我帮你。"

"谁也没同丽贝卡在一起，她是独自一人。"他说。

我跪在地上，盯着他的脸，盯着他的双眼。

"船舱里躺着的是丽贝卡的尸体。"他说。

"不，"我说，"不是的。"

"埋在坟墓里的不是丽贝卡，"他说，"那是一个没人认领的无名女尸。当时根本没发生什么海难事故。丽贝卡不是淹死的。是我杀了她。我在小海湾处的海湾小屋里开枪打死了丽贝卡，然后把她的尸体拖进船舱，当夜把船开出去，让她沉没在今天他们发现她的那个地方。死在船舱里的是丽贝卡。现在请你看着我的眼睛告诉我，你还爱我吗？"

第二十章

　　藏书室里安静极了，只听见杰斯珀呱哒呱哒舔爪子。长耳狗肯定是踩了荆棘，皮肤里扎了刺，所以才总是啃啮吮吸个没完。接着，迈克西姆腕上手表的滴答声在耳畔响起，这种轻微的声音正是日复一日的生活常规的标志。突然间，我脑海里无缘无故掠过一句学生时代常用的幼稚可爱的谚语："岁月流逝不待人。"我不停地念叨这句话："岁月流逝不待人。"就这样，迈克西姆的手表滴答不停，杰斯珀躺在我身旁的地板上舔爪子；此外，藏书室里一片寂静。

　　我想，人们在遭受巨大的突然打击之际，例如说死亡，或是失去一条胳膊一条腿什么的，刚开始可能并没有感觉。假如别人砍去你的手，几分钟之内你并不意识到手已没了，而是照样觉得手指健在；你把手指一个又一个伸开，在空中挥舞，其实什么也没有，没有手，没有手指。

　　我偎偎着跪在他身旁，双手抚摸着他的肩头，一时像是完全麻木了，既不觉得痛楚，也不受恐惧折磨，心头一点没有炭炭然的感觉。我想我得把杰斯珀脚掌里的刺挑出来，过后又想，罗伯特是不是就要进屋来收拾茶具。在现在这种情况下我居然会想到这些——杰斯珀的爪子、迈克西姆的手表、罗伯特、茶具，真是怪事儿。我竟如此不动感情，保持着如此反常的镇静，不觉得有一点烦恼，对此，我自己也莫名其妙。我对自己说，慢慢地，我将恢复感觉，理解力也会重新变得正常。到时候，他讲给我听的情况以及迄今为止所发生的一切，都会像拼板游戏中的一块块图板那样各归其位，拼凑成某种图案。可是在这一刻，我完全麻木了，没有感情，没有思想，感官全部不起作用，只是迈克西姆怀里的一个木偶。后来，他开

第二十章

始吻我。过去他从没有这样吻过我。我双手托着他的头，闭上眼睛。

"我多么爱你，"他在我耳畔柔声低语，"多么多么地爱你。"

我想，日日夜夜，我一直希望能听到他说这话，现在他终于说了。早在蒙特卡洛，在意大利，还有在回到曼德里之后，我曾多少次想象过这一幕。他终于说了。我睁开眼，看着他头顶上方那一小角窗帘，他还是如饥似渴地尽情吻我，一边喃喃唤着我的名字。我仍旧望着窗帘，发现窗帘上有一小块儿因日光曝晒而褪了色，不如顶上的一幅鲜艳。我又想，此刻我多么镇定而冷静，眼睛盯着那角窗帘，任迈克西姆亲吻。生平第一次，他对我说他爱我。

突然，他一下子将我推开，从临窗的座位上站起。"你看，我没说错，"他说，"太晚了！现在你不爱我了。我也不值得你爱。"他走到壁炉边站定。"就当我什么也没说，"他说，"我保证再也不讲这种傻话。"

我顿时意识到了一切，骤然一阵心痛。"什么太晚了，"我赶快说，一面从地板上站起身来，走到他身边，伸开双臂抱住他，"不许再说这话！你不明白，我爱你胜过世间的一切。不过，刚刚受你一吻，我简直呆住了，激动得完全麻木了，什么事都不明白，就好像一点知觉也没剩下。"

"你不爱我了，"他说，"所以才变得如此麻木。我懂，我理解。对你来说，一切都太晚了，是不？"

"不！"我说。

"四个月前我就该同你说实话，"他说，"我早该意识到这一点。女人毕竟不同于男人。"

"再吻吻我吧，"我说，"咱俩应该一辈子在一起，什么也不向对方隐瞒，谁的阴影都没法离间我们。说定了，我亲爱的，我求求你。"

"没有时间了，"他说，"可能只剩下几个小时，或者是几天。发生这件事，咱俩怎么可能一辈子在一起？我已对你说过，人们发现了那艘沉船，同时还发现了丽贝卡。"

我傻乎乎地凝视着他，无法理解他的话。"他们会怎么样呢？"我问。

"他们会认出尸体，"他说，"那船舱里有的是线索。她的衣服和皮鞋，还有手上的戒指。他们会认出她的尸体，接着就想起上次那具女尸，那个已埋入墓穴的无名女子。"

"你准备怎么办?"我低声问。

"不知道,"他说,"我不知道。"

如我所料,我的感觉一点一滴地恢复着,双手复又有了热气,汗津津,黏糊糊。我觉得血直往脸上冲,梗塞了嗓门。我的脸烧得火辣辣的,不由自主地又想到塞尔海军上校、潜水员、劳埃德协会的代办,以及搁浅船上的那些倚身舷侧、凝视海水的水手。我还想到克里斯城的店主和吹着口哨穿街过巷、替人跑腿的小厮,想象着教区牧师如何步入教堂,克里温夫人如何在花园里修剪玫瑰,还有悬崖上那个身穿浅红色衣服的妇人和她的小男孩。消息很快就会传进这些人的耳朵;也许只消再过几个小时,明天吃早饭以前,就会闹得尽人皆知:"他们已发现德温特夫人的沉船,还说舱里有一具女尸。"舱里有一具女尸。丽贝卡还躺在船舱的地板上,根本没有入土。躺在坟墓里的是另外一个女人。迈克西姆杀死了丽贝卡,丽贝卡根本不是意外淹死的。他在林中小屋里开枪打死了丽贝卡,接着把尸体拖上船,之后就把船沉入海湾。那阴暗寂寞的小屋,雨水不住拍打着屋顶,淅沥作声。拼板一块又一块凑集起来,在我跟前蓦地跃出一幅图画。互不相干的场景一幕又一幕在我迷离的头脑里闪现……在法国南部,迈克西姆和我坐在一起驾车兜风,他那时的话音犹在耳:"差不多一年前发生的事把我的整个生活都改变了。我必须重新开始……"沉默寡言的迈克西姆,郁郁不欢的迈克西姆。难怪他从来不提丽贝卡,不说她的名字,难怪迈克西姆不喜欢那个小海湾,总要避开那个小石屋。我仿佛听见他说:"要是你头脑里同样保存着我对往事的种种记忆,你也不会愿意上那鬼地方去。"难怪他头也不回地沿着林中小径攀登,难怪丽贝卡死后他在藏书室里通宵达旦地踱步。踱来踱去,踱去踱来!我仿佛又听见他对范·霍珀夫人说:"我离家时很匆忙。"说时微微蹙眉。还有范·霍珀夫人的聒噪:"听人说他怎么也不能从丧妻之痛中恢复过来。"我还想起昨夜的化装舞会,自己如何穿了丽贝卡的舞服走到楼梯口。"是我杀了丽贝卡,"迈克西姆曾这样说,"是我在林中小屋开枪打死了丽贝卡。"而潜水员已发现她的尸体,就在船舱的地板上……

"现在我们怎么办?"我问,"对别人我们该怎么说?"

迈克西姆没答话,站在壁炉旁,两眼圆睁,呆呆地望着前方,可又什么也没看见。

"还有谁知道吗？"我问，"有没有什么人了解情况？"

他摇摇头说："没有。"

"只有你我两人知道？"我问。

"只有你我两人知道。"他说。

"弗兰克！"我突然想起此人，"你敢断定弗兰克不知道吗？"

"他怎么能知道呢？"迈克西姆说，"当时就我一人在场。夜漆黑漆黑……"没等说完，他就在一把椅子里颓然坐下，用手按着脑门。我走到他身边跪下，他却一动也不动。我把他遮脸的双手扳开，直视着他的眼睛。"我爱你，"我轻声细语，"我爱你。现在你该相信我了吧？"他吻我的脸和双手；他紧紧捏着我的双手不放，像个求人救援的孩子。

"当时我以为自己肯定会发疯，"他说，"每天坐在这间屋子里，等着事情的败露。还得坐在那边的书桌旁，答复那些可怕的慰问信。在报上登讣告，接受采访——死了人之后总有诸如此类毫无意义的麻烦事。与此同时，我得照常吃喝，装得像个神志健全的正常人，当着弗里思和其他仆人的面，当着丹弗斯太太的面。我没有勇气把丹弗斯太太赶走，因为她对丽贝卡了解至深，可能发生怀疑，猜到事情的真相……弗兰克一直待在我身边，守口如瓶，深深地同情我。'你干吗不离开这儿？'他当时三番五次这样劝我。'宅子里的事我可以代管。你应该离家散散心。'还有贾尔斯和比阿特丽斯这一对夫妻。我那可怜的好姐姐，不识世故的比阿特丽斯，她老是说：'你的样子很吓人，一定得了重病了。怎么不找个大夫看看？'这些人我都不得不见，同时我又深知自己对他们说的每句话都是弥天大谎。"

我仍然牢牢握着他的手，紧紧依偎着他。"有一次，我差点儿把一切都告诉你，"他说，"就是杰斯珀直奔小海湾而你又去海滩小屋找绳子的那天。我们就在这儿坐着，像现在一样。我正要说，可弗里思和罗伯特端茶进来了。"

"不错，"我说，"我记得。你为什么不告诉我？这样就浪费了不少我俩本来可以亲密相处的时光，多少天、多少个礼拜就这么浪费了。"

"那时你的态度太冷漠，"他说，"从来不像此刻这样到我身边来亲热亲热，而总是一个人带杰斯珀去逛花园。"

"你干吗不告诉我？"我柔声说，"干吗不对我说？"

"我以为你在这儿过得很不快乐，觉得腻烦。"他说，"我年龄比你大得多，你同弗兰克在一起，好像谈笑更自如一些，跟我在一起的时候，总是那么古怪，那么不自然，那么腼腆。"

"我知道你在想念丽贝卡，还叫我怎么跟你亲热？"我说，"我知道你仍然爱着丽贝卡，怎么能奢求你再来爱我？"

他把我搂在身边，搜寻我的目光。

"你在胡说些什么？你这话是什么意思？"他问。

我跪在他旁边，挺直上身。"每当你抚摸我的时候，我就想，你在拿我和丽贝卡相比，"我说，"每当你对我说话，每当你看着我，或是同我一起在花园里散步，一起进餐的时候，我总感到你在提醒自己：'当年我同丽贝卡在一起也是这样的。'"他用迷惘的目光看着我，仿佛听不明白我在说什么。

"我说得不对吗？"我说。

"喔，我的天！"他一把推开我，站起身，扭着双手，在房间里踱开了。

"怎么啦？出什么事了？"我问。

他猛地一个转身，看着抱膝坐在地板上的我。"你以为我爱丽贝卡？"他说，"你以为我杀她那当儿还爱她？告诉你吧，我恨她！我与这个女人的婚姻打一开始就是一出闹剧。这女人心肠狠毒，活该下地狱，是个十足的坏女人。我们从来不曾彼此相爱；两人在一起没有一时一刻的幸福可言。丽贝卡根本不懂得什么是爱，这女人没有柔情，没有起码的是非观，甚至有点不正常。"

我抱膝坐在地板上，专注地望着他。

"当然，她很聪明，"他说，"精得像魔鬼。见过她的人无不以为她是世上心肠最好、最慷慨大方、最有才华的人。她能看准不同的对象说不同的话，知道该怎么调节自己的情绪去迎合别人。如果她同你结识，她一定会挽着你的手臂，陪你走进花园，一边呼唤杰斯珀，一边跟你谈花，谈音乐和绘画，或是随便什么其他她听说过的你的特别爱好。你也会像其他人一样被她蒙骗，围在她的脚边，对她崇拜得五体投地。"

第二十章

他还是在藏书室里不住地踱来踱去。

"我娶她的时候,别人都说我是世上最幸运的男子,"他说,"她长得那么美,才华出众,又会迎合别人,所以就连那位当时人们最难讨好的老奶奶,也从一开始就喜欢她。奶奶对我说:'一个妻子得有三种美德:教养、头脑和姿色。她三样俱备。'我相信奶奶的话,或者说曾逼着自己信以为真。可是,与此同时,我心里一直存有疑虑,她的眼神不大对劲……"

拼板一块一块凑齐,丽贝卡开始以其本来的面目出现在我眼前;她从相片镜框的虚幻天地中走出来,成了一个有血有肉的真人。策马前进的丽贝卡,双手紧抓缰绳的丽贝卡,得意洋洋的丽贝卡,从吟游诗人画廊俯身向下,唇边挂着一丝胜利的微笑的丽贝卡。

我又一次回想起在海滩上自己站在本身旁的情景。"你心肠好,"他说,"不像另一位,你不会把我送疯人院吧?"当年,曾有人乘夜色正浓时穿过林子,那人个子颀长,体态窈窕,给人蛇一般的感觉……

可迈克西姆仍自顾自说话,一边继续在藏书室里不停踱步。"过了不久,我就抓住她的把柄,那时我们结婚才五天。你还记得那天我开车带你上蒙特卡洛山顶的情景吗?我是想旧地重游,回忆一下往事。她曾坐在那个山头上,放声大笑,黑发迎风飘拂;她把自己的经历告诉我,那些话我怎么也不愿对第三者重复一遍。这时我才意识到自己做了何等愚蠢的事,娶了一个什么样的老婆!姿色、头脑和教养。喔,上帝!"

他突然哽住说不下去了,到窗子旁站定,眺望户外的草坪。他居然发出一声笑,居然就这么站着怪笑不止。我再也无法忍受,那笑声叫我害怕,使我寒心。我无法忍受!

"迈克西姆!"我大叫一声,"迈克西姆。"

他点了一支烟,不声不响地站在窗旁猛抽。接着,他又一次转过身,重新开始踱步。"当时我就差一点杀了她,"他说,"那次要杀她可太容易了。走错一步路,滑了一跤。你一定还记得那儿的悬崖峭壁。那天你真被我吓得不轻,对吗?你可能以为我是个疯子。说不定我也确实是个疯子。一个人如果和魔鬼生活在一起,神志还怎么可能正常呢?"

我坐在地板上,看他来来回回不停地踱步。

269

"就在那儿的山头上，在那悬崖的边沿，她跟我讲定一桩交易：'我替你治家，替你管理你家祖传的宝地曼德里。如果你愿意，我能使这所宅子成为全国首屈一指的闻名去处，人们会跑来做客，羡慕我们，在背地里议论说我俩是全英国最幸运、最美满的郎才女貌的一对。多大的愚弄，迈克斯，同时又是多大的成功！'她坐在山腰狂笑，把一朵鲜花撕成碎片。"

迈克西姆把只抽了四分之一的香烟扔进空荡荡的炉膛。

"结果我没动手伤害她，"他说，"我只是呆呆地看着她，什么也不说，由她去笑。后来，我们又一起上车，驶离悬崖。她知道我只好听她的，回到曼德里，接纳公众参观，大宴宾客，让人们去议论我们的婚姻乃是本世纪最成功的结合；她知道与其在结婚一周之后让周围少数诸亲好友笑话，与其让这些人了解她当时亲口对我说起的隐私，我宁愿牺牲荣耀和名誉，抛开个人感情，舍弃世上一切其他东西；她也知道我这人无论如何不肯上法院闹离婚，让她的丑事四处飞扬，从而让人在背后指指戳戳，让报纸尽情地恶意中伤，让附近的邻人一听说我的名字就交头接耳，让来克里斯的远足游客成群结队寻上门来，探头探脑往里张望，一边评头品足：'他就住在这儿。这宅子叫曼德里，宅子的主人就是那个我们在报上读到过打官司闹离婚的。对于他的妻子，你还记得法官是怎么说吗？'"

他走过来，在我面前站定，伸出双手说："你鄙弃我，是不是？我的耻辱、我的憎恨和我的厌恶，你都理解不了。"

我没吭声。我紧握他的双手，放在自己的胸口。我不在乎他的耻辱。他对我说的事情没有一件跟我有关系。我只想着一句话，不停地念叨一句话：迈克西姆不爱丽贝卡，他从来没爱过她，自始至终没有。他和她两人从来没有享受过一时一刻的幸福。迈克西姆还在说话，我仍然洗耳恭听，但是他的话对我已不起任何作用，我根本不在乎。

"我为曼德里考虑得太多，"他说，"老是把曼德里放在第一位，置于一切之上。这种畸形的感情不会有好结果，教堂里做礼拜时谁也不提倡这种感情。基督对于石块、砖瓦、围墙没有留下任何教诲，也没说过人应该如何去热爱属于他所有的那块土地，他的土壤，他的小天地。这一切都不是基督教教义的内容。"

"我的宝贝儿，"我说，"我的迈克西姆，亲爱的。"我把他的双手

第二十章

贴在自己脸上，用嘴唇凑上去。

"你理解吗？"他问，"真的理解吗？"

"是的，"我说，"我亲爱的。"但我立即又扭开头，免得让他看到我的脸。我是否理解他，究竟有什么关系？自始至终他都没爱过丽贝卡，我的心如同在风中飘荡的羽毛，轻松无比。

"那几年的生活我不愿回忆，"他慢悠悠地说，"我甚至不愿对你说起那些往事，提起我的羞愧和耻辱，提起我和她两人如何在谎言中生活，当着仆人的面，当着弗里思老头那样忠心耿耿、真诚老实的人，一起上演一出拙劣而下贱的戏码。这儿的人全相信她，崇拜她，可这些人不知道她在背后取笑他们，模仿着他们的样子对他们嘲笑不止。我还记得宅子里开游园会、露天音乐会或是有其他表演时，如何挤满一屋子的人。天使般的甜笑在脸上挂着，在表演结束后她挽着我的手臂四处走动，向一小队儿童发奖品。然而第二天，她会在黎明起身，开车去伦敦，钻进泰晤士河畔她的公寓套间，那样子就像野兽钻进沟壑里的洞穴，在那儿度过不可告人的五天以后，到周末才回来。喔，她的事我从未向别人说过，我严格遵守我们说好的条件。她那种魔鬼般的鉴赏力把曼德里弄成了目前这样子。花园、灌木丛和幸福谷里的石楠花，你以为我父亲在世时就一直是这样吗？不，当时庄园一片荒芜。不错，景色是很美的，那是一种寂寥荒凉的独特的美。可是，庄园亟待高明之手进行修缮照料，还得花一大笔钱。我父亲怎么也不愿意花这笔钱，而如果不是丽贝卡，我怎么也不会想到把钱花在这上边的。你今天在宅子各个房间里见到的摆设，有一半原先并不搁在现在的地方。今天的客厅，今天的晨室——那全是丽贝卡布置的。在接待日，弗里思非常骄傲地指给来客看的那些椅子、护壁的挂毯——这又是丽贝卡的主意。当然，有些家具摆设原来就是宅子里的东西，贮藏在里屋。我父亲对家具和绘画一无所知，所以大多数东西都是丽贝卡购置的。你现在见到的美丽的曼德里，闻名远近的曼德里，上了照片和绘画的曼德里，那全是丽贝卡的杰作。"

我紧紧搂着他，一声不吭。我但愿他就这样不停地往下说，但愿他多年以来的怨恨、嫉愤和污秽都会消散得无影无踪。

"我们就这样在一起生活，"他说，"一个月接着一个月，一年复

又一年。为了曼德里,我只好随遇而安。她在伦敦的胡作非为与我无关,因为那些事无损曼德里一根毫毛。开始那几年,她还检点,谁也不说她坏话,背地里的窃窃私语也没有一句。可她慢慢地放肆起来。你知道人如何染上酗酒的恶习吗?开始时并不上瘾,每次只喝上一点儿,可能过五六个月才烂醉一次。接着,周期越变越短,不久,每个月,每半个月,每过几天就得大喝一通。什么安全系数,什么内心深处的防范戒备,完全顾不上了。丽贝卡就是这样。她开始把自己的一帮狐朋狗友请到这儿来。她一次邀请一两个,周末宴会时让他们混在宾客当中。所以,在开始时,我还无所察觉,不清楚这些是什么人。她常在小海湾的石屋里举行野餐。有一次,我从苏格兰打猎回来,发现她跟六七个朋友在海滩小屋里鬼混,都是些我从来没见过的陌生人。我向她提出警告,可她毫不在意地一耸肩说:'这跟你有什么关系?'我对她说,她尽可以上伦敦去和朋友幽会,但曼德里是我的家,她也得按当初说定的规矩办事。她没说话,只是笑了笑。可后来竟同弗兰克调起情来。羞羞答答的忠实朋友,可怜的弗兰克!一天,他来找我,说是想离开曼德里,去另谋职业。我和他就在这间藏书室里争辩了两个钟头,到末了我才明白他的苦衷。他终于忍不住了,对我说了真话。他说那女人一刻也不放过他,老是到他那儿去,设法引诱他到海滩小屋做客。亲爱的弗兰克,多可怜!他不知道真相,一直把假象当真,以为我们是一对美满的恩爱夫妻。

"我指责丽贝卡不该打弗兰克的主意,不料她勃然大怒,把我骂得狗血喷头,用的全是她那词汇中的肮脏字眼。那一回真叫作大出洋相,看着一定叫人恶心讨厌。过后,她又去了伦敦,一住就是一个月。等她回来以后,起初倒还老实,我以为她总算接受了教训。后来,比阿特丽斯和贾尔斯来度周末,我那次才意识到我心中原有的疑虑并非是毫无道理的。比阿特丽斯确实讨厌丽贝卡。我敢说,比阿特丽斯以自己那种古怪、暴躁、不加掩饰的作风,一眼就把她看穿了,猜出我们夫妇的关系不正常。那一次的周末假日,大家彼此提防,全担着心事。贾尔斯跟着丽贝卡驾船出海,比阿特丽斯和我在草坪上消磨时光。等两人回来,贾尔斯乐滋滋的好不得意,看见这副模样,再一看丽贝卡的眼神,我就知道她对贾尔斯故伎重演了。吃晚饭时,我注意到比阿特丽斯一直盯着贾尔斯看,贾尔斯那晚的笑声远比平时响亮,话

第二十章

也特别多,而丽贝卡则像天使般的在餐桌首端坐着。"

拼板已快凑齐。那些奇形怪状的小片小块,我曾用笨拙的手指想把它们拼拢来,可硬是不成图案。难怪弗兰克一听到我提起丽贝卡,就显得如此反感。还有比阿特丽斯那种不自然的贬抑神态。人们闭口不谈丽贝卡,我总以为是出于同情和怜悯,不料真正的原因却在于耻辱和困窘。我不敢相信自己竟然一直看不出有什么异常之处。世上有几个像我这样的笨蛋,因为没法挣脱羞怯和腼腆的自我羁缚,过去受罪,今天还继续遭难;而由于自身的盲目和愚钝,竟还在自己面前筑起一堵障眼的大墙,使自己无法看清事实真相。这就是过去的我!我设想了一幕又一幕失真的图景,独自坐在那儿观赏;我从来没有足够的勇气去探求真相。其实,如果我不那么腼腆羞怯,迈克西姆在四五个月前早就把一切都告诉我了。

"那是比阿特丽斯和贾尔斯最后一次在曼德里度周末。"迈克西姆说,"我再也没向两人单独发出邀请。此后,这对夫妇只有在正式场合才来做客,来参加游园会或舞会。比阿特丽斯和我彼此都不明说。但我觉得她猜到我在过着什么样的生活;我觉得她知道事情的真相;她像弗兰克一样,了解事情的底细。从这以后,丽贝卡又变得十分狡猾,光看表象,她的行为真可谓无懈可击。可每当我有事出门,她留在曼德里,我就根本不知道这儿会发生什么样的丑事。她可以诱惑弗兰克和贾尔斯,甚至可以把庄园里的任何一个工匠搞上手,还可以到克里斯城随便拖一个情夫来,不管什么样的男人都行……然后就非闹出爆炸性的丑闻不可,接踵而来的是我一直担心的流言蜚语、飞短流长。"

我仿佛又站在林中小屋旁,聆听雨点拍打屋顶的淅沥声;我仿佛又看见游艇模型上的尘埃和坐卧两用沙发上耗子咬的破洞;我仿佛又看见本痴痴傻傻地睁大眼睛,还听见他说:"你不会把我送进疯人院吧?"我又想起那条穿林而过的陡峭幽径;倘若一个妇人躲在树后,夜礼服经晚风吹拂,肯定会发出沙沙的响声。

"她有个表哥,"迈克西姆一字一顿地说,"那人出过洋,后来又回了英国。只要我出门旅行,这人就来此鬼混。弗兰克常见到他。此人名叫杰克·费弗尔。"

"我认识这个人,"我说,"你去伦敦那天他来过。"

273

蝴 蝶 梦

"你也见到他了?"迈克西姆问,"干吗不告诉我?我从弗兰克那儿听说这人来过。弗兰克看见他的车开进了庄园大门。"

"我不想告诉你,"我说,"我怕一说又会惹起你对丽贝卡的回忆。"

"惹起我的回忆?"迈克西姆轻声自语,"喔,老天爷,难道我还用别人来惹起回忆吗?"

他直勾勾地望着前方,一时间没接着往下说。我不知道他是否跟我一样,正在想着海湾里那灌满了海水的沉船船舱。

"她老是请那个名叫费弗尔的家伙到海滩小屋去,"迈克西姆接着叙述,"对仆人她总是说出海去了,天亮前不会回来。其实她在小屋里同那家伙一起过夜。我再次警告她,倘若再让我撞见这人,不管在庄园里哪个角落,我就开枪打死他。那人历史不清白,是个下贱坯子……一想到这人在曼德里的林子里大摇大摆地散步,玷污了像幸福谷这样的地方,我简直要发疯。我对她明说,我无法忍受这样的侮辱。她又是一耸肩,这回倒是忘了骂几句亵渎的脏话。我还注意到她的脸色比平时苍白,神态有点仓促不安,人看上去相当憔悴。看到她这副模样,我不禁问自己,等这女人开始显出老态,自己也觉得老之将至,还不知道会变成个什么样的怪物。日子就这样一天天过去,没再出多大的意外。一天,她又上伦敦去,可当天就回了家。这在她倒是难得。我没料到她回来,所以到弗兰克家吃晚饭去了。当时手头有不少事要办。"他这会儿的语调变得仓猝短促。我紧紧握着他的双手。

"吃过晚饭,十点半光景,我才回家,我一眼看见大厅的椅子里搁着她的围巾和手套。我不知道她怎么这么快就回来了。我走进晨室,她不在屋里。我猜想她大概又上海湾去了。这时我突然猛醒,对于这种充满谎言和欺骗的肮脏生活,自己已忍无可忍。事情好歹总得有个解决。我想是不是应该抓起一支枪,去吓一吓那个情夫,吓一吓那对狗男女。于是我马上出发到海滩小屋去。仆人根本不知道我曾回家来过。我溜进花园,穿过林子,看见小屋的窗口亮着灯光。我直奔小屋而去。可是出乎我的意料,屋里只有丽贝卡一人。她躺在长沙发上,旁边的烟灰碟里堆满了烟蒂,她看上去像是得了病,神色反常。

"我开门见山就骂费弗尔那混蛋,她一言不发,静静听着。'这种

第二十章

丢脸的日子你我俩人应该过够了，'我说，'今天就算是个终结。你明白吗？你在伦敦放浪与我无关，你可以在那里跟费弗尔同居，或是随便找个称心的情夫。在这儿可不行。不许你在曼德里胡来。'

"她沉默了一会儿，目不转睛地望着我，过后微微一笑说：'如果我喜欢在这儿住，怎么办？'

"'你应该明白我们的交换条件，'我说，'对于我俩之间那桩该遭天罚的肮脏买卖，我可是守信用的，对不？你却违背诺言，你以为你可以把我的屋子、我的家，当作你在伦敦的艳窟吗？我忍气吞声地受够了。上帝作证，丽贝卡，今天给你最后一个机会。'

"我记得她把香烟掐熄在沙发旁的烟灰缸里，然后站起身，双手举过头顶伸了个懒腰。

"'你说得对，迈克斯，'她说，'是时候了，我该掀开新的一页了。'

"她显得非常苍白，非常瘦弱。她开始在房间里踱步，双手塞在裤袋里。穿着航海服，她像个小男孩，那张娃娃脸同波提切利画中的天使一模一样。

"'你想过没有？'她说，'你简直没法拿出像样的证据来指责我。我是说倘若你想同我离婚，把事情闹到法庭上去。你明白吗？打一开始起，你就没抓住我一丁点儿的证据。你的朋友，甚至那些仆人，都相信我们的婚姻美满之极。'

"'要是我扯着弗兰克出来讲话呢？'我说，'还有比阿特丽斯？'

"她仰天大笑。'弗兰克又能说什么呢？'她说，'你对我了解至深，难道这点都不明白？至于比阿特丽斯，倘若她出现在证人席上，我一定让她变成一个十足的嫉妒心很重的街坊泼妇，因为丈夫偶尔昏了头，做了傻事，才来法庭打官司。这难道不是世上最容易办到的事吗？不，迈克斯，要证明我行为不端，够你犯愁的了。'

"她把身子的重心压在脚跟上，前后摇晃，双手插在口袋里，嘴上挂着浅笑，目不转睛地看着我。'你想过吗？我可以让我的贴身女仆丹尼出面，在法庭上立誓提供任何教给她的证词。而其他的仆人，出于无知的盲从，也都会跟她依样画葫芦在法庭上宣誓。在他们眼里，我俩是同住曼德里的夫妇，对不对？其他人，包括你所有的朋友，我们这个小圈子里的一

275

切人，也都这么认为。好吧，我倒要看看你怎么来证明我们其实没有夫妇关系。'

"她晃着腿坐在桌子边沿，眼睛直盯着我。

"'我俩扮演恩爱夫妻的角色不是非常成功吗？'她问。我至今还记得自己当时曾盯着她的那只脚看，脚上穿着条纹花样的凉鞋，一前一后摆动不止。看着看着，我突然感到两眼发酸，头也莫名其妙地剧痛起来。

"'我们两人，我是说丹尼和我，完全能让你看起来像个十足的傻瓜。'她低声说，'使别人不相信你，迈克斯，没人会相信你的。'那只脚还在我眼前来回晃动，那只穿着蓝白相间花纹凉鞋的该死的脚！

"突然，她蹭地滑下桌子，站在我面前，笑容仍挂在脸上，双手还是插在口袋里。

"'如果我有个孩子，迈克斯，'她说，'不管是你本人还是世上随便哪一个外人，都将无法证明孩子不是你生的。小家伙将在曼德里长大成人，姓你家的贵姓。到时候你也无计可施啊！等你死了，曼德里将归这孩子所有。你根本没法防止这样的事情发生。财产的继承关系是无法避免的。为了你钟爱的曼德里，你当然希望有个继承人，对不？看着我的儿子躺在栗子树下的童车里，在草坪上玩跳蛙游戏，在幸福谷捉蝴蝶，你不高兴吗？看着我的儿子一天天长大，心里明白一旦你死了，这一切将全都归他所有，这难道不是你一生中最大的幸福吗？迈克斯？'

"她顿了一顿，仍然把身子重量压在脚跟上摇晃，接着又点起一支烟，走到窗边站着。她开始放声大笑，哈哈地笑个不停，我觉得她好像永远不会住嘴了。'天哪，多有趣！'她说，'真是有趣到极点，妙不可言！对啦，刚才你听没听到我说，我该掀开新的一页了？现在你总该明白我为什么说这话了吧，那些妄自尊大的本地人，你家那些该死的佃户，这一来他们肯定会高兴吧？他们会说：这正是我们一直翘首盼望的喜事，德温特夫人！我将做一个十全十美的良母，迈克斯，就好像我始终是个十全十美的贤妻。没人能看透这其中的奥秘，没人能知道事实真相。'

"她转过身来，面对着我，脸上挂着微笑，一只手插在口袋里，另一只手拿着香烟。我杀死她的时候，她还在笑。我是朝她心窝开枪的，子弹正好从她的心脏穿过。她并没有立刻倒下，而是在原地站了一会儿，盯着

第二十章

我看，脸上慢慢绽开笑容，两眼睁得滚圆……"

迈克西姆说话的声音越来越轻，最后仿佛耳语一般；他那被我握着的手冰凉冰凉。我没敢看他，移目光盯着身旁地毯上打瞌睡的杰斯珀，它的尾巴不时微微一甩，敲打着地板。

"我当时忘了，"迈克西姆这时的嗓门压得非常低，声音显得十分的疲惫，没有丝毫感情，"开枪杀人竟会流那么多的血。"

杰斯珀尾巴下面的地毯上有个破洞，是香烟烧坏的。我暗自忖度，这破洞出现至今不知已有多久。有人说烟灰可用来补地毯。

"我只得跑到海湾去打水，"迈克西姆说，"来来回回跑了好几趟。她死时不在壁炉旁，可在那儿竟然也溅了一片血迹。在她倒下的地方，前后左右更是全成了血泊。外边起风了。窗子没插销，所以一开一闭，乒乒乓乓碰撞不止。屋子里，我跪在地上，手拿抹布，身边放着一桶水。"

我不禁想到：还有拍打屋顶的雨水呢！他怎么忘了？雨点子虽细却密，淅沥入耳。

"我将她的尸体拖上了船，"他说，"那时是十一点半光景，可能快十二点了。外面一片漆黑。那晚上没有月光，吹着一阵强劲的西风。我把她的尸体拖进船舱，扔在那儿，接着只好仓促开船，船尾拖着救生橡皮筏，迎着风浪，驶出小埠头。风向虽顺，可惜只是阵风。我在海岬的掩护下，正好处在下风头。我记得主帆张到一半时让桅杆卡住了。你知道，我已很久没有驾船了。我从未随丽贝卡一起出海。

"我还考虑到潮水的因素，那晚的潮水既急又猛，汹涌地冲进小海湾。风像是通过漏斗从海岬处吹下。我驾着帆船驶过灯塔，进了海湾。我绕着圈子航行，避开那突出的礁岩。船首的小三角帆在风中啪啪作响，我怎么也没法扣紧帆脚索把它张满。一阵狂风吹来，猛地把帆脚索从我手里打落，那绳索马上绕着桅杆卷做一团。帆颤抖着发出巨大的劈啪声。像是有谁在我头顶挥舞鞭子。我不知道在这种情况下驾船人该怎么做，当时我把一切都忘了。我曾伸手去抓那根帆脚索，可绳索在我头上随风飘荡。这时迎面又吹来一阵大风，帆船开始向一侧漂去，接近礁岩。天暗极了。甲板上漆黑而滑溜，什么都看不清楚。我好不容易才跌跌撞撞地下到舱里，手里拿着一块大尖铁。如果此刻再不采取行动，就太晚了，因为帆船离礁岩已很近，如果再漂流六七分钟，就会离开深水。我旋开船壳上的海底阀门，海水一下子涌进来；我用大尖铁猛击船底木板，其中一块马上裂作两半；我把大尖铁从缺口处退出，又去猛击另一块底板。海水漫上我的脚面。我让丽贝卡的尸体留在那儿的地板上，接着就去一一关紧两扇舷窗，又锁上舱门。等我走上甲板，我发现船离礁岩已不满二十码。我把甲板上的零碎东西扔下海去——一个救生圈、一对长柄桨、一团绳子。我爬进橡皮筏子，划离帆船，接着又停住桨，回头凝望。帆船仍在随风漂流，同时又正歪着头逐渐下沉。三角帆还是不停地颤抖，发出打响鞭似的劈啪声。我想深夜里如果有人在悬崖上行走，定会听到这劈啪的帆声。也许海湾远处有从克里斯港来的渔人，他的小渔船浮在水面上像个幽灵，我没法看清。帆船的桅杆开始摇晃，并出现裂缝。突然，船翻了。与此同时，桅杆拦腰折断。救生圈和长柄桨从我身旁荡开去，帆船却不见了。我记得自己当时曾对着帆船原先的位置呆呆看了好一会儿，然后才划着桨回到小海湾。这个时候雨下了起来。"

迈克西姆沉吟着，仍然望着前方，目光显得很呆滞。接着，他转过脸来，看着坐在他身旁地板上的我。

"事情就是这样，"他说，"都说完了。我把筏子拴在浮筒上。反正换了她一定也会这么干。我回到小屋一看，地板被海水冲得湿漉漉的，别人会以为是她本人打扫屋子时洒的水。我沿着小径穿过林子，走回屋来，上了楼梯，来到更衣室。我还记得自己如何脱衣就寝。屋外风雨凄苦，势头越来越猛。丹弗斯太太来敲门时，我正坐在床上。我穿着晨衣，走去开门，同她说了几句话。她担心丽贝卡出什么意外；我劝她回去睡觉。我关上门，走回房间，穿着晨衣在窗口坐下，看黑夜里的倾盆大雨，听海湾里的阵阵涛声。"

我俩就这样一声不吭，坐在藏书室里。我还是握着他冰凉的双手；我不明白罗伯特怎么还不来收拾茶具。

"那艘船沉没的地方离岸太近，"迈克西姆说，"我原来想把船开到海湾外面。如果沉在那一带，就不会被人发现了。沉船太靠近海岸了。"

"都是那艘轮船，"我说，"要不是那艘轮船搁浅，这件事情就不会暴露，仍是无人知晓。"

第二十章

"沉船离海岸太近了。"迈克西姆再说一遍。

我俩又沉默了,我开始觉得极度的疲乏。

"我早预料到总有一天要出事,"迈克西姆说,"即使在我去埃奇库姆比认那无名女尸的当儿,我就清楚这样也毫无用处。最多只不过再等一段日子,挨过一段时间。到最后丽贝卡总要得胜。后来我遇上了你,可这并没有使事情的性质发生改变,是不?把爱情倾注在你身上也根本无法改变事情的性质。丽贝卡料到自己最终会取得胜利。我看见她死时犹在微笑。"

"丽贝卡死了,"我说,"这一点我们必须记住。丽贝卡死了。死人无法开口。死人无法提供证词。她无法再害你了。"

"可她的尸骸还在,"他说,"而且已被潜水员发现,就躺在船舱的地板上。"

"我们可以向别人解释,"我说,"我们必须想办法说清楚。那尸体是谁,你不认识。那人你以前从来没见过。"

"但船舱里早有她的礼物,"他说,"还有手上的戒指。即使衣服已被海水销蚀,还会有其他线索。这绝非海难事故中受害者的尸体,并没有在岩石上撞得支离破碎。没人进过那船舱,我那天晚上把她扔在舱里,她一定姿势不改地躺在那儿的地板上。几个月以来,沉船始终在老地方,没人动过它。帆船就在原先沉没的地点,躺在海底。"

"泡在水里的尸体是要腐烂的,对不?"我压低嗓子问,"即使没人去动过尸体,也一定被海水销蚀了,对不?"

"不知道,"他说,"我不知道。"

"能不能想办法去打听一下,探明真相?"我问。

"潜水员明天早晨五点半还要下水去,"迈克西姆说,"塞尔已做了布置,准备设法把帆船打捞上来。到时候,附近不会有人围观。但我必须跟他们一起去走一趟。他说好明天早晨五点半,派汽艇到小海湾来接我。"

"把你接了去之后又怎么样呢?"我问,"如果把船打捞上来,接着会发生什么事?"

"塞尔计划把他们的大驳船泊在海口的深水处。如果沉船的船木还没腐烂,整艘船还没解体,他就可以用起重机把船吊起,装进驳船,驶回克里斯。塞尔说,他想把驳船泊在一条人迹不至的小河的源头,那离克里斯港有

279

一半路程,是个僻静的去处。那地方船只进出方便,但退潮时一片淤泥,游客没法把船划过去。所以,使用那一片水域的将只有我们几个。他说,首先要抽空帆船里的水,把船弄干净。同时,他还要去找来一名医生。"

"他打算干什么?"我问,"找医生干什么?"

"我不知道。"他说。

"如果他们认出那是丽贝卡的尸体,你就说上次那具女尸你认错了,"我说,"你得讲清楚,埋进墓穴的女尸是一个可怕的大错。你还得说明白,去埃奇库姆比认尸的那天,你正发病,晕头转向,不能对自己的所作所为负责。但是即便在当时,你也不敢肯定是否认准了。事情由始至终仅仅是个错误。你就这么说,好吗?"

"好,"他说,"好的。"

"他们找不出任何证据,"我说,"那天夜里没有人看见你。出事时你已上床了。他们没有什么证据。除了你我俩人,这事谁也不知道,甚至连弗兰克也一无所知。在这世上,迈克西姆,只有你我两人知情。"

"是的,"他说,"是这样。"

"人们会以为船是倾侧着沉没的,恰好当时她在舱里,"我说,"人们会设想,她下舱去是想找根绳子或者别的什么东西。就在她下舱的那阵工夫,一阵狂风从海岬处吹来,船一个翻身,将丽贝卡反锁在里面。每个人都会这样想的,是不是?"

"不知道,"他说,"我不知道。"

突然间,藏书室背后的小房间里,电话铃声大作。

第二十一章

迈克西姆走进那个小房间，随手关上门。过后不久，罗伯特进屋来收拾茶具。我站起身，故意背对着他，以免他看到我的脸色。我不知道庄园上的人、下房的仆佣和克里斯城的居民何时才会听说这件事；我不知道要等多久，消息才会点点滴滴传开去。

那边小房间里隐约传来迈克西姆的声音。我等着等着，只觉得心窝里牵肠挂肚般难受。刚才的电话铃声像是惊醒了我身上的每一根神经。起先我坐在地板上偎依着迈克西姆，执着他的手，脸颊靠着他的肩膀，简直像在做梦；我听他叙述出事的经过，听着听着，人像是分成了两半，一半成了个影子，跟在他后面，参与这一切；杀死丽贝卡，在海湾沉船，都有我一份；我和他一起谛听户外的风呼浪啸，一起等着丹弗斯太太来敲门。而我的另一半却一直坐在地毯上，一动不动地发呆，脑子里只想一件事，也只在乎一件事，翻来覆去只念叨一句话："他不爱丽贝卡。"他不爱丽贝卡。可电话铃声一响，这两半又合为一体，恢复了往常的老样子。但是在我身上毕竟已出现了某种前所未有的东西；尽管还在提心吊胆、牵肠挂肚，我的心却自由了，变得十分轻松。我认识到，我不再害怕丽贝卡，也不再恨她。一旦了解到这女人生前是如此狠毒邪恶之后，我倒不再恨她了。她没法来伤害我。我可以毫不在乎地步入晨室，在她的书桌旁坐下，用她的笔，看着鸽笼式文件架上她的字迹；我可以坦然地到她的西厢房去，像今天早上那样，在窗口伫立着。丽贝卡的魔力，就像一团轻淡的雾霭，突然烟消云散，无影无踪。从此，她再也不能附在我身上作祟了；楼梯上，餐厅里，再也不会有幢幢鬼影萦绕着我；丽贝卡再也不会倚身回廊

281

虎视眈眈地看着站在楼下大厅里的我。迈克西姆从来没爱过她,我也就不再恨她。诚然,她的尸体出现了,她那艘寓意奇特的帆船"我归来"也已被发现,可我却永远摆脱她了。

我现在可以和迈克西姆自由自在地一起生活,抚摸他,拥抱他,爱他。我将不再是个小孩,再不会老是"我""我""我"怎么样怎么样,而将是"我们"如何如何。我俩是不能分离的一对,我俩将一起挺身面对这一次的麻烦事——他和我两人、塞尔海军上校、潜水员、弗兰克、丹弗斯太太、比阿特丽斯,还有克里斯城读报的男男女女,如今这些人全没法再把我俩分开。我们还来得及过幸福生活。我再不是个小女孩;我再不会腼腆失态,吓得手足无措。我要为迈克西姆奋斗,为他去说谎,提出伪证,赌咒发誓;为他去骂亵渎的脏话,为他去祈祷。丽贝卡没有得胜,而是败得一败涂地。

罗伯特把茶具撤走后,迈克西姆回到藏书室。

"是朱利安上校的电话,"他告诉我,"他刚同塞尔谈话。明天此人同我们一起出海打捞沉船。塞尔把情况都对他说了。"

"干吗把朱利安上校扯进来?这是为什么?"我问。

"他是克里斯的行政长官,所以必须得在场。"

"他说些什么?"

"他问我是不是知道那可能是谁的尸体?"

"你怎么说?"

"我说不知道,我说我们全都以为丽贝卡当时是独自出海的。我还说,我想不出可能有哪位朋友同她在一起。"

"他听了还说了什么没有?"

"说了。"

"说什么?"

"他问我是不是想过这样的可能性,就是说我去埃奇库姆比认尸时认错了人。"

"他竟然这么说?他已经考虑到这一点了?"

"是的。"

"那你怎么说?"

第二十一章

"我说有可能。我不敢肯定。"

"这么说,明天你跟他们一起去检查沉船?他,塞尔海军上校,还有一名医生。"

"还有韦尔奇警长。"

"韦尔奇警长?"

"是的。"

"为什么?干吗要警长去?"

"这是惯例。发现了尸体,警长总要出场。"

我不再说什么。我和他俩人目不转睛地对视着。我的心里又是一阵隐痛。

"或许他们没法捞起沉船吧。"我说。

"可能。"他说。

"那么,对于那具尸体,他们也就无法调查,对不对?"我问。

"我不知道。"他说。

他看着窗外。天空白茫茫一片,云层密集,同我从悬崖走回家时一模一样。不过,风已停了,空气似乎静止了,周围一片寂静。

"大概一个钟头前我还以为可能会吹西南风,谁知风又停了。"他说。

"哦。"我说。

"明天潜水员下水时一定风平浪静。"他说。

小房间里又一次传来电话铃声。那刺耳、急促的声音委实有点怕人。迈克西姆同我交换了一个眼色,接着走进小房间去听电话。同刚才那次一样,他一进屋就随手带上门。那阵异样的揪心的痛楚本来就还没消失,电话铃一响,痛得更厉害了。这时的感觉使我回忆起久远的童年。当年,我还是个小孩,每当听到伦敦街头传来鞭炮声,总是感受到此刻的这种痛楚。我会莫名其妙地钻到楼梯下面的碗橱底下,坐在那儿吓得发抖。而此刻我又感受到了同样的痛苦。

迈克西姆走回藏书室。"戏开场了。"他慢条斯理地说。

"你指的是什么?发生什么事了?"我问,全身顿时变得冰凉。

"是个记者打来的,"他说,"《本郡纪事报》的记者。他问已故德温特夫人的那条船被人发现的消息是否属实。"

"你怎么回答?"

283

"我说,不错,是发现了一条船。但我们现在所知道的只有这些,或许那根本不是她的船。"

"他没说别的?"

"还有呐。他问我能否证实外间的传闻,说是船舱里发现了一具尸体。"

"天啊!"

"是真的。肯定有人透露了消息。我敢肯定不是塞尔。可能是潜水员,或是潜水员的朋友。你可没法封住这些人的嘴。明天吃早饭以前,消息就会传遍整个克里斯城。"

"关于尸体,你怎么说?"

"我说我不知道。无可奉告。假如他不再打电话来找我麻烦,我将不胜感激之至。"

"你会把这些人惹怒的,弄得他们全站出来跟你作对。"

"我是不由自主啊。我从来不向报纸发表声明。我可不愿让这些家伙不停地打电话来烦我。"

"我们可能需要这些人的支持。"我说。

"如果真有一场恶斗,我宁可一个人应付。"他说,"我不指望报纸的支持。"

"记者会打电话去找别人,"我说,"找朱利安上校或者塞尔海军上校。"

"从他们那儿,他打探不到什么的。"迈克西姆说。

"如果我们能想个什么办法就好了,"我说,"还剩下好多时间呢!可我俩却无所事事地在这儿坐等明天早晨的到来。"

"可是能有什么办法可想呢?"迈克西姆说。我俩还是坐在藏书室里。迈克西姆捡起一本书,但我知道他根本看不下去。我见他不时抬起头来倾听,像是又听到了电话铃声。好在没有电话铃声再来打扰我们。我们还是像平时一样,更衣进晚餐。想到昨夜此时我正穿上白色的化装舞服,还坐在梳妆台前对镜梳理卷曲的假发,实在难以置信!这一切就像几个月前的一场梦,遗忘至今方被想起,连自己都觉得不可思议。

进晚餐时,弗里思在一旁侍候。他下午曾外出,这时已回来了。弗里思脸色庄重,没有任何表情。我不清楚他是否去了克里斯,有没有听到什

第二十一章

么消息。

晚饭后,我们又回到了藏书室。两人没说太多话。我在迈克西姆的脚旁席地而坐,头倚在他膝上。他用手指梳理我的头发,与过去心不在焉的样子截然不同,不再像爱抚杰斯珀那样了。我感觉到他的手指尖在我的头皮上移动。他时而吻我,时而对我说话。我俩之间已不再横隔着谁的阴影。有时两人都不说话,那是因为两人都希望沉默一会儿。我不知道为什么在这四面楚歌、危机四伏之时我却能感到这般心满意足。这种心满意足的情绪很有点不正常,并不是我时刻期盼的那种幸福,也不像子身独处时凭想象描绘的那种美满生活。这种满足的心境既不带狂热,也不给人任何紧迫感。这种幸福是宁静的,悄无声息的。

藏书室窗户大开。每当我俩不说话也不抚摸对方的时候,两人就转过脸去,看窗外黑沉沉的夜空。

第二天早晨七点刚过,我一觉醒来,探身朝窗外张望,看见楼下花园里的玫瑰全卷着边,垂着头,而通向林子的草坡都湿漉漉的,缀满了银白色的水珠,看来夜里一定下过雨。空气中飘散着迷雾的潮味,那种初秋季节特有的气息。不知道秋天会不会提前两个月来到人间。

迈克西姆五点钟起身,他没有叫醒我。他一定从自己的床上蹑手蹑脚地爬起,穿过浴室,悄悄地走进更衣室。此刻,他应该同朱利安上校和塞尔海军上校带着那一班驳船船员在海湾里忙乎开了。驳船开到现场,带着起重机和打捞铁链;丽贝卡的船将被徐徐吊上水面。我漠然而镇静地想着这一幕情景,似乎看到这些人全在那边的海湾里,帆船那深色的窄小龙骨正慢慢升上水面,龙骨被浸泡得透湿,滴滴答答往下淌水,船的两侧缠着青草般碧绿的水藻,附着贝壳。帆船被载上驳船,在船身两边,积水急淌而下,重新汇入大海。小船的船木看上去一定已经松软发黑,在好几处成了纸浆般的黏糊。淤泥、铁锈的气味从船身上飘散出来,或许还夹杂着黑色水草的味儿,这种水草长在深水处人迹不至的水下岩石旁。或许,船尾处还挂着船铭牌:"我归来",牌上的字全生着铜绿,褪了色。钉子已完全锈了。而丽贝卡本人就在那个船舱的地板上躺着。

我起身以后洗了个澡,穿着停当,像平日一样九点钟下楼吃早饭。托盘里放着一大堆来信,全是人们写来对那天的舞会表示领情和感谢的。我浏览着来信，但并不逐封拆读。弗里思问是不是要把早饭热在炉上等迈克西姆回来吃。我说我不知道他什么时候回来；我还说，他一大早有事出去了。弗里思没吭声，神色显得庄重而严肃。我再次在心底里狐疑：他是不是全知道了？

早饭后我带上所有的信，到晨室去。屋子里一股霉味，原来窗子还都关着。我一把推开窗子，让凉爽的清新空气吹进屋来。壁炉架上的鲜花全耷拉着脑袋，好多已经死了，花瓣散落在地上。我拉铃唤人，应召进屋来的是莫德，内房使女的下手。

"这房间今天早上没人收拾过，"我说，"连窗子都没打开。花都谢了，麻烦你把它们拿走。"

使女战战兢兢，一脸歉意。"太抱歉了，太太。"她走到壁炉边，抱起花瓶。

"下回可不能再这样了。"我说。

"知道了，太太。"她说。她抱着花走出房去。我从来没想到对下人摆出一副威严的架势，居然如此容易；我不明白，以前要我当个主人为什么老是那么难。今天的菜单摊在书桌上：用蛋黄酱调味的冷鲑鱼、冻肉片、冻鸡肉卷、蛋奶酥。我认出这些菜肴全是开舞会那天夜里冷餐的内容；显然，全家到今天还在吃那天的残余食物。昨天中午在餐厅里摆开的那顿我碰也没碰的冷餐，也是这些东西。看来，这几天仆人都在偷懒。我用铅笔划掉菜单上的项目，拉铃召来罗伯特。"去告诉丹弗斯太太，弄点热菜，"我说，"如果冷食太多，吃不了，也别再端到餐厅去充数。"

"遵命，太太。"他说。

我跟着他走出晨室，进了小花园去取我的剪刀，然后到玫瑰园去剪下一些嫩花苞。空气中已没有一丝凉意，天又将闷热如昨天。不知道他们是不是还在海湾忙活，要不已经回到克里斯港的小河。我很快就会听到消息，过不了多久迈克西姆就会回来告诉我所有的情况。不管发生什么样的事，我一定得保持镇定，不动声色，决不能仓皇失措。我把玫瑰修剪整齐，抱着花又回到晨室。地毯已经掸过尘，落地的花瓣也都已扫走。我开始把玫瑰花插在罗伯特注了水的花瓶里。正当我快要把一切料理妥当时，传来敲门声。

第二十一章

"进来。"我说。

来人是丹弗斯太太。她手里拿着菜单,面色苍白,满脸倦容,眼圈浮肿得厉害。

"早安,丹弗斯太太。"我说。

"我不明白,"她开始抱怨,"您为什么要通过罗伯特之手把菜单退回去,还让他捎话给我。您干吗这样做?"

我手执一朵玫瑰,从房间这头看着她。

"那些冻肉片和鲑鱼昨天已经端上来过了,"我说,"我看见这两道菜都曾搁在餐具柜上。今天我想吃一顿热饭热菜。如果厨房里的下人不愿吃冷食,你可以把这些东西都扔了。反正我们家天天都浪费大量食物,再扔掉这一点儿也不算什么。"

她瞪大眼睛看着我,但没作声。我把手里的一朵玫瑰也插进花瓶。

"我不相信你会没有办法给我们准备一顿吃的,丹弗斯太太,"我说,"你房间里一定有各种各样的菜谱吧。"

"我不习惯主人通过罗伯特之口给我传话的做法,"她说,"当年德温特夫人在世,如果想要吃点别的,她就打内线电话,向我本人交代。"

"当年德温特夫人惯于采取什么做法,恐怕同我没有多大关系,"我说,"你应该明白,现在我是德温特夫人。如果我宁愿要罗伯特传话,我就会这么做。"

正在这时,罗伯特走进屋来。"《本郡纪事报》打电话来,太太。"他说。

"告诉他们我不在家。"我吩咐说。

"是,太太。"他说着走出屋去。

"行了,丹弗斯太太,还有事吗?"我说。

她直盯着我看,仍然没说话。"如果没别的事,你可以走了。去对厨子交代一下,午饭上热菜,"我说,"这会儿我正忙呢。"

"《本郡纪事报》为什么打电话找您?"她问。

"我怎么知道?丹弗斯太太?"我说。

"昨夜,弗里思从克里斯捎回消息,说是德温特夫人的船找到了。这是真的吗?"她一字一顿地问。

"有这样的传闻?"我说,"我倒一点也没听说。"

"克里斯的港务长塞尔海军上校昨天来过,对不对?"她又问。"罗伯特告诉我,是他把港务长带进屋的。弗里思说,在克里斯有消息说那个下水检查搁浅轮船的潜水员发现了德温特夫人的沉船。"

"或许是吧,"我说,"你最好等德温特先生回来,问他本人。"

"德温特先生为什么一大早就起身?"她问。

"那是德温特先生自己的事情。"我答。

她还是一个劲儿盯着我看。"弗里思还说,大家都在传,说是小船的舱里有一具尸体。"她说,"舱里为什么会有尸体?德温特夫人向来喜欢独个儿出海。"

"问我是问不出什么结果的,丹弗斯太太,"我说,"我知道的并不比你多。"

"是吗?"她慢腾腾地说,一面还是目不转睛地打量着我。我转过身去,把花瓶放回到窗边的桌子上。

"我这就去吩咐准备午饭。"她说完后依然徘徊着不肯离去。我不去理她,于是她只好走出屋去。

我觉得她再也吓不着我了。她的魔力已随丽贝卡一起消失了。如今,对于她的一言一行,我都不在乎,再也不会受其伤害。我明白,她是我的敌人。可这没有任何关系。不过,要是让她了解船舱里那具尸体的真相,从此也成了迈克西姆的敌人,那会怎么样?我在一张椅子里坐下,把剪刀放在桌子上。我不想再修剪玫瑰花了。迈克西姆到底在干什么?《本郡纪事报》的那位记者为什么再一次打电话来?过去常有的那种恶心感觉又袭来了。我只好跑到窗口,探身向外张望。天很热。空中闷雷阵阵。园丁又开始刈草,我看见其中的一个推着刈草机在草坡顶上来回走动。我无法在晨室里这么坐下去了!我扔下剪刀和玫瑰花,走出屋子,来到平台上,开始踱步。杰斯珀啪哒啪哒跟着我打转,不明白我怎么不带它去散步。我在平台上不停地走来走去。十一点半光景,弗里思从屋子里走出来找我。

"德温特先生请您听电话,太太。"他说。

我穿过藏书室,走进那一头的小房间。我拿起电话听筒时,双手不住颤抖。

第二十一章

"是你吗？"我听见他说，"我是迈克西姆。我在办事处给你打电话。我同弗兰克在一起。"

"什么事？"我问。

他沉吟片刻才回答说："一点钟，我同弗兰克和朱利安上校一起回家吃午饭。"

"好的。"我说。

我等着他往下说。"他们想办法把船捞起来了，"他说，"我刚从小河那儿回来。"

"哦。"我说。

"在场的有塞尔、朱利安上校和弗兰克，还有一些其他人。"他说。我不知道他打电话这工夫弗兰克是否站在他身旁，也许正因为弗兰克在场，他的口气才这样镇静，这样疏远而陌生。

"就这样吧，"他说，"等着我们。一点钟前后准到。"

我把电话听筒放回原处。他没说什么，对于刚才发生的事，我仍然一无所知。我向弗里思交代清楚，吃中饭的不是两人而是四人，而后就走回平台。

一个小时过得如此缓慢，漫长得像是没个尽头。我上楼去换了件较薄的外衣，接着又下楼来，坐在客厅里等他们回来。差五分一点的时候，我听见车道上传来汽车的声音，接着又听见大厅里有人说话。我赶快对着镜子拢一拢头发。我的脸色十分苍白，于是我只好使劲掐自己的双颊，弄出一点血色来，然后就站起身，等着他们走进屋来。第一个进来的是迈克西姆，接着是弗兰克，最后是朱利安上校。这人我见过，记得那夜的舞会上他化装成克伦威尔，卸装以后，变得完全不同，显得很瘦小。

"您好。"他说话的腔调像大夫似的严肃而平淡。

"叫弗里思端雪利酒来，"迈克西姆说，"我要去洗一洗。"

"我也想洗一洗。"弗兰克说。没等我拉铃，弗里思已端着雪利酒送进屋来。朱利安上校一口酒也不喝；为了给自己增添勇气，我倒是喝了好几口。上校走到窗口，站在我身边。

"这实在是一件让人苦恼的事儿，德温特夫人，"他轻声说，"我深切地为您和您丈夫感到难过。"

"多谢您这么说。"我一边讲,一边又开始呷雪利酒。然后,我忙不迭把酒杯放回到桌上,惟恐让他看出我的手在不停颤抖。

"事情的麻烦之处就在于一年前您丈夫去认领了那另一具女尸。"他说。

"您的意思我不大明白。"我说。

"这么说来,今天早晨我们检查的结果您一无所知?"他问。

"我只知道有一具潜水员发现的尸体。"我说。

"不错。"他说。然后,他微微回头往大厅方向一瞥,又接着说,"我看肯定就是她的尸体。"他低声说,"详尽的细节我不能对您说,但是证据确凿,您丈夫和菲力浦医生都认出是她。"

他突然打住,从我身边走开。原来,迈克西姆和弗兰克又回到大厅来了。

"午饭已准备好了,进餐厅吃饭吧。"迈克西姆说。

我带头步入餐厅,心头像压了块石头,沉甸甸的毫无感觉。朱利安上校坐在我右首,弗兰克在左首。我不敢看迈克西姆一眼。弗里思和罗伯特开始端上第一道菜。大家都在谈论天气。"我在《泰晤士报》上看到,昨天伦敦的气温远远不止八十度。"朱利安上校说。

"真的?"我说。

"真的。对那些没法离开伦敦的人来说,一定难以忍受。"

"是的,够呛。"我说。

"有时巴黎比伦敦更热。"说话的是弗兰克,"记得有一年八月中旬,我在巴黎度周末,热得让人睡不了觉。全城没有一丝儿风,气温大大超过九十度。"

"而那些法国人睡觉时又都爱关着窗户,对不?"朱利安上校问。

"这我倒不清楚,"弗兰克说,"我住在旅馆里,大多数旅客是美国人。"

"您对法国一定了解很多吧,德温特夫人?"朱利安上校说。

"不太了解。"我说。

"哦!我还以为您在法国住了很久呢。"

"不。"我说。

"我们是在蒙特卡洛认识的,"迈克西姆说,"你可不能说那儿就等于法国,对吗?"

第二十一章

"不,我看不能这么说。"朱利安上校说,"蒙特卡洛是座国际性城市,不过,那一带的海岸风景优美,是不是?"

"确实很美。"我说。

"不像这里的海岸这样峻岩密布,对吗?可我有自己的爱好。要说在哪儿安身定居最好,我一定选英国。在这儿,你不会晕头转向,不知身处何地。"

"我敢说,法国人对他们的祖国也有同样的感情。"迈克西姆说。

"哦,那倒也是。"朱利安上校说。

我们埋头吃菜,一时没有说话。弗里思站在我的背后。其实,此时大家想的都是同一件事情。不过因为弗里思在场,只好继续装假演戏。我知道弗里思也在想这件事。要是我们丢开礼数俗套,让他参与我们的谈话,听听他有什么看法,那不就爽快简单多了?罗伯特端着酒走进餐厅,替我们换过菜盘子,送上第二道菜。丹弗斯太太终究没忘了我的吩咐,总算给做了热菜。我从一口盛满蘑菇汁的暖锅里舀了点菜。

"我看,那天夜里的盛宴,客人都是尽兴而归。"朱利安上校说。

"我不胜荣幸。"我说。

"那样的活动对地方上真可以说是造福不浅。"他说。

"对,我也这样想。"我说。

"化装的愿望,假扮作其他人的愿望,难道这不是人类的共同天性?"弗兰克问。

"这么说来,我大概缺乏人类的共同天性。"迈克西姆说。

"我觉得这很正常。"朱利安上校说,"我是说大家都想变成另外一种样子。我们这些人,从某种意义上说,都还是小孩子。"

我不知道扮演克伦威尔带给他多少乐趣。舞会上,我没跟这人多打照面,他那天晚上大部分时间都在晨室打桥牌。

"您不打高尔夫球吗,德温特夫人?"朱利安上校问。

"不,我怕打不好。"我说。

"您应该开始练习练习。"他说,"我的大女儿是个球迷,可她找不到几个年轻的球伴。她生日那天,我送了她一辆小汽车。现在她几乎每天开车到北部海岸去打发时光。"

291

"这还挺有意思的。"我说。

"她应该投个男胎。"他说,"我那小子跟这女儿却截然相反,哪种运动都不行,只顾埋头写诗。希望他长大起来别这样才好。"

"喔,说的是。"弗兰克说,"我在你儿子那年龄,也写了许多无病呻吟的诗。现在我不再搞那种无聊的玩意儿了。"

"老天,但愿你别再写诗才好。"迈克西姆说。

"真不知我儿子从谁那儿得来的写诗的遗传,"朱利安上校说,"肯定不是从他妈妈或是从我这儿继承的。"

接着又是好一阵沉默。朱利安上校第二次从暖锅里舀了一点热菜。"莱西夫人那天晚上看上去挺好的。"他说。

"是的。"我说。

"和往常一样,她的舞服还是那么宽大。"迈克西姆说。

"准备那种东方女人的衣饰一定很费事,"朱利安上校说,"不过,你们知道,大家都说穿着那种衣服比英国太太小姐的任何穿戴都要舒服,还凉快得多!"

"真的?"我问。

"不错,大家都这么说。也许那些宽大疏松的褶皱可以抵御酷热的阳光。"

"我倒奇怪,"弗兰克说,"一般人还以为褶皱起的作用与此恰好相反。"

"不,看来并非如此。"朱利安上校说。

"您对东方很熟悉吗,上校?"弗兰克问。

"我熟悉远东,"朱利安上校说,"我在中国待了五年,后来去了新加坡。"

"是出产咖喱粉的地方吗?"我问。

"不错。新加坡人给我们提供上好的咖喱。"

"我爱吃咖喱。"弗兰克说。

"啊,可是在英国你吃到的是乱七八糟的草根,根本不是咖喱。"朱利安上校说。

菜盘撤去了,端上一客蛋奶酥,还有一盆水果沙拉。"想来你们庄园

第二十一章

里山莓子的季节快过了,"朱利安上校说,"今年夏天的气候挺适合山莓子生长的吧?我们做了好几锅山莓子果酱。"

"我从来没觉得用山莓子做果酱很好,"弗兰克说,"核太多了。"

"你一定得抽空来尝尝我们的果酱,"朱利安上校说,"我倒不觉得果酱里有多少核。"

"曼德里今年苹果的收成很好,"弗兰克说,"前几天,我还对迈克西姆说过,今年苹果产量可能要创纪录。我们可以把不少苹果运到伦敦去卖。"

"你们这样做能赚钱吗?"朱利安上校问,"我是说,你们得付加班费给工人,然后还要付打包和运输的费用,这样七折八扣之后,卖得的钱划得来吗?"

"喔,老天,当然划得来。"弗兰克说。

"这倒有意思。我一定告诉我妻子。"朱利安上校说。

不一会儿我们把蛋奶酥和水果沙拉都吃完了。罗伯特端上干酪和饼干;过后,弗里思又送上咖啡和香烟;接着,两人都走出屋子,把门关上。我们默不作声地喝着咖啡,我目不转睛地盯着自己面前的盘子。

"午饭前我正对你夫人说,德温特,"朱利安上校又以原先那种推心置腹的低声开始谈正事,"整个儿倒霉事情中最棘手的一点就是你去认领了原先那具尸体,德温特,"朱利安上校又以那种推心置腹的低声开始谈正事。

"是的,一点不错。"迈克西姆说。

"在当时那种情形下,误认尸体也是很自然的。"弗兰克赶忙接嘴说,"行政当局写信给迈克西姆,要他到埃奇库姆比走一趟。还没等他到场,大家已有先入之见,都说那就是她的尸体。再说,迈克西姆当时正生病。我提出跟他同行,可他坚持要一个人去。他当时的精神状态的确不宜去处理这类事情。"

"胡说八道,"迈克西姆说,"我当时挺好。"

"行啦,现在翻这些老黄历有什么用!"朱利安上校说,"反正你认了尸,所以现在你只好承认当时弄错了。这一回的尸体看来肯定不会再弄错啦。"

"不会。"迈克西姆说。

"真希望我有办法阻止正式的传讯,使你免受抛头露面的难堪。"朱利安上校说,"可是恐怕办不到。"

"我完全理解。"迈克西姆说。

"不过,我想验尸官的传讯用不了多久就能结束。"朱利安上校说,"你只要出场重新验明尸体,再让泰勃做个证就行了。你说泰勃负责改装了你妻子从法国买来的那条船。得让他出庭证明在上次送进他船坞检修时,那条船情况良好,完全经得起海上的风浪。你知道,这一切全是做做官样文章。但又非做不可。不,令我担心的是事情要闹个满城风雨,对你和你夫人真是够伤心、够难堪的。"

"那不要紧,"迈克西姆说,"我们理解。"

"那艘该死的轮船偏偏在那儿搁浅,真是倒霉,"朱利安上校说,"要不然,这件事情就会永远深埋于海底,无人知晓。"

"是的。"迈克西姆说。

"但有一点值得欣慰,那就是我们现在才了解到,德温特夫人的惨死一定是突然发生的,而不同于大家一向想象中的那样,曾拖过好长一段时间,让她饱经痛苦的折磨。这样的死法排除了任何划水求生的可能性。"

"确是没有这种可能性。"迈克西姆说。

"她一定是在下面船舱里拿什么东西,没料到门被轧住了。正在这时,一阵狂风吹来,船又没人掌舵,可怕的灾祸就这样发生了。"朱利安上校说。

"是这样。"迈克西姆说。

"看来,只能这么解释了,对不,克劳利?"朱利安上校转过脸去对弗兰克说。

"哦,肯定如此。"弗兰克说。

我抬起头来,正好看到弗兰克的目光落在迈克西姆身上。尽管他立即移开目光,但从他的眼神中我已能明白其中的蕴义。弗兰克了解底细。可是迈克西姆对此还一无所知。我不住搅动杯中咖啡,手心滚烫,黏乎乎的满是汗水。

"我想我们大家迟早都会犯这样那样的判断错误,"朱利安上校说,"接着,就得为此付出代价。德温特夫人一定了解海湾里的风势,狂风如

第二十一章

何像透过漏斗一样吹下；她也明白，就这样离开一艘小船的舵位是不安全的。在那一带的海面上，她一定独自航行过数十次。然而，在生死攸关的时刻，她冒了个险，这一冒险就送了命。这事对我们大家都是个教训。"

"意外事故总是难以避免的，"弗兰克说，"即使对于最有经验的老手也一样。只消想想每年的狩猎期内死于意外事故的猎人数字就明白了。"

"啊，这我知道。但那些猎人通常都因为马失前蹄而倒了霉。如果德温特夫人没离开舵位，这个悲剧也就可以避免了。这件事她做得有些欠考虑了。我曾多次观看她参加从克里斯出发的星期六平均船赛①，从未见她在基本船技方面犯过任何错误。只有初出茅庐的新手才会干出离开舵位之类的蠢事，尤其是在那离礁岩很近的海面上。"

"那晚风大，"弗兰克说，"也许索具出了毛病，有哪一条绳索被卡住了。这样，她就可能下舱去找把刀子。"

"当然，当然。嗯，至于真相，我们可能是无法得知了。不过，我认为即使了解当时的经过情形也于事无补，还是我刚才说过的那句话，我希望能阻止当局举行传讯，可我又实在无能为力。我正在安排日程，准备把传讯放在星期二上午举行。另外，我会尽可能使传讯在最短时间内结束。就这么走一个过场。不过，我们恐怕没法阻止记者到场。"

接着又一次沉默。我想这时应该拖开椅子，离开餐桌了。

"到花园去吧？"我说。

大家站起身来，由我带头，鱼贯走到平台。朱利安上校拍拍杰斯珀。

"这畜生长得很像样了。"他说。

"不错。"我说。

大家站了一会儿。接着，上校一看手表。

"谢谢您这顿丰盛的午餐，"他说，"下午我还有许多公事要办，如此匆匆告辞，请不要见怪。"

"哪儿的话。"我说。

"出了这件意外，我很难过。请接受我全心的同情。传讯一结束，就不要再想这件事了。"

---

① 这种船赛是为了使得胜机会均等，给强者以不利条件，给弱者以有利条件。

295

"好，"我说，"好吧，我们一定设法忘个干净。"

"我的车就在这儿的车道上，不知道克劳利要不要搭车。怎么样，克劳利？如果需要，我可以让你在你的办事处附近下车。"

"谢谢，上校。"弗兰克说。

弗兰克走过来，握着我的手说："我会再来看望您的。"

"好。"我说。

我不敢看他，生怕他看到我的眼神。我不愿让他看出我了解全部事实真相。迈克西姆把两人送上汽车，待车开走后，才回到平台来和我做伴。他挽住我的胳膊，两人一起站在平台上眺望绿茵茵的草坪，草坪那头的大海，以及海岬处的灯塔。

"事情会顺利解决的。"他说，"我很镇静，完全有信心。你看到吃午饭时朱利安上校的态度了，还有弗兰克。传讯时不会有人出来作难，一切都会很顺利的。"

我没吭声，紧紧抓着他的手臂。

"没人怀疑那尸体是其他陌生人的，"他告诉我，"我们看到的东西足以使菲力普斯医生认出她来，就是我不在场也一样。事实明摆在眼前，一清二楚。我干的事倒也不落痕迹，子弹并未伤着骨头。"

一只蝴蝶从我们身旁飞过，懵懂而微不足道的小昆虫！

"你都听见了他们说的话，"他接着说，"他们以为她是不小心被困在舱里送了命的。传讯时，这种说法陪审团肯定也会相信。菲力普斯会对他们这么说的。"他顿了一顿。可我还是一声不吭。

"我只担心你，"他说，"其他的事，我没有一点遗憾。要是一切再重演一遍，我一定还是这样干。我庆幸我杀了丽贝卡，决没有一丝一毫的反悔，一点没有，从来没有！可是还有个你。这事儿对你的刺激太大，对此我可没法不放心上。吃午饭的时候，我一直看着你，自始至终只想着这一点。你那种小女孩般滑稽又迷惘的表情，那种我喜欢的表情，已全然消失，不复出现了。把丽贝卡的事儿告诉你的同时，我已把那种表情毁灭了！一夜之间，这种表情不见了，你一下子变得如此老成持重……"

第二十二章

那天晚上，弗里思送来了当地报纸，报上的大字标题赫然醒目。他把报纸送进房间，摊在桌上，迈克西姆不在房间里，他提前上楼去更衣，准备进晚餐。弗里思停了一会儿，看我有什么话要说。这回发生的事情对于家里的每个人都关系重大，对此，如果我什么也不说，未免不成体统，像是故意要伤害别人感情似的。

于是我说："这事情真可怕，弗里思。"

"是的，太太。身为仆人的我们也都非常难过。"他说。

"德温特先生更不好受，"我说，"他不得不重新经历一遍往事。"

"是的，太太，真不好受。这一切确实叫人难过，太太，我是说认了第一具尸体之后还得去认领第二具。想来这一次该确定无疑了，船上的尸体真是已故的德温特夫人？"

"恐怕是的，弗里思，这次肯定是没错了。"

"大家都感到疑惑，太太，她竟然就这样让自己给关在舱里。她可是驾船老手啊。"

"不错，弗里思。我们大家都有同感。可是意外事故是难以避免的。而事故发生的真正过程，大概我们是没法知道了。"

"我也这么想，太太。但不管怎么说，这仍然是个巨大的打击。仆人们都非常难过，而且又是在那天举办宴会时突然发生的。真有点不凑巧，是吗？"

"说得不错，弗里思。"

"是不是要举行一次证人传讯，太太？"

"是的。不过你知道，那仅仅是个形式。"

"那当然，太太。不知道要不要我们中的任何人去提供证词？"

"不会吧。"

"如果有用得着我的地方，我一定全力以赴。这点德温特先生知道。"

"是的，弗里思。我敢肯定，他了解你。"

"我跟下房里的人说，不要七嘴八舌乱议论。可是，不让这些人议论，尤其是那些丫头，这可实在太难了，当然，罗伯特我可以对付。这个消息对于丹弗斯太太来说恐怕是个沉重的打击。"

"是的，弗里思，这我料到了。"

"午饭以后，她直接回了自己的房间，再也没下楼来。刚才，艾丽斯给她端去一杯茶，还送上报纸。她说看上去丹弗斯太太像是病得挺重。"

"说真的，那最好还是让她留在自己房里，"我说，"倘若她病了，那就不用再叫她起身去料理各种家务。也许艾丽斯会把我的意思告诉她吧？我可以负责安排菜谱，我是说我直接去同厨子商量着办。"

"好的，太太。但我觉得她不是真的病了，太太。主要是德温特夫人的船被发现，她受了刺激。她对德温特夫人真是一片忠心。"

"不错，"我说，"这我知道。"

之后，弗里思走出房间去，我乘迈克西姆还没下楼，飞快地朝报纸扫了一眼。头版上有通版一大栏文字，还登了迈克西姆的一张照片。那张照片很难看，又模糊不清，大概至少是十五年以前拍的。看见这样一张照片赫然登在头版，真叫人难受。版面的底部还有短短一行文字写到我本人，说我是迈克西姆的第二个妻子，接着又提到出事前不久他刚在曼德里举行了化装舞会。这些事经报纸的黑体铅字一张扬，听来是那么残酷无情。报上说丽贝卡才貌双全，认识她的人无不喜欢她，可是在一年前淹死了。不料，迈克西姆到了第二年春天马上再婚，而且直接把新娘子带回曼德里（报上就是这么说的），还为她举行了大型化装舞会。翌日早晨，他前妻的尸体被发现，就在她那艘帆船的船舱里，帆船沉没在海湾的海底。

整个报道当然全都属实，某几处稍有失真，那也是为了给数以百计的读者一些刺激，这些读者花了钱订阅报纸，都希望读到有价值的内容。报道把迈克西姆写得心术不正，简直是耽于淫乐的搞女人的老手：带着"年

第二十二章

轻的新娘"——报道的原话——回了曼德里,举行舞会,听上去似乎是我们想在世人面前炫耀自己。

我不想让迈克西姆看到报纸,便将它塞到一只椅垫底下。可是我没法把晨报也藏起来。我们订阅的伦敦报纸也登载了这事,上方是一张曼德里的照片,底下是文字报道。曼德里和迈克西姆都成了新闻。报上把他称为迈克斯·德温特,这名字听上去多么油滑而有失尊严。化装舞会的次日发现了丽贝卡的尸体,各报对此都大肆渲染,就好像两者是某种人为的安排。那两份报纸都用上了"有讽刺意味"这个字眼。不错,就是因为有讽刺意味,报纸才大幅刊登的。早饭时,我看到迈克西姆读着一份又一份的报纸,最后连那份当地报纸也没漏过,读着读着,脸色越来越难看。我赶快伸过手去。"见他们的鬼去,"他低声咒骂,"见他们的鬼,见他们的鬼去吧!"

我想如果这些记者知道事情的真相,真不知道他们会怎样写。那时候将不再是一栏,而是五栏、六栏。在伦敦还会出特刊,贴上街头;报童在大街上、在地下铁道车站外叫卖特大新闻。由六个字母组成的那个骇人的词,用黑色的油墨印得奇大无比,在特刊的中央赫然出现。

早饭后,弗兰克来访。他脸色苍白,显得十分疲惫,像是一整夜没睡觉。"我对电话局说过了,请他们把所有打到曼德里来的电话接到我的办事处去,"他对迈克西姆说,"不管是谁打来的电话。要是记者打电话来探听消息,由我出面对付好了。任何其他人也一概由我来应付。我不希望你们俩被人吵得没法安生。已经有好几个本地人打来电话。"对他们我都说同样的话:德温特先生和德温特夫人对于诸亲好友的慰问不胜感激,并请各位能够谅解,这几天他们不能接听电话。莱西夫人大概在八点半钟打来电话,说是准备马上来看望你们。"

"喔,我的老天……"迈克西姆开始叫苦。

"别急,我替你们回绝了。我坦率地对她说,我认为她的到来起不了任何作用,我还说除了德温特夫人,你谁也不愿见。她问传讯何时举行,我说日期还没有决定。不过如果她在报上看到消息,我们没有办法阻止她到场。"

"那些该死的记者。"迈克西姆说。

"我明白你的意思，"弗兰克说，"我们大家都恨不得掐断这些家伙的脖子，可是这些人的出发点你也得理解。这是他们的生计，当记者的，总得为自己的报纸干事。要是干不出什么名堂，编辑会砸了他们的饭碗；同样，要是编辑搞不出一张销路很广的报纸，老板就会砸他们的饭碗；而要是报纸没有销路，老板就得赔钱。你不必接受采访，向记者发表谈话，迈克西姆。这事我会代你出面的。你得集中精力搞出一份证词，以备传讯时用。"

"我明白自己该说些什么。"迈克西姆说。

"这你当然明白。可是别忘了，这次的验尸官是霍里奇这老家伙。这人很有点缠人的功夫，老爱在一些不相干的细枝末节上钻牛角尖，以此来让陪审团看看他做事一丝不苟。可别让这家伙惹得你上火。"

"我干吗要上火？有什么理由值得我上火的吗？"

"是没有上火的理由。可是我以前参加过这种由验尸官主持的传讯。在这种场合，一个人很容易被弄得情绪紧张、烦躁易怒。你可别去惹怒这家伙。"

"弗兰克说得没错，"我说，"我明白他的用意。传讯越是顺利，早早结束，对大家说来就越是好受一些。然后，一旦这件可怕的事情过去，我们大家都会把它忘个干干净净，别人也会忘怀的，是吗，弗兰克？"

"是的，那当然。"弗兰克说。

我仍没勇气看他的眼睛，不过在心里却进一步肯定，他了解事情的底细。他自始至终是知情者，打一开始就知道。我又想起第一次见到他的情景。那是我在曼德里度过的第一天，他同比阿特丽斯和贾尔斯这对夫妻一起来吃中饭。那次，比阿特丽斯对于迈克西姆的健康状况说了几句很不合时宜的蠢话。我记得弗兰克是怎样在不知不觉中让大家转移了话题，又如何在一旦出现困难时毫不引人注意地帮助迈克西姆摆脱窘境。难怪弗兰克会那么反常，总是不愿提到丽贝卡，而每当我们刚要谈得投机时，他总是立刻变得十分拘谨刻板，以古怪庄重的神态没话找话地拉扯。这一切现在我全明白了。弗兰克了解事情的真相，可迈克西姆对此还蒙在鼓里，而弗兰克又并不希望迈克西姆知道他了解事情的底细，我们三人就这样站在那里，你看我，我看你，不肯拆除彼此之间微妙的屏障。

我们不再受电话打扰之苦：电话一律转接到庄园办事处。这么一来，

第二十二章

剩下的事就是等待——等待星期二的到来。

我没见丹弗斯太太露面,菜单还是照样送来让我过目,我没再要求改动菜谱。我向克拉丽斯这小丫头打听她的情况。丫头说丹弗斯太太和往常一样打理家务,只是不和任何人说话,三顿饭全端到她那套房间的起居室里,独个儿关了门进餐。

克拉丽斯好奇地瞪圆了双眼,可她从不向我打听。我自然也不会跟她议论这件事。毫无疑问,这几天在厨下,在庄园,在门房,在各个田庄,这是人们议论的重要话题,想来,克里斯全城也是如此。我们一直待在曼德里的宅子里,要不就在宅子附近的花园里散步。我们甚至没进过树林。这段时间总是闷雷阵阵,天气依然如故,还是那样闷热。在密布的阴云背后酝酿着大雨,可雨就是下不下来。我能感到雨云在空中酝酿、积聚,我能闻到雨星儿在空气中飘散。传讯业已决定于星期二下午两点钟举行。

那天,我们在十二点三刻的时候吃午饭。弗兰克来了。感谢老天爷,比阿特丽斯打来电话说她不能来了,罗杰这孩子发了麻疹回家了,所以全家人都在防疫隔离中。我忍不住对那场麻疹心存感激,不然让比阿特丽斯住在宅子里,坐在迈克西姆身边,真心诚意、热情而关切地问长问短,一刻也不让他安静,我看迈克西姆一定难以忍受。比阿特丽斯问起来总是没完没了。

午饭吃得匆匆,大家都显得心神不宁,一句话也没有多说。我又感到那种令人不安的疼痛,难以咽下一点东西。那顿摆摆样子的午饭好不容易才吃完,这才让人松了口气。我听见迈克西姆走到屋外车道上,把车发动起来,引擎的轰鸣声反倒使我多少安下心来;这轰鸣声意味着我们非出发不可,好歹有事情可做了,而不必再在曼德里呆坐。弗兰克开着他自己的车在我们后面跟着。迈克西姆驾车,我一路始终把一只手搁在他膝上。他看上去很镇静,一点也没有心神不定的样子。

这感觉就如同把谁送到医院去动手术,不知道手术能否成功,结果将会如何。我的双手冰凉,心跳短促而剧烈,不同于平时。与此同时,心窝里那阵隐约的痛楚也一直缠着我。传讯在兰因举行,那是克里斯再过去六英里的一个集市中心。我们只能把车停放在集市边一个铺着鹅卵石的广场上。菲力普斯医师的车已停在那儿,还有朱利安上校和其他一些人的车。

我看见一个行人用好奇的目光打量迈克西姆一眼，然后就意味深长地碰碰自己伙伴的手臂。

"我想我还是留在这儿吧，"我说，"不想同你一起进去了。"

"我是劝你别来，"迈克西姆说，"我一直不赞成你出场。其实让你留在曼德里更好。"

"不，"我说，"不，我情愿坐在车里等你们。"

弗兰克走过来，透过车窗往里望。"德温特夫人不一起进去？"他问。

"是的，"迈克西姆说，"她想在车里等着。"

"依我看，她是对的，"弗兰克说，"她根本没必要出场。用不了多久我们就会出来了。"

"好的。"我说。

"我给您留个座，"弗兰克说，"万一您想进去，也可以有地方坐。"

他们两人走了，把我一个人留在汽车里。这天恰好是提早打烊的日子，店铺关着门，显出一种萧条的样子。周围没有多少行人。兰因离海岸远，毕竟不是什么旅游中心。我坐在车里，看着那些寂寞的店铺出神。时间一分一秒地过去，我不知道里面的人都在干什么——验尸官、弗兰克、迈克西姆、朱利安上校。我钻出汽车，开始在集市广场来来回回踱步。我在一家铺子的橱窗前站定，看看里边，接着又开始闲逛。我看见一个警察疑惑地望着我，于是就折进一条小街避开他。

不知不觉地，我竟走进那正在举行传讯的大楼。由于对传讯的确切时间未曾大事张扬，因而没有像我原先所担心的那样，有大群围观的闲人。屋子内外冷冷清清。我走上台阶，在门厅站定。

不知从哪儿钻出个警察。"你想干什么？"他问。

"不，"我说，"不想干什么。"

"您不能待在这儿。"他说。

"对不起。"我说着就往通向大街的台阶走去。

"请问，太太，"他说，"您不是德温特夫人吗？"

"是的。"我说。

"那就不同了，"他说，"如果您愿意，就请到这儿等候吧。您要不要在大厅里找个座位？"

第二十二章

"谢谢。"我说。

他带着我走进一个空荡荡的小房间。这儿放着一张办公桌,就像警察所的接待室。我坐在那儿,双手在怀里揣着,等了有五分钟,没什么事儿发生。这滋味比在屋外的汽车里坐着等待更为难受。于是我就站起身,走到过道里。那名警察还在老地方站着。

"还要多久?"我问。

"如果您想知道,我可以进去问问。"他说。

他沿着过道走去,消失在尽头,可过不了多久又走回来告诉我:"我看要不了很长时间的。德温特先生方才提供了证词,在这之前,塞尔海军上校、潜水员和菲力普斯先后做了证。还有一个证人没发言,就是克里斯的船舶建筑师泰勃先生。"

"这么说,快结束啦?"我说。

"我看快完了,太太。"他说。然后,他突然想起一个主意,对我说:"您愿意听最后一部分的证词吗?进门处有一个空座位。您只要不声不响地走进去,没人会注意到您。"

"好的,"我说,"说得对,我倒愿意去听一听。"

证人传讯差不多就要结束。迈克西姆已说完证词。其余的人说些什么,我就不在乎了。我不愿听的正是迈克西姆的证词。我害怕听他作证。因此,我才没一开始跟着他和弗兰克进屋去。现在无所谓了,反正他的戏已经演完。

我跟着那名警察往前走,他打开过道尽头的一扇门,我不声不响地走了进去,在门旁坐下。我始终低着头,这样就不必向任何人看一眼。传讯厅比我原先想象的小一些,屋子里十分闷热。我原以为传讯厅是个空荡荡的大房间,放着一排排的长凳,像座教堂。迈克西姆和弗兰克坐在大厅的那一头。验尸官是个上了年纪的瘦子,戴一副夹鼻眼镜。大厅里有好些人我都不认识,我从眼梢看看这些陌生人。突然,我的心猛地一沉——在旁听席上我看到了丹弗斯太太。她坐在最后一排,身旁是费弗尔,杰克·费弗尔,丽贝卡的表兄。这家伙前倾着身子,双手托着腮帮,两眼直勾勾地瞪着验尸官霍里奇先生看。我没料到他会到场,不知道迈克西姆看见这家伙没有。船舶建筑师詹姆斯·泰勃这时正站了起来,验尸官正向他提问。

"是的，阁下，"泰勃回答说，"德温特夫人的小帆船是我改装的。那本来是艘法国造的渔船，德温特夫人在布列塔尼没花多少钱买了这艘船，然后叫人把船运来。她把这宗生意交给我，要我改装这艘船，把它装修成一艘小游艇的模样。"

"船当时的情况适宜出海吗？"验尸官问。

"去年四月我装修这条船时，它完全可以出海，"泰勃说，"同往年一样，德温特夫人在十月把船送进我的船坞，三月份她通知我对那艘船做例行装修，我按她说的做了。自从替她改装这艘船以来，那是德温特夫人第四年送船来装修。"

"这艘船先前可曾发生过倾侧事故？"验尸官问。

"没有，阁下。如果有的话，德温特夫人肯定立刻让我知道。从她对我说的话来看，她对这条船完全满意。"

"驾船需要很小心吧？"验尸官又问。

"这个嘛，阁下，说到驾船，谁都得保持头脑冷静，这一点我不否认。不过，德温特夫人的船可不是那种人们在克里斯见到的小船，驾船人一离开舵位就会倾覆。那船很坚固，完全经得起风浪，吃风能力特别强。德温特夫人在比那天夜晚糟糕得多的天气里也照样驾着船出海航行。不是吗？那天夜里只不过有阵风。我一直说，我弄不明白德温特夫人的船怎么会在这样一个夜晚出事。"

"但是，如果德温特夫人像大家设想的那样，下舱去拿件上衣，正在这时从海岬突然刮来一阵狂风，那自然可能把船刮翻啰？"验尸官问。

詹姆斯·泰勃摇摇头，固执地说："不，我看不会。"

"但我看事情可能就是这样发生的，"验尸官说，"我不认为德温特先生或我们中间的任何人在这儿把事故归咎于你的手艺。航海季节开始时，你装修了那条船，并报告说船舶情况良好，经得起风浪。这些就是我需要了解的。不幸得很，已故的德温特夫人一时疏忽，这样就发生了沉船事故，陪着丢了性命。以前也发生过这样的事故。我再说一遍，本庭并不归咎于你。"

"请允许我再说两句，阁下，"船舶建筑师说，"事情还不仅仅是这些。如果允许，我想做进一步的说明。"

第二十二章

"可以,说吧。"验尸官说。

"是这样的,阁下。去年事故发生之后,克里斯城好多人都说我手艺不行,有的还说我让德温特夫人驾着一条漏水的破船出海,真可谓开门不吉!有两三位主顾为此退了货。这实在不公平喔!但我没有任何理由可以为自己辩解的,因为船已沉入海底了。接着,就像大家知道的那样,发生了轮船搁浅的事,随之德温特夫人的小船被发现,并被打捞上水面。塞尔海军上校昨天亲自下令,允许我去看一看那条船。我去了。我想亲眼看一看,以证实尽管船在水里浸泡了十二个月或更长时间,但我的装修活儿一点问题也没有。"

"嗯,这是人之常情,"验尸官说,"希望你没发现什么纰漏。"

"是的,阁下,我如愿以偿。这艘船的装修活儿一点问题也没有。塞尔海军上校已把它拖上驳船,泊在海口,我就在现场检查了全船的每一个角落。船沉的地点恰好是海底沙地;我问过潜水员,是他告诉我的。船根本没撞上礁岩;那礁岩和船的距离足足有五英尺。船沉在沙砾上,船体没有岩石撞击的痕迹。"

他顿了片刻,验尸官以期待的目光等着他说下去。

"怎么样?"验尸官问,"这些就是你想说的?"

"不,阁下,"泰勃加重语气说,"还不止这些。我要问的是:谁在船板上凿了那几个洞?那不是岩石撞的。最近的岩石离船身有五英尺之遥。再说,那几个洞也不像是岩石撞的。那是人砸的洞,是用尖铁凿的。"

我没敢看那人,而是低头望着地板。地板上铺着油布,绿色的油布,我盯着油布看。

为什么验尸官一声不吭?这冷场拖得好长!最后验尸官终于开口了,可他像是在很远的地方说话。

"你说这话什么意思?"他问,"是什么样的洞?"

"洞一共有三个,"船舶建筑师说,"一个正好在前部,就在锚链舱旁边,吃水线以下的右舷板上。另外两个在船身中部,靠得很近,在船舱地板木条下面的船底。压舱物也被人移了位置,不着边际地躺在莫名其妙的地方。更奇怪的是,船壳上的海底阀门竟全部打开着。"

"海底阀门?那是什么东西?"验尸官问。

"那是装在洗手盆或马桶下水管上的旋塞,阁下。德温特夫人在船后部要我给布置了个小厕所,前部还装了一个水槽,供她洗洗涮涮之用。那儿安了一个海底阀门,厕所里也有一个。航行时这些阀门总是全部紧闭的,否则海水就会涌进船舱。昨天我检查那船时竟发现两个阀门都完全旋开了。"

屋子里真热,热极了。这些人干吗不去打开一扇窗?空气这样污浊,大家坐在这儿非闷死不可。人那么多,又都呼吸着同样的空气,那么多的人!

"船板上砸了几个洞,阁下,加上海底阀门没关闭,在这种情况下,那样一艘小船用不了太多时间就会沉入海底。依我看,十分钟左右也就足够了。船离开我船坞时并没有那几个洞。我很为自己干的活儿骄傲,德温特夫人也满意。所以,我的看法是那条船根本不是倾覆,而是有意凿沉的。"

我得设法走出门去,溜回那间小接待室去。这屋子里已没有一丝儿空气,而坐在我身边的人又使劲儿挤过来,越挤越紧……前面有谁正站起身来;大家都议论开了,屋子里所有的人都在议论。我不明白这是怎么回事,望出去什么也看不见。闷热,极度的闷热。验尸官要求大家肃静,说着说着还提到"德温特先生"。但我被那女人的大帽子挡住了视线,什么也看不见。迈克西姆这时正站起身来。我不敢看他一眼。这时我绝不能看他一眼。以前哪一次也曾出现过类似情况?那是什么时候的事?我不知道,记不得了。哦,对啦,那一回是同丹弗斯太太在一起,在窗口,她站在我身边。此刻丹弗斯太太也在这间屋子里,听着验尸官说话。那边,迈克西姆正站起身来。热空气阵阵团团从地板上腾起,向我袭来,钻到我汗湿、滑腻的手掌心,我的脖子,我的下巴,我的脸颊。

"德温特先生,负责装修德温特夫人帆船的詹姆斯·泰勃提供的证词,你都听见了?你可知道在船板上凿的那几个洞?"

"一点不知道。"

"你能不能想象出任何原因,来解释一下船板上的那些洞口?"

"不,我自然不能。"

"你是第一次听说这件事?"

"是的。"

"你当然感到十分震惊啰?"

"当我知道十二个月以前自己错认了尸体,已经够震惊了;现在我又听说，我的亡妻不只是在自己的船舱里淹死的，而且死时船上被砸了几个洞。砸洞自然是故意引进海水，为了使帆船沉没。我对此感到震惊。怎么，您对此觉得意外？"

不，迈克西姆，别这样。你会惹怒他的。你没听到弗兰克怎么说的吗？你千万不要把他惹火了。别那样说话，迈克西姆，那种怒气冲冲的口吻，他不会理解的。别这样，亲爱的，请别这样。喔，上帝，别让迈克西姆发作，别让他发脾气！

"德温特先生，我希望你认识到，对于此事，我们大家都深深为你难过。毫无疑问，听说你的亡妻淹死在自己的舱里，而不像你想象的那样死于海上，你遭受了一次打击，一次沉重的打击。我现在也是为了您的缘故，我要查明详细的死因及出事经过。我负责本案可不是因为闲得无聊，没事找事开玩笑。"

"这是有目共睹的，对不对？"

"但愿如此。詹姆斯·泰勃刚才说，载有已故德温特夫人尸体的那条船，底部被人硬砸了三个洞，另外，海底阀门全打开着。你怀疑他这份证词的真实性吗？"

"当然不存怀疑。他是造船的，想必明白自己证词的含义。"

"谁照看德温特夫人的船？"

"她自己。"

"不雇工人？"

"不。一个也没有。"

"船拴在曼德里的私人埠头？"

"对。"

"如果有陌生人企图在船上搞点破坏，肯定会被发现，对吗？从公用的小路走不能接近港口，对吗？"

"对，一点不错。"

"埠头是个僻静之处，对吗？四周由树木遮掩着？"

"对。"

"谁要是擅自闯入，可能不会被注意到吧？"

"可能。"

"但是方才詹姆斯·泰勃说——而本庭没有任何理由可以怀疑他的话——那样一艘小船,船底给砸了好几个洞,船底阀门又全打开着,要不了十分钟或一刻钟就得沉没。"

"没错。"

"这么说来,我们可以排除一种可能性,即早在德温特夫人那夜出航之前,船已遭心怀叵测的歹徒破坏。因为如果出现这种情况,帆船一定会在锚地沉没。"

"一点不错。"

"由此可以推断,那天夜里开船出去的不管是什么人,一定就是此人凿的洞,开的阀。"

"大概是这样。"

"你已对本庭说过,舱门关着,舷窗紧闭,而你夫人的尸体就躺在地板上。在你的证词以及菲力普斯医生和塞尔海军上校的证词中都提到了这些细节。"

"是的。"

"现在,在这些细节上还需补充一点,就是有人用尖铁砸穿了船底,打开了船底阀门。德温特先生,你不觉得这事有什么反常吗?"

"当然反常。"

"你对此不能提供任何解释?"

"不能,完全不能。"

"德温特先生,尽管可能给你带来痛苦,我的职责要求我向你提一个涉及私人感情的问题。"

"提吧。"

"你和已故德温特夫人之间的感情是不是十分美满?"

我终于撑不住了,那一个个的黑点在我眼前闪烁着乱舞,刺破了屋子里的烟雾。空气闷塞,闷极了!挤着这么许多人,这么一张张的脸,又不开窗。那扇门本来就在我身边,这会儿看上去竟比我想象中远得多。与此同时,地板仿佛正跃起向我扑来。

接着,在四周令人眩晕的腾腾烟雾之中,突然响起了迈克西姆的声音,既洪亮又有力:"请哪一位扶我的夫人出去?她快晕过去了。"

第二十三章

我又在那个小房间里坐下。那警察弯着腰给我一杯水喝。谁的手搭在我的胳臂上。那是弗兰克的手。我坐着一动也不动,地板、四周的墙壁以及弗兰克和警察的形象,渐渐在我眼前显出明确的轮廓。

"真抱歉,"我说,"真是太丢人了。那屋里太闷,闷极了。"

"那屋里是不大通风,"警察说,"经常有人为此抱怨,可又从不去改装房间。以前在那儿也发生过太太小姐晕倒的事情。"

"您觉得好过些吗,德温特夫人?"弗兰克说。

"是的,好过多了,一会儿就会好的。你不用在这儿陪着我。"

"我这就送您回曼德里。"

"不。"

"您得走。迈克西姆要我送您。"

"不。你应该和他在一起。"

"迈克西姆让我把您送回曼德里。"

他挽起我的手臂,扶我站起。"您能走到停车处吗?还是我把车开过来?"

"我能走。可我情愿留在这儿。我要等迈克西姆。"

"迈克西姆可能还得待上好大一会儿。"

他为什么说这话?什么意思?他为什么不敢看我?他拉着我的手臂,扶我穿过甬道,走向门口,跨下台阶,来到街上。可能迈克西姆还得待上好大一会儿……

我们一言不发,径直走到弗兰克那辆莫里斯牌小车旁。他把车门打

309

开,搀我上车,接着钻进车来,发动了引擎。我们驶离铺着鹅卵石的集市广场,穿过空旷的市镇,来到通往克里斯的大路。

"他们干嘛还要好大一会儿?接下去还要做什么?"

"他们可能要把全部证词从头再听取一遍。"弗兰克目不斜视地盯着前面白色的大路。

"证词不是已全部听取完毕?"我说,"还有什么可说的呢?"

"谁知道?"弗兰克说,"验尸官可能换一个法子提问。泰勃改变了整个局面。验尸官这下子一定会从另一个角度进行查问。"

"什么角度?你指的到底是什么?"

"刚才的证词您都听到了,对不?泰勃对那条船怎么说来着?他们再不会相信这是一场意外事故。"

"真荒唐,弗兰克,这太可笑了。他们怎能相信泰勃的信口胡说呢?都过去这么久了,他怎么知道船上的洞是如何出现的?他们企图证实什么?"

"我不知道。"

"那个验尸官会盯着迈克西姆不放,惹他发火,逼着他信口乱说。验尸官肯定接二连三地问个没完,弗兰克,迈克西姆肯定受不了。我知道他肯定受不了。"

弗兰克没答话。他把车开得飞快。认识他这么久,这还是他第一次说不出一句应景的话。这说明他在担心,非常担心。在平时,他把车开得很慢,相当小心,每到十字路口非把车煞住,左右看一眼才行;而每次转弯之前,则一定按喇叭为号。

"那人也在场,"我说,"就是有次到曼德里来看望丹弗斯太太的家伙。"

"您是说费弗尔?"弗兰克说,"不错,我看见这人在场。"

"他坐在那里,同丹弗斯太太在一起。"

"是的,我知道。"

"他干吗出场?他有什么权利出席传讯?"

"他是她的表亲。"

"他同丹弗斯太太两人一起出席听取证词,这有点不大正常。我看这两人靠不住,弗兰克。"

第二十三章

"是的。"

"这两人可能想干什么,他们可能要捣鬼。"

弗兰克还是没答话。我明白他对迈克西姆一腔忠心,决不让自己被扯着去议论他的事,即使跟我一起议论,他也不干。他不知道我对事情的底细了解到何种程度,而我也说不准他知道多少情况。我和他俩人是盟友,走在一条路上,但却不能互看一眼,谁也不敢冒险把实情说出来。这时,车正驶进庄园大门,接着驶上漫长、曲折的狭窄车道,往宅子驰去。我第一次注意到绣球花已经开了,蓝色的花球从背后的绿叶丛中探出头来。虽然花开得很美,但总让人感到几分阴森、肃穆和悲哀;绣球花就像外国教堂墓地上放在玻璃棺材底下的花圈,带着人工雕琢的痕迹,显得刻板。车道两边一路上全是绣球花,如同青面獠牙的巨大鬼怪在街上列队看我们通过。

我们终于拐过那个大转弯,驶抵台阶前,回到了宅子。"现在您不会有什么了。"弗兰克说,"您是不是最好去躺一会儿?"

"对,"我说,"说得对,或许应该去躺一会儿。"

"我这就赶回兰因去,"他说,"迈克西姆可能需要我。"

他不再说什么,匆匆赶回汽车,开着车走了。迈克西姆可能需要他。他干吗说迈克西姆可能需要他?也许验尸官还要盘问弗兰克,向他打听一年前那个夜晚的情况。那天晚上,迈克西姆不是在弗兰克家吃的饭吗?验尸官一定会问迈克西姆是什么时间离开他家的。他还会查问,迈克西姆回家时可曾有人见到过他,仆人是不是知道他已回家,有谁能够证明迈克西姆回家后直接上床脱衣就寝。也许会问到丹弗斯太太,要她提供证词。而迈克西姆则开始大发脾气,脸色煞白……

我走进大厅,上楼来到自己房里,按弗兰克刚才的劝告,在床上躺下。我双手掩面,传讯大厅和那些人的面孔总在我眼前晃来晃去。验尸官那皱巴巴的苦脸,还有那副金丝边的夹鼻眼镜,看着真叫人受不了。

"我负责本案可不是因为闲得无聊,没事找事开玩笑。"这人的头脑虽不算敏捷,可细致周密,而且容易发怒。这会儿那些人都在说些什么?又发生了什么事?过一会儿如果是弗兰克一个人回来,那该怎么办?

我不知道人们在这种场合会怎么做。我记得在报上见过一些照片,照片上的人被押着走出类似传讯大厅的场所。如果迈克西姆也被他们押走

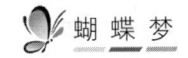

呢？他们会不许我走近他，看望他。那我就得日复一日，夜复一夜，像此刻一样，一直等着。朱利安上校和别的朋友都会跑来表示慰问，说什么"您可不能独居深宅，到我们这儿来吧"。电话，报纸，又是电话。"不，德温特夫人不能见人。德温特夫人对《本郡纪事报》无可奉告。"过了一天。又过了一天。一个又一个星期就这么逝去，记忆中的印象越来越模糊，甚至开始消失。最后还是弗兰克带我去看迈克西姆。他瘦了，模样很古怪，就像医院里的病人……

别的女人曾有过这样的经历，我在报上读到过这类女人的事。她们给内务大臣写信，可毫无用处，内务大臣总是说什么要执法如山。朋友们也递上呼吁书，大家都签了名，可是内务大臣爱莫能助。而在报上读到案情的普通人却在一旁说风凉话：怎么能放了这家伙呢？怎么说他也是杀妻的凶手，对不对？放了他，那被谋杀的可怜的妻子怎么说？废除死刑乃是一味讲究仁慈宽大的人在那儿胡来，只会纵容罪犯。这家伙在动手杀死妻子以前应该考虑到后果。现在可晚了。杀人就得偿命，他也不能例外。愿天下人以此为诫。

我记得看到过一张照片，它刊登在报纸的背面。照片上是聚集在监狱门外的一小群人。刚过九点，一名警察走来，在门上贴出一张告示，晓喻众人。告示宣布已经行刑："死刑已于今晨九时执行。典狱长、狱医和本郡行政官行刑时在场。"绞刑所要的时间很短，而且几乎让人感觉不到痛苦，一下子勒断你的脖子。不，不是这样。听人说，有时也绞不死人。那是曾跟某一位典狱长相熟的人说出来的。他们用一只袋子套住你的头，你站上小小的刑台，接着猛一个脚不着地……从走出地牢到被绞死，正好需要三分钟时间。不，有人说过五十秒就够了。不，这种说法太不可信，五十秒不可能。从那棚子边到下面的坑里还得走一小段阶梯呢。狱医总要下坑查验。那些犯人都是当场毙命。不，不是当场毙命，有好一会儿躯体仍在不停地动，因为脖子并不总是一下子就被勒断。不过，尽管如此，受刑的人也没有任何感觉。但也有人说，受刑的人照样有感觉。那人有个兄弟当狱医。据那人说，犯人并不都即刻死去，只是因为怕事情传出引得舆论哗然，才向外界隐瞒了实情。好长一段时间，犯人的眼睛瞪得滚圆。

老天，让这些可怕的想象从我脑子里走开吧。想点儿别的，想想其他

第二十三章

事情,譬如说在美国的范·霍珀夫人。她一定跟女儿在一起,这一家子在长岛有所房子。我想她们一定成天成夜打桥牌,还去看赛马。范·霍珀夫人不是**爱赛马**吗?我不知道这位夫人如今是不是仍戴着那顶小黄帽;那帽子太小,和她那肥大的脸极不协调。我想象着范·霍珀夫人如何在长岛那寓所的花园里坐着憩息,膝上搁着各种小说、杂志和报纸;我又想象着这位夫人如何举起长柄眼镜,对着女儿叫:"快来看,海伦。报上说,迈克斯·德温特杀了他的前妻。我打一开始就觉得这个人不大对劲,因此曾对那个傻姑娘提出警告,让她不要犯下错误今后追悔莫及。可是她不听我的劝告。这不?现在这姑娘的希望全落了空。我想,她如果同意,让他们拍照登报,他们会付一大笔钱的。"

有谁碰了碰我的手。原来是杰斯珀。长耳狗正把它那湿漉漉的冰冷的鼻子塞到我手掌心来。从一进门开始,它就一直跟随着我。为什么一个人见了狗会鼻子发酸想落泪?狗给人的安慰是无声而伤感的。杰斯珀意识到出了什么事。别的狗也总有这点灵性。要是主人打点好行李,将车开到门口,狗会耷拉着尾巴,在一旁无精打采地观望,而当汽车渐渐远去,它们就乖乖跑回大厅,爬回自己的窝……

我迷迷糊糊地,直到空中响起第一声焦雷,才蓦地惊醒。我连忙坐起,一看钟已是五点。我从床上起身,走到窗口。一丝风也没有,树叶都垂着头,像在等待着什么。闪电如同锯齿般撕裂了铅灰色的天空。远处又传来滚滚雷声,可是仍不见下雨。我走出房间,来到走廊上侧耳谛听。屋子里静悄悄的一点声响也没有。我走到楼梯口,不见楼下有人走动。因为天空阴云密布,雷声阵阵,大厅里黑魆魆的。我走下楼梯,来到平台。又是一阵雷声。有一滴雨水落在我手上。只有一滴,再也没有更多的雨滴落下。天色暗极了。从平台往外眺望,山坳那边的大海如同一池黑色的湖水。又一滴雨水落在我手上,接着是另一声焦雷。一个使女开始在楼上关窗。罗伯特出现了,他把我身后客厅的窗子一一关上。

"几位先生都还没回来吗,罗伯特?"我问。

"没有,太太,还没回来。我还以为您跟他们在一起呢,太太。"

"不,不。我好一阵子前就回来了。"

"您用茶吗,太太?"

"不，不，我想等一会儿。"

"看来总算要变天了，太太。"

"是的。"

可是并没有下雨，除了滴在手上的那两小点雨星，就再也没见有雨。我回到屋里，在藏书室里坐定。五点半的时候，罗伯特走进屋来。

"太太，汽车刚刚驶到门口。"他通报说。

"哪辆汽车？"我问。

"德温特先生的汽车，太太。"他说。

"是德温特先生亲自开车吗？"

"是的，太太。"

我费力地站起来，两腿软得像稻草，难以承受身体的重量。我只好斜靠沙发站着，只感到嗓子干涩得难过。一分钟之后，迈克西姆走进屋来，在门口站定。

他显得疲乏而苍老，嘴角出现了我先前从未注意到的皱纹。

"终于结束了。"他说。

我等他往下讲，自己却仍然说不出话，也无法朝他身边挪动脚步。

"自杀，"他说，"没有足够证据说明死者当时的心情。自然，大家都被弄得稀里糊涂，谁也不明白是怎么回事。"

我在沙发上坐下。"自杀，"我说，"什么动机呢？动机是什么？"

"天知道，"他说，"可他们似乎没觉得有必要找出一个动机。霍里奇老头还凝视着我问，丽贝卡在金钱方面是不是有什么为难之处。手头拮据，老天爷！"

他走到窗前站定，望着外面绿色的草坪。"快下雨了，"他说，"感谢上帝，终于要下雨了。"

"经过情形怎么样？"我问，"验尸官怎么说？你为什么在那儿待了这么长时间？"

"验尸官一遍又一遍老调重弹，"迈克西姆说，"查问关于那艘船的一些细枝末节，实际上没人以为那些细节有什么要紧。诸如船底阀门是不是一旋就能打开？第一个洞和第二个洞的精确位置如何？压舱物是怎么回事？移动这东西对船的平衡会产生什么影响？一个女人有力气独自移动压

第二十三章

舱物吗？舱门是不是紧闭着？要把舱门冲开需要多大的水压？我觉得自己真要发疯了，可还是强行按捺。看到你在门口出现，我才想起自己应该怎么做。要不是你当场晕倒，我怎么也没法顺利通过这一关。你的晕倒让我突然振作，知道自己应该怎样对答。后来我就一直面对霍里奇，眼睛始终盯着他瘦削、干瘪的脸庞和那脸上百般挑剔的表情，以及那副金丝边夹鼻眼镜。此人那副尊容，我这一辈子到死也忘不了。我累坏了，亲爱的，累得丧失了视觉和听觉，感觉全没啦。"

他在临窗的座位上坐下，弓着身子，双手蒙着头。我走过去在他身旁坐下。没多久，弗里思走进来，罗伯特扛着茶点桌，跟在后面。然后是和往常一样重复着那不变的庄严仪式。拉开桌子的折叠桌面，支好桌腿，铺上雪白的台布，摆出炖于文火之上的银质茶炊，还端来薄脆的煎饼、三明治和三种质地不同的蛋糕。杰斯珀坐在桌子近旁，不时挥动尾巴敲打地板，用期待的目光看着我。我不禁想到生活的常规倒也确实有趣，不管发生了什么事，我们的习惯总是不改，以一成不变的形式吃喝、睡觉、漱洗；什么样的危机都难以改变积习。我给迈克西姆斟了茶，端到临窗的座位上，并给他送去薄脆煎饼，另外，又给自己拿了一块，涂上黄油。

"弗兰克在哪里？"我问。

"他去见教区牧师了。我本来也得去，可我只想直接回到你身边来。我一直挂念你，不想让你一个人在家干等，而你对那边的情况又一无所知。"

"为什么找教区牧师？"我问。

"今晚得举行一次仪式，"他说，"在教堂里。"

我瞪大眼睛木然地望着他，慢慢才明白过来，原来丽贝卡要落葬了，他们要把丽贝卡的遗骸从殡仪馆领回落葬。

"仪式在六点半举行，"他说，"除了弗兰克、朱利安上校、教区牧师和我四人，没有其他人知道，到时候将不会有人在一边围观。这事昨天就定下了，当然不受陪审团裁决的影响。"

"你得什么时候走？"

"六点二十五分我要在教堂与他们见面。"

我只顾喝茶，不再说什么。迈克西姆把他那块原封未动的三明治放下，一面说："天还是闷热得够呛，是不？"

315

"是暴风雨在作怪,"我说,"只有零星的几小滴,雨硬是落不下来。雷雨在空中郁积酝酿,可就是不肯爆发。"

"我离开兰因时,正在打雷,"他说,"头顶的天空一片灰暗。雨怎么总是下不来呢?"

天色仍然晦冥昏暗,树林里的鸦雀都不再聒噪。

"我真希望你今晚不再出去。"我说。

他没答话,那一脸的倦容说明他实在精疲力竭了。

"今夜等我回来之后再详细谈,"过了一会儿他才说,"我俩在一起还有许多事情要做,是不是?一切都得重新开始。在你看来我恐怕是天下最坏的丈夫了。"

"不!"我说,"不!"

"这次事情过后,我们要开始新的生活。只要你我两人在一起,就能办到。这不同于一个人孤军奋战。只要我俩在一起,往事就损害不了我们一根毫毛。你还会有孩子呢。"

过了一会儿,他看看手表说:"六点十分了,我现在就得出发。幸亏不需要多长时间,半小时足够了。我们要送殡到墓地之后才能离开。"

我握着他的手说:"我跟你一起去。我不会介意的。让我跟你去吧。"

"不,"他说,"不,我不让你去。"

接着,他走出屋去。我听到车道上汽车发动的声音,接着车声远去,他走了。

和往日一样,罗伯特进屋来收拾茶具,就好像这天与平时没有什么两样。我暗自揣度:要是迈克西姆未从兰因回来,是不是还会按日常规矩办事?罗伯特那年轻的山羊脸上是否仍是毫无表情,他仍无动于衷地把糕点残屑从雪白的台布上揩走,折叠起桌子,把它扛出房间?

仆人走后,藏书室里静悄悄的。我开始想象他们在教堂举行仪式的情景,想象这些人如何穿过旁门,走下一段石阶,来到墓地。我从未到过墓地,只见过那扇旁门。墓地是什么样的呢?是不是摆放着成排的棺材?迈克西姆的父母在墓地里长眠。那个李代桃僵的无名女子的棺材不知道他们会怎么处理。这位无名女子会是谁呢?可怜的人,曝尸海滩,任风浪冲刷,又没人认领。现在,墓地上将增加一具棺材,丽贝卡也将躺在那儿长

第二十三章

眠。牧师这会儿大概正念念有词地为死者举行落葬祈祷,迈克西姆和弗兰克,还有朱利安上校,也许都在他身旁站着。人本尘灰,死后复成尘灰。我现在不再觉得丽贝卡是一个有血有肉的真人了;当她的尸骸在船舱里被人发现,丽贝卡就化作了尘灰。所以说在墓地那具棺材里盛放的并不是丽贝卡其人,而是尘灰,仅仅是一抔黄土。

七点刚过,雨开始下了起来。初时,雨势徐缓,只听得树叶淅沥作声,但仍看不见那缕缕的雨丝。雨势越来越猛,密集的雨点噼噼啪啪落下,终于成了从铅灰色天空倾斜着向大地奔泻的滂沱暴雨,其势有如闸开水涌。我站在敞开的窗子边呼吸清凉的空气。雨水溅在我的脸上和手上。密密的雨点挡住了我的视线,草坪外的景物全是一片朦胧。我听见大雨拍打窗子上方屋檐水管和平台石地的声响。雷声已止,雨水中夹杂着苔藓、泥块和黑色树皮的气味。

我站在窗前出神地观看雨景,弗里思走进屋来我都没听见。直到他在我身边站定,我才发现他。

"请原谅,太太,"他说,"我想问一下,德温特先生是不是要过好久才回来?"

"不,"我说,"不会很久。"

"有位先生要见他,太太,"弗里思迟疑了一会儿才说,"我不知道该怎么回那位先生的话。他执意要见德温特先生。"

"哪一位?"我问,"你认识这人吗?"

弗里思显得极不自然。"是的,太太,"他说,"这位先生一度是这儿的常客,那时德温特夫人还在世。此人名叫费弗尔。"

我跪在临窗座位上,把窗子关上,因为雨水开始飘进屋来,打在靠垫上。接着,我转过身,看着弗里思说:"要不还是由我去见见费弗尔先生吧。"

"那好,太太。"

我走到没生火的壁炉旁,站在一方地毯上。或许在迈克西姆回来前我能把费弗尔这家伙打发掉。我不知道自己该对他说些什么,不过我也并不害怕。

不一会儿,费弗尔跟在弗里思后面进来了。此人还是以前那副模样,要说有什么变化,只能说变得更粗鲁,穿着也更潦倒一些。他那样的人出

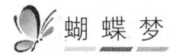

门是从不戴帽子的,所以这几天被太阳一晒,头发褪了颜色,皮肤黑黝黝的。他两眼充血,我怀疑他喝过不少酒。

"很抱歉,迈克西姆不在家,"我说,"我不知道他什么时候才回来。你如果跟他约定明天早上到办事处找他,岂不更好?"

"我倒宁愿等等他,"费弗尔说,"另外,实话对你说吧,我知道不必等多久他就会回来的。我来这儿时,顺便往餐厅看了一眼。我看见迈克斯的刀叉餐具已经放好。"

"我们改变了主意,"我说,"今天晚上迈克西姆很可能根本不回家了。"

"逃之夭夭啦?"费弗尔说着露出一个让我厌恶的假笑,"我不知道你是不是要告诉我说他溜了。不过在现在这种情况下,这对他而言未尝不是上策。有些人一听到流言蜚语就苦恼。逃之夭夭,就可以换得耳根清静了,对吧?"

"你的意思我不懂。"我说。

"不懂?"他说,"啊,算啦,你不会以为我会相信你的话吧?请问,这会儿你好过些了吗?今儿个下午在传讯厅当众晕倒,可真是糟糕。我本想走过来,扶你离开大厅,可我看到你身旁已有一位侠义骑士。我肯定弗兰克·克劳利一定觉得这差事美透了。你让他开车送你回家,对吗?那天我请你兜风,你甚至不肯和我一起坐车走五码路。"

"你有什么事要见迈克西姆?"我问。

费弗尔俯身向着桌子,没征得我同意,拿了一支香烟。"我想,你不会反对抽支烟吧?"他说,'烟味儿不会让你头晕吧?对于新娘子的好恶,没人能知道得清楚。"

他点燃打火机,眼光越过火苗看着我。"你比上次见面时老练些了,对吗?"他说,"不知道你最近都在干些什么。领弗兰克·克劳利逛花园来着?"他向空中吐出一团烟雾,"我说,你是不是肯让弗里思老头给我端一杯威士忌苏打来?"

我没吭声,走去拉了一下铃。他坐在沙发沿上,晃着腿,唇边依然挂着假笑。罗伯特应铃声而来。"给费弗尔先生端一杯威士忌苏打。"我吩咐说。

第二十三章

"啊，这不是罗伯特吗？"费弗尔说，"好长时间没见到你了。还在让克里斯的姑娘们伤心吗？"

罗伯特的脸涨得火红。他朝我瞥一眼，窘迫万分。

"没事儿，老弟，你的风流事我不会抖出来的。去吧，快给我来一杯双料威士忌！"

罗伯特走后，费弗尔放声大笑，一边往地板上乱弹烟灰。

"有一回罗伯特得了半天休假，我带他去见世面，"他说，"丽贝卡曾拿出张五镑钞票跟我打赌，说是我不敢这么做。这五镑钱理所当然被我赢去了。那确实是一生中最好玩的销魂之夜。我刚刚笑了，对吗？哈，我的天！告诉你，真应该把烂醉如泥的罗伯特狠狠揍一顿，可说实话这小子看姑娘倒挺有眼光。在那天夜里陪我们玩乐的小妞中间他一下子选中了最俊的。"

罗伯特端着盛了威士忌苏打的托盘走回藏书室来。他的脸仍是通红，显得十分尴尬。费弗尔脸上挂着奸笑，看他给自己斟酒，过后倚着沙发的扶手又大笑起来。他用口哨吹出一段曲子，同时还是直盯着罗伯特看。

"是这首吧？"他问，"是这曲子，对吗？你仍然喜欢姜黄头发，是吗，罗伯特？"

罗伯特可怜巴巴而又万分无奈地笑了。费弗尔则更放肆地纵声大笑。罗伯特只好转过身，走出屋子。

"可怜的孩子，"费弗尔说，"我看，除了那次，他就没能再出去找乐了。弗里思那糟老头总是把他看得紧紧的。"

他开始喝酒，四下环顾着房间，还不时瞟我一眼，脸上挂着奸笑。

"如果迈克西姆不回来吃晚饭，我也不太介意哩，"他说，"你说呢？"

我没作声，双手放在背后，自顾自地站在壁炉旁。"你不会让餐厅桌边的那个座儿空着吧？"他边说边面带奸笑侧脸看我。

"费弗尔先生，"我说，"我并不愿意怠慢客人，但我的确累极了。今天这一天真是够我受的。如果你不能对我说明你要见迈克西姆的缘由，你再待下去也没有什么意义。我想你还是依我说的，明天早上到庄园办事处去。"

他从沙发扶手上噌地滑下，手拿酒杯朝我走来。"哦，不，"他说，

319

蝴 蝶 梦

"不,不,别那么狠心。我今天一天也不好受。别把我撇在这儿。我不加害于别人,说真格的,不害人。看来,你从迈克斯那儿听说了许多有关我的怪话,对吗?"

我没答理他。"你以为我是个大坏蛋,是吗?"他说,"可是你知道,我不是坏蛋。我和其他平常人一样,不会加害于人。依我说,你在这次事件中的表现十分出色,十分出色。我得脱帽向你致敬,说真格的。"说最后一句话时,他舌头不太灵便,含含糊糊的。我真后悔让弗里思把这个人领进屋来。

"你来到曼德里,"他说,一边胡乱地挥舞着手臂,"管理这里的一切,和许多素未谋面的陌生人打交道,还得耐着性子跟迈克西姆一起过日子,看他的脸色;你只管走自己的路,不理会别人。依我说,这得花多大的努力啊!我对谁都可以这么说:这得花多大的努力!"他身子有些微微摇晃,于是赶快站稳,把空酒杯放在桌上,"这次的事情对我是个打击,你知道,"他说,"惨重的打击。丽贝卡是我表妹,我很喜欢她。"

"哦,"我说,"我替你感到难过。"

"我们从小就在一块儿,"他接着说,"一直是好朋友。我们喜欢同样的人和同样的事,听着同样的笑话一起乐得打哈哈。我觉得在这世上,丽贝卡是我最喜欢的人,而她也喜欢我。这次的事情实在是个可怕的打击。"

"哦,"我说,"是的,那当然。"

"我想知道的是迈克斯打算怎么办。难道他以为这出传讯的假戏一收场,他就可以安安稳稳松一口气了?你不会这么想吧?"此人这时已收敛了笑容,俯着身子对我说话。

"我要为丽贝卡伸冤,"他的嗓门越来越小,"自杀……老天,那风烛残年的验尸官老头竟说服陪审团做出自杀的裁决。你我两人心里都很清楚,不是自杀,对不对?"他朝我身边凑得更近。"对不对?"他一字一顿地再问一遍。

正在这时,门开了,迈克西姆与弗兰克一前一后走进屋来。迈克西姆没有随手关上门,而是一动不动地站在那儿,瞪眼望着费弗尔。"你在这儿搞什么鬼?"他说。

费弗尔双手插在口袋里,半转身子。他沉吟片刻,然后脸上开始荡出笑意。"迈克斯,老兄,我是特意向你道喜来的,下午的传讯结果不坏啊!"

"你是打算自己从这屋子走出去呢?"迈克西姆说,"还是要让克劳利和我把你扔出去?"

"别急,冷静点。"费弗尔说。他又点了一支烟,再次在沙发扶手上坐下。

"你总不至于想让弗里思听到我要说的话吧?"他说,"可如果你不关上门,他会听见的。"

迈克西姆仍在原地站着,一动不动。我看见弗兰克把门轻轻带上。

"好,现在听我说吧,迈克斯,"费弗尔说,"这次的事情便宜了你,对不对?结果比你原先的预料更好。哦,对了,下午的传讯我也在场。我可以肯定,你看到我了。我从头至尾一直在场。我看到尊夫人晕倒,那可是个相当关键的时刻。我看这不能怪她。当时的情势确实危急,传讯中下一步会出现什么样的情况,简直是千钧一发,对不对,迈克斯?传讯的结果竟是这样,这算你运气好。你没私下塞钱给那些充当陪审员的笨蛋角色吧?在我看来,那些家伙肯定是他妈的受了贿赂。"

迈克西姆朝费弗尔跨出一步,可是费弗尔立即举起一只手。

"等一会儿,行不行?"他说,"我还没说完。迈克斯老兄,你是不是认识到,如果我愿意,我可以使你感到事情十分的棘手?岂但是棘手,甚至可以说是相当的危险呢!"

我在壁炉旁的椅子里坐下,紧紧抓住椅子的扶手。弗兰克走过来,站在我椅子后。迈克西姆始终一动不动地盯着费弗尔。

"哦,是吗?"迈克西姆说,"你怎样才能使我感到事情危险呢?"

"听着,迈克斯,"费弗尔说,"我猜想,你和尊夫人之间没有什么相互隐瞒的秘密,而从各种各样的迹象看,这位克劳利也是如此,你们倒是挺不错的三位一体呢!因此,我完全可以有话直说,我也准备跟你们开诚布公。你们都知道丽贝卡同我的关系。我和她相爱,事实难道不是这样吗?不管何时,我都不否认这个事实。好吧,这一点清楚了。到今天为止,我一直同别的傻瓜蛋一样,认为丽贝卡是在海湾航行时淹死的,几个星期之后在埃奇库姆比找到了她的尸体。当时这消息不啻一个晴天霹雳,不过我对自己说:'这倒是丽贝卡中意的死法,她要搏斗着去死,就像她在世时一

样。'"他停了一下,坐在沙发扶手上把我们挨个儿打量了一番。

"但是几天前我在晚报上读到一则消息,说是本地的潜水员无意中发现了丽贝卡的船,还说舱里有一具尸骸。我弄糊涂了。丽贝卡究竟会同谁一起驾船出海呢?这件事情说不通。于是我就赶到这儿,在克里斯城外找了一家酒店住下。我同丹弗斯太太取得了联系。她告诉我说船舱里的尸骸就是丽贝卡。尽管如此,我还是同大家一样,认为第一具女尸被错认了,丽贝卡一定是在下舱取件外衣时不期然给关在舱里的。可是,你们都知道,今天的传讯我也在场。开始时一切都很顺利,是吧?直到泰勃站出来作证。泰勒作证以后怎么样呢?迈克斯,我的老兄,对于地板上那几个洞和被人旋开的船底阀门,你做何解释?"

"你以为,"迈克西姆一字一顿地说,"经过下午好几小时的盘问之后,我还想再讨论这件事吗?特别是跟你!证词和裁决你都听到了,连验尸官都毫无异议,想来你也该满意。"

"你指自杀,是吗?"费弗尔说,"丽贝卡自杀身亡。这像她平时的所作所为吗?听着,你大概不知道我手里有这张便条吧?我把它保存下来了,因为这是她给我的最后一封信。我念出来给你们听一听,也许你会很感兴趣呢。"

他从口袋里摸出一张纸片,我一眼就认出了那手纤细的尖头斜体字:

"我从公寓打电话找你,可是没人接听,"费弗尔读着便条,"我马上动身回曼德里去。今天晚上我在海滩小屋等你,如果你能及时读到此信,是否请你立即开车赶来一聚。我准备在小屋过夜,并为你留着门。我有事相告,要及早见你一面。"

——丽贝卡

读完后,他一边把便条塞回口袋,一边说:"这样的信不像是一个预备自杀的人写的,是吗?那天我直到早晨四点左右才回家,才读到这封信。我没料到丽贝卡这天会到伦敦来,否则我肯定要同她联系的。真倒霉,那天晚上我参加宴会去了。清晨四点钟读到这封信时,我想即使十万火急地动身到曼德里来,开车要六个小时,无论如何也赶不上约会。于是我就上床睡觉,打算过一会儿给她打个电话。我十二点钟左右打了个电话,结果听说丽贝卡淹死了!"

第二十三章

他坐着目不转睛地打量着迈克西姆。我们三人谁也不说话。

"如果让今天下午的验尸官读到这张便条,迈克斯老兄,难道不会给你惹出些麻烦来吗?"费弗尔问。

"那么,"迈克西姆说,"你干吗当时不把这张纸交给验尸官?"

"别着急,老兄,安静一下。干吗发火?我可不想把你弄得家破人亡,迈克斯。苍天在上,你对我从未表示过友好,我可并未因此怀恨在心。跟漂亮女子结婚的男人都爱吃醋,我说得没错吧?其中有些人会情不自禁地扮演奥赛罗的角色。这些人生性就爱嫉妒,所以倒也不能怪他们。我只是为这些人感到遗憾。你们知道,我这人信奉自己独特的社会主义。我弄不懂为什么做丈夫的宁可把妻子杀了,也不愿与人共享。有什么两样呢?作为男人,你还不是一样作乐?面目姣好的娘儿们可不同于一个汽车轮胎,俏娘儿们不会一使用就成了旧货。你越是跟她相好,她就变得越加妩媚动人。行啦,迈克斯,我可是把一手牌全亮在桌上了。咱俩为什么不能达成某种协议?我不是个富翁,又嗜赌如命。不过我最担心的还是赌本不足。所以,如果我今后每年能有两三千镑的进款,了我此生,我就可以舒舒服服地过日子了。我也保证不再给你添麻烦。这点我可以当着上帝的面发誓。"

"我刚才曾让你离开这所屋子,"迈克西姆说,"我不想重复第二遍了。门在我身后,你自己开门滚吧!"

"等一等,迈克西姆,"弗兰克说,"事情没那么简单!"接着,他转身对着费弗尔说:"你打的是什么主意我明白。真是不幸,看来你的确可以把事情翻个个儿,带给迈克西姆些麻烦。我看他是当局者迷,看问题不像我这个旁观者那么清楚。说个数,你要迈克西姆给你多少钱?"

我看到迈克西姆的脸色刷地变白,额头上青筋暴突。"别来插手,弗兰克,"他说,"这是我个人的事情,与你无关。我决不向讹诈让步。"

"我想你总不愿尊夫人被人指着鼻子骂吧?让别人去说那就是德温特夫人,杀人犯的寡妻,绞决犯的遗孀?"费弗尔说着笑出声来,一面还瞟了我一眼。

"你以为你的恐吓能吓住我,费弗尔?"迈克西姆说,"哼,你错啦!无论你怎么工于心计,我都不怕。隔壁房间有架电话,要不要我给朱利安上校打个电话，请他来一次？他是行政官，对你刚才说的一番话定会很感兴趣。"费弗尔瞪眼看着他，然后又笑着说：

"你倒挺会唬人。可谁也不会上当。你不敢给朱利安上校打电话的。我手头有足够的证据把你送上绞刑架，迈克斯老兄。"

迈克西姆不慌不忙地穿过藏书室，朝隔壁的小房间走去。我听他喀哒一声拿起电话听筒。

"去拦住他！"我对弗兰克说，"看在上帝的分上，别让他打电话。"

弗兰克的目光在我脸上一扫而过，接着就快步朝门口走去。我听见迈克西姆在打电话，声音沉着而平静："给我接克里斯十七号。"费弗尔直瞪瞪地盯着门口望，脸色好奇而又紧张。

"别管我。"我听见迈克西姆对弗兰克这样说。两分钟以后电话接通了。"是朱利安上校吗？我是德温特。对，对，我知道。我想问一下，你能不能立刻来这儿一趟。不错，到曼德里来。事情相当紧急。电话上不能细说，反正一到这儿你就会明白的。我真抱歉，不得不把你请出来。是的。太感谢了。回头见。"

他走回房间说："朱利安马上就到。"接着，他穿过房间，推开窗子。外面仍然大雨倾盆。他背对我们，站在窗前，呼吸清凉的空气。

"迈克西姆，"弗兰克轻声呼唤，"迈克西姆。"

迈克西姆没说话，费弗尔却乐了，又伸手去取了一支烟。"如果你执意要上绞刑架，对我可没有一点影响。"他说着从桌上随手捡起一份报纸，一屁股坐进沙发，跷着二郎腿，开始翻阅。一时间弗兰克失去了主张，时而看看我，接着又望望迈克西姆，然后走到我身边。

"难道你也没有办法了？"我低声说，"能不能请你出去等着朱利安上校，把他拦回去，就说这是一场误会？"

迈克西姆站在窗前头也不回地说："弗兰克不能出去。这事情得由我独自处置。过十分钟朱利安上校准到。"

大家都不再说话了。费弗尔只管埋头读报。周围除了单调而持续的雨声，再也听不见其他声响。我深感走投无路，浑身上下没有一点力气。我无能为力，弗兰克也无能为力。要是写小说或演戏，我就可以在这时找到一把手枪，把费弗尔打死，把他的尸体藏进一口大橱。可这是现实生活，

第二十三章

没有手枪,也没有大橱,我们都是些普通的常人,不会有这类惊险的经历。现在,我无法走到迈克西姆跟前,跪在地上求他把这笔钱交给费弗尔算了,我只能双手揣在怀里坐着,望着屋外的雨景和站在窗口的迈克西姆的背影发呆。

雨的声音很大,盖过了其他一切声响,所以谁也没听见汽车驶近的声音。直到弗里思推开门,把朱利安上校让进屋里,我们才知道他已经到了。

迈克西姆从窗口转过身来。"晚安,"他说,"又见面啦。你来得真快。"

"是的,"朱利安上校说,"你说事情紧急,所以我放下电话就动身,好在司机把车准备着随时可用。今晚的天气真够呛!"

他狐疑地扫了费弗尔一眼,接着走过来同我握手,并向弗兰克颔首致意。"总算下雨了,这倒是好事,"他说,"这场雨酝酿得太久啦。希望您现在感觉舒服些了。"

我含糊不清地咕哝了几句,自己也不知道说了些什么。朱利安上校搓着双手,挨个儿看了我们一眼。

"你大概知道,"迈克西姆说,"这样的雨夜请你到此,当然不是为了在晚饭前花半小时聊聊天。这位是杰克·费弗尔,我亡妻的嫡亲表兄。不知道你们二位是否曾经见过?"

朱利安上校点点头说:"你好面熟呵,也许早先我曾在这儿见过你。"

"一点没错,"迈克西姆说,"该你讲了,费弗尔。"

费弗尔从沙发上站起身,把报纸扔回桌上。十分钟一过,他像是清醒了些,走路时步子挺稳,脸上也不再挂着奸笑。我觉得事情发展成这样并不让他满意,他也毫无思想准备要和朱利安上校见面。这时,费弗尔开始大声讲话,那腔调颇有点旁若无人:"听着,朱利安上校,我看没有必要拐弯抹角。本人到这儿来是因为对于今天下午传讯会上作出的裁决不敢苟同。"

"是吗?"朱利安上校说,"这话应该是由德温特先生说,而不该由你说吧?"

"不,我不这么认为,"费弗尔说,"我有权提出异议,不但以丽贝卡表兄的身份。要是她活下去,我还是她未来的丈夫呢!"

朱利安上校显得很惊愕。"啊,"他说,"原来如此。那自然又当别

论。德温特,这是真的?"

迈克西姆一耸肩说:"从未听说过。"

朱利安上校以疑问的目光,看看这个,接着又看看那个。"听着,费弗尔,"他说,"你到底对什么不满意?"

有好一会儿费弗尔以呆滞的目光看着上校。我看出他是在心底盘算,只是现在他还不十分清醒,不能把自己心里的打算一一付诸实现。他慢腾腾地把手伸进背心的口袋,取出丽贝卡写的便条。"在丽贝卡作那次所谓的自杀出航之前几小时,她写了这张便条。你拿去看吧。我要求你读一读便条,然后请你告诉我,一个写这种便条的女人会不会决意要自杀。"

朱利安上校从口袋里掏出一个盒子,从中取出眼镜,读了便条。然后他把纸条还给费弗尔,回答说:"不,从表象看,不会。可是便条内容指的是什么,我不明白。也许你知道。要不,德温特知道?"

迈克西姆没有回答。费弗尔用手指搓着那纸条,一面不停地打量朱利安上校的脸色。"在这封信里我表妹安排了一个时间、地点都非常确定的约会,是不是?"费弗尔说,"她特地盼咐,让我当夜开车来曼德里,因为她有事相告。到底是什么事,现在是没人能知道了。可这与本题无关。关键是她安排了约会,而为了见我特地在海滩小屋过夜。至于她开船出去这个事实本身,我也不觉得奇怪。她常常这样,在伦敦忙了一天之后,松散个把小时。可是在船上砸洞,有意寻死溺毙,这只有那种容易冲动的神经质的女人才会这么做。哦,不,朱利安上校,老天爷有眼,她才不会这么干呢!"血涌上这家伙的脸,说到最后他已大声叫喊起来。这种腔调对他其实并无好处,我看见朱利安上校嘴角隐隐噘起,看来是费弗尔给他一个极不好的印象。

"亲爱的朋友,"上校说,"跟我发脾气毫无用处。我既不是主持今天下午传讯会的验尸官,也不是做出裁决的陪审团一员。我只是本地的行政官。当然,我愿意尽力效劳,为你,也为德温特。另一方面,跟别人一样,你也听取了船舶建筑师的证明,说是阀门大开,船底有洞。好吧,让咱们打开天窗说亮话吧。事情的经过,在你看来,应该是怎样的呢?"

费弗尔转过头去,眼光慢慢移到迈克西姆身上,一边还在用手指搓那张便条。"丽贝卡从来没旋开海底阀门,也没在船板上凿开那些洞;丽贝

第二十三章

卡不可能是自杀的。你问我的看法，那好，苍天在上，我这就说。丽贝卡被人谋杀了。要是你想知道凶手是谁，这不，就是站在窗口的这家伙，脸上挂着高人一等的该死的微笑。这家伙还未等死者去世一周年，就匆匆娶了他所遇到的第一个女孩子。就是这家伙，你要抓的凶手就是他——迈克西米伦·德温特先生。好好瞧瞧这家伙，把他吊在绞刑架上，仪表倒挺不错，对吧？"

费弗尔说完纵声大笑，这是醉汉的刺耳尖笑，笑得做作，笑得莫名其妙。他一边笑，一边还是不住地用手指搓着丽贝卡写的便条。

第二十四章

谢天谢地！幸亏费弗尔纵声大笑，幸亏他的手不停地指指戳戳，脸涨得像猪肝，瞪着充血的双眼，也幸亏这家伙站着不住地摇晃身子。这一切使朱利安上校开始带着敌意看待此人，并站到我们这一边来。我看见上校脸上显得极度憎恶，双唇不住地抖动。朱利安上校不相信他的话。朱利安上校站在我们一边。

"这家伙喝醉了，"他沉静地说，"他在胡说些什么，连他自己也不明白。"

"我喝醉了？"费弗尔大声嚷嚷，"啊，不，我的好朋友！也许你是个行政官，外加上校军衔，可这与我毫不相干。这一回跟以前不同啦，法律在我这一边，我可绝不错过机会。这地区不只有你一个行政官，还有好几个呢！那些人有头脑，也懂得法律的含义，可不像那些因为无能而在多年前被一脚踢出军队的老兵，胸前挂满微不足道的勋章，到处招摇过市。迈克斯·德温特杀了丽贝卡，我会证明他的罪孽的。"

"请等一下，费弗尔先生，"朱利安上校沉静地说，"今天下午的传讯你也在场，对不？我想起来了，我曾见你坐在大厅里。如果你深感裁决有失公允，为什么不当场对陪审团和验尸官说明呢？为什么不在庭上拿出这封信？"

费弗尔瞪眼望着他，边笑边说："为什么？因为我不想这么做。这就是原因。我情愿到这儿来，亲自跟德温特谈一谈。"

"这正是我给你打电话的原因，"迈克西姆从窗口走近几步说，"费弗尔的指控我们都已听说过。我向他提出了同样的问题：为什么不把自

第二十四章

己的怀疑告诉验尸官？他说他不是富翁，倘若我同意向他提供每年两三千镑的款项，了他此生，他就不来打扰我。当时，弗兰克在场，我妻子也在场。他们两人都听到了，您可以问问他们。"

"确实如此，阁下，"弗兰克说，"讹诈，纯粹而直截了当的讹诈。"

"是的，一点不错，"朱利安上校说，"问题在于讹诈这玩意儿从来不是纯粹的，也谈不上直截了当。讹诈者总是给许多人带来极大的难堪，虽然最终他很可能锒铛入狱。不过，有时清白人也会遭缧绁之灾。在这个案子里，我们将竭力避免这种情况发生。费弗尔，我不知道此刻你是否已经酒醒，能不能以正常的神志回答我的问题。如果你不再生拉硬扯，胡乱进行人身攻击，我们才有可能把整个案子及早弄个水落石出。刚才，你对德温特提出一个严重的指控。请问你可有任何证据，来作为此项指控的后盾？"

"证据？"费弗尔说，"你要证据干什么？船底那些洞还不足以构成证据吗？"

"当然不足，"朱利安上校说，"除非你能找到一个目击证人。请问你的证人在哪儿？"

"让证人见鬼去吧！"费弗尔说，"除了德温特，还有谁会去杀丽贝卡？"

"克里斯有很多居民，"朱利安上校说，"如果是我，我就会挨家挨户地调查，如果说你手里掌握的证据可以用来对付德温特，那么同样也可以用来对付我。"

"哦，原来如此，"费弗尔说，"原来从一开始你就打算帮他，你是打定主意当德温特的后盾了。你是他的座上客，他是你的酒肉朋友，这样一来你就护着他了。他是曼德里的庄园主，这一带的名人。你这该死的势利鬼，卑劣的小人！"

"小心，费弗尔，说话小心一点。"

"你以为这样一来就能压倒我吗？你以为我不能到法院去起诉吗？我会把证据摆在你面前的。告诉你，德温特因为恨我而杀死了丽贝卡。他知道我是她的情人，他嫉妒得发狂。他打听到她在海滩小屋等我，于是就乘黑夜跑去，杀了丽贝卡。然后，他将尸体拖上帆船，把船凿沉。"

"费弗尔，你的故事编得相当巧妙，但我必须重申，你没有证据。除非你能找到一个目击证人，否则我不会把你的指控当真的。我知道海滩小

329

屋，那屋子不是用来野餐的吗？德温特夫人还把它作为堆放船帆索具的地方。假如你能把那个小屋变作一所普通的平房，附近有五十所同样的房屋住着人，那倒或许还能证实你刚才的故事哩，只有这样，左邻右舍中才可能有人亲眼目睹事情的经过。"

"等一等，"费弗尔慢悠悠地说，"等一等……德温特那天夜里可能确实遭人撞见了。可能性还不小呢！值得查一查。如果我找到一个证人，你怎么说？"

朱利安上校耸耸肩。我看到弗兰克以询问的目光扫了迈克西姆一眼，迈克西姆则沉默不语，只是一个劲儿盯着费弗尔看。突然，我明白费弗尔的意思了，我知道他说的是谁。一阵惶恐之中，我不得不承认他是对的。那天夜里确实有个目击者，我又想起零星的片言只语。那些话的含义我当时并不理解，还以为是一个可怜的白痴头脑里互不连贯的呓语。"她在那下面，对吗？不再回来了。""我对谁也没说过。""他们会在那儿找到她的，对不对？鱼儿把她吃了，是不是？""她永远不会再回来了。"本知道，本看见的。虽然本神志失常，疯疯癫癫，但仍是个目击者。他那天夜里，一定藏在林子里，亲眼看见迈克西姆解缆开船，后来又独自划着橡皮筏子从海上回来。我感到自己脸上刷地没了一点血色，于是赶紧一仰头背靠着垫子。

"这一带有个傻子，总是在海滩闲逛，"费弗尔说，"我那时常来曼德里和丽贝卡幽会，此人就在这一带出没，我常见到他。天热的时候，他老是在树林里或是海滩上过夜。这小子神经有点毛病，所以决不会自动站出来作证。因为他神志不大正常。可是如果那天夜里他的确看见了什么，我能够让他说实话，而被他撞见的可能性还真他妈的不小呢。"

"这人是谁？他在胡说些什么？"朱利安上校问。

"他指的一定是本，"弗兰克说，接着又向迈克西姆扫了一眼，"是田庄上一个佃户的儿子。可此人对自己的言行无法负责，因为他生来就是个白痴。"

"那他妈的有什么关系？"费弗尔说，"他不也长着一双眼睛？他知道自己看见了什么。只要让他回答'是'或'不'就行了。这下你们害怕了，是不是？没那么大的把握了吧？"

第二十四章

"能不能找这人来问一问?"朱利安上校问。

"当然可以,"迈克西姆说,"叫罗伯特即刻到本母亲家,弗兰克,把这人带来。"

弗兰克迟疑着。我看见他斜瞥了我一眼。

"快去,看在上帝的分上,"迈克西姆说,"难道我们不想把这件事快点了结吗?"弗兰克遵命走出屋去。我心口又感到一阵灼痛。

几分钟后,弗兰克回到藏书室通报说:"罗伯特是开着我的车去的。只要本在家,十分钟内肯定到。"

"这么大的雨,他肯定待在家里,"费弗尔说,"不会出去的。我会让你们各位看我如何使这人开口。"他笑着看看迈克西姆,仍然涨红着脸。他激动得浑身冒热气,豆大的汗珠挂了一头。我注意到这人颈背上的肥肉都堆在衣领外面,耳朵又长得特别低。那种花花公子般的好相貌寿命长不了。此人浑身都是赘肉,已经肥得不成样子。他又拿了一支烟。

"你们几位在这儿像是组织了一个小小的帮派,"他说,"谁都不肯出卖别人。连地方上的行政官也参与了。但新娘子自然不能算在内。做妻子的哪有提供证词反对丈夫之理?克劳利无疑捞了不少好处,他知道得清清楚楚,如果说了实话就一定会砸了自己的饭碗。要是我没猜错,在他灵魂深处对我还有一点嫉恨呢。克劳利,你当年在丽贝卡身上没得到多少好处,对不,是不是嫌花园里的幽径太短了?这一回倒是容易些了,是不是?新娘子一晕倒,总是对你的殷勤扶持感激不尽。等她听到法官判处她丈夫死刑那会儿,你倒是随时准备好将她抱住呐。"

事情发生得如此突然,我甚至没来得及看清迈克西姆的动作。我只看见费弗尔一个踉跄,倒在沙发扶手上,接着又滚到地上。迈克西姆正站在他身旁。我觉得恶心,迈克西姆竟揍了费弗尔,这不免有失身份。真希望刚才没看到也不知道这一幕。朱利安上校铁板着脸,一言不发。他转过身来,走到我身边站定。

"我看您最好还是上楼去。"他不动声色地说。

我摇了摇头。"不,"我低声说,"不。"

"那家伙此刻什么话都说得出的,"他说,"您刚才见到的这一幕可不特别雅观,是吗?当然,您丈夫做得对,可遗憾的是被您目睹了。"

我不说话，只是看着费弗尔从地上慢慢爬起来。他颓然倒在沙发上，用手绢擦着脸。

"给我端杯酒来，"他说，"端杯酒来。"

迈克西姆朝弗兰克丢了个眼色，弗兰克便走出门去。屋子里没有一个人开口说话。一会儿工夫，弗兰克端着盛放威士忌苏打的托盘走回房间。他调制好一杯酒，递给费弗尔。费弗尔贪婪地喝着酒，如同一头野兽。他把嘴巴凑到玻璃杯上去的时候，表现出一种耽于口腹之乐的下贱样子，上下嘴唇一下子覆在酒杯上，那姿势更是特别。他脸上还有迈克西姆的一巴掌留下的一道深红色的印子。

迈克西姆已再次转过身子，走回到窗口。我看看朱利安上校，发现他正打量着迈克西姆，目光微妙而专注。我的心开始剧跳。朱利安上校为什么要这样盯着迈克西姆看？

是不是他开始动摇，开始怀疑？

迈克西姆自顾自地观看雨景，没发现这目光。雨势并未减弱，那持续不断的滴答声充斥整个房间。费弗尔喝完酒，把杯子放回到沙发旁的茶几上。他呼吸急促，不看我们中的任何人一眼，只是盯着面前的地板发呆。

从小房间里传来了一阵尖利刺耳的电话铃声。弗兰克走去接听。

接着他又走回来，望着朱利安上校说："是令嫒打来的。府上的人问，是不是等你回去再开饭？"

朱利安上校不耐烦地一挥手："叫他们不要等我了。就说我不清楚过多久才能回去。"他看看手表，又咕哝着说："亏他们想得出打个电话来，真是选的好时候。"

弗兰克走到小房间去回话。我想象着线路那一头的姑娘，可能就是爱打高尔夫球的那一位吧。我想象着她在大声对妹妹说："爸让我们先吃。他到底有什么事呢？排骨一冷会老得没法咬呢。"那边一个小小的家庭今晚也乱了套，我们扰乱了他们的日常生活规律。所有这些无足轻重的小事，一件接一件，互为因果，而最终的原因是因为迈克西姆杀了丽贝卡。我朝弗兰克看看，他的脸色苍白，表情严肃而冷峻。

"我听到罗伯特开车回来了，"弗兰克对朱利安上校说，"那边一扇窗正好面对车道。"

第二十四章

他走出藏书室，去大厅迎接。弗兰克说话之时，费弗尔已抬起头来，接着他再次从沙发里站起，朝门口张望，脸上露出阴险的怪笑。

门开了，弗兰克一边往里走，一边回头对着外面大厅里的人说话。

"没关系的，本，"他轻声细语地说，"德温特先生想送你几支香烟。不要害怕。"

本手足无措地走了进来，双手捧着水手帽。因为没戴帽子，这人显得光秃秃的，完全变了样。我第一次看到，原来他的头剃得精光滴溜，一根头发也没有。本现在看上去与上次模样大不相同，一个十足的丑八怪。

屋子里的灯光像是照花了他的眼。他痴呆地环顾房间，小眼睛眨个不停。他的眼光落在我身上。我报以心神不定的淡淡一笑，可不知他是不是认出了我。他只是一个劲儿地眨眼睛。费弗尔慢慢向他走去，在他面前站定。

"喂，"他说，"上次打照面以来，日子过得怎么样？"

本傻乎乎地望着他，从他的神色看，像是根本不认识这个人。他也没答话。

"怎么样？"费弗尔又说，"你知道我是谁，对吗？"

本只顾摆弄手里的帽子。"啥？"他问。

"来支烟。"费弗尔说着把烟盒递过去。本看看迈克西姆和弗兰克。

"没关系，"迈克西姆说，"你随便拿吧。"

本拿了四支香烟，一只耳朵背后夹两支。过后，他又继续摆弄帽子。

"你知道我是谁，是不是？"费弗尔又问一遍。

本仍然一言不发。朱利安上校走过去对他说："本，你很快就能回家。这儿没有人会伤害你。你只要回答一两个问题。你认识费弗尔先生吗？"

这次，本摇了摇头说："我从来没见过他。"

"别在我面前装傻，"费弗尔粗暴地说，"你心里明白，你以前见过我，看见我到海滩小屋去，德温特夫人的小屋。在那儿你见过我的，不是吗？"

"不，"本说，"我没看见什么人。"

"该死，你真是个骗子，糊涂虫。"费弗尔说，"你敢站在我面前胡说八道吗？去年，我同德温特夫人一起在林子里散步，一起走进小屋，你敢说没看见吗？你有一次从窗口偷看，我们俩不是把你逮着了？"

"啥？"本说。

蝴蝶梦

"这位证人真是太有说服力了。"朱利安上校揶揄了一句。

费弗尔一个转身,冲着他骂开了:"这是预先布置好的骗局。有人早把这白痴收买了。实话对你们说吧,这家伙见过我,总有几十次之多。瞧,这玩意儿对你的记忆是不是有点帮助?"他在裤子背后口袋里摸索了一阵,取出一只皮夹。他拿着一张一镑的钞票,对着本扬了扬。"现在记起来了吗?"他问。

本还是摇头。"我没见过他,"他说着抓住弗兰克的膀子,"他是不是来送我进疯人院的?"

"不,"弗兰克说,"不,没有的事儿,本。"

"我不去疯人院,"本说,"那儿待人可凶啦。我要在家里待着。我又没干坏事。"

"放心,本,"朱利安上校说,"没人会把你送进疯人院的。你确定以前从来没见过这位先生?"

"没有,"本说,"我从来没见过他。"

"你还记得德温特夫人吗?"朱利安上校问。

本不敢肯定地看了我一眼。

"不,"朱利安上校和颜悦色地说,"不是这一位。我指的是另外一位,那位常到海滩小屋去的太太。"

"啥?"本说。

"你还记得那帆船的女主人吗?"

本眨眨眼睛说:"她去了。"

"不错,这个我们知道,"朱利安上校说,"她经常开着船出海去,是不是?她最后一次开船,你在海滩上吗?那是一年以前的一个夜晚,这以后她就再没回来。"

本揉着水手帽,先朝弗兰克,然后朝迈克西姆看了一眼。

"啥?"他说。

"你在场,对不对?"费弗尔凑近身子说,"你先看见德温特夫人朝海滩小屋走去,不久又看见德温特先生跟在她后面进了小屋。后来怎么样?说下去。后来又发生了什么事?"

本畏畏缩缩地退到墙边。"我啥也没看见,"他说,"我想待在家

第二十四章

里,我不去疯人院。我从来没见过你,以前从来没有。我从来没在林子里见到你和她在一起。"说着说着,他像个孩子似的呜呜哭了起来。

"你这糊涂的耗子精,"费弗尔慢慢挤出一句骂人话,"你这该死的疯子,耗子精!"

本用外衣的袖子擦着眼睛。

"你找来的证人似乎没法帮你,"朱利安上校说,"这套盘问手续纯粹是浪费时间。你还有什么要问他吗?"

"这是个诡计,"费弗尔大声叫嚷,"你们设计对付我。你们全是一伙的,早已串通好了。我敢肯定有人出钱收买了这个呆子,让他来这儿扯谎骗人。"

"我看可以让本回家去了。"朱利安上校说。

"好啦,本,"迈克西姆说,"罗伯特这就送你回去。没人会送你进疯人院的。别害怕。让罗伯特给他找点儿吃的,"他吩咐弗兰克,"找点冷肉,或者随便什么他爱吃的东西。"

"啊哈,效劳之后得给点儿报酬,对吧?"费弗尔说,"今天他可是帮了你大忙了,迈克斯,对不对?"

弗兰克带着本走了。朱利安上校看了迈克西姆一眼,接着说:"这人像是吓呆了,全身上下抖个不停。我一直注意着他。他没受什么虐待吧?"

"不,"迈克西姆说,"这人与世无争。我一直让他在庄园里自由出入。"

"大概过去受过什么刺激,"朱利安上校说,"他刚才两眼翻白。每当你抽出鞭子准备打狗,狗的眼神就是如此。"

"那么,你怎么不抽他一鞭子?"费弗尔说,"如果给这家伙尝尝鞭子的厉害,他肯定就会记得我了。啊,不,他今晚帮了大忙,得好好款待一顿晚饭,怎么可能用鞭子去抽他!"

"他没能帮你什么忙,对吧?"朱利安上校语气平静地说,"我们一点进展也没有。你拿不出一丁点的证据来指控德温特,这你自己明白。你提供的杀人动机本身也站不住脚。假如闹到法庭上去,费弗尔,不会有你的好果子吃。你说你是德温特夫人未来的丈夫,还说你和她常在海滩小屋幽会。可是连刚才在这屋里回答问题的白痴也肯定说从来没见过你。就是

335

关于你本人的这段叙述，恐怕你也拿不出证据呢！"

"没有证据？"费弗尔说。我见他笑了，接着他走到壁炉边，拉了拉铃。

"你这是干什么？"朱利安上校问。

"稍等片刻你自然明白。"费弗尔说。

我已猜到他想干什么。铃声把弗里思召来了。

"请丹弗斯太太到这儿来。"费弗尔说。

弗里思看看迈克西姆，迈克西姆点了点头。

弗里思走出门去。这时，朱利安上校问："丹弗斯太太不是这儿的管家吗？"

"她同时还是丽贝卡的心腹，"费弗尔说，"她在丽贝卡婚前就曾服侍她多年，甚至可以说是亲手把丽贝卡拉扯大的。你会发现丹尼这证人跟本大不相同呢。"

这时弗兰克又回到了藏书室。费弗尔冲着他说："送本上床了？让他吃饱喝足后，还得叫他一声小乖乖吧？这一回，对你们这个小帮派可再不会这么便宜了！"

"丹弗斯太太马上就下楼来，"朱利安上校说，"看来费弗尔相信她能说出点什么。"

弗兰克朝迈克西姆飞快地一瞥，这一瞥被朱利安上校看在眼里。我看见上校抿紧了嘴唇。这不是好兆头，不，事情非常不妙。于是我又开始咬手指甲。

我们望着门口等待。一会儿，丹弗斯太太出现了。平常我总是单独跟她打交道，她站在我身边总显得很高，又瘦又长，可这会儿她像是矮去了一截，形容也比往常更枯槁干瘪。我还注意到，她必须仰起脖子，才能跟费弗尔、弗兰克和迈克西姆说话。她站在门口，双手合拢放在身前，把屋子里的人挨个儿看了一眼。

"晚安，丹弗斯太太。"朱利安上校说。

"晚安，先生。"她回答说。

她的语调显得苍老、刻板、死气沉沉，这声音我太熟悉了。

"首先，丹弗斯太太，我得向你提一个问题，"朱利安上校说，"这个问题就是：你是不是了解已故的德温特夫人同这位费弗尔先生的关系？"

第二十四章

"他们是嫡亲的表兄妹。"丹弗斯太太说。

"我问的不是血缘关系，丹弗斯太太，"朱利安上校说，"我指的是更深一层的关系。"

"我可不明白你的意思，先生。"丹弗斯太太说。

"行啦，别装蒜了，丹尼，"费弗尔说，"你很清楚他想打听的是什么。我已经对朱利安上校说了，可是他好像不相信。丽贝卡同我断断续续地在一起生活了多年，是不是？她爱我，对不对？"

出乎我的意料，丹弗斯太太打量着他，好久都不说一句话，而在她的眼光里颇有点鄙夷的意味。

"她不爱你。"她说。

"听着，你这老笨蛋……"费弗尔刚说了个开头，丹弗斯太太把他打断了。

"她不爱你，也不爱德温特先生。她谁都不爱，她鄙弃所有的男人。她是超乎男女情爱之上的。"

费弗尔气得涨红了脸："听着，她不是经常在夜里沿着小径，穿过树林，到海滩上同我幽会吗？你不是还坐着等她回来吗？她不是在伦敦跟我一起度周末吗？"

"那又怎么样？"丹弗斯太太突然激动起来，"即便如此，那又怎么样？难道她没有寻欢作乐的权利？男女之间的情爱对她来说是场游戏，仅仅是场游戏。她曾亲口对我这么说。她去找男人，那是因为她觉得好玩。我再说一遍，她觉得好玩！她笑你，就像她笑话所有其他男人一样。好多次，我等她尽兴归来，看她坐在二楼房间里的床上，笑话你们这些男人，笑得前仰后合、乐不可支。"

这连珠炮般突如其来的一番话很有点出人意料，听着实在叫人作呕。尽管我知道丽贝卡的为人，听着这席话，仍然觉得恶心。迈克西姆的脸色白得像纸。费弗尔只是瞪眼看着她，仿佛听不懂似的。朱利安上校扯弄着自己的小胡子。好一会儿，没人说话，只听见屋外不绝于耳的落地的雨声。一会儿，丹弗斯太太哭了。这天早晨在卧室里她也曾这样抽抽搭搭哭过一场。我不愿看着她抽泣，就别过脸去。还是没人说话；屋子里只听见两种声音——雨水的滴答声和丹弗斯太太的悲啼声。我实在受不了，真想放声尖叫,真想一头冲出房门,去痛痛快快地尖叫几声。

没人走到她身旁去安慰几句,或是扶她坐下。她只顾不停地抽噎,最后——似乎过了很久——她终于开始控制自己的感情,渐渐止住哭声,她站在门边一动不动,脸上的肌肉在抽搐,双手则紧紧抓着黑呢子的外衣。待她完全安静下来,朱利安上校才不慌不忙地轻声向她提问:

"丹弗斯太太,你可想得出任何原因——且不管它多么不着边际——对德温特夫人的自杀作出解释吗?"

丹弗斯太太强咽下一口气,双手还是抓着外衣不放。接着她摇摇头说:"不,我想不出。"

"怎么样?"费弗尔马上见缝插针,"这是不可能的。对于这点,她同我一样清清楚楚。我已经对你说过了。"

"请别插嘴,好不好?"朱利安上校说,"给丹弗斯太太一些时间,让她好好考虑一下。我们大家都一致认为,从表面上看,自杀的假设有些荒唐,甚至根本不可能。我不是怀疑你那张便条的真实性或可靠程度,反正这是有目共睹的。她在伦敦逗留了几小时,其间给你写了那张条子,说是有事情要告诉你。要是我们能打听到她想告诉你的是什么事情,我们才可能对整个可怕的疑案做出某种解释。让丹弗斯太太读一读便条,说不定她能给我们一些启发呢!"费弗尔耸耸肩,从口袋里摸出那张纸条,把它扔在丹弗斯太太脚边的地板上。她弯下身去拾起纸条。在大家的目光下,她读了那张纸条,嘴唇一张一合的。读过两遍之后,她才摇着头说:"帮不了忙。我不知道她指的是什么。要是有什么要紧事非告诉杰克先生不可,她肯定会先对我提起的。"

"那天夜里你始终没见到她?"

"没有。我出去了。整个下午和晚上,我都在克里斯。为此,我到死也不能原谅自己,活一天就会悔恨一天。"

"这么说,你也不清楚她有什么心事?也提不出任何可能的解释,丹弗斯太太?'有事相告'这句话的意思你一点也不明白?"

"不,"她答道,"不,先生,一点也不明白。"

"有谁知道那天她在伦敦的行止吗?"

没人答话。迈克西姆摇摇头。费弗尔不出声地骂了一句,接着又说:

第二十四章

"请注意,那天下午三点钟,她在我公寓的套间里留了这张便条。门房看见她的。交出便条之后,她一定直接开车回了家,而且一路风驰电掣。"

"德温特夫人那天与理发师有约,时间是从十二点到一点半,"丹弗斯太太说,"这我倒记得,因为就在那一周的早些时候,我从这儿打电话到伦敦,为她做了预约。打电话这事我还记得很清楚。十二点钟到一点半。每次从理发室出来,她总是上她那个俱乐部吃午饭,这样她就可以让发夹留在头上。那天,她肯定也是在俱乐部吃的午饭。"

"假设吃午饭花去半个小时,那么从两点到三点这段时间,她在干什么?我们必须把这点弄清楚。"朱利安上校说。

"喔,基督耶稣,谁会在乎她干了些什么呢?"费弗尔大叫起来,"她没有自杀,这可是头等要紧的一点,对不对?"

"我把她的约会录锁在我自己房里保存着,"丹弗斯太太慢条斯理地说,"这些遗物我全保存着,反正德温特先生也不来要去这些东西。有可能她把那天的约会记在本子上了。她的习惯是把每次约会都记下,事后打个叉把项目注销。要是您觉得记事本可能有用,我马上就去拿来。"

"你说呢,德温特?"朱利安上校说,"你的意见如何?你不反对我们看看她的记事本?"

"当然不反对,"迈克西姆说,"我干吗要反对?"

我又一次看见朱利安上校迅速而疑惑地瞥了他一眼。这一次弗兰克也注意到了。我看见弗兰克朝迈克西姆看一眼,接着又把目光移到我身上。这回轮到我站起身,走到窗口去看雨景。我觉得雨势似乎变缓了,像是没留下多大的后劲。此刻的雨声听上去较为沉静,较为轻柔。天空中暮色沉沉,草坪上一片昏暗,倾盆大雨之后,浸透了水。树木都弯着腰,似乎蒙上了一层薄纱。我听见使女在楼上拉拢窗帷,准备上灯,并把那些尚未关闭的窗户一一闭上。宅子里又重复着每日必做的事情:拉拢帷帘,把鞋子送到楼下刷洗,浴室椅子上铺开大毛巾,浴盆里放满水等我洗澡,卧床已铺陈整齐,拖鞋搁在椅子底下。而我们这些人仍在藏书室里斗智,尽管谁也不说话,可大家心知肚明,迈克西姆正在这儿接受一场生死攸关的审判。

听到有人轻轻关门,我才转过身来。来人是丹弗斯太太,她手拿记事

本回藏书室来了。

"我记得没错，"她平静地说，"我刚才说得不错，她把约会全记在本子上。这几项正是她死去那天的约会。"

她翻开约会录，那是一个小巧的红皮本子。她把本子递给朱利安上校。上校又一次从盒子里取出眼镜。他的眼光扫过那翻开的一页，好长时间大家都一声不吭。我觉得眼下这时刻，上校兀自查阅记事本，我们则等在旁边，这样的时刻，实在比那一夜发生的其他任何事情更使我害怕。

我用指甲掐自己的双手。我不敢朝迈克西姆看一眼。朱利安上校准会听见我胸膛里怦怦的心跳声吧？

"啊。"他叫出声来。他的手指停留在那一页的当中。我想，要出事了，这下肯定要有什么可怕的事情发生了！"对，"他说，"对，就在这里写着。十二点做头发，刚才丹弗斯太太正是这么说的。这一项旁边打了个叉叉。这么说来，她如约去了理发室。在俱乐部吃午饭，旁边也是个叉叉。可是这下面记着什么？贝克，两点钟。这贝克是谁？"他看看迈克西姆，见后者摇头，接着又把目光移到丹弗斯太太身上。

"贝克？"丹弗斯太太把名字复述一遍，"她的熟人中没有叫贝克的。这名字我以前从来没听说过。"

"你不妨拿去看一看，"朱利安上校说着把记事本递过去，"你自己看吧。明明写着贝克。旁边还打了个其大无比的叉叉，用力之猛像是存心要把铅笔折断似的。不管这个贝克是何许人，显然她同他见了面。"

丹弗斯太太呆呆地看着记事本上那名字以及黑铅笔的叉叉记号，她喃喃自语："贝克……贝克……"

"我相信，如果我们能查清楚这个贝克是何许人，我们就可以找到谜底，"朱利安上校说，"她没落在放债人的手里吧？"

丹弗斯太太不屑地瞟了他一眼说："德温特夫人会落在这种人手里吗？"

"那么，也许有人敲诈？"朱利安上校说完扫了费弗尔一眼。

丹弗斯太太连连摇头。她仍一遍又一遍念叨着那个名字："贝克，贝克。"

"她没有仇人吧？有人威胁过她吗？她害怕什么人吗？"

第二十四章

"德温特夫人害怕？"丹弗斯太太说,"她什么都不怕,谁也不怕!她惟独担心一件事,那就是自己有一天会衰老,会生病,躺在床上慢慢死去。她曾多次对我说过:'我死的时候,丹尼,一定要死得痛快,就像扑哧一下吹熄蜡烛一样。'她死了以后,我唯一可以告慰的就是这点。听说人淹死时不觉着什么痛苦,不知道是不是真的。"

她以探究的目光看着朱利安上校,但是他没回答。上校沉吟着,一边扯弄自己的小胡子。我看见他又向迈克西姆投去一瞥。

"扯这一切到底有什么用?"费弗尔走上前来说,"我们老是离题兜圈子。干吗去理会这个名叫贝克的家伙?他跟整个儿事情又有什么牵连?也许是个该死的袜子商人,或者是个卖雪花膏的。要是此人关系重大,这儿的丹尼肯定认识他的。丽贝卡从不对丹尼隐瞒任何事情。"

我一直留心察看丹弗斯太太的一举一动,只见她手捧记事本,一页一页翻着。突然,她叫出声来:

"这儿有个线索。就在本子后面的电话号码栏里。贝克的名字旁边有个电话号码:0488。但是没有写明属于哪个电话局。"

"精明的丹尼,"费弗尔说,"年纪大了倒成了个大侦探!可是你晚了十二个月。如果在一年前发现这号码,也许还有点用。"

"是这人的电话号码,"朱利安上校说,"0488,旁边就是贝克的名字。可她干吗不注明电话局呢?"

"试着给伦敦的电话局挨个儿去联系吧,"费弗尔讪笑不已,"这够你忙一晚上的,咱们反正不在乎,迈克斯也不在乎他的电话费账单是不是超过一百镑,我说得对吗,迈克斯?你是巴不得拖延时间呢,不过换了我处在你的地位,我也会耍同样的把戏。"

"号码旁边有个记号,可这记号是什么意思呢,实在让人摸不着头脑。"朱利安上校说,"丹弗斯太太,你看一看,有没有可能是个M字母?"

丹弗斯太太又把记事本接过去。"也许,"她不大有把握地说,"跟她平日里写的M字母不太一样。不过也许是她在匆忙中信手写上的。不错,可能是个M字母。"

"这么说就是梅费厄电话局0488号啰,"费弗尔说,"真是天才!多么出色的脑子！"

"怎么样？"迈克西姆说，一边点着了今晚的第一支烟，"弗兰克，最好还是查一查吧。请打个电话，要求接通梅费厄电话局的0488号。"

心口处的疼痛越来越剧烈。我一动不动地垂手站着。迈克西姆没有朝我看一眼。

"去啊，弗兰克，"他说，"你还等什么？"

弗兰克走进那头的小房间。每个人都在等着他打电话回来。不一会儿，他走回藏书室，神态镇静地宣布说："他们马上把电话打回来。"朱利安上校反剪着双手，开始在屋子里踱步。没人再说话了。大约过了五分钟，尖利的电话铃声持续地响起，那是长途电话单调而刺激神经的铃声。弗兰克赶快走去听电话。"梅费厄0488号吗？"他问，"请问有没有一位叫贝克的住在贵处？哦，知道啦。很抱歉。说得对，我一定把号码搞错了。多谢，多谢。"

接着听到他把电话筒放回原处的咔哒声。然后他走回房间来。"梅费厄0488号的住户名叫依斯特莱夫人。这架电话设在格鲁斯维纳大街。那儿没有人听说过贝克。"

费弗尔发出一声嘶哑的笑声。"各行各业的人都得挨个儿问一遍呐。他们都会从个个烂山芋里蹦出来的，"他说，"继续干吧，天下第一号大侦探，接下来跟哪一区的电话局联系啊？"

"试一试博物馆区的电话局。"丹弗斯太太说。

弗兰克看一眼迈克西姆，后者吩咐说："去试一试。"

刚刚的那一幕又从头来过。朱利安上校又在屋子里踱开了。五分钟之后又来了回电，弗兰克走去接电话。他让门大开着，所以我能看见他俯身在电话茶几上，嘴巴凑着话筒说话。

"喂？是博物馆区的0488号吗？请问有没有一位叫贝克的住在贵处？啊，你是哪一位？夜班门房。对，对，我明白。我不是打办公室的电话。不，我不是这个意思。你能把地址告诉我吗？不错，有要紧事情。"电话交谈中止了，他回过头来对我们说："看来找着这个人了。"

哦，上帝，但愿这不是真的，但愿别找到贝克。求求您，上帝，但愿贝克已经死了。我知道贝克是什么人，打一开始就知道。我眼睁睁看着门

第二十四章

那一边的弗兰克,见他突然俯下身去,取过一枝铅笔和一张纸片。"喂?对,我听着。请你告诉我怎么拼写。谢谢,非常感谢。晚安。"他回到房间,手里还拿着那张纸。弗兰克,你不是深深敬爱迈克西姆吗?你手里的这张纸片就是今天这倒霉的夜晚唯一有价值的证据,一旦把它交出来,迈克西姆就会被毁了,就好像你手里拿的是一把匕首,准备在背后猛戳一刀,把迈克西姆真正干掉完事。可你对此却一无所知。"接电话的是布隆斯勃利一所房子的夜间守门人,"他说,"那幢房子不住人,只是在白天才充作医生的诊所。看来,贝克已经歇业了,半年前就离开了那所房子。但是我们可以找到这个人。夜班门房给了我此人的地址,我把地址记在这张纸上了。"

第二十五章

就在这时,迈克西姆朝我看了一眼。那天晚上他的目光还是第一次落在我身上。从他的目光里,我看到了诀别的信息。这情状就好像他凭靠船舷的栏杆,而我就站在他身下的码头。虽说有其他人在拍他的肩膀,也有人在拍我的肩膀,但我们不愿转过脸去看这些人。我们俩谁也不说话,相互也不招呼,因为相隔着这么一段距离,风儿会把我们的声音吹走的。趁轮船还未驶离码头的当儿,让我好好看看他的眼睛,也让他好好看看我的眼睛。此刻,身旁的费弗尔、丹弗斯太太、朱利安上校,还有手里拿着那张纸片的弗兰克,全都被我们抛在脑后。我们对视了两秒钟,但这个短暂的瞬间是属于我俩的,旁人无法侵占。接着,他掉过脸去,向弗兰克伸出手。

"干得好,"他说,"他的地址?"

"在伦敦北面的巴尼特镇附近,"弗兰克说着把那张纸条交给他,"那儿没装电话,我们没法同他联系。"

"干得不错,克劳利,"朱利安上校说,"丹弗斯太太,也幸亏你提供线索。现在你能不能帮我们分析一下这件事呢?"

丹弗斯太太摇摇头。"德温特夫人从来不需要请大夫看病。她就像所有身体强壮的人一样瞧不起大夫。只有一回,我们把菲力普斯大夫从克里斯请来出诊,那次她把手腕子扭伤了。我从来没听她说起过这个贝克大夫。她从来没在我面前提到过这个名字。"

"我可以打包票,准是个卖雪花膏的江湖术士,"费弗尔说,"其实管他是干什么的,这根本无关紧要。要是真有什么,丹尼不会不知道的。我说呀,准是个什么无聊角色,搞出了一套新的美容术,什么可以把头发

第二十五章

染成淡颜色呀，或者使皮肤变白呀，而那天早上丽贝卡很可能从理发师那儿弄到了地址，出于好奇，饭后就去找他了。"

"不，"弗兰克说，"我想在这一点上你说得不对。贝克可不是个江湖郎中。博物馆区0488号的夜班门房对我说，他是位很有名的妇科专家。"

"嗯，"朱利安上校扯着自己的小胡子，"这么说来她一定是得了什么病。可是她干吗要对别人隐瞒，甚至对丹弗斯太太也只字不提，这好像很奇怪的。"

"她太瘦了，"费弗尔说，"我对她这么说过，她只是笑笑，说这对她正合适。说不定她也跟所有的女人一样，搞什么减肥疗法吧。说不定她上贝克这家伙那儿去是要他开张饮食单吧。"

"你看有这种可能吗，丹弗斯太太？"朱利安上校问。

丹弗斯太太沉吟着摇摇头。她神情迷惘，这会儿突然冒出来个贝克，像是把她弄糊涂了。"我不明白，"她说，"我不知道是怎么回事。贝克，一个叫贝克的大夫。为什么她不告诉我呢？为什么要瞒着我？她什么事都对我说的呀。"

"可能她不想让你担心，"朱利安上校说，"毫无疑问，她事先和他约好，到时候她去见过他，而且那天晚上回来时也准备把这件事告诉你的。"

"还有给杰克先生的那张便条，"丹弗斯太太突然想起来，"给杰克先生的便条上说：'有事相告，要及早见你一面。'是不是她也打算告诉他呢？"

"一点不错，"费弗尔不慌不忙地说，"我们把这张便条给忘了。"他又从口袋里掏出纸条，大声念给在场的人听："'我有事相告，要及早见你一面。——丽贝卡。'"

"当然，这一点看来是确信无疑的了，"朱利安上校转过脸对迈克西姆说，"要我拿一千镑来打赌我也干。她准备把同这位贝克大夫会面的结果告诉费弗尔。"

"我想你这句话总算说对了。"费弗尔说，"这张纸条和那次约会似乎对得起口径。可究竟是怎么回事？这才是我想知道的呢。她到底出了什么事？"

事情的真相正冲着他们大声尖叫，可是他们看不见。他们一个个站在

345

那儿,你看着我,我看着你,不明白是怎么回事。我不敢朝他们望一眼,也不敢动弹一下,生怕露出什么端倪,让别人看出我知道事情的底细。迈克西姆一声不吭。他又走回到窗口,此时正望着外面的花园。花园里黑洞洞的,一片沉寂。雨终于止了,但雨水还是顺着湿淋淋的树叶,沿着窗子上方的檐槽,淅淅沥沥地往下滴。

"把这件事情查清楚也不难,"弗兰克说,"这是大夫目前的住址。我可以写封信去问一问他是否记得去年曾给德温特夫人看过一次病。"

"不知道他会不会理你,"朱利安上校说,"医务界有一条根深蒂固的老规矩,那就是一切病例都不向外人公开。如果真想从他那儿打听到点什么,唯一的办法就是让德温特私下和他会上一面,向他说明情况。德温特,不知你意下如何?"

德温特从窗口转过身来。"不管你提出什么建议,我都乐意照办。"他平静地说。

"只要想法子拖延点时间,对吗?"费弗尔说,"拖延二十四小时就足够了,是吗?可以赶火车,搭轮船,乘飞机逃之夭夭?"

我看见丹弗斯太太的目光猛地从费弗尔身上移开,转到迈克西姆脸上,我此刻才突然明白过来,丹弗斯太太原先并不知道费弗尔提出的指控。这时,她终于开始领会了。这可以从她的脸部表情上看出来:先是大惑不解,然后是惊奇之中夹杂着仇恨,再后来便是确信无疑了——所有这些都明明白白地刻在她脸上。她那又瘦又长的双手又抽搐着抓住裙子,她还伸出舌头舔舔嘴唇。她的目光死死盯着迈克西姆,再也不曾移开。我心想,反正事情已经闹到这步田地,厄运已经落在我们头上,她再也不能拿我们怎么样了。现在,不管她对我们说什么,干什么,都没什么关系了。倒霉事情已成定局,她再也不能对我们造成伤害了。迈克西姆没注意到她的神色,要不就是注意到了而不露声色。他此时在跟朱利安上校说话。

"你看怎么办?"他说,"我是不是明天早上就动身,按这个地址开车到巴尼特走一趟?我可以先给贝克发个电报,请他等我。"

"他一个人去可不行,"费弗尔嘿嘿一笑,"这一点我是有权坚持的吧?但如果有韦尔奇警长陪同,我就不反对了。"

但愿丹弗斯太太别这么死命盯着迈克西姆。弗兰克这会儿也注意到她

第二十五章

了。他望着她，既感到迷惑不解，又显得焦急不安。我看见他又朝手里那张写着贝克大夫住址的纸条看了看，接着瞟了迈克西姆一眼。我相信他对事情的真相已开始有所察觉，而且隐隐感到问心有愧，因为他的脸色突然变得惨白，把手里的纸条往桌上一放。

"我想现在还没有这个必要让韦尔奇警长插手此事。"朱利安上校说。他的口气有点异样，与刚才比显得更加严厉。我不喜欢他说"现在还没有这个必要"这几个字时的腔调。他干吗要这么说？我觉得事情很不妙。"要是我跟德温特一起去，一直守在他身边，事后再把他送回来，这么做你可满意？"他说。

费弗尔看看迈克西姆，又看看朱利安上校。他脸上的那副神情真叫人难以忍受，分明是在算计别人，那双淡蓝色的眼睛里还闪出几分得意之色。"可以，"他慢悠悠地说，"这样也行，但为了以防万一，让我跟你们一起去，你不反对吧？"

"不反对，"朱利安上校说，"遗憾的是，我想你有权提出这个要求。不过，如果你真的跟我们去，我也有权要求你别喝得醉醺醺的。"

"这你用不着担心，"费弗尔说，脸上渐渐浮起笑容，"我一定会很清醒的，就像三个月后给迈克西姆判罪的法官那样头脑清醒。我想，这位贝克大夫最终会为我打这场官司提供证据的。"

他把我们挨个儿打量一番，随后大笑起来。我想，他也终于明白过来，这回走访贝克大夫意味着什么。

"嗯？"他问，"明儿早上什么时候动身？"

朱利安上校望着迈克西姆："你最早什么时候可以动身？"

"你定个时间吧。"迈克西姆说。

"九点？"

"就九点。"迈克西姆说。

"他会不会半夜逃走呢？"费弗尔说，"他只须悄悄绕到车库，坐上他那辆汽车就行了。"

"我的话你认为不足信吗？"迈克西姆说着，转过脸望着朱利安上校。朱利安上校还是第一回脸有难色。我看见他瞥了弗兰克一眼。迈克西姆脸上升起红晕，额上青筋突起。"丹弗斯太太，"他一字一句地说，

"德温特夫人今晚和我就寝之后,是不是请你亲自走来把门反锁上?明天早上七点钟,请你再来叫我们一声。"

"好的,老爷。"丹弗斯太太说,她的目光仍盯着迈克西姆,双手仍死劲地抓着自己的裙子。

"好,就这样,"朱利安上校冷冷地说,"我想今晚要说的都已说完了。明天上午九点整我准时到这儿。德温特,我可以搭你的车吗?"

"可以。"迈克西姆说。

"让费弗尔开自己的车在我们后面跟着?"

"紧跟着你们,我亲爱的老兄,紧紧咬住,寸步不离。"费弗尔接口说。

朱利安上校走到我跟前,握着我的手。"晚安,"他说,"不说您也明白,对于您的处境我是深表同情的。设法让您丈夫早点睡,明天一天会够他辛苦的。"他握着我的手,足有一分钟之久,然后转身走开。他为什么总盯着我的下巴,而不看我的眼睛?真是奇怪!他走出去的时候是弗兰克给他开的门,费弗尔凑过身子,从桌上的烟盒里取出一支支香烟,把自己的盒子装得满满的。

"看来你们不会留我吃晚饭吧?"他说。

没人说话。他点上一支香烟,吞云吐雾般地抽了起来。"看来今天晚上只能在路边的小酒店里冷清度过了。"他说,"那酒店的女招待长了一对斜眼。唉,这样消磨一个晚上,闷死人啦!没关系,好在可以等待明天。晚安,丹尼老太,你可别忘了锁上德温特先生的门哟!"

他走到我面前伸出手来。

我把手藏在背后,像个傻孩子似的。他笑着朝我鞠了个躬。

"实在太不像话了,是吗?"他说,"像我这样一个讨厌的家伙,突然闯到府上来,破坏了您的兴致啦。别发愁,等黄色小报把你的生活逸事登出来,那就够刺激啦;你会看到报头的通栏大标题:'从蒙特卡洛到曼德里。一个嫁给杀人凶手的少女的生活经历。'希望你下次运气好些。"

他怡然自得地走到房门口,向窗边的迈克西姆挥挥手。"老兄,再见,"他说,"祝你做几个好梦。锁在房间里,今夜良宵好好地过吧。"他转脸朝我哈哈一笑,随后走出房间,丹弗斯太太也跟着走了。屋里只留下迈克西姆和我两人。他没走到我身边来,还是在窗口站着。杰斯珀从大

第二十五章

厅快步朝我跑来。一个晚上它都被关在门外,这时便巴结地朝我跑来,不住咬弄我的裙角。

"我明儿早上和你一起去,"我对迈克西姆说,"和你同车去伦敦。"

他望着窗外没有立即回答我。"好的,"过了一会儿他说,声调没有一丝感情,"我们必须患难与共。"

弗兰克回进房来,站在门口,手搭在门上。"他们走了。"他说,"费弗尔和朱利安上校。我看着他们走的。"

"知道了,弗兰克。"迈克西姆说。

"有什么事要我办吗?"弗兰克说,"随便什么事,给谁拍个电报?有什么事要安排一下?如果有事要我办,我可以一整夜不停地干。当然,我会给贝克发去那份电报的。"

"别担心,"迈克西姆说,"没有什么事要你办的——现在还没有,可能会有很多事要你去做——那是在明天以后。到时候,我们再一一细谈。今晚上,我们夫妻俩希望待在一块儿。你是理解的,是吗?"

"是的,"弗兰克说,"当然啰。"

他手仍搭在门上等了一会儿,过后说了一声"晚安"。

"晚安。"迈克西姆说。

他们走了,随手把门掩上。迈克西姆朝我走来,这时我正站在壁炉边。我向他张开双臂,他像个孩子似的扑上身来。我将他抱住,紧紧搂着他。我们有好一会儿都不说话。我抱着他,抚慰他,好像他是杰斯珀,就好像杰斯珀不知怎么把自己撞伤了,跑来让我给他解除痛苦。

"明天上路时,"他说,"我们可以并排坐在一起。"

"是的。"我说。

"朱利安不会介意的。"他说。

"是的。"我说。

"我们还有明儿一个晚上,"他说,"他们不会马上采取行动的,二十四小时之内,可能还不会出什么事。"

"是的。"我说。

"现在他们管束得并不怎么严,"他说,"还允许犯人见家属。而了结这种案子要拖很长时间。如果可能的话,我设法委托赫斯廷斯来办。他是最出色的律师。赫斯廷斯或者伯尔基特。赫斯廷斯过去认识我父亲。"

"哦。"我说。

"我得把事情真相告诉他,"他说,"这样,他们处理起来会顺当些。他们会见机行事的。"

"哦。"我说。

门开了,弗里思走进来。我推开迈克西姆,挺直身子,规规矩矩地站在那儿,一面还伸手把蓬松的头发抚弄平整。

"太太,你们去更衣呢,还是马上开饭?"

"不,弗里思,我们不去更衣了,今晚不了。"我说。

"是的,太太。"他说。

他让房门开着。罗伯特走进来,一一拉上窗帷。他把椅垫摆正,把沙发收拾整齐,又把桌上的书报理好。他把威士忌苏打和脏烟灰缸一并端出房去。在曼德里度过的每一个晚上,我都看到他像举行仪式那样有步骤地做着这些事情,可是今晚他的一举一动却似乎含有某种特殊的意义,似乎这些印象将永远铭刻在记忆里,好让我在多年以后的某一天感叹一句:"我清楚地记得那时的情景。"

这时候,弗里思走进来通报说晚餐已经准备就绪。

我记得那天晚上的每一个细节:杯子里冰凉的清炖鸡汤,盘子里的鲳鱼片,还有那火热的羊排,至今全历历在目。

那道用焦糖制成的甜食以及甜食入口时的那种香辣味,至今仍记忆犹新。

银烛台里换上了几枝新蜡烛。又白又细的蜡烛,高高插在烛台上。这儿的窗帷也已拉上,遮去户外单调而阴沉的暮色。坐在餐厅里而看不到窗外的草坪,给人一种异乎寻常的陌生感。看来,秋天已经来临。

正当我们坐在藏书室里喝咖啡的时候,电话铃声突然大作。这回是我去接的电话。电话那头传来比阿特丽斯的声音。"是你吗?"她说,"一晚上我一直在给你们打电话。两次都是占线。"

"很抱歉,"我说,"实在很抱歉。"

"大约两小时前我们看到了今天的晚报,"她说,"陪审团的裁决让我和贾尔斯大吃一惊。迈克西姆有什么想法?"

"我看大家都吃了一惊。"我说。

第二十五章

"但是，亲爱的，这实在荒唐可笑。丽贝卡怎么会自寻短见呢？全世界的人里面就数她最不可能走这条路。一定在哪个环节上糊里糊涂出了错。"

"我不知道。"我说。

"迈克西姆怎么说？他在哪儿？"她问。

"刚才有客，"我说，"朱利安上校，还有其他一些人。迈克西姆累了。我们明天要去伦敦。"

"去干什么？"

"事情同陪审团的裁决有关，我无法跟你细说。"

"你们得想办法让他们把这份裁决撤销，"她说，"荒唐，太荒唐啦。这样闹得满城风雨，对迈克西姆多不利，会对他的名誉造成损害的。"

"是的。"我说。

"朱利安上校总可以帮点忙吧？"她说，"他是个行政官。行政官是干什么吃的？兰因镇的霍里奇老头一定昏了头。她自杀是出于什么动机？我这一辈子还没听说过这样讲不通的事情。得把泰勃扣起来。他怎么分得清船上的那些窟窿是有意砸的还是怎么的？贾尔斯说，那些窟窿肯定是礁岩撞的。"

"他们似乎并不这么认为。"我说。

"如果我当时在场就好啦，"她说，"我无论如何要出来讲几句。看来，当时谁也不想挺身而出。迈克西姆心里难受吧？"

"他很疲倦，"我说，"主要是疲倦，别的没什么。"

"我真希望和你们一起到伦敦去，"她说，"可是实在没法分身。罗杰发烧到103度，可怜的小鬼；我们请的护士是个十足的笨蛋，罗杰讨厌她。我不能撇下他不管。"

"当然不能，"我说，"你可别撇下他不管。"

"他们到了伦敦要去哪些地方？"

"我不知道，"我说，"现在还定不下来。"

"告诉迈克西姆，他一定得设法让他们改掉那份裁决。这实在有辱咱家的门庭。我在这儿总逢人就说，那裁决实在太缺德。丽贝卡绝不会自杀的，她不是那号人。我还真想亲自写信给验尸官呢！"

"来不及了，"我说，"最好还是听其自然。那样做没有任何好处的。"

"我被这件蠢事惹得怒气冲天，"她说，"贾尔斯和我认为，如果那些个窟窿不是礁岩撞的，就极有可能是个无业游民蓄意砸的。"

迈克西姆在藏书室里大声对着我说："你难道不能把她打发掉吗？她究竟在唠叨些什么？"

"比阿特丽斯，"我心急火燎地说，"到了伦敦我会设法打电话给你的。"

"我去同迪克·戈多尔芬谈一下会不会有帮助？"她说，"他是你们那儿选出来的下院议员。我同他很熟，比迈克西姆熟多了。他是贾尔斯在牛津的同窗。问问迈克西姆，需不需要我给迪克打个电话，看他是不是能施加点压力取消那份裁决？问问迈克西姆。"

"没用的，"我说，"这没有一点好处。比阿特丽斯，请你别轻举妄动，那样反而会把事情闹大，闹得不可收拾。丽贝卡也许确有某种动机，只是我们没法知道罢了。比阿特丽斯，请你别管这件事。"

哦，感谢上帝，幸亏她今天没同我们在一起。至少在这一点上得感谢上帝。电话里响起嗡嗡声。我听见比阿特丽斯大声嚷嚷："喂，喂，电话局，别把我们的线路切断。"接着滴铃一声，电话没声了。

我拖着蹒跚的步子，筋疲力尽地回到藏书室。隔了几分钟，电话铃又响了起来。我不去理睬它，任它滴铃铃地响个不停。我朝迈克西姆走去，在他脚边坐下。电话铃声还在响。我没有动弹。过了一会儿，铃声戛然而止，像是打电话的人在一怒之下，猛地挂断了。壁炉上的时钟敲了十点。迈克西姆搂住我，把我轻轻扶起，拉到他身边。我俩把生离死别抛在脑后，狂热地接吻，就像一对从来没接过吻的偷情男女。

第二十六章

第二天清晨,六点刚过,我就醒了。我从床上爬起,走到窗前。草坪上结了一层霜一般的银色露珠,树丛隐没在白茫茫的迷雾里。清新的微风夹着几分寒气,让人感到了安谧、萧瑟的秋意。

我跪在窗口的座位上,望着下面的玫瑰园,那儿的一朵朵玫瑰全都耷拉着,经过一夜的风吹雨打,花瓣已呈棕褐色,开始萎谢了。眼前的这一切让我不由觉得昨天的所有事情如同一个遥远的梦。此时此刻,曼德里又开始了新的一天,园里的花鸟草木的确与我们的烦恼和不幸无关。一只乌鸦连蹦带跳地闪出玫瑰园,朝草坪窜来,还不时停下身子,用黄色的喙叨啄泥土。一只画眉也在忙个不停;两只结实的小鹡鸰,一前一后地跳跃戏耍;另外还有一群麻雀在唧唧喳喳啁鸣。一只海鸥在高空中孤独而悄然地飞翔,这时突然张满翅膀扑下,掠过草坪向着林子和幸福谷疾飞而去。周围的生物仍然过着自己的日子,我们的烦恼和焦虑并没有对它们有什么影响。过不了多久,园丁们就要起身干活,将草坪和小径上的第一批落叶扫掉,同时再把车道上的沙砾耙匀。提桶的叮咚声又会从后院响起;水龙带将对准汽车冲洗;而那个厨房小丫头将隔着敞开的厨房门,同院子里的男仆呱啦呱啦地说个没完。油炸熏肉的香味还会在屋子里到处飘散。女仆将打开屋门,推开一扇扇窗户,拉开一幅幅窗帘。

狗儿将从各自的篓子里爬出来,打个哈欠,舒展舒展身子,然后走到平台上,向正从迷雾中挣扎露头的苍白的太阳不停地眨眼。罗伯特将铺开餐桌,端上早点:花色软饼、一窝鸡蛋、几碟蜂蜜和果酱、一盆桃子,另外还有一串刚从暖房摘下、上面还留着一层粉衣的新鲜紫葡萄。

蝴 蝶 梦

　　侍女们将开始在晨室和客厅打扫,让清新凉爽的空气从敞开的长窗涌进来。烟囱飘起袅袅青烟。秋日的晨雾将慢慢散去,树木、草坡、林子开始露出轮廓;太阳照在幸福谷底下的大海上,海面波光粼粼;灯塔在海岬之上矗立。

　　安宁、幽静、优美的曼德里!不管围墙之内住的是谁,不管出现什么样的纷争和冲突,不管忧虑和痛苦如何揪心,不管人们为何热泪滚滚,也不论人们承受的是何种悲辛,这一切都无法惊扰曼德里的宁静,毁损它的优美。繁花凋谢了,来年又会竞相争妍;飞来筑巢的还同样是那些鸟儿,开花吐芳的还同样是那些草木。陈年苔藓的那种幽香又会在空中弥漫;蜜蜂,还有蟋蟀,都会故地重游;苍鹭也将在密林深处建窝筑巢。蝴蝶又要在草地上欢乐起舞,蜘蛛又要结织雾状的丝网;而那些无端闯入的受惊的小兔就在密集的灌木丛里探头探脑。百合花,还有金银花,都会在园中盛开;白木兰的花蕾则在餐厅窗下徐徐绽开。曼德里不会受到丝毫伤害。宅子将永远像座魔宫似的屹立在这片低凹地上,四周由密林护卫,安然无恙,听任海水在树林下方的圆卵石小海湾里冲刷、奔腾、拍打。

　　迈克西姆还在熟睡着,我也不去唤醒他。我们面临的将是令人困顿的漫长的一天:公路,电线杆,单调的来往车辆,进伦敦时的缓缓爬行。我们不知道此行的结果最终会怎么样,前途吉凶未卜。在伦敦北面某处住着一个叫贝克的人,他与我们素未谋面,而我们的命运却在他的掌握之中。过一会儿,此人也会苏醒过来,伸伸懒腰,打个呵欠,然后开始他一天的工作。我站起身子,走入浴室,开始在浴盆中放洗澡水。我这时的一系列动作,就其所包含的意义来说,也和罗伯特昨晚收拾藏书室没有什么两样。我以前做这些事情的时候,完全是无意识的机械动作,但此刻,当我把海绵丢入水中,当我从暖烘烘的架子上取下毛巾,摊在椅子上,当我在浴盆内躺下,任凭水流遍我全身,这每一个动作我全都清楚地意识到了。一分一秒的时间都极其珍贵,包含着某种最后归宿的精髓。当我回到卧室开始穿衣的时候,一阵脚步声由远而近,传入我耳朵,最后在门外停下。接着,钥匙在锁孔里轻轻转动了一下。片刻寂静之后,脚步声又响起,越来越远。那是丹弗斯太太。

　　她没忘记。我们昨晚从藏书室上楼回到房间之后,我也曾听到同样的

第二十六章

声音。她没有敲门,不想让人知道她来过这儿;只有悄悄的脚步声以及钥匙在锁孔里转动的声音。这声音让我回到现实,正视现实。

我穿好衣服,走去替迈克西姆放洗澡水。不久,克拉丽斯给我们送来早茶。我把迈克西姆叫醒。刚开始时,他像小孩那样莫名其妙地睁大眼睛看着我发愣,随后他伸开了双臂。我们一起喝了早茶。他起床洗澡去了,我开始有条不紊地收拾行装,把旅行用品装进手提箱内。也许我们会在伦敦盘桓小住呢。

我把迈克西姆送我的发刷、一件睡衣、我日常穿的晨衣和拖鞋一样一样放进手提箱,还塞进一件替换衣服和一双鞋子。当我把手提箱从衣柜深处拖出来时,我觉得它看起来挺陌生。虽然只隔了四个月,可我却感觉似乎有好长时间没用它了。箱子面上还留着加来海关关员涂写的粉笔记号。一只箱子袋里夹有一张蒙特卡洛游乐场的音乐会票子。我把它捏成一团,扔进废纸篓。它该属于另一个时代,另一个天地。正如主人离家时常见的景象那样,卧室里开始变得一片狼藉。发刷装进提箱以后,梳妆台上就空无一物。包东西用的薄纸撒了一地,此外还有张旧标签。我们睡过的那两张床空荡荡的,让人感到几分凄凉。浴巾丢在浴室的地板上,皱成了一团。衣柜门敞开着。我把帽子戴上,这样待会儿就不用再上楼来;我拿起提包和手套,拎起箱子,向房间四下扫了一眼,看看有没有忘带什么东西。阳光透过渐渐消散的迷雾,在地毯上投下一幅幅图案。我沿过道走去,但走到一半,心里不知为何突然有一种难以言表的感觉,觉得自己必须再好好看看这个房间。于是我就这么莫名其妙地走回去,又在房间里停留了片刻,看一眼洞开着的衣柜,看一眼空荡荡的卧床,看一眼桌上的那盘茶具。我盯着这些东西看,让它们永远镂刻在自己的脑海里,一面暗暗奇怪,为什么这些东西竟有着这么一股扣动我心弦、让我黯然伤感的力量,就好像它们是一群舍不得我离去的孩子。

我转身下楼去吃早餐。餐厅里冷飕飕的,太阳还没有照上窗台。我很感激他们给我端来滚烫的清咖啡和使人精神振作的熏肉。迈克西姆和我默默地吃着。他不时望望钟。我听见罗伯特把我们的手提箱和旅行毛毯放在大厅里,不多久就响起汽车开到门口的声音。

我走出餐厅,站在平台上。雨后的空气分外清新,青草散发出沁人肺腑的清香。但等红日高照，一定是个秋高气爽的日子。我想，要不是出门，说不定我们在午餐前会去幸福谷散步，饭后就坐在外面那棵栗子树下看书读报。我闭着眼睛静静地站了一会儿，阳光照在我脸上和手上，使我感到一阵暖意。

我听见迈克西姆在屋里大声呼唤。我转身走进去，弗里思帮我把大衣穿上。我听到另一辆车子的声音。弗兰克来了。

"朱利安上校正在庄园大门口等着，他觉得没必要坐车到这儿来了。"

"是的。"迈克西姆说。

"今天一天我将守在办事处里等你的电话，"弗兰克说，"你见到贝克后，或许会有事找我，需要我上伦敦去。"

"好的，"迈克西姆说，"也许会的。"

"现在刚九点，"弗兰克说，"你俩很准时。今天天气挺好。路上一定很顺利。"

"是的。"

"希望您别太劳累了，德温特夫人，"他对我说，"您今天一天都要辛苦了。"

"我能对付。"我说，我望着脚边的杰斯珀，它的耳朵耷拉着，忧伤的眼神像是在责备我。

"带杰斯珀到办事处去吧，"我说，"它看起来挺可怜的。"

"好的，"他说，"我带它去。"

"出发吧，"迈克西姆说，"朱利安老头要等急了。就这样吧，弗兰克。"

我钻进汽车，坐在迈克西姆身边。弗兰克砰地关上车门。

"你会打电话来的，是吗？"他说。

"是的，一定打。"迈克西姆说。

我回头看看屋子，弗里思在台阶顶上站着，罗伯特紧挨在他身后。不知怎么地，我突然热泪盈眶。我不想给人看见，便转过头去，伸手在车厢底上摸索我的手提包。这时，迈克西姆开动了汽车，我们一拐弯，上了车道，宅子被留在后面。

我们在庄园大门口停下，把朱利安上校接上车。他从后座车门跨进车

第二十六章

子,一眼瞧见我也在车子里,露出不以为然的神情。

"今天有很多事情要做,一定很辛苦,"他说,"我觉得您大可不必同行。您知道,我会留神照看你丈夫的。"

"我也想去看看。"我说。

他不再说什么,在角落里坐定身子,然后说:"幸好天气不错。"

"是啊。"迈克西姆说。

"费弗尔那家伙说他会在岔路口等我们。如果他不在那儿,就不必等他;没有他,更省事。但愿那个讨厌的家伙睡过了头。"

可是待我们来到岔路口,我一眼就看见他那辆汽车的狭长绿车身,我的心一下子沉了下来。我原以为他或许不会准时赶到呢。费弗尔这时正坐在驾驶盘前,头上没戴帽子,嘴里叼着一根香烟。他看见我们,咧嘴一笑,然后挥挥手,示意我们继续前行。我在座位上坐得舒服些,把一只手放在迈克西姆的膝上,准备迎接长途旅程。时间过了一小时又一小时,汽车开了一程又一程。我迷迷糊糊地看着前面的大路,朱利安上校在后座里不时打瞌睡,我偶尔回过头去,总见他的脑瓜耷拉在靠垫上,嘴巴翕开着。那辆绿色汽车紧跟我们,寸步不离,有时窜到我们前面,有时又落在后边,一直没出我们的视线。下午一时,我们停车歇晌,在一家老式旅馆里吃中饭。这种老式旅馆不论在哪个市镇大街上都能见着。朱利安上校狼吞虎咽,先是对付汤和鱼,然后转而大嚼烤牛肉和约克郡布丁,风卷残云般把一顿套菜客饭吃了个精光。迈克西姆和我吃了些冷火腿和咖啡。

我曾以为费弗尔也会走进餐厅吃饭,可是当我们走出旅馆朝自己车子走去的时候,却看见他的车停在马路对面一家咖啡馆的门外。他一定从窗子里看到了我们,因为我们才上路三分钟,他又紧紧尾随在我们身后了。

三点钟光景,我们到达伦敦市郊。我这时才开始感到疲劳,四周的喧闹声和拥挤的来往车辆开始搞得我头脑发胀。再说,伦敦的气候又热,大街上尘土飞扬,一派八月里没精打采的景象;树木千篇一律,树叶全都垂头丧气地挂在枝头。昨天我们那儿的一场雷雨,想必是局部性的,这儿没有下过一滴雨。

人们穿着棉布衣服熙来攘往,男人都不戴帽子。空气中混杂着废纸屑、橘皮、脚汗和烧焦的干草的气味。笨重的公共汽车慢腾腾地跑着,出租汽车似乎在爬行。我觉得外衣和裙子似乎都黏乎乎地贴在身上，袜子也热辣辣地扎着自己的皮肤。

朱利安上校挺直身子，朝他车座那儿的窗外望去。"他们这儿没下过雨。"他说。

"是的。"迈克西姆说。

"这地方看上去很需要下场雨呢。"

"是的。"

"我们没能把费弗尔甩掉。这小子还跟在后边。"

"是的。"

看起来郊外的商业区很拥挤。妇女面带倦容目不转睛地望着橱窗，身旁童车里，婴儿在哇哇哭叫；小贩沿路大声叫卖；小男孩攀吊在载重汽车的车身后面。这么多的人，这么嘈杂的声音。这种气氛就足以令人感到烦躁疲乏。

穿越伦敦市区的这段行程，实在太漫长。等到我们再次从周围的车流中脱身而出，越过汉普斯特德向前急驶时，我脑子里嗡嗡直响，就好像有人在我耳旁擂着大鼓，眼睛也像火烧似的难受。

我暗自琢磨，迈克西姆此时不知该有多累。他虽然一句话也不说，但我能看到他脸色苍白，眼圈发黑。朱利安上校在后座上呵欠连连。他张大嘴巴，大声打着呵欠，接着又重重叹息一声。他每隔几分钟就要这么来一下。一股无名火突然间从我心里一蹿而起，我简直不知道该怎么控制自己，才不至于回过头去大声向他尖叫，要他别再这样。

车子一驶过汉普斯特德，他就从外衣口袋里掏出一张大比例地图，开始在一旁指点迈克西姆怎么把车开往巴尼特。公路上车辆稀少，路边也竖有路标，但一到转弯，他总是不停地比比划划。要是迈克西姆稍有迟疑，朱利安上校就摇下车窗，大声向行人问路。

汽车驶进巴尼特以后，他更是每隔几分钟就要迈克西姆停车，"请问，这儿有没有幢叫'玫瑰宅'的房子？房主是个名叫贝克的大夫，他退休了，最近才搬来住的。"而那位被问的过路人总是茫然地皱皱眉，显然对此一无所知。

"贝克大夫？我不知道这儿有个贝克大夫。过去教堂附近倒是有座叫

第二十六章

'玫瑰别墅'的房子，但里面住的是一位威尔逊太太。"

"不对，我们问的是'玫瑰宅'，贝克大夫的房子。"朱利安上校说。于是我们就接着向前开，不久又在一个推着辆童车的护士面前停了下来。"请问'玫瑰宅'在哪儿？"

"对不起，我刚搬来不久。"

"你不知道有个名叫贝克的大夫吗？"

"戴维林大夫。我认识戴维林大夫。"

"不，我们问的是贝克大夫。"

我抬头瞥了迈克西姆一眼。他显得很疲倦，嘴巴抿得紧紧的。费弗尔在我们后面慢腾腾地跟着，那辆绿色汽车已沾满尘土。

最后，一名邮差把那所房子指给我们看了。那是幢方方正正的爬满常春藤的住宅，大门上没挂住户名牌。我无意识地抓起手提包，用粉扑在脸颊上轻轻抹了两下。屋子前面的车道很短，迈克西姆没有把车开进去，而是停在马路边上。我们静静地坐了几分钟。

"好了，终于到了，"朱利安上校说，"现在正好五点十二分。要是我们这会儿闯进去，他们喝茶正喝到一半。还是等一会儿吧。"

迈克西姆点上一支烟，把手伸向我。他没开口。我听见朱利安上校在沙沙折弄着他那张地图。

"我们完全可以绕过伦敦市区直接往这儿开，"他说，"我想这样可以少费四十五分钟。开头那两百英里我们跑得相当快。一过切斯威克，就耽搁时间了。"

一个送货的小伙计骑着自行车，吹着口哨打我们身旁经过。一辆长途公共汽车停在转角处，两个妇人从车上走下。不知哪儿的教堂大鸣钟"当"地报出五点一刻。我看见后面的费弗尔正叼着烟靠在车椅背上。这时我心里空荡荡的毫无感觉，只顾坐着冷眼观察周围那些无关紧要的街头小景。从公共汽车里下来的那两个妇人沿着马路走去。送货的小伙计拐过弯去不见了，一只麻雀在马路当中跳来蹦去，在地上啄个不停。

"贝克这人看来对园艺不大在行。"朱利安上校说，"瞧那些乱七八糟的灌木，长得比墙头还高。早该好好修剪一下，截得矮一些。"他折起地图，把它放回衣袋。"亏他想得出，挑了这么个好地方来退休养老，"

他说，"离公路这么近，又缩在别人家的高楼下面。如果是我才不干呢。原先没大兴土木的时候，这地方恐怕还挺不错的。不用说，就近一定有个出色的高尔夫球场。"

他停了一会儿，随后打开车门，下车站在马路上。"喂，德温特，"他说，"你说现在进去怎么样？"

"行啊。"迈克西姆说。

我们跨出汽车。费弗尔晃悠着步子朝我们走来。

"怎么这么磨磨蹭蹭的，害怕了？"他说。

没人理会他。我们沿着车道走到正门口，我们这伙人看上去一定很怪，不知怎么会凑到一块儿来的。我看到屋子那边有个草地网球场，还听到嘭、嘭的击球声。有个男孩的声音在叫："四十比十五，不是三十平。你这头蠢驴，你忘了刚才球出界了？"

"他们该喝完茶了吧？"朱利安上校说。

他迟疑了片刻，朝迈克西姆瞥了一眼，然后伸手去拉铃。

屋里什么地方响起叮叮的铃声。过了好一会儿才有个年纪很轻的侍女前来开门。她看到来了这么多人，吃了一惊。

"是贝克大夫家吗？"朱利安上校说。

"是的，先生，请进来吧。"

她打开了门厅左边的一扇门，我们一个接一个走了进去。这儿大概是间夏天很少使用的客厅。墙上挂着一幅肖像，画的是个肤色黝黑、相貌平常的妇人。可能是贝克太太，我想。沙发和椅子上的印花布套还是崭新的，闪闪发光。壁炉架上摆着几张照片，照片上是两个笑容满面的圆脸盘男学生。靠近窗口的墙角里，放着一架很大的收音机，从机子里拖出几根电线，另外还接有几段天线。费弗尔仔细端详墙上那幅画像。朱利安上校走到空壁炉前站定。迈克西姆和我望着窗外。我看见树下有张躺椅，还看见一个女人的后脑勺。网球场想必就在转角附近。我听见男孩们在大声嚷嚷。一头老态龙钟的苏格兰犬蹲在小径中间搔痒。我们在屋子里等了大约有五分钟。我似乎成了某个人的替身，来这座屋子是为了收募慈善捐款。我以往从未有过类似经历，对于此情此景，我既无感触，也不觉得痛苦。

这时，门开了，进来的人中等身材，长脸庞，尖下巴，红里泛黄的头

第二十六章

发已开始花白,身上穿着法兰绒裤子和深蓝色的运动衫。

"对不起,让你们久等了。"他说。他跟刚才的女仆一样,看见来了这么多人也显得有几分惊讶。"我不得不上楼去洗把脸。门铃响时我正在打网球。请坐呀!"他朝着我说。我在就近的椅子上坐下,静观着等待。

"贝克大夫,这次我们贸然来访,您一定觉得十分唐突。"朱利安上校说,"如此惊扰,我深感抱歉。我叫朱利安。这位是德温特先生,德温特夫人,还有费弗尔先生。您可能最近在报纸上见过德温特先生的名字。"

"哦,"贝克大夫说,"是的,是的。我想可能见到过吧。什么验尸、传讯之类的事,是吗?内人倒全文看过。"

"陪审团裁决是自杀,"费弗尔走上前来说,"我说嘛,这根本不可能。德温特夫人是我的表妹。我深知表妹的为人,她绝不会干这种事的,而且她没有任何自杀的动机。我们要想打听一下,就在她死的那天,她干吗特地跑来找你。"

"你最好还是让朱利安和我来谈吧,"迈克西姆心平气和地说,"贝克大夫根本搞不清楚你在说些什么。"

迈克西姆朝大夫转过脸去,大夫这时站在他们两人中间,眉头微皱,脸上刚露出的那一丝彬彬有礼的微笑,极不自然地在嘴边凝住了。"我前妻的表兄对陪审团的裁决不满意,"迈克西姆说,"我们今天专程上门拜访,是因为在我妻子的约会录里发现了您的名字和您原来诊所的电话号码。她似乎预约好要请您看病,到时也如约请您给看了,时间是两点钟,那是她生前在伦敦度过的最后一个下午。是否可以麻烦您帮我们查核一下?"

贝克大夫饶有兴味地听着,但等迈克西姆讲完,他却摇了摇头。"很抱歉,"他说,"我想你们可能弄错了吧?如果真有这位病人,我应该记得德温特这个名字。可是我有生以来从未给一位德温特夫人看过病。"

朱利安上校掏出皮夹子,把那张从约会录里撕下来的纸片递到大夫眼前。"瞧,这上面写着,"他说,"贝克,两点钟。旁边还打了个大叉叉,说明已如期赴约。这儿写的是电话通讯地址:博物馆区0488。"

贝克大夫目不转睛地盯着那页纸看。"这倒奇怪,确实很奇怪。是啊，你说的这个号码十分正确。"

"她请您看病时有没有可能用了个假名呢？"朱利安上校问。

"哦，不错，这倒有可能。可能她真是冒名来求诊的。这自然相当罕见。我本人从来不鼓励这种做法。如果病人以为可以用这种办法对待我们医生，这对我们诊断治病可没有一点好处。"

"您存档的病案里是否会保留这次看病的记录？"朱利安上校说，"我知道，提出这种要求是不合医务界成规的，但情况很特殊，我们觉得她那回约您给她看病，肯定和整个案情有点关系，肯定也关系到她随后的——自杀。"

"谋杀。"费弗尔说。

贝克大夫扬起眉毛，用询问的眼光望着迈克西姆。"我没料到事情会与案件有关。"他平静地说，"当然我能理解，我愿意尽自己的力量帮助你们。如果各位不介意，就请稍等几分钟，我去查阅一下病历卷宗。一年到头，病人每次预约就诊，都会登记入册的，病人的病情也该有所记录。这儿有烟，你们就请随便抽吧。我看喝雪利酒是不是嫌太早了？"

朱利安上校和迈克西姆摇头婉辞。我觉得费弗尔好像想要说什么，可是他还没来得及开口，贝克大夫已经离开了客厅。

"这人看来还算正派。"朱利安上校说。

"他为什么不请咱们喝点威士忌苏打？"费弗尔说，"我看是上着锁藏起来了吧！我觉得这人并不怎么样。我现在是不相信他能给我们什么帮助了。"

迈克西姆沉默不语。球场那边打网球的声音仍不断传来。那条苏格兰犬汪汪直叫。有个妇人大声吆喝着让狗安静下来。现在正是暑假。刚才贝克在和孩子们一块儿打网球。我们把他们的正常生活秩序打乱了。壁炉架上一只带玻璃罩的金壳小钟发出的滴答声急促而尖脆。一张画有日内瓦湖风景的美术明信片斜靠在钟上。贝克家在瑞士有朋友。

贝克大夫回到房间里，双手捧着一个大本子和病案盒。他把这两样东西捧到桌子上。"去年的记录我全拿来了，"他说，"我们搬家后我就没翻过这些记录。你们知道，我是在六个月以前才歇业的。"他打开那个本子，一页页翻过去。我出神地望着。他当然会找到那次的记录。现在用不

第二十六章

了多久,用不了几秒钟就能找到。"七号、八号、十号,"他喃喃地说,"这儿没有。您是说十二号吗?两点钟吗?啊!"

我们几个人一动也不动,全都注视着他。

"十二号两点钟,我给一位丹弗斯太太看过病。"他说。

"丹尼?见鬼,怎么……"费弗尔刚开口,马上被迈克西姆打断。

"她填的当然不是真名,"他说,"打一开始这就是明摆着的。现在您还记得那次看病的具体经过吗,贝克大夫?"

贝克大夫已在查阅病历卷宗了,只见他将手指伸进标有字母D的卷宗袋,几乎不费一点工夫就找到了。他低头朝自己的手迹飞快地看了一眼。"唔,"他不慌不忙地说,"对了,丹弗斯太太。我现在记起来了。"

"高挑个儿,身段苗条,黑黑的脸蛋,非常漂亮,呃?"朱利安上校在一旁轻声说。

"是的,"贝克大夫说,"是的。"

他看了一遍病历,然后放回病案盒,"当然,"他一面说,一面看着迈克西姆,"您总知道这是违反我们的行业条规的啰?我们把病人看作来忏悔的教徒。但尊夫人已经去世,我也清楚事情非比寻常。您想知道我能否对尊夫人自尽的动机提供些线索,是吗?我想我能办到。那个自称是丹弗斯太太的妇人病得很重。"

他收住话头,挨个把我们打量过去。

"她的情况我记得很清楚,"他继续说,眼光又落到病历卷宗上,"她第一回来找我,是在你们提到的那个日期以前一个星期。她说了平时有哪些症状,我给她拍摄了几张X光片。第二回是来看摄片结果的。这几张片子不在这儿,但详细情况我都记了下来。我记得当时她怎么站在我的诊疗室里,怎么伸出手来接片子。'我想知道实情,'她说,'我不要听不痛不痒的安慰话,也别和颜悦色地给我打气。要是我不行了,尽可以直截了当地对我明说。'"他停了一下,又低头朝病历卷宗看了一眼。

我等呀,等呀。他干吗不爽爽快快地了结这件事,好让我们快点走呢?我们为什么非坐在这儿,眼巴巴望着他干等不可?

"嗯,"他说,"她想知道实情,我也就照实对她说了。这对有些病人反倒更好些,闪烁其词也不一定对他们有好处。这位丹弗斯太太,更确

363

切地说，这位德温特夫人，可不是那种辨不出真言与谎话的人。这一点诸位想必也清楚。当时她显得冷静沉着，没有一点惧色。她说她自己也早有怀疑。说完，她付过诊费就走了。从此我再也没见过这位太太。"

他啪的一声盖上病案盒，又把本子合拢。"到那时为止，疼痛还不太厉害，可是肿瘤已根深蒂固，"他说，"要不了三四个月的时间，她就必须靠吗啡来止痛了。动手术也完全无济于事。这些我都对她直说了。那玩意儿根子扎得很深。遇上这种病症，谁也没有办法，只有打吗啡，等待死亡。"

在场的人谁也没吱声。那口小钟在壁炉上滴答滴答走得好欢。男孩子在花园的球场里打网球。一架飞机嗡嗡地飞过头顶。

"从外表看，她当然是个完全健康的妇人，"他说，"我记得就是人太瘦了些，脸色也很苍白，但遗憾的是现在这正是流行的。要是病人单单就是人瘦，那也不算什么。问题在于疼痛会一星期一星期逐步加剧，就像我刚才对你们说的，用不了四五个月的时间她就不得不靠吗啡过日子了。记得从X光片上还看到，子宫有点畸形，也就是说，她永远不可能生儿育女，不过这完全是另一码事，跟这病没有关系。"

我记得接着说话的是朱利安上校，他说了几句"承蒙大夫鼎力相助，不胜感激"之类的客套话。"我们想知道的，您全给我们说了，"他说，"要是我们有可能得到一份病情摘要报告，或许会很有用处。"

"当然，"贝克大夫说，"当然。"

大家都站了起来。我也从椅子上站起身。我跟贝克大夫握了握手。我们全都一一跟他握手。我们随着他来到门厅。有个妇人从走廊探头向另一侧的房间里张望，一看见我们就马上缩了回去。楼上有人在洗澡，水声哗哗。那条苏格兰犬从花园里走进屋来，开始嗅我的脚跟。

"我是把报告寄给德温特先生还是寄给您？"贝克大夫说。

"说不定这根本没用，"朱利安上校说，"我现在想想还是不必给我们寄了。如有必要，请等德温特或我的信。这是我的名片。"

"我很高兴能为你们效劳，"贝克大夫说，"我从没料到丹弗斯太太就是德温特夫人。"

"那当然，您怎么会想到呢！"朱利安上校说。

第二十六章

"你们现在应该是回伦敦吧?"贝克大夫说。

"是的,我想是吧。"朱利安上校说。

"那么,最方便的走法是,到邮筒那儿向左拐,到了教堂那儿再向右转。那以后就是直通伦敦的大道了。"

"谢谢。十分感谢。"

我们走出屋子,上了车道,朝我们的汽车走去。贝克大夫把苏格兰犬牵进屋子。我听见关门的声音。路的尽头有个独腿流浪艺人,这时开始摇动手摇风琴,奏起《皮卡蒂的玫瑰》这支曲子。

第二十七章

我们走到汽车旁边站着。有好几分钟谁也没有出声。朱利安上校把烟盒递过来,挨个向大家敬烟。费弗尔脸色灰白,看来刚刚的消息对他打击很大。我注意到他捏着火柴的手颤抖不停。那个流浪艺人停下手里的风琴,手捧帽子,拄着拐杖朝我们走来。迈克西姆给了他两个先令。接着,他又回到风琴旁,奏起另一支曲子。教堂大鸣钟敲了六下。费弗尔开始说话了,脸上依然没有一点儿血色,佯装无所谓的口吻也掩不住内心的胆怯。他垂着眼睛没朝谁望,只顾瞅着手里的烟卷,同时还不住地在指缝间转动着它。"有谁知道,"他说,"癌这玩意儿会不会传染?"

没人答理他。朱利安上校耸耸肩。

"我怎么也料不到,"费弗尔前言不搭后语地说,"她瞒得好紧,甚至对丹尼也只字不提。这事他妈的实在骇人,是不是?谁会想到这事儿竟和丽贝卡相联系?你们几位想不想去喝一杯?这事儿我完全估计错啦,错了就承认,我可不在乎。癌症!哦,我的老天!"

他斜靠在汽车车身上,双手遮住眼睛。"叫那个摇风琴的混蛋滚开,"他说,"那鬼声音实在叫人难以忍受。"

"要是我们自己走开不更方便些?"迈克西姆说,"你自己能开车吗?要不就让朱利安替你开?"

"让我歇一会儿,"他咕哝着说,"我会恢复过来的。你不明白,这件事真他妈的像当头一棒。"

"喂,看在上帝面上,振作一点,"朱利安上校说,"如果你想喝一杯,就回到屋里向贝克要去。我想他一定会治惊厥症。别在大街上出洋相。"

第二十七章

"噢,你们得意了,没事了,"费弗尔站直身子,望着朱利安上校和迈克西姆,"你们现在不用再担心什么了。迈克斯现在占了上风,不是吗?而你则算是找到了丽贝卡自杀的动机。只要你开一下尊口,贝克就会分文不取把白纸黑字的证词给你送上门来。由于出了这番力,你就可以每周到曼德里美餐一顿,沾沾自喜。不用说,迈克斯生下第一个娃娃还会请你当教父。"

"我们上车走吧?"朱利安对迈克西姆说,"以后该怎么办我们可以边走边谈。"

迈克西姆把车门打开,朱利安上校钻了进去。我在前面的老位子上坐定。费弗尔仍然一动不动地靠在他那辆车的车身上。"奉劝你还是直接回你的住处,上床去睡一觉,"朱利安上校不客气地说,"开车时慢着点,要不然,你会发现自己因撞死了人而坐班房的。以后你我再不会见面了,所以还是趁现在提醒你一句:我作为一个行政官,手里还有那么点权力。你要是以后再在克里斯或者本地区露面,就会尝到那点权力的厉害。敲诈勒索可不是什么好行当,费弗尔先生。我们这一带的人知道该怎么对付讹诈,尽管在你看来这或许有点新鲜。"

费弗尔紧盯着迈克西姆,目光一动也不动。他的脸色已不像刚才那样灰白。嘴角又浮起那种眼熟的、叫人讨厌的微笑。"不错,这次你交了好运,迈克斯,是吗?"他慢悠悠地说,"你以为你得胜了,是不?要知道,天网恢恢,疏而不漏;再说我也不会让你逍遥的,不过是以另外一种方式……"

迈克西姆一边把车发动起来,一边问:"你还有什么别的要说吗?要是有话,最好还是趁现在说。"

"不,"费弗尔说,"没什么要说了,我不想耽搁你们。请便吧。"他退到人行道上,嘴边仍挂着那丝隐笑。汽车开动了,在拐弯时,我回头一望,看见他站在原地盯着我们瞧。他朝我们挥挥手,还哈哈笑着。

汽车向前疾驶,大家都沉默着。过了一会儿,朱利安上校才开口说话:"他已经没门儿啦。他那么笑着挥手,只是虚张声势。这些家伙全是一路货。现在他没有一丁点儿理由可以起诉的。贝克的证词完全可以把他驳得哑口无言。"

迈克西姆没作声。我打眼角瞅了他一眼，看不出他脸上有什么表示。

"我一直认为贝克是解决问题的关键，"朱利安上校说，"那么偷偷摸摸地约大夫看病，甚至对丹弗斯太太也要瞒着，你瞧，她自己也早有怀疑，知道自己得了什么暗疾。当然，这是种可怕的毛病，非常可怕，足以让一个年轻漂亮的女人吓晕头。"

汽车沿着笔直的公路继续向前。电线杆、长途汽车、敞篷赛车、相互间隔一定距离的带新辟花园的小型别墅，在我眼前纷纷闪过，在我脑子里交织成一幅幅毕生难忘的图案。

"我看你从来没想到事情会是如此吧，德温特？"朱利安上校说。

"没有，"迈克西姆说，"没有想到。"

"当然啰，有些人对这东西怀有一种病态的恐惧，"朱利安上校说，"尤其是妇女。你妻子想必就是这样。她天不怕，地不怕，唯独怕这个。她没有勇气面对病痛的折磨。无论如何，她总算免受了那一番活罪。"

"哦。"迈克西姆说。

"我想，如果我在克里斯和郡里悄悄散布消息，就说伦敦有位医生为我们提供了她自杀的动机，这不会有什么坏处吧？"朱利安上校说，"无非是防个万一，免得别人说闲话。你知道，世上的事儿很难说。有时候人就是那么古怪。如果让他们知道德温特夫人当时得了癌症，你俩的处境说不定会好得多。"

"哦，"迈克西姆说，"是的，我明白。"

"说起来真让人恼火，让人想不通，"朱利安上校慢条斯理地说，"稍微有点什么事，就会在乡下慢慢传开，搞得尽人皆知。我真不明白为什么会这样。可让人遗憾的是这确实是实情。我并不是说，我预料这事儿会引起什么风波，但事事得防个万一。对一般人来说，只要一有机会，就会凭空编造出一些最离奇的谣言来。"

"哦。"迈克西姆说。

"你和克劳利当然可以把曼德里以及庄园上的人管住，不让他们胡说八道；克里斯那儿，我能对付。我还要关照一下我女儿。她同一大群年轻人过从甚密，而这些人正是说谎传谣的好手。我想报纸大概不会再来烦你们了，这倒是件好事。一两天后你会发现这件事在报纸上已不再提了。"

第二十七章

"哦。"迈克西姆说。

汽车穿过北郊,重又来到芬奇利和汉普斯特德。

"六点半了,"朱利安上校说,"你们准备怎么样?我有个妹妹住在圣约翰园林,我想给她个惊喜,在她那儿吃一顿晚饭,然后从帕丁顿车站搭末班车回去。我知道她这一个星期都待在家里。我相信她见到你们两位一定也很高兴。"

迈克西姆犹豫地看了我一眼。"多谢你盛情相邀,"他说,"但是,我们还是赶路要紧。我得给弗兰克挂个电话,还有这样那样的一些杂事要办。我想我们还是随便找个地方吃点什么,然后再起程赶路,途中找个小客店过夜。我想我们就打算这么办。"

"当然,"朱利安上校说,"我很理解。你能把我送到我妹妹的住处吗?就在爱文纽路的一个拐角上。"

我们来到他妹妹那幢屋子面前,迈克西姆把车停在离大门几步远的地方。"今天你为我们劳累奔走,"他说,"真不知该怎么感谢你才好。我不说你也知道我心里的感情。"

"亲爱的朋友,"朱利安上校说,"我很乐意为你效劳。如果我们早知道贝克所了解的情况,当然就不会有这一番奔波了。不过,现在也不必再把这事儿放在心上。你必须忘了这事儿,只当它是生活中一段极不愉快、极不幸的插曲。我敢肯定,费弗尔今后不会再来找你的麻烦。如果他再来,我希望你能立即告诉我。我知道如何对付他。"他钻出汽车,随手捡起外衣和地图。"要是我处在你们的地位,"他嘴上这么说,眼光却不直视我们,"倒是有意离开一段时候,短期休假一次,或许到国外走一遭。"

我们俩没有说话。朱利安上校胡乱折叠着手里的地图。"每年这时候,瑞士是个游览的好地方,"他说,"我记得,有一次我女儿过假期,我们一家上那儿去休息,玩得十分痛快。在那儿散步,令人心情舒畅。"他犹豫了一下,清了清嗓子。"出现点小麻烦也还是有可能的,"他说,"我不是说费弗尔会钻出来捣鬼,而是怕本地有人说闲话。谁也不知道这一阵泰勃都对别人怎么说,翻来覆去唠叨些什么来着。这当然都是无中生有。可那句老话你也知道,对不?眼不见,心不烦。被议论的对象不在眼前,闲言碎语也就慢慢消失了。这就是世道常情。"

他站着检点自己的随身用品。"我想没什么东西落下吧,地图,眼镜,手杖,外衣,齐啦。好吧,二位再见。别太累了,今天一天真够受的。"

他走进大门,步上台阶。我看见有个妇人走到窗前,朝来客微笑着招手。我们的汽车向前驶去,到路口拐了个弯。我靠在椅背上,闭起眼睛。现在又剩下我们两个了,心头的重负业已卸去,真有一种几乎无法消受的轻松之感,好似脓肿一下子穿了头。迈克西姆沉默不语。我觉得他的手按在我手上。我们在车水马龙中穿行,可眼前这一切我仿佛都看不见。我只听见公共汽车驶过时发出的隆隆声,出租汽车喇叭的嘟嘟声,这是伦敦市内无法规避、永不停息的喧嚣,但我不属于这个嘈杂的世界。我在另一片清凉、安宁、岑寂的乐土之上休憩。没有什么再能伤害我们,我们已经安然渡过了险关。

等到迈克西姆停车,我才张开眼睛,坐直身子。我们停在索霍区的一条小街上,对面是一家小饭店,像这样的小饭店这儿街上随处可见。我头昏眼花,茫然无措地四下张望。

"你累了,"迈克西姆简短地说,"又饿又累,一步也走不动了。吃些东西,精神会提起来的。我也是。我们现在就进去弄点吃的。我也可以给弗兰克挂个电话。"

我们走出汽车。店里幽暗而凉爽,除了老板、一个侍者和柜台后面的一个姑娘外,没有其他人。我们走向角落里的一张餐桌。迈克西姆开始点饭菜。"怪不得费弗尔想喝酒,"他说,"我也想喝一杯。你也需要喝点。就来点白兰地吧。"

老板是个胖子,脸上笑容可掬。他给我们拿来几个装在纸袋里的长条子薄面包卷,面包烘得到家,又松又脆。我拿起一片,狼吞虎咽地吃起来。我的白兰地苏打酒味道和润,喝下去周身发热,自有一种说不出的快意。

"吃完饭后,我们从从容容地赶路,用不着那么匆忙了,"迈克西姆说,"晚上天气也会凉爽些。我们可以在途中找个地方住上一晚,明天一早再继续赶路,回曼德里去。"

"好的。"我说。

"你真的不想到朱利安妹妹家吃晚饭,然后搭末班车回家?"

"不。"

第二十七章

迈克西姆喝完了酒。他那双眼睛这时看上去显得特别大,眼眶四周围了一圈阴影,那圈阴影在苍白面容的衬托下益发得浓黑。

"依你看,"他说。"真实情况朱利安能猜到几分?"

我的目光越过玻璃杯口端详着他。我没有说话。

"他知道的,"迈克西姆慢慢地说,"他当然知道。"

"尽管他知道,"我说,"也绝不会说开去。不会,绝不会。"

"是的,"迈克西姆说,"是的。"

他又向老板要了杯酒。在这幽暗的角落里我们静静坐着,享受这一刻的安谧。

"我相信,"迈克西姆说,"丽贝卡对我撒谎是有预谋的,这是她最后玩弄的骗人绝招。她故意引我动手杀了她。而事情的全部后果,她都已预见到了,所以她才那么纵声大笑,临死前还站在那儿笑。"

我没有作声,只顾埋头喝我的白兰地苏打。一切全过去了,一切都已了结。这事再也没什么大不了,迈克西姆再也不必为此脸色发白,提心吊胆。

"这是她最后一次的恶作剧,"迈克西姆说,"也是手段最高明的一次。甚至到现在,我也不能确定她是否终究得胜了。"

"你怎么这么说?她怎么可能得胜呢?"我说。

"我也不知道,"他说,"我不知道。"他一口喝下第二杯酒,然后从桌旁站起。"我这就去给弗兰克打电话。"他说。

我坐在角落里,一会儿侍者给我端来一盘海味。那是盘龙虾,热气腾腾,色香味俱佳。我也喝了第二杯白兰地苏打。就这么坐在那家小店里,心里不必多想什么,真让我感到舒服安适。我朝侍者微微一笑。不知怎么的,我忽然操起法语,要他再来点面包。小店给人感觉安宁、愉快、友好。迈克西姆终于和我在一起了。一切都已过去,一切都已结束。丽贝卡死了,丽贝卡再也不能来伤害我们。正像迈克西姆所说,她要了最后一次的恶作剧,现在无法再捉弄我们了。隔了十分钟,迈克西姆回到餐桌边。

"怎么样,"我问,声音听上去飘忽而遥远,"弗兰克怎么样?"

"弗兰克很好,"迈克西姆说,"他在办事处,从四点钟就一直在那儿等我的电话。我把经过情况对他说了。他很高兴,像是松了口气。"

"哦。"我说。

"不过出了件事，"迈克西姆慢腾腾地说，眉头又皱了起来。"他说丹弗斯太太突然不辞而别。她走了，失踪了。她没对任何人说什么，一整天似乎都在忙着收拾行李，将自己房里的东西搬了个空。四点钟光景，车站来人替她搬运箱子。弗里思打电话把这情况告诉了弗兰克，弗兰克要弗里思告诉丹弗斯太太，让她上办事处去一次。他等了好久，可她一直没去。就在我打电话前十分钟，弗里思又给弗兰克打电话，说是曾有人给丹弗斯太太挂了个长途电话，是他给转过去并由她在自己房里接听的。这大概是在六点十分左右。到了六点三刻，弗里思去敲她的房门，已是不见人影，卧室也全空了。他们四处寻找，可怎么也找不着。她大概走了。她出屋子后一定是直穿树林而去的。她根本没有打庄园门口经过。"

"这岂不是件好事？"我说，"免去了我们不少麻烦。我们反正迟早得把她打发走。我相信，对这件事她也猜到了几分。昨晚她的脸部表情真怕人。刚才来的路上，我就一直在车子里想着她那种表情。"

"事情有点怪，"迈克西姆说，"有点不妙。"

"她已经山穷水尽啦，"我争辩说，"如果她走了，岂不更好？给她打电话的肯定是费弗尔。他一定把贝克的情况对她说了，他也会把朱利安上校的话告诉她的。朱利安上校说了，如果他们再敢来敲诈，就让我们告诉他。谅他们也不敢，他们不会冒这么大的风险这么干的。"

"我倒不是担心他们再来敲诈。"迈克西姆说。

"那他们还有什么伎俩可使的呢？"我说，"我们该听从朱利安上校的劝告，不要再去想它。一切都过去了，亲爱的，一切都已结束。我们应当跪下感谢上帝，总算让这件事结束了。"

迈克西姆双眼直瞪着发愣，没有应答。

"你的龙虾要凉了，"我说，"快吃吧，亲爱的。吃下去提提精神，你该吃些东西。你累了。"这些都是他刚才对我说过的话，我觉得这会儿自己来了精神，体力也恢复了。现在是我在照料他。他脸色很苍白，显得疲倦之极。我已不再虚弱疲劳，现在反倒是他在那儿受着这件事情余波的折磨。这只是因为他又饿又累的缘故。其实，还有什么可挂心的呢？丹弗斯太太走了，为此我们也该感谢上苍。事情竟然如此顺利。"快把龙虾吃了。"我说。

第二十七章

　　日后人们可得对我刮目相看。我不会再在仆人面前拘谨怕羞,窘态毕露。丹弗斯太太走了,我要慢慢学会操持家政。我还要到厨房里去见见厨子。仆人都会喜欢我,敬重我,过不了太长时间,全会照着我的意思办事,就好像丹弗斯太太从来没掌过发号施令的大权。我要慢慢熟悉庄园的事务,我可以请弗兰克给我详详细细地讲解。我肯定弗兰克是喜欢我的,我也喜欢他。我要亲自过问庄园事务,了解经营管理的情况:大家在农庄上干些什么,地里的活计又是如何安排的。说不定我也会亲自动手搞点园艺,那时我会让花园的模样稍微改变。晨室窗前那一块竖着森林之神塑像的小方草坪,我就不大喜欢,得把那尊森林之神请出去。有许多事情可以让我一点一点地去做,我也不会在乎有客来访或小住。为他们布置住房,摆设鲜花和书籍,准备菜肴,也自有一番乐趣。我们还会有孩子,我们一定会有孩子。

　　我突然听见迈克西姆说:"你吃完了吗?我不想再吃什么了。"他又朝小店老板吩咐了一句:"再来杯咖啡,特浓的清咖啡。请把账单开出来。"

　　我想不通他为什么这么急着要走。小饭馆里很舒适,又没有什么急事等着我们去处理。我真喜欢这么坐着,头靠在沙发背上,悠然闲适,如痴似醉地设想着将来的日子。我可以久久地这么坐下去。

　　我随着迈克西姆走出饭馆,步履有点踉跄,还打着呵欠。"听着,"等我们走到人行道上,他对我说,"如果我把你安顿在后座里,再给你盖上毛毯,你是不是可以凑合着在车里睡一觉?那儿有靠垫,还有我的上衣。"

　　"我们不是要找个地方过夜吗?"我茫然地说,"途中随便找个旅馆。"

　　"这我知道,"他说,"可我现在觉得今晚非赶回去不可。你总不至于不能在后座里过一夜吧?"

　　"行啊,"我没有把握地说。"我想行吧。"

　　"现在七点三刻,如果我们立即启程,两点半以前就可以到家,"他说,"路上不会有很多行人、车辆。"

　　"你会累坏的,"我说,"完全累垮的。"

　　"不,"他摇了摇头,"我不要紧。我要赶回去。情况有点不对劲。是的,情况不妙。我必须要赶回去。"

　　他脸色异样,神情焦灼。他拉开车门,动手在后座铺放毛毯和靠垫。

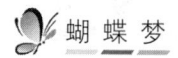

"会有什么事？"我问，"真是奇怪，现在一切都结束了，我真不明白，干吗还这么烦恼不安？"

他不说话。我爬进汽车，在后座上躺下，两腿蜷缩在身子下面。他替我盖上毯子。这样倒也很舒服，比我想象的舒服多了。我把靠垫塞在头底下。

"行吗？"他说，"你觉得还可以凑合吗？"

"可以，"我微笑着说，"我现在很好，会睡着的。我也不想把时间浪费在路上了，还是这样早点赶到家的好。待我们赶到曼德里，离天亮还有好大一会儿工夫呢。"

他跨进前座车门，发动引擎。我闭上眼。汽车向前驶去，我感到身子底下的弹簧在轻轻跳动。我把脸紧贴着靠垫。汽车平稳而有节奏地颠动着，我思想的脉搏也合着这种节拍跳动。我一合上眼睛，就有无数的影像在我眼前映现——见到过的、经历过的、还有已被遗忘的件件往事，纷乱地交织成一幅莫名其妙的图像：范·霍珀夫人帽子上的鸟羽，弗兰克餐室里硬邦邦的直靠背椅子，曼德里西厢的大窗，化装舞会上那位满面春风的太太所穿的肉色衣裙，行走在蒙特卡洛附近公路上的一位农家女。

有时，我看到杰斯珀在草坪上追着蝴蝶到处跑；有时，我又看到贝克大夫家那条苏格兰犬在躺椅旁蹲着搔耳朵；一会儿是今天给我们指点大夫住宅的那个邮差；一会儿又是克拉丽斯的母亲，她在后客厅里擦抹椅子请我坐下；本双手捧着海螺，冲着我傻笑；主教夫人问我是否想留下用茶。我似乎触到自己床上清凉舒适的被单，又像踏上了海湾处沙砾地上的圆卵石。林中羊齿草、湿苔藓，以及枯残杜鹃花散发出来的气味，仿佛正向我迎面扑来。我坠入时断时续的迷糊状态之中，不时又蓦地惊醒，前座上迈克西姆的背影让我意识到自己是在这狭小的车座之内躺着。刚才暮色苍茫，此时已是夜色沉沉。来往车辆的车灯打在路面上。路旁村落里的农舍已拉上窗帘，透出星星点点的灯火。我不时稍稍挪动一下身子，仰面朝天，随后又昏昏睡去。

浮现在我眼前的是曼德里屋内的楼梯，丹弗斯太太身穿黑衣站在楼梯顶端，正等我走上去。可是等我爬上楼梯，她却从拱门底下一步步向后退，然后消失了。我怎么也找不到她。忽然，她的头从一扇黑洞洞的房门里伸将出来，正盯着我看。我失声呼叫，她一晃又不见了。

374

第二十七章

"什么时候了?"我大声问,"什么时候了?"

迈克西姆转过头来,在漆黑的车子里,他那张脸越发显得苍白,如同幽灵一般。"十一点半,"他说,"我们已经赶完了一半路程,设法再睡一会儿。"

"我口渴。"我说。

到了下一个小镇,他停下车。汽车维修站的工人说他老婆还没有上床,可以给我们烧点茶。我们走出汽车,在维修站里站着。我伸腿跺脚地活动着已发麻的四肢。迈克西姆抽了一支烟。寒意侵人,维修站的门开着,冷风飕飕地吹进来,铁皮屋顶在风中轧轧作响。我浑身哆嗦,赶紧将上衣纽扣扣紧。

"是啊,今儿晚上冷得够呛,"维修站工人一面摇着油泵,一面说,"今天下午天气好像突然变了。今年夏天的最后一阵热浪过去了。要不了多久,我们就得考虑烤火啦。"

"伦敦市里还真热。"我说。

"是吗?"他说,"唔,他们那儿老是热天太热,冷天奇冷,不是吗?而我们这儿,临到刮风下雨总是首当其冲。天亮以前,海岸那儿就要起大风了。"

他老婆给我们拿来了茶。茶水有股焦苦味,但热气腾腾,喝着感觉很舒服。我贪婪地喝着,心里很感激。迈克西姆已经在看表了。

"我们得走了,"他说,"差十分十二点。"我真舍不得离开维修站这个避风的好去处。寒风迎面袭来,星斗满天,夜空里还飘着几丝云影。

"是呀,"维修站工人说,"今年的夏天就这么过了。"

我重新爬进汽车,钻到毯子底下。汽车继续前行。我闭上眼睛,眼前出现了那个装了条木头假腿的摇手风琴的流浪艺人。那支《皮卡蒂的玫瑰》的曲子,合着汽车的颠簸节奏,在我脑中萦绕回旋。仿佛弗里思和罗伯特端着茶走进藏书室;庄园看门人的老婆匆匆朝我一点头,就忙着招呼她孩子进屋去。我看见海湾小屋里的游艇模型,还有一层细尘蒙在上面。我看见小桅杆上挂满蜘蛛网,听到屋顶上的淅沥雨声和大海的涛声。恍惚中,我想到幸福谷去,幸福谷却无处可寻。四周密林层层,幸福谷已不复存在。只见树影森森,蕨丛遍地。猫头鹰发出凄唳悲鸣。月光洒落在曼德里的窗户上。花园里长满荨麻,足有十英尺、二十英尺之高。

"迈克西姆!"我叫起来,"迈克西姆!"

"嗯,"他说,"别怕。我在这儿。"

"一个梦,"我说,"我做了个梦。"

"什么梦?"他说。

"我不知道。我不知道。"

我又开始进入了纷乱的梦境中。我似乎是在晨室里写信,准备发送请柬。我握着一枝粗杆黑墨水笔,一封一封写个没完。但等我写好后,仔细一看,却发现上面的笔迹根本不是我那手方体小字,而是一种细长的斜体字,笔划奇特地向上耸起。我把请柬从吸墨纸台旁推开,把它们藏起。我站起身,走到镜子前,镜子里有张脸正盯着我望,那不是我自己的脸,而是一张极其苍白、极其俏丽的脸蛋,周围衬着乌云般的柔发。那双眼睛眯缝着,露出笑意。那两片嘴唇慢慢张开。镜子里的脸回瞪了我一眼,大笑起来。接着,我又看见她坐在自己卧室梳妆台前的椅子上,迈克西姆正替她梳理头发。他握着她的头发,一面梳理,一面慢慢把它编成一股又粗又长的辫子。辫子像条蛇似的扭动起来,他用双手将它抓住,随后一边朝丽贝卡微笑,一边往自己颈脖上绕。

"不行,"我大声尖叫,"不行,不行。我们必须得去瑞士。朱利安上校说过,我们必须得去瑞士。"

我感到迈克西姆的手按在我脸上。"怎么啦?"他说,"怎么回事?"

我坐起身子,掠开披散在面颊上的头发。

"我睡不着,"我说,"没法睡了。"

"你一直在睡,"他说,"现在是两点一刻。离兰因镇只有四英里了。"

寒气更加逼人。我在漆黑一团的汽车里直打哆嗦。

"让我坐到你身边来,"我说,"三点钟以前我们就可以到家。"

我翻过椅背,坐在他身旁,透过挡风玻璃凝望着前方。我把手搁在他膝上。我的上下牙齿在不住地格格打战。

"冷吧?"他说。

"是的。"我说。

我们面前是起伏的群山,一会儿隆起,一会儿下沉,一会儿又再度隆起。四周夜色深沉，星星已经隐去。

"你说几点啦？"我问。

"两点二十分。"他说。

"奇怪，"我说，"瞧那儿，那些山头后边，天色像是正在破晓。不过这不可能。时间还早。"

"方向不对，"他说，"那是西面。"

"这我知道，"我说，"很奇怪，不是吗？"

他不说话，我继续注视着夜空，而就在我凝目远眺的同时，天际似乎益发明亮了，就像染着日出之时的第一道火红的霞光。那霞光渐渐地洒向整个天空。

"只有在冬天才能看到北极光，是吗？"我说，"夏天看不到吧？"

"那不是北极光，"他说，"那是曼德里。"

我朝他瞥了一眼，看清了他的脸，看清了他的眼睛。

"迈克西姆，"我说，"迈克西姆，怎么回事？"

他加快车速，全速疾驶。汽车翻上前面的那座山头，我们看见兰因就躺在我们脚下的一片凹地里。我们的左方是一条银带似的大河，河面逐渐开阔，伸展着通向六英里外克里斯处的河口。我们面前，通往曼德里的大路展现在我们眼前。今夜没有月光。我们头顶的夜空漆黑一片，可是贴近地平线那儿的天幕却截然不同。那儿是一片猩红，就像鲜血在四下飞溅。咸涩的海风混杂着火炭灰，一阵一阵地向我们迎面吹来。

图书在版编目（CIP）数据

蝴蝶梦/（英）杜穆里埃著；汪兰译. —北京：
中国书籍出版社，2015.4
ISBN 978-7-5068-4742-1

Ⅰ.①蝴… Ⅱ.①杜… ②汪… Ⅲ.①长篇
小说—英国—现代 Ⅳ.① I561.45

中国版本图书馆CIP数据核字（2015）第022927号

蝴蝶梦

（英）达夫妮·杜穆里埃　著
汪兰　译

策划编辑	李立云
责任编辑	杨慧　李立云
责任印制	孙马飞　马芝
封面设计	黄俊杰
出版发行	中国书籍出版社
地　　址	北京市丰台区三路居路97号（邮编：100073）
电　　话	（010）52257143（总编室）　（010）52257140（发行部）
电子邮箱	yywhbjb@126.com
经　　销	全国新华书店
印　　刷	河北省三河市顺兴印务有限公司
开　　本	710毫米×1000毫米　1/16
字　　数	380千字
印　　张	24.25
版　　次	2015年6月第1版　2015年6月第1次印刷
书　　号	ISBN 978-7-5068-4742-1
定　　价	39.00元

版权所有　翻印必究